Валентин КАТАЕВ

Валентин КАТАЕВ

РАСТРАТЧИКИ

ВРЕМЯ, ВПЕРЕД!

Москва
2004

УДК 821.161.1
ББК 84 (2Рос=Рус)6-44
   К29

Оформление С.Е. Власова

Компьютерный дизайн Н.В. Пашковой

ISBN 5-7516-0402-4

Подписано в печать 4.12.03 г. Формат 84×108$^{1}/_{32}$. Усл. печ. л. 22,68.
Уч.-изд. л. 25,19. Тираж 2500 экз. Заказ № 44.

РАСТРАТЧИКИ

Повесть

ГЛАВА ПЕРВАЯ

В тот самый миг, как стрелки круглых часов над ротондой московского телеграфа показали без десяти минут десять, из буквы «А» вылез боком в высшей степени приличный немолодой гражданин в калошах, в драповом пальто с каракулевым воротником и каракулевой же шляпе пирожком, с каракулевой лентой и полями уточкой. Гражданин тут же распустил над собой сырой зонтик с грушевидными кисточками и, шлепая по сплошной воде, перебрался через очень шумный перекресток на ту сторону. Тут он остановился перед ларьком папиросника, обосновавшегося на лестнице телеграфа. Завидев гражданина, старик в голубой фуражке с серебряной надписью «Ларек» высунул из шотландского пледа свои роскошные седины, запустил руку в вязаной перчатке с отрезанными пальцами под мокрый брезент и подал пачку папирос «Ира».

— А не будут они мокрые? — спросил гражданин, нюхая довольно длинным носом нечистый воздух, насыщенный запахом городского дождя и светильного газа.

— Будьте спокойны, из-под самого низу. Погодка-с!

После этого заверения гражданин вручил папироснику двадцать четыре копейки, сдержанно вздохнул, спрятал розовую пачку в карман брюк и заметил:

— Погодка!

Затем он запахнул пальто и пошел мимо почтамта вниз по Мясницкой на службу.

Собственно говоря, уже довольно давно в природе никакой Мясницкой улицы не существует. Имеется улица Первого мая. Но у кого же повернется язык в середине ноября, в тот утренний тусклый час, когда мелкий московский дождь нудно и деятельно поливает прохожих, когда невероятно длинные прутья неизвестного назначения, гремящие на ломовике, норовят на повороте въехать вам в самую морду своими острыми концами, когда ваш путь вдруг преграждает вывалившийся из технической конторы поперек тротуара фрезерный станок или динамо, когда кованая оглобля битюга бьет вас в плечо и крутая волна грязи из-под автомобильного колеса окатывает и без того забрызганные полы пальто, когда стеклянные доски трестов оглушают зловещим золотом букв, когда мельничные жернова, соломорезки, пилы и шестерни готовы каждую минуту тронуться с места и, проломив сумрачное стекло витрины, выброситься на вас и превратить в кашу, когда на каждом углу воняет из лопнувшей трубы светильным газом, когда зеленые лампы целый день горят над столами конторщиков, — у кого же тогда повернется язык назвать эту улицу каким-нибудь другим именем?

Нет, Мясницкой эта улица была, Мясницкой и останется. Видно, ей на роду написано быть Мясницкой, и другое, хотя бы и самое замечательно лучезарное, название к ней вряд ли пристанет.

Гражданин свернул в переулок и вошел в первый подъезд углового дома. Тут он отряхнул и скрутил зонтик, потоптался калошами на вздувшейся сетке проволочного половика, а пока топтался, с отвращением прочитал от доски до доски прошлогоднее объявление спортивного кружка, намалеванное синей краской на длинной полосе обойной бумаги.

Затем гражданин, не торопясь, поднялся по заслякоченной мраморной лестнице на третий этаж, вошел в открытую дверь налево и двинулся по темноватому коридору в глубь учреждения. Он свернул направо, затем налево, по дороге сунул нос в каморку, где курьер и уборщица усердно пили чай, разговаривая о всемирном потопе, и, наконец, очутился в бухгалтерии.

Большая комната о пяти сплошных окнах, доходящих до самого пола, разгороженная, как водится, во всю длину деревянной стойкой, была заставлена столами, сдвинутыми попарно.

Гражданин открыл калитку, проделанную в стойке, заглянул мимоходом в ведомость, которую проверяла, щелкая на счетах, надменная девица в вязаной голубой кофте с выпушками, похожей на гусарский ментик, провел усами по пачке ордеров, разложенных меж пальцев рыжеватого молодого человека, плюнул в синюю плевательницу и проследовал за стеклянную перегородку, устроенную на манер аквариума в правом углу бухгалтерии. Тут на двери висела печатная таблица:

ГЛАВНЫЙ БУХГАЛТЕР
Ф. С. ПРОХОРОВ

Покуда главный бухгалтер, упираясь рукой в стенку, снимал, кряхтя, калоши с буквами и разматывал шерстяной шарф, вошел курьер и поставил на красное сукно письменного стола стакан чаю.

По всем признакам, курьер был не прочь поговорить.

— Газетку, Филипп Степанович, просматривать будете? — спросил он, вешая бухгалтерское пальто на гвоздик.

— Газетку?

Филипп Степанович многозначительно подмигнул почечным глазом, сел за стол, выложил пачку папирос и разгладил платком длинные свои зеленоватые усы, словно бы сидящие верхом на голом, как пятка, подбородке с кисточкой под нижней губой, чем дал понять, что может и поговорить.

— А что в ней может быть интересного, Никита? — спросил он.

Никита установил в угол зонтик, облокотился спиной о дверной косяк и скрестил руки на груди.

— Многое может быть интересное, Филипп Степанович, — не скажите.

Главный бухгалтер вытащил из пачки длинную папиросу, постукал мундштуком по столу, закурил, поворотился боком на деревянном кресле и подмигнул другим почечным глазом.

— Например?

— Например, Филипп Степанович, бывают напечатаны довольно интересные происшествия. Вроде критики советской власти.

— Эх, Никита, — заметил главный бухгалтер с чувством глубокого превосходства и сожаления, — зря из тебя, Никита, неграмотность ликвидировали. Ну какой же ты читатель газет, если тебе самому непонятно, о чем ты читаешь?

— Никак нет, Филипп Степанович, понятно. Зачем же тогда читать, если непонятно? Очень интересная критика бывает запущена.

— Какая может быть критика?

— Да ведь вы и сами знаете, Филипп Степанович...
Никита переступил с ноги на ногу и застенчиво заметил:

— Насчет бегов то есть критика.

— Бегов? Да ты просто пьян! Каких бегов?

— Бега у нас теперь известно какие, — со вздохом сказал курьер, — бегут один за другим, и все тут.

— Да кто же бежит?

— Растратчики же и бегут. Дело ясное. Садятся с казенными суммами на извозчика и едут. А куда они едут — неизвестно. Надо полагать, по городам едут. Например, я сегодня такую критику вычитал, что за октябрь месяц кругом по Москве из различных учреждений не менее как полторы тысячи человек таким образом выехало.

— Да... — заметил главный бухгалтер, разглядывая кончик тлеющей ягодкой малины папиросы и выпуская из ноздрей дым. — Н-да...

— Что же это будет, Филипп Степанович, вы мне скажите, если все таким образом разъедутся. Очень скучная служба получится. Возьмите, к примеру, нашу Мясницкую улицу. Конечно, сколько на ней приходится различных учреждений — в точности неизвестно, но что касается, то в этом угловом доме есть всего пять, а вместе с нашим — шесть. Считайте, первый этаж — два: главная контора «Уралкварц» и «Все для радио»; второй...

— Для чего ты мне все это говоришь?

— А для того, — сказал Никита, быстро загибая пальцы, — что весь второй этаж занимает «Электромаш», итого три; третий этаж — мы и «Тросстрест», итого пять, и четвертый этаж — «Промкуст», итого шесть.

— Никита! — строго сказал главный бухгалтер.

— Теперь примите во внимание, Филипп Степанович, что «Уралкварц», «Все для радио», «Электромаш» и «Тросстрест» уже растратились на прошлой неделе, — захлебнувшись в невероятной быстроте речи, выложил Никита, — а из «Промкуста» только-только кончили вывозить сегодня на рассвете. В семь часов последняя подвода отъехала.

— Никита, что ты мелешь! Почему подвода?

— Дело известное, на извозчике осьмнадцать тыщ медной монетой с четвертого этажа на вокзал не увезешь.

— Кто ж это держит такую крупную наличность в медной монете? — строго изумился бухгалтер. — Ты просто выдумываешь, Никита. Уходи.

— Не я это выдумал. Председатель ихнего правления распорядился для того, чтобы казенные суммы предохранить. Надо быть, думал, что, как начнут они, то есть кассир, извините, с бухгалтером, мешки с четвертого этажа по лестницам таскать, тут их, голубчиков, кто-нибудь и пристигнет. Оказывается, и ничего подобного. Да я сам, едва стало развидняться, вдруг слышу на лестнице шум. Накинул шинельку, выхожу. Вижу: тащат мешок. У меня и подозрения никакого на этот мешок не явилось. Мало ли что. Может, они какую-либо кустарную продукцию на рынок выбрасывают. Или же, допустим, простая картофель. Я себе немного постоял и ушел с лестницы, ах ты Боже мой! А там, значит, у подъезда уже подводы — и на вокзал. Через это у них сегодня жалованье сотрудникам не выдают. Потому что нечего выдавать. Одни мы нерастраченными на весь угловой дом и остались.

— Ты, наверное, врешь, Никита, иди, — сердито молвил Филипп Степанович. — Нету у меня времени с тобой беседовать... Этот стакан остыл, принеси горячий.

— Филипп Степанович, — тихо сказал Никита, убирая чай, — и вы обратите внимание, что как у нас на этой неделе собираются выплачивать жалованье, то ни у кого из сотрудников нету денег, а которые числятся по шестому разряду сетки, так у тех, могу сказать про себя, копейки не осталось от прошлой получки...

— Ступай, Никита, — строго прервал его главный бухгалтер, — ты мне своей болтовней мешаешь работать. Уйди пожалуйста.

Никита потоптался на месте, но лицо Филиппа Степановича было непреклонно.

— А то ведь это что же такое, ежели все разъедутся? — пробормотал Никита, боком выходя из аквариума. — Очень скучная служба получится без жалованья.

Филипп Степанович наладил на нос пенсне, со скрипом разогнул толстую конторскую книгу и, подтащив к себе костяшки, погрузился в заботы. Изредка, разогретый трудом, он откладывал в сторону пенсне и сквозь стеклянные рамы загородки окидывал превосходным взглядом помещение бухгалтерии. И тогда ему представлялось, что он не кто иной, как опытный генерал, мужественно и тонко руководящий с возвышенности некими военными операциями чрезвычайной сложности.

Вообще надобно заметить, Филипп Степанович был не чужд некоторой доли фантазии, весьма опасной в его немолодые годы.

С самой японской кампании, которую он проделал в чине поручика и закончил, выйдя в запас штабс-капитаном, вся его дальнейшая жизнь, скромно посвященная финансово-счетной деятельности в различных учреждениях и служению пенатам, отличалась, впрочем, образцовой умеренностью и похвальным усердием. Война 1914 года не слишком потревожила капитана запаса. Благодаря связям жены и стараниям торгового дома «Саббакин и сын», где он служил в то время, Филипп Степанович словчился и получил белый билет. Наступившая затем революция также коснулась его не более, чем всех прочих бухгалтеров, проживавших в то время на территории бывшей Российской империи, то есть почти вовсе не коснулась. Одним словом, Филипп Степанович был исправнейшим гражданином. И при всем том в его характере совершенно незаметно водилась этакая чертовщина авантюристической складки. Например, история его необычайной женитьбы еще свежа в памяти старых московских бухгалтеров, и если хорошенько порыться в Румянцевской библиотеке, то можно, пожалуй, отыскать тот номерок «Московской брачной газеты» за 1908 год, где отпечатано следующее объявление:

Откликнись, ангел!
Воин, герой Порт-Артура и кавалер орденов,
вышедший в запас в чине штабс-капитана,
трезвый и положительный, а равно лишенный
физических дефектов, решил перековать меч на орало,
с целью посвятить себя финансово-счетной деятельности,
а также тихой семейной жизни.
СЫН МАРСА ИЩЕТ ПОДРУГУ ЖИЗНИ
Желательно пышную вдову, блондинку, обеспеченную
небольшим состоянием или же делом,
с тихим, кротким, характером.
Цель — брак. Анонимным интриганам не отвечу.
Предложения, только серьезные, адресовать
до востребования предъявителю
трехруб. ассигнации № 8563421.

И что же! Пышная вдова явилась. Она спешно прикатила из Лодзи в Москву и вскружила голову одичавшему сыну

Марса. Она немедленно устроила ему тихое семейное счастье и через месяц стала его законной женой. Правда, впоследствии оказалось, что где-то в Варшаве у нее имеется двухлетняя дочка Зоя невыясненного происхождения, но великодушный штабс-капитан охотно удочерил малютку. Что же касается обеспечения небольшим состоянием или же делом, то небольшого состояния не оказалось вовсе, но зато дело было: вдова умела превосходно изготовлять бандажи, корсеты и бюстгальтеры, что давало семье небольшой добавочный доход. Словом, штабс-капитан запаса не имел никаких оснований жаловаться на брак, заключенный столь авантюрным способом, а глава фирмы «Саббакин и сын», старик Саббакин, даже как-то под пьяную лавочку на блинах заметил: «Вы, господа, теперь с Филипп Степановичем не шутите, ибо он у нас помощник главного бюстгальтера». Хороший был старик!

Кроме чертовщинки авантюристического свойства, в характере Филиппа Степановича проявлялась иногда еще одна черта: легкая ирония, незаметное чувство превосходства над окружающими людьми и событиями, терпеливое и безобидное высокомерие. Очень возможно, что она родилась давным-давно, именно в ту минуту, когда Филипп Степанович, лежа на животе среди гаоляна в пикете под Чемульпо, прочел в походном великосветском романе следующую знаменательную строчку: «Граф Гвидо вскочил на коня...»

Сам великосветский роман года через два забылся, но жгучая фраза о графе навсегда запечатлелась в сердце Филиппа Степановича. И что бы он ни видел впоследствии удивительного, какие бы умные речи ни слышал, какие бы потрясающие ни совершались вокруг него события, Филипп Степанович только подмигивал своим почечным глазом и думал — даже, может быть, и не думал вовсе, а смутно чувствовал: «Эх вы, а все-таки далеко вам всем до графа Гвидо, который вскочил на коня, дале-ко!..» И, как знать, может быть, представлял самого себя этим великолепным и недоступным графом Гвидо.

Около двух часов, подписав несколько счетов и финансовых ордеров, Филипп Степанович закурил третью по счету за этот день папиросу, вышел из своей загородки и направился к кассе.

Касса была устроена в таком же роде, как и загородка самого Филиппа Степановича, с той только разницей, что была сделана из фанеры и окошечком своим выходила в коридор.

Филипп Степанович приоткрыл боковую дверцу, заглянул в кассу и сказал негромко:

— Ванечка, какая у тебя наличность?

— Тысячи полторы, товарищ Прохоров, — ответил изнутри, так же негромко, озабоченный молодой голос. — По счетам платить сегодня будем?

— Надо бы часть мелких заплатить, — сказал главный бухгалтер и вошел в кассу.

Кассир Ванечка сидел перед окошком за маленьким прилавочком на литом фоне несгораемого шкафа и разбирал зажигалку. Аккуратно разложив на алом листе промокательной бумаги ладные винтики, колесики, камешки и пружинки, Ванечка бережно держал в пальцах медный патрон, то дуя в него, то разглядывая на свет.

Сильная полуваттная лампа под зеленой тарелкой висела как раз посередине кассы. Она ярко освещала Ванечкину нестриженую, нечесаную голову, где спелые волосы росли совершенно естественно и беззаботно, образуя на макушке жиденький водоворотик, а на лбу и на висках — мысики. Ванечка был одет в черную гимнастерку, горчичные штаны галифе и огромные, выше колен, неуклюжие яловые сапоги, делавшие его похожим на кота в сапогах. Поверх ворота гимнастерки, вокруг шеи, был выпущен толстый ворот рыночного бумажного свитера.

Ванечка был чрезвычайно маленького роста. Может быть, именно за этот маленький рост, за молодость лет, а также за тихость и вежливость все в учреждении, даже сам председатель правления, кроме, разумеется, курьера и уборщицы, называли его по-семейному Ванечкой.

Ванечка нежно и заботливо любил свое небольшое кассовое хозяйство. Он любил свой большой, красивый, всегда хорошо очиненный карандаш — наполовину красный, наполовину синий — и даже про себя называл его уважительно Александром Сидоровичем: Александр — красная половинка, Сидорович — синяя. Любил яркую полуваттную лампу, любил баночку гуммиарабика, чернильницу, ручку и другую ручку на прилавке кассы, привязанную за веревочку, чтобы не утащили. Любил и уважал также Ванечка свой большой, толстый несгораемый шкаф иссиня-керосинового цвета, великолепные длинные никелированные ножницы и пачки денег, тщательно рассортированные, разложенные в столе.

И не было для Ванечки большего удовольствия в жизни, как, отметив Александром Сидоровичем синюю птичку против чьей-нибудь фамилии в ведомости, тщательно отсчитать пачечку ассигнаций, придавить их столбиком серебра, подбросить для ровного счета несколько медяков и, выдвинув в окошечко, сказать: «Будьте полезны. Как в аптеке».

В промежутках же между платежами Ванечка опускал стеклянную раму окошечка, на котором было написано золотыми буквами: «Касса», и, читая изнутри наоборот: «Ассак», принимался возиться с зажигалкой. Разберет, нальет из бутылочки бензина, завинтит, щелкнет, пустит багровое пламя, задует, потянет пальцем фитилек, снова зажжет, задует и, напевая: «Ассак, ассак, ассак», — начинает разбирать сызнова. Потому и ассигнации, выдаваемые Ванечкой, слегка попахивали бензином.

Так и служил Ванечка. А что он делал вне службы, где жил, чем интересовался, что читал, куда ходил обедать — было совершенно неизвестно.

Ванечка поднялся навстречу вошедшему в кассу главному бухгалтеру и поздоровался с ним так почтительно и низко, точно пожимал ему руку поверх собственной головы.

— Вот что, Ванечка, — сказал Филипп Степанович тем деловым и негромким голосом, смахивающим на бурчанье в животе, каким обыкновенно совещаются врачи на консилиуме, — вот что, Ванечка: завтра надо будет выплачивать сотрудникам жалованье. Кроме того, у нас есть несколько просроченных векселей. Ну конечно, и по остальным счетам. Словом, надо завтра так или иначе развязаться с задолженностью.

— Так, — сказал Ванечка с готовностью.

— Ввиду болезни артельщика тебе, Ванечка, значит, надо будет сходить в банк, получить по чеку тысяч двенадцать.

— Так-с.

— Ты вот что, Ванечка... Отпусти сначала людей, — Филипп Степанович показал усами в коридор, где через окошечко виднелись люди, томящиеся на деревянном диване с прямой спиной, — отпусти, Ванечка, людей и через полчаса загляни ко мне.

— Как в аптеке.

Ванечка отложил в сторону зажигалку, открыл окошечко и, высунув из него голову, ласково сказал:

— Будьте полезны, товарищи, расписывайтесь, кто по ордерам.

Филипп Степанович между тем отправился к члену правления по финансовым делам за чеком.

Член правления выслушал Филиппа Степановича, повернулся в профиль и страдальчески взял в кулак свою изящную, шелковистую, оборудованную по последней берлинской моде бороду.

— Все это очень хорошо, — сказал он, жмурясь, — но зачем же посылать именно кассира? Знаете, теперь такое время, когда каждую минуту ждешь сюрпризов. И потом, откровенно говоря, не нравится мне этот Ванечка. Между прочим, откуда он взялся?

Филипп Степанович с достоинством поднял брови.

— Ванечка откуда взялся? Как же, он у нас уже полтора года служит, а порекомендовал его, если помните, еще сам товарищ Туркестанский.

— Полтора года? Не знаю, не знаю, — кисло поморщился член правления, — может быть. Но, понимаете, он мне не внушает доверия. Войдите, наконец, в мое положение, ведь я же за все отвечаю... Как хотите... В конце концов... Одним словом, я вас убедительно прошу — отправляйтесь в банк вместе с ним... Лично... А то, знаете, Ванечка, Ванечка, а потом и след этого самого Ванечки простыл. Уж вы будьте любезны. После истории с «Промкустом» я положительно и не знаю, что делать. Хоть стой возле кассы на часах с огнестрельным оружием. И потом, я вам скажу, у этого вашего Ванечки глаза какие-то странноватые... Какие-то такие очень наивные глаза. Словом, я вас прошу.

Обессилев от столь долгой и прерывистой речи, член правления подписал чек, приложил печать, помахал чеком перед своими воспаленными волнением щеками и, наконец, не глядя на Филиппа Степановича, отдал ему бумажку.

— Пожалуйста. Только я вас прошу. И главное — не выпускать его из виду.

Через полчаса высокий Филипп Степанович под зонтиком и маленький Ванечка в пальтишке солдатского сукна, с портфелем под мышкой, шагали под дождем вниз по Мясницкой.

ГЛАВА ВТОРАЯ

Курьер Никита долгое время лежал животом поперек перил, свесившись в пролет лестницы, и прислушивался.

— Ушли, — прошептал он наконец покорно, — ушли, так и есть.

Он ожесточенно поскреб затылок и аккуратно плюнул вниз. Плевок летел долго и бесшумно. Никита внимательно слушал. Когда же плевок долетел и с треском расплющился о плиты, наполняя лестницу звуком сочного поцелуя, Никита поспешно сполз с перил и рысью побежал к себе в каморку. Тут он, суетясь, влез в длинный ватный пиджак, просаленный на локтях, нахлобучил картуз и пошел искать уборщицу.

Уборщица сидела в коридоре за перегородкой и мыла стаканы.

— Уборщица, живо пиши доверенность на жалованье.

— Нешто платят?

— Пиши, говорю, не спрашивай. А то шиш с маслом получишь.

— Не пойму я тебя, Никита, — проговорила уборщица, быстро вытирая руки об юбку, и побледнела. — Ушли, что ли, они?

— Нас с тобой не спросились. У них в руках чек на двенадцать тысяч.

Уборщица всплеснула руками:

— Не вернутся, значит?

— Уж это их дело. Доверенность-то писать будешь? А то, чего доброго, упустишь их, тогда пиши пропало. В Москве, чай, одних вокзалов штук до десяти; побежишь на один, а они в это время с другого выедут. Пиши, Сергеевна, пиши, не задерживай.

Уборщица перекрестилась, достала из ящика пузырек с чернилами, четвертушку бумаги, корявую ядовито-розовую ручку и обратила к Никите неподвижные свои белые глаза. Никита присел на край табуретки, расправил ватные локти и, трудно сопя, написал витиеватую доверенность.

— Подписывай!

Уборщица подписала свою фамилию и тут же вспотела. Никита аккуратно сложил бумажку и хозяйственно спрятал ее в недра пиджака.

— Поеду теперь по банкам, — сказал он. — Если в «Промбанке» не найду, так наверняка они в Московской конторе получают. Дела!

С этими словами Никита быстро удалился.

— В пивную, Никита, смотри не заходи, не пропей! — слабо крикнула ему вслед уборщица и принялась мыть стаканы.

Под проливным дождем Никита добежал до Лубянской площади. Уже порядочно стемнело. Стены домов, ларьки, лошади, газеты, фонтан посредине — все было серо от воды. Кое-где грязь золотела под ранними, еще неяркими фонарями автомобилей. Автобусы с тяжелым хрюканьем наваливались вдруг из-за угла на прохожих. Люди шарахались, ляпая друг друга грязью. Сорвавшаяся калоша, крутясь, летела с трамвайной подножки и шлепалась в лужу. Мальчишки-газетчики кричали:

— Письмо Николай Николаевича Советской власти! Манифест Кирилла Романова! Речь товарища Троцкого!

Брызги и кляксы стреляли со всех сторон. Противный холод залезал за шиворот. Было чрезвычайно гнусно.

Никита терпеливо дождался трамвая и, работая локтями, втиснулся на площадку. Вагон был новенький, только что из ремонта, сплошь выкрашенный снаружи свежим краплаком и расписанный удивительными вещами. Тут были ультрамариновые тракторы на высоких зубчатых колесах, канареечно-желтые дирижабли, зеленые, как переводные картинки, кудрявые деревенские пейзажи, тщательно выписанные — кирпичик к кирпичику — фабричные корпуса, армии, стада и манифестации. Знамена и эмблемы окружали золотые лозунги: «Земля крестьянам — фабрики рабочим», «Да здравствует смычка города и деревни», «Воздушный Красный флот — наш незыблемый оплот» и многие другие. От мокрых стен вагона еще пахло олифой и скипидаром. В общем, весь он был похож на тир, поставленный на колеса и выехавший, к общему удивлению, в одно прекрасное воскресенье из увеселительного сада.

Подобных вагонов ходило по Москве немного, и Никита ужасно любил в них ездить. Они приводили его в состояние восхищения и патриотической гордости. «Вот это я понимаю, — думал он, неизменно протискиваясь на площадку, — трамвай что надо. Вполне советский, нашенский».

Попав в любимый вагон, Никита сразу повеселел и окреп духом. «Ладно, — думал он, — я их живо отыщу. Трамвайчик не выдаст».

И действительно, едва Никита вошел в вестибюль банка, как увидел Филиппа Степановича и Ванечку. Они сидели на диванчике под мраморной колонной и совещались. Никита осторожно, чтобы не спугнуть, зашел сбоку и стал слушать.

— В портфель, Ванечка, суммы класть неудобно и опасно, — говорил поучительно бухгалтер. — Того и гляди, хулиганы вырежут. Мы сделаем так: шесть тысяч ты у себя размести по внутренним карманам, а шесть я у себя размещу по внутренним карманам, — верней будет.

— Вот, вот, — прошептал Никита, дрожа от нетерпения, — поспел-таки. Делятся.

Ванечка озабоченно пересчитал пачку хрустящих молочных червонцев и половину отдал Филиппу Степановичу. Бухгалтер расстегнул пальто и уже собрался определить сумму в боковые карманы, как Никита вышел из-за колонны и снял картуз. Он вытянул руки по швам и склоняя голову.

— С получкой, Филипп Степанович.

Прохоров вздрогнул, увидел курьера и нахмурился.

— Почему ты здесь, Никита? Кто тебя прислал?

Никита быстро засунул руку за борт пиджака и молча подал изрядно отсыревшую доверенность.

— В чем дело? — проговорил Филипп Степанович, обстоятельно надевая на нос пенсне и слегка откидывая голову, чтобы прочесть документ.

Он прочел его, затем снял пенсне, посмотрел на Никиту взором высшего гнева и изумления, замотал головой, хотел что-то сказать, но не нашел слов, и получилось грозное мычание. Филипп Степанович очень покраснел, отвернулся, надел пенсне, покрутил перед своим лбом пальцами, покосился на Никиту, протянул бумажку Ванечке.

— Прошу вас быть свидетелем, товарищ кассир, до чего обнаглели курьеры в наше время, — произнес он довольно официальным вибрирующим голосом.

Ванечка прочитал бумажку и укоризненно покачал головой.

— Как же так, Никита, — сказал он по возможности ласково, — разве можно приставать к людям до такой степени, чтоб ходить за ними даже в банк? Завтра все будут получать, и уборщица Сергеева получит с удовольствием.

— Дозвольте получить сегодня как за себя, так и за уборщицу, — сказал Никита, не трогаясь с места и не отводя глаз от ассигнаций. — Сделайте исключение из правила.

— Это еще что за новость! — воскликнул бухгалтер в сильнейшем волнении. — А вот я на тебя за такие штуки подам заявление в месткоме. Распустился!

— Пожалуйста, Филипп Степанович, — тихо, но настойчиво сказал Никита.

— Я даже разговаривать с тобой не нахожу нужным, такая наглость! — заметил бухгалтер и уложил деньги в боковой карман. — Пойдем, Ванечка.

Филипп Степанович и Ванечка быстро двинулись, как бы сквозь Никиту, и вышли на улицу, придерживая пальцами боковые карманы.

Никита слетка забежал вперед и надел шапку.

— Выдайте, Филипп Степанович.

— Что за нетерпение, я не понимаю. Во всем нужен хоть какой-нибудь порядок. Ведь если за мной все сотрудники начнут бегать таким образом по улицам, так что же из этого получится!

— Не будут, Филипп Степанович, бегать. Сотрудникам что, сотрудники не меньше как по двенадцатому разряду получают, перетерпят. Выдайте, товарищ Прохоров.

— Завтра, Никита, завтра. Не помрете ж вы с Сергеевой до завтра.

— Не помрем.

— Ну вот видишь, так в чем же дело?

— Сегодня это, Филипп Степанович, одно, а завтра может быть совершенно другое. Выдайте.

— Фу, черт! Не выдам! Да что же в конце концов, вот тут, осередь улицы, без ведомости, под дождем, в темноте вынимать суммы и выплачивать? Уж если тебе действительно так приспичило, так ты поскорей иди в учреждение, а мы с Ванечкой сейчас подъедем на извозчике. Там и выдадим. Не задерживай. Время темное, а у нас казенная наличность. Иди, Никита.

При словах «извозчик» и «казенная наличность» Никита взмахнул локтями, точно подрубленными крыльями; пестрый свет электрических лампочек упал из витрины магазина радиопринадлежностей на его побелевший от волнения нос. Курьер издал горлом короткий, ни с чем не схожий тоскливый звук и схватил бухгалтера за рукав.

— Это зачем же, товарищи, на извозчика садиться с казенной наличностью? Пока пятое, десятое... И вы также, товарищ кассир, войдите в положение людей... А что касается выдавать под дождем, так тут за углом в двух шагах есть тихая столовая, с подачей. Займет не больше двух минут времени, а тогда хоть и на извозчика, хоть и на вокзал, в час добрый, а я себе пойду. Вон она светит. Сделайте снисхождение.

— Ну что с ним поделаешь, Ванечка? Выдать сумму, конечно, недолго, но ведь если бы ведомость была, а то, главное, ведомости нету. Нет, Никита, никак невозможно без ведомости.

Между тем Никита как будто нечаянно напирал с фланга и подталкивал Филиппа Степановича и Ванечку в переулок.

— Чего там без ведомости, — бормотал он. — Ничего, что без ведомости. Дело вполне возможное. Всем известно: шестой разряд по тарифной сетке, за полмесяца, без вычетов — есть двенадцать рублей и пятьдесят копеек, и столько же причитается уборщице Сергеевой по доверенности. А товарищ кассир пускай потом птичку в ведомости отметят, и дело с концом.

— Это незаконно, — слабо заметил бухгалтер, торопливо изворачиваясь под ударами воды, низвергавшейся с барабанным боем на зонтик.

— Куда ты нас ведешь, курьер, у меня сапоги насквозь мокрые, ни черта не видно! — воскликнул Ванечка и тут же попал ногой в черную, глубокую воду.

— Будьте покойны. Уж подошли. Тут через дом. И можно обсушиться, — засуетился Никита, боком перепрыгивая через лужи. — Держитесь, Филипп Степанович, правее. Займет — пустяки. Товарищ кассир, правее держитесь. Такая собачья погода, будь она трижды... Пожалуйте.

Невидимый до сих пор дождь вдруг стал резко виден, падая сплошной сетью мимо жемчужного поля неярко освещенного стекла, на котором густо просвечивал багровый рак. Никита отодрал потную, набухшую, как в прачечной, дверь. Она отчаянно завизжала. Отрадный свет ударил в глаза, уставшие от дождевой тьмы. «Икар и овип», — механически прочел Ванечка по привычке справа налево плакат, прибитый над стопкой. Филипп Степанович закрыл зонтик, постучал им об пол и украдкой потрогал боковой карман. Две длинные капли слетели с кончиков его усов.

— Пожалуйте, пожалуйте, — приговаривал между тем Никита, деятельно бегая вокруг них и подталкивая в пустоватый зал, где горело всего два рожка, — сюда вот, за этот столик, под елочку. Здесь будет вроде как в лесу.

Филипп Степанович строго надулся, потер переносицу, на которой возле глаз виднелись коралловые рубцы от пенсне, и мигом оценил положение в том смысле, что вообще не следовало бы, пожалуй, заходить в пивную, но уж раз зашли, то отчего бы не погреться и не выпить бутылочку пива с подчиненными сослуживцами. В былое время даже старик Саббакин иногда захаживал со своими конторщиками в трактир Львова, у Сретенских ворот, послушать машину и выпить водки, а ведь какой человек был! Что же касается учреждения, то время приближалось к пяти, к концу занятий, так что не имело ни малейшего смысла торопиться. Рассудив все это таким образом, Филипп Степанович расстегнулся, повесил на сук елки зонтик и шляпу, раскинулся на стуле, накинул пенсне и с чувством превосходства осмотрел пивную.

— Чего прикажете? — спросил официант в серой толстовке и в фартуке, тотчас появляясь перед ним.

Филипп Степанович припомнил, как старик Саббакин в таких случаях лихо расправлялся у Львова, искоса поглядел на Никиту и Ванечку, выставил ногу в калоше и быстро заказал графинчик очищенной, селедочку с гарниром, порцию поросенка под хреном и пару чая.

— Водкой не торгуем, только пивом, — со вздохом сказал официант и, горестно улыбаясь, свесил голову. — Патента не имеем.

— Что же это за трактир, если нету водки? — насмешливо и вместе с тем строго спросил Филипп Степанович.

Официант еще ниже опустил голову, как бы говоря: «Я и сам понимаю, что без водки настоящему трактиру не полагается, да ничего не поделаешь: время теперь такое».

Филипп Степанович, разумеется, очень хорошо знал, что в теперешних пивных водки не подают, но жалко было упустить случай щегольнуть перед подчиненными и слегка унизить официанта.

— В таком случае, — сказал он баритоном, — дай ты нам, братец, парочку пивка, да раков камских по штучке, да воблы порцию нарежь отдельно, если хорошая, да печеных яиц почернее подбрось.

— Слушаю-с!

Официант, сразу оценив настоящего заказчика, почтительно удалился задом, на ходу быстро поворотился и, как фокусник, щелкнул выключателем. Сразу стало втрое светлее.

Ванечка робко кашлянул, почти с ужасом восторга поглядел на Филиппа Степановича и тут только в первый раз в жизни вдруг понял, что такое настоящий человек.

Между тем, заметив произведенное им впечатление, Филипп Степанович, тонко улыбаясь, разгладил платком мокрые усы, точь-в-точь как это некогда проделывал старик Саббакин, закурил папироску, откинулся и сказал в нос, выпуская вместе со словами дым:

— Ну-с, товарищ курьер, я вас слушаю. Изложите.

Никита встал с места, вытянулся, отрапортовал свою просьбу и сел.

— Я, Никита, в принципе против авансовых выдач, но в исключительных случаях это возможно, при наличии в кассе свободных сумм. Товарищ кассир, какая у нас в кассе наличность?

— Хватит, Филипп Степанович. Можно выдать.

— В таком случае выдайте под расписку.

Ванечка услужливо достал новенькую пачку червонцев, химический карандаш, четвертушку бумаги, сказал свое загадочное слово «аблимант», и в ту же минуту операция была оформлена по всем правилам бухгалтерского искусства.

Филипп же Степанович макал усы в пивную пену и, с достоинством выпуская из ноздрей табачный дым, предавался отдыху. Повеселевший Никита выпил два стакана, потряс в воздухе пустыми бутылками и попросил разрешения по случаю получки поставить на свой счет еще пару. Главный бухгалтер разрешил. В пивной заметно прибавилось народа. Ванечка заметил, что фонари, висящие с потолка, ни дать ни взять похожи на облупленные куриные яйца. Это обстоятельство его необычайно развеселило, и он, придвинувшись к Филиппу Степановичу, сказал, что не мешало бы сбегать в МСПО за половинкой горькой. Филипп Степанович погрозил пальцем, но Ванечка шепотом побожился, что ничего такого не может произойти, тем более что все так делают, и что завтра все равно получка. Бухгалтер еще раз погрозил пальцем, после чего Ванечка исчез и вскоре появился румяный, запыхавшийся и мокрый. За это время на столе появились еще три бутылки пива.

Никита под столиком распределил водку по стаканам. Сослуживцы, как заговорщики, выпили, сморщились, закусили воблой, и официант, ловко прикрыв порожнюю посуду, как грех, полотенцем, унес ее на кухню.

Потом Филипп Степанович наклонился к Никите и Ванечке и сказал, дыша спиртом и раками, что в России не было, нет и не будет такого замечательного человека, как старик Саббакин, глава торговой фирмы «Саббакин и сын». Сказавши это, бухгалтер в глубоком раздумье поник головой и опрокинул рукавом пустую бутылку. «Виноват!» —закричал Ванечка, подхватывая на лету бутылку, и тут же опрокинул полный стакан. Никита расстегнул верхний крючок пиджака, надвинулся вплотную на Филиппа Степановича и, суя ему в ухо мокрый нос, жарко зашептал нечто очень туманное, но жгучее насчет казенных сумм и вокзала.

— Постой, Никита, дай мне высказать, — проговорил Филипп Степанович, освобождаясь от курьера, и припал к Ванечке. — Постой... Я тебе, Ванечка, сейчас все объясню... Жизнь наша, Ванечка, есть не что иное, как сон... Возьмем, к примеру, старика Саббакина. Ты меня понимаешь, Ванечка? Скажем — Никита. Вот он тут сидит совершенно пьяный и замышляет растратить жалованье уборщицы Сергеевой... Что такое Никита и что такое Саббакин, ясно?

Филипп Степанович значительно и мудро подмигнул налившимся, как виноградина, глазом, взял Ванечку за воротник, потянул на себя и улыбнулся так лучезарно, что весь пивной зал пошел вокруг него золотистыми морщинами. В коротких словах, но невразумительно, он разъяснил разницу между ничтожным Никитою и великим Саббакиным. Он помянул при этом случае японскую кампанию, лодзинскую вдову, трактир Львова и многие другие неизгладимые подробности своей жизни. Он дышал на очарованного Ванечку раками и, покрывая бестолковый шум, уже стоящий в переполненном зале, раскрывал перед ним необыкновенные перспективы, точно снимал туманную оболочку с вещей, казавшихся кассиру до сих пор скучными и не стоящими внимания.

Вдруг заиграла бойкая музыка. Русый чуб тапера упал на белые и черные костяшки стонущей клавиатуры. Три руки задвигали мяукающими смычками над складными пультами. Постыдно надутые губы заплевали в тесную дырочку флейты, извлекая из черного дерева чистый, высокий и волнистый ангельский вой. И все это, соединенное вместе разжигающим мотивом, ударило по самому сердцу обещанием несбыточных каких-то и вместе с тем очень доступных удовольствий.

Яйцевидные лампочки под потолком стали размножаться со сказочной быстротой. Ванечка сидел очень прямо, как деревянный, и так широко улыбался, что казалось, будто его щеки плавают сами по себе, где-то поблизости, в синеватом воздухе. Никита стоял, вытянувшись по-солдатски, в картузе и говорил нечто неразборчивое.

— А что такое? — закричал оглохший бухгалтер.

— Счастливого пути, говорю, товарищи! — выкрикнул Никита, проплывая вправо. — И вам счастливого пути, товарищ кассир. Приятного путешествия. Разрешите для последнего знакомства одну разгонную.

— Валяй! — закричал Ванечка, ничего не понимая.

— Никита! — погрозил пальцем Филипп Степанович. — Ты пьян... Я вижу это ясно.

Официант выстрелил из холодной бутылки, как из пистолета. Пена поползла в стакан. Ванечка рылся в карманах, вытаскивая деньги, чтоб расплатиться.

— А теперь, Филипп Степанович, хоть и на извозчике, — сказал Никита, почтительно подавая бухгалтеру шляпу и зонтик.

— Поедем, Ванечка, — мутно проговорил Филипп Степанович, опрокидывая на опилки стул страшно отяжелевшей полой своего пальто.

Было совершенно ясно, что разойтись по домам и расстаться с Ванечкой именно теперь, в тот самый момент, когда жизнь только начинала улыбаться, было никак невозможно, просто глупо. Надо было каким-то образом обязательно продолжить так приятно и многообещающе начатый вечер. В конце концов все равно — завтра получка, и можно ж раз в жизни немножко кутнуть.

— Поедем, Ванечка, — повторил Филипп Степанович, выбираясь из пивной во тьму.

— Куда же мы, Филипп Степанович, теперь поедем? — жалобно спросил Ванечка, ужаснувшийся от одной мысли, что ехать может оказаться некуда и все расстроится.

Филипп Степанович раскрыл зонтик, остановился и поднял руку.

— Едем, Ванечка, ко мне. Я тебя приглашаю к обеду. Милости просим. И точка. Жена будет очень рада. Захватим по дороге закусочки, коньячку, корнишончиков. Увидишь мое семейство. Все будут ужасно рады. Постой, Ванечка, я тебе должен сказать, что ты мне невероятно нравишься. Дай я тебя поцелую. И не потому, что пьян, а уже давно.

При этих словах Филипп Степанович обнял Ванечку и пребольно уколол его усами в глаз.

— А может, ваша супруга, Филипп Степанович, будут недовольны? — спросил Ванечка.

— Если я говорю, что все будут рады, значит, будут... И корнишончиков... Приедем, а я сейчас же и скажу: приготовь ты нам, Яниночка (это мою жену зовут Яниной, потому что она из Лодзи), приготовь ты нам, Яниночка, этакую селедочку с лучком и поросенка с хреном. Все будет как нельзя лучше. Суаре интим в тесном кругу, как говорил старик Саббакин... Только ты, Ванечка, того! Я ведь вас, молодых людей, хорошо понимаю. Сам небось помню. Насчет моей приемной дочки держись. Такая девица, что сейчас врежешься, как черт в сухую грушу. А после обеда — не угодно ли кофе... С ликерами... Шерри-бренди... Будьте любезны... — болтал Филипп Степанович, уже сидя на плещущем извозчике и нежно поддерживая захмелевшего на чистом воздухе Ванечку за спину.

Перед его взорами носилась картина великолепной дубовой столовой, стола, накрытого крахмальной скатертью на шесть кувертов, деревянных зайцев на буфете и тому подобного.

Никита постоял некоторое время под дождем на середине мостовой без шапки, глядя вслед удаляющемуся извозчику, развел руками и с горестным вздохом сказал про себя:

— Разъехались... Такая, значит, им написана планета, чтоб ездить теперь по разным городам. А я себе пойду.

После этого он плотно надел на уши картуз и пошел через лужи, бормоча:

— С такими деньгами еще бы не поездить!.. Половину земли можно объездить... А все-таки очень скучная у нас служба получится, если все кассиры и бухгалтера разъедутся. Пойти, что ли, напиться?

И мрак окутал Никиту.

ГЛАВА ТРЕТЬЯ

Примерно через полчаса нагруженные кульками и свертками, бережно поддерживая друг друга, Филипп Степанович и Ванечка поднялись по лестнице на третий этаж некоего дома, в районе Покровских ворот, где жил Филипп Степанович. Они позвонили четыре раза. Пока дверь еще не отворили, Ванечка поглядел на Филиппа Степановича и сказал:

— А может, Филипп Степанович, неудобно беспокоить вашу супругу?

Бухгалтер грозно нахмурился.

— Если я приглашаю к себе в дом обедать, значит, удобно. Какие могут быть разговоры? Милости просим. Я и жена будем очень рады. Суаре интим. И точка.

В этот момент дверь быстро открылась, и на пороге предстала дородная немолодая женщина в домашнем капоте с большими розами. По выражению ее лица, по особому содроганию волос, мелко и часто закрученных папильотками, похожими на билетики лотереи-аллегри (наверняка с проигрышем), по тому ни с чем не сравнимому и вместе с тем зловещему изгибу толстого бедра, который красноречивей всякого грома говорил о семейной погоде, — по всем этим признакам можно было безошибочно заключить, что суаре интим в тесном кругу вряд ли состоится.

Однако Филипп Степанович, мужественно загородив собою Ванечку, выступил вперед с покупками и сказал:

— А я не один, Яниночка. Мы, Яниночка, вдвоем, как видишь. Я и наш кассир. Я его, знаешь ли, прихватил с собою к обеду. Ведь ты нас покормишь, киця, не правда ли? А я тут кой-чего прихватил вкусненького к обеду. Ну и напитков, конечно, хе-хе... Прошу любить да жаловать... Суаре, как говорится, интим... И конфеток для дам... В общем, все останутся довольны в семейном кругу.

Говоря таким образом, Филипп Степанович угасал и, медленно шаркая калошами, приближался к супруге, которая продолжала неподвижно и немо стоять в дверях, озирая мужа совершенно беспристрастным взглядом. Только розы на ее бедре колыхались все глубже и медленней. Но едва Филипп Степанович приблизился к ней на расстояние своего тщательно сдерживаемого дыхания и едва это дыхание коснулось ее раздувшихся ноздрей, как дама схватилась пальцами за свое толстое голое горло, другой рукой деятельно подобрала капот и плюнула Филиппу Степановичу в самую кисточку на подбородке.

— Пошли вон, пьяные паршивцы! — закричала она истерическим, нестерпимым тенором на всю лестницу.

Затем вспыхнула всеми своими рябыми розами и с такой необыкновенной силой захлопнула дверь, что казалось, вот-вот из всех окон парадного хода с грохотом и звоном выставятся наружу цветные стекла.

— Яниночка, что с тобой, ну, я тебя, наконец, прошу. Неудобно же, — слабо и ласково произнес Филипп Степанович и поцарапался в дверь ручкой зонтика.

Но за дверью захлопнулась еще одна дверь, за этой еще одна, потом еще одна — где-то в самой глубине квартиры, — и все смолкло. Из дверей напротив высунулась подвязанная физиономия, посмотрела равнодушно и скрылась.

— Пойдемте, Филипп Степанович, я же вам говорил, что будет не совсем удобно, — покорно сказал Ванечка и пошатнулся, — в другой раз можно будет зайти.

— Вздор, вздор, — смущенно заворчал Филипп Степанович, — ты, Ванечка, не обращай внимания. Она у меня, понимаешь ли, страшно нервная женщина, но золотое сердце. Сейчас все уладится. Можешь мне поверить.

Филипп Степанович вытер рукавом подбородок, навел на лицо терпеливую строгость и позвонил коротко, отчетливо и раздельно четыре раза. Никакого ответа не последовало. Не распуская с лица того же достойного выражения, он повторил порцию звонков и сел рядом с Ванечкой на ступеньку.

— Зато какая у меня, Ванечка, приемная дочка, — как бы в утешение сказал он, обняв заскучавшего кассира за талию. — Обязательно, как увидишь, так сейчас и влюбишься. Любой красавице сто очков вперед даст. Сейчас я вас за обедом познакомлю. Я ведь не то что другие сволочи отцы, я понимаю, что наш идеал — кружиться в вихре вальса.

Замечание насчет вальса очень понравилось Ванечке, и он очнулся от легкой головокружительной дремоты.

— Я, Филипп Степанович, ничего себе. Не подкачаю.

В это время дверь опять открылась. На этот раз ее открыл бледный стриженый мальчик, лет двенадцати, с веснушчатым носом и в валенках.

— А! — воскликнул Филипп Степанович. — Узнаю своего законного сына. Это, Ванечка, позволь тебе представить, мой сын Николай Филиппович, гражданин Прохоров — пионер и радиозаяц. Где мать?

Мальчик молча поворотился и косолапо ушел в комнаты.

— Небось разогревает на кухне обед, — сказал, сопя, Филипп Степанович и подтолкнул Ванечку в совершенно темную переднюю. — Ты уж извини, пожалуйста, но у нас тут лампочка перегорела. Держись за меня. Иди, брат, все прямо и прямо, не бойся. Тут в коридоре дорога ясная.

При этом Ванечка трахнулся глазом об угол чего-то шкафоподобного. Филипп Степанович нашарил во тьме и открыл дверь. Они вошли в довольно большую комнату, наполовину заставленную разнообразной мебелью. Посредине стоял обеденный стол, покрытый клеенкой с чернильными кляксами. Через всю комнату тянулись две веревки, на которых сушились полосатые кальсоны. Одна лампочка слабого света горела в розетке большой пыльной столовой люстры. На краешке стола сидел стриженый радиозаяц и, высунув набок язык, старательно прижимал к розовому уху трубку самодельного радио.

— Милости просим, — сказал бухгалтер, кладя на стол свертки и делая жест широкого гостеприимства, — ты уж извини, Ванечка, у нас тут, как видишь, белье сушится. А то с чердака здорово прут, сукины дети. Но мы это все сейчас уладим. Присаживайся. А где же Зойка?

— На курсах, — не отводя трубки от уха, ответил сын.

— Вот так штукенция, не повезло нам с тобой, Ванечка. Она, понимаешь, на курсах стенографию изучает. На съездах скоро будет работать. Острая девушка. Такое дело. Ну, мы сейчас все устроим. Колька, где мать?

Мальчик молча кивнул на дверь.

Филипп Степанович снял калоши и в пальто и шляпе на цыпочках подошел к двери.

— Яниночка, а у нас гость.

— Пошли вон, пьяные паршивцы! — закричал из-за двери неумолимый голос.

— Такая нервная женщина, — прошептал Филипп Степанович, подмигивая Ванечке. — Ты посиди, Ванечка. Ничего, разворачивай пока закуски и открывай коньяк. Сейчас я все устрою.

Филипп Степанович снял шляпу и на цыпочках вошел в страшную комнату.

Мало сказать — розовый куст, мало сказать — цветущая клумба, нет — целая Ницца бушующих, ужасных роз обрушилась в ту же минуту на Филиппа Степановича.

— Вон, вон, негодный пьяница, чтобы духу вашего здесь не было! Вот я перебью сейчас об твою голову все бутылки и псам под хвост раскидаю твои закуски. Дома кушать нечего, в жилтоварищество за три месяца не плачено. Колька без сапог ходит, лампочки в передней нету, а ты, старый алкоголик, кутежи устраиваешь! Из каких средств? Я не позволю у себя дома делать вакханалию! Это еще что за мода! И где же это видано, шляйка несчастная, у-у!

Тщетно пытался Филипп Степанович отгородиться руками от грозного изобилия этих горьких, но справедливых упреков. В панике он начал подобострастно лепетать нечто ни на что не похожее насчет кассира, которого можно (и даже очень просто) женить на Зойке. И точка. Что кассир не прочь жениться, что партия вполне подходящая и прочее.

Жена только руками всплеснула от негодования и в следующий миг закатила Филиппу Степановичу две такие оплеухи, в правую и в левую щеку, точно выложила со сковородки два горячих блина. Белые звезды медленно выпали из глаз Филиппа Степановича, ярко зажглись и померкли.

— А, ты так? — закричал он придушенным голосом, и вдруг старинная, дикая злоба против жены подступила к его горлу и задвигалась в кадыке. — А... Так ты так?

Закрыв глаза от наслаждения, он погрузил скрюченные пальцы в папильотки жены, судорожно их помял и нежнейшим шепотом спросил:

— Будешь, стерва?

Голос его заколебался и окреп.

— Будешь, стерва? — повторил он громче и выставил желтые клыки. — Будешь, стерва?

С этими словами он, не торопясь, разодрал сверху донизу усеянный ненавистными розами капот и заведенными глазами, подернутыми синеватой пленкой, обвел комнату. Он быстро снял со стены японский веер, лаковую этажерочку, клетку с чучелом щегла, сдернул с комода гарусную попону, поймал на лету голубую вазочку, все это кучкой сложил посередине комнаты и принялся, приплясывая, топтать ногами.

— Молчать! Молчать! — орал он в исступлении неправдоподобным голосом, от которого сам глох и покрывался пеной, как лошадь. — Молчать! Я покажу, кто тут хозяин! Прошу, прошу! Накрывай на стол, дрянь! Я требую. И точка.

А Ванечка, отставив мизинчик, старался не слышать воплей и грохота скандала и в тихой тоске откупоривал бутылки карманным пробочником, горестно вынимал из бумажки, как ожерелье, плохо нарезанную краковскую колбасу.

Наконец побоище кончилось. Обливаясь по́том, Филипп Степанович появился в дверях столовой.

— Прошу прощения, — сказал он, переводя дух, и вытер переносицу дрожащим носовым платком. — Дело в том, что моя супруга плохо себя чувствует и не может выйти к столу. Прошу извинить. Эти дамские мигрени! Впрочем — ерунда. Мы поужинаем сами.

Филипп Степанович сунулся к буфету, долго в нем шарил и, наконец, хмуро поставил на стол две фаянсовые кружки с отбитыми ручками. Он потер руки и косо взглянул на Ванечку:

— Рюмку коньяку?

Они хлопнули по кружке коньяку, от которого сильнейшим образом пахло туалетным мылом. Закусили колбасой.

— «От бутылки вина не болит голова... — пропел Филипп Степанович дрожащим голосом, налил по второй. — А болит у того, кто не пьет ничего». Верно, кассир? И никаких баб. И точка. Ваше здоровье...

От второй кружки у Ванечки глаза полезли на лоб и страшно зашумело в голове, а уже Филипп Степанович совал ему в ухо слуховую трубку радио, из которого мелким горошком сыпался острый голосок:

> И будешь ты царицей ми-и-ра,
> Подруга вечная моя.

— Пошли вон, пьяные паршивцы! — нудно произнес длинный голос из будуара.

— Молчать! — вскользь заметил Филипп Степанович и бросил в дверь кусок колбасы. Колбаса шлепнулась плашмя и прилипла к филенке.

> Смотрите здесь, смотрите там,
> Нравится ль все это вам? —

с горечью пропел бухгалтер, тускло глядя на качающуюся колбасу, и заплакал, уронив голову на Ванечкино плечо.

— Замучила-таки человека, стерва! Один ты, Ванечка, у меня на свете и остался. Заездила, подлая баба. Всю мою жизнь, всю мою молодость съела, чтоб ее черти взяли! А ведь какой человек был Филипп Степанович Прохоров! Боже, какой человек! Орел! Зверь! Граф! Веришь ли... Под Чемульпо со взводом стрелков... С одним-единственным взводом...

Филипп Степанович хлебнул полчашки беленького, типа шабли № 63, и вцепился в Ванечкин рукав.

— Кассир, могу я на тебя положиться? Кассир, не выдашь?

— Положитесь, Филипп Степанович, — жалобно закричал Ванечка, не вынеся муки, скривился и заплакал от любви, жалости и преданности, — положитесь, Филипп Степанович, ради Бога, положитесь! Не выдам!

— Клянись!

— Клянусь, Филипп Степанович!

Филипп Степанович встал во весь рост и качнулся.

— Едем!

— Куда это едем? — раздался шипящий голос жены, появившейся в дверной раме, как картина. — Куда это вы собираетесь ехать, уголовный преступник?

— Молчи, стерва, — сонно ответил Филипп Степанович и вдруг, замечательно ловко сорвав с веревки полосатые кальсоны, шлепнул ими супругу по щеке.

— Разбойник! Преступник! — завизжала жена, заведя над головой голые локти. — Держите! Избивают!

— Ванечка, за мной, — скомандовал Филипп Степанович, размахивая кальсонами, — не теряй связи! Вперед!

Отбиваясь портфелем и раскачиваясь, Ванечка ринулся вслед за Филиппом Степановичем сквозь темный коридор и благополучно вырвался на лестницу. Толстый локоть, несколько исковерканных роз и испуганное лицо радиозайца метнулись где-то очень близко, позади, в пролете распахнувшейся двери. Вслед за тем дверь с пушечным выстрелом захлопнулась. Ступеньки стремительно бросились снизу вверх, сбивая с ног сослуживцев. Перила поползли, как разгоряченный удав, поворачиваясь и шипя в скользких ладонях. Кричащее эхо носилось от стены к стене. Опухшая лампочка в проволочной сетке пронеслась, как пуля, в умопомрачительной высоте и сдохла. Возле поющей входной двери, прижавшись спиной к доске объявлений жилищного товарищества и прижав к груди рыжую сумочку с тетрадкой, стояла, кусая губы, девушка, в синем дешевом пальто и оранжевой вязаной шапочке.

— Зойка! — закричал Филипп Степанович, подозрительно всматриваясь в ее испуганное лицо, окруженное русыми кудерьками, на которых блестели дождевые капли, и погрозил пальцем. — Зойка!

— Куда это вы, папаша, в таком виде, без зонтика и без калош? — прошептала она, всплеснув руками.

— Тебя не спросились. Молчать! Распустилась! И точка. За мной, кассир!

И, косо ухватившись за ручку двери, он почти вывалился на улицу.

Ванечка же, держась за стенку, стоял, очарованный, перед девушкой, улыбался, не в состоянии выговорить ни слова. Милое лицо с нахмуренными бровями неудержимо проплывало мимо его развинтившихся глаз, и он делал страшные усилия, чтобы остановить его. Но оно все плыло, плыло и вдруг проплыло и пропало. Раздался смех. Это все продолжалось не больше секунды. Ванечка пошатнулся, схватился обеими руками за медную палку и вывалился вслед за Филиппом Степановичем на улицу.

— В центр! К Пушкину! — кричал бухгалтер извозчику. — Лезь, Ванечка! А Зойка, а? Острая девица! Извозчик, Тверской бульвар, духом!

Ванечка залез под тесную крышу экипажа, приник к плечу бухгалтера, и тотчас ему показалось, что они поехали задом наперед. Дождь хлестал сбоку на штаны и в лицо. Проплыла разноцветными огнями вывеска кинематографа «Волшебные грезы». Черный город расползался вокруг гадюками блеска. Фосфорные капли с треском падали с трамвайных проводов.

Высоко над Красной площадью, над смутно светящимся Мавзолеем, над стенами Кремля, подобно языку пламени, струился в черном небе дивно освещенный откуда-то, словно сшитый из жидкого стекла, насквозь красный флаг ЦИКа.

Потом в три ручья светящаяся Тверская вынесла их сквозь грохот извозчиков и трубы автомобилей к Страстному. Экипаж остановился. Они вылезли. Непреодолимая суета охватила их. Здоровенные оборванцы, не давая проходу,

33

размахивали перед самыми их носами мокрыми букетами несвоевременных хризантем. Улюлюкали лихачи. Цинично кричали шоферы, предлагая прокатиться с девочкой в «карете любви». Серебряная мелочь посыпалась в пылающую лужу. Сноп белого автомобильного света ударил и разломил глаза.

— Ванечка, где ты? — раздался смутный голос Филиппа Степановича. — Держись за мной.

— Я здесь.

Ванечка побежал на голос и увидел мельком Филиппа Степановича. В одной руке он держал букет, к другой деловито и торопливо прижималась полная дама необычайной красоты в каракулевом манто и белой атласной шляпе. Она тащила Филиппа Степановича через площадь и быстро говорила:

— «Шато де Флер». Я лично советую. Там есть кабинет. Определенно.

> Ночные приключенья
> Сулят нам наслажденья... —

пропел возле самого Ванечкиного уха многообещающий голос, и мягкая рука просунулась под его локоть.

— Молодой человек, пригласите меня в ресторан.

Ванечка обернулся и совсем близко увидел бледное лицо с прекрасными глазами. Белая вязаная шапочка, надетая глубоко, до самых бровей, касалась Ванечкиного плеча.

— Пойдем, миленький, пойдем, а то вы своего товарища потеряете.

— Вы... Зоя? — спросил Ванечка с трудом.— Нет, постойте, вы мне сначала скажите: вы... Зоя?

— Можете считать, что и Зоя, — ответила девушка, захохотала и прижалась к плечу.

Они быстро перебежали площадь, со всех сторон обдаваемые брызгами.

— Ванечка! Где же ты? Держись за мной!

— Я тут, Филипп Степанович... Такая темнота...

Два электрических фонаря, два бешено крутящихся гудящих сатурна пронеслись над входом в ресторан.

Филипп Степанович увидел девицу в белой шапочке, погрозил Ванечке пальцем и, галантно пропустив свою даму вперед, не без труда открыл двери «Шато де Флер».

34

...Странно и непонятно перед ними возникла фигура Никиты...

— Граф Гвидо вскочил на коня! — в упоении закричал Филипп Степанович на всю Страстную площадь, и, словно в ответ на это, из дверей ресторана вырвался оглушительный шум струнного оркестра.

ГЛАВА ЧЕТВЕРТАЯ

На другой день Филипп Степанович проснулся в надлежащем часу утра... У каждого человека своя манера просыпаться утром после пьянства. Один просыпается так, другой этак, а третий и вовсе предпочитает не просыпаться и лежит, оборотившись к стенке и зажмурившись, до тех пор, пока друзья не догадаются принести ему половинку очищенной и огурец.

Мучительней же всех переживают процесс пробуждения после безобразной ночи пожилых лет бухгалтера, обремененные семейством и имеющие склонность к почечным заболеваниям.

Подобного сорта гражданин обыкновенно, проснувшись, долго лежит на спине с закрытыми глазами, в тревоге, и, ощущая вокруг себя и в себе такой страшный гул и грохот, словно его куда-то везут на крыше товарного поезда, подсчитывают, сколько денег пропито, сколько осталось и как бы протянуть до ближайшей получки. При этом коленки у него крупно и неприятно дрожат, пятки неестественно чешутся, на глазу прыгает живчик, а в самой середине организма, не то в животе, не то под ложечкой образуется жжение, сосание и дикая пустота. И лежит гражданин на спине, не смея открыть глаза, мучительно припоминая все подробности вчерашнего свинства, в ожидании того страшного, но неизбежного мига, когда над диваном (в громадном большинстве случаев подобного сорта пробуждения происходят отнюдь не на супружеской постели) появится едкое лицо супруги и раздастся хорошо знакомый соленый голос: «Посмотри на себя в зеркало, старая свинья, на что ты похож! Продери свои бессовестные глаза и взгляни, на что похож твой пиджак — вся спина белая! Интересно знать, в каких это ты притонах вывалялся так!»

Боже мой, какое унизительное пробуждение! И подумать только, что еще вчера вечером «старая свинья» катил через весь город с толстой дамой на дутых колесах, со шляпой, сдвинутой на затылок, и облезлым букетом в руках, и прекрасная жизнь разворачивалась перед ним всеми своими разноцветными огнями и приманками, и был сам черт ему не брат!

Какое гнусное пробуждение: справа — печень, слева — сердце, впереди — мрак. Ужасно, ужасно!..

Итак, Филипп Степанович проснулся и, проснувшись, испытал все то, что ему надлежало испытать после давешнего легкомысленного поведения.

В ушах стоял шум курьерского поезда. Пятки чесались. В глазу прыгал живчик. Ужасно хотелось пить. Стараясь не открывать глаз, он стал припоминать все постыдные подробности вчерашнего вечера. «Позвольте, — думал он, — как же это все, однако, произошло? Во-первых, Ванечка. Почему именно Ванечка, откуда он взялся? Впрочем, нет. Во-первых, Никита. Еще более странно. Впрочем, нет. Во-первых, страшный семейный скандал». Филипп Степанович вдруг во всех подробностях вспомнил вчерашнее побоище, рябые розы, летающую колбасу, изничтоженную клетку и прочее и стал пунцовый. Его прошиб горячий пот. Тут же он восстановил в памяти и все остальное.

— Как же это меня угораздило? Очень неприятная история, — пробормотал он, еще плотнее зажмурив глаз,

Он припомнил бумажные цветы на столиках в «Шато де Флер», стены, расписанные густыми кавказскими видами, звуки струнного оркестра, селедку с гарниром, вдребезги пьяного Ванечку и двух девиц, которые требовали портвейн и курили папиросы... Одна из них была в каракулевом манто — Изабелла, другая — Ванечкина, худая. Да что же было потом? Потом на сцену вышли евреи, одетые в малороссийские рубахи и синие шаровары, и стали танцевать гопак с таким усердием, словно хотели забросить свои руки и ноги на чердак. Потом Ванечка дал кому-то по морде кистью вялого винограда. Впрочем, это было, кажется, где-то уже в другом месте. Потом Никита посоветовал ехать на вокзал. Или нет: Никита был где-то раньше и раньше советовал, а, впрочем, может быть, и нет... Потом в отдельном кабинете, где висела пикантная картина в черной раме, под ветвистыми оленьими рогами, официант в засаленном фраке развратно выпалил из бутылки шампанского, и пробка порхнула, как бабочка. Потом Ванечка стоял посередине чего-то очень красного и внятно бранился. Потом из крана Филипп Степанович обливал голову, и вода текла за шиворот. Потом, обхватив за талию Изабеллу, он мчался сломя голову на извозчике под неким железнодорожным мостом, причем все врем боялся потерять Ванечку с Никитой и опоздать куда-то, а впереди светился багровый циферблат. Что было потом и как он добрался домой, Филипп Степанович решительно не помнил, кроме того, что, кажется, его доставил на квартиру и уложил в постель какой-то не то кондуктор, не то армянин с усами, но это уже было совершенной дичью. Одним словом, давно уже, лет десять, Филипп Степанович так не надирался и не вел себя столь безнравственно.

Сделав этот печальный вывод, бухгалтер стал приблизительно подсчитывать и припоминать, сколько он истратил денег из завтрашней, то есть сегодняшней, получки. Выходило, что рублей пятьдесят, не меньше. И то — неизвестно, сколько содрали за шампанское. Филиппа Степановича вторично ударило в пот, на этот раз — холодный. Он прислушался. В квартире была подозрительная тишина. Только в ушах летел гул и беглый грохот, и казалось, что диван раскачивается и поворачивается на весу. «Или очень рано, или очень поздно. Однако я вчера хватил через край. Э, будь что будет».

Он тоскливо замычал, потянулся, открыл глаза и увидел, что лежит на нижнем диване в купе мягкого железнодорожного вагона. Было уже вполне светло. По белому прямоугольнику стрекочущего стекла, исцарапанного стеклянным пунктиром дождя, мелькали серые тени. С гулом и грохотом, перебитым тактами стыков, поезд летел полным ходом.

На противоположном диване сидела Изабелла в белой шляпке, несколько съехавшей набок, и, разложив на коленях непомерной величины лаковую сумку, похожую на некое выпотрошенное панцирное животное, быстро пудрила лиловый картошкообразный нос. Ее большие дряблые щеки в такт вагонному ходу тряслись, как у мопса. В толстых ушах качались грушевидные фальшивые жемчуга.

— Что это происходит? — хрипло воскликнул Филипп Степанович и быстро сел. — Куда мы едем?

— Здрасте, — ответила Изабелла, — с Новым годом! К Ленинграду подъезжаем.

В глазах у бухгалтера потемнело.

— А где Ванечка?

— Где ж ему быть, вашему Ванечке? На верхней койке над вами. Тут у нас вполне отдельное купе. Вроде семейных бань. Определенно.

Филипп Степанович встал и заглянул на верхнее место. Ванечка лежал на животе, свесив голову и руки.

— Ванечка, — тревожно сказал Филипп Степанович, — Ванечка, мы едем!

Кассир молчал.

— Вы их лучше не тревожьте, — заметила Изабелла, выпятив живот и завязывая сзади на бумазейной юбке тесемки.

Она завязала их, подтянула юбку жестом солдата, подтягивающего шаровары, оправилась, запахнулась в каракулевое манто и уселась на диванчик, закинув ногу на ногу.

— Вы их лучше не тревожьте, они сейчас переживают любовную драму. Ихняя жена ночью в Клину с поезда сошла как ни в чем не бывало, такая, я извиняюсь за выражение, стерва.

— Какая жена? — ахнул Филипп Степанович.

— А такая самая, как вы мне муж, — кокетливо захихикала Изабелла и ударила Филиппа Степановича ридикюлем по желтой шее. — Какие они, мужчины! Строят вид, что ничего не помнят!

И она подмигнула, намекая.

Филипп Степанович пошарил на столике пенсне, нашел его, посадил на нос и поглядел на Изабеллины ноги. Они были толстые, короткие, обутые в пропотевшие белые бурковые полусапожки, обшитые по швам кожаной полоской, на кожаных стоптанных каблуках.

— О чем вы задумались? — весело спросила Изабелла, тесно подсаживаясь к Филиппу Степановичу.

Она пощекотала ему под носом перышками шляпы и задрала юбку до колена — прельщала.

— Не будьте такой задумчивый. Фи, как это вам не подходит! Берите с меня пример. Давайте будем мечтать, как мы будем веселиться в Ленинграде.

Филипп Степанович понял все и ужаснулся. Между тем Ванечка пошевелился у себя на койке и охнул.

— Едем, Филипп Степанович? — слабо спросил он.

— Едем, Ванечка.

— А уж я думал — может, приснилось...

Ванечка медленно слез сверху с портфелем под мышкой, покрутил взъерошенной головой, обалдело улыбнулся и еще раз охнул. Изабелла быстро поправила шляпку и, потеснее прижавшись к Филиппу Степановичу, сказала:

— Вы, Ванечка (я извиняюсь, молодой человек, что называю вас, как ваш товарищ, просто Ванечка), зря себя не расстраивайте из-за этой гадюки. Это такая, извините меня за выражение, паскуда, которая совершенно не знает, с какими людьми она имеет дело. И пусть она пропадет к чертовой матери в Клину. Пусть ее заберет железнодорожный МУР, а вы не расстраивайтесь через нее, молодой человек. Наплюйте на нее раз и навсегда. Вот, даст Бог, приедем в Ленинград — в Ленинграде, между прочим, мебель дешевая. И главное, я же их предупреждала насчет девушки и под столом ногой толкала, и ваш сослуживец, который покупал билеты, может это подтвердить.

— Кто покупал билеты? Какой сослуживец? — воскликнул бухгалтер.

— А я не знаю, кто они такие... Вы их возле «Шато де Флер» на улице подобрали, а потом они с нами всюду ездили... Будто называли — Никита. Вроде курьер из вашего учреждения.

— Никита! — застонал Филипп Степанович, берясь за голову. — Слышишь, Ванечка! Никита! Совершенно верно, теперь я припоминаю. Именно Никита. О, подлый, подлый, безнравственный курьер, который, главное, на моих глазах растрачивал деньги уборщицы Сергеевой. Вот кто все наделал!

— Он, он! Как же. Он и на вокзал посоветовал ехать, он и билеты покупал, он и в купе усаживал. Тоже порядочно подшофе. Речи всякие на вокзале в буфете первого класса произносил насчет путешествий по городам и насчет того, кому какая планета выпадет... Сам еле на ногах стоит... А между прочим, вокруг публика собирается. Все смеются. И смешно, знаете, и за них неудобно...

Выслушав все это, Филипп Степанович взял Ванечку под руку и повел его по мотающемуся коридору в уборную. Тут сослуживцы заперлись и некоторое время стояли в тесном пространстве, не глядя друг на друга. Цинковый пол с дыркой посредине плавно подымался под их подошвами и опускался трамплином. Из раковин снизу дуло свежим ветром движения. Графин с желтой водой шатался в деревянном гнезде, и в нем плавала дохлая муха вверх лапами. Пахло новой масляной краской. В зеркале, по отражению рубчатого матового окна, быстро летели тени.

— Представьте себе, товарищ бухгалтер, — наконец произнес бледный Ванечка, косо улыбаясь, — эта сука, кажется, вытащила у меня из портфеля сто червонцев и слезла ночью в Клину. Будьте свидетелем.

Филипп Степанович помочил из умывальника виски и махнул рукой.

— Чего там свидетелем. Вообще прежде всего, Ванечка, нам надо проверить наличность.

Сослуживцы присели рядом на край раковины и принялись за подсчет. Оказалось, что всего в наличности имеется десять тысяч семьсот четыре рубля с копейками.

Несколько минут сослуживцы молчали, точно убитые громом. С жужжанием круглого точильного камня в дырке раковины мелькало и неслось железнодорожное полотно.

— Итого, кроме своих, не хватает тысячи двухсот девяносто шести рублей, — наконец выговорил Ванечка и осунулся.

Бухгалтер сделал руку ковшиком, напустил из крана тепловатой воды и, моча усы, с жадностью напился.

— Что же это будет? — прошептал Ванечка, чувствуя, как у него от ужаса отрывается и умирает желудок.

Он машинально посмотрел в зеркало, но вместо лица увидел в нем лишь какую-то бледную, тошнотворную зелень.

— Что же это будет?

Филипп Степанович еще раз напился, высоко поднял брови и вытер усы дрожащим рукавом.

— Ничего не будет, — сказал он спокойно и сам удивился своему спокойствию.

Ванечка с надеждой посмотрел на своего начальника. А Филипп Степанович вдруг крякнул и совершенно неожиданно для самого себя игриво и загадочно подмигнул.

— Заявим? — спросил Ванечка робко.

— Зачем заявлять? Ерунда. Едем и едем. И точка. И в чем дело?

Он еще раз подмигнул, крепко взял Ванечку худыми пальцами за плечо и пощекотал его ухо усами, от которых еще пахло вчерашним спиртом.

— В Ленинграде не бывал?

— Не бывал.

— Я тоже не бывал, но, говорят, знаменитый город. Европейский центр. Не мешает обследовать. Увидишь — обалдеешь.

— А может быть, как-нибудь покроем?

Филипп Степанович осмотрел Ванечку с видом полнейшего превосходства и снисходительной иронии, а затем легонько пихнул его локтем под ребра.

— А женщины, говорят, по ленинградским ресторанам сидят за столиками такие, что умереть можно. Все больше из высшего общества. Бывшие графини, бывшие княгини...

— Неужели, Филипп Степанович, и княгини?

Бухгалтер присосал носом верхнюю губу и чмокнул, как свинья.

— Я тебе говорю — обалдеешь. Премированные красавицы. Мы их в первую же голову и обследуем.

Ванечка порозовел и хихикнул.

— А как же эта дамочка в каракулях?

Филипп Степанович подумал, приосанился и хмуро взглянул на себя в зеркало.

— Сократим. И точка. И в чем дело?

Уже давно снаружи кто-то раздраженно вертел ручку уборной.

— Пойдем, Ванечка, не будем задерживать. Забирай свою канцелярию. И главное — не унывай.

Они вернулись в купе. Впереди Ванечка с портфелем под мышкой, а сзади строгий Филипп Степанович. Проводник уже убирал постельные принадлежности и опускал верхние диваны. В купе стало просторней и светлей. На столике перед окном лежал бумажный мешок с яблоками, жареная курица, булка и шаталась бутылка водки. Изабелла торчала у окна и, тревожно вертясь, жевала яблоко.

— Где же это вы пропадали? Я так изнервничалась, так изнервничалась. Верите ли, даже на площадку выбегала, проводник может подтвердить.

И она прижалась к Филиппу Степановичу, положив ему на плечо шляпу. Филипп Степанович освободил нос из поломанных перьев и отстранился. Изабелла встревожилась еще больше. Такое поведение любовника не предвещало ничего хорошего. Увы, она слишком хорошо изучила повадки удовлетворенных мужчин. Ей стало совершенно ясно, что ее ночная красота при дневном освещении безнадежно теряет свои чары и власть. И это было ужасно обидно и невыгодно. Нет, она решительно не могла допустить, чтоб сорвался такой хороший фраер с такими приличными казенными деньгами. Тут надо сделать все, что угодно, расшибиться в лепешку, пустить в ход все средства, лишь бы удержать его. И она их пустила.

Чересчур весело и поспешно, словно боясь упустить хотя бы одну секунду драгоценного времени, Изабелла принялась обольщать. Она запахивала и распахивала манто, выставляла напоказ большой бюст, садилась на колени к Филиппу Степановичу, шаловливо называла Ванечку «наш незаконный сын» и хлопала его ридикюлем по спине. Она хлопотливо раздирала курицу и заботливо совала Филиппу Степановичу в рот пупырчатую ножку. При этом она без умолку болтала и напевала шансонетки времен дела Дрейфуса. Колеся по купе, она тщательно избегала попадать лицом к свету; если попадала — закрывалась до носа воротником, забивалась, как кошечка, в самый темный угол дивана и оттуда хихикала.

Она выбежала в коридор и капризным визгливым голосом крикнула проводника. Несколько инженеров, возвращавшихся в Ленинград с Волховстроя, высунулись из соседнего купе и с веселым любопытством оглядели ее кривую шляпку и бурковые полусапожки. Сделав инженерам глазки, она назвала явившегося проводника «миленький» и «дуся» и попросила принести стакан. Проводник принес фаянсовую кружку с трещиной, Изабелла вручила ему кусок курицы и сказала: «Пожалуйста, скушайте на здоровье курочку, не стесняйтесь». Затем она налила полкружки горькой и поднесла Филиппу Степановичу опохмелиться. Филипп Степанович поморщился, но выпил. Выпил и Ванечка. Проводник тоже не отказался, крякнул, закусил курицей, постоял для вежливости в дверях и, пососав усы, ушел. После этого Изабелла выпила сама глоток, задохнулась, блаженно заплакала и сказала:

— Не переношу я этой водки! Я обожаю дамский напиток — портвейн номер одиннадцать.

Выпив, бухгалтер оживился, к нему вполне вернулась снисходительная уверенность и чувство превосходства над

42

окружающими. Он выбрал из разломанной коробки «Посольских» непривычно толстую сырую папиросу, не без труда закурил, поморщился и сказал, что эта тридцатиградусная водка ни то ни се, а черт знает что и что в свое время со стариком Саббакиным они пивали такую водку у Львова, что дух захватывало.

— А говорят, скоро сорокаградусную выпустят, — живо поддержала разговор Изабелла. —Даст Бог, доживем, тогда вместе выпьем.

И она многозначительно пожала ногу Филиппа Степановича.

— И очень даже просто, — заметил Ванечка.

Затем они допили водку. Настроение, испорченное неприятным пробуждением, быстро поправлялось. Ванечка слегка охмелел и, вытянув грязные сапоги, стал мечтать о воображаемой барышне, с которой он якобы едет в обнимку на извозчике и целуется. Потом мимо него поплыла оранжевая вязаная шапочка и милое лицо с нахмуренными бровями. Он сделал усилие, чтобы остановить его, но оно, как и давеча, все плыло, плыло и вдруг проплыло и пропало. Тогда Ванечка положил подбородок на столик и печально замурлыкал: «Позарастали стежки-дорожки, где проходили милого ножки».

Изабелла истолковала это по-своему и сочувственно погладила его по голове:

— Вы, Ванечка, не скучайте. Забудьте эту негодяйку. Приедем, я вас познакомлю с одной моей ленинградской подругой, она вам не даст скучать. Определенно.

Филипп Степанович выпустил из носу толстый дым и сказал:

— Посмотрим, какой такой ваш Ленинград, обследуем.

— Останетесь в восторге. Там, во Владимирском клубе, можете представить, прямо-таки настоящие пальмы стоят, и кабаре до пяти часов утра. В рулетку игра идет всю ночь. Одна моя ленинградская подруга — тоже, между прочим, довольно интересная, но, конечно, не так, как та, про которую я говорила Ванечке, — за один вечер, ей-богу, выиграла четырнадцать червонцев, и, между прочим, на другой же день у нее вытащили деньги в трамвае... Между прочим, в Ленинграде всё проспекты. Что у нас просто улица, то у них проспект. Определенно.

— Н-да. Невский проспект, например, — подтвердил Филипп Степанович, — для меня этот факт не нов. Увидим. Обследуем. И точка.

Его уже разбирало нетерпение поскорее приехать. Между тем поезд бежал по совершенно прямому, как линейка, полотну, на всех парах приближаясь к Ленинграду. Низкая, болотистая, облитая дождем ровная земля, поросшая не то кустарником, не то мелколесьем, скучно летела назад — чем ближе к полотну, тем быстрее, чем далее, тем медленнее, и где-то очень далеко на горизонте, во мгле, словно и вовсе стояла на месте, чернея обгорелыми пнями. Через каждые шесть секунд мимо окна проплывал прямой и тонкий, темный от дождя телеграфный столб. Штабеля мокрых березовых дров, поворачиваясь углами, быстро проскакивали на полустанках. Тянулись вскопанные огороды, полосы отчуждения и будки стрелочников.

Проводник принес билеты и потребовал за постельные принадлежности. Филипп Степанович распорядился, и Ванечка выдал. Получив, кроме того, трешку на чай, проводник объяснил, что через десять минут будет Ленинград, и поздравил с благополучным прибытием.

Филипп Степанович обстоятельно осмотрел билеты и передал их Ванечке.

— Ванечка, приобщи эти оправдательные документы к делу, — сказал он с той неспешной и солидной деловитостью, с какой обыкновенно относился на службе к подчиненным.

И в его воображении вся эта поездка вдруг представилась как весьма ответственная служебная командировка, имеющая важное государственное значение.

Мимо окон пошли тесовые дачи в шведском стиле, заборы, шлагбаумы, за которыми стояли городские извозчики. Потом мелькнули полуразрушенные кирпичные стены какого-то завода, ржавые котлы, железный лом, скелет висящей в воздухе водопроводной системы... Потом потянулась длинная тусклая вода. Она все расширялась и расширялась, насквозь продернутая оловянной рябью, пока не превратилась в нечто подобное реке. За нею, за этой водой, сквозь дождевой туман, сквозь белые космы испарений, от одного вида которых делалось холодно и противно, надвигался темный дым большого города. Поезд уже шел среди товарных вагонов и запасных путей. Лучезарные плакаты курортного управления, развешанные между окон в коридоре, вдруг выцвели и покрылись полуобморочной тьмой. Вагон вдвинулся, как лакированная крышка пенала, в вокзал и туго остановился. Вошли ленинградские носильщики.

— Приехали, — сказала Изабелла и перекрестилась. Она подхватила Прохорова под руку и добавила хозяйственным голосом: — Я думаю, котик, мы сейчас поедем прямо в гостиницу «Гигиена»?

Бухгалтер мрачно поглядел на Ванечку, как бы ища спасения, но спасения не нашел.

— Поедем, Ванечка, в гостиницу «Гигиена», что ли?

— Можно в «Гигиену», Филипп Степанович.

Все трое немного потоптались на месте и выбрались из вагона на мокрый перрон.

С грязных ступеней вокзала им открылся первый вид Ленинграда: просторная каменная площадь, окруженная грифельными зданиями, будто бы обтертыми мокрой губкой. Посередине площади, уставив широкий упрямый грифельный лоб на фасад вокзала, точно желая его сдвинуть с места, стояла на пьедестале, расставив ноги, отвратительно толстая лошадь. На лошади тяжело сидел, опустив поводья, большой толстый царь с бородой как у дворника. На цоколе большими белыми буквами были написаны стишки, начинавшиеся так: «Твой сын и твой отец народом казнены». Туша лошади и всадника закрывала боком очень широкую прямую улицу, полную голубого воздуха, пресыщенного мелким дождем. То там, то здесь золотился жидкий отблеск уже зажженных или еще не погашенных огней. Вокруг площади со скрежетом бежали тщедушные вагоны трамвая, сплошь залепленные билетами и ярлыками объявлений — ни дать ни взять сундуки, совершающие кругосветное путешествие. Просторный незнакомый город угадывался за туманом, обступившим площадь. Он манил и пугал новизной своих не изведанных еще улиц, как-то намекал, подмигивал зеленоватыми огоньками, что, мол, там есть еще где-то и дворцы, и мосты, и река, которые своевременно будут показаны путешественникам.

Филипп Степанович и Ванечка остановились на верхней ступеньке и глубоко вдохнули в себя влажный воздух Ленинграда. Они пощупали тяжелые боковые карманы, переглянулись и почувствовали одновременно и легкость, и жуть, и этакое даже островатое веселье.

— Эх! Чем черт не шутит!

И какие-то очкастые иностранцы в широко скроенных и ладно сшитых коверкотах, приехавшие в международном вагоне со множеством первоклассных чемоданов, не без любопытства наблюдали, усаживаясь в наемный автомобиль, как трое странных русских — двое мужчин и одна дама — безо всякого багажа взгромоздились на необычайного русского извозчика и поехали рысцой прочь от вокзала в туманную перспективу широченной русской улицы.

Экипаж отчаянно трясло по выбитым торцам бывшего Невского проспекта, и Изабелла высоко и тяжко подпрыгивала на худосочных коленях бухгалтера и кассира. Ее шляпа реяла под дождем и ныряла, как подбитая чайка.

Ванечка осторожно толкнул Филиппа Степановича плечом и показал глазами на Изабеллину спину, как бы говоря: «Ну?» Филипп Степанович прищурил один глаз, устроил гримасу страшной кислоты и мотнул головой: «Мол, ничего, отделаемся как-нибудь».

А Изабелла прочно подпрыгивала на их коленях и думала: «Мне бы только добраться с вами, голубчики, до «Гигиены», а там уже вы от меня не отвертитесь».

ГЛАВА ПЯТАЯ

Люблю тебя, Петра творенье!
Пушкин

Через три дня после означенных происшествий Филипп Степанович и Ванечка сидели в номере гостиницы «Гигиена» и вяло пили портвейн номер одиннадцать.

— Ну? — спросил Ванечка шепотом.

— Вот тебе и «ну», — ответил Филипп Степанович мрачно, но тоже шепотом.

— Странный какой-то город все-таки, Филипп Степанович: деньги есть, все дешево, а веселиться негде.

— Это смотря как взглянуть на веселье... Однако ж довольно скучно.

— Между прочим, я думаю на днях приобрести себе гитару. Приобрету и буду играть.

— Гитару? — Филипп Степанович задумчиво выпустил из усов дым, зевнул и похлопал ладонью сверху по стакану. — Народную цитру с нотами было бы лучше. Или мандолину. На мандолинах итальянцы играют серенады.

— Можно и мандолину, Филипп Степанович...

На этом месте разговор сам по себе угас. Действительно, было довольно скучно. Надежды на роскошную жизнь пока что оправдывались слабо, хотя уже многие удовольствия были испробованы. Во всяком случае, Изабелла очень старалась. Сейчас же после прибытия в номера «Гигиены» она отлучилась и вернулась с обещанной Ванечке подругой. Подруга оказалась девицей костлявой, ленивой и чудовищно высокого роста. Называлась она — Муркой. Придя в номер, Мурка сняла кожаную финскую шапочку, поправила перед зеркалом жидкие волосы и, как была, в мокром пальто, села на колени к Филиппу Степановичу.

— Не надо быть таким скучным, — сказала она лениво и положила острый подбородок на бухгалтерову ключицу, — забудьте про свою любовь и давайте лучше веселиться. Подарите мне четыре червонца.

— Ты, Мурка, на моего хахаля не садись! —воскликнула Изабелла, захохотав. — Иди к своему жениху.

Тогда Мурка, не торопясь, встала с колен бухгалтера, сказала: «Я извиняюсь», поймала на стене клопа, убила его тут же указательным пальцем и села на колени к Ванечке.

— Забудьте про свою любовь, — сказала она, — и давайте веселиться. Подарите мне четыре червонца. Ближе к делу.

Ванечку бросило в жар, и он пообещал подарить, а потом все вместе поехали обедать в пивную у Пяти Углов. За обедом выпили. После обеда поехали на извозчиках в кинематограф. Картина не понравилась: белогвардейские офицеры расстреливали коммуниста; партизаны, размахивая шашками, зверски скакали на лошадях, стиснутые клубами красного дыма; один в пиджаке втаскивал на крышу пулемет, а в это время кокотка держала в черных губах длинную папироску и нюхала цветы... Кажется, при своих суммах можно было увидеть картину поинтересней! Потом сели на извозчиков и поехали в другой кинематограф освежиться, но не освежились, так как не поглядели на афишу, и, когда вошли в зал, на синем экране тот же самый в пиджаке волок на чердак пулемет. Однако не ушли — жаль было денег, — досмотрели до конца и поехали на извозчиках кутить в ресторан. Там знакомые по Москве украинцы в синих ша-

47

роварах танцевали гопака, на столиках стояли сухие цветы в бумажных лентах, селедка с петрушкой во рту лежала, распластав серебряные щечки среди пестрого гарнира, а дамы требовали то портвейн номер одиннадцать, то апельсинов, то паюсной икры — лишь бы подороже — и по очереди отлучались из-за стола, каждый раз прося по два рубля на уборную. Таким образом кутили до самого закрытия, а затем, очень пьяные, поехали на извозчиках продолжать кутеж в знаменитый Владимирский клуб. Во Владимирском клубе, точно, имелись пальмы в зеленых кадках и играли в рулетку. Дым стоял коромыслом, а на эстраде уже танцевали гопака. Посидели в общей зале, но, так как Ванечка порывался на эстраду и желал исполнять куплеты, пришлось перейти в отдельный кабинет. Безо всякого аппетита ели свиные отбивные котлеты и пили портвейн, херес, пиво — что попало. Когда же от хереса стало гореть в горле, а глаза сделались маринованные, тогда прошли в игорную залу. Стоит ли описывать, как играли? Дело известное. В рулетку везло, в девятку не везло. Женщины страшно волновались, просили на счастье и бегали между столов, красные и злые, спеша сделать ставку и примазаться. Потом в рулетку не везло, а в девятку везло. Потом и в рулетку не везло, и в девятку не везло. Это продолжалось до четырех часов утра. Тут же познакомились со многими компанейскими парнями и вместе с этими компанейскими парнями перешли в большой кабинет с фортепьяно; позвали двух куплетистов и выпили уйму водки. От всего дальнейшего у сослуживцев осталось впечатление сумбура и дешевизны; украинской капелле было заплачено, кроме ужина, всего тридцать рублей, куплетистам—пятнадцать да рубль на извозчика, компанейские парни стоили дороже — в среднем по два червонца на брата. А чтобы дамам не было обидно, дали и дамам по червонцу. Белым утром приехали на извозчиках домой в «Гигиену». На другой день встали поздно, пили содовую воду, пиво и без всякого удовольствия жевали дорогие груши. Перед обедом заперлись в уборной и подсчитали суммы. Затем поехали на извозчиках обедать и во всем повторили вчерашнее.

Кроме этого, сослуживцы в Ленинграде покуда ничего не испробовали, хоть заманчивый город ходил вокруг них да около, подмигивая в тумане огнями неизведанных улиц. Все собирались выбраться как-нибудь вдвоем из-под дамской опеки и досконально обследовать ленинградские приманки — бывших графинь, и бывших княгинь, и шумовой оркестр, и «Бар», и многое другое, о чем достаточно были наслышаны от компанейских парней Владимирского клуба, да не тут-то было! Изабелла хорошенько прибрала к рукам Филиппа Степановича и крепко гнула свою линию: никуда не пускала мужчин одних. А если сама отлучалась ненадолго из «Гигиены», то оставляла Мурку караулить.

Теперь Изабелла была в городе за покупками. В соседнем номере валялась на диванчике Мурка, изредка поглядывая в открытую дверь — на месте ли мужчины, — и равнодушно зевая, вынимала из уха шпилькой серу. По этому самому Филипп Степанович и Ванечка вели беседу шепотом.

— Все-таки, Филипп Степанович, как же насчет того, чтобы обследовать город? — сказал после некоторого молчания Ванечка.

— Обследовать бы не мешало, — ответил Филипп Степанович. — Будем здоровы!

Сослуживцы хлопнули по стакану и закусили грушами «бэр».

— Я думаю, Филипп Степанович, что уж если решили обследовать, то и надо обследовать. К чему зря время проводить с этими дамочками?

— Вы так думаете? — спросил Филипп Степанович и прищурился.

— А то как же! Будет.

— И точка. Едем.

Бухгалтер решительно встал и надел пальто. Тут Мурка неохотно сползла с дивана и сказала в дверь:

— Куда же мы поедем? Подождемте, граждане, Изабеллочку. Она сию минутку вернется.

Филипп Степанович окинул ее поверхностным взглядом.

— Вы, мадам, продолжайте отдыхать на диване. Вас это не касается. Идем, Ванечка.

— Мне это довольно странно, — сказала Мурка и обиделась, — а вам, Ванечка, стыдно так поступать с девушкой.

Ванечка сделал вид, что не слышит, и надел пальтишко. Мурка подошла и взяла его за портфель.

— Я от вас этого не ожидала, Ванечка (кассир молча отстранился). Что ж вы молчите?

Решительно не зная, что предпринять, Мурка сделала попытку зарыдать и упасть в обморок, но, в силу природной лени и полного отсутствия темперамента, у нее это не вышло. Она только успела заломить руки и издать горлом довольно-таки странный звук, как Филипп Степанович вдруг весь заклокотал, выставил желтые клыки и рявкнул:

— Молчать!

Он был страшен. Мурка съежилась и захныкала в нос. Филипп Степанович спрятал клыки и спокойно распорядился:

— Товарищ кассир, выдайте барышне компенсацию.

Ванечка вытащил из кармана четыре червонца, потом подумал, прибавил еще два и дал Мурке.

— Мерси, — сказала Мурка, заткнула бумажки в чулок и лениво пошла лежать на диване.

Сослуживцы с облегчением выбрались из гостиницы, но едва успели пройти десяток шагов по улице, как нос к носу увидели Изабеллу, которая катила на лихаче, в розовой шляпке с крыльями. Вся заваленная покупками, она нетерпеливо колотила извозчика между лопаток новеньким зеленым зонтиком. Ее ноздри раздувались. По толстому возбужденному лицу текла размытая дождями лиловая пудра. Серьги и щеки били в набат. По-видимому, ее терзали нехорошие предчувствия. Она уже проклинала себя за то, что так долго задержалась в городе. Правда, она успела обделать все свои делишки — положить на книжку четыреста семьдесят рублей, купить шляпку, зонтик, ботики, набрать на платье и заказать у белошвейки два гарнитура с мережкой и лентами, но все-таки было чересчур неосторожно оставить мужчин одних под охраной Мурки. Мужчина — вещь ненадежная, особенно если у него в кармане деньги. Изабелла ужасно беспокоилась. Густой жар валил от лошади.

— А... Изабеллочка!.. — слабо воскликнул Филипп Степанович, льстиво улыбаясь, и уже готов был встретиться глазами с поравнявшейся подругой, как вдруг из-за угла выполз длинный грузовик «Ленинградтекстиля», ударил брызгами, шарахнул бензином... Оглушил и разъединил.

— Не увидит, — шепнул Ванечка, — ей-богу, не увидит! Ей-богу, Филипп Степанович, проедет! Прячьтесь!

С этими словами он втащил обмякшего бухгалтера в ближайшую подворотню. И точно — Изабелла проехала мимо, не заметив. Прождав минут пять в подворотне, сослуживцы выбрались из засады и бросились к извозчику.

— Куда прикажете?

— Валяй, братец, пожалуйста, все прямо и прямо, куда хочешь, только поскорей! — задыхаясь, крикнул Филипп Степанович. — Пятерка на чай!

Извозчик живо сообразил, что тут дело нешуточное, привстал на козлах, как на стременах, дико оглянулся, перетянул вожжами свою кобылу вдоль спины и так пронзительно гикнул, что животное понеслось вскачь со всех своих четырех ног и скакало до тех пор, пока не вынесло седоков из опасных мест.

Нетрудно себе представить, что произошло в номерах «Гигиены», когда Изабелла, явившись туда, обнаружила исчезновение мужчин. Сцена между двумя женщина была так стремительна, драматична и коротка, изобиловала таким количеством восклицаний, жестов, интонаций, слез, острых положений и проклятий, что изобразить все это в коротких словах — дело совершенно безнадежное.

Между тем сослуживцы трусили по широким пустоватым проспектам, затянутым дождливым туманом, и беседовали с извозчиком.

— Ты, извозчик, вот что, — сказал Филипп Степанович, постепенно приходя в себя и набираясь своего обычного чувства превосходства и строгости, — вези ты нас, извозчик, теперь по самым вашим главным улицам. Мы тут у вас люди новые. Приехали же мы сюда, извозчик, из центра, по командировке, для того, чтобы, значит, обследовать, как у вас тут и что. Понятно?

— Понятно, — ответил извозчик со вздохом и сбоку поглядел на седоков, думая про себя: «Знаем мы вас, обследователей, а потом шмыг через проходной двор и до свиданья», но все-таки подтвердил: — Так точно. Понятно.

— Так вот, и вези нас таким образом.

— Овес, эх, нынче дорог стал, барин,— заметил извозчик вскользь.

— Ладно, ты нас вези, главное, показывай достопримечательности, а насчет овса не беспокойся — не обидим.

— Покорно благодарим. Можно и показать, что жа? Только кто чем, ваше здоровье, интересуется... Тут, например, невдалеке есть одно местечко, называется Владимирский клуб, — туда разве свезти? Некоторые господа интересуются. Там, между прочим, пальмы стоят, во Владимирском клубе-то.

— Нет, только, пожалуйста, не туда. Это нам известно. Ты нас вези подальше от Владимирского клуба, куда-нибудь на этакий Невский проспект или туда, где есть мосты. Одним словом, чтобы можно было различные монументы посмотреть.

— Можно, ваше здоровье, и на Невский. Только он у нас теперь, извините, называется Двадцать пятого октября. Что жа. Там и мосты найдутся. Допустим, есть Аничков, где лошади. Если же дальше по Двадцать пятого октября ехать, то аккурат к Гостиному двору приедешь. А еще ежели подалее, то и до самой Морской улицы можно доехать, — направо своротить, тут тебе сейчас же и Главный штаб, тут тебе и Зимний дворец, где цари жили, тут тебе и Эрмитаж на Миллионной улице. Тоже места стоящие — это как прикажете.

— Вот ты нас и вези туда, куда хочешь.

— Что жа! Но, милая!

Извозчик расшевелил вожжами кобылку, и перед взорами путешественников пошли-поплыли, раздвигаясь, царственные красоты бывшей столицы. Невский проспект тянулся всей своей незаполнимой шириной и длиной, всеми своими еще не зажженными фонарями, редкими пешеходами, магазинами, трестами, чистильщиками сапог, лоточниками, слабо заканчиваясь где-то невероятно далеко знаменитой иглой. За оградой Екатерининского сквера мелькнула невозмутимая императрица, высеченная оголенными розгами деревьев, вместе со всеми своими любовниками, до полной черноты и невменяемости. Темные воды Мойки, стиснутые серым гранитом, не щедро отражали горбатый мост и высокие однообразные дома со множеством грифельных окон — дома, словно бы нарисованные и вырезанные из картона. А проспект все тянулся и тянулся, казалось, конца ему никогда не будет.

— Вот она и Морская самая, — сказал извозчик и свернул направо.

В узкой, высокой и кривой улице была тишина.

— А вот энта — арка Главного штаба.

И точно, впереди, соединяя собой два казенных здания, перед сослуживцами неожиданно близко предстала темно-красная арка. Перед нею, сбоку, из стены, на кронштейнах торчали толстые часы. В пролете арки, наполовину заслоненной циферблатом этих часов, виднелась часть юной мостовой. Процокав под темными сводами, извозчик выехал на Дворцовую площадь, и тут открылось зрелище необыкновенной красоты и величия. Сплошь вымощенная мелким круглым булыжником, громадная Дворцовая площадь наполовину была окружена подковой здания. На противоположной стороне, занавешенная дождем виднелась красно-бурая масса Зимнего дворца со множеством статуй на крыше. Ни одного человека не было на площади. А посредине, в самом ее центре, легко и вместе с тем прочно, возвышалась тонкая триумфальная колонна. Она была так высока, что ангел с крестом на ее вершине, казалось, реял на головокружительной высоте в триумфальном воздухе надо всем этим окаменелым беззвучным и пустым миром камня.

— Это тебе, брат, не Владимирский клуб, — сказал Филипп Степанович с таким видом, будто бы все это было делом его рук. — Ну, что ты на это можешь сказать, кассир?

— Что и говорить, здоровая площадь, Филипп Степанович. Царизм!

Извозчик пересек площадь, обогнул трибуну, сколоченную для Октябрьских торжеств, проехал совсем близко под боковыми балкончиками Зимнего дворца и свернул на набережную. Подул порывистый ветер. Желтая вода хлестала в устои моста. Нева была неправдоподобно просторна и сердита.

Обгоняемые темным течением вздутой реки, они поехали по пустынной набережной мимо прекрасных домов и оград. Но уже ни на что не обращал более внимания Филипп Степанович, потрясенный виденным. В его и без того расстроенном воображении безо всякой последовательности возникали картины то никогда не виданных наяву гвардейских парадов, то великосветских балов, то царских приемов, то гусарских попоек. Придворные кареты останавливались у чугунных ротонд воображаемых дворцов, кавалергардские перчатки с раструбами касались касок, осененных литыми орлами, зеркальные сабли царапали ледяной паркет, шпоры съезжались и разъезжались с телефонным звоном, лакеи несли клубящееся шампанское.. и граф Гвидо, занеся ботфорт в стремя вороного скакуна с красными ноздрями, избоченившись, крутился среди всего этого сумбура в шляпе со страусовым пером и розой на груди.

Тем временем извозчик уже давно стоял на Сенатской площади перед статуей императора Петра, и Ванечка, взобравшись на скользкую скалу цоколя, норовил дотянуться крошечной ручкой до потертого брюха вставшей на дыбы лошади, где наискосок было нацарапано мелом: «Мурка-дурка».

Свесив длинные ноги и обратив медные желваки щербатого лица к Неве, увенчанный острыми лаврами, император простирал руку вдаль. Там, вдали, среди обманчивой мги, мерещились корабельные реи и верфи. Оттуда по неспокойной воде надвигался ранний вечер.

Филипп Степанович тоже взобрался на цоколь, постоял между задними ногами лошади и обстоятельно потрогал ее мятущийся отвердевший хвост.

Затем, так как обоих сослуживцев мучил голод, а Ванечку, кроме голода, еще мучило нетерпение поскорее обследовать не обследованные доселе ленинградские удовольствия и познакомиться с бывшими княгинями, извозчику было приказано везти куда-нибудь, где можно было бы пообедать и выпить.

Извозчик повез их мимо шафранных близнецов — Правительствующего сената и Правительствующего синода и огибая Исаакия, тронулся другой дорогой обратно на Невский. Однако знаменитый собор не произвел на торопливых путешественников должного впечатления. И долго еще им вослед глазами, скрытыми в колоннадах, укоризненно смотрел Исаакий, похожий на голову мавра, покрытую угольным золотом византийской шапки.

Через некоторое время сытые и пьяные сослуживцы лихо промчались в тумане по Невскому проспекту, который уже светился огнями, и вошли в знаменитый «Бар», что в доме «Европейской» гостиницы. А еще спустя час швейцар «Европейской» гостиницы, пробегая на угол за папиросами, увидел, как из дверей «Бара» вывалилась на улицу куча людей. Впереди бежали двое: один маленький, другой высокий. Позади них, сдерживая растопыренными руками четырех взволнованных девиц, продвигался третий, в широком пальто, с трубкой, рассыпавшей во тьме искры.

— Мужчины, меня! И меня возьмите! — кричали девицы, визжа и тормоша молодого человека с трубкой, который кричал:

— Отстань, Нюрка! Верка, отлипни! Никого не возьмем! Пустите, ну вас всех в болото!

— Возьмите хоть Ляльку! Лялька — баронесса!

— Какая она, к черту, баронесса! Не хватай за реглан!

— Ну, погоди, вредный стерва!

При этих восклицаниях трое мужчин влезли в прокатный автомобиль, более, впрочем, похожий на тюремную колымагу, и захлопнули за собой дверцу.

Шофер дал газу, машина выстрелила, из выбитого окошка вытянулась рука и запустила в девиц растрепанный букет хризантем.

— Валяй на Каменноостровский!

Автомобиль тронулся. Из того же окошка выглянула усатая голова и заорала на всю улицу:

— Даешь государя императора! До свидания, милашки! Кланяйтесь знакомым!

И автомобиль уехал.

ГЛАВА ШЕСТАЯ

— Значит, высшее общество?

— Определенно.

— Без жульничества?

— Ясно.

— И... государь император?

— Будьте фотогеничны.

— Видал, кассир? Что же ты молчишь? Э, брат, да ты, я вижу, вдребезину... И в чем дело? И точка...

Тут, проковыляв через некий длинный мост, машина остановилась. Белый свет автомобильных фонарей лег вдоль ограды особняка и повис стеклянным паром.

— Приехали, — объявил молодой человек с трубкой и открыл дверцу.

Филипп Степанович вылез из машины и размял ноги, сказавши:

— Посмотрим, посмотрим. Обследуем.

— И гр...афини? — спросил Ванечка нетвердо, и в развинтившихся его глазах вздвоился и поплыл длиннейший ряд уличных огней.

— Ясно.

— Только чтоб настоящие бывшие, а не л...липовые... Аблимант...

Массивная дверь особняка, возле которой позвонил молодой человек, открылась, и перед сослуживцами предстал седовласый лакей в белых гамашах и красной ливрее с золотыми пуговицами.

— Свои, свои, — поспешно заметил молодой человек. — Входите, граждане, милости просим. А ты, братец, товарищ лакей, беги наверх и доложи там все, как следует быть. Скажешь, что, мол, джентльмены из Москвы и тому подобное. Жив-ва! Прошу вас, господа, антре.

Лакей исчез, а джентльмены из Москвы, подталкиваемые молодым человеком, который делал вокруг них элегантные пируэты, вступили в вестибюль особняка и тут же обалдели, пораженные его невиданным великолепием. Отраженные справа и слева зеркалами, величиной с добрую залу каждое, освещенные множеством электрических канделябров на мраморных подставках, сослуживцы поступили в распоряжение швейцара и, едва разделись, почувствовали себя до того стеснительно, что захихикали, как голые в бане. Под лестницей, за маленьким столиком, аккуратно сложив губки, сидела надменная барышня в вязаной кофте и продавала билеты. Заплатив деньги, Филипп Степанович поправил на носу пенсне, подергал себя за галстук и проговорил нетрезво, через нос:

— Ну-с...

— Больше жизни! Больше темперамента, джентльмены! — воскликнул молодой человек, подмигнув продавщице билетов, подхватил Ванечку под руку. — За мной, сеньоры, сейчас я вас введу в самый изысканный из всех салонов, какие только имеются в СССР! Вперед и выше!

С этими словами он дружелюбно обнял Филиппа Степановича за талию и потащил вверх по мраморной лестнице, прыгая через две ступеньки и прищелкивая каблучками. Его темно-синяя бархатная толстовка вздувалась колоколом, бегло отражаясь во встречных зеркалах. Артистический галстук клубился и заворачивался вокруг тощей шейки. Полосатые брючки вырабатывали мазурку. Крысиные глаза, чрезвычайно тесно прижатые к большому носу, плутовато, но жестко шныряли по сторонам. Худые щеки отливали синевой бритья. Из трубки стремительно летели искры.

В первой обширной зале, куда они таким образом вбежали, было ярко, но пусто. Лишь в самом дальнем ее углу блистал раскрытый рояль, похожий на фрак. За роялем сидела фигура неразборчивой наружности и одним пальцем печально вытакивала «Кирпичики», с большой паузой после каждой ноты. Посредине следующей залы, отражаясь вверх ногами в паркете, красовался, опираясь на саблю, голубой корнет. Он щупал пальцами под носом английские усы.

— Полянский, где общество? — спросил его на бегу молодой человек.

Корнет вытянулся и ударил шпорами.

— Обчество в гогубой гестиной, — сказал он, кланяясь, и показал весь свой широко пробритый пробор от лба до самого затылка. — Жожгик, дайте тги губля, я в доску пгоиггался.

Молодой человек только ручкой отмахнулся.

— Какие там три рубля, когда дело пахнет тысячами.

— Видал? — шепнул Филипп Степанович, щупая Ванечку за бок. — Ну, что ты теперь можешь сказать, кассир?

И хотя кассир решительно ничего не мог сказать, потому что был пьян совершенно, и только невразумительно ухмылялся, Филипп Степанович прибавил:

— А еще в поезде говорил: «Покроем... покроем», а чем тут крыть, когда нечем крыть?

При этом случае бухгалтер почел своим долгом помянуть старика Саббакина, у которого зять служил в московских гренадерах, но ничего не успел сказать, так как сию же минуту они очутились на пороге новой залы — голубой гостиной.

Тот же лакей, только что возвестивший прибытие гостей, посторонился и пропустил их в дверь.

— Леди и джентльмены! — закричал молодой человек не своим голосом, делая правой рукой по воздуху росчерк. — Внимание! Разрешите представить вам моих новых друзей, которые приехали из Москвы в Санкт-Петербург со специальной целью повращаться в высшем свете. Прикажете принять?

Из-за бархатной спины молодого человека сослуживцы заглянули в залу, и в глазах у них окончательно помутилось. Перед ними был высший свет. Вдоль стен, и впрямь обтянутых штофной материей голубого цвета, на шелковых голубых диванчиках и стульях с золотыми ножками сидели в весьма изящных позах дамы и мужчины самой великосветской наружности — генералы в эполетах и разноцветных лентах, сановники в мундирах, окованных литым шитьем, престарелые графини с орлиными носами и йодистыми глазами в черных кружевных наколках, правоведы, адмиралы, кавалергарды, необычайной красоты девушки в бальных платьях... Иные из них курили, иные беседовали между собой, иные обмахивались страусовыми веерами, иные, накинув ногу на ногу и прищурясь, сидели с неподвижной небрежностью, подпирая напомаженную голову рукой в белой перчатке. На столиках были бутылки, пепельницы и цветы. И посреди всего этого великолепия, подернутого жирной позолотой очень яркого электрического освещения, по непомерному голубому ковру обюссон задумчиво расхаживал, обнявши за талию лысого старичка во фраке, покойный император Николай Второй.

— Пр-рикажете принять? — еще раз закричал молодой человек, насладившись впечатлением, произведенным на сослуживцев, и пронзительно захохотал. Вслед за тем он вытолкнул Филиппа Степановича и Ванечку вперед. Все лица, сколько их ни было в зале, обратились к ним и, как показалось с пьяных глаз, на разные лады подмигнули.

— Просим, просим! — закричали великосветские люди и захлопали в ладоши.

Император же Николай Второй оставил лысого старичка и, не торопясь, подошел к Филиппу Степановичу. Остановившись от него невдалеке, он отставил вбок ногу, мешковато осунулся, слегка обдернул гимнастерку штиглицовского материала цвета хаки-шанжан, лучисто улыбаясь, потрогал двумя пальцами, сложенными словно бы для присяги, рыжий ус и затем слабеньким голоском произнес, несколько заикаясь, по-кавалерийски:

— Здравствуйте, господа. Очень рад вас видеть.

— Клянусь честью! — воскликнул при этом старичок во фраке и со слезами на глазах забегал по залу, ломая ручки. — Клянусь честью, господа! Это что-то феноменальное! Он! Он! Вылитый он! Именно так — здравствуйте, господа! Очень рад вас видеть — тютелька в тютельку. Не верю своим глазам, не верю своим ушам! Еще раз, умоляю вас, еще раз!

— Извольте... Здравствуйте, господа. Очень рад вас видеть, — точно таким же образом повторил император и вдруг густейшим басом с горчичной хрипотой выпалил, выпучив грозно глаза с красными жилками: — Водки? Пива? Шампанского? Или прямо в девятку? Хо-хо-хо!.. — И покачнулся, рыгнув кислой капустой.

И не успели сослуживцы не то что произнести хотя бы одно слово, но даже сообразить что-нибудь путно, как уже голубой корнет появился перед ними.

— Блегегодные штатские. Лейб-гвагдии конно-ггенагегского его величества полгка когнет князь Гагагин-второй. Обгчество тгебует щедгости и шиготы. Пгикажете гаспоядиться насчет ужина?

Филипп Степанович с косого глаза посмотрел на голубого корнета, весьма ядовитого, приподнял бровь и надменно сказал в нос:

— И оч-чень приятно. А я граф Гвидо со своим кассиром Ванечкой.

Тут он сделал страшно великосветский жест широкого радушия и вдруг побагровел.

— И оч-чень приятно! — закричал он фаготом. — Прошу вас, господа! Суаре интим. Шерри-бренди... Месье и мадам... Угощаю всех... Чем Бог послал...

Сию же минуту покачнувшийся Филипп Степанович был подхвачен под руки с одной стороны корнетом, а с другой покойным императором и бережно доставлен в соседнюю залу, где находился буфет. Наверху, на хорах, заиграл струнный оркестр. Престарелый адмирал вытащил из кармана сюртука колоду карт. Великосветские дамы и мужчины гуськом потянулись к буфету, где уже слышались острые поцелуи винных пробок. Молодой человек с трубкой носился по залам, словно бы дирижируя последней фигурой забористой кадрили. Зала опустела, и наконец забытый в общей суматохе Ванечка остался один, не без труда удерживаясь на ногах на самой середине ковра, на том самом месте, где только что прогуливался император. Сконфуженно крутя головой и плотно сжимая под мышкой портфель, Ванечка осоловелыми глазами обвел залу и вдруг увидел девушку, которая сидела вся закутанная в персидскую шаль, положив ногу на ногу, курила папироску и смотрела на него слегка прищуренными черкесскими глазами, как бы говоря: «Вы, кажется, хотели, молодой человек, познакомиться с графиней? Так вот, допустим, я графиня. К вашим услугам. А ну-ка, рискните». У Ванечки осипло в горле. Он подошел, сгорбившись, к девушке, довольно неуклюже шаркнул сапогами и, по-телячьи улыбаясь, высыхающим голосом спросил:

— Вы, я извиняюсь, княгиня?

— С вашего позволения — княжна, — ответила девушка и пустила в кассира струю дыма. — Ну, и что же дальше?

...Тем временем, расправившись, как следует быть, с растяпой Муркой, Изабелла закусила толстые губы и, не теряя понапрасну времени, пустилась в погоню за беглецами. Иная на ее месте, пожалуй, плюнула бы на все и успокоилась: «Пускай другие попользуются молодыми людьми, а с меня и того, что перепало, довольно». Только не такой девушкой была Изабелла, чтобы успокоиться на этом. Жадности она была сверхъестественной и планы обогащения имела самые обширные — тысячи на полторы, а то и на две, если не на все три. Одна мысль, что шальные денежки могут достаться другой, приводила ее в энергичное бешенство.

Основательно поторговавшись с извозчиком, на что ушло добрых четверть часа, Изабелла грузно уселась в пролетку, решительно подобрала манто и пошла колесить по Ленинграду. В первую голову она, разумеется, объехала наиболее подозрительные вокзалы, разузнала, когда и куда уходят поезда, и, не найдя мужчин ни в буфете, ни возле кассы, успокоилась — значит, не успели уехать. После этого Изабелла предприняла планомерное обследование всех ресторанов и пивных-столовых, где, на ее опытный взгляд, могли загулять сбежавшие мужчины. Этих заведений было немало, но она знала их наперечет по пальцам. Сперва она заехала в кафе «Олимп», где посредине, в стеклянном ящике, всегда выставлен громадный поросенок с фиалками во рту. Там она показала подругам новую шляпку, дала пощупать фильдеперсовые чулки, обругала дуру Мурку, высокомерно намекнула, что живет теперь с одним председателем московского треста и на книжке имеет полторы тысячи. Словом, напустила завистливого тумана, поджала губы, подобрала манто и шумно удалилась. Затем она побывала таким же точно манером в «Низке», в «Вене», в «Шато де Флер» (ибо разве есть в России хоть один городишко, где бы не было «Шато де Флер»?), в «Гурзуфе», в «Дарьяле», в «Континентале», в «Южном полюсе», на всякий случай даже во Владимирском клубе и во множестве прочих учреждений того же характера, пока, наконец, часу в девятом не очутилась в «Баре».

— Ой, опоздала! — воскликнула, хохоча до слез, одна из тутошних девиц, после того как Изабелла, обежав все девять дубовых апартаментов американской пивной, тяжело дыша, подсела к столику. — Опоздала, Дунька, опоздала! Что тут было без тебя только что! Умереть можно! Являются, представь себе, каких-то двое, пьяные как зюзи. Их даже пускать сначала не хотели. Одеты довольно паршиво. Но монеты при них, понимаешь, вот такая пачка и даже больше. И кричат: «Где у вас тут графини и княгини? Хотим, кричат, заниматься с женщинами из высшего общества!» А сами аж со стульев падают, до того пьяные!

— Где ж они теперь? — спросила Изабелла, бледнея, и щеки у нее затряслись. — Куда ж они девались?

— Смотрите, какая быстрая нашлась! А видела, как лягушки прыгают? — быстро и злобно подхватила одна девица в кошачьей горжетке и раза три показала кукиш. — Держи черта за хвост. Их Жоржик повез в машине на Каменноостровский, к царю. Теперь пиши пропало. Пока их там окончательно не разденут — не выпустят. Определенно. У них там целый арапский трест вокруг царя организовался.

— Какой царь? Какой трест? — зашипела Изабелла багровея. — Что вы мне, девушки, пули льете?

— Ой, глядите, она ничего не знает! С луны ты сорвалась, что ли, или еще с чего-нибудь? У нас тут в Ленинграде такие дела творятся, что подохнуть можно от удивления. Такая пошла мода на кино, что дальше некуда. Всякий день ставят какие-нибудь исторические картины. Представь себе, начали недавно снимать одну картину, называется «Николай Кровавый», где царь участвует, и царица, и вся свита, министры и разные депутаты. И главное, снимаются не какие-нибудь там артисты, а настоящие бывшие генералы, адмиралы, адъютанты, офицеры. Даже митрополит один и тот снимался, чтоб мне не сойти, тьфу, с этого места! По три рубля в день получали, а которые на лошади, так те — восемь. Пораздавали им ихние всевозможные лейб-гвардейские френчи, галифе, погоны, сабли — нате, надевайте. Потеха. Сначала они, конечно, сильно стеснялись переодеваться. Думали, что как только наденут свои старорежимные формы, так их сейчас же — бац за заднюю часть и в конверт. Но потом, однако, переоделись. Как-никак всетаки три рубля на земле не валяются. Потом их три дня мучили — снимали как на площади, так и в самом Зимнем дворце. Народу собралось видимо-невидимо, как на наводнение. Конную милицию вызывали. Даже царя Николая для этого дела выкопали настолько подходящего, что многие бывшие в обморок попадали, как только увидели, — до того, говорят, похож. И, представь себе, кто же? Один простой, обыкновенный булочник с Петербургской стороны. Пьяница и жулик. По фамилии Середа. У него и борода такая, и усы такие же точь-в-точь — словом, вылитый царский полтинник. А тут из Москвы как раз приезжает тот самый главный киноартист, который должен играть Николая Кровавого. Три месяца специально себе бороду отращивал и вот наконец является. Тоже, говорят, на Николая похож, только немного толстый. Ну конечно, привезли их обоих в Зимний дворец, одели в мундиры и начали сравнивать. Позвали специалистов — старых царских лакеев, показали на обоих и спрашивают: «Который царь больше годится?» И что же ты думаешь? Как увидели лакеи нашего булочника, так на того, другого, московского киноартиста, и смотреть больше не захотели. «Этот, — говорят, — этот. Как две капли. А тот чересчур толстый, и нос совершенно не такой!» Так москвич и уехал вместе со своей бородой обратно в Москву. Ужасно, говорят, выражался на вокзале. Бить морду булочнику хотел. Жалко, тебя, Дунька, не было. Мы тут два дня умирали.

— Ну а дальше, дальше, насчет треста! — воскликнула Изабелла, тревожно поворачиваясь на стуле. — Дальше рассказывай.

— Дальше дело всем известное. Как эти самые генералы-адмиралы надели формы — видят, что их никто не трогает, а даже, наоборот, по три рубля в день выплачивают, — так им это дело до того понравилось, что съемка уже три дня кончилась, а они все раздеваться не хотят. Засели все в одной киностудии на Каменноостровском — и никак по домам не разойдутся: ходят в своих френчах, носят сабли, водку пьют. Там вместе с ними и булочник, и некоторые бывшие женщины.

— Ну а что же за трест?

— Трест очень простой. Жоржика знаешь? Ну как же, конферансье, известный арап. Он этот трест и устроил. Завел там, в особняке, буфет с напитками, тапера, оркестр, фокстрот, посадил у входа в лавочку кассиршу, сообразил девятку, пульку, чуть ли не рулетку и возит туда дураков-иностранцев — весь царизм показывает им по пятьдесят рублей в долларах с рыла. Тем, конечно, интересно посмотреть, как и что. Еще бы. А там их куют, как тех лошадей. Вчера из одних немцев двести червонцев, например, выдоили. А сегодня этих двух повезли. Теперь им вата-блин. Пока не разденут, до тех пор не выпустят. Это уж определенный факт.

Не говоря ни слова, Изабелла сорвалась с места и бросилась вон из «Бара». В дверях ее пытался облапить дюжий шведский шкипер в фуражке с золотым дубовым шитьем. Но Изабелла обеими руками уперлась ему в грудь и с таким остервенением толкнула, что удивленный моряк долго бежал задом, приседая и балансируя, пока наконец грузно не уселся на чьи-то совершенно посторонние колени. Тут в его выпученных глазах медленно опрокинулась вся внутренность «Бара» — дубовые стены, цветы, плакаты, кружки, шляпки, раки... Даже раздирающий грохот шумового оркестра и тот, казалось, покачнулся и опрокинулся, высыпавшись на голову всем своим трескучим винегретом — пищульками, трещотками и тарелками.

А Изабелла, прошипев сквозь прикушенные губы насчет нахальных иностранцев, позволяющих себе чересчур много, уже мчалась на извозчике разыскивать арапский трест. Дело было нелегкое, но не прошло и часу, как она, перебудоражив всех дворников, сторожей и управдомов Каменноостровского проспекта, отыскала особняк киностудии и ворвалась в него через незапертую дверь с черного хода в тот самый момент, когда кутеж был в самом разгаре. Внутри дома, в отдалении, слышались пьяные голоса, булькала, как кипяток, жгучая музыка.

Швыряя зонтиком незнакомые двери, Изабелла побежала на этот шум. В полутемном коридоре она споткнулась об ящик с пустыми бутылками и какой-то треножник — страшно выругалась. Потом заблудилась и попала в кафельную кухню, где в горьком кухмистерском чаду пылал и плакал багровый повар. Затем взбежала по дубовой лестнице вверх, окончательно запуталась, сунулась опять в коридор без дверей и потом снова взбиралась по лестнице, но уже на этот раз узкой и железной, пока, наконец, не очутилась на хорах под лепным расписанным плафоном позади играющего струнного оркестра. Злобно раскидав локтями скрипки и пюпитры, наступая на мозоли и надув белые щеки, Изабелла продралась к перилам, заглянула вниз и сейчас же увидела под собою залу и лысину Филиппа Степановича, который как раз в этот миг с кинжалом в зубах танцевал посередине залы наурскую лезгинку «Молитва Шамиля». Поверх пиджака на нем болтался генеральский мундир, и эполеты хлопали его запанибрата по плечам золотыми своими лапами. Совершенно неправдоподобно выворачивая костлявые ноги, бухгалтер потрясал пивной бутылкой, рычал, подмигивал и был страшен. А вокруг него стояли кругом шумные люди из самого высшего общества и пьяно хлопали в ладоши, отбивая такт.

— Я извиняюсь, котик, ты здесь? — закричала Изабелла, свешиваясь в залу, и взмахнула зонтиком. — А я тебя ищу по всему городу! Ах ты, Боже мой, посмотри, на кого ты похож! Ах, ах!

Музыка прекратилась.

— Изабеллочка, — пискнул бухгалтер, и кинжал выпал из его зубов, воткнувшись в ковер. Общество шарахнулось. Молодой человек в бархатной толстовке юрко забегал крысиными своими глазами по сторонам. Он чувствовал, что предстоит скандал, связанный со множеством неприятностей. Покойный император вышел, пошатываясь, из буфета с половиной курицы в руке, потрогал ус и тут же подавился. А Изабелла уже пришла в себя и низвергала на головы высшего общества крики, грубые и угловатые, как кирпичи, падающие с постройки.

— Мошенники! Бандиты! — кричала она, багровея сама, как кирпич. — Нету на вас уголовных агентов! Завлекли в свой арапский трест чужого мужчину, напоили и хочете окончательно раздеть? Так нет! Я не посмотрю на вас, что вы здесь все генералы-адмиралы. Я на вас в ГПУ донесу! Прошло то проклятое время царизма! А вы, чертовы графини, тьфу на вас всех! А тебе, котик, довольно стыдно поступать так со знакомой женщиной. — Тут Изабелла всхлипнула и утерла нос каракулевым рукавом. — Я от тебя этого, котик, никак не ожидала! Тем более что нахожусь в положении и на аборт надо минимум восемь червонцев — пускай женщины подтвердят — или же алименты, одно из двух. А вы все будьте свидетелями!

Услышав это, Филипп Степанович, как он ни был пьян, почувствовал такой ужас и тоску, что забегал по зале, как заяц, спотыкаясь о предметы, сослепу не находя дверей. Изабелла же, сообразив, что сражение почти выиграно и главное теперь — быстрота и натиск, не долго думая, перекинулась через перила, обхватила толстыми ногами колонну и съехала вниз, как солдат с призового столба, и, задыхаясь, предстала перед Филиппом Степановичем.

— Изабеллочка! Яниночка! — пролепетал бухгалтер. — Ванечка, где же ты? Друзья! Кассир! Ко мне!

— Собирайся, котик, домой! — ласково прошипела Изабелла. — Собирайся, детка, пока тебя тут окончательно не раздели. Пойдем, дуся, домой из этого притона разврата.

В помраченном сознании Филиппа Степановича на мгновение вспыхнули рябые розы; звериная злоба задвигалась в кадыке; он уже готов был выставить вперед клыки и зарычать, но вдруг вместо этого сел на ковер и печально свесил усы.

— Шерри-бренди, — произнес он, заплетаясь, — будьте любезны... Мадам...

— Поедем, котик, — сказала Изабелла и прочно взяла его за эполеты, — пора баиньки.

Тут общество наконец очнулось. Молодой человек в толстовке кинулся на помощь к бухгалтеру, делая по воздуху грозные росчерки и требуя уплаты за напитки, оркестр и освещение, но немедленно же был отброшен трескучим ударом зонтика по голове — Изабелла не любила шуток. Голубой корнет бросился на выручку, но как-то запутался в шпорах, споткнулся о собственную саблю, опрокинул столик с бутылками, страшно сконфузился и, таким образом, выбыл из строя. Произошла общая свалка. Седой генерал в подтяжках, прикатившийся из буфета к месту боя спасать раздираемый свой мундир, едва успел уклониться от удара, который всем своим шелковым свистом пришелся по щеке покойного императора, подвернувшегося, на свое несчастье, под горячую руку Изабеллы. Она увидела его, и гнев ее достиг высшего предела.

— А, подлый булочник! Так тебе и надо, император паршивый. Будешь знать, как завлекать чужих мужчин! Я тебе, кровавому тирану, эксплуататору трудящихся, все твои бессовестные глаза выцарапаю и доставлю в отделение. Определенно.

С этими словами Изабелла запустила острый маникюр в его бороду и, шипя от бешенства, выдрала добрую ее треть.

Император закричал от боли и вдруг заплакал очень тоненьким голосом в нос:

— Това...рищи! За что же мы боролись, я вас спрашиваю, если у честного беспартийного члена профсоюза последнюю бороду отымают? Я за эту бороду при старом режиме Николая Кровавого подвергался репрессиям... Из-за нее, проклятой, меня царские палачи привлекали в административном порядке за оскорбление его величества. И я собственноручную подписку давал в участке на предмет обязательного бритья бороды. И что же мы видим теперь, товарищи, когда пролетариат торжествует? Есть мне какой-нибудь покой от бороды? Нету мне от бороды никакого покоя! Хотя в административном порядке бриться и не заставляют и даже, наоборот, по три рубля в день за бороду платят, но от нее, проклятой, все мои несчастья и оскорбления. Верите ли, вся моя жизнь загублена от этой контрреволюционной бороды, чтобы она отсохла. И где же тут свобода, и куда смотрит рабоче-крестьянская инспекция, и почему такое?

И долго еще изливался в подобном же роде огорченный булочник с Петербургской стороны, пока Изабелла, отбиваясь зонтиком от нападавших, волокла Филиппа Степановича за шиворот по анфиладе покоев, полных тревоги, гама и гула.

...А Ванечка, уже вдребезги влюбленный и очарованный, сидел в полутемной зале, в уголке за роялем, и молча пожирал глазами княжну. Он даже немного отрезвел от обожания и оробел еще пуще прежнего. Его челюсти были стиснуты, лоб мокр, он напрягал все силы, чтобы скрыть и задушить в корне непристойное урчание в животе. Он горел, мучился, не знал, как приступить к делу, глупейшим образом ухмылялся и был готов на все. А княжна, скрестив на груди под шалью ручки и вытянув вперед тесно сжатые длинные ноги в нежнейших шелковых чулках и лаковых туфельках, держала в слегка усатом ротике папироску и щурилась на Ванечку сквозь дым черкесскими многообещающими глазами. Чуть-чуть улыбалась. Даже будто бы подмигивала. В этом жгучем молчании Ванечка промучился добрый час и уже готов был совершить черт знает какие самые дерзкие поступки, как вдруг в соседней зале начался скандал.

Услышав грозные крики Изабеллы и шум потасовки, Ванечка побледнел, а княжна засуетилась и, наказав Ванечке сидеть на месте и никуда не уходить, побежала узнать, в чем дело. Ей было достаточно только заглянуть в залу, чтобы совершенно безошибочно определить положение вещей.

Она на цыпочках подбежала к Ванечке, прижалась к нему воздушным плечом, наклонилась, окатила запахом дьявольских духов, пощекотала щеку кончиками волос, положила палец на губки и прошептала:

— Тс... Деньги при вас?

— При мне, — ответил Ванечка таким же шепотом, и в животе у него вдруг сделалось одновременно жарко и холодно.

— Много?

— Вагон.

— Бежим.

Она схватила его за локоть.

— Тише, не стучите сапогами. Молчите. Тш-ш-ш...

И проворно вывела на лестницу.

ГЛАВА СЕДЬМАЯ

Едва Ванечка очутился со своей дамой на извозчике, вдвоем, посередине пустого проспекта, как сейчас же, воровато оглянувшись по сторонам, обнял ее за очень тонкую и твердую талию, опрокинул навзничь и страстно поцеловал в пупырчатое на холоде горло. Тут же он обомлел от дерзости и сварился как рак. Девушка нежно, но довольно настойчиво высвободилась из объятий и закрыла Ванечке рот ладошкой.

— Тс! Только не сейчас. Вы с ума сошли.

— Когда же? — хрипло спросил кассир.

Девушка замерцала таинственными глазами, закуталась в непромокаемое пальто и, прижавшись к распаленному кассиру, потихоньку засмеялась, словно бы пощекотала.

— Будьте паинькой. Тс... «Отдай мне эту ночь, забудь, что завтра день», — пропела она низким голосом. — Хорошо? Только не надо безумствовать на извозчике. Как тебя зовут?

— Ванечка.

— А меня княжна Агабекова, но ты можешь называть меня просто Ирэн.

С этими словами она стиснула холодными пальцами Ванечкину руку, пребольно уколола обточенными ноготками и положила голову на его плечо.

— Куда же мы поедем? — жалобно спросил кассир.

— В «Европейскую», — жарко шепнула она.— Кучер, в «Европейскую»! Сегодня у меня сумасшедшее настроение. Сегодня я хочу много цветов, музыки и шампанского. Иван, ты любишь ананасы в шампанском? Я ужасно люблю. «От грез Кларета в глазах рубины... И буду тебя я ласкать, обнимать, цело-вать...» Не правда ли? Страшно шикарно!

— Ананасы шикарно, — бестолково проговорил Ванечка, представил себе отдельный кабинет в «Европейской» и окончательно погиб.

Однако никаких кабинетов в «Европейской» не оказалось, и Ванечке пришлось вполне прилично сидеть против девушки в зеленоватом зале, похожем на подводное царство, стесняясь и пряча под стол свои непристойные сапоги, от которых на весь ресторан разило мокрой собакой. Все вокруг было чинно и благородно. Несколько немцев в жестких воротничках деловито ели паровую осетрину под грибным соусом. Военный с ромбами одиноко сидел в углу над бутылкой боржома, подобрав солидно выскобленный подбородок и расправляя пальцами знаменитые усы, как бы желая сказать: «Вы, граждане, тут как хотите, а я больше насчет цыганских романсов». Где-то, еще дальше, скрытая выступом эстрады и зеленью, кутила большая компания; туда то и дело официанты в белом подкатывали столики на колесах, уставленные шипящими жаровнями, серебряными мисками, бутылками и фруктами. Оттуда слышались сиплая пальба соды — как из огнетушителя — и пьяный женский смех. Между пустыми столиками, весьма брюзгливо и бережно, чтобы не сделать больно подагрическим ногам, обутым в прюнелевые штиблеты на пуговицах, прохаживался господин средних лет в смокинге и изредка нюхал расставленные по столам цветы с таким видом, будто бы это были не цветы, но вредные грибы.

— Это кто же такой? — спросил Ванечка.

— Метрдотель, — ядовито пшикнула Ирэн, потом сделала ужасные глаза и показала язык трубочкой, — понятно.

— Метрдотель. Понятно, — сказал Ванечка и до того заскучал, что даже отрезвел и попросился, нельзя ли лучше поехать во Владимирский клуб — там и кабинеты и прочее.

Ирэн сказала, чтоб сидел и не приставал, а то ничего не получит, потому что скоро начнется кабаре и будет весело, а потом после кабаре... — и уколола его под столом ноготками. Скоро действительно началось кабаре. Раздвинулся бархатный занавес, аккомпаниатор ударил по клавишам, и на сцену, сбоку и боком, выбежал, потирая ручки и частя прохудившимися локтями, молодой человек чрезвычайной худобы во фраке и пикейной жилетке. Очень быстро мелькая белыми гетрами и закусив невидимые миру удила, молодой человек обежал дважды эстраду, криво улыбнулся и быстро заговорил, раскатываясь на каждом «р», как на роликах: «Товарррищи и грраждане публика, сейчас наша ппролетаррская рреспублика перреживает крризис казенного ррррублика... Хоть у нас сейчас так называемый нэп, но темп общественной жизни настолько окрреп, что некоторрые кассирры из госучрреждений хапен зи гевезен без всяких угррызений...» При этом худой молодой человек сделал ручкой жест, долженствующий с полной наглядностью показать «хапец зи гевезен» и рассмешить публику, но публика сидела с каменными лицами, и молодой человек, немного еще поболтав оживленно, убежал, мелькая гетрами, за кулисы.

У Ванечки тревожно засосало от этих намеков в животе, и он заскучал еще больше, но Ирэн сидела с папиросной в губах, положив голые локти на скатерть, а упершись худым подбородком в ладони, смотрела из-за цветов на Ванечку, как медуза, прищуренными глазами, обещавшими массу таинственных удовольствий, только надо немного потерпеть. Тут начали подавать небывалый ужин, принесли заграничное вино. Ресторан наполнился народом. Как-то так оказалось, что уже давно играет оркестр. Певица пела баритоном: «Мы никогда друг друга не любили и разошлись, как в море корабли...» Цыганка, похожая на быстро тасующуюся колоду карт, плясала, мелко тряся бубном и плечиками, визжа изредка: «И-их!» Потом один из немцев тяжело привстал со стула, выпучил глаза и с одышкой запустил в Ирэн моток серпантина. Бумажная лента развернулась через весь зал длинной зеленой полосой, вздулась, повисла в воздухе возле люстры и медленно осела на Ванечкино ухо. Немец отставил зад и вежливо сделал ручкой. Ванечка обиделся, но, когда увидел, что и прочие пускают друг в друга разноцветными лентами, лихо улыбнулся, купил у барышни серпантина на двенадцать рублей и принялся расшвыривать его во все стороны с таким азартом, точно пускал камни по голубям, — пока от лент не зарябило в глазах. Тогда он тяжело опустился на стул, блаженно поерошил измокшую шевелюру, придвинул к себе бутылку и в пять минут так надрался, что Ирэн только ахнула. А уже мир в Ванечкиных глазах загорелся всеми своими радужными цветами. От скуки и тревоги не осталось и тени. Бокалы и бутылки вздвоились и ушли по диагонали. Ванечка требовал шампанского и ликеров по карточке. Он пил их, не различая вкуса и крепости, но зато поразительно ясно видел их цвета: желтый — шампанское, зеленый и розовый — ликер и еще какой-то белый — тоже ликер. Потом он велел принести себе из буфета гаванскую сигару за пять рублей и с пылающей сигарой в зубах долго мыкался, пугая лакеев, где-то по оглушительным коридорам, отыскивая уборную. В вестибюле перед зеркалом за столиком сидела барышня и продавала из стеклянного колеса лотерейные билетики. Ванечка купил их на сорок рублей, выиграл массу предметов и тут же все пожертвовал обратно, а себе оставил только пятнистую лошадь из папье-маше, большую медную ручку от парадной двери и флакон одеколона. Возвратившись в зал, Ванечка увидел, что столики отодвинуты и все танцуют фокстрот. Тот самый немец, что давеча бросал серпантин, теперь, обхватив и прижав к себе Ирэн, шаркал вперед и назад по залу, напирая на девушку животом и неуклюже тыкая в сторону локтями, а она, закинув назад голову, передвигала высокие, открытые до колен, ноги и дышала немцу прямо в нос папироской. При виде этого у Ванечки от ревности глаза сделались розовые, как у кролика, и Бог знает чего бы ни наделал кассир, если бы одна очень толстая и очень пьяная дама из той самой компании, что кутила за выступом эстрады, не перехватила его с хохотом посреди зала. Размахивая вокруг дамы лошадью и дверной ручкой, обливаясь грязным потом и сгорая от ужаса, Ванечка сделал несколько скользящих движений и, плюнув на все, быстро затопал сапогами на одном месте, вырабатывая подборами сложные и странные фигуры неведомой русской пляски. «Правильно, жарь по-нашенски!» — раздались вокруг пьяные возгласы. Ванечка завертелся на месте, пошатнулся, оторвался от толстой дамы и, отлетев в сторону, сел на стул за чей-то чужой стол. Потом немцы и та самая компания, которая кутила за эстрадой, соединились с Ванечкой и сдвинули столы. Не своим голосом Ванечка потребовал дюжину шампанского, коньяку и лимонаду, целовался с усатыми людьми... Почему-то давно уже на столе стояли кофе и мороженое. Где-то уже тушили свет. Толстая дама рвала на себе кофточку и кудахтала, как курица, — ей было дурно. Серпантин висел лапшой с погасших люстр и замерцавших карнизов. Музыка уже давно не играла. Занавес был задернут. На ковре в темноте блестела упавшая бутылка. Немец с гипсовым лицом быстро и прямо пошел к двери, но не дошел. Официант подавал счет. И среди всего этого хаоса на Ванечку смотрели, играя, прищуренные дымные глаза девушки. Он схватил ее голую руку. Она была податливой и теплой.

— Плати, и поедем, — сказала девушка и страстным шепотом прибавила: — Не давай на чай больше пятерки.

Ванечка вырвал из наружного кармана, как из сердца, пачку денег и, несмотря на то что был пьян, быстро и ловко отсчитал сумму, прибавил червонец на чай, пробормотал «распишитесь» и пододвинул деньги лакею... И на один миг, вспыхнувший в его сознании, как зеленая конторская лампочка, ему показалось, что ничего не было, что все в порядке, что вот он на службе, сидит у себя за столиком и выдает крупную сумму в окошечко по ордеру знакомому артельщику.

— Аблимант, — сказал он машинально, и тут же зеленая лампочка погасла.

Ирэн подхватила его под руку.

— Поедем, — нетерпеливо бормотал Ванечка, бегая вокруг девушки, пока швейцар одевал ее, — куда же мы поедем?

Дождь и ветер хлестнули по ним, едва они вышли на улицу. Тьма была так сильна, что почти ослепила. Ванечка поднял воротник, съежился, стал совсем маленький. У подъезда мокла знакомая машина, более похожая на тюремную колымагу, чем на автомобиль. Ванечка покорно влез в нее, и тут же ему показалось, что он влазит в нее, по крайней мере, в десятый раз за этот день.

— Шофер, на острова! — крикнула Ирэн.

Ванечка запахнул озябшие колени короткими полами пальтишка — они тотчас разлезлись, — дрогнул от холода и обнял девушку за неподатливые плечи.

— Куда это на острова? Поедем лучше спать к тебе.

— Молчи! Господи, до чего чувственное животное! Успеешь. Нет, сегодня у меня сумасшедшее настроение. Шофер, на Елагин остров! Или же я сейчас выпрыгну из машины. А потом мы поедем ко мне... Спать... Понятно?

С этими словами девушка таинственно отшатнулась от кассира и, впившись ладонями в его плечо, страстно продекламировала нараспев:

> Вновь оснеженные колонны,
> Елагин мост и два огня, —
> И шепот женщины влюбленной,
> И хруст песка, и храп коня.

— А я думаю, лучше в гостиницу «Гигиена», — жалобно сказал на это Ванечка.

— Молчи, ни одного слова. Чу...

> Над бездонным провалом в вечность,
> Задыхаясь, летит рысак...

Тут игрушечная лошадь внезапно рванулась с подушки и улетела вон в окошко. Автомобиль споткнулся, хрустнул и сел набок.

— А, тудыть твою в тридцать два, — проворчал шофер, обошел вокруг остановившейся машины, полез под колеса, вымазался, покрыл матом все на свете и сказал, чтоб вылазили, потому что сломалось заднее колесо и дальше ехать нельзя.

Ванечка вылез из машины, долго с пьяных глаз искал улетевшую лошадь, наконец нашел ее на мостовой в луже. На свежем воздухе его начало разбирать как следует, и все дальнейшие происшествия этой ночи остались в его памяти неладными клочьями пьяного бреда. Ванечка смутно помнил, как шли пешком, а потом ехали на извозчике под дождем через мост, и внизу шумела и дулась слепая вода. Ирэн то прижималась, то отталкивала и говорила странные стихи, а он все время в тоске кричал извозчику, чтоб поворачивал в «Гигиену». Но извозчик не слушался и не отвечал, словно был глухонемой. В каком-то месте видел во тьме мечеть и долго разговаривал с ночным сторожем о турках. До островов по какой-то причине, впрочем, не доехали, повернули назад и часа полтора кружили по неизвестным улицам, пока не остановились возле деревянного домика. Тут девушка наконец отпустила извозчика и грубо потребовала деньги вперед. Под фонарем Ванечка нетерпеливо, дрожащими руками отсчитал и выдал очень большую сумму. Тогда девушка заплакала, прижалась, горячо поцеловала в щеку, оттолкнула, сказала: «Фу, Иван, какой ты небритый» — и повела спать в каморку, где горел керосиновый ночник и по стенам ползали черные тараканы, а угол был задернут ситцевым пологом, за которым слышался храп.

— Ради Бога, тише, — прошептала девушка, — это спит моя бедная больная мамочка.

— Княжна тоже? — спросил кассир шепотом, садясь на узкую постель, и быстро снял сапоги.

— С вашего позволения, княгиня, — ядовито ответила девушка и понюхала воздух. — Иван, грязное животное, сию минуту наденьте сапоги. У вас ноги пахнут, как у солдата! Мне дурно!

— Ириночка...

— Никогда! — воскликнула девушка. — Не прикасайтесь ко мне, свинья! Ступайте сначала в баню!

— Какая же теперь может быть баня? — жалобно пролепетал кассир.

— Это меня не касается. Ищите баню, где хотите.

С этими словами девушка прыгнула Ванечке на колени и захныкала:

— Господи, за что я такая несчастная, за что я должна переносить все эти моральные страдания? Иван, вы парвеню и пьяный самец! Уходите! Вы хотите, пользуясь своим положением, нахально овладеть благородной девушкой, а потом ее бросить... Иван, ведь ты меня не бросишь?

— Нипочем не брошу, — жалобно сказал кассир.

— Поклянись!

— Ей-богу, не брошу. Женюсь.

— Иван, ты настоящий джентльмен. Мне, право, перед тобой так неудобно... Ты можешь подумать Бог знает что обо мне... Иван, клянусь тебе всем святым, клянусь тебе своей больной мамочкой и своим отцом, генерал-адъютантом, что я не профессионалка... Но, Иван, мне нужны деньги, много денег. Ах, я не могу равнодушно видеть, как медленно угасает в этом сыром углу моя мамочка... И папочке надо посылать за границу... Иван, ты теперь мой жених, и я могу быть с тобой откровенна... Мне ужасно тяжело, но, Иван, дай мне сто червонцев, и я твоя.

— Пятьдесят! — хрипло воскликнул Ванечка, хватаясь дрожащими руками за боковой карман, и в глазах у него помутнело.

— Ванечка... Золотко мое, видит Бог, — сто. Мы найдем квартиру на Невском... У нас будет такая грушевая спальня... Бай-бай... И буду я противной, злой, твоею маленькой женой.

— Эх, что там! — воскликнул Ванечка, трясясь от нетерпения, и выдал деньги.

— Мерси, — сказала княжна, отнесла деньги за полог, вернулась и аккуратно уселась возле окошка.— «Индейцы, точно ананасы, и ананасы, как индейцы, — острит креолка, вспоминая об экзотической стране», — промолвила она, зевая, и показала язык трубочкой.

Тут Ванечка окончательно осмелел.

— Пардон. Только без нахальства, — прошипела она и крепко уперлась растопыренной пятерней в его мокрый рот. Очень близко, почти в упор Ванечка увидел ее пожелтевшие от ненависти глаза.

— Ириночка, куколка, — бормотал он, тяжело дыша.

— Успокойте свои нервы и уберите руки.

Девушка рванулась. Они оба потеряли равновесие и с размаху сели на пол, уронив стул. На комоде повалилась склянка. Тут храп за ситцевым пологом прекратился, из-за занавески вышел сонный детина в подштанниках и, сказавши негромким басом: «Вы, кажется, гражданин, позволили себе скандалить?» — взял Ванечку железной рукой за шиворот, вынес, как котенка, на улицу и посадил его перед домом на тумбу. Затем, неторопливо волоча тесемки исподних и пожимаясь от утреннего холода, возвратился в дом и запер за собой дверь на крюк. Через минуту из открывшейся форточки вылетела лошадь, и форточка захлопнулась. Ванечка чуть даже не заплакал от обиды и злости. Хотелось стучать ногами и кулаками в дверь, созвать народ, побить стекла, устроить скандал на всю улицу, составить в милиции протокол и судиться, судиться... Но куда там! От одной мысли о милиции его прошиб теплый пот и ослабло в коленках. Ванечка подобрал лошадь и пошел наугад по улице. Уже рассвело, и дождливый утренний свет в воспаленных Ванечкиных глазах был резок и бел до синевы. Долго слонялся Ванечка по обширным и прямым проспектам, совершенно похожим один на другой. Уже в отдалении где-то прогудели фабричные гудки. Проскрежетал первый трамвай, переполненный рабочими. Мастеровые с инструментами за спиной появились из-за угла, и один из них, с пилой, закричал Ванечке: «Эй, кислый барин, чего пешком прешь, сел бы верхом на своего рысака», — и подмигнул на лошадку. Неизвестно по какой причине, но Ванечке стало вдруг непередаваемо стыдно. Он свернул в переулок, очутился на набережной и пошел по пустынному мосту через Неву. Дойдя до половины реки, он остановился и плюнул в воду. Во рту было кисло-сладко. По левую руку, на далеком туманном берегу, низко синела длинная крепость, а по правую Ванечка узнал Зимний дворец, Адмиралтейство, особняки и ограды — те самые, которые он видел днем, но с другого боку. Ванечка огляделся по сторонам — нет ли кого поблизости, увидел, что мост пуст на всем своем очень большом протяжении, злобно искривил губы и нудно закричал изо всей мочи на ветер:

— Уу-у-уу, императоры! Цари! Аристократы паршивые! Жулики! Ворюги! Хитрованцы!.. Пьяные самцы и парвеню!

Но голос его едва ли достигал берегов, сорванный по дороге сердитым ветром, бьющимся с сердитой водой Невы. И долго еще кричал Ванечка в этом же роде надрывным нутряным голосом, покуда не охрип. Потом через Дворцовую площадь он вышел на Невский проспект, по которому уже бежали советские служащие на службу. В убийственном, изъязвленном раковинками уличном зеркале Ванечка вдруг увидел себя: маленький, куцый, небритый, грязный, лицо зеленое, глаза красные, под мышкой портфель и раскисшая лошадь, — словом, парвеню и самец. Увидел, ужаснулся и в первый раз понял, что с ним происходит нечто совершенно ни на что не похожее, невероятное и невозможное. Все люди как люди — идут с поднятыми воротниками и портфелями, торопятся, выбритые, на ногах калоши. А он один в зеркале, как чучело. Свинья свиньей. В баню не сходил ни разу, не побрился, калош не купил. А ноги до того пропотели в сапогах, что прилипают к стелькам и так воняют, что людям совестно. И такое отчаяние охватило Ванечку, и так поскорее захотелось все устроить: побриться, помыться, купить пальто и калоши, недорогую гитару, подходящий костюмчик в полоску, что он тут же сунулся в ближайший магазин, но наткнулся на замок и решетку. Сунулся в другой, третий, в парикмахерскую — напрасно. Всюду были, как в тюрьме или в зоологическом саду, решетки и замки. Еще не отпирали. Тогда Ванечка почувствовал страшную усталость, дурноту и слабость. Еле передвигая словно бы опухшими ногами, он доплелся до извозчика, махнул рукой и велел везти себя в «Гигиену».

ГЛАВА ВОСЬМАЯ

Часов в одиннадцать того же утра к швейцарской конторке гостиницы «Гигиена» подошел человек наружности необычайной. Впрочем, с первого взгляда трудно было определить, в чем заключается его необычайность. Как будто бы все было в полном порядке у этого человека, начиная от аккуратно начищенных, не слишком модных штиблет и кончая пухлой суконной кепкой, из числа тех, какие носят друзья беговых наездников или же молодые люди, посещающие кинематографы. Пальто широкое, пухлое, с японскими рукавами и поясом. Походка солидная. Затылок розовый и короткий. Сложение под стать затылку — толстенькое. Словом, человек вполне приличный, если бы не странное повизгивание, сопровождавшее каждый его слегка прихрамывающий шаг, да не кисть левой руки, неправдоподобно торчащая из рукава не то как клешня, не то как машинка для стрижки волос. Говоря короче, присмотревшись, можно было заметить, что одна рука и одна нога у него были искусственные.

Положив на прилавок обстоятельный пухлый портфель крокодиловой кожи, человек поздоровался за руку со швейцаром и спросил:

— Нет ли чего-нибудь новенького?

— Как же, есть, — с готовностью ответил швейцар, — третьего дня в шестнадцатый номер двое московских растратчиков въехали. Конечно, не очень шикарные, а так себе середнячки — тысячи по четыре на брата, не больше. Женщину себе по дороге завели, во Владимирский клуб ездят, все честь по чести.

— Так-так, понимаю, — глубокомысленно сказал посетитель, — ага! — и высоко поднял короткую бровь.

Затем он, не торопясь, расстегнул пальто, открыл его, как несгораемый шкаф, и, вытащив золотой портсигар, угостил швейцара толстой кремовой папиросой.

— Курите. Отлично. Так. Хорошо. Теперь вот что, дорогой мой, не можете ли вы мне сказать... — Он впал в задумчивость и потом встрепенулся: — Значит, вы говорите, третьего дня в шестнадцатый номер? Ага? Так-так: Значит, вы говорите, из Москвы?

— Из Москвы-с.

— Ага! Это меня вполне устраивает. Определенно. Гм. С женщиной? Еще что?

Тут швейцар оглянулся по сторонам и, так как по лестнице в это время спускался постоялец, шепотом принялся рассказывать все, что знал и даже чего не знал про жильцов шестнадцатого номера. Человек с искусственными конечностями глубокомысленно и вместе с тем несколько рассеянно слушал тщательную болтовню швейцара, изредка кивая головой и отрывисто произнося: «Так-так, отлично» и «ага». Причем при каждом «ага» значительно подымал бровь, словно бы пытаясь ею поставить восклицательный знак. Узнавши от швейцара все, что ему было нужно, он кивнул головой, сгреб под мышку портфель и, неторопливо повизгивая винтами фальшивых суставов, слегка боком взобрался по лестнице, отыскал шестнадцатый номер, повернулся в профиль, сделал бровью «ага» и отрывисто дважды стукнул в дверь.

В шестнадцатом номере между тем с самого раннего утра пахло скандалом. Растерзанный Филипп Степанович, привезенный Изабеллой с Каменного острова в состоянии невменяемом, едва добрался до постели, тотчас же заснул, как был — в пальто и пенсне, но спал недолго и, едва рассвело, проснулся дикий и желтый, весь в пуху. Изабелла же не ложилась вовсе и сдержанно бушевала, нетерпеливо дожидаясь его пробуждения, чтобы выяснить отношения.

Поводов для скандала было масса. Во-первых, бегство. Во-вторых, распутное поведение в особняке, стоившее уйму денег, так как заплатить все-таки пришлось за все. В-третьих, исчезновение Ванечки с немалой суммой денег. И многое другое. Едва Филипп Степанович открыл опухшие глаза и мыча попросил пить, как Изабелла быстро подобрала сак, уперлась кулаками в бока и чрезмерно высоким, плаксивым голосом воскликнула:

— Что же это такое, котик? И тебе не совестно так поступать с женщиной?

Сделав это предисловие, она круто повернула голос до самых низов и пошла, постепенно его повышая, честить и честить окаменевшего от тоски бухгалтера, по всем правилам семейного скандала. «Ты, мол, и такой, ты и разэтакий, и за какие такие грехи я, несчастная, связалась с тобой, алкоголиком, где только были мои глаза, — и где это ты, старый свинья, вывалялся — вся спина белая», — и прочее. Она выходила из себя, ломая руки, требовала на аборт, топала ботами, божилась, что сию минуту побежит в уголовный розыск и донесет, а Филипп Степанович, тяжело дыша, в тупом ужасе сидел на постели, искоса посматривая в окно, где блестела красная крыша, по ребру которой шла под дождем грязно-белая кошка со скуластым лицом и глазами, синими, как у прачки.

Тут застенчиво вошел Ванечка с облинявшей лошадью под мышкой и, ни на кого не глядя, стал раздеваться.

— Вот, господа, полюбуйтесь, — еще один пижон, — закричала Изабелла, — хороший друг, нечего сказать! Можете с ним поцеловаться, все равно — пара пятак. А вам, Ванечка, должно быть очень стыдно так поступать со своим товарищем — завести его в притон, а потом бросить на произвол бандитов! Фи, я от вас этого не ожидала, интересно знать, где вы провожали ночь? Судя по лошадке, я догадываюсь, что в «Европейской», где за все дерут в четыре раза и антрекот-метрдотель стоит три пятьдесят. Интересно, сколько же вы подарили девушке?

Ванечка молча повесил пальтишко на гвоздик, на цыпочках подошел к дивану, сел и понурился. Филипп Степанович закурил из разломанной коробки дорогую, но неприятную папиросу, поморщился, затем не без труда навел на лицо достойное выражение и украдкой подмигнул Ванечке — может быть, мол, как-нибудь, со временем отделаемся от бабы. Но из подмигиванья ничего не получилось — одна жалость. Потом Изабелла сделала передышку — послала номерного за портвейном и содовой водой и стала отпаивать мужчин.

Тут-то раздался стук в дверь, и тотчас вслед за стуком в номер вошел упомянутый нами человек с пухлым портфелем под мышкой. Строго улыбаясь, он неторопливо осмотрел по очереди все, что было в комнате, людей и мебель, пощупал глазами стены и потолок с таким обстоятельным видом, точно желая все это арендовать или даже купить в собственность, произнес несколько раз многозначительно свое «ага» и «так-так» и, наконец, любезно, но как-то вскользь отнесся к Филиппу Степановичу, даже не столько к нему, сколько к содовой воде и портвейну на столике:

— Простите, что я прервал вашу дружескую беседу, но не вы ли будете гражданин Прохоров?

— Я-с, — ответил Филипп Степанович, вставая с постели, и неловкими руками застегнул пальто на две пуговицы.

— Ага. Я так и знал. Очень приятно с вами познакомиться. А этот гражданин в таком случае, вероятно, ваш друг, Клюквин?

— Я, — слабо ахнул Ванечка, как на перекличке в тюрьме.

— Ага. Так это, значит, вы, так-так, а эта гражданка...

— За меня, пожалуйста, не беспокойтесь и не имейте в виду, — запальчиво закричала Изабелла, покрываясь огнедышащим румянцем, и быстро надела розовую шляпку с крыльями, — поскольку я имею полное право заходить днем на пять минут в гости к знакомым мужчинам. А в ихние мужские дела я не мешаюсь! И прошу меня не задерживать, мне еще надо заехать к портнихе.

— Гражданка, не волнуйтесь. Все в свое время. С вами я поговорю отдельно.

— Как это может быть — не волнуйтесь? Мне это очень странно слышать от интеллигентного человека, как вы! Наконец, может быть, мне надо пройти в уборную до ветру! Наконец, я не могу больше держаться! Безобразие какое, выпустите меня!

Изабелла пошла густыми пятнами. Она побегала по номеру, подымая довольно сильный ветер, и вдруг, захватив новый зеленый зонтик, опрометью ринулась к двери и исчезла в ней внезапно, как будто бы взорвалась.

— Ужасно нервная женщина, не правда ли? — любезно отнесся посетитель к Филиппу Степановичу и уселся на стул. — Однако не будем отклоняться. Итак, значит, я не ошибся: вы — гражданин Прохоров, а вы — гражданин Клюквин?

— Да, — хором сказали Филипп Степанович и Ванечка, побледнев.

— Ага. Тем приятнее. Отчего же вы стоите, граждане? Садитесь, не стесняйтесь.

Они послушно сели.

— У меня есть к вам одно совсем небольшое официальное дельце. Впрочем, не буду вас задерживать.

— Виноват, товарищ, — вдруг проговорил Филипп Степанович высокомерно в нос, — ви-но-ват-с, я, как представитель центрального учреждения... То есть мы, как обследователи условий... будучи в некотором роде... Собственно, с кем имею честь?

— Сейчас вы это увидите, — с ядовитой учтивостью сказал посетитель альтом и разложил на столе портфель. Визжа винтами протеза, он, не торопясь, его отомкнул, пошарил и вынул бумагу.

— Потрудитесь прочесть, тут указано все.

Филипп Степанович развернул бумагу, долго искал по столу пенсне, опрокинул неверным рукавом стакан и, наконец, запинаясь, проговорил:

— Курить... вы мне разрешите... я надеюсь?..

— О, Бога ради, ради Бога! — воскликнул посетитель, распахивая портсигар. — Прошу вас, курите, гражданин Прохоров. А вы, кажется, гражданин Клюквин, не курите вовсе? Я так и знал.

С этими словами он предупредительно поднес Филиппу Степановичу горящую спичку, затем аккуратно задул ее, долго искал пепельницу, но не нашел и засунул обратно в коробочку. Филипп Степанович несколько раз быстро затянулся, не без труда насадил пенсне на скользкий от пота нос и лишь тогда прочел бумагу, в которой помимо обширного штампа, печати и нескольких подписей, стояло следующее: «Удостоверение. Дано сие т. Кашкадамову Б. К. в том, что он является разъездным агентом и уполномоченным по распространению изданий Цекомпома. Просьба ко всем лицам и учреждениям оказывать т. Кашкадамову всемерную поддержку и содействие».

— Ясно. Все в порядке, — сказал уполномоченный Цекомпома, быстро вынимая из портфеля две открытки и брошюрку в цветной обертке. — Я надеюсь, что теперь мы с вами быстро договоримся. Конечно, вам не надо разъяснять цели и задачи нашего учреждения. Ближе к делу. Два комплекта наших изданий, состоящих из художественного изображения, художественного портрета известного композитора Монюшко и популярной сельскохозяйственной брошюры в стихах с картинками о разведении свиней — по тысяче экземпляров в каждом комплекте. Комплект двести рублей. Берете или не берете? Обратите внимание на бумагу и печать. Первоклассное исполнение. Может служить украшением любого учреждения и частной квартиры. Посмотрите, например, как сделан композитор Монюшко. Редкое сходство, живой человек, возьмите в руки.

Филипп Степанович взял открытку в руки и полюбовался: действительно, композитор был как живой.

— Берете?

— Ванечка, а? Как ты думаешь? — спросил порозовевший Филипп Степанович густым голосом и бодро посмотрел на кассира.

— Можно взять, Филипп Степанович, отчего же? — сказал Ванечка, все еще не веря, что дело оборотилось таким приятным образом.

— Прекрасно. Пишу расписку на два комплекта. Итого четыреста рублей.

Уполномоченный в мгновение ока вывинтил автоматическую ручку и выписал квитанцию.

— Разрешите получить?

— Ванечка, выдай, — распорядился Филипп Степанович, — а квитанцию подшей.

— Аблимант, — сказал кассир и выдал, но, выдавая, подсчитал на глаз оставшуюся сумму, поморщился и погладил себя по макушке.

— А я ведь, знаете ли, — сказал, разглаживая усы, Филипп Степанович, после того как все формальности были выполнены, — принял вас было совсем за другое лицо. Такой, представьте себе, официальный вид.

— Ага, — сказал уполномоченный многозначительно, — понимаю. Надеюсь, вы не обижены покупкой? Я извиняюсь, конечно, что так напугал вашу даму. Куда, кстати, прикажете доставить комплекты?

— Гм... Ванечка, как твое мнение? Впрочем, доставляйте куда хотите. Нам не к спеху. А вы знаете, вышло совсем даже недурно, что она того...

— Будьте уверены, — с почтительным ударением сказал уполномоченный, — понимаю.

— Может быть, они выпьют с нами портвейн номер одиннадцать? — спросил Ванечка, которому стало жалко, что такой исключительно приятный человек может уйти не обласканным.

— Это мысль! — воскликнул Филипп Степанович. — Товарищ уполномоченный, рюмку вина? — и сделал жест широкого гостеприимства.

Уполномоченный от портвейна не отказался, но заметил, что лично он предпочитает шато-икем марки «Конкордия» — оно и легче, и голова после не болит, и на шампанское похоже, — словом, безусловно отличное вино.

— Это мысль, — сказал Филипп Степанович и, рассказав, что у старика Саббакина тоже, помнится ему, подавалось к столу шато-икем, послал номерного за шато-икемом и закусками.

За вином разболтались, и уполномоченный Цекомпома оказался хотя и плутом, но парнем замечательно компанейским и необыкновенным рассказчиком, а рассказывал он такие интересные истории, что тебе и куплетиста никакого не надо. После пятой стопки, лихо сдвинув на затылок кепку и устроив на толстеньких, бархатных, как у хомяка, щечках ямочки, уполномоченный положил на стол фальшивую руку, скрипнул ею и сказал:

— Скажу определенно: нет приятнее людей, чем в провинции. Вообще провинция — это золотое дно, Клондайк. Столица по сравнению с ней — дым. Да. Подъезжаешь, например, на какой-нибудь такой дореволюционной бричке к уездному центру и определенно чувствуешь себя не то Чичиковым, не то Хлестаковым, не то, извиняюсь, представителем РКИ. «А скажи, братец ямщик, у вас тут уисполком — одноэтажный или двухэтажный?» Если одноэтажный — дело дрянь, хоть поворачивай обратно, если же двухэтажный — ага! — тут совсем другой табак. «А скажи ты мне, братец ямщик, кто у вас председатель уисполкома, и какой он наружности, и чем он дышит, и нет ли в городе каких-нибудь таких синдикатов или же кустпромов?» Если председатель худой и с большим партийным стажем — хужее, если же толстый, с одышкой — ага! — очень приятно, дело в шляпе. Тем более если имеется еще и кустпром — так-так! — тогда совсем великолепно. Ну-с, пока мохнатые лошадки вытаскивают из грязи копыта и теряют подковы, мочатся посреди большака, пока пропускаешь мимо обоз с какой-нибудь кислой кожей, пока то да се — ан все подробности на ладони. А еще покуда два часа тащишься по главной улице до уисполкома — план действия готов. Определенно. Видите, какое отличное винишко! Ваше здоровье.

Уполномоченный чокнулся с сослуживцами, отпил вина и продолжал:

— С худым председателем дело иметь трудно. Упорный народ. На него действовать надо с налету — входить прямо без всякого доклада в кабинет и, с места в карьер, бац портфелем по столу. «Одно из двух — берете три комплекта изданий Цекомпома или не берете? Короче. Мне некогда, товарищ. У меня в четверг, товарищ, доклад в Москве, в Малом Совнаркоме. Ну?» Тут может быть два случая — или же сразу покупает, или же начинает стучать ногами. Покупает — ага! — хорошо. Начинает стучать ногами — еще лучше, до свидания, и поворачивай оглобли. Нет, что и говорить, с толстым председателем куда легче. Особенно летом или же если в кабинете хорошо натоплено. Тут дело наверняка. Толстого берешь измором. Входишь, кладешь на стол портфель, подмигиваешь, сверлишь глазами, замечаешь вскользь, что специально приехал по официальной командировке, а между тем о себе молчок. Пускай толстяк потеет. Помучаешь его часа полтора, вгонишь в полнейшую слабость и уныние, тогда из него хоть веревки вей. Верите ли, когда после всяческих дурных предчувствий, сомнений и угрызений оказывается, что от него требуется всего-навсего купить четыре комплекта, толстяк от радости не знает, что ему делать. Он суетится, сам бежит в бухгалтерию, в кассу, проводит по книгам все, что угодно, лишь бы поскорее отделаться. Тут и композитору Монюшко, как родному отцу обрадуешься! Очень хорошо. Ага! Дело в шляпе.

Он выпустил в потолок густую струю дыма, подождал, пока он рассеется, и приветливо улыбнулся сослуживцам, как бы желая сказать: «Вот ведь, мол, какие дураки бывают на свете, а мы с вами небось умные». Филиппу Степановичу и Ванечке сразу стало весело и приятно, а уполномоченный притушил папиросу о пробку, налил себе вина и продолжал мечтательно:

— Ну конечно, бывает и такой толстяк, что самого тебя в ящик загонит, а комплектов так и не купит. И наоборот. Попался мне, например, на Украине один председатель, худой, как собака. И городок тоже знаете, паршивенький. Уисполком одноэтажный. А напротив стоит козел и кушает афишу с забора. Ну, думаю, дело совсем дрянь, однако вхожу в кабинет. «Так и так. Председатель Цекомпома. Из центра». — «Очень приятно. В чем дело?» Объяснил ему все обстоятельно и спрашиваю: «Одно из двух — покупаете или не покупаете?» И что же вы думаете? Встает мой председатель, представьте, со своего места и вдруг расплывается в блаженнейшую улыбку — даже порозовел, шельма, от счастья и заговорил по-украински. «Це нам треба, кричит, мы вас жаждем!» Что такое, думаю? Но раз вы нас жаждете — ага, все в порядке. «Это будет вам стоить, говорю, четыреста рублей за два комплекта. Устраивает вас?» — «Четыреста карбованцев!» — воскликнул председатель и почухал потылицу. «А где их, чертова батьки, узять? Гм...» И задумался. Ну, раз такое дело, думаю, — отлично. «Тащите сюда, говорю, смету, сейчас мы все это устроим». И что же вы, товарищи, думаете? Действительно, притаскивает мой идеалист-председатель смету местного бюджета. Хорошо. Разворачиваю — мрак. Ни черта не выкроишь. По Наркомпросу, сами понимаете. Учителей обижать как-то довольно неудобно. По Наркомздраву то же самое. Содержание больниц и прочее. Согласитесь, неловко. То, се, пожарная охрана, милиция, соцобес, — одним словом, неоткуда выжать монету. А мой бедный идеалист, вижу, стоит и чуть не плачет — до того ему хочется купить комплекты. Честное слово, первый раз в моей практике! Печально, печально. Вдруг — бац! — что такое? Читаю пункт десятый: «На починку шляхив и мостив — триста пятьдесят один рубль шестьдесят копеек». Ага! Так-так! Что и требовалось доказать. «Выписывайте, говорю, дядя, по пункту десятому триста пятьдесят карбованцев. Делаю вам скидку пятьдесят, а мосты подождут. Правильно?» — «Правильно, — говорит, как эхо, — мосты подождут», — у самого же от блаженства рот до ушей и вокруг носа поползли веснушки такие большие, как клопы. Уж не знаю, как они теперь там без мостив и шляхив выкручиваются. Мое дело маленькое — деньги в портфель, и до свидания.

Немножко помолчали. Посмеялись.

— Да. Нет людей приятнее, чем уездные председатели. А жизнь какая в провинции, а девицы! А развлечения! Нет, по сравнению с провинцией столица — дым. Определенно. Что такое в столице человек, у которого в кармане сто рублей? Или даже тысяча? Ничего. Нуль. Зерно. Песчинка. Моллюск. Зато в провинции, если у вас копошится в портфеле лишних пять червей, вы богач, герой, завидный жених, уважаемый хахаль, влиятельное лицо, черт знает кто, все, что хотите! Удивляюсь вам, товарищи, чего вы здесь киснете, в этой паршивой «Гигиене». При ваших да денежках да куда-нибудь в матушку-провинцию — это же сплошная красота! Да вас бы там туземцы на руках носили! Да вы бы там совершенно определенно светскими львами были! Да там первый ряд в кинематографе тридцать копеек стоит, а обед из трех блюд в ресторане полтинник! А дом, клянусь памятью матери, за восемьсот рублей купить можно вместе со всеми угодьями, да еще в придачу взять вдову-хозяйку, у которой припрятано в сундуке тысячи полторы.

Филипп Степанович подмигнул Ванечке, и они оба захохотали.

— Ваше здоровье. Лично я только в провинции и живу полной жизнью. Подмолочу немного деньжат и недельки две купаюсь в уездном блаженстве, пока в пух не проиграюсь. И вам советую. А? Могу вам порекомендовать замечательнейший городишко — Укрмутск. Красивая река, девчонки, большой железнодорожный клуб с опереткой. Одним словом, не о чем говорить. Эх!

Тут уполномоченный шлепнул по столу портфелем и, завизжав винтами, привстал со стула.

— Короче: едем или не едем? — спросил он в упор.

— Едем, и очень даже просто! — закричал Ванечка в восторге и тут же перелил стакан на добрых два пальца.

— Что ж, — заметил Филипп Степанович сквозь мечтательный дым, — я не возражаю. Уж если обследовать, так обследовать.

— Ага! В таком случае едем. Сейчас — два. Поезд в четыре. Пока то да се. Билеты. Пообедаем на вокзале. Вещей, конечно, нет? Зовите номерного.

Новые горизонты раскрылись перед сослуживцами. Они уплатили по чрезмерно раздутому счету и сразу почувствовали себя легкими необыкновенно.

— Даешь Укрмутск! — закричал Ванечка, выходя, пошатываясь, на улицу с портфелем и лошадью под мышкой. И слово «Укрмутск» — нудное и мутное, как будто бы нарочно сочиненное с перепою тяжелым негодяем, которого в детство наказывали ремнем, — оно вдруг показалось Ванечке сделанным из солнца.

Ленинград был начисто поглощен густейшим, удушливым и вместе с тем холодным туманом. Будто никакого города на самом деле никогда не существовало. Будто он померещился с пьяных глаз со всеми своими дьявольскими приманками и красотами и навеки пропал из глаз. Отдаленно отраженные фонари набухали слабой радугой тумана и гибли. Потерявшие очертания пешеходы неопределенно намекали о своем существовании скрипом и плеском. Все было туманно и неопределенно за спиной извозчика, и только из окна тронувшегося вагона Филиппу Степановичу показалось, что он увидел Изабеллу, которая бежала по перрону за поездом, подобрав манто, и кричала, размахивая зонтиком: «Котик, котик! Плати алименты, котик! Куда же ты едешь, котик?»

Но и это, как и все вокруг, было туманно и недостоверно.

ГЛАВА ДЕВЯТАЯ

Поезд медленно тащился от станции к станции. Так же медленно тащилась и ночь навстречу поезду, насквозь проходя дребезжащие вагоны шагами хлопающих дверей, головастыми тенями, взволнованным пламенем свечей, оплывающих в стрекочущих фонарях. Ванечка стоял в тамбуре жесткого вагона и, напирая ладонью на низкую ручку двери, во все глаза смотрел в облитое дождем стекло. От долгого стояния на одном месте колени у него болели, ныла спина, сосал голод, но главное — невозможно было заснуть: в вагоне шла шумная карточная игра. Едва поезд тронулся от Ленинграда, как уполномоченный вытащил из портфеля новенькую колоду, устроил на щечках ямки и подмигнул соседям — не угодно ли, мол, для препровождения времени по маленькой. И пошла бестолковая вагонная игра в девятку, сперва действительно по маленькой, потом побольше, а к ночи до того все разыгрались, что какие-то два железнодорожных агента, долгое время вполголоса совещавшиеся на верхней полке насчет двухсот пудов вымоченной дождем шерсти, спустились вниз и уже раза два, пунцовые и мокрые, отходили в сторонку развязывать штаны, где у них где-то внутри помещались казенные деньги.

Филипп Степанович совсем разошелся — нос у него порозовел, с носа валилось пенсне, карты и червонцы просаливались в потных руках. А уполномоченный совершенно преобразился и принял теперь вид жестокий и неумолимый, как будто бы держал всех за горло своей механической клешней и говорил каждому: «Теперь, брат, не вывернешься, шалишь, не на такого напал!» Все немногочисленное население вагона столпилось вокруг играющих. Проводник и тот, получив пятерку на чай, не только не чинил препятствий, но, напротив, всячески готов был услужить — доставал пиво и свечи, предупреждал о приближении контроля. Несколько раз Ванечка в тоске подсаживался к Филиппу Степановичу и тянул его за рукав, шептал:

— Будет, Филипп Степанович, попомните мое слово, проиграетесь; ей-богу, не доверяйтесь ему, не глядите, что он уполномоченный.

Но Филипп Степанович только сердито отмахивался:

— Бубнишь под руку, и карта не идет, уходи.

Ванечка, зевая, снова шел в холодный тамбур смотреть в стекло. Ненастная ночь проходила мимо поезда забором нечастого леса, запятнанного не то белизной бересты, не то слепым светом луж, не то порошившим снежком, — словом, ничего нельзя было понять, что там такое делается за стеклом, заляпанным кляксами больших водянистых снежинок, — может быть, хоть похолодает, снегу за ночь нападает, веселей будет. Никогда в жизни не было Ванечке так плохо, и скучно, и жалко самого себя. Мысли приходили в голову обидные, сомнительные и неумытые. Приходили не в очередь и уходили как-то вдруг, не сказавшись, оставляя за собой следы нечистоты, неладности и безвыходной тоски. То вдруг досада возьмет, что зря Мурке шесть червонцев подарил, то злоба накатит, что в баню не сходил, белья не переменил, гитары не приобрел... То вдруг припомнится бессовестная княжна, «Европейская» гостиница, ситцевая занавеска и прочее, и до того обидно станет, что от обиды хоть из поезда на ходу выброситься впору. А то вдруг ни с того ни с сего дочка Филиппа Степановича Зоя из памяти выльется, апельсинового цвета вязаная шапочка, кудерьки вокруг лба, нахмуренные брови — а сама смеется и к груди прижимает сумочку с бумагой — стенографию изучает. Острая барышня. Один миг только ее и видел, а из памяти нейдет. Жениться бы на такой, чем зря ездить по железным дорогам, — спокойно, уютно. Можно ларек открыть, торговать помаленьку. В кинематографы, в театры бы ходить вместе. А там, может, родится ребеночек — сам маленький-маленький, а носик с горошину, не больше, и сопит. И под стук вагонного хода, бьющего под подошвы, под беглый гул, под дребезжание стекла, сам того не замечая, Ванечка мысленно пел до одури, до головной боли привязавшуюся песню: «Позарастали стежки-дорожки, где проходили милого ножки». Кончал петь, и начинал сначала, и никак от нее не мог отвязаться, и чумел, глуша те страшные главные мысли, от одного намека на которые становилось вдруг черно и пусто под ногами.

А Филипп Степанович изредка выбегал в расстегнутом пальто в тамбур и, растирая ладонями щеки, свистящим шепотом говорил:

— Понимаешь, так и режет. У меня шесть, у него семь, у меня семь, у него восемь. У меня восемь, у него девять. Шесть рук подряд, что ты скажешь! Около трехсот рублей только что снял, зверь!

И снова проворно уходил в вагон.

Чуть-чуть начало развидняться. Нападавший за ночь снег держался, не тая, на подмерзшей к утру земле. Пошли белые крыши и огни станций. Поезд остановился. Человек в овчинной шубе открыл снаружи дверь и, показавшись по грудь, втолкнул в тамбур горящий фонарик. Зимний воздух вошел в тамбур вместе с фонариком и привел за собой свежий раздвоенный паровозный гудок.

— Какая станция? — спросил Ванечка.

— Город Калинов, — утренним голосом сказал человек в овчине и, оставив дверь открытой, ушел куда-то.

— Город Калинов, — сонно повторил Ванечка про себя. Ему показались ужасно знакомыми эти два слова, сказанные как одно — Городкалинов. Тотчас затем пришел на ум конверт с адресом — по серой бумаге химическим карандашом — Калиновского уезда, Успенской волости, в деревню Верхняя Березовка... И он, неожиданно холодея, сообразил все. На пороге появился Филипп Степанович, каракулевая его шляпа сидела несколько криво.

— Ну и ну, — сказал он хрипло и покрутил головой, — так и режет, представь себе, так и режет, прямо не человек, а какой-то злой дух. Феноменально!

— Филипп Степанович, — умоляюще проговорил Ванечка, — попомните мое слово, проиграетесь. Не доверяйтесь, не глядите, что он уполномоченный. Жулик он, а не уполномоченный. У него карты наверняка перемеченные. Погубит он вас, товарищ Прохоров, не ходите туда больше.

— Чепуху ты говоришь, Ванечка, — пробормотал Филипп Степанович и растерянно поправил съезжающее пенсне, — как же я могу туда не ходить?

— Очень даже просто, Филипп Степанович, — зашептал Ванечка быстро, — очень просто, сойдем потихоньку, и пускай он себе дальше едет со своими картами, Бог с ним. А мы тут, в городе Калинове, лучше останемся. Две версты от станции до города Калинова. Город что надо. Я сам местный, родом из Калиновского уезда. Тут и сейчас моя мамаша, если не померла, в деревне Верхней Березовке проживает — тридцать верст от железной дороги. Ей-богу, Филипп Степанович, лучше бы нам сойти.

— Что ты такое говоришь, в самом деле! — промолвил Филипп Степанович, дрожа от холода и потирая руки, и расстроился. — Как же это так вдруг сойти, когда, во-первых, перед человеком неловко, а во-вторых, билеты...

— Чего там билеты! Сойдем, и все тут. Глядите, снежка насыпало. Санки сейчас возьмем. За полтинник нас духом до самого города Калинова доставят с дымом, прямо в гостиницу. Сойдем, Филипп Степанович.

— А что же, — сказал Филипп Степанович, — Калинов так Калинов, и гора с плеч. Пойдем в буфет первого класса водку пить.

Они с опаской вылезли на полотно, по снежку прошли в темноте под освещенными окнами вагона на деревянную платформу, где несколько неразборчивых фигур сидело на мешках под кубом. Сонный колокол ударил к отправлению, паровоз выпустил пар, и поезд ушел, сразу опростав много светлого места для прибывающего с опозданием утра.

Однако в скудном буфете, где почему-то вместо электричества горела керосиновая лампа, ни водки, ни пива не оказалось, и буфетчик, переставив с места на место скучную бутылку с фиолетовым лимонадом, сердито сказал, что по случаю призыва на три дня запрещена всякая продажа спиртных напитков, и теперь вокруг на сто верст нельзя достать ничего такого, кроме самогонки.

— Приходите завтра, сорокаградусная будет рюмками.

— Вот так фунт, — произнес в усы Филипп Степанович, — хорош же ваш город Калинов, нечего сказать!

— За распоряжение милиции не отвечаем, — еще более сердито ответил буфетчик и, почесав вывернутой ладонью спину, отошел во тьму громыхать тарелками.

Больше делать на станции было нечего. Филипп Степанович и Ванечка вышли к подъезду.

Четыре извозчика с номерами, похожими на календарь, стояли поперек дороги возле круглого станционного палисадника. Два на колесах, два на полозьях. Видно, погода здесь стояла — ни то ни се. Ямщики уныло сидели на козлах, свесив ноги с одного боку. Они не обратили на приезжих никакого внимания. Лошади, уткнув морды в торбы, стояли понуро и смирно, не шевеля даже хвостами. Минуты две пребывали сослуживцы на ступеньках подъезда, дрожа от предутренней зяби, пока, наконец, один из ямщиков не спросил, зевая и крестя бородатый рот:

— Поезд, что ли, пришел?

— Пришел, — сказал Ванечка. — До города Калинова полтинник.

— Сорок копеек положите, дорога не твердая, — быстро сказал извозчик и снял рваную шапку.

— Чудак человек! — воскликнул Филипп Степанович. — Тебе дают полтинник, а ты требуешь сорок. Это что же у вас, такса такая?

— Зачем такса, — обидчиво сказал извозчик и надел шапку, — пускай по таксе другие везут, а я прослышался, думал, вы четвертак говорите, а не полтинник.

— Ну, так вези за сорок, если так.

Извозчик снова снял шапку, помял ее в руках, подумал и решительно надел на самые уши.

— Пускай другие за сорок копеек везут, а я меньше чем за четвертак не повезу, — сказал он быстро.

— Экий ты какой упрямец, — сердито проговорил Филипп Степанович, — некогда нам тут с тобой разговаривать, у нас дела есть, нам обследовать надо, то подавай ему полтинник, а то меньше чем за четвертак не соглашается.

— Пускай другие за четвертак возят, а я, как уговорились, меньше чем за полтинник не повезу.

— Да ты что, издеваешься над нами, что ли, или же пьян? — закричал, окончательно выходя из терпения, Филипп Степанович. — То тебе четвертак подавай, то полтинник, сам не знаешь, чего хочешь, пьяница.

— Нешто от пьянства так заговоришься. Вот завтра, как выпустят сорокаградусную, тады — да, а теперь, как есть, тверезый — говорю: четвертак, а думаю про полтинник, — сказал извозчик, снова снимая шапку, — очень похожи на выговор, четвертак и полтинник.

— Так, значит, везешь ты нас все-таки или не везешь за сорок копеек? — заорал Филипп Степанович осиплым голосом на всю площадь.

— Не повезу, — равнодушно ответил извозчик и поворотился спиной, — пускай другие возят.

— Тьфу! — сказал Филипп Степанович и в самом деле плюнул от злости.

Тут молодой извозчик в сибирской белой папахе, в нагольном полушубке, из-под мышек которого торчала рваная шерсть, лихо встрепенулся.

— Пожалуйте, свезу за тридцать копеек! — закричал он и взмахнул локтями.

Сослуживцы влезли в неладные, чересчур высокие сани, устланные внутри соломой, покрыли колени худым фартуком и поехали в город, оказавшийся ни дать ни взять таким самым, как все уездные города: десять старинных церквей, да две новые, да одна недостроенная, да пожарная каланча, да окруженная еще запертыми на пудовые запоры лабазами пустая базарная площадь, посредине которой стоял рябой мужик с коровой, приведенной Бог знает откуда на продажу. Узнавши по дороге от седоков, что они советские служащие и приехали в город Калинов обследовать, извозчик привстал на облучке, прикрикнул на своего серого, как мышь, конька: «Ну-ка, ну!» — и с покушениями на шик подкатил к Дому крестьянина, выходившему крыльцом на базарную площадь. Однако Дом крестьянина еще не отпирали, и на его ступеньках сидело несколько унылых мужиков, не обративших на сослуживцев ни малейшего внимания. Рядом с Домом крестьянина находился частный трактир с номерами «Орел», а еще немного подальше чайная «Тверь», тоже еще запертые.

Филипп Степанович и Ванечка вылезли из саней и, расплатившись с извозчиком, пошли гулять вокруг площади. Извозчик навесил на морду коньку торбу, погрозил ему кнутовищем, чтоб не баловался, и пошел следом за седоками — угодить в случае надобности. Покуда извозчик сидел на облучке, он казался еще туда-сюда, но едва слез на землю и пошел, сразу обнаружилось все его худосочие и бедность: сам низенький, нагольный полушубок — латка на латке, и полы обрезаны по карманы, валенки разные, худы и болтаются на тонких ножках, мешая ходить; носик острый, розовый, брови тоже розовые, бороденка кустиками, глазки порочные, голубенькие — сразу видно, что парень и растяпа, и вместе с тем плут, да и выпить не дурак, — словом, человечек из числа тех, которые на военной службе называются балабол-ками и идут в нестроевую команду.

Сослуживцы, скучая, обошли площадь. На угловом до-ме висела красная табличка с надписью: «Площадь бывш. тов. Дедушкина». Немного подальше, в начале пустынной, уходящей вниз улицы, виднелась другая табличка, гласив-шая: «Проспект бывш. Дедушкина». Кроме того, на длин-ной вывеске, над входом в запертую лавку, значилось боль-шими буквами: «Кооператив имени бывш. Дедушкина». Тут же извозчик разъяснил услужливо, в чем тут дело. Был, ока-зывается, в городе Калинове начальник милиции товарищ Дедушкин, не человек, а орел! В честь его благодарное на-селение переименовало площадь, улицу, кооператив и еще множество других учреждений и мест. Подумывали даже весь город Калинов переименовать в город Дедушкин, од-нако в один прекрасный день товарищ Дедушкин жестоко проворовался, был судим выездной сессией губернского су-да и посажен в тюрьму на три года со строгой изоляцией и поражением в правах. Долго ломали себе голову правители города Калинова, как выйти с честью из создавшегося тя-желого положения — не тратиться же в самом деле из-за уголовного преступника на новые таблички и вывески, — пока наконец не придумали всюду перед Дедушкиным при-писать «бывш.» — и дело с концом. Так был аннулирован Дедушкин.

На другом конце площади бывшего Дедушкина с гусем под мышкой шел калиновский мещанин в картузе и яловых сапогах. И на нем самом, и на его гусе лежала печать такой скуки, что невозможно выразить словами. Он так медленно передвигал ногами, что иногда казалось, будто он и не идет вовсе, а печально стоит на месте, приподняв для чего-то и согнув перед собой ногу — раздумывает, ставить ее на зем-лю или не стоит.

— Хорош же ваш уездный Калинов, нечего сказать, — за-метил Филипп Степанович, раскуривая папироску. — Вод-ка не продается, чайные заперты, народ какой-то скучный, даже какой-то Дедушкин — и тот бывший, ходи тут как ду-рак по базару. Провинция, мрак.

— Это, гражданин, верно, что народ скучный, — бойко подхватил извозчик, забегая вперед и заглядывая вверх на Филиппа Степановича, как на солнце, — ваша истинная правда. Потому и скучный, что водки дожидается. Даст Бог, до завтра доживем — сорокаградусной попробуем. А чайную сейчас отомкнут, не извольте сомневаться... Вот уже отмыкают, так и есть...

Действительно, в это время дверь частного трактира «Орел» открылась. Мужики, сидевшие на ступеньках Дома крестьянина, переглянулись и, не торопясь, перекочевали гуськом в «Орел», а немного погодя, когда уже никого на ступеньках не осталось, открылся и Дом крестьянина. Сопутствуемые извозчиком, Филипп Степанович и Ванечка вошли в «Орел» и потребовали себе номер. Увидев постояльцев, хозяин чрезвычайно засуетился и крикнул малого. Малый в жилетке тотчас поставил на пол ведерный самовар, с которым он танцевал из сеней, вытер руки о фартук и стремглав бросился вверх по лестнице. Затем вверх по лестнице промчалась насмерть перепуганная бабенка с бронзовым канделябром и двумя березовыми поленами в руках.

— Куды ключ от первого номера задевала? — произнес где-то вверху шипящий голос. — Не видишь, растратчики из центра приехали, поворачивайся, быдло.

После этого хозяин повел сослуживцев по некрашеной лестнице в дощатый номер, выклеенный изнутри, на манер солдатского сундучка, полосатыми бумажками — голубое с желтым. В номере стояли стол, диван, железная кровать без постели, крытая досками, комод. Над комодом тускло косилось зеркало в деревянной раме со штучками, до такой степени волнистое, как будто бы сделанное не из стекла, но из жести. В зеркале отражался канделябр с воткнутым в него вместо свечи букетом бумажных роз и мышьяково-зеленого ковыля.

Покуда извозчик, почему-то вошедший в номер вместе со всеми прочими, хихикал, мял в руках папаху и поздравлял с новосельем, покуда Филипп Степанович, строго пуская из ноздрей дым, с чувством превосходства оглядывал хозяина и всю трактирную прислугу, столпившуюся в дверях, покуда он распекал, что нету водки, и с тонким знанием дела заказывал забористый завтрак, из которого в трактире нашлась только яичница с колбасой, — Ванечка стоял у окошка и смотрел на площадь. Смотрел и все никак не мог понять, как это так случалось, что вот он вдруг стоит и видит в окно хорошо знакомый город Калинов, виденный им в детстве и уже забытый и вместе с тем такой самый, как будто бы ничего такого с самого детства с Ванечкой не произошло. Как будто бы все как-то сравнялось в памяти между тем городом Калиновом и этим и будто бы ничего между ними не было — ни призыва в шестнадцатом году, ни службы в полевой хлебопекарне, ни полковой канцелярии в Москве, ни эвакуационных пунктов, ни караульного батальона Красной Армии, ни биржи труда, ни военкома товарища Туркестанского, ни дома на Мясницкой, где за фанерной перегородкой, может быть, и сейчас горит под зеленым блюдечком полуваттная лампа... Ничего этого не было. Был только и есть сейчас перед глазами город Калинов и вокруг города Калинова Калиновский уезд, а посредине Калиновского уезда Успенская волость, а в углу Успенской волости, там, где кончается Бурыгинский лес и река Калиновка делает крюк в добрых восемь верст, между лесом и лугом стоит деревня Верхняя Березовка, заливаемая в половодье до самой церкви... И бегают там ребятишки летом на реку ловить раков, и ходят они зимой через поляну в Бурыгинскую школу... Там обкладывает мать на зиму соломой бревенчатые стены избы, и окошки становятся совсем маленькими... Вся деревня красна в ту пору калиной... А вот и отец возвращается вместе с артелью дранщиков на зиму из города... Земли мало, земля плоха, не прокормит... Кормит мужика ремесло... Там, в теплом хлеву, сестра Груша доит корову, а рядом чинят дровни... И тень от рогатого ухвата, бывало, летает, как черт, поперек всей избы, когда бабка возится вечером возле печи... В люльке плачет ребенок, а где-то вокруг почтальоны с казенными револьверами и шашками развозят почту, в лесу мокнет мох, светят гнилушки, подале шумит мельница и ходит паром, а еще подале — железная дорога в город Калинов, великолепный, интересный уездный город Калинов с базарной площадью, с каланчой, с трактирами, с баранками, с множеством святых церквей... И вот он тут, за окном, лежит как на ладони родной Городкалинов, идет мещанин с гусем, моросит по снегу и по соломе мельчайший дождик, посередине площади неподвижно стоит мужик с коровой, и стая галок взлетает без крика в аспидное небо и падает за крыши лабазов, как сотни шапок, подкинутых скрытым от глаз народом.

А уже малый принес в номер яичницу и чай. Извозчик, приглашенный Филиппом Степановичем закусить, со лживой скромностью и покорным удовольствием сидел на краешке стула с шапкой на коленях, дуя в блюдце, и вежливо перекусывал сахарок. Ванечка подсел к столу и, выкатав в полоскательнице стакан, с жадностью напился чаю; однако яичницы не ел — расхотелось. Филипп Степанович тоже лишь поковырял вилкой, и яичницу доел извозчик, из приличия оставив на сковороде два колесика колбасы. Согревшись чайком, сослуживцы расстегнули пальто, подперли головы кулаками и погрузились в молчаливые мысли, тщетно придумывая, что бы теперь такое предпринять, — но ничего придумать не могли. Делать было совершенно нечего. От скуки даже расхотелось спать.

— Значит, у вас тут в вашем уездном городе Калинове ничего такого достать нельзя? — спросил наконец Филипп Степанович невесело и пошевелил перед носом извозчика пальцами.

— Никак нет! — сказал извозчик, встрепенувшись от дремоты, и заморгал глазами. — Ничего такого никак нет. Покорнейше благодарим за чай-сахар. Не успел народ запастись. Не угадал малость. Завтра начнется.

— Так что же у вас теперь в городе Калинове люди пьют? Или, может быть, вовсе пить перестали?

— Которые действительно перестали — дожидаются сорокаградусной. А которые самогон добывают.

— Где же они его добывают?

— А по деревням добывают, известно. Рубль двадцать бутылка наилучшего первача. Не то чтобы имеет какой-нибудь дух, а совсем безо всякого духа, и крепость такая, что во рту горит — лучше тебе водки, куда там!

Извозчик вскочил с места, засуетился, взмахнул длинными рукавами и попросил, чтобы только приказали, а уж он в два счета до ближайшей деревни слетает и привезет хоть четверть; восемь верст туда, восемь обратно, и как раз к обеду можно будет выпить. Ванечка вздохнул и вдруг робко заметил, что лучше всего поехать всем в деревню Верхнюю Березовку, до которой не более верст тридцати, — там у него и мамаша, и родственники, и все на свете, там и самогон дадут самый лучший, не надуют и заночевать можно будет со всеми удобствами.

— А что же, — воскликнул Филипп Степанович, — правильно! Обследовать так обследовать. Чего мы здесь в городе Калинове не видели? Валяй в Верхнюю Березовку! А?

И, возбужденный новой, представившейся ему целью, Филипп Степанович молодцевато поправил пенсне, свел к носу глаза и тут же вообразил себе нечто среднее между великосветской зимней охотой с борзыми собаками и удалым катаньем на взмыленных тройках с коврами, бубенчиками, красавицами и остановками в помещичьих усадьбах... Месяц над баней, фаянсовый снег, голубой пламень пунша и прочее...

Тут же сослуживцы сторговались с извозчиком, выказавшим всяческое одобрение этой идее, поспешно расплатились с хозяином, оставили за собой номер, пообещали вернуться завтра к обеду, когда будет водка, и, не теряя понапрасну времени, спустились вниз. Внизу, в чайной, так как извозчик оказался не здешним, решили хорошенько расспросить мужиков, как ближайшей дорогой добраться до Верхней Березовки. Мужики, потевшие над чайниками и похожие на древнегреческих философов, внимательно выслушали расспросы, переглянулись, погладили бороды, посоветовались, а затем один мужик за всех степенно и необычайно подробно описал дорогу — до какой деревни сначала надо доехать, куда потом своротить, через какой мост переезжать и какой рукой надо держаться, когда будет не та мельница, которая в прошлом году погорела, а другая, кузькинская, где мельникова жена без одного глаза и где ходит паром. Тут сидящий поодаль дряхлый старик с сомнением покачал головой и сердито прошамкал, что такой дорогой никак никуда не доедешь, а ехать надо совсем в другую сторону, на Климовку — тут тебе аккурат и будет Березовка. Когда же старику разъяснили, что ехать надо не в Березовку, а в Верхнюю Березовку, старик с неудовольствием поворотился ко всем боком, да так-таки прямо и закатил почти что из Гоголя:

— Я думал, просто в Березовку, а надо в Верхнюю Березовку. Так бы и сказали. Верхняя Березовка одно, а просто Березовка другое... Дороги на них не сходятся. Так бы и сказали сразу... Гм... То Верхняя Березовка, а то просто Березовка... А то была еще одна, Нижняя Березовка, но выгорела лет тридцать тому назад...

И долго еще, с полчаса, старик недовольно бурчал себе в бороду насчет путаницы с Березовками, но его уже никто не слушал.

Филипп Степанович и Ванечка уселись в сани и поехали.

— Стой! — закричал вдруг Филипп Степанович, которого уже начала разбирать потребность управлять и удивлять. — Стой! Как же так, а? Без гостинцев? Э, нет! Уж если ехать в гости к родственникам, то нужно везти подарок. Верно я говорю, кассир? Остановись-ка, кучер, на минуточку. Нужно, брат, такой сюрприз загнуть, чтоб твоя матушка ахнула, грандиозное что-нибудь.

Филипп Степанович огляделся вокруг и тут же заметил мужика с коровой.

— Корову, — воскликнул он, — корову! Правильно. Что ты можешь возразить насчет коровы, кассир, а? Незаменимая вещь в сельском хозяйстве. Фурор! Смятение! Общий восторг! Корову, корову! Уж матушка твоя с ума сойдет от радости, будь уверен!

С этими словами Филипп Степанович с ловкостью, необыкновенной для его лет, выскочил из саней и так быстро купил корову, что мужик не сразу даже сообразил, что такое с ним, собственно, произошло. Филипп же Степанович похлопал купленную корову по пестрому боку, похожему на классную географическую карту Австралии, привязал животное к задку саней, сел, накрылся худым фартуком, заметил окаменевшему от изумления кучеру: «Ну теперь валяй!» — и самодовольно толкнул Ванечку локтем в бок.

— Ну-ка, ну! — воскликнул в восторге ямщик, пуская вскачь своего мышастого конька, и хлопнул себя накрест по бокам рукавичками: то ли, мол, еще будет дальше, с такими господами не пропадешь!

Изумленная корова нагнула рога и рысью побежала за санями. Вскоре путешественники были далеко за городом.

А мужик, продавший корову, еще долго стоял, поливаемый мелким дождиком, посередине площади имени бывшего Дедушкина, держа в одной руке шапку, а в другой двенадцать червонцев, и все никак не мог прийти в себя и сдвинуться с места.

ГЛАВА ДЕСЯТАЯ

Десять лет не был Ванечка дома и не виделся с матерью. Первое время только писал письма да передавал поклоны, а потом перестал. Иногда ему казалось, что ни ее, ни деревни Верхней Березовки вовсе нету на свете. Но едва мышастый конек, натужив брюхо и раскорячив скользкие ноги, втащил наконец сани по размокшей дороге на косогор, сердце у Ванечки захолонуло от волнения. Тут сразу же, без предисловий, начиналась деревня: серые бревенчатые избы с синими вырезными наличниками вокруг окон, с коньками над пристроенными сбоку на столбиках сенями, с соломенными крышами, с горьким дымком. Во всю длину обширной прямой пустынной деревенской улицы, по обеим ее сторонам, вдоль заборов и палисадников, ряба в глазах, часто краснела тронутая ночными заморозками и исклеванная воробьями рябина. Казалось, что если бы не ее искусственный румянец, озаряющий выдуманным каким-то светом унылый деревенский пейзаж, то от скуки людям невозможно было бы жить под этим невысоким, серым до синевы, неподвижным небом, среди тишины обступивших со всех сторон лесов, насыщенных водянистым хвойным воздухом поздней осени.

На самом въезде в деревню крупная баба в темном платке и узком мужском пиджаке обкладывала избу.

— Стой! — закричал Ванечка вдруг.— Стой! Мамаша!

И выскочил из саней.

Баба обернулась к дороге, сощурилась, увидела сани, корову, привязанную к их задку, мышастого конька, городских седоков, шагнула раза два вперед и тут же выронила из рук охапку соломы. В окошко избы выглянуло насмерть перепуганное женское лицо и скрылось. Затем то же самое лицо, но уже в платке, мелькнуло в другом окошке. Хлопнула дверь, и из сеней выбежала неуклюжая девка в валенках. Обе женщины всплеснули руками и бросились к корове, которая стояла, круто дыша боками, позади саней и лизала драповую спину Филиппа Степановича.

— Так и есть, наша буренка! — завопила в отчаянии крупная баба и схватила Филиппа Степановича за рукав. — Где нашу животную нашел, сказывай. И веревка у нее на рогах та же навязана, вот она — вся деревня может доказать, что наша, клюквинская веревка. Да что же это такое, прости Господи, делается!

— Сказывайте, куда Данилу девали, разбойники! — заголосила девка, утирая обширное лицо платком и бестолково бегая вокруг саней. — Как повел третьего дня в город Калинов корову, так с того самого дня и пропал. Чуяло мое сердце. Сказывайте, куда мужика задевали!

— Да что вы, мамаша, белены объелись, — проговорил наконец Ванечка, совершенно сбитый с толку бабьими криками, — аль не признали?

Тут баба взглянула на него, присмотрелась, побледнела и ахнула.

— Ванюша! — произнесла она негромко, перекрестилась и схватилась за грудь. — Ей-богу, Ванюша! А мы тебя и в живых не считали. Да что же это такое? Ах ты, Боже мой!.. Ванюша!

И женщина, трясясь от смеха и слез, прижала к своему большому телу маленького Ванечку.

— Ванюша! Городской братец! — воскликнула девка и застенчиво припала лицом к плечу брата.

Тут все разъяснилось и относительно коровы. Оказалось, что купили и привели в подарок как раз ту самую корову, которую Ванечкина мать послала третьего дня со знакомым мужиком Данилой, дочкиным женихом, на продажу в город Калинов. Так что расчеты Филиппа Степановича на фурор и общий восторг не оправдались. Зато удивлению не было конца. Филипп же Степанович, успевший в дороге на остановках основательно напиться самогона под руководством опытного в этих делах извозчика, с достоинством вылез из саней, приподнял шляпу, нетрезво расшаркался во все стороны, выпустил через нос высокомерно-снисходительный звук — нечто среднее между «очень приятно» и «пожалуйста, садитесь» — и тут же понес такую сверхъестественную ахинею насчет обследования деревни, старика Саббакина, негодяя уполномоченного, царя Николая Кровавого, Изабеллочки и прочего, что бабы совершенно обомлели от страха и почтения, а извозчик воскликнул пьяным голосом: «Ну-ка, ну!» — и в восторге похлопал по себе рукавицами.

Затем дорогие гости были введены в избу. Алешка (в дороге выяснилось, что порочного извозчика зовут именно Алешкой) распряг и устроил на покой своего конька, после чего тоже вошел в избу и, помолившись со лживым усердием на иконы, скромненько уселся на лавочке у самой двери — всяк, мол, сверчок знай свой шесток. Сестрица Груша поставила буренку в хлев и, потупясь, села за прялку, пощипывая лен, русой челкой взбитый меж зубьев деревянного гребня. Сама же хозяйка, давно уже привыкшая по своему вдовьему делу к мужским повадкам главы семейства, степенно положила могучие локти на прожженный стол, за которым в красном углу сидели гости, и завела неторопливый хозяйственный разговор. Хотя и говорила она для Ванечки, однако обращалась больше к Филиппу Степановичу, чувствуя в нем главного начальника над своим сыном и вообще лицо, во всех отношениях ответственное, облеченное властью и почтенное. И так у нее это натурально выходило, что казалось иногда, будто и у нее растет окладистая мужицкая борода и глаза пытливо смотрят из-под густых мужицких бровей, словно бы желая допытаться, с каким таким человеком она беседует, и что у него на уме, и есть ли он тот самый человек, за которого себя выдает, — словом, впрямь хозяйские мужские глаза.

Покуда наступал ранний вечер, покуда невидимая бабка возилась на другой половине с горшками и самоваром, вдова, не торопясь, рассказала все про свое житье-бытье, словно делала обстоятельный доклад:

— Земля родит плохо, да и нет ее. Без промысла не прожить, а мужика в хозяйстве нету. Грушу этой осенью берет Данила, сын покойного Никифора, мужик немолодой, тихий. Свадьбу надо справлять, а на что ее справишь? Пришлось корову в город Калинов на базар посылать, а то бы не обернуться. Спасибо, корову обратно задаром привели, хотя кормить ее, впрочем, все равно нечем. Бабка, глядишь, не сегодня-завтра помрет, слаба стала. Землемер летом был, землю резал. Да что ее резать: как ни режь, а если ее нету, то все равно ничего не нарежешь. Опять же мельник притесняет — где ж это видано, чтоб с пуда по шести фунтов брали за помол? А живет этот мельник сам как буржуй, одних гусей у него, чтобы не соврать, пятнадцать штук, не считая прочего. Лен в этом году уродился ничего себе. Жить можно. Разве только что без мужчины в хозяйстве туго.

Много еще в таком же роде говорила вдова, невесело улыбаясь сквозь воображаемую свою бороду и показывая при этом два выбитых передних зуба, — видно, покойный ее мужик особенно кротким характером не отличался. И никак нельзя было понять, посмеивается ли она над всеми этими своими невзгодами или же прикрывает их смехом, жалуется или только так, лишь бы занять гостей.

Филипп Степанович с пьяным вниманием слушал вдову и, приподняв бровь над припухшим глазом, выпускал из усов папиросный дым, словно желая сказать: «Так, очень хорошо. Вы не беспокойтесь, мадам. Можете во всем положиться на меня, я вам все это быстро устрою и поправлю».

Ванечка осмотрел украдкой за это время избу, в которой он родился, увидел вещи, хорошо знакомые ему с детства: стенные часы с гирями, лампу под жестяным кругом, иконы, картинки, лиловые фотографии, армяк на гвоздике возле двери, кадку и ковшик, липовую прялку с точеным колесом, и ему стало так скучно, как будто бы он никогда не расставался с этими вещами и все время до сих пор без всякого перерыва, жил среди них — до того они были знакомы. Да и материнские слова были те же самые, так же хорошо знакомые с детства, как и вещи, — мельник, да землемер, да корова, да трактирщик... И ничего они не вызвали в сердце Ванечки, кроме скуки, переходящей в смертельную, безысходную тоску. Нет, не то вышло, не то. Неладно как-то.

За окном уже было черно. Груша стала зажигать лампу. На мгновенье тень от ухвата пролетела через избу, как черт. И никуда уже нельзя было уехать от этой скуки, надо было сидеть, и слушать, и смотреть, а зачем — неизвестно, и совершенно нечего было делать. Алешка сидел возле двери и украдкой зевал в рукав — ждал, когда же наконец дадут поесть. Филипп Степанович тоже впал в тяжелую пьяную мрачность.

Между тем всю деревню облетела весть, что ко вдове Клюквиной приехал из города сын и с ним еще какой-то в очках начальник, оба пьяные, и привели они с собой корову и будто бы собираются обследовать местность, а на предмет чего обследовать — ничего не известно.

Мужики, как водится, подождали для приличия вечера, а потом помаленьку потянулись ко вдове с визитом, посмотреть на городских приезжих и послушать умные речи, которые, как известно, приятно и слушать. Первыми двинулись старики из наиболее уважаемых, за уважаемыми стариками — сватья да кумовья, затем те, что посмелее, за ними те, что полюбопытнее, а там беспартийная молодежь и некоторые наиболее отчаянные бабы. Словом, к тому времени, как гости кончили пить чай и закусывать, в избу набралось столько народа, что, как говорится, яблоку негде упасть. Каждый входил в избу сообразно со своим возрастом и положением в обществе. Уважаемые старики входили открыто, очень серьезно, аккуратно, не торопясь, здоровались с хозяйкой и приезжими за руку и молча занимали места поближе. Сватья и кумовья входили широко и быстро, не то боком, не то чертом, держась за шапку и весело подмигивая — мы, мол, здесь люди свойские,— однако за руку здоровались только с хозяйкой и занимали места позади стариков, на лавках, под бревенчатой стеночкой, говоря приезжим что-нибудь приятное. Прочие не входили, а как бы вдвигались в дверь совершенно боком, стараясь занимать собою поменьше места, ни с хозяйкой, ни с приезжими они не здоровались, а тихонько садились куда Бог пошлет, поглаживая бородки и покашливая в кулаки — ни дать ни взять профессора, собравшиеся на заседание ученого общества. Молодежь и отчаянные бабы входили на цыпочках с лицами, растянутыми улыбкой, и останавливались подле дверей, а то и вовсе не переступали порога и оставались за дверьми, заглядывая в избу, подперев пальцами щеки.

Однако, как ни казалась изба мала и неудобна, она вместила всех пришедших, даже место еще осталось. Некоторое время, как принято, все молчали, рассматривали Филиппа Степановича, а затем стали перемигиваться, подталкивать друг друга заплатанными локтями ватных пиджаков и полушубков, пока, наконец, не выдвинули вперед и не подзадорили к разговору уважаемого старика в стальных очках, с наружностью знаменитого хирурга Пирогова, видимо первого местного спорщика.

— Ну-ка, ну-ка, Иван Антоныч, — послышались вокруг сдержанные голоса, — поговори-тка с товарищами вообще насчет делов.

— Не ударь лицом, оппозиция, хо-хо.

— И например, про землемера заметь кое-что.

Уважаемый старик завозился на своем месте, будто бы отодвигаясь назад, но на самом деле выдвигаясь вперед, поправил очки, кашлянул, оглянулся во все стороны испуганно и вместе с тем неустрашимо, высморкался в кумачовый платок, поднял высоко над очками брови и после этого, махнув рукой, решительно приступил к спору, сказав Филиппу Степановичу невероятно невинным голосом:

— Мы, извините, люди темные, а вы, значит, как бы это, получившие высшее образование. Тут в газетке «Беднота» писалось насчет государства Франции, как будто она, как бы это, готовится, как же это, скажите, следует понимать? Война, что ли, подготовляется?

— Безусловно, — отрезал Филипп Степанович, чувствуя себя в центре общественного мнения, — разобьем!

И победоносным взглядом обвел собрание лысин, бород, полушубков и пиджаков.

— Так, так, — быстро сказал старик и несколько сконфуженно подмигнул слушателям: посмотрите, мол, какие пули отливает городской житель, но ничего, сейчас мы его припрем к стенке, тоже не совсем лыком шиты. — Понимаем. А как вы скажете, может, например, мельник при советской власти рабочих и крестьян брать по шести фунтов с пуда или не может?

— Не имеет морального права, — строго сказал Филипп Степанович, — ни под каким видом.

— Та-а-ак.

— Эх, Иван Антоныч, — произнес насмешливый голос, — что ж это ты?

Старик вовсе сконфузился, заморгал под очками, высморкался и покрутил головой. Потом отчаянно махнул платком и пошел загибать вопрос, один другого заковыристее. Но не на такого напал. Филиппу Степановичу только того и надобно было. Крепко любил Филипп Степанович удивлять и ставить в тупик людей превосходством своего ума. Старик из кожи вон выворачивался, а Филипп Степанович — раз! — и отрезал ответ, — раз! — и отрезал. Так и крыл, так и крыл, причем потерял всякую совесть и окончательно заврался. Мужики, перепутавшие в восторге свои места, дымили уже махоркой и подбадривали:

— Так его, правильно, бейтесь, товарищи.

Вскоре Филипп Степанович заклевал уважаемого старика, а общество на его место выдвинуло другого уважаемого старика. Однако Филипп Степанович был непобедим. Нос его сильно порозовел, с носа валилось пенсне, из усов исходил папиросный дым, глаза дико блуждали. Он молол чушь.

— Будет вам, Филипп Степанович, — в отчаянии шептал Ванечка, тайком таща бухгалтера за рукав, — разве они что-нибудь понимают, поговорили — и хватит, а то вы такое наговорите...

Но Филиппа Степановича уже никак нельзя было удержать. Он стоял, пошатываясь, в красном углу — дикий и потный — и, надменно улыбаясь, отрывисто бормотал окончательно уже ни на что не похожий вздор:

— Виноват... Ви-но-ват... Прошу вас, шерри-бренди. Честь имею. Я и мой кассир Ванечка. Вот он тут сидит... Что есть Ванечка и что есть старик Саббакин?.. Двенадцать тысяч на текущем счету в Госбанке. Он мне говорит — покроем, а я ему говорю: дур-р-рак — и точка. Пр-р-равильно! Чем, говорю, крыть, когда нечем, говорю, крыть... Верно, кассир? А мельника к чертовой матери в воду! Я покупаю всем вам мельницу. Угодно или не угодно? Сегодня, сейчас же мы и поедем. К-ассир, выдай по ордеру на покупку — и точка.

Тут, помаленьку оттеснив уважаемых на второй план, к столу просунулись веселые и уже нетрезвые сватья и кумовья, всячески намекая, что по такому случаю обязательно требуется выпить. В сенях крякнула и растянулась гармоника. Алешка пошептался в дверях с бабами. Ванечка вытащил из кармана деньги. И через десять минут уже кое-где на подоконниках завиднелись желтоватые бутылки, заткнутые бумажными пробками.

Хозяйка пошла алыми пятнами. Ей вдруг сделалось ясно, зачем приехал Ванечка из города, и почему у него деньги, и кто такой Филипп Степанович: все как на ладони. А она-то обрадовалась! Поживет, думала, сынок дома, на Грушиной свадьбе будет гулять, а то и вовсе останется в деревне, за хозяйство возьмется. Все-таки с мужчиной совсем не то, что без мужчины. А тут такой, оказывается, грех! Так совестно, что в глаза людям бы не глядела. До этой минуты ей страстно хотелось, чтобы поскорей разошлись гости и можно было бы остаться с сыном наедине, уложить его спать, почесать ему волосы, поговорить, посоветоваться, а теперь стало все равно, пусть хоть до петухов сидят.

С покорной и горькой улыбкой она встала из-за стола, пошла по хозяйству и вынесла вскоре краюху хлеба, блюдо соленых груздей, четыре граненых стаканчика, щербатую вилку с коротеньким черенком и щепотку соли. Поставила на стол и низко поклонилась.

И пошла гулянка.

Несколько раз выходил Ванечка, пошатываясь, из чадной избы в прохладные черные сени. Он открывал дверь на улицу, в отчаянии прислушивался. Таяло. Таяла дорога, таял снежок на крыше, с крыши капало. Во тьме по рябинам бродил пьяный шорох дождика. Вдалеке играла гармошка и пели песни. Должно быть, это ребята возвращались с посиделок. Но Ванечке казалось, что скучное пьяное веселье вырвалось вон из прокуренной избы на воздух, перекинулось на тот конец деревни и бродит теперь с невеселыми песнями под гармошку из двора во двор под охмелевшими рябинами, вдоль по мокрой улице. Ванечка выставлял на ветер голову, но ветер не мог утолить дикой тоски, насквозь прохватившей его до самого сердца. Что же теперь делать? Как быть? Не уйти теперь никуда, не уехать, а если и уехать, то куда и зачем? И в первый раз за все это время Ванечка вдруг просто и ясно понял, что погубил себя и выхода у него нет. Тоска была такая, что хоть в петлю. Он возвращался в избу и, улыбаясь, пил вонючий самогон, пел песни, целовался и снова выходил в сени постоять под ветром, слушая нетрезвое бормотание волчьей ночи, желтыми пятнами ходившей в глазах.

Гуляли долго, до полуночи. Не раз и не два бегал Алешка, спотыкаясь, куда-то с пустой посудой и возвращался с полной. Председатель сельсовета, поздно возвратившийся из объезда, услышал о событии и тоже зашел в клюквинскую избу посмотреть на приезжих. Высокий, веселый, молодой, в синей гимнастерке с расстегнутым воротом, он быстро вошел, наклонив голову, чтобы не стукнуться о притолоку, в избу и вмиг оглядел всех.

— Будем знакомы. Предсельсовета Сазонов, — сказал он Филиппу Степановичу и размашисто пожал ему руку.

Таким же образом он поздоровался с Ванечкой, кивнул прочим, уронив на лоб русый чуб, затем с размаху сел на подставленный ему хозяйкой табурет, лихо выставил ногу в сапоге, мелькнул синими своими глазами и весело улыбнулся, отчего на щеках у него сделались милые ямочки, как у девушки. Сидел он, впрочем, недолго, внимательно послушал болтовню окончательно завравшегося Филиппа Степановича, порасспросил, раза два поддакнул, выпил стаканчик самогона, чтоб не обидеть общество, пошутил с Грушей, продолжавшей неподвижно сидеть за прялкой, и скоро ушел, сказав, что не выспался, и пожелав всем счастливо оставаться. Словом, оказался рубаха-парень. Около полуночи, весь мокрый, пришел и Данила, тот самый мужик, жених Груши, у которого давеча в городе Калинове купили корову. Узнавши, какое происшествие случилось с коровой, он, как был в полушубке и шапке, сел в уголке, раскрыл рот, да так и остался сидеть, неподвижный от изумления, пока про него совершенно не забыли.

За полночь гости разошлись по домам. Тяжелый сивушный дух стоял в избе. Хозяйка зевала, крестя рот, и устало разгоняла утиральником махорочный дым. Груша прибирала посуду и готовила постели. Алешка успел уже столковаться с какой-то кривой бабенкой и, наскоро посмотрев конька, пошел ночевать к этой бабе на другой конец деревни. Филипп Степанович лежал навзничь в красном углу на лавке, свесив на пол руку, и трудно мычал, задрав подбородок, сизый и острый, как у покойника.

Ванечка же, натыкаясь в потемках на какие-то угловатые вещи, ощупью пробрался в сени и оттуда по шатким ступеням спустился в хлев, где тепло и знакомо пахло жидким навозом, животными и птицей. Он нашарил грядку телеги, взобрался на нее и достал в темноте холодными руками потолочную перекладину. На перекладине висели вожжи. Он попробовал их, крепко ли держатся, сделал петлю и, как во сне, валко став на носки, сунул в нее голову. Телега скрипнула. Грядка ушла из-под напряженных ног. Перепуганная курица упала с насеста, как кочан капусты, и забилась во тьме, крыльями подымая сухую душную пыль. За ней встрепенулась другая, третья. Во всех углах раздалась взволнованная птичья болтовня, полетели перья, пошел ветер... И мать, почуя недоброе, едва успела добежать, хватаясь руками за сердце, и вынуть полумертвого Ванечку из петли.

Почти на руках она внесла его в горницу и уложила на устроенную на полу постель, рядом с Филиппом Степановичем. Она подала ему ковш, но он не стал пить. Она гладила шершавой ладонью его взмокшие взъерошенные волосы и все повторяла:

— Грех-то какой, ах, грех... — И слезы ползли по ее могучему лицу.

— Ничего вы, мамаша, не понимаете, — с тоской выговорил наконец Ванечка и, поворотившись спиной, тяжело и тихо задышал.

— Все как есть понимаю, Ванюша, ох, все понимаю, грех-то какой. Крепись, Ванечка, терпи. Бог терпел и нам велел.

— Скучно мне, мамаша, засудят, — мутно пробормотал Ванечка и смолк.

Среди ночи в окно раздался стук, снаружи к черному стеклу приникло белое лицо Алешки, и вслед за тем он сам вбежал в горницу, торопливо топая валенками и спотыкаясь.

— Хозяйка, слышь, буди пассажиров. Ехать надо. Беда. Пашка-то ваш Сазонов, предсельсовета, в волость за милицией покатил, во крест. Арестовать думает. Я, говорит, подозрение имею... Буди, буди, я уж запряг. Ну-ка, ну! На дворе тает и тает, кабы дорога не тронулась. Тогда, пожалуй, на полозьях и не выберешься. Ох, сядем мы, кажется, с такими делами посередине поля и будем сидеть тама.

Филипп Степанович и Ванечка очнулись и как встрепанные вскочили на ноги.

— Кого арестовать? Ни под каким видом! — высокомерно произнес Филипп Степанович, но туг же ослабел, сгорбился и торопливо, заплетаясь, пошел садиться в сани. Он бормотал: — Пашка, Пашка, к черту Пашку, вот еще, скажите пожалуйста... Провинция, мрак... Пашка, а может быть, я граф Гвидо со своим собственным кассиром, понятно?..

— Прощайте, мамаша, — проговорил Ванечка, стуча зубами от ночного холода, охватившего его на дворе, и залез в сани.

Сослуживцы покрыли ноги фартуком, сани тронулись. Мать побежала за ними, шлепая по воде. Она все норовила догнать и обнять на прощание сына, но злой ветер трепал в темноте ее волосы и мешал смотреть. На деревне пропел петух.

— Ты, Ванюша, хоть бы письмецо написал! — закричала она, плача. — Ну, с Богом!

Ветер отнес ее голос в сторону. Она отстала, пропала. Сани, чиркая подрезами по земле, съехали с косогора.

— Ну-ка, ну! — сердито крикнул Алешка и перетянул конька вожжами. — Не догонит авось, Пашка-то.

В полной темноте, еле различая дорогу, они въехали в жуткий лес, а когда из него выехали, то небо кое-где за елями и обгорелыми пнями уже посветлело. Наступало утро. Потянуло холодом. Дорога отвердела. Под копытами хрустел и ломался лед. Через подернутый сахаром луг возле какой-то деревни шли школьники.

— Здравствуйте, дяденьки! — закричали дети дискантом, завидев сани, и сняли шапки.

«Дяй-дяй-дяй», — туманно отразил их крик в отдалении лес. Сбоку из-за леса тускло вышла река. Шумела мельница. Сослуживцы дрожали друг подле друга, насквозь пробранные бесприютным утренним ознобом.

— Зачем брали, Филипп Степанович? — тихо сказал Ванечка, с трудом разнимая схваченные ознобом челюсти. — Не надо было пользоваться, Филипп Степанович, эх!

И, сказавши это, покорно сгорбился, натужился, преодолевая озноб, и уже за весь путь до самого города Калинова не сказал ни слова.

ГЛАВА ОДИННАДЦАТАЯ

В город Калинов приехали к вечеру. В пути проболтались целый день. Дорога растаяла окончательно. Шел дождь. То и дело сани въезжали полозьями в такое месиво, что казалось, тут им и крышка. Однако выдирались. Папиросы и спички все вышли, и достать их было негде. Раза два заворачивали в «Деревенковские потребительские товарищества», но там, кроме веревок и ведер, других товаров не имелось. Часа два ждали парома, кричали дикими голосами через речку, не дождались и поехали вброд. Вымокли по колено в сивой воде, где крутились мелкие льдинки, едва не утонули. Совсем уже невдалеке от города, верстах в пяти, конек вдруг остановился на самой середине какого-то горбатого деревянного мостика, упрямо расставил дрожащие ноги, раздул живот и ни за что не желал сдвинуться с места ни взад, ни вперед — хоть плачь. Уж его и били, и пугали, и тащили под уздцы с грозными воплями — ничего. Вылезли из саней. Не менее часа простоял таким образом конек, отдышался, а потом сам по себе, добровольно двинулся дальше. Версты полторы шли пешком рядом с санями по сверхъестественной грязи, пока конек не отдохнул окончательно, — тогда сели. А уж недалекий лес в сумерках лежал на земле дождевой тучей, и дождевая туча ползла над землей и шумела редким мелколесьем. На железной дороге блеснул зеленый фонарик.

Город Калинов был неузнаваем. Куда только девалась вся его давешняя скука! Окна трактиров и винных лавок пылали. Возле них стояли толпы. Над вокзалом пухло багровым паром дождливое небо. Вокруг площади бывшего Дедушкина горело четыре электрических фонаря. Со всех сторон гремели гармоники и бренькали балалайки. В улицах и переулках компаниями и поодиночке шатались калиновские обыватели, пьяные в дым. Вокруг стоял неразборчивый гул и бормотанье гульбы. Отовсюду слышались отчаянные песни. Под самым отдаленным фонарем копошилась драка, движущейся тенью своей занимая площадь. Дождь и тот пахнул спиртом. Лишь трезвый милиционер, перепуганный насмерть, крался вдоль стены, как кот, стараясь не наступить на пьяного и не обратить на себя внимания.

— Ну-ка, ну! — закричал Алешка в восторге, подъезжая к трактиру. — Ну-ка, ну, вот так Калинов! Ай да Калинов!

Попробуем сорокаградусной, какая она на вкус, пока не выпили. Аккурат поспели. С приездом вас!

Филипп Степанович понюхал воздух и встрепенулся.

— Правильно. Необходимо обследовать, — сказал он, суетливо вылезая из саней. — Что ж это ты, Ванечка, а? Плюнь на все и пойдем пить сорокаградусную водку. Положись на меня. Шерри-бренди, шато-икем... Селедочки и огурчиков... И в чем, собственно, дело? Жизнь прекрасна! Двенадцать тысяч на текущем счету, вилла в Финляндии... Лионский кредит... Вино и женщины, масса удовольствий... Кассир, за мной!

— Валяй! — воскликнул Ванечка треснутым голосом. — Чего там, валяй!

И пошло. Двое суток под руководством Алешки пьянствовали сослуживцы в городе Калинове — опухли, одичали вовсе. Когда же очнулись днем и пришли в себя, увидели, что опять едут в поезде. Однако этому обстоятельству нисколько не удивились. Напротив, было бы странно, если бы, например, никуда не ехали.

— Едем, Филипп Степанович, — довольно безразлично сказал Ванечка, переворачиваясь на верхней полке жесткого вагона.

— Едем, — сказал Филипп Степанович внизу и, пошарив в карманах, вытащил исковерканную коробку папирос «Шик». Он осмотрел ее со всех сторон и прочитал, что папиросы Курской табачной фабрики «Нимфа» — марка незнакомая, — понюхал, сделал «гм» и закурил. Сейчас же половина едкого табака высыпалась из мундштука на язык, гильза сморщилась, пожухла, скрючилась из папиросы с треском повалил дым и запахло паленым козлом.

На противоположной от Филиппа Степановича лавке зашевелилась фигура, с головой завернутая в шотландский плед, и уравновешенный заглушенный голос произнес:

— Я бы вас попросил не дымить! Фу! Это вагон для некурящих.

«Скажите пожалуйста», — высокомерно подумал Филипп Степанович и обиделся. Однако папиросу притушил об лавку и с отвращением в душе пошел в клозет выплюнуть изо рта гадость и напиться. Покуда он, слабо сопротивляясь развинченными ногами ходу поезда, пил из рукомойника теплую воду и мочил виски, в его памяти возникли и промелькнули разрозненные подробности калиновской пьянки.

109

Как будто был такой, например, момент: через город с трубами и факелами, гремя и звеня, промчался пожарный обоз, и впереди на дрожках задом наперед, как полицеймейстер, стоял, поддерживаемый друзьями, начальник уездной милиции — не Дедушкин, а его преемник в красной фуражке — и кричал: «Началось! Народ, веселись! Объявляю национальный праздник в уездном масштабе открытым!» А может быть, этого и не было... В ресторане «Шато де Флер», который нашелся все-таки в конце концов и в городе Калинове, хорошо известные евреи в синих шароварах, прибывшие, как видно, на гастроли, исполняли на помосте украинские национальные танцы... Потом спали мертвым сном в подвале у какой-то жирной вдовы за ширмами, а утром от головной боли пили огуречный рассол. Ездили вместе с жирной вдовой к девочкам, там во дворе привязалась лохматая собака и укусила Алешку за ногу, в комнате пили сорокаградусную водку и слушали граммофон, рассказывавший анекдоты, а девочки с насурмленными бровями хрипло хохотали и щипали за подбородки... Потом как будто купили в трактире ящик водки и за семьдесят пять рублей вареных раков и бесплатно раздавали посередине площади желающим; народа навалило видимо-невидимо, мещане ссорились, кричали и били друг друга по морде раками. После этого наняли всех, какие только были в городе, извозчиков и велели ездить порожняком вокруг площади бывшего Дедушкина и петь народные песни — весь город Калинов собрался смотреть на это небывалое зрелище. Кутили на вокзале, пили коньяк рюмками, с кем-то ругались и платили штраф. Ранним утром посреди площади видели рыжего мужика Данилу с коровой. Ужасно удивились. А Данила низко поклонился и безучастно сказал: «Нешто животную зимой прокормишь? Сказано: продать — и продать». Мелкий дождик поливал Данилу с коровой, и вороны взлетали шапками в мутный, как бы мыльный, воздух. Потом прибежал Алешка и сказал, что Пашка Сазонов с комсомольцами в городе и надо уезжать, а куда — не сказал. Он же, должно быть, и билеты покупал, и в вагон укладывал...

— Фу, ерунда какая! Куда же мы, однако, едем?

Когда Филипп Степанович возвратился на место, визави его, освободившийся уже из пледа, сидел на лавочке в егерском белье, опустив на пол голые ноги в сафьяновых туфлях на козьем пуху, и вытирал шею одеколоном «Четырех королей». Филипп Степанович сел к окошку и стал искоса разглядывать. Визави был человек наружности приятной, в достаточной мере полный, даже дородный, несколько лысый, носил каштановые усы и бороду с проседью, из числа тех довоенных бород путейского образца, кои обыкновенно тщательно опрыскиваются английскими духами, подстригаются и расчесываются специальным гребешочком на две стороны, прекрасно окружая свежие губы, цвета бледной лососины. Под глазами легкие припухлости, напоминающие абрикосы, а на наружных подушечках пухлых пальцев красивые волоски вроде ресничек. Окончив вытираться одеколоном, визави набросил на себя свежую сорочку, натянул на ноги фильдеперсовые носки, извлек из-под гуттаперчевой надувной подушечки, на которой покоился, предметы своего костюма и стал неторопливо одеваться. Сперва он просунул ноги в просторные, отлично сшитые и выглаженные шевиотовые панталоны, пристегнул резиновые гигиенические подтяжки на колесиках, встал во весь свой небольшой рост, выпятил живот и несколько раз подрыгал ляжками: не жмет ли где-нибудь; затем повязал корректный галстук рисунка «павлиний глаз» и, наконец, надел такой же просторный и свежий, как и панталоны, пиджак с белым платочком в боковом кармане. Штиблет он не надел — видно, страдал мозолями и не любил без надобности утруждать ноги, — остался в туфлях. Совершив, таким образом, туалет, он выпустил воздух из подушечки и аккуратно прибрал постель в парусиновый чехол с синей меткой. Затем обстоятельно осмотрел и пересчитал свои места — все оказалось в полном порядке, аккуратно застегнуто в серые чехлы с синими метками на углах: два баула, плоский чемоданчик, корзинка для провизии, круглая коробка для шляп и несессер.

«Скажи пожалуйста, — еще раз с оттенком легкой зависти подумал Филипп Степанович, — скажите пожалуйста, какой жуир», — и тут же спрятал руки с черными ногтями за спину.

Между тем жуир съел два яичка всмятку и выпил чашку теплого какао из бутылки «Термос», заключенной, как и прочие его вещи, в серый чехольчик с меткой. Позавтракав с завидным аппетитом и испачкав яйцами губы, он тщательно прибрал после себя и, протерев носовым платком оконное стекло, стал глядеть в бинокль Цейса. Однако шедший навстречу поезду пейзаж был скучен и некрасив. Тогда жуир повесил бинокль на гвоздик, надел на прямой нос золотое пенсне с пружиной и, достав из чемодана книжечку и тетрадь, принялся читать, делая в тетрадке заметки прекрасным автоматическим карандашом. Филипп Степанович изловчился, заглянул на обертку книжки и прочитал: «Уголовный кодекс». «Эге!» — сказал про себя Филипп Степанович, и его слегка прохватило неприятным холодком.

С полчаса визави читал и делал заметки, наконец убрал книжечку и тетрадь в чемодан, с хрустом размял грудную клетку и локти, сказал: «Эх-эх-эх!» — и обратился к Филиппу Степановичу сочным, общительным голосом:

— А вас, знаете, вчера в хорошем-таки состоянии доставили в вагон, небось не помните, ха-ха! Где это вы так с товарищем, а? Простите, не имею чести, позвольте представиться, инженер Шольте Николай Николаевич.

— Очень приятно, — сказал Филипп Степанович, пытаясь навести на лицо свое обычное выражение превосходства, но выражение не вышло, — Филипп Степанович Прохоров, ответственный работник по финансово-счетной части, а это мой кассир — товарищ Клюквин Ванечка.

— Далеко изволите следовать?

Филипп Степанович неопределенно махнул рукой. Инженер Шольте скромно поклонился, как бы показывая, что не имеет в виду задавать интимных вопросов, если и спрашивает, то исключительно для приятного препровождения времени.

— По личному делу едете, осмелюсь задать вопрос, или же по командировке?

— По командировке из Москвы, — сказал Филипп Степанович, разглаживая усы, и покосился вверх, на Ванечку, — по командировке ездим, я и мой кассир. Обследуем, знаете ли, различные обстоятельства. Обследовали, например, на этих днях город Ленинград. Полнейший, можете себе представить, мрак. Провинция! То есть решительно нечего обследовать. Ну — памятники, о них я не говорю, но прочее, представьте себе, из рук вон. В гостиницах клопы, всюду одна и та же украинская капелла. Во Владимирском клубе, правда, пальмы, но искусственные. На каждом шагу какое-нибудь жульничество. Всякие уполномоченные проходу не дают. Я ему — шесть, он мне семь. Я ему — семь, он мне восемь. У меня восемь — у него девять. Прямо шулера какие-то. Ужас!

Филипп Степанович склонил набок голову, как бы с удовольствием слушая самого себя — очень понравилось, — и продолжал:

— А в провинции — еще хуже. Извозчики четвертака от полтинника не отличают. Коров каких-то на площади продают — одну пришлось купить, и главное, куда ни пойдешь, — везде все имени бывшего Дедушкина. Штрафуют на каждом шагу за каждый пустяк. Паромы не ходят — хоть вброд переправляйся. В деревне же, скажу я вам, абсолютный мрак. Председатели сельсоветов перешли все границы нахальства. В одном месте нас, извините, даже арестовать хотели, но я сказал — ни под каким видом! Что это такое, говорю, в самом деле? Вот тут и обследуйте после этого! До сих пор голова трещит от всего этого.

Инженер сочувственно закивал бородой.

— Нет, не-ет! Что ни говорите, а в прежнее время этого не было, — продолжал Филипп Степанович. — В прежнее время, бывало, мы со стариком Саббакиным зайдем в трактир Львова у Сретенских ворот. Тут тебе и селяночка, тут тебе и графинчик очищенной, тут тебе и уважение... Не-е-ет!

Тут Филипп Степанович, не отрезвевший еще как следует после вчерашнего, напал на своего конька и выложил инженеру все.

— А осмелюсь спросить у вас, — сказал инженер, сочувственно выслушав Филиппа Степановича, — большими ли вы располагаете суммами, то есть, я хотел сказать, много ли вами получено средств на обследование?

— Да что ж, — произнес Филипп Степанович высокомерно в нос, — не слишком: тысяч десять — двенадцать, — и с косого глаза посмотрел на инженера: каково, мол, это вам покажется, удивляйтесь!

— О! — сказал инженер, сделав рот ноликом, и сладко зажмурился. — О! Это солидная сумма, весьма, так сказать, внушительная!

— Я думаю, — заметил небрежно Филипп Степанович и навел на лицо достойное выражение.

— С такой суммой, хе-хе, за границу можно катнуть, половину земного шара обследовать.

— Н-да, это возможно. А вы как, тоже по командировке?

— По командировке, батенька, по командировке! — вкусно вздохнул инженер. — Именно по командировке.

— Обследуете тоже?

— Обследую тоже. Вернее — кончил обследовать. Все обследовал, что только можно было, и теперь возвращаюсь к пенатам.

— И большие суммы, извините, при вас были?

— Гм. Рублей этак полтораста своих да примерно тысячи полторы позаимствованных. При известной аккуратности и экономии на такую сумму можно с большим вкусом попутешествовать, ни в чем себе не отказывая, месяца два с половиной, три. Позвольте, когда я выехал? Если не ошибаюсь, числа второго августа. Да. Месяца четыре, значит, обследую. Конечно, без особых излишеств, но бутылку хорошего заграничного вина отчего бы иногда и не выпить? Мы, обследователи, всегда должны сообразоваться со своими финансами, не так ли?

При этих словах инженер несколько подмигнул Филиппу Степановичу.

— Вы так думаете? — проговорил в нос Филипп Степанович, и тут ему вдруг стало ужасно обидно.

— Обязательно. Экономия на первом плане — с убеждением сказал инженер, делая в слове «экономия» округленные ударения на э и о, — обязательно. Уверяю вас, что без экономии обследование может принять весьма и весьма уродливые формы и не доставить никакого удовольствия.

Инженер сделал небольшую паузу, почесал безымянным пальцем с двумя обручальными кольцами крыло носа и снова обратился к Филиппу Степановичу:

— Крым обследовали?

— Нет-с.

— Напрасно. Виноградный сезон в этом году в Крыму был совершенно изумительный. Какое море, какие женщины! Клянусь небом, я никогда в жизни не видел таких женщин. На Кавказе изволили побывать?

Филипп Степанович мрачно мотнул головой.

— Милый, — не воскликнул, но запел окариной инженер, извлекая из голоса своего целое богатство нежнейших и задушевнейших нот, — милый мой. Вы не были на Кавказе? Не верю своим ушам, этого не может быть! Это неслыханно! С вашими средствами не обследовать Кавказа? Да вы в таком случае ничего не видели, если не видели Кавказа. Кавказ — это же тысяча и одна ночь, сказка Шехерезады, поэма, Бог знает что такое! Одна Военно-Грузинская дорога чего стоит — уму непостижимо. Двадцать рублей, и вас везут на автомобилях между небом и землей, а вокруг горы, сакли, шашлык, черкешенки, кахетинское вино в бурдюках, то есть симфония ощущений! А Минеральные Воды! Кисловодск, Железноводск, Ессентуки! Какое общество! Какие женщины! Клянусь вам, я никогда не видел таких женщин. Правда, жизнь несколько дорога — мой бюджет доходил, например, до семи-восьми рублей в сутки — но зато жизнь! Я удивляюсь вам, Филипп Степанович, честное слово. При ваших средствах не быть на Кавказе! Немедленно же, немедленно поезжайте, милый, туда. Вы будете там принцем! Вас там женщины на руках будут носить, клянусь честью.

«Скажите пожалуйста, крыть нечем этого инженера», — подумал Филипп Степанович с некоторой обидой и решил подпустить шпильку.

— А скажите, я извиняюсь, что это вы за книжечку с собой возите, я заметил, — вероятно, интересные сочинения Зощенко?

— Какое там Зощенко! — добродушно отозвался роскошный инженер и махнул пухлой рукой. — До Зощенко ли мне, посудите сами, если я возвращаюсь к месту службы? Это, батенька, «Уголовный кодекс». Без него человек как без рук. Усиленно рекомендую и вам приобрести.

— Это зачем же?

— То есть как это зачем? А если ваше дело возьмут вдруг да и запустят показательным процессом, тогда что? Схватитесь, да поздно будет. А так, по крайней мере, предстанете во всеоружии юридических тонкостей. Главное дело, милый, хорошенько проработайте последнее слово. В последнем слове весь эффект процесса, а остальное — миф, уверяю вас.

Тут инженер вытащил часы с брелоками, погрузился в расчеты и, наконец, сказал:

— Без четверти три. Опаздываем на восемнадцать минут. Ну и порядочки. Через полчаса Харьков. А вам Филипп Степанович, я настоятельно рекомендую, не откладывая в долгий ящик, — на Кавказ. Без разговоров сходите, батенька, в Харькове и сейчас же берите билеты прямого сообщения Харьков — Минеральные Воды. Советую, конечно, в международном вагоне. При ваших средствах это стоит гроши, но зато какой комфорт! Совершенно европейский способ сообщения — красное дерево, собственная уборная, зеркала, отлично вышколенная прислуга, идеальное постельное белье, прохладные простыни, скользкие наволочки, синяя лампочка-ночник, вагон-ресторан под боком — симфония ощущений!

— Это идея! — воскликнул Филипп Степанович, и новая цель предстала перед ним и овладела воображением.

— Еще бы! Будь я на вашем месте, я бы всю жизнь ездил исключительно в международных вагонах. Но, увы, по одежке протягивай ножки. Впрочем, при известном навыке можно и в жестких вагонах устроиться с некоторым комфортом. Но вам, Филипп Степанович, извините меня за откровенность, должно быть прямо-таки совестно ездить в третьем классе. Итак, милый, на Кавказ, на Кавказ! Вы едете, а в зеркальных стеклах навстречу вам движется, можете себе представить, этакая панорама, картинная галерея. Сперва луга, буйволы, туземцы, туманные очертания горной цепи... Там дальше мох тощий, кустарник сухой, а там уж и рощи, зеленые сени, где птицы щебечут, где скачут олени, а там уж и люди гнездятся в горах, и ползают овцы по злачным долинам или что то в этом роде. Изумительное зрелище! Байрон!

Инженер сладострастно зажмурился и хрустнул пальцами. Филипп же Степанович пришел в страшнейшее волнение. Он уже едва сидел на месте от нетерпения скорей приехать в Харьков, немедленно сесть в международный вагон и мчаться на Кавказ. Именно на Кавказ — и никуда больше. Как это ему раньше не пришло в голову? Путались черт знает где, а о Кавказе не подумали. Чепуха какая-то. Теперь кончено. Все, что было, зачеркивается. И точка. То все было не настоящее, чушь, абсурд, мрак. Настоящее начинается только сейчас. В воображении Филиппа Степановича возникали и пропадали с быстротой молнии ослепительные картины воображаемого Кавказа: снежные верхушки гор, ущелья, дымные водопады, необыкновенной красоты женщины, башня Тамары, черкесский бешмет с патронами, серебряный кинжал, тесно перетянутая талия, какой-то общий восторг и взмыленный скакун, несущий над пропастью графа Гвидо в папахе, заломленной набекрень.

Едва поезд подошел к Харькову, Филипп Степанович стал будить Ванечку.

— Вставай, Ванечка, вставай. Сейчас мы едем на Кавказ. В международном вагоне. Определенно. Харьков — Минеральные Воды — и точка. Пока то да се, билеты надо заказать, пообедать... «В полдневный зной в долине Дагестана», — пропел Филипп Степанович дрожащим от нетерпения голосом и потянул Ванечку за ногу.

— На Кавказ... Поедем, — безучастно промолвил Ванечка и покорно, с портфелем под мышкой, слез с верхней полки.

— Счастливого пути, — сказал инженер и сделал ручкой. — Счастливцы, завидую вам. Мне время гнить, а вам цвести, ха-ха, — поправил пенсне и погрузился в книжечку.

Сослуживцы сошли с поезда и направились в буфет первого класса.

— Это что за станция? — вяло спросил Ванечка.

— Харьков, Ванечка, Харьков. Прямое сообщение Харьков — Минеральные Воды. Кавказ, брат, это нечто замечательное. Ты никогда не бывал на Кавказе? Я тоже не бывал, но говорят, первоклассный курорт. Увидишь — обалдеешь. Международный вагон, зеркальные стекла, идеальное белье, вагон-ресторан. И что мы только раньше думали с тобой, брат кассир... Масса удовольствий, европейский способ сообщения... Шерри-бренди... Правильно я говорю, и выпьем по этому случаю водки — надо согреться.

Они подошли к роскошной стойке, украшенной канделябрами и пальмами, и выпили по большой рюмке водки. Закусили бутербродами с ветчиной и повторили. Затем Филипп Степанович послал Ванечку за международными билетами, а сам принялся разгуливать по буфету, где в большом синем воздухе носился фаянсовый стук тарелок, звенели колокольчики рюмок, набухал гул голосов, предвещая массу не испытанных еще удовольствий и симфонию ощущений.

Ванечка, сонно волоча ноги, ушел и вскоре так же сонно пришел обратно.

— Не хватает денег, — вяло сказал он и поковырял пальцем в прорехе портфеля.

— Как это не хватает? — воскликнул Филипп Степанович в сильнейшем волнении. — Не может этого быть.

— Очень просто, не хватает, — сказал Ванечка, — до Минеральных Вод за международные билеты спрашивают сто двадцать шесть, а у меня на руках одиннадцать рублей сорок пять копеек.

— Ты сошел с ума, дурак! — закричал Филипп Степанович, багровея, и расстегнул пальто. — Было же двенадцать тысяч, куда они могли деваться? Это ерунда!

— Все, Филипп Степанович. Может, у вас кое-что осталось?

Покрываясь пятнами зловещего румянца, Филипп Степанович дрожащими руками принялся хвататься за портфель и за карманы, но денег не оказалось.

— Позвольте, — беззвучно бормотал он, проводя рукой по холодеющему лбу, — позвольте, не может же этого быть. Куда ж они девались?

— Проездили, Филипп Степанович, — сказал Ванечка покорно.

С блуждающими глазами и отвисшей челюстью, роняя пенсне и криво его поправляя, Филипп Степанович, сильно жестикулируя, побежал в мужскую уборную и там начал выворачивать карманы. Нашлась скомканная надорванная пятерка, и больше ничего не было. Ледяной липкий пот выдавился на лбу Филиппа Степановича. Нос заострился, отвердел, как у покойника. В глазах потемнело, и сквозь темноту с желудочным урчанием вокруг по кафельным стенам бежала волнистая вода.

— Виноват, виноват, — бессвязно произнес Филипп Степанович, схватив Ванечку за плечо костлявыми пальцами, — виноват... Надо подсчитать... Тут явное недоразумение... Постой, гостиница шестьдесят, два комплекта свиной конституции четыреста, билеты двадцать, кинематограф десять, на чай три, Алешке пятнадцать... Так где же в таком случае остальные?

— Ехать надо, Филипп Степанович, — тихо проговорил Ванечка.

— Почему ехать, куда ехать? Нет, ты постой, билеты двадцать, свиная конституция четыреста, раки семьдесят пять.

— Чего там считать, — с тупым равнодушием сказал Ванечка, отворачиваясь, —в Москву надо ехать, там все посчитают. На билеты бы хватило.

— Ты думаешь? — дико озираясь, прохрипел Филипп Степанович, и Ванечке показалось, что Филипп Степанович на его глазах вдруг медленно обрастает седой щетинистой стариковской бородой. — Ты думаешь, надо ехать? Да, да, именно ехать. Как можно скорее. Там мы на месте все это выясним. Едем!

С закатившимся, как бы вставным, глазом, припадая и волоча за собой окостеневшую ногу, Филипп Степанович заторопился к кассе. Однако на билеты до Москвы не хватало двух рублей. С минуту Филипп Степанович стоял возле кассы поникший, пришибленный свалившимся на него потолком. Затем вдруг его охватила и понесла суетливая, сумбурная энергия безумия. Он бросался посылать куда-то немедленно телеграмму, с половины дороги возвращался, бормотал, спотыкаясь бегал по незнакомому запутанному вокзалу, добиваясь начальника станции, требовал у носильщиков какого-то коменданта, грозился написать заявление в жалобную книгу и пугливо отскакивал от собственного отражения, шедшего на него с трех сторон в сумрачных зеркалах буфета. А Ванечка бегал за ним, таща за рукав, и покорно шептал, что не надо никаких телеграмм, а надо идти, пока не стемнело, в город, на барахолку и продавать пальто. Обессилев от хлопот, Филипп Степанович сдался на Ванечкины доводы. Они вышли с вокзала и, расспросив встречного красноармейца, вскоре добрались до Блакбазы. Рынок уже кончался. Свистели милиционеры, разгоняя торговок. Накрапывал холодный дождь. Начались сумерки. Незнакомый город зажигался вокруг туманными огнями. Несколько барахольщиков налетело из подворотни. Ежась от холода, Ванечка снял свое пальтишко. Барахольщики повертели его в руках, подбросили и предложили семьдесят пять копеек. Набавили до рубля. Сказали, что больше никто не даст, и ушли. Подошли другие барахольщики, посмотрели вещь, оскорбительно засмеялись в лицо, скомкали и сказали, что даром не возьмут. Тогда Филипп Степанович быстро снял свое пальто. Барахольщики ловко распяли его под фонарем, пересчитали дыры и латки, о существовании которых едва ли до сих пор догадывался и сам Филипп Степанович, ткнули в лицо протертыми локтями и карманами, посоветовались и, сказавши, что теперь не сезон, предложили три с полтиной. Филипп Степанович ахнул, но барахольщики уже удалялись, не оборачиваясь, Филипп Степанович побежал за ними, чавкая отстающей подметкой по лужам, и, задыхаясь, бросил им тяжелое пальто, то самое пальто с каракулевым воротником, прекрасное, элегантное пальто, которое всегда казалось ему необыкновенно дорогим, солидным и вечным.

На обратном пути заблудились в незнакомых улицах. Пока расспрашивали прохожих, пока кружили в переулочках, стала совсем ночь, злой дождь лил во всю ивановскую,

119

ледяной ветер крыл со всех сторон. Со шляпы Филиппа Степановича побежала вода. На Екатеринославской улице под розовыми фонарями гостиниц и кинематографов по щербатым плиткам изразцового тротуара плясали стеклянные гвозди, пенистая вода окатывала из водосточных труб худые штиблеты. Черным глянцем блистали зонтики, макинтоши, крыши экипажей. Пешеходы сталкивались и с бранью расходились.

— Изабеллочка! — вдруг закричал Филипп Степанович диким голосом и в ужасе прижался к кассиру. — Изабеллочка! Вон она. Бежим!

И точно: нагоняя их, по плещущей мостовой, как призрак, катил экипаж на дутых шинах. В экипаже, освещаемая беглым светом фонарей, сидела Изабелла в розовой шляпе с крыльями. Навалившись грузным своим телом на тщедушного типчика с портфелем под мышкой, она стучала по спине извозчика зеленым зонтиком, громко командуя:

— Извозчик, прямо и направо! Котик, ты ничего не имеешь, мы остановимся в гостинице «Россия»? — Щеки ее воодушевленно тряслись, серьги грузно болтались, она была ужасна.

Филипп Степанович вобрал голову в плечи и, прыгая боком через лужи, изо всей мочи пустился бежать по улице, сбивая прохожих и щелкая по изразцам кожаным языком отставшей подметки.

— Интеллигент! Писатель! — кричали ему вслед и улюлюкали из подъездов кино раклы*, приведенные в восторг его длинными ногами, кургузым пиджаком, заляпанным грязью, пенсне и странного вида каракулевой шляпой с обвисшими полями. Ванечка едва поспевал за ним. Только очутившись на вокзале, Филипп Степанович несколько пришел в себя. Его бил озноб. На щеках выступил шафранный румянец. Руки тряслись. С сивых усов падали капли. Он хотел говорить, но не мог, непослушный язык неповоротливо забил рот — выходило пугливое мычание.

Поезд в Москву уходил утром. Ночь провели на вокзале в помещении третьего класса. Филипп Степанович сидел, забившись в угол грубого деревянного дивана. Его душил су-

---

* Раклы — босяки, золоторотцы, на харьковском жаргоне. (*Примеч. автора.*)

хой, дерущий грудь кашель. В мозгу тошнотворно скребли жесткой щеткой. Скулы туго подпирали дикие глаза, глаза бессмысленно блуждали, почти не узнавая окружающего. Всю ночь Филипп Степанович бормотал в усы неразборчиво какие-то слова. Иногда он вдруг вскакивал, хватал Ванечку костлявыми пальцами за плечо и шептал:

— Изабеллочка. Тсс! Вон она. Бежим!

И ему казалось, что он видит Изабеллу, которая в розовой шляпе с распростертыми крыльями плывет на него, ядовито улыбаясь из непомерной глубины вокзала, стуча ботами, размахивая зеленым зонтиком и говоря: «Котик, котик, куда же ты едешь, котик? А ну-ка, плати алименты, котик». Он, корчась, прятался за перепуганного кассира, трясся весь и, прижимая голенастый палец к усам, шептал с хитрецой:

— Тсс! Не увидит. Тсс! А вот и не увидит!..

Иногда его лицо становилось осмысленным. Тогда он, поправив пенсне и откашлявшись, говорил с убедительной лаской:

— Постой, ведь мы не посчитали корову. Корова — сто двадцать, раки семьдесят пять, гостиница шестьдесят, фрукты восемь... Н-не понимаю...

В переполненном вагоне ему стало совсем худо, однако лечь было нельзя, билеты купили сидячие. Он сидел, полулежа в тесноте, положив ослабевшую голову на Ванечкино плечо, полузакрыв покрасневшие веки, и трудно дышал, словно выталкивая свистящее дыхание из опустившихся на рот усов. Вокруг пищали дети, скрипели корзинки, громыхал чайник, торчали с верхней полки толстые подошвы подкованных сапог с налипшей на них кожурой колбасы, крутился и падал табачный дым. Решетчатый скупой свет мелькал из окна по хаосу угловатых вещей, слабо перебивая унылую вагонную темноту. Гул и колесные перебои обручем обхватывали голову, давя на виски стыками. И надо всем этим кошмаром царила, как бы руководя им и подавляя атлетической комплекцией, усатая дама в ротонде и дымчатом пенсне. Вошла она в вагон еще в Харькове, поместилась против Филиппа Степановича, и сразу же оказалось, что ею заполнено все отделение. Ее сопровождал хилый молодой человек с плохими зубами, в полосатых брючках и с галстуком бабочкой. Суетясь, он тащил следом за ней объемистый баул, непомерной величины парусиновый зонтик и громыхающий чайник. Подле нее он копошился как у подошвы горы, а она мела подолом вагонное сметье и говорила громким басом:

— Да будет тебе под ногами путаться! Садись на лавку и сиди смирно. Тьфу, сморчок, смотреть на тебя противно — и в кого это ты только уродился таким поганцем, прости Господи.

— Фи, мамаша, как вы выражаетесь при посторонних. Они могут подумать Бог знает что.

— А вот ты у меня поговори еще, цац. Не смей меня называть мамашей. Какая я тебе мамаша? Добро бы еще был законный, а то, извините, байстрюк.

— Хи-хи, — тоненько хихикнул молодой человек и поправил галстучек, — вы ее, товарищи, не слушайте.

— Как это не слушайте? Извините, пожалуйста! Нет, слушайте все, как я из-за этого недоноска третий год сужусь.

Дама грозно уперла руки в бедра, выставила вперед чудовищный бюст, по форме своей напоминающий сердце, и, уставившись в упор на Филиппа Степановича глазами, заклеенными черными пластырями пенсне, пробасила:

— Нет, слушайте все! И вы, молодой человек, слушайте! — Она ткнула Ванечку пальцем в грудь. — И вы, там, на верхней полке, и вы, мадам. Все слушайте, какие приходится терпеть муки ради этого шмендрика, которого я, — тут ее голос дрогнул и вдруг перешел на флейту, — которого я, может быть, носила под своим сердцем!

Затем она вытерла щеки большим полотняным платком, трубно высморкалась и рассказала всем подробно и громко свою длинную историю, которая в коротких словах заключалась в том, что в свое время она жила экономкой у некоего полтавского холостяка-помещика, отставного гвардии ротмистра Попова-Попова, красавца и негодяя. Отставной ротмистр ее соблазнил, вследствие чего в тысяча восемьсот девяносто шестом году родился сын. Жениться и признать ребенка красавец негодяй решительно отказался, несмотря на благородное происхождение экономки. Она поклялась отомстить, хотя и продолжала оставаться экономкой. После революции хутор у отставного ротмистра Попова-Попова отобрали и объявили совхозом, а самого его сделали заведующим. Однако же, и впав в ничтожество, покрыть старый грешок Попов-Попов отказался. Тут вышел советский закон об алиментах, и, хотя к тому времени сыну уже оказалось под тридцать и молодому человеку пора было самостоятельно вступить на житейский путь, обольщенная экономка решила жестоко судиться и не оставлять дело до тех пор, пока ей не присудят с негодяя алименты за все тридцать лет, с начислением установленной пени и взысканием судебных издержек. И началась волынка. Она подавала в нарсуд, из нарсуда переносила в губсуд, из губсуда в верхсуд, из верхсуда во ВУЦИК. Всюду отказывали. Она ездила к Петровскому в Харьков и рыдала в приемной необыкновенным басом. Петровский тоже отказал. Теперь же она ехала в Москву к самому Калинину.

Голос ее гремел, как орга́н, то рокочущими низами, то глицериновой фистулой верхов, а вся ее повесть в целом звучала взволнованной и мощной ораторией. Говорила она до чрезвычайности долго, а когда выходила по своей надобности из вагона, молодой человек говорил соседям:

— И совершенно напрасно мамаша тратится, я уже, слава Богу, не маленький, мне в киностудию поступать пора-с.

Дама говорила весь день и всю ночь — заговорила всех в доску. У Филиппа Степановича начался жар. В ушах шумело нестерпимо. Печень ныла. Сердце давало перебои. Дикие мысли скакали в голове, как остатки разбитой в бою конницы. Голос дамы забивал душной ватой, а сама дама реяла и простиралась до необъятных размеров. Она качалась уже в воздухе. На ее голове расцветала вдруг, как виктория-регия, розовая шляпа с крыльями. В ушах начинали болтаться серьги.

— Изабеллочка, — в ужасе шептал Филипп Степанович, хватаясь за Ванечку потными руками, — тсс.

И грозный бас всю ночь стучал молотком по вискам.

— «Извините, — говорит, — мадам, но закон обратной силы не имеет», а я ему: «А ребенок, спрашиваю, обратную силу имеет?» Так я и самому Калинину скажу. «Ребенок, скажу, товарищ, обратную силу имеет? Пускай негодяй платит алименты за все тридцать лет».

Пытка продолжалась до утра. В десять приехали в Москву на Курский вокзал. Филипп Степанович еле держался на ногах. Ванечка посмотрел на него при белом утреннем свете и ужаснулся — он был страшен. Они вышли в город. Термометр показывал пять градусов холода. Дул гадкий ветер. Обглоданные им деревья упруго свистали в привокзальном сквере. Камень города был сух и звонок. По окаменелым отполированным лужам ползла пыль. Граждане с поднятыми воротниками спешили по делам. Трамвай проводил по проволоке сапфирным перстнем. Обозы ломовых упрямо везли зашитую в рогожи кладь. Дети бежали, раскатываясь по лужицам, в школу, иные были в башлыках. Приезжие с корзинами в ногах ехали гуськом в экипажах, изумленно глядя на кропотливое трудовое движение Москвы, освещенной трезвым, неярким, почти пасмурным небом.

— Постой, — сказал Филипп Степанович, как бы приходя в себя после обморока, и засуетился, наводя на ужасное лицо выражение превосходства, — постой! Прежде всего спокойствие. Тсс!

И он озабоченно поднял вверх указательный палец.

— Ты вот что, Ванечка... Отправляйся ты прямо, не заходя домой, на службу... У нас какая сегодня наличность в кассе? Впрочем, это не суть важно... Затем, значит, ты того... Ты там присмотри за ними, чтобы они не напутали. И молчок, тсс! Никому ни звука. Как ни в чем не бывало. Понятно? А я сейчас. Вот только съезжу домой и устрою кое-какие дела... Отчет надо подготовить. Главное, тсс! Ни звука. И все шито-крыто. Корова — сто двадцать, раки — семьдесят пять, свиная конституция — четыреста... А пальто — это вздор, воздух сравнительно тепел, и я ни капли не озяб без пальто... Сейчас вот я пойду к портному и закажу себе другое пальто. Я, представь себе без пальто чувствую себя гор...раздо бодрее, чем в пальто. Надо только воротник поднять, и все в порядке. Так ты, значит, отправляйся, а я это все оборудую... Можешь на меня положиться... К двенадцати я заеду. Ну, пока.

Ванечка грустно подсадил Филиппа Степановича на извозчика. Филипп Степанович поднял воротник пиджака и, придерживая его у горла, поехал, валясь поголубевшим носом вперед.

— Главное спокойствие, никакой паники, тсс! И все в порядке... Можешь положиться на меня... Я это сейчас все улажу... — разговаривал он по дороге сам с собой убедительным голосом. — Сейчас я все сделаю. Вино-ват, какое у нас сегодня число? А Изабеллочке — дуля с маком! — И он украдкой показал извозчику язык.

Ванечка некоторое время стоял, равнодушно смотря ему вслед, потом подумал, повернулся и, роя носками землю, пошел в МУР.

ГЛАВА ДВЕНАДЦАТАЯ, И ПОСЛЕДНЯЯ

Тяжело сопя, Филипп Степанович взобрался по лестнице на третий этаж и остановился возле двери. Тут он сердито покашлял, оправил одежду, потер озябшие руки и, наконец, четыре раза позвонил. За дверью шумно пробежали и притихли. Дверь распахнулась.

— Филя! Филечка! Дружок! — воскликнул рыдающий женский голос, и вслед за тем жена припала к плечу своего мужа.

Бодро покашливая, Филипп Степанович вступил в переднюю.

— А вот и я, Яниночка, — сказал он несколько поспешно и развел руками.

Она оторвалась от его плеча и, пошатываясь, отступила.

— Боже мой, Боже мой, — прошептала она и в ужасе заломила руки. — Филечка! Котик! В каком ты виде! Без калош! Где твое пальто? Какой ужас! Тебя искали, за тобой приходили, Боже мой, что же это будет! Все продано. Зоя ходит стирать белье. Мы не имеем что есть. Я схожу с ума.

— Прежде всего спокойствие, — высокомерно сказал Филипп Степанович. — Все в порядке. Ванечка уже там. Тсс!

Он таинственно поднял палец и блуждающими глазами посмотрел вокруг. Из дверей в коридор выглядывали соседи. Не замечая их, Филипп Степанович деловито прошел в комнаты.

Голая чистота нищеты посмотрела на него из пустого угла столовой, где должна была стоять ножная швейная машина Зингера. Занавесей на окнах не было. Над столом не было лампы. Но ничего этого не заметил Филипп Степанович, весь охваченный лихорадочной суетой деятельности.

На подоконнике боком сидел Коля в пионерском галстуке. Прикусив изо всех сил руку, чтобы не плакать, с пылающими от стыда малиновыми ушами и заплаканными глазами, он в отчаянии смотрел в трубу самодельного громкоговорителя, сделанного из бутылок за время отсутствия Филиппа Степановича. Из трубы слышался строгий, будничный голос, произносивший с расстановкой: «...запятая предлагает краевым запятая областным и губотделам труда выработать такие нормы запятая причем должны быть учтены местные условия работы точка абзац при составлении норм запятая...»

— Вот что, Николай, — деловито сказал Филипп Степанович, — все — вздор! Сейчас мы будем составлять отчет. Возьми бумажку и карандаш и записывай. Ты должен помочь отцу. Сейчас я тебе продиктую все по порядку, а потом мы перепишем. Главное, спокойствие. Пиши же, пиши...

Филипп Степанович забегал вокруг стола, как был, в шляпе, с портфелем под мышкой, сильно жестикулируя и бормоча:

— Пиши: железнодорожные билеты — восемьдесят пять, на чай — три, извозчики — семнадцать, раки — семьдесят пять, свиная конституция — четыреста, корова — сто двадцать... Пиши, пиши, сейчас мы это все устроим. Ванечка уже там. Надо только поторопиться.

Жена стояла в дверях и безмолвно крутила руки. Коля сидел на подоконнике спиной, давя изо всех сил головой в раму. Филипп же Степанович продолжал бегать по комнате, натыкаясь на углы мебели, и, размахивая руками, бормотал:

— Пиши, пиши... Сейчас... Погоди... Все это чепуха. На чем я бишь остановился? Виноват! А уполномоченный-то оказался гу-усем! У меня шесть — у него семь. У меня семь — а у него восемь! Как это вам понравится? Ха-ха У меня восемь — у него девять!

Филипп Степанович засмеялся сухим, деревянным смехом и сам вдруг испугался этого смеха. Он очнулся, посмотрел вокруг осмысленными глазами и весь осунулся. Его лицо стало сизым. Он слабо потрогал пальцами длинную свою шею.

— Яня, — сказал он густым, высоким, нежным и спертым голосом, — Яня, мне худо.

— Филечка, дружок!

Он обнял ее за толстые плечи, пахнущие кухней, опираясь на них, доплелся до постели, лег и застучал зубами...

Вечером его взяли.

В самом начале марта, около четырех часов дня, из ворот Московского губернского суда под конвоем вывели двух человек.

Морозный день был прекрасен. Ванечка шел косолапо, с поднятым воротником, глубоко засунув руки в карманы пальтишка, несколько сбоку и впереди Филиппа Степановича, который еле поспевал за ним, торопясь и спотыкаясь. Лютый воздух цепко охватывал дыхание и возился вокруг кропотливым, кристаллическим мельканием секундных стрелок. Янина и Зоя ожидали Филиппа Степановича на улице. Едва его вывели и повели посередине самой дороги, они побежали за ним по обочине тротуара, обегая снежные кучи и скользя по накатанным выемкам подворотен.

Филипп Степанович был одет в потертый дамский салоп на вате, голова его была по-бабьи закутана в башлык, завязанный на затылке толстым узлом; из башлыка торчали поля каракулевой шляпы уточкой, мертвый нос да острая седая борода; в руках болталась веревочная кошелка с бутылкой зеленого молока. Ничего не видя и ни на что не обращая внимания, он шел старчески, валясь вперед, путаясь и усердно семеня согнутыми в коленях и одеревенелыми ногами.

Солнце опускалось за синие крыши. Розовое, совершенно чистое небо хорошо и нежно стояло за куполами Страстного монастыря. Иней падал с белых ветвей бульвара. Твердый снег визжал и трещал под подошвами — селитрой. Дворники сбрасывали с крыши пятиэтажного кафельного дома снег. Плотные пласты вылетали на обморочной высоте из-за карниза в голубом дыму и, увеличиваясь, неслись вниз компактными штуками белого материала, разворачиваясь на лету волнистыми столбами батиста, и хлопались, разлетаясь в пыль у подошвы дома. Санные колеи и трамвайные рельсы блистали на поворотах сабельным зеркалом. Через дорогу под барабан важно переходил отряд пионеров. Рабфаковцы в пальтишках на рыбьем меху перескакивали с ноги на ногу или лепили друг другу в спину снежками. Под деревьями бульвара мелькали пунцовые платки и щеки. Звенели и слипались, как намагниченные, коньки. На площадках трамвая везли лыжи. В засахаренных окнах были продукты — леденцовые глазки. Иногда из переулка с Патриарших прудов долетало несколько парадных тактов духового оркестра. Тончайший серп месяца появился над городом, и человек в австрийской шинели уже устанавливал у памятника Пушкину телескоп. Гроздья воздушных шаров — красных, синих, зеленых, — скрипя и покачиваясь, плыли над толпой, радуя глаза своей свежей яркостью волшебного фонаря и переводных картинок. Город дышал молодым дыханием езды и ходьбы.

Сослуживцы дошли до угла Тверской и вдруг увидели Никиту.

Он бежал навстречу им, за решеткой бульваров, кивал и делал знаки. Ванечка вынул из кармана руку и украдкой показал Никите растопыренную пятерню — пять лет.

Никита вытянул лицо и покачал головой с состраданием. «Пять, мол, лет. Ай-яй-яй».

И тут Ванечка вдруг, как будто в первый раз, сквозь сон, увидел и ощутил по-настоящему всю свежесть и молодость движущейся вокруг него жизни.

Пять лет! И он стал думать о том чудесном, замечательном и неизбежном дне через пять лет, когда он выйдет из тюрьмы на свободу.

Думая об атом, он улыбнулся и, оглядевшись, увидел двух женщин, бегущих рядом с ними по обочине. Одну — толстую, взволнованную, утирающую лицо платком, другую — молодую, тонкую, в апельсинового цвета вязаной шапочке, в бедном синем пальто, без калош, озябшую, милую, с заиндевевшими кудерьками волос и слезинкой, замерзшей на румяной щеке.

Декабрь 1925 г. — август 1926 г.
Москва

ВРЕМЯ, ВПЕРЕД!

Роман-хроника

Первая глава временно пропускается.

II

Будильник затарахтел, как жестянка с монпансье. Будильник был дешевый, крашеный, коричневый, советского производства.

Половина седьмого.

Часы шли верно. Но Маргулиес не спал. Он встал в шесть и опередил время. Еще не было случая, чтобы будильник действительно поднял его.

Маргулиес не мог доверять такому, в сущности, простому механизму, как часы, такую драгоценную вещь, как время.

Триста шесть разделить на восемь. Затем шестьдесят разделить на тридцать восемь и две десятых.

Это Маргулиес сосчитал в уме мгновенно.

Получается — один и приблизительно пять десятых.

Числа имели следующее значение:

Триста шесть — количество замесов. Восемь — количество рабочих часов. Шестьдесят — количество минут в часе.

Таким образом, харьковские бетонщики делали один замес в одну и приблизительно пять десятых минуты, то есть — в девяносто секунд. Из этих девяноста секунд вычесть шестьдесят секунд обязательного минимума, необходимого по каталогу на замес. Оставалось тридцать секунд.

Тридцать секунд на подвоз материалов, на загрузку и подъем ковша.

Теоретически — возможно. Но практически? Вопрос. Надо разобраться.

До сих пор на строительстве лучшие бригады бетонщиков делали не больше двухсот замесов в смену. Это считалось прекрасной нормой. Теперь положение резко менялось.

Лезвием безопасной бритвы Маргулиес очинил желтый карандаш. Он очинил его со щегольством и небрежной ловкостью молодого инженера, снимая длинные, виртуозно тонкие полированные стружки.

На горе рвали руду. Стучали частые, беспорядочные взрывы.

Воздух ломался мягко, как грифельная доска.

Маргулиес перелистал штук пять толстых книг в коленкоровых переплетах с серебряными заглавиями, делая отметки и подсчеты на полях пожелтевшей газеты.

Газетная телеграмма ровно ничего не объясняла. Ее цифры были слишком грубы. Кроме того, обязательные шестьдесят секунд, взятые из официального справочника, тоже казались весьма спорными.

Маргулиес сидел голый и грязный перед хрупким гостиничным столиком. Круглый столик не годился для работы. Маргулиес сидел, завернутый в несвежую простыню, как бедуин.

Жгучие мухи крутили вокруг него мертвые петли, роились в высокой шевелюре. Он снял с большого носа очки и поставил их перед собой на скатерть вверх оглоблями, как черепаховый кабриолет.

Маргулиес бил себя по плечам, по шее, по голове. Убитые мухи падали на газету.

Многое было неясно.

Фронт работы? Транспорт? Марка механизма? Количество людей? Расстояние до места кладки? Высота подъема ковша?

Все это неизвестно. Приходилось догадываться. Маргулиес ориентировочно набросал несколько наиболее возможных вариантов.

Он надел брюки, вбил ноги в остроносые сапоги с широкими голенищами и намотал на шею грязное вафельное полотенце.

Парусиновые портьеры бросились вслед за Маргулиесом из номера в коридор. Он даже не попробовал втолкнуть их обратно. Это было невозможно. Подхваченные сквозняком портьеры хлопали, летали, крутились, бесновались.

Маргулиес хорошо изучил их повадки. Он просто прищемил их дверью. Они повисли снаружи, как серые флаги.

Отель стоял на пересечении четырех ветров. На языке мореплавателей эта точка называется «роза ветров».

Четыре ветра — западный, южный, восточный и северный — соединялись снаружи, с тем чтобы вместе воевать с человеком.

Они подымали чудовищные пылевые бураны.

Косые башни смерчей неслись, закрывая солнце. Они были густые и рыжие, будто свалянные из верблюжьей шерсти. Копоть затмения крыла землю. Вихрь сталкивал автомашины с поездами, срывал палатки, слепил, жег, шатал опалубки и стальные конструкции.

Ветры неистовствовали.

В то же время их младшие братья, домашние сквозняки, мелко безобразничали внутри отеля. Они выдували из номеров портьеры, выламывали с деревом балконные крючки, били стекла, сбрасывали с подоконников бритвенные приборы.

Три человека стояли в начале коридора перед запертой уборной.

Они уже забыли, зачем сюда пришли, и разговаривали о делах, взвешивая на ладонях полотенца и зубные щетки, как доводы.

Впрочем, они торопились и каждую минуту могли разойтись.

Коридор — это два ряда дверных ручек, два ряда толстых пробирок, как бы наполненных зеленоватым метиловым спиртом.

Уборщицы в белых халатах чистили желтый пол опилками.

Квадратное окно представляло поперечное сечение коридора в полную его высоту и ширину. Оно показывало восток. Массы пыли, желтоватой, как подгоревший алюминий, неслись по клетчатому экрану окна.

Пыль темнила пейзаж.

Близоруко улыбаясь, Маргулиес подошел к инженерам.

— О чем речь?

Белое сильное солнце горело в окне со скоростью ленточного магния. Но, проникнув в коридор, оно сразу лишалось главных союзников — пыли и ветра. Оно теряло свою дикую степную ярость. Обезвреженное стеклом, оно стлалось во всю длину ксилолитового поля, выкрашенного охрой. Оно прикидывалось ручным и добрым, как кошка. Оно лживо заглядывало в глаза, напоминало о добром раннем утре, о сирени и, может быть, о росе.

Маргулиес щурился и немного шепелявил. У него — большеносого, очкастого и малорослого — был вид экстерна.

Толстяк в расстегнутой украинской рубашке тотчас с отвращением отвернулся от него.

— Речь о том, — произнес он скороговоркой, обращаясь к другим и демонстративно не замечая Маргулиеса, — речь о том, что во всех пяти этажах уборные закрыты по случаю аварии водопроводной сети, так что прошу покорно ходить до ветру на свежий воздух...

Он с отвращением, демонстративно отвернулся от других и продолжал без перерыва, обращаясь уже исключительно к Маргулиесу:

— ...а что касается всех этих фокусов, то если у меня на участке кто-нибудь попробует не то что триста шесть, а двести шесть, то я его, сук-киного сына, выгоню в тот же день по шеям и не допущу к объекту на пушечный выстрел, будь он хоть трижды распронаинженер, будьте уверены.

Он серьезно повернулся спиной к обществу и сделал несколько шагов вниз по лестнице, но тут же, с одышкой, возвратился и быстро прибавил:

— У нас строительство, а не французская борьба. — И опять сделал вид, что уходит, и опять со средины лестницы вернулся.

Это была его манера разговаривать.

— С чем вас и поздравляю, — сказал Маргулиес по поводу аварии водопровода и рысью сбежал по лестнице.

Он сразу понял, что харьковский рекорд уже известен всему строительству. Он ожидал этого. Нужно было торопиться.

Внизу, у столика паспортиста, на узлах и чемоданах сидели приезжие. Их было человек сорок. Они провели здесь ночь. В отеле на 250 номеров не осталось ни одной свободной кровати. Но каждый день приезжали все новые и новые люди.

Спотыкаясь о багаж, о велосипеды, наступая на ноги, Маргулиес пробрался к телефону.

Оказывается, Корнеев с участка еще не уходил и уходить не собирается, хотя не спал сутки. Об этом сообщила телефонистка центральной станции. Она сразу узнала Маргулиеса по голосу и назвала его по имени-отчеству — Давид Львович.

Телефонистка центральной была в курсе бетонных работ шестого участка. В этом не было ничего странного. Участок инженера Маргулиеса в данный момент считался одним из самых важных.

— Сейчас я вам дам ячейку, — сказала телефонистка деловито. — Кажется, Корнеев там. Ему только что туда звонила жена. Между прочим, она сегодня уезжает в Москву к тамошнему мужу. Бедный Корнеев! Кстати — как вам нравится Харьков? За одну смену — триста шесть, это прямо феноменально. Ну, пока. Даю ячейку шестого.

Старик в бумажной толстовке снял с окошечка «почтового отделения и государственной трудовой сберегательной кассы» старую картонную папку с надписью «Закрыто». Касса помещалась в вестибюле. Старик выглянул из окошка, как кукушка, и начал операции.

Рядом босая простоволосая девочка раскладывала на прилавке газеты и журналы.

Подошел иностранец и купил «Известия» и «Правду». Толстяк в украинской рубашке взял «Humanité» и «Berliner Tageblatt». Старушка выбрала «Мурзилку». Мальчик приобрел «Под знаменем марксизма».

Жестянка наполнялась медяками.

Снаружи, сквозь черный креп плывущей пыли, горела ртутная пуля термометра.

Входили черноносые извозчики в жестяных очках-консервах. Они наносили в отель сухую землю. Они топали лаптями и сапожищами по лестницам, с трудом разбирали номера на дверях и стучали в двери.

Поговорив с Корнеевым, Маргулиес опять вызвал станцию и заказал на девять часов Москву.

Он побежал в номер.

Он быстро окончил туалет: надел верхнюю сорочку в нотную линейку, мягкий воротничок, галстук и слишком большой синий двубортный пиджак.

Вчера вечером он не успел умыться. Сегодня в умывальнике не было воды. Перед рыночным славянским шкафом с покушением на роскошь он вынул из углов глаз черные кусочки.

Одеколон высох.

Маргулиес послюнил полотенце и хорошенько протер большой нос с длинными волосатыми ноздрями.

Он натянул просторную ворсистую кепку. Она приняла круглую форму его большой жесткой шевелюры.

Будильник показывал без десяти семь.

Маргулиес выскочил из номера и, задев плечом огнетушитель, побежал в столовую. В буфете были бутерброды с балыком и яйца, но стояла большая очередь.

Он махнул рукой. Поесть можно и на участке.

В дверях его остановил косой парень в канареечной футболке с черным воротником:

— Ну что, Маргулиес, когда будешь втыкать Харькову?

Маргулиес официально зажмурился.

— Там видно будет.

— Давай-давай.

У подъезда отеля стояли плетеные уральские тарантасы. Они дожидались инженеров. Свистели хвосты, блистали разрисованные розочками дуги, чересчур сильно пахло лошадьми.

— Эй, хозяева, — тонким голосом крикнул Маргулиес, — у кого наряд на шестой участок?

Извозчики молчали.

— На шестой наряд у Кустанаева, — после небольшого молчания сказал старый киргиз в бархатной шапке чернокнижника.

— А где Кустанаев?

— Кустанаев в больницу пошел.

— Ладно.

До участка было сравнительно недалеко — километра два.

Маргулиес сощурился и зашагал, косолапо роя землю носками, против солнца и ветра к переезду. Но сперва он повернул к небольшому деревянному домику с высокой деревянной трубой и двумя распахнутыми настежь дверьми.

В домике этом горячо пахло накаленными солнцем газетами.

Маргулиес влез на высокий ларь и повесил на шею ремешок.

«Быстро у нас, однако, узнают новости», — подумал он, хрустя длинными пальцами.

Толпы телеграфных столбов брели против ветра в облаках черной пыли.

III

Все тронулось с места, все пошло.

Шли деревья. Роща переходила вброд разлившуюся реку.

Был май. Одно дерево отстало. Оно остановилось в недоумении по колено в большой воде. Оно поворачивало голову вслед мигающему поезду, цветущее и кудрявое, как новобранец.

Мы движемся, как тень, с запада на восток.

На восток идут облака, элеваторы, заборы, мордовские сарафаны, водокачки, катерпиллеры, эшелоны, церкви, минареты.

Горючие пески завалены дровами. Щепки и лодки покрывают берег. Буксирный пароход борется с непомерно выпуклой водой.

Вода вздулась, как невод. Вода блестит светлыми петлями сети. Сеть кипит. Сеть тащит запутавшийся пароходик. Он бьет плавниками, раздувает красные жабры, выгибается. Его сносит под мост.

Каменные быки упрямо брсдут против течения, опустив морды в воду. Ярмо пены кипит вокруг блестящих шей.

Броневые решетки моста встают километровым гулом. Скрещенные балки бьют в глаза светом и тенью.

Мы пересекаем Волгу.

Революция идет на Восток, с тем чтобы прийти на Запад. Никакая сила в мире не может ее остановить. Она придет на Запад.

Саратов — Уфа.

Дорога ландышей и соловьев. Соловьи не боятся поезда. Они звучат всю ночь. Терпкое, стеклянное щелканье булькает в глиняном горлышке ночи. Ночь до краев наполнена ледяной росой.

Дети продают на станциях ландыши. Всюду пахнет ландышами.

Телеграфный столб плывет тоненькой веточкой ландыша.

Маленькая луна белеет в зеленом небе горошиной ландыша.

Мы пересекаем Урал. Слева — лес, справа — откос. Откос в кустарнике.

Слева — купе, справа — коридор. Это — международный. Зеленые каракули несутся в окнах коридора.

Пассажиры выскакивают в коридор. В подошвы бьет линолеум. Пол пружинит, как трамплин.

В каждом окне — силуэт.

Пассажиры оторвались от дел. Дела были разные. Американцы играли в покер. Немец перекладывал масло из бумажки в жестянку из-под какао. Советский инженер близоруко склонился над чертежами. Корреспондент «Экономической жизни», поэт, читал стенограмму:

«В истории государств, в истории стран, в истории армий бывали случаи, когда имелись все возможности для успеха, для победы, но они, эти возможности, оставались втуне, так как руководители не замечали этих возможностей, не умели воспользоваться ими, и армии терпели поражение.

Есть ли у нас все возможности, необходимые для выполнения контрольных цифр на 1931 год?

Да, такие возможности у нас имеются.

В чем состоят эти возможности, что требуется для того, чтобы эти возможности существовали в реальности?

Прежде всего требуются достаточные *природные богатства* в стране: железная руда, уголь, нефть, хлеб, хлопок...»

Поэт ногтем подчеркнул железную руду.

«Есть ли они у нас? Есть. Есть больше, чем в любой другой стране. Взять хотя бы Урал, который представляет такую комбинацию богатств, какой нельзя найти ни в одной стране. Руда, уголь, нефть, хлеб — чего только нет на Урале!..»

— Мы пересекаем Урал.

Мелькая в окнах слева направо, пролетает, крутясь, обелиск «Европа — Азия». Он выбелен и облуплен. Он сплошь покрыт прописями, как провинциальный адрес. Бессмысленный столб. Он остался позади. Значит, мы в Азии? Смешно. Бешеным темпом мы движемся на Восток и несем с собой революцию. Никогда больше не будем мы Азией.

«Задержать темпы — это значит отстать. А отсталых бьют. Но мы не хотим оказаться битыми. Нет, не хотим! История старой России состояла, между прочим, в том, что ее непрерывно били за отсталость. Били монгольские ханы. Били турецкие беки. Били шведские феодалы. Били польско-литовские паны. Били англо-французские капиталисты. Били японские бароны. Били все — за отсталость. За отсталость военную, за отсталость культурную, за отсталость государственную, за отсталость промышленную, за отсталость сельскохозяйственную. Били потому, что это было доходно и сходило безнаказанно...»

«Вот почему нельзя нам больше отставать...»

Поезд летел.

Феня стеснялась выходить на станциях. Она смотрела в окно.

Горы становились темнее, воздух — скалистее.

Железнодорожная будка или шкаф трансформатора. Черное с красным. Она прилипла к скале бруском магнита. Над ней — узкоперая стрела уральской ели.

Черное с красным — цвет штурма, тревожная этикетка на ящике тротила.

Поезд выходит из дула туннеля, как шомпол. Он извлекает из горы тухлую струю минерального воздуха.

Когда поезд входил в туннель — окна закрыли. Стекла, превращенные темнотой в каменноугольные зеркала, вздвоенно отразили загоревшееся электричество.

Но зато как ярок после этого стал мир!

На станции, среди гор, девочка продавала желтые цветы. Феня смотрела на нее из окошка сверху вниз и кричала:

— Иди сюда, девочка! Иди сюда!

Но девочка не слышала, бежала вдоль вагонов. Она прижимала цветы растопыренными пальцами к животу, как утят.

— Вот глупая!

Из почтового вагона выбрасывали на кремнистую землю компактные пачки газет, посылки, мешки писем.

Стояла выгруженная рухлядь: старый кухонный стол, разобранная деревянная кровать — связанная спинка к спинке, — стул, табурет, прожженный древесными угольями.

— Клопов своих перевозят!

Это сказала девушка Лизочка, проводник вагона, в кондукторской спецовке, в толстых серых чулках на толстых ногах, с зеленым, сильно выгоревшим флагом в руке.

Она подружилась с Феней, жалела ее и носила кипяток.

Под окнами международного прошел мальчик. Он остановился и долго читал, задрав голову, пыльную медную надпись.

— Спальный вагон прямого сообщения, — сказал он, — а они не спят.

Был день.

Удивленный мальчик пошел дальше, кидая камешки в колеса вагонов. Из окна на него смотрели иностранцы в шляпах. На столиках перед окнами в стаканах были бело-зеленые пучки ландыша. Стаканы — в серебряных подстаканниках. Сухарики в пергаментной бумаге. И тяжелые медные пепельницы, полные прекрасных окурков.

Феня ехала в жестком из-под Киева, через Москву. В Москве пришлось перебираться с Брянского на Казанский. Огромное расстояние!

На уровне изрядно вздутого живота она впихивала мешок на площадку трамвая.

Ее толкали локтями. Ее подсаживали, ругали, жалели, жали.

Она утирала пожелтевший пятнистый нос уголышком шали. Утирая нос, она осторожно отставляла плохо сгибающийся, набрякший безымянный палец с серебряным кольцом.

В горячем кулаке она зажала платочек с завязанными деньгами.

Кольцо она купила сама. Хоть не расписывалась с Костей в Совете, а все же, когда увидела, что придется рожать, — купила кольцо и надела. Все равно — считала себя замужней и ехала к тому, кого считала мужем. Ехала расписаться.

А он ее, может, и знать не желает. Наверно, давно с другой спутался. Кто его знает!

Она даже толком его адреса не знала. Но слишком заскучала, и рожать в первый раз страшно сделалось.

Поехала.

У Казанского вокзала она мучительно сходила с задней площадки. Сходила она задом, задерживая публику, обнимая мешок и обливаясь жарким потом.

На Казанском до вечера сидела на вещах, ничего не ела, боялась, что обворуют.

Тошнило.

В очередь на посадку подвигалась то боком, то опять-таки задом, дико озираясь, то обнимая мешок, как тумбу, то волоча его за уши, то трамбовала им пол, будто топая какую-то польку.

У поезда Феня стала хитрить: лезла в те вагоны, где народу в дверях было поменьше. А эти вагоны все были, как нарочно, неподходящие: тот — плацкартный, тот — мягкий, тот — служебный, тот — какой-то международный, — чистое наказание!

Так и не перехитрила Феня железную дорогу. Зря только мешок волокла лишний раз по неподходящим вагонам.

Пришлось садиться туда, где всего больше перло народу.

Все же свободное местечко нашлось: люди добрые потеснились.

Ничего, в тесноте, да не в обиде.

Засунула Феня мешок под лавку, поджала ногу, чтобы ногой мешок в дороге чувствовать, скинула шаль и перекрестилась.

IV

У производителя работ Корнеева были серые парусиновые туфли. Шура посоветовала ему выбелить их. Прораб Корнеев послушался. Он поступил неосторожно.

Туфли ужасно пачкались. Их смело можно было посылать в постройком вместо суточного рапорта. Туфли представляли достаточно подробную картину материального состояния участка.

Их приходилось каждое утро красить белилами. Это было неприятно, но необходимо.

Синяя спецовка — брюки и однобортная тужурка флотского покроя — требовала безукоризненно белых туфель.

В синем холщовом костюме с грубыми наружными карманами и толстыми швами, выстроченными двойной суровой ниткой, Корнеев походил на судового механика.

Он старался поддерживать это сходство.

Он отпустил небольшие бачки и подбривал по-английски усы. Серебряные часы носил он в наружном боковом кармане на ремешке. Папиросы держал в черном кожаном портсигаре.

Первая смена кончила в восемь.

Переход от ночи к дню ознаменовался для прораба Корнеева тем, что при свете солнца он снова увидел свои туфли.

Он не спал сутки.

Он предполагал поставить вторую смену и смотаться домой. Он не был дома со вчерашнего вечера. Ему обязательно надо было поговорить с Клавой.

Однако началась эта история с Харьковом. Он упустил время. Ночью что-то случилось. Но что?

Мало ли что могло случиться ночью.

Может быть, ночью она опять говорила по телефону с Москвой. Может быть, в Москве заболела девочка...

На рассвете она звонила Корнееву.

Он с трудом понимал ее. Скорее догадывался, чем понимал. Она плакала. Она глотала слова, как слезы. Она клялась, что иначе поступить не может, уверяла, что любит его, что сойдет с ума.

Ему неловко было говорить с ней при посторонних. В ячейке всю ночь работали люди.

Филонов, заткнув уши, хватал несколько воспаленными глазами ведомость за ведомостью.

Вокруг галдели.

Филонов отбивался от шума большой головой, словно бодался. На Корнеева из деликатности не обращали внимания. Но у него горели уши.

Он бессмысленно кричал в телефон:

— Ничего не слышу! Ничего не слышу! Говори громче. Ах, черт... Громче говори! Что ты говоришь? Я говорю: здесь шумят, говори яснее... Яс-не-е!..

Их все время разъединяли. К ним включались чужие голоса. Чужие голоса просили как можно скорее щебенки, ругались, требовали коммутатор заводоуправления, требовали карьер, вызывали прорабов, диктовали цифры...

Это был ад.

Корнеев кричал, что никак не может сейчас прийти, просил не уезжать, умолял подождать с билетом...

Корнеева мучил насморк. Здесь были слишком горячие дни и слишком холодные ночи. Он дергал носом, сопел, нос покраснел, на глазах стояли горькие розовые слезы.

Лампочки бессонного утреннего накала теряли последний блеск в солнечных столбах.

Обдергивая на коротком широком туловище черную сатиновую косоворотку, Филонов вышел из ячейки в коридор.

В коридоре еще держалась ночь. Коридор был полон теней и дыма. Люди толкались с расчетными книжками у окошечка бухгалтерии. Извозчики, похожие на шоферов, и шоферы, похожие на извозчиков, останавливались под лампочками, рассматривая путевки и наряды. Вдоль дощатых стен сидели на корточках сонные старики башкиры. Бабы гремели кружкой — пили из бака воду.

Филонов оторвал набухшую фанерную дверь с разноцветной надписью:

«Това! Надо ж иметь какую-нибудь совесть здесь худмастерская 6 уч. Просьба не входить и не мешать, вы ж видите — люди работают».

Художественная мастерская была не больше купальной кабины.

Два мальчика качались на табуретах, спина в спину. Они писали самодельными войлочными кистями на обороте обоев противопожарные лозунги.

На полу под окном, боком, сидела Шура Солдатова.

Сдвинув русые способные брови, она красила синей масляной краской большой деревянный могильный крест.

Другой крест, уже готовый, стоял в углу. На нем виднелась крупная желтая надпись: «Здесь покоится Николай Саенко из бригады Ищенко. Спи с миром, дорогой труженик прогулов и пьянки».

Слева направо составы шли порожняком. Справа налево — груженые. Или наоборот. Окно мелькало листами книги, оставленной на подоконнике.

Откинутые борта площадок почти царапали крючьями стены барака.

Свет и тень кружились в дощатой комнате, заставленной малярными материалами. Все свободное место было занято сохнущими листами.

Шура Солдатова привыкла воображать, что барак ездит взад-вперед по участку. День и ночь барак дрожал, как товарный вагон.

Ходили полы. Скрипели доски. В длинные щели били саженые лучи: днем — солнечные, ночью — электрические.

Секретарь партколлектива шестого участка Филонов просунул в худмастерскую круглое простонародное лицо, чуть тронутое вокруг глянцевитых румяных губ сердитыми бровками молодых усиков:

— Ну-ка, ребята, раз-раз!

Он протянул бумажку. Ребята не обратили на него никакого внимания.

В окне, на уровне подоконника, справа налево ехали пологие насыпи земли.

Барак ехал по участку мимо длинных штабелей леса, мимо канализационных труб, черных снаружи и красных внутри, мимо стальных конструкций, мимо шамотного кирпича, укутанного соломой, мимо арматурного железа, рогож, цемента, щебня, песка, нефти, сцепщиков, машинистов, шатунов, поршней, пара.

Барак останавливался, дергался, визжал тормозами, ударял о тарелки буферов и ехал обратно.

За окном, прыгая по шпалам, пробежал Корнеев в белой фуражке. Он на бегу постучал карандашом в стекло.

Шура воткнула кисть в фаянсовую чашечку телефонного изолятора, служившую для краски. Шура вытерла руки о короткую шерстяную юбку, натянула ее на грязные глянцевые колени и легко встала.

Грубо подрубленные волосы ударили по глазам. Она отбросила их. Они опять ударили. Она опять отбросила.

Шура рассердилась. Она все время воевала сама с собой. Ей это, наконец, надоело. Она слишком быстро росла.

Юбка была чересчур тесной и короткой. Голубая, добела стираная-перестираная футболка, заправленная в юбку, лопалась под мышками. Руки лезли из тесных рукавов. Рукава приходилось закатывать.

Ей было едва семнадцать, а на вид не меньше двадцати. А она все росла и росла.

Она приходила в отчаяние. Ей некуда было девать слишком большие руки, слишком длинные ноги, слишком красивые голубые глаза, слишком приятный сильный голос.

Она стеснялась высокой груди, тонкой талии, белого горла.

Через вихрастые головы мальчиков она взяла у Филонова бумажку.

— Что ли — лозунги?

— Текстовой плакат.

— На когда?

— Через сколько можешь?

Шура пожала плечами. Филонов быстро сморщил нос.

— Через полчаса можешь?

Один из мальчиков мрачно посмотрел на Филонова и зажмурился, как против солнца.

— Через полчаса! Ого! Какой быстрый нашелся!

Он засунул глубоко в рот два пальца рогаткой и пронзительно свистнул. Другой мальчик тотчас двинул его голым локтем в спину.

— Не толкайся, гадюка!

— А ты не свисти, босяк!

Мальчики быстро обернулись и уставились друг в друга носами, круглыми и облупленными, как молодой картофель.

— Но! — крикнула Шура. — Только без драки!

Филонов вошел в комнату.

— В чем дело?

— У них персональное соревнование, — серьезно сказала Шура.— Кто за восемь часов больше букв напишет. С двенадцати ночи мажут. Озверели.

Филонов бегло оглядел сохнущие плакаты, усмехнулся.

— Филькина грамота. Количество за счет качества. Ни одного слова правильно. Вместо еще — ичо; вместо огонь — агон; вместо долой — лодой... что это за лодой?

— Ты нас, пожалуйста, не учи, — басом сказал мальчик, тот, который двинул другого локтем. — Сам не больно грамотный. Ходят тут всякие, только ударную работу срывают.

— Мы еще не проверяли, — сказал другой мальчик.

Шура взяла у Филонова бумажку. Она прочитала ее и старательно сдвинула брови.

— Это что, Филонов, верно?

— Ясно.

— Ай да Харьков!

— Ну?

— Сколько надо экземпляров?

— Два. Один в столовую, другой в контору прораба.

Шура подумала и сказала:

— Кроме того, надо еще один. В бараке третьей смены повесить. Пускай Ищенко читает.

— Пускай читает, — согласился Филонов, подумав. — Валяй-валяй!

Шура повертела в руках бумажку, аккуратно поставила ноги, косточка к косточке, и посмотрела на тапочки, зашнурованные через беленькие люки шпагатом.

— Слышишь, Филонов, погоди.

Филонов вернулся.

— Ну?

— Можно рисунок сделать. Я сделаю. Такое, знаешь, синее небо, всякие вокруг деревья, солнце, а посредине в громадной калоше наши бетонщики сидят, а харьковцы их за громадную веревку на буксир берут.

— Ну тебя! И так все стены картинками заляпали.

— А что, плохие картинки? — грубо сказал мальчик, тот, который толкался. — А не нравится, так рисуй сам. Много вас тут советников. Ходят, ходят, только ударную работу срывают.

— А ну вас!

Филонов зажал уши кулаками и выскочил в коридор.

Вошел Корнеев. Он постоял, подергал носом, попросил, чтобы буквы делали покрупнее, и отлил в жестяную коробочку белил.

Он вышел за барак, поставил ногу на бревно и терпеливо выбелил туфли старой зубной щеткой. Туфли потемнели.

Затем он вытер потное темное лицо мокрым носовым платком. Лицо посветлело.

Когда он добрался по пересеченной местности к тепляку, туфли высохли и стали ослепительно-белыми. Но лицо сделалось темным.

Так началось утро.

...Она уезжала...

V

Издали тепляк казался невзрачным и низким. Вблизи он был огромен, как, скажем, театр.

Машинисты имели скверную привычку маневрировать на переездах.

Длинный состав медленно катался взад и вперед, задерживая движение.

Он, как пила, отрезал Корнеева от тепляка.

Приходилось ждать. Корнеев потянул ремешок и посмотрел на часы. Двадцать три минуты восьмого.

Дул пыльный, горячий ветер.

На переезде с двух сторон копились люди и транспорт. Наиболее нетерпеливые вскакивали на ползущие площадки. Они высоко пробегали спиной или лицом к движению и спрыгивали, крутясь, на другую сторону.

Девчата-землекопы — вторая смена — в цветных кофтах и сборчатых юбках, взявшись цепью под ручки, сели в ряд на землю и раскинули лапти. Они, смеясь, смотрели снизу вверх на бегущие колеса, сверкая сплошной бригадой звуков.

А на той стороне от тепляка к переезду уже торопился десятник Мося. Он бежал от широких ворот по мосткам, болтая перед собой развинченными руками, как голкипер.

Мося из себя такой: лицо — скуластый глиняный кувшин; щегольская батумская кепка; гончарные уши; прекрасный, приплюснутый нос индейского профиля, глаза быстрые, неистовые, воровские.

Между Мосей и Корнеевым мелькали платформы. Под нажимом колес клавишами бежали шпалы. Мося издали заметил Корнеева.

— Товарищ прораб!

У Моси был грубый мальчишеский голос, способный разбудить мертвого.

Корнеев не услышал. Он сосредоточенно ходил взад-вперед у переезда, сам с собой разговаривая:

«В конце концов... Может так дальше продолжаться или не может? — Не может. — Возможно жить все время двойной жизнью? — Абсолютно невозможно. — Хорошо. — Что нужно делать? — Нужно решать. — Что решать? — Что-нибудь одно. Или — или...»

У Корнеева было очень подвижное лицо. Он ходил, подергивая носом и гримасничая.

«В конце концов девочку можно выписать из Москвы сюда. Девочка — это не оправдание. Живут же здесь другие дети. И ничего с ними не делается. Пусть она не выдумывает. Мужу наконец надо все написать. Надо телеграфировать. Можно «молнию». Мы не дикари. Он коммунист. Он не может не понимать...»

— Товарищ прораб!

Корнеев не слышал.

Мося вскочил на буфера, затанцевал на них, закружился и задом спрыгнул на эту сторону. Он задыхался.

— Товарищ Корнеев!

Корнеев очнулся.

— Кончили? — спросил он.

— Кончили.

— Сколько?

— Девяносто кубов.

Мося торжествовал. Он с трудом гасил неистовое сверканье глаз. Он нетерпеливо заглядывал Корнееву в лицо.

Корнеев молча взял рапортичку.

Состав освободил переезд. Паровоз фыркнул нефтью на туфли Корнеева. Три маленькие кофейные капли. Почти незаметно. Но досадно.

«Начинается», — с отвращением подумал Корнеев.

147

Издали вход в тепляк казался не больше записной книжки. Вблизи он представлял громадные ворота. Во тьму ворот входили извилистые рельсы узкоколейки.

Корнеев молча дошел до тепляка, приложил рапортичку к воротам и подписал химическим карандашом.

Он только спросил:

— Вторая смена на месте?

И больше ничего. Мося уложил девяносто кубов — а он больше ни слова! Как будто это в порядке вещей.

Мося обиженно спрятал рапортичку в кепку и официально доложил:

— Вторая смена собирается, товарищ прораб.

— Хорошо. Маргулиес там?

— Нету.

Корнеев подергал носом.

— Хорошо.

Над воротами было прибито множество плакатов:

«Сюда вход прогульщикам и лентяям вход строго воспрещается».

«Курить строжайше запрещается. Товарищ брос папиросу! За нарушение штраф 3 руб. И немедлена подсуд».

«Даешь 7 и 8 батареи к 1 сентября!»

И прочее.

Плакаты были обильно украшены символическими рисунками пронзительного колорита. Тут были: дымящаяся папироска величиной с фабричную трубу, адская метла, выметающая прогульщика, трехэтажный аэроплан удивительнейшей конструкции с цифрами 7 и 8 на крыльях, курносый летун в клетчатой кепке с пропеллером, вставленным в совершенно неподходящее место.

Внутри тепляк казался еще громадное, чем снаружи.

В воротах стоял часовой. Он не спросил у Корнеева и Моси пропуска. Он их знал.

Мимо ворот, звонко цокая и спотыкаясь по рельсам узкоколейки, на шоколадной лошади проехал всадник эскадрона военизированной охраны с оранжевыми петлицами. Он круто повернул скуластое казацкое лицо, показав литую плитку злых азиатских зубов.

Внутри тепляк был громаден, как верфь, как эллинг. В нем свободно мог бы поместиться трансатлантический пароход.

Большой воздух висел, как дирижабль, на высоте восьмиэтажного дома, среди легких конструкций перекрытия; тонны темного воздуха висели над головой на тончайшем волоске сонного звука кирпича, задетого кирпичом.

Две пары туфель — желтых и белых — быстро мелькали по мосткам, проложенным сквозь километровый сумрак.

Корнеев резал тепляком, чтобы сократить расстояние. Мося почти бежал несколько впереди, бегло поглядывая на Корнеева.

Корнеев молчал, покусывая губы и выразительно шевеля бровями.

Мося кипел. Ему стоило больших трудов сдерживаться. И он бы не стал сдерживаться. Плевать. Но обязывало положение. Десятник на таком мировом строительстве — это чего-нибудь да стоит.

«Десятник должен быть образцом революционной дисциплины и выдержки» (Мося с горьким упоением хватался за эту фразу, придуманную им самим).

Прораб молчит, и десятник будет молчать. Плевать.

Мося прекрасно понимал: ни Корнеев, ни Маргулиес это дело так не оставят и обязательно умоют Харьков. Это ясно.

Но какая смена будет бить рекорд? И когда? В этом все дело. Тут вопрос личного, Мосиного, самолюбия.

Если рекорд будет бить вторая или третья смена — это хорошо. Очень хорошо. Но если — первая?

Первая заступает в ноль часов — и в ноль кончается Мосино дежурство. Можно, конечно, отказаться от смены, но какой другой дурак десятник захочет уступить Мосе славу?

Значит, если будет рекорд ставить первая смена, тогда все произойдет без Моси. Это ужасно. Этого не будет. А вдруг?

Мося не выдержал:

— Товарищ Корнеев!

Мося даже хватил на ходу кулаком по огнетушителю, который в масштабе тепляка казался размером не больше тюбика зубной пасты.

Все предметы в тепляке виделись маленькими, как в обратную сторону бинокля.

Мося отчаянно размахивал руками.

— Товарищ Корнеев! В конце концов!..

В лоб надвигалась большая вагонетка (Корнеев и Мося сбежали с рельсов). Она их разъединила. На уровне бровей качалась литая поверхность жидкого бетона.

Два голых по пояс, скользких парня в широких брезентовых штанах, опустив мокрые чубатые головы, напирали сзади на железную призму вагонетки.

Мускулы на их спинах блестели, как бобы.

Клякса бетона упала на белую туфлю. Корнеев остановился и старательно вытер ее платком. Все же осталось сырое пятно. Досадно.

Мося обеими руками схватился за кепку, как за клапан котла, готового взорваться от скопившихся паров.

— Ох!

Еще немножко — и он бы загнул Корнееву «правого оппортуниста на практике».

Нет! Такой способ выражаться не подходит для разговора хорошего десятника с хорошим прорабом.

Надо иначе.

— Товарищ прораб, — сказал Мося плачевно и вместе с тем развязно. — Товарищ прораб, пусть мне больше никогда не видеть в жизни счастья... Мордой об дерево... Я извиняюсь... Но — это же факт!.. Даю триста пятьдесят, и если хоть на один замес меньше — рвите с меня голову... Ребята ручаются... Дайте распоряжение второй смене, товарищ, и вы увидите...

Сзади грохнуло и дробно зашумело: вывалили бетон из вагонетки в люк. Заливали плиту под печи пятой батареи.

Шли по шестой.

— Ладно, ладно, ладно... — рассеянно бормотал Корнеев.

Он всматривался в даль, не видать ли где Маргулиеса. Маргулиеса нигде не было. Корнеев прибавил шагу.

С плиты шестой батареи снимали опалубку. Обнажался молодой зеленоватый бетон. Из него торчали мощные железные крючья — концы арматуры. В масштабе тепляка они казались маленькими пучками шпилек.

VI

Черепаха ковыляла на вывернутых лапах. У нее был сверхъестественный панцирь, крутой и высокий, как перевернутая миска, и печальная верблюжья морда с усами.

Кляча шла по болоту, понурив шею и опустив пегий хвост. Торчали кости, отвисала нижняя челюсть, из прищуренного глаза падала слеза, крупная, как деревянная ложка.

Велосипед стоял на неровных колесах с неправдоподобным множеством спиц.

Бригада работала в три смены. Каждая имела своего бригадира. Так и говорили:

Смена Ханумова. Смена Ермакова. Смена Ищенко.

Черепаху, клячу и велосипед окружал одинаковый ландшафт — фантастически яркие папоротники, исполинская трава, карликовый бамбук, красное утопическое солнце.

Ханумов сидел на черепахе. Ермаков задом наперед — на кляче. Ищенко ехал на велосипеде.

Бригадиры были настолько не похожи на себя, насколько портрет может быть не похож на оригинал. Однако у Ханумова была пестрая тюбетейка, у Ермакова — яркий галстук, а у Ищенко — явно босые ноги. И это делало сходство неопровержимым, как хороший эпитет.

Среди допотопного пейзажа черепаха и кляча выглядели метафорами, несвоевременно перешедшими из Эзопа или Крылова в новейшую французскую живопись школы Анри Руссо.

Велосипед — наоборот. Он был допотопен, как литературная деталь, перенесенная из новеллы Поля Морана в литографию старого энциклопедического словаря, с видом каменноугольной флоры.

Эти три картинки, резко и наивно написанные клеевой краской на картоне, были прибиты слишком большими плотничьими гвоздями над входом в конторку прораба Корнеева.

Наскоро сколоченная из свежих нетесаных досок, конторка стояла недалеко позади тепляка. Она относилась к тепляку, как шлюпка к океанскому пароходу.

В конторе щелкали счеты.

Первая смена кончила. Вторая еще не начинала. Задерживали опалубщики. Ребята из первой и второй смен сидели на бревнах, ругаясь между собой по поводу картинок.

В Шурином хозяйстве был достаточный запас метафор для определения самых разнообразных оттенков скорости.

Шура пользовалась ими с беспристрастной точностью аптекаря, отвешивающего яд для лекарства. Она могла бы взять улитку, могла бы взять паровоз, телегу, автомобиль, аэроплан, что угодно. Наконец, могла взять величину отрицательную — рака, который пятится назад, чего, как известно, настоящие раки никогда не делают.

Однако она, по совести взвесив все показатели за прошлую декаду и сравнив их со старыми, — выбрала черепаху, клячу и велосипед.

Это была совершенно справедливая оценка. Но картинки уже восьмой день кололи сменам глаза. Их меняли слишком редко — раз в декаду. За последние восемь дней показатели резко изменились. Ханумов на сто двадцать процентов вырвался вперед. Ищенко отставал. Ермаков обошел Ищенко и догонял Ханумова. Ханумову уже мерещился паровоз. Ермакову — по крайней мере, автомобиль.

А старые картинки, как назло, висели и висели, наказывая за старые грехи, и должны были еще висеть два дня.

Худой длинноносый парнишка из ханумовской смены с ненавистью смотрел на черепаху.

— При чем черепаха? Какая может быть черепаха? — говорил он, тяжело раздувая ребра. — Какая может быть черепаха?

Он уже скинул брезентовую спецовку и окатился водой, но еще не пришел в себя после работы. Он сидел, положив острый подбородок на высоко поднятые острые колени, в розовой ситцевой рубахе с расстегнутыми воротом и рукавами, с мокрым висящим чубом. Он ежеминутно плевался и облизывал тонкие розовые губы.

— Выдумали какую-то черепаху!

Другой, из ермаковских, весельчак в лаптях и пылевых очках, задирал:

— Им неудобно, ханумовским, на черепахе сидеть. Чересчур твердо. Они, понимаешь ты, на автомобиле привыкли.

За своего вступились ханумовские:

— А вам на кляче удобно?

— Они, кроме клячи, ничего в своей жизни не видели.

— Врешь, они в прошлый раз на телеге скакали.

— Это вы две декады подряд с улитки не слазили, — резал весельчак. — А еще красное знамя всюду за собой таскаете. На черепушке его возите, красное знамя. Надо совесть иметь.

Подошли новые. Столпились. В лаптях; босиком; в спецовках; без спецовок; в башмаках; русые, вымывшиеся; грязные; в зеленоватой муке цемента, как мельники; горластые; тихие; в майках; в футболках; в рубахах; ханумовские;

ермаковские; разные; но все — молодые, все — с быстрыми, блестящими глазами...

— Кроме шуток. Какая может быть черепаха, когда мы сегодня за семь часов девяносто кубов уложили?

— А мы вчера сто двадцать и позавчера девяносто шесть.

— Девяносто пять.

— А вот — девяносто шесть. У нас в конторе один куб замотали.

— Вы его расплескали по дороге. Все доски к черту заляпали. Бетон денег стоит.

— Не ты за него платишь.

— А кто платит?

— Контора платит.

— Вот это да! Слыхали? Это ловко! С такими понятиями только и остается сидеть всю жизнь на кляче задом наперед.

— Что ты нам глаза клячей колешь? Пускай ее убирают отсюда, куда хотят, эту клячу.

И вдруг:

— Пока не уберут — не станем на работу. Подумаешь — кляча! А когда мы на плотине в пятьдесят градусов мороза голыми руками...

И пошло:

— Пока не уберут — не станем!

— От людей совестно!

— Будет!

— Не станем!..

— Хоть бы их дождем, этих подлых животных, посмывало!

— ...Когда здесь дождь в год два раза...

Из конторки вышел хмурый Ханумов. Действительно — в тюбетейке.

Сильно курносый и сильно рябой — будто градом побитый, — коренастый, рыжий арзамасский татарин. А глазки голубые. От русского не отличишь. Разве скулы немного косее и ноги покороче.

Он вышел из конторки в новых красных призовых штиблетах, волоча большое красное знамя.

Два месяца тому назад ханумовцы с боем вырвали переходящее знамя. С тех пор держались за него зубами. Шагу без знамени не делали. На работу шли и с работы шли с песнями, под знаменем. А работая, втыкали его в землю где-нибудь поблизости от места, чтобы видно было. За получкой

153

ходили всей сменой со знаменем. И однажды в передвижной театр на «Любовь Яровую» тоже пошли под знаменем — пришлось его сдавать на хранение в буфет. Там оно стояло весь спектакль за бочкой с клюквенным квасом.

— Ну, — сказал Ханумов с еле уловимым татарским акцентом и развернул знамя.

Он косо посмотрел на черепаху и стукнул древком в черную кварцевую землю.

— Наклали два раза, а теперь восьмой день сидим на ней. И еще два просидим, курам на смех. Очень приятно.

Он сердито и трудно кинул знамя на поднятое плечо.

— Становись, смена.

Ханумовцы встали под знамя.

Бежал моторист, вытирая руки паклей. Он сдавал механизм ермаковским. Он бросил паклю, вошел в тень знамени — и тотчас его лицо стало ярко-розовым, как освещенный изнутри абажур.

— Все?

— Все.

— Пошли!

Смена пестрой толпой двинулась за Ханумовым.

— Слышь, Ханумов, а как же насчет Харькова? — спросил худой парень, вытирая лоб вывернутой рукой в широко расстегнутом розовом рукаве.

— За Харьков не беспокойся, — сказал сквозь зубы Ханумов, не оборачиваясь. — Харьков свое получит.

Тут подвозчица Луша, коротконогая, в сборчатой юбке, ударила чистым, из последних сил пронзительным, деревенским голосом:

Хаа-раа-шо-ды страдать веса-ною
Д'под зелена-да-ю сасы-ною...

И ребята подхватили, зачастив:

Тебе того не видать,
Чего я видала,
Тебе так-да не страдать-да,
Как-да я страдала...

Они с работы возвращались в барак, как с фронта в тыл. Они пропадали в хаосе черной пыли, вывороченной земли, нагроможденных материалов. Они вдруг появились во весь рост, с песней и знаменем, на свежем гребне новой насыпи.

Маргулиес шел напрямик, от гостиницы к тепляку. Он жмурился против солнца и пыли. Солнце било в стекла очков. Зеркальные зайцы летали поперек пыльного, сухого пейзажа.

С полдороги к нему пристал Вася Васильев, комсомолец ищенковской смены, по прозвищу Сметана. И точно — круглый, добрый, белый, — он как нельзя больше напоминал сметану.

Тонкая улыбочка тронула черные шепелявые губы Маргулиеса. Он еще пуще сощурился и пытливо взглянул на Сметану. Под оптическими стеклами очков близорукие глаза Маргулиеса блестели и шевелились, как две длинные мохнатые гусеницы.

— Куда путь держишь, Васильев?

Сметана махнул рукой на тепляк.

— Что же так рано?

— Не рано, — уклончиво сказал Сметана.

— Ищенко когда заступает? — заметил Маргулиес. — В шестнадцать заступает?

— Ну, в шестнадцать.

— А теперь восемь?

— Восемь.

— Ну?

Они еще раз посмотрели пытливо друг другу в глаза и улыбнулись. Только Маргулиес улыбнулся почти незаметно своим выставленным вперед ртом, а Сметана — так широко, что у него двинулись уши.

— Вот тебе и ну, — сказал Сметана, взбираясь кряхтя на насыпь.

— Так-так, — бормотал Маргулиес, оступаясь на подъеме и трогая землю пальцами.

Они хорошо поняли друг друга.

Маргулиес понял, что ищенковцы уже знают про Харьков и на всякий случай посылают вперед разведчика. Сметана понял, что Маргулиес тоже все знает, но еще ничего не решил и до тех пор, пока не решит, ничего не скажет.

Каждый день профиль площадки резко менялся. Он менялся настолько, что невозможно было идти напрямик, не делая крюков и обходов. Здесь не было старых дорог. Каждый день приходилось идти, прокладывая новые пути, как через неисследованную область. Но тропа, проложенная вчера, уже не годилась сегодня. В том месте, где она вчера поднималась вверх, сегодня была яма. А там, где вчера была яма, сегодня прорезывалась кирпичная стройка.

Они молча сбегали в широкие траншеи, вырытые за ночь экскаватором. Они шли в них, как по ходу сообщения, видя вокруг себя глину, а над собой узкое небо и ничего больше. Они вдруг наталкивались на головокружительно глубокие котлованы (на дне их люди казались не больше обойных гвоздиков) и, вéрхом обходя их, перебрасывали через голову телефонные и электрические провода, как на фронте.

В то время как они шли поверху, навстречу им низом двигалась с песнями и со знаменем смена Ханумова.

Сметана посмотрел сверху на пеструю тюбетейку Ханумова, на его призовые башмаки, на тяжелóе древко знамени на поднятом плече.

— Вот рыжий черт! — сказал Сметана.

Маргулиес мельком взглянул вниз и опять чуть-чуть улыбнулся. Теперь для него все стало окончательно ясно. Он уже точно знал, что ему скажет Корнеев, как будет смотреть и ходить вокруг, болтая руками, Мося...

Конечно, обязательно появится Семечкин. Без Семечкина дело не обойдется.

Едва они подошли к колючей проволоке позади конторки Корнеева — к двум зеркальным зайчикам, летающим перед Маргулиесом, прибавился третий, отраженный никелированной пряжкой тощего портфеля. Тощий портфель болтался в длинной, жилистой руке Семечкина, возникшего сзади из-за штабеля водопроводных труб.

Семечкин тихо и густо покашлял, как бы прочищая большой кадык, и в суровом молчании подал Маргулиесу и Сметане холодную потную руку.

На нем были брюки галифе. Желтые туфли. Тесемки — бантиком. На худом лице с белесой жиденькой растительностью — большие непроницаемо-темные, неодобрительные очки. Возле губ — розовенькие, золотушные прыщики. Вязаный галстук с крупной медной защипкой, серый пиджак. На лацкане три значка: кимовский, осоавиахимовский и санитарный. Кепка со срезанным затылком и козырьком — длинным, как гусиный клюв.

Надо было перебираться через колючую проволоку (вчера ее здесь не было). Сметана шел вдоль заграждения, отыскивая лазейку.

Маргулиес как бы в нерешительности осматривал столбик.

Семечкин стоял, расставив ноги, с портфелем за спиной, и подрагивал коленями. Он бил себя сзади портфелем под коленки. Коленки попрыгивали.

Сметана нашел удобное место. Он придавил ногой нижнюю ослабшую проволоку, поднял рукой следующую и, кряхтя, полез в лазейку, но зацепился спиной и ругался, выдирая из рубахи колючки.

Маргулиес задумчиво шатал столбик, как бы пробуя его крепость.

Семечкин издал носом густой неодобрительный звук, пожал плечами, лихо разбежался, прыгнул, сорвал подметку и, завертевшись волчком, стал на четвереньки по ту сторону. Он быстро подобрал портфель и поскакал на одной ноге к бревнам.

Пока он подвязывал телефонной проволокой подметку, Маргулиес крепко взялся правой рукой за столбик, левой застенчиво поправил очки и кепку и вдруг, почти без видимого усилия, перенес свое маленькое, широкое в тазу тело через проволоку и, не торопясь, пошел, косолапо роя острыми носками землю, навстречу Корнееву.

Рядом с черепахой, клячей и велосипедом Шура Солдатова прибивала кирпичом новый плакат: харьковцы тянут на веревке большую калошу, в которой сидит Ханумов в тюбетейке, Ермаков в галстуке и босой Ищенко.

Красное утопическое солнце освещало допотопный пейзаж, окружавший калошу. Калоша потеряла свое скучное значение. Калоша стала метафорой.

Под калошей крупными синими буквами было написано: «Харьковцы берут наших бетонщиков на буксир.

Харьковцы дали невиданные темпы — за одну смену 306 замесов, побив мировой рекорд. А мы в калоше сидим.

Довольно стыдно, товарищи!»

Шура стояла на цыпочках на табуретке, закусив губы, и приколачивала плакат кирпичом.

Маргулиес прошел мимо нее и мельком прочел плакат. Улыбнулся.

Шура хватила себя кирпичом по пальцу. Она густо покраснела, но не обернулась, не перестала прибивать.

Недалеко лежала куча толя. Солнце жгло толь и сосновые доски тепляка. От них шел горький горячий запах креозота и скипидара. Запах сирени. Может быть, слишком горячий и сильный для настоящей сирени. Может быть, слишком химический. И все же дул горячий ветер, было утро, неслась пыль, бумажки кружились хороводом у тепляка, и сильно и горько пахло — пусть химической — сиренью.

Маргулиес на минутку зашел в конторку Корнеева просмотреть счета.

VIII

Корнеев взял с подоконника кружку и зачерпнул воды из ведра, прикрытого дощечкой. Он жадно напился. Вода имела сильный привкус медицинского бинта. Водопровод был временный. Воду хлорировали. Но Корнеев давно привык к аптекарскому вкусу хлорированной воды. Он его не чувствовал. Он подошел к Маргулиесу и пересунул фуражку на затылок, открыв потный лоб с белым пятном от козырька.

— Ну, что же думаешь?

— Насчет чего? — рассеянно сказал Маргулиес.

— Насчет Харькова.

Не поднимая густых бровей от бумажек, Маргулиес озабоченно похлопал себя по бедрам. Он вытащил из пиджака бумажный кулечек. Подкладка кармана вывернулась ситцевым ухом. Просыпалась земля, камешки. Маргулиес, не глядя, протянул кулек Корнееву.

— На, попробуй. Какие-то засахаренные штучки. Вчера в буфете. Очень вкусно. Кажется, дыня.

Корнеев попробовал и похвалил.

Маргулиес положил в рот подряд пять обсахаренных кусочков.

Мося терся у двери. С нетерпением, доходящим до ненависти, он смотрел на длинные пальцы Маргулиеса, неторопливо, как щипцы, достающие из кулечка лакомство. Маргулиес тщательно обсосал кончики пальцев.

— Я еще сегодня ничего не ел, — застенчиво сказал он. — Попробуйте, Мося. Четыреста граммов три рубля. Ничего себе.

Мося вежливо подошел и заглянул в кулек одним глазом, как птица.

— Берите, берите.

«Рот затыкает конфетами...» — злобно подумал Мося. Но сдержался. Он устроил на своем широкоскулом глиняном лице улыбку, такую же сладкую и сверкающую, как вынутый цукат.

— Товарищ Маргулиес... Даю честное благородное слово... Пусть мне никогда не видеть родную мать. Пусть мне не видеть своих сестричек и братиков. Дайте распоряжение второй смене.

Он с мольбой посмотрел на Корнеева.

— Товарищ прораб, поддержите.

Корнеев быстро сделал два круга по комнате. Комната была так мала, что эти два круга имели вид двух поворотов ключа.

— В самом деле, Давид. Надо решать. Ты ж видишь — ребята с ума сходят.

— Определенно, — поддержал Мося. — Ребята с ума сходят, вы же видите, товарищ Маргулиес. Дайте распоряжение Ермакову.

Корнеев круто подвернул под себя табуретку и сел рядом с Маргулиесом.

— Ну? Так как же ты думаешь, Давид?

— Это насчет чего?

Корнеев вытер ладонью лоб.

Рука Маргулиеса оставалась на весу. Он забыл ее опустить. Его занимали исключительно счета. Его отвлекали лишними вопросами. В руке качался кулек.

Мося выскочил из конторки. К чертовой матери! Довольно! Надо крыть на свой риск и страх, и никаких Маргулиесов. Дело идет о чести, о славе, о доблести, а он — сунул брови в паршивые, тысячу раз проверенные счета и сидит как бревно. Нет! Надо прямо к ребятам, прямо — к Ермакову. А с такими, как Маргулиес, дела не сделаешь.

Мося кипел и не мог взять себя в руки. Он готов был кусаться.

Мося родился в Батуме, в романтическом городе, полном головокружительных колониальных запахов, в городе пальм, фесок, бамбуковых стульев, иностранных матросов, контрабандистов, нефти, малиновых башмаков, малярии; в русских субтропиках, где буйволы сидят по горло в горячем болоте, выставив бородатые лица с дремучими свитками рогов, закинутых на спину; где лаковые турецкие горы выложены потертыми до основы ковриками чайных плантаций; где ночью в окрестностях кричат шакалы; где в самшитовых рощах гремит выстрел пограничника; где дачная железнодорожная ветка, растущая вдоль моря, вдруг превращается в ветку банана, под которой станционная баба на циновке торгует семечками и мандаринами; где аджарское солнце обжигает людей, как гончар свои горшки, давая им цвет, звук и закал...

У Моси был неистовый темперамент южанина и не вполне безукоризненная биография мальчишки, видавшего за свои двадцать три года всякие виды.

Три месяца тому назад он приехал на строительство, объявив, что у него в дороге пропали документы. В конторе постройкома по этому поводу не выразили никакого удивления.

Его послали на участок.

Первую ночь он провел в палатке на горе. Он смотрел с горы на шестьдесят пять квадратных километров земли, сплошь покрытой огнями. Он стал их считать, насчитал пятьсот сорок шесть и бросил.

Он стоял, очарованный, как бродяга перед витриной ювелирного магазина в незнакомом городе, ночью.

Огни дышали, испарялись, сверкали и текли, как слава. Слава лежала на земле. Нужно было только протянуть руку.

Мося протянул руку.

Две недели он катал стерлинг. Две — стоял мотористом у бетономешалки. Он проявил необычайные способности. Через месяц его сделали десятником. Он отказался от выходных дней.

Его имя не сходило с красной доски участка. Красная доска стала его славой.

Но этого было слишком мало.

Неистовый темперамент не мог удовольствоваться такой скромной славой. Мося спал и видел во сне свое имя напечатанным в «Известиях». Он видел на своей груди орден Трудового Знамени. Со страстной настойчивостью он мечтал о необычайном поступке, о громком событии, об исключительном случае.

Теперь представлялся этот исключительный случай. Мировой рекорд по кладке бетона. И он, этот мировой рекорд, может быть поставлен на дежурстве другого десятника.

Эта мысль приводила в отчаяние и бешенство.

Мосе казалось, что время несется, перегоняя самое себя. Время делало час в минуту. Каждая минута грозила потерей случая и славы.

Вчера ночью Ермаков напоролся щекой на арматурный прут. Железо было ржаво. Рана гноилась. Повысилась температура. Щека раздулась.

Ермаков вышел на смену с забинтованной головой.

Он был очень высок: белая бульба забинтованной головы виднелась на помосте. Ермаков проверял барабан бетономешалки. Помост окружала смена, готовая к работе.

Было восемь часов.

Опалубщики вгоняли последние гвозди. Арматурщики убирали проволоку.

Мосино лицо блестело, как каштан.

— Ну, как дело? — неразборчиво сказал Ермаков сквозь бинт, закрывающий губы. Он с трудом повернул жарко забинтованную голову, неповоротливую, как водолазный шлем.

Бинт лежал на глазах. Сквозь редкую основу марли Ермаков видел душный, волокнистый мир коптящего солнца и хлопчатых туч.

— Значит, такое дело, ребята...

Мося перевел дух.

— Во!

Он быстро и деловито выставил руку, взведя большой палец, как курок.

Еще было время удержаться. Но не хватило сил. Пружинка соскочила со взвода. Мосю понесло. Он сказал — пятое через десятое,— воровато сверкая глазами, облизывая губы, ужасаясь тому, что говорит:

— Товарищи, определенно... Харьков дал мировой рекорд... Триста шесть замесов за одну смену... Фактически... Мы должны заявить конкретно и принципиально... Постольку-поскольку наша администрация спит... Верно я говорю? Кроем Харьков, как хотим. Ручаюсь за триста пятьдесят замесов. На свою ответственность. Ну? Ермаков, подтверди: дадим триста пятьдесят или не дадим? Кровь из носа! А что? Может быть, не дадим? Об чем речь!.. Предлагаю встречный план... Триста пятьдесят, и ни одного замеса меньше. Кто «за»? Кто «против»?..

Мося кинул косой, беглый взгляд назад и подавился. Корнеев и Маргулиес быстро шли к помосту. Они приблизились.

Мося съежился. Лукавая улыбка мелькнула по его лицу. Оно стало лопоухим, как у пойманного школьника. Он обеими руками нахлобучил на глаза кепку и волчком завертелся на месте, как бы отворачиваясь от ударов.

Все же он успел крикнуть:

— ...Поскольку администрация затыкает рот конфетами!..

— В чем дело? — спросил Маргулиес.

Мося остановился и подтянул коверкотовые батумские брючки.

— Товарищ Маргулиес, — молодцевато сказал он. — Поскольку Харьков дал триста шесть, смена выдвигает встречный — триста пятьдесят, и ни одного замеса меньше. Подтвердите, ребята. Об чем речь, я не понимаю! Товарищ начальник участка, дайте распоряжение.

Маргулиес внимательно слушал.

— Больше ничего? — спросил он скучно.

— Больше ничего.

— Так.

Маргулиес положил в карман кулечек, аккуратно обчистил руки от сахарного песка — одна об другую, как муха,— взобрался на помост к Ермакову и стал молча осматривать барабан. Он осматривал его долго и тщательно. Он снял очки, засучил рукава и полез в барабан головой.

— Ну, как щека? — спросил он Ермакова, окончив осмотр.

— Дергает.

— А жар есть?

— Горит.

— Вы бы сегодня лучше дома посидели. А то смотрите...

Маргулиес аккуратно выправил рукава, легко спрыгнул с помоста и пошел в тепляк. Так же тщательно, как машину, он осмотрел опалубку. Попробовал прочность арматуры, постучал кулаком по доскам, сделал замечание старшему плотнику и пошел прочь через тепляк.

Мося плелся за ним по пятам.

— Товарищ Маргулиес, — говорил он жалобно, — как же будет?

— А в чем дело?

— Насчет Харькова. Дайте распоряжение.

— Кому распоряжение? Какое распоряжение?

Глаза Маргулиеса рассеянно и близоруко блуждали.

162

— Распоряжение Ермакову. Харьков бить.

— Не может Ермаков Харьков бить.

— Как это не может? Ого! Триста пятьдесят замесов. Оторвите мне голову.

— Триста пятьдесят замесов? Сколько это будет кубов?

— Ну, двести шестьдесят кубов.

— А Ермакову сколько надо кубов, чтоб залить башмак?

— Ну восемьдесят.

— Хорошо. Допустим, вы сделаете восемьдесят кубов, зальете башмак, а потом куда будете бетон лить? На землю?

— Потом будем плиту под пятую батарею лить.

— А бетономешалку на пятую батарею переносить надо?

— Ну, надо.

— Вода, ток, настилы! Сколько на это времени уйдет?

— Ну, два часа. Максимум.

— Минимум, — строго сказал Маргулиес, — но допустим. Так как же Ермаков будет Харьков бить, когда у него чистой работы остается всего шесть часов? А надо восемь! Ну?

Мося скинул кепку и почесал волосы.

— Который час? — спросил Маргулиес.

Корнеев вытянул часы.

— Десять минут девятого.

— Вторая смена опаздывает на десять минут, — сухо сказал Маргулиес. — Имейте в виду — тридцать замесов в час, не больше, — еще суше прибавил он.

Корнеев вытер платком туфлю, на которой краснело свежее пятно сурика.

— Слышишь, Мося? Не больше тридцати замесов!

Слово *замес* Корнеев произносил так, как будто это была испанская фамилия Zamess, через э оборотное, вроде дон Диэго З-ам Эсс.

— Есть! — бодро крикнул Мося.

Он рысью побежал к бригаде, болтая перед собою руками.

Слава отодвинулась на восемь часов. Слава уходила из рук. Оставалась последняя надежда — Ищенко.

— Давид, я тебя не понимаю, — сказал Корнеев, когда Мося скрылся.

Маргулиес нежно, но крепко взял его за локоть.

— Пойдем выпьем чаю, я еще ничего не ел.

Ищенко спал поверх одеяла, лицом вниз, раскинув руки и поджав маленькие босые ноги.

Он спал в положении ползущего человека. Голова, застигнутая сном, упала, не дотянувшись чубом до подушки.

Красная несмятая наволока, освещенная солнцем, наполняла загородку барака румяным заревом.

Бригадир был одет в новые черные суконные штаны и новую белую украинскую рубашку, вышитую крестиками.

Один рукав закатился.

С койки упала голая рука. Наружная ее сторона была темной, внутренняя — светлой и жирной, как брюшко рыбы. Виднелась татуировка: круглая печать рулевого колеса. Татуировка — туманной пороховой голубизны.

Вчера вечером к Ищенко неожиданно приехала Феня.

Она привезла в подарок рубаху и штаны.

Вместо двух поезд пришел в шесть.

Чем ближе к месту — тем медленнее он шел. Феня совсем потеряла терпенье. На каждом разъезде долго пропускали составы.

Она провела в вагоне четыре ночи.

Первую почти не спала, волновалась. Вторую и третью — кое-как вздремнула. Четвертую — снова маялась, — одолел страх. Бог знает куда она заехала... На край света! И что ее там ждет?

А люди говорили, что четверо суток от Москвы — это еще туда-сюда, пустяки, не так далеко. Можно проехать десять суток, и то до конца не доедешь. До конца нужно ехать двенадцать, и где этот конец, где этот Владивосток?

С ума сойти, какая большая страна!

Встречные составы катили на разъездах мимо окон синержавую руду. Крупные радужные обломки шатались на платформах. А попробуй сдвинуть такой кусочек— не сдвинешь. Чугун.

Встречные катили пустую тару, горы расколотых бочек, обручи, мешки, рогожу.

Попутные — обгоняли длинными штабелями красного леса, грузовиками, автобусами, цистернами, пломбированными вагонами с белыми немецкими надписями — длинными, ладными, не нашими товарными вагонами срочного возврата в Столбцы и Бигосово...

Новая ветка шла в одну колею. Одной колеи уже не хватало. Начинали вторую.

Вдоль шаткого полотна лежали желтые вырезки снятой целины. На дне широких траншей стояли маленькие лошади. Черниговские грабари в мерлушковых шапках — несмотря на зной — кидали лопатами на телеги свежую почву. Их роба была сложена и развешана на земляных столбиках, оставленных в середине каждого окопа.

Позапрошлое лето Феня работала у грабарей. Она знала — столбики служат мерой вынутого грунта, мерой артельного труда.

Она любила эти столбики. Она думала о них так:

Была степь. Росла трава. Цвели дикие душистые цветы. Сто лет, а может и больше, стоял в степи бугорок.

Но вот понаехали грабари, поскидали робу, плюнули в ладони — только тот бугорок и видели! Одна колонка земли осталась от него посреди траншеи.

И будет она стоять, эта колонка, нетронутым кусочком степи до конца работы.

Наверху — трава, кустик молочая. Над ним — две бабочки-капустницы. Бабочки мерцают одна вокруг другой, будто связанные короткой ниточкой.

Срезанная почва блестит вощаными следами лопат. Сверху вниз она переходит из тона в тон. Сначала черный, как деготь, чернозем. Потом посветлей, посветлей и, наконец, глина — такая красная, как та охра и сурик, какими деревенские богомазы при старом режиме писали в церквах чертей и патагонские языки огненной геенны.

Феня ехала в город.

Так и в путаном адресе на мягкой бумажке было написано химическим карандашом: город такой-то.

Однако люди вокруг уже стали увязывать вещи, торопиться, убирать лавки, а никакого города не заметно. По-прежнему тянутся желтые насыпи, закиданные лопатами да рукавицами, по-прежнему жарко и душно мерцает чужая степь, ходят в степи стреноженные облака, проплывает вдали стороной кочевая кибитка, точно брошенная в ковыль тюбетейка.

По-прежнему — который километр! — убегают, бегут под насыпью в канаве хворостины недавно посаженных березок.

Иные из них не принялись, засохли, увяли. Иные повалила буря. Иные сломали прохожие хулиганы (люди старались, возили, пересаживали, поливали... Ну и народ каторжный! Прямо волки!). Все же ни солнцу, ни бурям, ни хулиганам не истребить молодой зелени. Поворачиваются на ветру окрепшие листики, блестя, как ребячьи ладошки.

Нежно и длинно гнутся тонкие белые ручки и шейки.

Откуда у Фени взялась эта нежность, и жалость, и радость?

Феня высунулась в окошко. Сухой ветер треплет вокруг гребешка волосы. Волосы сильно запылились в дороге. Надо вымыть (как приеду, первое дело — вымою).

Высунулась она из окошка и негнущимся безымянным пальцем волос с мокрого носа снимает. В глазах стоят слезы. Сквозь слезы плывет, плывет степь, плывут далеко впереди холмы.

Раньше их вовсе не было. Только теперь появились. Издали они синие, низкие, длинные. Вблизи они пологие горы. Каждая особого цвета. Одна зеленая. Другая ржавая. Третья голубая.

У подошвы средней в степи что-то стоит. Вроде небольшого кубика. Подъехали ближе — уже это не кубик, а цинковый ящик, поставленный торчком. В таких ящиках на фронтах патроны возили.

Однако степь сильно обманывает глаза. Сразу не понять — большая вещь стоит в степи или маленькая.

Подъехали еще ближе — этот цинковый ящик вдруг четверть степи закрыл и полнеба. В вагоне темно стало. Громаднейший элеватор этажей в восемь. Люди под ним ходят совсем крошечные.

Рядом с ним трактор на острозубых колесах, как на цыпочках, по волнистой дороге ныряет новенькой игрушкой.

А трактор тоже не из маленьких — «катерпиллер» с трубой и крышей — и фургон за собой тащит величиной с дом.

Видать, поблизости большой колхоз или совхоз. Эта картина Фене знакома. На серой вытоптанной земле — железные бочки с горючим, огнетушители, тес, тара, бидоны (значит, коровы есть!).

Но уже ехали дальше, уже подбирались под самые горы.

У другого окна стоял, зацепив палец за кольцо опущенной рамы, костлявый интеллигентный старик в железных очках и сапогах. Счетовод-конторщик. Сел в Казани. Всю дорогу не отходил от окна. Выставит далеко вперед голову и смотрит через очки. Ветер трепал его седые волосы. Старик все больше молчал. Молчит, молчит пролета два или три (а пролеты длиннейшие), смотрит, смотрит вперед, а потом вдруг обернется в вагон, подымет над очками седые брови да что-нибудь такое и скажет:

— Вот вам и «ну, тащися, сивка!».

Или:

— Ай, Русь, ай, соломенная, ай, некрасовская!

Да как захохочет басом:

— Обратите внимание, хо-хо-хо!

А на глазах сквозь грязные очки видны слезы.

И опять к окну.

И чего он там не видел! Ну действительно — где на тракторе пашут, где элеватор новый, где эшелон с автобусами, где на церкви вместо креста флажок, или автомобиль на полустанке сгружают. Чего ж особенного? А он как будто первый раз все это видит. Чудной человек, но в вагоне его уважали. У него в Красной Армии два сына погибли, а месяц назад жену поездом зарезало. Остался он совершенно один и теперь поехал на новостройку конторщиком, жизнь менять.

Чемоданчик, да чайник, да карандаш в кармане пиджака — вот и все его имущество.

Он вдруг повернулся к Фене да как крикнет:

— Вот тебе и пустыня, вот тебе и Пугачев! А? Обратите внимание! Ну-ну-с!

Поезд остановился, не доезжая до горы километра четыре. В чем дело? Ничего. Приехали.

Захлопали толстые, ладные вагонные двери. Люди спотыкаются о высокие плевательницы, вещи волокут, пыль — столбом.

Никакого вокзала не заметно. Прямо на путях остановились. Путей штук шесть, и по ним составы взад-вперед двигаются, лязгают. Сквозь составы рябит окрестность: бараки, палатки, заборы, ящики, лошади, станки, грузовики, и та же самая степь рябит, сухая, горячая, вытоптанная до земли — ни единой травинки!

Люди вышли из вагона. За людьми вышла и Феня. Было очень трудно спускаться с высокой ступеньки прямо на полотно. Еще труднее было принимать на себя с этой высокой ступеньки мешок.

Голова закружилась.

— Где же станция? Товарищи, будьте такие любезные! Где станция?

— Какая там станция? Тут тебе и станция, где стоишь, где же?

— Товарищ...

Прошел. Торопится. Тащит на плече багаж.

Феня к другому:

— Будьте такие добрые, где тут вокзал?

А другому тоже некогда. У него в руках большой фикус в вазоне. Боится его сломать. А фикус тяжелый, около пуда, с крупными черно-зелеными вощеными листьями, с нераспустившимся ростком, как стручковый перец.

— Нету вокзала, какой может быть вокзал!

Даже не оглянулся, пошел.

— Ах, Боже мой, еще фикусы с собой возят. Куда ж он с ними денется?

Ящики какие-то из багажного вагона выбрасывают. Один, другой, третий... шесть ящиков.

— Осторожно ящики. Чертежи попортите... Чертежи в ящиках... Бери боком...

Феня поставила мешок на рельсы, отдышалась. Шел сцепщик. Она к нему:

— Товарищ, а где тут город, будьте любезные?

— Тут и город, где же еще?

А где же город, когда вокруг нет ничего подходящего — ни церквей, ни ларьков, ни трамваев, ни каменных домов? Куда ж идти?

Но никто уже Фене не отвечает. Все бегут, торопятся, перетаскивают через рельсы багаж, кличут подводы.

— Берегись, тетка! Не стой на путе! Не видишь — состав!

Ах, что делается! Насилу сволокла через рельсы мешок, а то бы — под колеса. И села в канаве.

Солнце зашло за тучи. Зной не спадал. Шел вечер. Ветер нес кучи бурой пыли. В лицо летел сор, бумажки, земля — крупная и едкая, как махорка.

Все вокруг курилось, плыло, меркло, мучило.

X

На бумажке было написано:

«Город такой-то. Контора новостройки. Спросить бригадира Ищенко по кладке».

Это Феня выучила на память.

Кажется, чего проще. Однако выходило что-то совсем не так просто.

Ехали-ехали. Приехали. Стали в степи. А города нет. Присмотрелась сквозь пыль — и степи тоже пет. Неизвестно что. Ни степь, ни город.

И новостройки не видно.

Одна пыль, а в пыли — косые телефонные столбы. Громадное, душное, пустынное место. Изредка — бараки, палатки, конторы участков, грузовики, ящики, коровы, подводы. И все это — в разные стороны, разбросано, раскидано, точно все это бредет наобум по выгоревшему, вытоптанному шляху, ширины непомерной и неоглядной.

Иногда прояснится.

Тогда на миг — то кран, то как будто мост, то еще что-то длинное и далекое, как будто камышовое. И скроется тотчас, поглощенное скучной тучей бурана.

Как же тут, среди всего этого непомерного, неоглядного, ни на что не похожего, найти Ищенко? В какую сторону двинуться? Кого спросить? Где узнать?

Она заходила в конторы. Контор было много. Всюду спрашивали — на каком участке он работает.

— Как это — на каком участке? Бригадир Ищенко, Константин Яковлевич, по кладке, очень просто.

— Нет, — говорят.— У нас бригадиров на строительстве несколько тысяч, а простых рабочих тысяч, чтоб не соврать, сорок пять или пятьдесят.

Она ходила с участка на участок. А участок от участка за два-три километра.

Были участки разные: строительные и жилищные.

На строительных — копано-перекопано: рельсы, шпалы, шашки; там не пройдешь, здесь не перелезешь; то поперек дороги высоченная насыпь, то страшный обрыв котлована; то юбку о колючую проволоку обдерешь, то часовой дальше не пускает; то грузовик, то поезд.

На жилищных — стояли ряды бараков. И не то чтобы два или три ряда, а рядов десять — громадных, длинных, одинаковых бараков. Попадались палатки. Попадались землянки. Тоже большие и тоже одинаковые. Она бродила среди них как потерянная.

Она оставляла мешок у добрых людей — со слезами просила покараулить — и шла дальше искать и не находила и возвращалась — задыхающаяся, мокрая, тяжелая, с черным носом и глазами, докрасна побитыми ветром.

Забирала мешок и тащилась на другой участок.

Садилась на дороге на мешок и плакала; отдыхала.

Начался вечер. Начался, но так и остановился как-то. Ни день, ни ночь. Ни светло, ни темно. Только серую пыль метет вокруг, и сквозь пыль длинно гаснет каленый рельс заката.

Плечо обмирало, немело. Крепко болела спина. Шею так схватывало, что головы не повернуть, и тяжесть пудовая в пояснице.

Ох, скорее бы что-нибудь одно. Или заснуть. Или найти. Или назад в поезд. Или напиться холодненькой водички.

Наконец она наткнулась на своих, киевских. Земляки помогли.

Ищенко ночью вернулся со смены в барак. Феня сидела на его койке.

Он увидел ее сразу, но не узнал и не понял, кто она и зачем здесь.

Она узнала его сразу.

Он шел впереди ребят в темной заношенной рубахе навыпуск, в брезентовых шароварах, низенький, коренастый, опустив широкие плечи, часто перебирая по дощатому полу цепкими босыми ножками.

Она сидела неподвижно, уронив шаль на колени и руки на шаль.

Он видел большой мешок и светлые пыльные волосы, разлетевшиеся вокруг железных гребенок.

Она смотрела на его круглую голову, темную голую шею и жестяные пылевые очки, поднятые на чуб.

Она хотела встать и не смогла. Хотела сказать — и застучала зубами.

Лампочка посреди барака поплыла и брызнула во все стороны лазурными снопиками.

Феня стиснула пальцами угол шали.

Ищенко посмотрел на грубые пальцы с серебряным кольцом, на шаль и вдруг узнал розовую гарусную бахрому.

Он понял и осторожно присел на свою койку рядом с Феней.

Продолжая дрожать мелкой дрожью, Феня не сводила с него синих отчаянных глаз. Он близко увидел ее страшно похудевшее знакомое и неузнаваемое лицо в безобразных желтых пятнах, в слезах, в лиловых подтеках. Он увидел ее высокий живот и ужаснулся.

Но тотчас в нем появилось новое, еще никогда им не испытанное чувство мужской гордости. Это горячее чувство заслонило собой все остальные.

Ищенко через плечо кивнул ребятам на Феню.

— Здравствуйте! — сказал он. — С приездом! Нашла самое подходящее время.

И криво, но нежно усмехнулся Фене.

Она поняла эту усмешку.

— Костичка! — забормотала она.— Ой, Костичка! Ой, Костичка...

И ничего больше не могла сказать.

Она сильно обхватила его плечи трясущимися руками, положила мокрое лицо ему на грудь и, стесняясь посторонних, негромко заплакала.

Ребята сильно устали. Однако ничего не поделаешь.

С каждым может такое случиться.

Никто не ложился.

Пока Феня плакала, пока Ищенко хлопал ее по спине и расспрашивал, пока она суетливо вынимала из мешка гостинцы, пока умывалась и бегала вперевалку в сени — ребята молча натаскали в барак тесу, гвоздей, электрической проводки...

Через час-два Ищенко отгородили.

Феня пока что завесила вход шалью.

Всю ночь за семейной перегородкой горела лампочка. До света Ищенко и Феня разговаривали жарким, частым шепотом, чтоб не будить бригаду.

А в семь часов утра Феня уже собралась к соседям просить корыто.

— Ты, Костичка, ляжь, ты, Костичка, отдыхай, — шептала она, взбивая подушку в новой красной наволоке. — Спи себе и не беспокойся, Костичка. Ни о чем, Костичка, не думай...

Он только мычал в ответ. Его одолевал сон. Он так и заснул, как был, в новых штанах и рубашке, привезенных Феней в подарок, не дотянувшись чубом до новой наволоки.

А она — как ни в чем не бывало. Ее охватило страстное, нетерпеливое желание как можно скорее переделать все дела: постирать грязное, убраться, сходить в кооператив, обменять талоны, вымыть пол, сварить обед, протереть окно, обвернуть лампочку абажурчиком, поискать, где тут вольный рынок, разложить вещи, прибить полочку.

Она чувствовала себя прекрасно и только все боялась, что как-то не успеет, не переделает всего, забудет что-нибудь нужное.

Она торопилась к соседям — скорей, скорей! — извинялась, просила корыто, топила куб, бегала в кооператив, входила на цыпочках за загородку и переставляла вещи на столике, резала ниточкой мыло.

Она чувствовала себя так, как будто всю жизнь прожила на этой стройке, в этом бараке.

Улыбалась соседским детям, переругивалась с отдыхающей бригадой, сияла истощенными глазами, снова ходила с какими-то старухами в кооператив, стояла в очереди перед кассой. И все это — скорей! скорей! — с отчаянной поспешностью, с ненасытной жаждой работы, с тайным страхом перед тем, что неизбежно должно было с ней случиться.

XI

Сметана осторожно заглянул за перегородку. Ищенко спал. Сметане было жалко будить бригадира.

Сметана вошел и присел на табуретку рядом с койкой. Бригадир спал. Сметана поставил локти на колени и обхватил свою белую, совершенно круглую плюшевую голову руками.

В окно било жгучее солнце.

Мухи, вылетая из темноты, чиркали по ослепительной полосе, вспыхивали в ней, как спички, и тотчас гасли, снова влетая в сумрак.

Сметана подождал минуту, другую.

«Надо будить. Ничего не поделаешь». Он потряс Ищенко за крепкое, потное со сна плечо:

— Хозяин! Эй!

Ищенко замычал.

— Подымайся!..

Бригадир лежал как дуб. Сметана развел рот до ушей и пощекотал ему пятку. Ищенко быстро вскочил и сел на койке, поджав под себя ноги.

Он смотрел на Сметану ничего не соображающим, опухшим, розовым, детским, капризным лицом с кислыми глазами.

— Брось, Васильев, дурака валять! — хрипло сказал он и утер рукавом рот и подбородок, мокрые от набежавшей во сне слюны.

Васильев подал ему кружку воды:

— На, проснись.

Ищенко выпил всю воду залпом и мигом опомнился.

— Здорово, Сметана!

Он деловито свел брови.

— Ну, как там дело? Что слышно?

Сметана покрутил головой:

— Разговоры.

— Ага! А кто больше разговаривает?

— Все одинаково разговаривают. Плакат повесили: мы в калоше, а Харьков нас за веревку тащит.

— Это довольно глупо. Маргулиеса видел?

— Видел.

— Ну?

— Маргулиес крутит.

— А определенно ничего не говорит?

— Я ж тебе объясняю — крутит.

Ищенко недовольно посмотрел в непривычно ясное окно. Он хорошо знал все повадки Маргулиеса.

— Ермаков заступил? — спросил он, подумав.

— Заступил. С восьми начали. Заливают последний башмак.

— И быстро льют?

— Обыкновенно. Как всегда. Маргулиес не разрешил больше тридцати замесов в час.

— Ясно. Без подготовки. Сколько ж они ровным счетом должны залить кубов в этот башмак?

— Осталось кубов восемьдесят.

— А потом?

— Потом новый фронт работы. Будут ставить машину на пятую батарею. Часа три провозятся. То — се. А с шестнадцати часов мы начнем. Ну?

Бригадир задумчиво осмотрел свою загородку, чистую скатерть на столике, вымытую посуду, волнистое зеркальце на дощатой стене, шаль в дверях и, усмехаясь, мигнул Сметане:

— Как тебе нравится такое дело? Был холостой и вдруг стал женатый. Ожидаю прибавления семейства. На тебе!

Он сконфуженно накрутил чуб на коричневый указательный палец и медленно его раскрутил.

И вдруг, быстро метнув карими глазами:

— Ханумова видел?

— Видел. Как же! Через все строительство впереди бригады под переходящим знаменем, в призовых штиблетах. Прямо командарм-шесть, черт рыжий.

— А что ребята из других бригад про него говорят?

— Ничего не говорят. Думаю, что он непременно Харькову воткнет.

— Непременно он?

— Непременно он.

— Так-таки прямо на него и думают?

— Так и думают.

Ищенко покраснел, отвернулся и стал бестолково шарить по подоконнику.

— А Мося?

— Землю носом роет.

Ищенко так и не нашел очков. Он выругался, швырнул коленом табурет и выскочил на улицу.

Шурины мальчики уже прибивали снаружи к бараку известный плакат с калошей.

Ищенко притворился, что не видит.

— Хозяин, гляди! — закричали мальчики. — Во! Специально для тебя рисовали. Ты не отворачивайся.

Бригадир глянул исподлобья, через плечо, на плакат.

— Можете его вашему Ханумову на спину повесить, — сказал он негромко, — а нам этого не треба.

Он опустил голову, натужил шею и пошел бычком, бодая ветер и пыль, часто перебирая босыми ногами по черствой земле.

Догнал Сметана:

— Ты куда?

— На участок. Ясно.

Он остановился:

— Слухай, Сметана. Ты тут пока что бригаду нащупай. Понятно?

— Ладно.

— Нащупай и прощупай.

Сметана тотчас повернул назад.

Возле барака стоял турник.

Сметана разбежался, высоко подпрыгнул, схватился за штангу, встал на вытянутые руки, откинул голову, жмурясь на солнце, и вдруг, сломавшись пополам, быстро закрутился вокруг упругого прута, мелькая сандалиями и заголившейся сливочно-белой спиной.

Из его карманов летели во все стороны медные деньги, пуговицы, карандашики, перья, обеденные талоны.

XII

Они долго ходили по участкам, отыскивая подходящее место.

Утро разгоралось.

Загиров плелся, как собака, за Саенко.

Каждую минуту он трогал нагревшуюся пряжку стеганой саенковской безрукавки и жалобно говорил:

— Слушай, Коля. Зачем далеко ходим? Давай сядем здесь. В чем дело?

Саенко, не оборачиваясь, отвечал:

— Твое дело шестнадцатое. Ходи.

Ветер менял направление и тишал.

Громадные полотнища знойного воздуха веяли с востока степной сушью. Плотно сгруппированные облака струились голубыми волнистыми тенями с горки на горку, с барака на барак. Черные плоские толевые крыши, дрожа, испарялись на солнце, словно облитые эфиром.

За оконным парком было неудобно: много мух, слепней, все время люди.

Возле дороги — чересчур душно; бурая пыль стояла до неба знойной полупрозрачной стеной.

Под железнодорожным мостиком — частый грохот составов.

На горе рвали руду — летали пудовые осколки.

Можно было бы пойти на озеро, под сваи ЦЭСа, но далеко — пять километров.

Загиров покорно шел за Саенко.

Вчера Загиров проиграл Саенко все свои сбережения — сто пятнадцать рублей. Несколько раз ходил в сберкассу брать с книжки. Выбрал все. Остался на книжке один рубль.

Они играли весь день на горе и всю ночь под фонарем за бараком. Прогуляли смену. Больше денег у Загирова не было.

Сто пятнадцать рублей!

Загиров был оглушен несчастьем. Он даже плакал сначала. Отошел, понурившись, сел на корточки к дощатой стене и развез кулаком по скулам несколько мутных слез. Потом его вдруг охватило бестолковое волнение.

Он бегал по участку, мыкался, искал в долг десятку. Никто не дал. Тогда он кинулся в барак и вынес оттуда все, что у него было самого ценного: пару больших черных башмаков, новые калоши, две пары бязевого белья, ненадеванную кепку.

Он предложил играть на вещи.

Он умолял.

Саенко неохотно согласился.

С вещами под мышкой Загиров плелся за товарищем, дрожа от нетерпенья, ошеломленный, убитый, и крупно глотал слюну.

А Саенко, как нарочно, тянул, ломался. Здесь ему не нравится, там не нравится.

Наконец выбрал место.

Это было кладбище испорченных механизмов.

Друзья перелезли через колючую проволоку. Всюду корчились железные скелеты погибших машин.

Ржавые лестницы транспортеров вставали на дыбы, давя колченогие стерлинги. Экскаватор положил длинную обезглавленную шею на исковерканную вагонетку.

Вокруг валялись оторванные колеса, шестеренки, болты, военные шлемы прожекторов, обрубленные котельные туловища...

Они сели под вагонеткой.

— Ну давай! — сказал Загиров. — Давай, Коля, карты.

Саенко лег на спину, раскинул ноги в лаптях и заложил руки под голову.

Он лениво повел глазами.

— Ша! Твое дело шестнадцатое. Сиди, татарин, успеешь.

Он достал из-за пазухи тетрадь, завернутую в серую тряпку, размотал и положил себе на грудь. В тетради был химический карандаш. Саенко его послюнил. По его большому мокрому рту поплыл лиловый анилин.

Он лежал с крашеным ртом, как отравленный, мечтательно и неподвижно уставив фиолетовые, с металлическими зрачками, глаза в небо.

Его лицо было треугольно. Под ухом горело ярко-розовое пятно болячки. Тощий, острый нос просвечивал нездоровой подкожной голубизной хряща.

Он долго лежал, не шевелясь. Внезапно он встрепенулся, подскочил, кинулся на живот, уткнулся лохматой головой в тетрадь и расставил локти. Он старательно вписывал в серую, разноцветно графленную страницу крупные каракули.

Он пыхтел, хохотал, вскакивал на четвереньки, колотил локтями в землю.

Загиров смотрел на него в ужасе.

Он падал, подергивался, с лиловой слюной на губах, как в припадке падучей.

— Стой! Подожди! — кричал он, задыхаясь. — Я стих потеряю. Уйди! Не заслоняй мне, а то убью!

Вдруг он успокоился. Завернул тетрадь. Сунул за пазуху. Сел и мутными глазами посмотрел на товарища.

— Ну покажь, — сонно сказал он.

Загиров разложил перед ним вещи.

Саенко взял скрипящие калоши, померил на лапти и отложил в сторону.

— Не подойдут. Маленькие! Ну хорошо. Трояк. Валяй дальше.

Загиров обтер башмаки рукавом и подал. Саенко даже не взял их в руки. Только искоса глянул.

— Трояк.

Загиров ласково улыбнулся.

— Что ты говоришь, Коля! Очень хорошие штиблеты. Двенадцать семьдесят пять в кооперации!

Саенко равнодушно посвистал в сторону.

— Трояк.

— Совсем новые. Ни разу не носил.

— Трояк.

Мелкая роса выступила на шишковатом шафранном лбу Загирова. Карие глаза совсем сузились, стали косей. Губы задрожали.

— Ты что, Коля, смеешься? Надо быть человеком.

— А я что — собака? Ты не нахальничай. Я тебе на горло не наступаю. Забирай барахло и катись. Оно мне не нужное. Катись обратно в бригаду. Там как раз дураков на рекорд собирают. Может, заработаешь какой-нибудь приз копеек на двадцать.

Загиров стал на колени и молча собрал вещи.

— До свиданья, милое созданье.

Загиров стоял на коленях, опустив голову. Саенко повернулся к нему задом.

Загиров тронул его за пропотевшую стеганую спину.

— Сколько даешь за все вместе? — сказал он сипло.

— Сколько? — Саенко покрутил головой. — Нисколько не даю... Катись в бригаду. Ничего не даю.

— Коля, будь человеком, пожалуйста.

— За все гамузом даю вот...

Саенко задумался, расстегнул штаны и полез через ширинку во внутренний карман. Вытащил завязанную шнурком от ботинок большую пачку кредиток. Порылся в ней.

Загиров узнавал среди мелькающих бумажек свои новенькие, как бы крахмальные салатные двадцатки.

Саенко положил на землю три трешки погрязнее и один совсем ветхий, до невесомости потертый бахромчатый рубль.

— Можешь получить.

Свет потемнел в глазах Загирова. Он оскалил белые крысиные зубки и, как пойманный, завертел во все стороны головой.

— Не хочешь — не надо, — лениво сказал Саенко.

Со всех сторон обступал хаос искореженного, нагроможденного железа. Солнце било в пересекающиеся рельсы и тросы. Решетчатые тени стояли вокруг косыми стенками клетки.

— Давай! — закричал Загиров. — Давай карты!

И пошла игра.

Они стояли друг против друга на коленях, ударяя по земле толстыми картами.

Они играли в двадцать одно.

Загиров плохо считал.

Каждую минуту он останавливался и, обливаясь потом, шепотом пересчитывал очки:

— Двенадцать... восемнадцать... двадцать четыре...

Ему не везло. Страшно не везло.

Он щипал себя за ресницы и гадал: если выщипнет ресницу, надо тянуть карту. Если не выщипнет — не тянуть.

Он садился на землю, крепко жмурился и обеими руками щипал ресницы и потом, долго сопя, рассматривал пальцы: выщипнул или не выщипнул.

А Саенко все удваивал банк и удваивал.

Загиров решил играть осторожно и по маленькой. Но терял самообладание. Он бил по банку, срывался, вскакивал, хватался за ресницы.

Что мог он сделать со своей десяткой против Саенко? У Саенко было не меньше чем полтысячи наигранных денег.

Через полчаса все было кончено.

Саенко спрятал деньги, завязал в узел вещи и, не глядя на товарища, на карачках выбрался из железного лома.

Загиров бежал за ним и умолял сыграть в долг. Он плакал и не утирал слез. Он божился, что в первую получку все вернет до копейки. Он обещал отдать продуктовые и обеденные талоны. Он совал промтоварную карточку.

Саенко молчал.

Обходя стороной бараки, он плелся, шаркая по жаркой пыли лаптями, устремив ничего не видящие анилиновые глаза в небо.

Редкие, тонкие, далекие звуки стройки долетали по ветру.

То звонко тюкнет молоток; то тататахнет на домне короткая пулеметная очередь пневматического молотка, то крикнет паровичок, то пыхнет экскаватор.

Большой знойный воздух полыхал в лицо огнем, нашатырным спиртом степи и лошадей.

XIII

— Все же, Давид, я не понимаю твоей политики.

— А я не понимаю твоей...

Маргулиес дружески обнял Корнеева за талию; близоруко и нежно заглянул ему в глаза и прибавил:

— ...твоей и Мосиной.

Корнеева дернуло.

Это было обидно: Мося и он!

По вискам прораба пошел розовый румянец. Капитанские бачки чернели из-под белой фуражки с ремешками, как приклеенные бархотки.

Он сердито опустил глаза и тотчас заметил на левой туфле новое пятно. Мазок дегтя. «Здравствуйте! Откуда деготь?»

Он взялся за носовой платок. Но махнул рукой: а, все равно, не важно, черт с ним!

Он нервно подергал носом.

— Ты меня, Давид, просто удивляешь. При чем Мося? Какая у меня с Мосей может быть общая политика?

— А почему нет? Ты не сердись. Давай разберемся. Что, собственно, произошло? В общих чертах. — Он сосредоточенно зажмурился. — Мы до сих пор делали приблизительно сто восемьдесят замесов в смену. Доходили до двухсот. Даже один раз Ханумов сделал двести четыре.

— Двести три.

— Хорошо, двести три. Теперь мы получаем сведения, что Харьков показал триста шесть. Таковы факты. Других фактов нет. Что же следует из этих фактов?

Корнеев сердито двинул плечом:

— Крыть Харьков.

Маргулиес покрутил мизинцем в длинной волосатой ноздре. Она внутри ало просвечивала.

Немного подумал.

— Совершенно верно: крыть Харьков.

— А я что говорю? Крыть — и никаких!

— Крыть — и никаких. Гм! То же самое заладил и твой Мося: крыть и крыть!

— При чем Мося?

— Ты ж сам видишь — при чем. Ты хочешь крыть, Мося хочет крыть. Крой — и никаких! А условия у нас для этого подходящие есть?

— Есть! — оторвал Корнеев. — Не меньше условия, чем у Харькова. Будьте уверены. Машины, слава Богу, работают, бригады отличные. В чем дело, я не понимаю?

— А я вот не уверен.

— В чем ты не уверен?

— Во всем не уверен. Не уверен в щебенке, не уверен в песчаном карьере, не уверен в транспорте, не уверен в организации, не уверен в воде. Да мало ли в чем!

Корнеев сощурился.

— Не веришь?

— Не уверен — не значит не верю.

Маргулиес суховато улыбнулся.

— Сначала удостоверюсь, а потом поверю. Не горячись. Не будь Мосей. Время есть.

— Где время? — почти закричал Корнеев, краснея. — Какое время? Что ты чушь порешь! Ты что, смеешься? И так запаздываем! Надо немедленно крыть. Не откладывая.

— Ну вот, я ж говорю — типичный Мося! Определенно. Как же ты хочешь немедленно крыть, когда сам не хуже меня знаешь, что ермаковская смена крыть не может? Ведь не может?

— Не может.

— Ну вот.

— Ермаков не может, так Ищенко может.

— Верно. А до Ищенко у нас семь часов. Времени достаточно. Там посмотрим.

Корнеев остановился.

Маргулиес тоже остановился.

— А тебе кто сказал, что я против?

Они посмотрели пытливо друг на друга.

— Значит, будем крыть? — поспешно сказал Корнеев.— А? Давид? Крыть будем?

Они стояли на переезде. Взад и вперед катался длинный состав, задерживая движение.

— Не знаю.

— А кто ж знает?

— Смотря по фактам. Во всяком случае, вот что...

Маргулиес сосредоточенно свел длинные мохнатые глаза к переносью и опустил голову.

— Вот что во всяком случае. Во-первых...

Он положил на ладонь желтый карандаш и стал его осторожно подкидывать. Он любовался зеркальными ребрами граненого дерева.

— Во-первых, расстановка сил. Во-вторых, материал. В-третьих, транспорт. В-четвертых, летучий ремонт. Это ты, пожалуйста, возьми на себя. Нажми на комсомол. Пройдись по фронту работы. Погуляй. И потом вот еще что...

Он несколько замялся. Даже пальцами пощупал, помял воздух.

— Видишь ли... Мне бы не хотелось... — зашепелявил он. — Ты сам понимаешь... К чему этот шум раньше времени? Терпеть не могу. Совершенно ни к чему. Сейчас же все бросятся, подымется галдеж... тут — корреспонденты, писатели... Дело большое, громадное... А подорвать его раньше времени — ничего не стоит. Ошибемся в чем-нибудь, не подумаем —сядем: с кем не бывает? И из этого целое событие могут сделать. Начнут сейчас же обобщать, потянут назад. Желающие найдутся, не беспокойся. Всю мысль иссобачат...

Он вдруг твердо сказал:

— Одним словом, поменьше шуму.

И неожиданно для самого себя:

— Мы рекордсменством не занимаемся.

Эти слова вырвались как-то помимо его воли. Он сказал их и поморщился. Он повторил чужую мысль. Он уже слышал ее когда-то.

Но где?

Да, сегодня на лестнице.

Толстяк в украинской рубашке. Старый болтун. «У нас строительство, а не французская борьба». Толстяк сказал эту фразу слишком быстро, слишком вскользь. Ясно — он тоже повторил не свою, а чью-то чужую мысль. Может быть, даже теми же самыми словами. Конечно, эта мысль была давно кем-то приготовлена и теперь ловко пущена по строительству.

Идея стала крылата. Она овладевала людьми, как поветрие. Ее присутствие слышалось в знойном воздухе. Она льнула и мучила неоткрытой двойственностью.

По существу она была совершенно правильна. Что можно было возразить против нее? Тем не менее она вызывала в Маргулиесе гадливость. Она требовала отпора и разоблачения. В ней была булавочная, комариная капля какой-то лжи. Она тонко заражала, проникала в мозг, расслабляла, как приступ малярии. Организм бессознательно с ней боролся, выделял противоядие.

Маргулиес ненавидел ее и боялся, как эпидемии.

И вдруг он внезапно обнаружил на себе ее признаки. Он, как в беспамятстве, неожиданно для самого себя выразил непогрешимую мысль — «строительство не есть французская борьба». И тут же понял, что не верит в непогрешимость этой мысли. Не верит всей своей кровью, всей своей жизнью.

Значит — строительство есть французская борьба?

Нет! Ерунда! Надо разобраться...

Он растерянно взглянул на Корнеева.

— Какое может быть рекордсменство! — сердито бубнил Корнеев.— Какое может быть рекордсменство, если через сорок шесть дней мы должны начать монтаж печей? Кровь из носа. Кажется, довольно ясно. А шуметь раньше времени действительно не надо. Это я с тобой вполне согласен, Давид.

Корнеев, потупясь, смотрел на рессоры и бандажи мелькающих площадок. Это вызывало воспоминание о совсем недавней неприятности. Утром случилось что-то неладное. Оно, неладное, еще не прошло, и его надо уладить.

Он уже думал об этом.

Тоже катились площадки, состав загородил переезд, копились люди и транспорт. Но состав катился в другую сторону и был не этот, а другой. И размахивал руками Мося.

Было что-то постороннее и неприятное. Но что?

Да! Совершенно верно! Клава. Она уезжает. Надо смотаться домой. Может быть, еще обойдется.

И как все это некстати!

Маргулиес терпеливо пережидал состав.

Он положил в рот цукат, сделал губы трубочкой и, прежде чем распробовать, пососал.

Он понял.

Корнеев прав. Конечно, строительство не французская борьба. Ясно! Но с таким же успехом можно было сказать: строительство не театр, не аптека, не все, что угодно. Нет! Тут тонкая хитрость! Кто-то ловко подменил одной мыслью другую, главную, ту, которую просто и вскользь — через плечо — выразил прораб. Через сорок шесть дней надо начать монтаж печей, или весь календарный план к чертовой матери, и какие могут быть разговоры!

— Да! — сказал Маргулиес решительно.

Поезд освободил переезд.

Они быстро пошли дальше, перепрыгивая через препятствия.

Солнце входило и выходило из белых, страшно быстрых облаков. Сила света ежеминутно менялась. Мир то удалялся в тень, то подходил к самым глазам во всех своих огромных и ослепительных подробностях.

Менялась ежеминутно температура.

Солнце в облако — ветер тепел, душен. Солнце из облака — ветер горяч, жгуч, резок.

— Ну? Будем крыть?

— Попробуем. Но без шума.

— Ясно.

Они добрались до инженерской столовой участка. Барак столовой и барак конторы стояли рядом — дверь в дверь. Между ними лежала резкая черная тень, прохваченная жарким сквозняком. В окне шевелился белый колпак повара. Перевернулся большой алюминиевый черпак. Он дымился. Это было пюре.

Маргулиес проглотил слюну.

Они вошли в дощатую столовую.

Шум говора. Теснота. Запах пищи. Пустые стаканы.

Пустые стеклянные кувшины с желтоватым налетом высохшей воды. На клеенках сухие следы тарелок.

Несколько человек повернулось к ним. Бегло мелькнуло несколько взглядов.

Маргулиес безошибочно прочел в них: «Строительство не французская борьба».

Под потолком качались гирлянды бумажных флажков, выцветших почти до белизны. Флажки сухо жужжали мухами.

Инженеры и техники размахивали у кассы разноцветными лентами талонов. В буфете были яйца, котлеты, балык, чай, черный хлеб, булки.

— Подожди, Корнеев. Одну минуточку.

Маргулиес увидел прилавок с книгами.

— Пока возьми мне что-нибудь. Два яйца, и котлету, и чаю. И еще там чего-нибудь. Вкусненького.

Он сунул Корнееву длинную розовую ленту пятикопеечных талонов. Двадцатикопеечные были голубые. Они завивались стружкой в руках прораба.

— Я сейчас. Может быть, тут есть Пробст. Там интересные расчеты. Займи мне место. Хотя вряд ли есть Пробст.

В столовой была, между прочим, торговля технической литературой. Маргулиес подошел к прилавку:

— Есть Пробст?

Это было безнадежно. Он очень хорошо знал, что на строительстве нет ни одного экземпляра книги профессора Пробста. Но вдруг?

Продавщица с неудовольствием подняла глаза от газеты, осыпанной и прожженной махорочным пеплом. Она поправила кривое пенсне в черной старомодной оправе. Одно стекло было треснуто.

— Шестой человек,— сказала она скучным голосом.

Седые волосы выбивались из-под красного платка. Старушка показала крепкие желтые, хорошо прокуренные зубы.

— Возьмите «Механизацию и оборудование бетонных работ» Еремина. Советую. Последний экземпляр. За один час разобрали. Двенадцать штук.

— Ого!

184

Маргулиес посвистал.

— Тю-тю...

(«Расхватали Еремина! Ну, будет жара!»)

— Давид! Уж яиц нет! — кричал Корнеев, стиснутый у стойки.

— Так хватай что-нибудь другое.

Маргулиес подоил двумя пальцами нос.

— Ну ладно! — сказал он вяло. — Еремин у меня есть. А нужен Пробст.

Продавщица пожала плечами и опять уткнулась в газету.

Маргулиес следил за Корнеевым.

Прораб уже пробивался от буфета через толпу. Он осторожно балансировал жестяными тарелками и держал подбородком булку.

Его стиснули.

Рядом находился помост. Он взобрался на эстраду и пошел мимо задника, где было грубо и ярко написано кудрявое дерево, хижина и стояла настоящая скамья.

Он шел, как фокусник-жонглер по сцене старинного народного театра эпохи Елизаветы Английской, весь опутанный разноцветными лентами талонов, звенящий металлической посудой, гремящий ножами и вилками.

Котлеты приближались к Маргулиесу. Он уже видел их во всех подробностях пухлого пюре, облитого коричневым соусом.

Продавщица сняла пенсне и постучала по газете.

— Товарищ Маргулиес, Харьков, а? Что вы скажете?

Маргулиес кисло улыбнулся.

— Да, бывает, — неопределенно сказал он.

И отошел.

Корнеев поставил на скамейку тарелки. Маргулиес влез на эстраду и сунул нос в пюре.

— Роскошные котлеты! Между прочим, который час?

Он потянул за ремешок корнеевских часов.

— Без четверти девять.

— Верно идут?

— С точностью до пяти минут.

Не говоря ни слова, Маргулиес слез с помоста и быстро пошел к двери.

— Куда ты, Давид?

Маргулиес махнул рукой:

— Потом.

— Давид! Подожди!

Маргулиес повернулся в дверях:

— У меня в девять прямой провод.

— А котлеты?

— Кушай сам. Я — в гостинице. Может, захвачу. В случае чего — я на междугородной.

Он торопливо выбрался из столовой.

XIV

Время — без десяти девять.

Сметана спрыгивает на землю.

Ладони горят, натертые штангой турника. Ладони пожелтели, пахнут ржавчиной. Сметана подбирает с земли пятаки, карандашики, талоны, перышки.

Он вытирает подолом рубахи пышущее лицо.

На тощих деревянных ногах посредине улицы, как нищий, стоит высокий рукомойник. Сметана подымает крышку и заглядывает в цинковый ящик. Воды нст.

Ладно.

Он заправляет рубаху в штаны. На горящем темно-розовом лице лазурно сияют глаза, опушенные серыми ресницами. Он глубоко и жадно дышит. Ему кажется, что он выдыхает из ноздрей пламя.

В бараке — никого.

Он быстро идет по участку.

В бригаде семнадцать человек, не считая моториста. (Интересно, сколько было в харьковской бригаде?) Из них: три комсомольца, один кандидат партии — Ищенко, остальные — беспартийные, все — молодежь...

Прежде всего найти комсомольцев — Олю Трегубову и Нефедова.

Участок огромен.

Время сжато. Оно летит. Оно стесняет. Из него надо вырваться, выпрыгнуть. Его надо опередить.

Сметана почти бежит.

Тесовый и толевый мир участка резко поворачивается вокруг Сметаны. Он весь в движении, весь в углах и пролетах.

Сметана видит:

Угол — пролет — турник — рукомойник — мусорный ящик, — и над ним жгучий столб мух.

И в обратном порядке:

Мухи — ящик — рукомойник — турник — пролет — угол.

С телефонных столбов во все четыре стороны света палят пищали черных раструбов. Радиорупоры гремят роялем. Бьют изо всех сил, как по наковальне, аккордами Гуно, коваными кусками «Фауста».

От столба к столбу, от рупора к рупору Сметану перехватывала и вела вперед напористая буря музыки.

Он добежал до почты.

За почтой, в бараке № 104, репетировала группа самодеятельного молодежного театра малых форм — «Темпы».

Барак дрожал.

Босоногие дети лезли, карабкались на стены, подставляли кирпичи и ящики, заглядывали внутрь. Окна были открыты, но занавешены. Ветер вырывал наружу занавески, крутил, надувал, распахивал.

Внутри топали ноги, пыхтела басовая одышка баянов, по сияющему потолку летали тени, отрывисто кричали хором, пели.

Сметана рванул дверь. Она была заперта.

Он постучал.

Его изнутри послали к чертовой матери. Он забарабанил кулаком по филенке. Дверь с треском и звоном распахнулась.

На пороге стоял парень с красным наклеенным носом, в рыжем вихрастом парике, в жилетке поверх малиновой рубахи.

Он двинул Сметану балалайкой в грудь, заскрипел зубами и рыдающим истошным голосом закричал:

— Ну нет никакого покою! Никакого покою нету! И лезут, и лезут, и лезут! Ну чего вы лезете! Ну чего вы тут не видели? Чего ты тут забыл? Ты ж видишь — люди, занятые общественно полезным и нужным делом, а им мешают, срывают репетиции. И лезут, и лезут, и лезут...

Он вдруг дико сверкнул глазами и поднял над огненной головой балалайку.

— А то, истинный Бог, я буду просто всех подряд бить по зубам! Истинный Бог, подряд балалайкой по зубам!

— Ша, — сказал Сметана миролюбиво.

Он так широко и так дружественно улыбнулся, что у него двинулись вишнево-красные уши.

187

— Ша, хозяин! Не кирпичись! Значит, нужно. Олька здесь?

— Какая Олька? — рыдающим, нудным голосом пропел парень.

— Ольга Трегубова. Из ищенковской бригады.

Не дожидаясь ответа, Сметана шмыгнул в помещение.

— Олька!

Парень в жилетке плюнул и с таким остервенением захлопнул дверь, что в сенях с кипятильника загремела кружка.

Он шарахнул задвижку...

Но в тот же миг набежал Сметана и шарахнул задвижку назад.

Дверь распахнулась.

С улицы в сени ворвался вихрь. Закрутилась пыль. Сквозняк произвел опустошение. Полетел сорванный с головы парик.

Вздулось праздничное платье Трегубовой.

— Куда? Трегубова, куда? — завопил парень, ловя парик.

Под рыжим париком оказалась черная щетинистая голова.

— Я тебе запрещаю!.. В порядке групповой дисциплины... За срыв репетиции! Общественное наплевательство!..

Он заговорился, заврался.

Трегубова и Сметана вышли на улицу и проворно свернули за угол.

Тут был барак почты.

Лежало бревно.

Они сели. Он стал объяснять дело. Трегубова слушала со вниманием.

Понять было нетрудно, и она поняла все с двух слов.

Все же она старательно морщила маленький, круглый, открытый лобик.

Все было маленьким на ее широком, большом, простецком лице. Крошечный носик, крошечный подбородок, ротик, щечки. И все это тесно группировалось, как розовая кукольная посуда, возле небольших твердых голубых глаз, сильно навыкате. Так что со всех сторон вокруг оставались еще как бы широкие поля лица.

Она всегда была в состоянии крайнего возбуждения.

Только что она страшно волновалась на репетиции. Она обожала театр. С ее лица еще не сошел румянец игры.

Она репетировала роль бойкой деревенской девушки, приехавшей на новостройку и наводящей порядок в грязном, запущенном бараке. Это была санитарно-бытовая агитка.

Она носилась по сцене с мокрым веником, брызгала на пьяницу и лентяя, пела куплеты про клопов, танцевала. Ее глаза сверкали во все стороны отчаянно, лукаво и даже кокетливо.

Но это волнение быстро прошло и теперь уступило место волнению другому, сосредоточенному и деловому.

Сметана вытащил из кармана записную книжку. Тут был список беспартийных ребят бригады.

Она обхватила большими грубыми руками плечо Сметаны и, деловито дыша, читала глазами фамилии.

Они обсуждали производственные и бытовые качества каждого в отдельности и всех вместе.

Дело не шуточное.

Ошибиться было нельзя.

XV

Один за другим встали по списку, как на перекличке, перед Сметаной и Трегубовой беспартийные ребята бригады.

Их было четырнадцать. Четырнадцать молодых и разных.

Были среди них новички, совсем еще «серые» — всего месяц как завербованные из деревни.

Были «старики» — шестимесячники, проработавшие на строительстве зиму.

Были «средние» — с двухмесячным, трехмесячным производственным стажем.

Иные из них еще тосковали, томились, глядели назад. Иные понемногу привыкли, обтесались. Иные работали с азартом и страстью, забыв все на свете.

Но и те, что еще тосковали по дому, пели по ночам полевые деревенские песни, копили деньги и вещи, собирались назад; и те, для кого бригада уже становилась семьей; и те, кто, как легендарный поход, вспоминали теперь пережитую зиму, лютую уральскую зиму в степи с сорокаградусными буранами, с двадцатичетырехчасовой бессменной работой, кто, как бойцы, вспоминали прежние свои сражения, отмороженными пальцами гордились, как почетными ранами, и с каждой смены возвращались в барак, как со штурма, для кого строительство было — фронт, бригада — взвод, Ищенко — командир, барак — резерв, котлован — окоп, бетономешалка — гаубица,— все они — и те, и другие, и третьи — были товарищи, братья и сверстники.

Время летело сквозь них. Они менялись во времени, как в походе.

Новобранцы становились бойцами, бойцы — героями, герои — вожаками.

Сметана и Трегубова сидели, склонив головы над списком.

Между тем множество людей шло туда и назад по лесенке почты.

Почта — это тот же барак.

Визжала на блоке и хлопала фанерная, дочерна захватанная руками дверь. Вверх и вниз шли люди с письмами, посылками, газетами.

Они распечатывали письма на ходу. Читали их, остановившись где попало. Они сдирали с посылок холст, присев на землю у дощатой стены и упершись затылком в доски.

Мужик в кожухе стоял на четвереньках, припав бородатым лицом к сухой земле, будто клал земной поклон.

Почта битком набита. Негде марку приклеить.

Он положил перед собой на землю письмо и прилизывал марку почти лежа.

Шли костромские, степенные, с тонко раздутыми ноздрями, шли казанские татары, шли кавказцы: грузины, чеченцы; шли башкиры, шли немцы, москвичи, питерцы в пиджаках и косоворотках, шли украинцы, евреи, белорусы...

В полугрузовичок-двухтонку кидали пачки писем. Торопились к почтовому поезду.

Пачки летели одна за другой. Иногда лопался шпагат. Письма разлетались. Их сгребали в кучу, грузили навалом. Десятки тысяч писем.

Десятки тысяч кривых лиловых адресов рябили в глазах корявыми своими прописями, ошибками, путаницей районов, областей, сельсоветов, колхозов, городов, почтовых отделений, полустанков, имен, прозвищ, фамилий...

Серые самодельные, в синюю и красную клетку, белые графленные в линейку, косые, из газетной бумаги, коричневые, грубо залепленные мякишем — сыпались конверты в полугрузовичок.

Нефедов давно стоял возле Сметаны и Трегубовой.

Прямо со второго строительного участка, из вагона «Комсомольской правды», он побежал в барак за Сметаной. По дороге встретил Ищенко. Бригадир навел его на след.

Нефедов стоял тихий и долговязый, обхватив рукой телефонный столб. Тень его падала на список.

Он слушал Сметану и смотрел на летящие в грузовичок письма.

Они все сыпались, сыпались.

И ему представилось, как они поедут, зарябят эти письма по всему Союзу.

Блуждают, возвращаются, едут, не находят и едут дальше, мелькая, морося мелкой метелью, ползут по проводам. А провода играют, как фортепьяно, — звонко и сильно гремят, гремят — будто по туго настроенной проволоке бегут подкованные подборы.

Бегут, бегут, а потом остановятся как вкопанные — стоп! Да вдруг все вместе как ударят в струны! И снова разбегутся в разные стороны — кто куда, и звенят и гремят изо всех сил, как по наковальне, аккорды Гуно коваными кусками марша из «Фауста».

Столб гудит изнутри, из самой своей древесной сердцевины.

Нефедов гладил ладонью его лобастую округлость, звенящую, как спелый арбуз.

От этого звона ладонь покалывало, щекотало, будто в ладони роились мурашки, подымались вверх по руке, морили плечо.

Голова легонько кружилась и, кружась, шумела.

Крепко любил Нефедов музыку — заслушался.

Очнулся. Поправил очки. Жестяная дырчатая оправа блеснула на белом солнце, как терка.

Он наклонился, осторожно взял Трегубову и Сметану за головы и тихонько стукнул их.

— Здорово, хозяева! Ну, будет! Все ясно и определенно. Голосую «за». О чем говорить! Со своей стороны вношу предложение: в случае покроем Харьков — всех беспартийных ребят в комсомол.

XVI

Центральная телефонная помещалась в здании заводоуправления, рядом с отелем.

Здание заводоуправления ничем не уступало отелю. Кирпичное, стеклянное, пятиэтажное, огромное — оно вместе с ним командовало над местностью.

Маргулиес обогнул угол, сточенный ветром.

В нижних окнах, на уровне плеча, бегло летели синие молнии. Работала радиостанция.

Сквозняк вырвал у Маргулиеса из рук обшарпанную дверь. Маргулиес ударил ее сапогом. Дверь не поддавалась. Он нажал плечом. Тогда ветер вдруг порывисто распахнул обе ее половинки и втолкнул Маргулиеса на лестницу.

Он одним духом взбежал на второй этаж.

Ступени были занесены сухой черной пылью. Они шаркали под подошвами наждаком.

В коридоре, у окошечка телеграфа, толклись корреспонденты. Это следовало ожидать. Маргулиес нахлобучил кепку на самые глаза и прибавил шагу.

Но его заметили.

— А! Хозяин!

— Товарищ Маргулиес, один вопрос!

— Слушай, Давид, постой. Кроме шуток. Что ж будет с Харьковом?

Он остановился, окруженный журналистами.

Он сделал самое любезное лицо и юмористически развел руками, как бы иронизируя над своей растерянностью и приглашая сделать то же самое товарищей.

— Видите ли, — сказал он, — это очень сложный вопрос... я, конечно, с удовольствием... Но... У меня в девять прямой провод... А сейчас...

— Постой, Давид. Ты только скажи одно: триста шесть — это возможно или невозможно?

Маргулиес осторожно взял себя двумя пальцами за нос, хмыкнул.

— Видите ли...

Он понял, что ему не уйти.

Но в ту же минуту в конце коридора распахнулась дверь междугородной переговорной. Дежурная телефонистка махала бланком:

— Давид Львович! Что же вы? Я вас соединяю. Идите в будку.

— Вы видите...

Маргулиес опять развел руками — дескать, не дадут даже поговорить с людьми.

— Я через пять минут! — крикнул он и бросился в переговорную.

Контрольные электрические часы на столике дежурной показывали четыре минуты восьмого. Это было московское время.

Москва отставала ровно на два часа.

Маргулиес вошел в обитую войлоком будку и крепко запер за собой дверь.

Тотчас его охватила такая полная тишина, будто, заперев дверь, он запер самое время.

Время остановилось вокруг него плотной, неподвижной средой.

Но едва он приложил к ушам специальную трубку, вместо остановившегося времени заговорило пространство.

Оно заговорило близкими и далекими голосами телефонисток, слабым треском атмосферических разрядов, гулом несущихся километров, комариным пением сигналов, перекличкой городов.

— Челяба! Челяба! (Ту-у-у, ту-у-у...) Челяба!

— Говорит Челяба. Пермь! Пермь! (Ту-у-у, ту-у-у, ту-у-у...) Пермь!

— Говорит Пермь, говорит Пермь, говорит Пермь... (Ту-у-у...)

В мембране потрескивало. Может быть, где-то блистает гроза, маршрут бежит в дожде, в ярких папоротниках, в радуге, в холоде, в озоне. И тучи синей вороненой стали лежат в уральских горах, как огнестрельное оружие.

— Говорит Москва. Говорит Москва. (Ту-у-у, ту-у-у, ту-у-у...) Говорит Москва.

— Алло, я слушаю! Алло! Алло... У телефона Маргулиес...

Молчание. Шум пространства. Микроскопический треск. Комариное пение сигналов.

Неужели Кати нет дома? Нет, не может быть. Спит и не слышит звонка. Телефон в коридоре.

...А в Москве сейчас семь часов. Пять минут восьмого. Два часа назад еще была ночь, светлая северная майская ночь. Почти белая, почти и не ночь.

Ах, какая ночь!

Небо за вокзалами наливается зеленой морской водой зари. Заревой свет приливает с каждой минутой. К трамвайным проводам еще подвешены целые рампы с тысячесвечовыми звездами.

Там, в Москве, тоже идет бой.

Слышатся грохот и воющий водянистый звон перетаскиваемого трамвайного рельса. Люди с натугой поют:

«Ну-ка разом, ну-ка сразу, ну-ка раз-э!»

С пистолетным выстрелом падает рельс.

И сверхлазурная звезда электросварки лежит на вспаханной улице, среди шашек и шпал, слепя и бросая вокруг себя радиальные тени людей.

— Алло! Москва! У аппарата Маргулиес!

Молчание. Шум.

И Маргулиес видит: первый трамвай скрежещет в Москве по обновленным рельсам и на водной станции «Динамо», на фоне сияющего утреннего облака появляется прыгун.

Он поднялся по серо-голубой лесенке на высокий помост, похожий на осадную машину. Он встал на самом краю повисшего над водой трамплина.

Упругая доска легко гнется под тяжестью хорошо сгруппированного тела.

Он широко разводит руки, словно хочет обнять все то, что лежит перед ним в этом свежем, чудесном утреннем мире молодой Москвы: серовато-голубую, чуть тронутую заревым румянцем реку, цветные павильоны Парка культуры и отдыха, Крымский мост, синий дым Воробьевых гор, пароходик с баржей, проволочную вершу Шаболовской радиостанции, облако, розы, теннисные сетки, трамвай, строящийся корпус.

Он просто и глубоко вздыхает. Он поднимает руки и, вытянув их, соединяет над головой.

Теперь он не человек — стрела.

Он чуть покачнулся. Он медленно, незаметно для глаз, выходит из состояния равновесия.

Не торопясь и плавно разводя руками, он падает.

Нет, он не падает...

Теперь он летит. Он уже не стрела, а ласточка. Он подробно освещен молодым солнцем. У него напряжены лопатки и резкая выдающаяся черта посредине спины: от головы в пулевидном шлеме до поясницы.

194

Он в воздухе.

Руки быстро соединяются над головой. Ноги сжаты, как ножницы. Он — опять стрела.

Миг — и, не сделав ни одной брызги, он ключом уходит в литую, изумленную воду.

XVII

— Алло! Москва!

Тишина. Гул.

И вдруг из гула (как из потемок — большое, резко освещенное, равнодушное лицо) громкий, чужой, равнодушный голос:

— Вы заказывали Москву? Говорите.

— Алло! Говорит Маргулиес!

Легкий треск. Контакт. Звон где-то за тысячи километров снимаемой трубки и маленький, слабый, но ясно слышный голос сестры:

— Я слушаю.

— Здравствуй, Катюша. Это говорит Додя. Ты меня слышишь? Говорит Додя. Здравствуй. Я тебя, наверное, разбудил, ты спала? Извини, пожалуйста.

— Что такое? Кто говорит? Я ничего не понимаю.

— Говорит Додя. Это ты, Катя? Я говорю — извини, я тебя разбудил, наверное.

— Ради Бога! Что случилось? С тобой что-то случилось? Ой, я ничего не понимаю!

— Ничего не случилось. Я — Додя. Неужели так плохо слышно? А я тебя отлично слышу. Я говорю — я тебя, наверное, разбудил, ты спала?

— Что?

— Я говорю: ты, наверное, спала.

— Что случилось?

— Ничего не случилось.

— Это ты, Додя?

— Ну да, это я.

— Что случилось?

— Ничего не случилось! Извини, я тебя разбудил. Ты меня слышишь?

— Ну, слышу. Не все, но слышу.

— Здравствуй, Катя.

— Что случилось?

— Ничего не случилось! Я говорю: здравствуй, Катя! Пойди посмотри, в моей корзине — понимаешь, корзине,— там есть такая синяя тетрадь,— в корзине, литографированная, на немецком языке, в моей корзине,— лекции профессора Пробста. Ты меня слышишь?

— Слышу. Ты с ума сошел! Какая корзина? Я думала, что-нибудь случилось. Ты меня разбудил. Сейчас семь часов. Я стою босиком в коридоре.

— Что ты говоришь?

— Я говорю, что стою босиком в коридоре.

— Я ничего не понимаю. Не в коридоре, а в моей корзине — такая синяя тетрадь, на немецком языке, называется «Лекции профессора Пробста».

— «Лекции профессора Пробста» я вчера послала Мише в Харьков, он прислал «молнию».

— Какая «молния»? Что «молния»?

— Мише Афанасьеву. Помнишь Мишу Афанасьева? Володин товарищ. В Харьков спешной почтой.

— Ох, дура! Кто тебя просил?!

Маргулиес вспотел. Он стукнул кулаком по непроницаемой обивке кабины. Он готов был драться. Но — три тысячи километров! Он успокоился и собрался с мыслями.

Она молчала.

— Катя, ты у телефона?

— Ну, что такое?

— Я говорю — ты слушаешь?

— Я стою босиком в коридоре.

— Вот что, Катюша. Ты меня, пожалуйста, извини, что я тебя разбудил, но я тебя очень прошу сейчас же съездить к профессору Смоленскому. Ты меня слушаешь? Запиши адрес.

— Подожди, сейчас принесу карандаш.

Опять тишина. Гул. И опять из гула — очень громкий, чужой, равнодушный голос:

— Гражданин, пять минут прошло. Желаете разговаривать еще?

— Да, желаю еще.

— Говорите.

И опять из гула вылупился Катин голос:

— Ну, я слушаю. Какой адрес?

— Пиши: Молчановка, дом номер десять, квартира четырнадцать, профессор Смоленский. Записала?

— Ну, записала.

Он явственно услышал, как она зевнула.

— Повтори.

— Профессор Смоленский, Молчановка, десять, квартира четырнадцать.

— Правильно! Или наоборот. Виноват: кажется, дом — четырнадцать, квартира — десять. Ты меня слышишь? Или наоборот. Словом, одно из двух. Ты меня понимаешь?

— Понимаю. И что сказать?

— Скажи ему, что кланяется Маргулиес, он меня знает, и просит дать аналитический расчет! Он знает. Ты ему так и скажи — аналитический расчет. Ты меня слышишь?

— Ну, слышу, слышу.

— Аналитический расчет, только, ради Бога, золотко, не забудь. Скажи ему, что это по поводу харьковского рекорда. Он, наверное, читал. И пусть он скажет свое мнение. А главное — аналитический расчет. Самый последний аналитический расчет! Ты меня поняла?

— Поняла. Самый последний аналитический расчет и Харьков.

— Правильно. Я тебе буду звонить в двенадцать.

— В двенадцать? Что? Когда? В двенадцать?

— Да, в двенадцать — по-нашему, и в десять — по-московски. Ты меня слышишь? Сегодня в десять по-московски. Ну, как ты поживаешь? От мамы ничего не имеешь?

— Додя, ты ненормальный. Я стою босиком в коридоре. Ты маме деньги послал? Мама приезжает в конце июня.

— Что?

— Я говорю: мама приезжает в конце июня.

— Так ты не забудь — аналитический расчет. Буду звонить в десять. Ну, пока.

— Пока.

Маргулиес повесил трубку.

Пространство остановилось во всей своей неподвижной протяженности.

Но едва он отворил дверь кабины, вместо остановившегося пространства двинулось, зашумело и хлынуло освобожденное время.

Контрольные часы показывали четверть десятого.

За дверью в коридоре Маргулиеса сторожили корреспонденты.

Маргулиес быстро прошел через телефонное отделение и шмыгнул в другую дверь, выходившую в другой коридор, на другую лестницу.

— Товарищ Маргулиес! Давид Львович!

Он вздрогнул.

За ним бежала дежурная телефонистка:

— Давид Львович! А кто будет за разговор платить? Постойте. Гоните шестнадцать рублей. Или, может быть, послать счет в заводоуправление?

Маргулиес сконфузился.

— Ах нет, ради Бога... Что вы скажете!..— зашепелявил он, хватаясь за карман. — Бога ради, простите. Такая рассеянность!

Он поспешно достал из бокового кармана бумажник. Там был червонец. Он порылся в карманах брюк и нашел еще скомканную пятерку. Больше денег не было. Он густо покраснел и, бросая тревожные взгляды на дверь, за которой его сторожили журналисты, положил деньги на барьер.

— Ладно, рубль за вами. Не пропадет. Квитанцию надо?

Маргулиес махнул рукой.

— Я вам принесу рубль в двенадцать часов, а вы мне, пожалуйста, к тому времени еще разочек Москву устройте, тот же самый номер. Можно?

Дежурная телефонистка со значением погрозила ему пальцем.

— Ох, что-то вам с Москвой понравилось разговаривать. Смотрите, Давид Львович!..

Маргулиес прошел по коридору, спустился по лестнице и вышел через другой коридор в вестибюль заводоуправления.

Тут продавали простоквашу и ватрушки. Он подошел к стойке, но вспомнил, что у него нет больше денег.

«Ничего, — подумал он, — авось еще застану завтрак в гостинице. Там у кого-нибудь перехвачу».

Он вышел на воздух, на полуциркульную лестницу подъезда.

Черная горячая пыль крутилась среди автомобилей и плетенок, свистела в конских хвостах, била в лицо, вырывала из рук газеты, распахивала их, уносила, как ковры-самолеты, и звонко секла распластанные листы мелким, крупчатым своим порохом.

XVIII

N-ский железнодорожный узел постоянно задерживает маршруты с оборудованием и материалами.

Писали — не помогает. Телеграфировали — не помогает. Посылали бригаду — не помогает.

Все средства исчерпаны.

Дальше так продолжаться не может.

Начальник строительства звонит на аэродром. У строительства есть собственный самолет. До N-ска не так далеко — триста километров. К пяти часам можно легко обернуться.

Начальник строительства ставит ногу в вишневой краге на подножку длинного автомобиля.

Он дожевывает завтрак.

Он опускает на глаза створчатые пылевые очки. Солнце резко вспыхивает в стеклах.

Пейзаж сух и волнист.

Товарищ Серошевский торопится. Он боится, что его перехватят и задержат. Он постоянно торопится. Его постоянно перехватывают и задерживают.

Подножка автомобиля покрыта резиной. Она похожа на вафлю. Серошевский упирается в нее ногой, как в стремя. Шофер дает газ.

Из коттеджа босиком выбегает жена. Она в синем вылинявшем капоте. Она не кончила прически — из волнистых волос валятся шпильки, гребенки. Она кричит:

— Серошевский! Одну минуточку!

Машина дрожит.

— Подожди... Дурень... Ты забыл...

Не оборачиваясь, Серошевский протягивает назад обе руки. Она вкладывает в них портфель и пистолет.

Он кидает портфель в машину и задвигает небольшой «кольт» в задний карман клетчатых бриджей.

Теперь можно ехать. Только скорей.

Но момент уже упущен. На крыльце ресторана появляются вчерашние американцы.

Их двое.

Один — маленький пожилой добряк.

Такой подбородок, круглый и замшевый, как кошелек, такие жующие губы и припухшие лучистые глаза бывают у твеновских бабушек.

Он в легкой темной пиджачной тройке, в кремовой рубашке с просторным воротником и шерстяным плетеным самовязом, в грубых, буйволовой кожи, страшно дорогих башмаках.

Другой — высокий, молодой, с усами, широкоплечий, в щегольском гелиотроповом костюме, в легкой каскетке, в замшевых разноцветных спортивных туфлях.

Пожилой — мистер Ран Руп — богатый турист.

Молодой — Леонард Дарлей — московский корреспондент американского газетного треста, его переводчик.

Они — гости строительства.

Серошевский должен быть радушным хозяином. Это, несомненно, входит в его многочисленные обязанности. Он просит шофера одну минуточку подождать и быстро идет к американцам.

Они сердечно пожимают друг другу руки.

Серошевский осведомляется, как они устроились, хорошо ли провели ночь, не слишком ли их тревожили мухи. О, они спали прекрасно, вполне комфортабельно, совсем как дома.

Признаться, они не ожидали, что в диких уральских степях, на границе Европы и Азии, можно будет найти комнату в таком превосходном коттедже и такой вкусный завтрак.

Мистер Рай Руп благодушно кивает головой, жмурится. Сцепив на животе небольшие пухлые ручки, он посматривает то на переводчика, то на Серошевского.

Потом он легким движением головы останавливает мистера Леонарда Дарлея на полуслове и просит нечто перевести. При этом он лукаво посмеивается.

Мистер Серошевский ему нравится.

Леонард Дарлей, почтительно улыбаясь, переводит: мистер Рай Руп говорит, что ему очень понравилась водка; мистер Рай Руп вообще не пьет, ему не позволяет здоровье, но за завтраком он попробовал одну совсем маленькую рюмочку — и это так прекрасно, что он боится, что сделается тут пьяницей, в этих уральских степях.

Мистер Рай Руп лукаво и одобрительно кивает головой.

Товарищ Серошевский вежливо улыбается. Он хочет откланяться, но мистер Руп интересуется, любит ли мистер Серошевский пить водку.

Мистер Серошевский любезно сообщает, что иногда отчего же и не выпить несколько рюмок.

— О да, иногда это даже полезно, но, конечно, не часто.

Мистер Руп юмористически грозит мистеру Серошевскому указательным пальцем.

Мистер Леонард Дарлей интересуется:

— Много ли здесь пьют водки рабочие?

Серошевский объясняет, что на строительстве продажа алкоголя вообще запрещена. Исключение — для иностранных специалистов. Но у них свой ресторан.

— Ах, здесь сухой закон. Это очень интересно, и, вероятно, уже есть бутлегеры?

(Мистер Леонард Дарлей вытаскивает записную книжку.)

— Недаром утверждают, что Советская Россия идет по следам Соединенных Штатов. Но она начинает как раз с того, чем Америка кончает, — бормочет Дарлей, делая заметку.

Серошевский нервничает:

— Однако я должен перед вами извиниться...

Шофер видит, что дело плохо. Он крутой дугой подводит машину к самому локтю начальника. Серошевский берется за нагретый борт торпедо.

Но мистер Руп, очевидно, не склонен прерывать так мило начатой беседы. Он любит поговорить.

Не торопясь, он делает несколько любезных и остроумных замечаний насчет местного климата и природы (насколько, конечно, он успел заметить со вчерашнего вечера). Он находит очень практичным, что этот поселок, состоящий из коттеджей, выстроили на склоне горы, в некотором отдалении от самого центра строительства; здесь гораздо меньше пыли и ветра; замечательно сухой, целебный воздух (насколько он заметил), прямо курорт; между прочим, сколько это метров над уровнем моря? Кажется, триста шестьдесят? Или это преувеличено?

Товарищ Серошевский украдкой бросает взгляд на никелированную решетку ручных часов; она слепит.

Четверть одиннадцатого.

Мистер Рай Руп берет товарища Серошевского под руку. Они не спеша прохаживаются взад-вперед, любуясь природой.

Машина мягко ходит за ними по пятам на самой маленькой скорости.

Превосходный пейзаж; если бы не березы — почти альпийский.

Березы растут в ущелье.

Из-за крутого склона виднеются их верхушки. Они насквозь просвечены солнцем. Они сухи и золотисты, как губки. Они вбирают в себя водянистые тени облаков. Тогда они темнеют и бухнут.

Ветер доносит оттуда прохладный запах ландышей.

По дороге идет тяжелая корова с тупым и прекрасным лицом Юноны.

Отсюда открывается великолепный вид на Уральский хребет. Горная цепь написана над западным горизонтом неровным почерком своих синих пиков.

Мистер Рай Руп восхищен.

— Уральский хребет, в древности Montes Riphaei, — меридианальный хребет, граница между Азией и Европой... Большевики стоят на грани двух миров, двух культур. Не правда ли, это величественно?

Товарищ Серошевский рассеянно кивает головой.

— Да, это очень величественно.

Он готов прервать разговор на полуслове и уехать — совершить грубую бестактность, недостойную большевика, стоящего на грани двух миров.

Но его спасает Налбандов.

Налбандов громадными шагами, опираясь на громадную самшитовую палку, боком спускается с горы.

Американцы с любопытством смотрят на этого живописного большевика, на его черную кожаную фуражку, черное кожаное полупальто, смоляную узкую, острую бороду.

У Налбандова резкие, бесцеремонные, мешковатые движения высококвалифицированного специалиста-партийца, твердый нос с насечкой на кончике. Мушка. Прищуренный глаз. Он не смотрит, а целится.

Он только что принимал новый бурильный станок «Армстронг». У него под мышкой сверток синей кальки — чертежи. Он торопится.

Ему нужно перехватить Серошевского.

Он подходит, широко и грузно шагая:

— Слушай, Серошевский...

Налбандов начинает с места в карьер, без предисловий, не обращая внимания на гостей:

— Слушай, Серошевский, этого твоего Островского нужно гнать со строительства в три шеи к чертовой матери

вместе со всей его бригадой!.. Это не монтажники, а порта-
чи. Спешат, путаются, ни черта не знают...

Налбандов давно уже собирается высказать Серошевскому многое.

Особенно его возмущает Маргулиес.

Конечно, это к нему, Налбандову, прямого отношения не
имеет, но все же нельзя позволять производить всякие риско-
ванные эксперименты. Строительство не французская борьба, и ответственнейшая бетонная кладка не повод для упраж-
нений всяких лихачей-карьеристов... Тут, конечно, дело не в
лицах, а в принципе...

Серошевский пропускает это мимо ушей.

(Приеду — разберусь.)

— Позвольте вам представить, — поспешно говорит
он, — наш дежурный инженер Налбандов. Он вам покажет
строительство: вы, кажется, интересовались.

И к Налбандову:

— Георгий Николаевич, покатай-ка, голубчик, наших
дорогих гостей по участкам, по окрестностям. Пожалуйте,
господа. Кстати, забросьте меня на аэродром. Это отсюда
пустяки. А потом — милости просим — моя машина в вашем
распоряжении до пяти часов.

Серошевский говорит это залпом, без остановок, он боится, что его опять перехватят и расстроят так ловко исполь-
зованную ситуацию: Налбандова — к американцам, американцев — Налбандову, а сам — на самолет.

Налбандов несколько аффектированно здоровается с
гостями. Он к их услугам.

Серошевский суетится, открывает дверцу, подсаживает
мистера Рай Рупа, уступает свое место мистеру Леонарду
Дарлею.

Он просит Налбандова сесть с гостями. Сам он устроит-
ся впереди. Рядом с шофером. Это его любимое место. Только надо поторапливаться.

Не меняя выражения лица — сияющего, добродушного,
неподвижного, — мистер Рай Руп усаживается на тугие
удобные подушки.

Он чувствует себя в привычной атмосфере комфорта и
внимания.

Он раскинулся в автомобиле, как в ванне.

Он очень любит быструю езду в хорошей машине, по новым местам.

Его всюду предупредительно возят в хороших машинах и показывают достопримечательности, окрестности, пейзажи...

Сейчас ему тоже будут показывать. Он прикрывает веки.

Шофер опять дает газ.

Машина сразу берет с места.

Тугоплавкий воздух обтекает радиатор.

XIX

Горячий сквозняк рвал со стола блокноты, отдельные бумажки с заметками, записные книжки, газеты.

Георгий Васильевич, беллетрист, аккуратно прижал каждый листок какой-нибудь тяжестью: кружкой, куском руды, тарелкой, гайкой, пустой чернильницей.

Теперь наконец можно работать.

В автоматической ручке высохли чернила. Он взял карандаш. Он не любил работать карандашом. Он быстро записал на листке:

«Мир в моем окне открывается, как ребус. Я вижу множество фигур. Люди, лошади, плетенки, провода, машины, пар, буквы, облака, горы, вагоны, вода... Но я не понимаю их взаимной связи. А эта взаимная связь есть. Есть какая-то могущественная взаимодействующая. Это совершенно несомненно. Я это знаю, и в это верю, но я этого не вижу. И это мучительно. Верить и не видеть! Я ломаю себе голову, но не могу прочесть ребуса...»

Он подчеркнул слово «верить» и слово «видеть» дважды.

Грубый, рассохшийся стол придвинут к стене вплотную, под самый подоконник. Подоконник слишком высок — в полтора раза выше стола.

Окно трехстворчатое, венецианское. Его ширина значительно превышает высоту.

Номер очень маленький. Стол. Три стула. Голая лампочка. Железная тигровая окрашенная кровать, под кроватью — угол фибрового чемодана.

Больше — ничего.

В тени по Цельсию двадцать градусов тепла. На солнце — тридцать четыре.

Окно — ребус — выходит на запад.

Солнце в восточной половине неба. Оно еще не вступило на западную.

Номер в тени. Но в нем уже сорок градусов, по крайней мере.

Стена против кровати постоянно накалена. К ней невозможно приложить ладонь. Штукатурка потрескалась. Известь пожелтела. В стене проложен кухонный дымоход. Кухня работает почти круглые сутки.

«Но я не могу прочесть ребуса...»

Еще бы! При такой температуре!

Как его угораздило попасть именно в этот номер? Но что же было делать! Другие и того не имеют.

Ветер вырывает из рук листок, бросает в него из окна горстями голубую пыль, крупную, как сеяный мак.

Нечем дышать.

Первую ночь он спал в вестибюле отеля, за загородкой, на столе «почтового отделения и государственной трудовой сберегательной кассы». Было твердо и коротко. Мешали медные весы. Но все же лучше, чем на полу возле двери.

Никому не разрешалось ночевать в помещении государственного учреждения. Георгию Васильевичу сделали исключение из уважения к имени и профессии.

Днем он мыкался по участкам и, останавливаясь на ходу, записывал в книжечку.

Вот некоторые его заметки:

«...специальные дощатые сарайчики «для куренья». В других местах курить строжайше запрещено. Посредине большой чан с водой. Вокруг, по стенам, — лавочки. Сидят, курят, сплевывают, утирают рукавом рты. Молодые, задумчивые, совсем не похожи на рабочих...»

«Анархия скоростей, ритмов. Несовпадение. Стоял на переезде. Маневрировал товарный поезд. Трусила местная плетеная бричка. Обдавал пылью грузовик-пятитонка. Мигал ослепительно велосипед. Шел человек (между прочим, куда он шел?). Поджарые башкирские верблюды с длинными окороками волокли бревна. Летел аэроплан большой, трехмоторный. И у всех — разная скорость. Можно сойти с ума. Мы живем в эпоху разных скоростей. Их надо координировать. А может быть, они координированы? Но чем?»

«Полтора года назад здесь была абсолютно пустая, дикая, выжженная степь. Безлюдно. Мертвые горы. Орлы-стервятники. Бураны. Сто пятьдесят километров от железной дороги, пятьдесят километров от ближайшего города... А теперь? Чудеса...»

«Стройка переживает разные эры: сначала земляную, потом деревянную. Сейчас начинается железная, бетонная. Молодой зеленоватый железобетон вылущивается из деревянных опалубок, лесов... Будет скоро эра машинная (монтаж), потом электрическая (ЦЭС)...»

«Баллоны с газами. Разноцветные. Кислород — синий. Ацетилен — белый. Водород — красный. (А что с ними делают?)»

«Бригада бетонщиков — орудийная прислуга — заряжает, подносит... Десятник — фейерверкер (бегает с записной книжкой, ругается). Моторист — наводчик...»

«Видел: комсомольская бригада работала без лесов. Новый способ кирпичной кладки. Синее небо. Страшно синее! Они пели, работая на узком ребре восходящей из земли кладки. Кажется, фабричная труба. Они пели и кирпич за кирпичом подымали стену и сами подымались вместе с ней (стена, подымающаяся в небо на глазах вместе с поющими людьми. Молодость?)».

И многое другое записывал он.

«Но какая между всеми этими деталями связь?»

На следующую ночь комендант перевел его в бездействующую ванную комнату второго этажа. Это было уже лучше. Но работать все же невозможно.

Утром на четвертом этаже освободился маленький угловой номер. Он освобождался регулярно каждые три-четыре дня. Очевидно, дольше в нем никто не выдерживал.

Старожилы хорошо знают этот номер. Он даже получил специальное название: каупер.

Но что такое «каупер»?

Георгий Васильевич был человек новый, технически не подготовленный, он не знал, что такое «каупер».

Он нажал на коменданта и получил номер без очереди.

Ну и номерок!

Георгий Васильевич сделал нечто вроде охлаждающего экрана: расставил перед проклятой стеной стулья и повесил на них мокрую простыню.

Простыня высохла в полчаса.

Георгий Васильевич разделся догола, настежь распахнул дверь, устроил сквозняк. Сидеть голым на страшном сквозняке было очень приятно, но не совсем удобно.

Сквозняк выдул в коридор портьеры, дверь оголилась. По коридору мимо номера ходили уборщицы. Могли увидеть.

Георгий Васильевич не без труда поймал портьеры, силой втащил их в номер и сколол булавками. Тотчас булавки скрутило и вырвало с мясом. В портьерах остались дырки.

Он плюнул и надел кальсоны.

Но в кальсонах тоже было неловко.

Он запер дверь.

Через минуту в номере снова нечем было дышать.

Тогда Георгий Васильевич надел на горячее мокрое тело резиновый макинтош, сунул ноги в ночные туфли, застегнулся до горла, взял бинокль и пошел мыкаться по отелю.

XX

Они возвращались с аэродрома.

Серошевский улетел.

От радиатора несло жаром.

Мистер Рай Руп сидел, глубоко завалясь назад. Он прижал подбородок к галстуку. Шляпа съехала ему на нос. Добрыми суженными глазами смотрел он из-под полей шляпы по сторонам.

Красная дорога была извилиста и волниста.

Она бросалась то вверх, то вниз, то вправо, то влево. Но в общем, она неуклонно понижалась. Автомобиль, спускаясь, огибал гору.

Справа горизонт был резко ограничен и приближен косым боком широкой горы.

Слева он падал, простираясь безграничным мутным пространством низменности.

Гора поросла жесткой и цепкой альпийской травкой. На ней были разбросаны пудовые осколки радужной, багровой руды и круглые валуны с лапчатыми оттисками серебристо-зеленых лишаев.

Дальше и выше направо горело почти серое от зноя небо. Быстро бежали облака.

Бежали и поворачивались облакам навстречу верхушки буровых вышек.

Густо киноварью краснела длинная насыпь «вскрышки» пятьсот восемнадцатого горизонта. Оттуда вылетали очень белые снежки пара. Они на несколько секунд опережали прозрачные горные посвистыванья невидимых локомотивов.

Налбандов сидел прямо, несколько боком к мистеру Рай Рупу. Крупными желтоватыми руками с черно-синими полосками нечищеных ногтей он упирался в голову своей оранжевой палки.

Между Налбандовым и Рай Руном подпрыгивал на крупно стеганном сиденье сверток чертежей.

Несколько минут тому назад между ними начался разговор. И начался не совсем ладно.

Мистер Рай Руп попросил мистера Леонарда Дарлея перевести товарищу Налбандову длинную любезную вступительную фразу:

— Как это приятно видеть такого необыкновенного и энергичного начальника строительства, который вылетает на аэроплане только для того, чтобы лично устранить мелкие затруднения, возникшие на узловой станции, в то время как эти затруднения, вероятно, легко могли бы быть устранены самой железнодорожной администрацией...

Однако едва мистер Леонард Дарлей открыл рот, Налбандов быстро и резко сказал по-английски:

— Пожалуйста, не беспокойтесь. Я говорю по-английски.

— О! — воскликнул мистер Рай Руп в восхищенье. — О! Это очень, очень хорошо. Это очень приятно. В таком случае мы не будем больше затруднять нашего дорогого Леонарда, которому ужасно надоело беспрерывно переводить мои глупости. Не правда ли, старина Леонард? Ведь вам надоело?

Он добродушно потискал пухлыми ручками широкие плечи мистера Дарлея, сидевшего перед ним на откидной скамеечке.

— Впрочем, — прибавил мистер Рай Руп, хитро прищурившись, — впрочем, я тоже немножечко научился говорить по-русски. Я был в Москве всего трое суток, но, честное слово, я научился говорить самую необходимую русскую фразу. Не правда ли, Леонард? Как эта универсальная фраза...

Он сделал небольшую паузу, пожевал губами и нежно взял Налбандова за руку.

— Как это? Да... Эта фраза...

Он сдвинул шляпу на затылок и, добродушно коверкая русские слова, раздельно и добросовестно произнес:

— Да... «Кто последни, я за уами...»

Он был готов весело расхохотаться. Но Налбандов строго молчал. Американец покашлял и тоже замолчал, поджав губы.

Несколько минут они ехали молча.

Теперь представился повод возобновить так неудачно начавшийся разговор — гора, рудник, буровые вышки...

Налбандов круто повернул смоляную бороду. Вскинул голову.

— Эта гора? Да. Триста миллионов тонн руды.

— Триста миллионов?

Мистер Рай Руп не находит слов.

— Триста миллионов?

Мистер Дарлей вытаскивает записную книжку.

— Триста миллионов. Да. Тонн.

Глаз Налбандова бьет вдаль. Налбандов доволен. Давать точные, исчерпывающие технические разъяснения, поражать цифрами и масштабами, разворачивать широкую статистическую картину строительства — это его стихия. Налбандов щеголяет памятью и знаниями.

Он веско бросает короткие фразы:

— Триста миллионов. По неполным исчислениям. Дальнейшие исследования значительно увеличат эту цифру. По качеству своему руда одна из богатейших в мире. Шестьдесят пять, шестьдесят семь процентов чистого железа. Коэффициент рудоносности — на одну тонну руды одна тонна пустых пород. При самой интенсивной технически возможной разработке этого запаса хватит на многие десятки лет. Следовательно...

Налбандов несколько небрежно кивает бородой налево.

Там, налево, внизу — громадное плоское пространство строительной площадки.

— Следовательно... ничего нет удивительного в размахе строительства. Обращаю ваше внимание. Наша строительная площадка. Отсюда она как на ладони.

209

(Как «на ладони». Нет. Она сама — грубая, грязная ладонь площадью в сорок пять квадратных километров, с пересекающимися линиями железнодорожных путей, с буграми и неровностями, с пальцами горных отрогов.)

— Здесь будет восемь доменных печей. Мощнейших в мире. Суточная выплавка каждой — до тысячи двухсот тонн. Уже с октября будущего года мы увеличиваем выпуск до четырех миллионов ста тысяч тонн. Чтоб вывезти этот груз с завода, потребуется около шести тысяч поездов. Для внутреннего транспорта сырья и готовых изделий на заводской территории должно быть проложено свыше пятисот километров железнодорожных путей, то есть почти расстояние между Москвой и Ленинградом. Вот здесь вы видите домны номер один и два. Они уже на сорок два процента готовы.

И так далее и так далее.

Американцы бросают рассеянный взгляд налево. Две строящиеся домны издали похожи на маленькие шахтерские решетчатые лампочки. Вблизи они должны быть огромны, как двадцатиэтажный дом.

Мистер Рай Руп утомленно прикрывает глаза.

Слишком много цифр. Слишком много техники. Слишком большие масштабы.

Нет, положительно, человечество сошло с ума. Техника — вот величайшее зло мира. Мистер Рай Руп давно пришел к этому заключению. Он давно лелеет мысль написать об этом замечательную книгу. И он ее напишет. Книгу о гибельном влиянии техники на человечество. Ядовитый памфлет против машины.

Мистер Рай Руп погружается в свои любимые мысли.

Налбандов говорит, бросает громадные цифры, проворно показывает объекты и тыкает громадной оранжевой палкой направо и налево.

Автомобиль уже спустился с горы. Он летит в облаке жгучей пыли среди хаоса строительных и жилищных участков.

Мистер Рай Руп открывает глаза. Он, добродушно улыбаясь, просит мистера Налбандова, нельзя ли им немного осмотреть окрестности. Здесь, на площадке строительства, слишком пыльно и знойно. А там, в степи, вероятно, очень интересно. В этой уральской безграничной степи, где, говорят, до сих пор еще сохранились кочевники.

Налбандов дает приказание шоферу.

Машина мчится мимо отеля. Вокруг отеля вся земля покрыта битым стеклом. Битое стекло нестерпимо блестит на солнце.

— Товарищ Налбандов! Одну минуточку! Из отеля выбегает и бросается наперерез машине маленький, страшно черный и небритый, взлохмаченный (без шапки) человек с блокнотом в руке. Он в сапогах, в горчичного цвета галифе, в потертой, некогда черной кожаной куртке. Куртка расстегнута. Под ней — сетчатый, ужасающего цвета тельник, синяя густоволосая курчавая грудь. Яркие и блестящие с желтизной глаза — антрацит.

— Эй, хозяин! Остановись! На минуточку.

(Это — шоферу.)

Человек с блокнотом вскакивает на подножку машины.

— Один вопрос. Ваше мнение относительно харьковского рекорда?

Налбандов резко поворачивается. Смотрит в упор.

— А вы, собственно, кто такой?

— Я корреспондент РОСТА. Мы, кажется, с вами встречались в заводоуправлении.

— Не знаю. Не помню. Здесь много корреспондентов. Так что же вам, собственно, от меня угодно, товарищ корреспондент?

— Ваше мнение относительно харьковского рекорда.

— Это по поводу пресловутых харьковских замесов? Сколько они там наляпали? Кажется, триста шесть замесов? Не знаю. Не интересуюсь. Они могут у себя там хоть на голове ходить.

— Так. А что вы думаете относительно переноса харьковского опыта на нашу стройку?

Налбандов круто отворачивается:

— Не знаю. Может быть, и у нас тоже найдутся какие-нибудь... любители сильных ощущений. Во всяком случае, что касается меня, то могу сказать одно, и совершенно определенно: считаю все эти эксперименты абсолютной глупостью и технической безграмотностью. У нас строительство, а не французская борьба. Мое почтенье.

— Это ваше официальное мнение?

— Нет, частное.

— Очень хорошо.

Корреспондент РОСТА спрыгивает с подножки.

— Так и запишем.

XXI

Шаркая по завеянному пылью полу, он проходил мимо запертых и отпертых дверей номеров, мимо неподвижно повисших концов портьер и мимо портьер трепещущих, вздутых, беснующихся, вытянутых на весу во всю свою длину ветром поперек коридора.

Он заглядывал в открытые пустые номера.

Он видел светлые славянские зеркальные шкафы, железные кровати с никелированными шарами, хрупкие овальные столики, умывальники, деревянные настольные лампы с кустарными разноцветными шелковыми, туго натянутыми легкими круглыми абажурами — весь этот рыночный отельный инвентарь, столь обычный вообще и столь непонятный, неуместный, странный здесь, среди этой знойной, древней, пугачевской степи, среди этих воющих между собой ветров, сквозняков, буранов.

Он поднимался и опускался по лестницам, подходил вплотную к огромным квадратным клетчатым окнам в конце коридоров.

Он останавливается перед ними, как перед великолепно исполненными черно-коричневыми суховатыми, слегка подкрашенными гравюрами.

Окна выходили на все четыре стороны света — на север, запад, юг и восток.

Он переходил из коридора в коридор — от окна к окну.

Вокруг него оборачивалась и далеко открывалась замкнутая панорама строительства, полная множества четких, сухих и мелких подробностей.

Бараки, палатки, дороги, столбы, изоляторы, тепляки, краны, экскаваторы, окопы, насыпи, вагоны, опалубки, горы, холмы, травы, дымы, мусор, лошади...

Маленькие человеческие фигурки — чем дальше, тем крошечней, — очень редко разбросанные среди огромного ландшафта, казались вместе со своими малюсенькими тенями совершенно неподвижными, как на моментальной фотографии.

Он приставил бинокль к глазам.

Бинокль был призматический, цейсовский, полевой артиллерийский бинокль с черточками и отметками на стеклах.

Георгий Васильевич подкрутил бинокль по глазам. Водянистое пространство двинулось на него, сказочно увеличиваясь и во все стороны выбегая из круглого поля зрения.

Общее уступило место частному.

Фигурки людей неподвижно разошлись, увеличиваясь до своего настоящего человеческого роста и цвета, и вышли из неподвижности.

Теперь среди черточек и отметок (среди плюсов и минусов) бинокля они шли, ехали, стояли, подымали руки, блестели очками.

«Кто они, эти люди, каждый в отдельности?» — думал Георгий Васильевич, ведя бинокль по панораме и переводя его из плана в план.

Вот, например, за полкилометра, где-то — а где — неизвестно, потому что общее уже разошлось, — идет человек.

Как отчетливо, детально виден он!

Черные штаны, белая рубаха с расстегнутым воротом, без шапки, босой.

Он круто опустил круглую голову, крепко согнул толстые плечи и идет, часто и тупо перебирая маленькими босыми коричневыми ножками.

Вот он остановился, посмотрел вниз. Что там такое? Яма. Он остановился на краю траншеи, постоял и повернул вправо.

Он обходит траншею, он ищет спуска.

Вот он присел и спрыгнул вниз. Теперь его не видно. Проходит минута. Вдруг он появляется из-под земли, по ту сторону окопа. Он перебрасывает через голову какую-то проволоку.

Мелькает белая рубаха. На спине она потемнела, промокла.

Куда он идет — этот маленький босой человек в пропотевшей на спине рубахе? Кто он такой? Что он ищет? Как его зовут? Что он здесь делает на строительстве? Какова его судьба, какова его роль? О чем он думает?

Неизвестно.

Георгий Васильевич переводит бинокль на девяносто градусов вправо.

Он переводит его медленно и плавно.

Но предметы — столбы, крыши, повозки, неровности почвы, вагоны, трубы — несутся со стремительной, бешеной быстротой, ряба и сливаясь справа налево стеклярусом нескончаемой карусели.

Георгий Васильевич только немного повернул голову на юг, а там — в этом волшебном оптическом мире бинок-

ля — пронеслось несколько полосатых километров настоящего земного пространства.

Он остановил бинокль.

Теперь был совсем другой участок. Вероятно, жилищный.

Какое-то деревянное крыльцо, ступеньки, перила. Турник. Рукомойник на высоких деревянных ногах. И человек
пятнадцать — двадцать в разных положениях.

Иные сидят на ступеньках. Иные лежат на земле. Иные
стоят. Один, белоголовый, ухватился руками за штангу турника и подтягивается на мускулах вверх. Один обхватил,
обнял столб. И все — молодежь.

Ярко и четко видны цветные рубахи, желтые и синие
футболки, платочки, юбки, серые брезентовые штаны, ве-
ревочные чуни.

Зачем они собрались? Что они делают? Кто они такие?
Поют? Разговаривают? Отдыхают? Собрались играть в фут-
бол? Может быть, физкультурники? Экскурсанты?

Неизвестно.

Георгий Васильевич переходит из одного коридора в
другой. Останавливается у окон. Наводит бинокль. Юг, север, запад, восток — открыты перед ним на десятки километров. Но он ничего не понимает.

Он смотрит на восток.

Там холмы.

Солнце еще на востоке.

Один холм черен и вытоптан. Он стоит против солнца
над каркасными домами, над бараками и сараями, как точно вырезанный силуэт. На его вершине резко и черно виднеются дуги лошадей, оглобли, рога коров, колеса.

Что там такое?

Люди идут вверх и вниз по холму. Вот подымаются
двое. Тот, что впереди, — широкоштанный, развинченный;
у него под мышкой сверток; подымаются острые колени,
шаркают большие лапти; курится почти полуденная пыль.
Тот, что сзади, — тонок, понур; в его походке нечто изви-
листое, собачье; он плетется по пятам за первым.

Как жарко им, должно быть!

Кто они такие, эти двое? Куда идут? Зачем? Что им надо на этом холме? Какое отношение имеют они ко всему
тому, ради чего сюда приехал Георгий Васильевич? И о чем
они говорят, о чем думают?

Неизвестно.

Он смотрит на запад.

Там узкая большая вода.

Что это? Река? Пруд? Озеро?

Колонна плечистых телеграфных столбов косо стоит по пояс в этой скучной воде тошнотворно сине-розового цвета медуницы.

За полосой воды — пыльно-салатная полоса того берега. А еще дальше — туманный очерк низкого Уральского хребта.

На этом берегу, вдоль самой воды, среди щепок и бревен проложена линия узкоколейки. По шпалам гуськом идут бабы. Их около сорока. Они тащат на плечах доски, пилы, мешки. Среди них много беременных, с высокими отвратительными животами.

(Вообще на строительстве почему-то очень много беременных баб.)

Вот, например, одна.

В розовом шерстяном платке, в сборчатой деревенской юбке. Она еле идет, тяжело ступая на пятки, шатаясь под тяжестью рессорно гнущихся на ее плече досок. Она старается идти в ногу с другими, но постоянно теряет шаг; она оступается, она боится отстать, она на ходу быстро вытирает концом платка лицо.

Ее живот особенно высок и безобразен. Ясно, что она на последних днях. Может быть, ей остались часы.

Зачем она здесь? Что она думает? Какое отношение имеет ко всему окружающему?

Неизвестно.

Он переходит в другой коридор и смотрит на север.

Над тремя горами низко летит самолет. Он только что поднялся.

(Нет, он не летит. Это не точно. Он как-то едет по воздуху, тарахтя и ныряя по узкому волнистому шоссе облаков.)

Откуда он? Куда? Кто в нем летит? Зачем?

Неизвестно.

Георгий Васильевич спустился по лестнице вниз.

В запертую дверь отельного ресторана ломился маленький человек в синем, слишком широком пиджаке и в больших остроносых сапогах.

Георгий Васильевич тотчас отметил в уме его черепаховые очки, верблюжьи ноздри, низко насунутую на голову кепку, которую изнутри распирала большая и, очевидно, жесткая шевелюра, желтый карандаш — из кармана.

— Что вы скажете! — горестно заметил носатый человек, близоруко и застенчиво глядя на Георгия Васильевича. — Что вы скажете! Уже заперто. Вот история!

— Да, ничего удивительного, от девяти до часу всегда заперто, — сказал несколько строго Георгий Васильевич.

Он уже изучил кое-какие бытовые подробности и порядки строительства.

Носатый человек постоял, подумал, подоил себя за нос, еще раз на всякий случай легонько ткнул сапогом в дверь и ушел.

Кто он такой? Куда пошел?

Неизвестно.

Возле запертой двери на фанерном щите висела кухонная стенная газета.

Георгий Васильевич вытащил записную книжку и списал из нее одну заметку. Он записал ее почему-то с точным сохранением орфографии.

Заметка была такая:

«Наши безобразия. Товарищ Жуков примерный парень и затем еще комсомолец. Нет чтобы служить примером на производстве, а он делает такие безобразия. Разругавшись с гражданкой Молявиной бросив В Е потрохами от дичи, которыми засорило ей глаза так что нужно было бы посылать за скорой помощу но благодаря исправности водопровода глаза были промыты.

Товарищи сотрудники не берите пример с такого товарища.

Блоха».

Под ней был детский рисунок пером: человек в фартуке бросает в лицо гражданки Молявиной кусок дичи. Из глаз гражданки Молявиной сыплются искры и написано «вот так сдорово».

Георгий Васильевич пожалел, что невозможно срисовать картинку, но был очень доволен и записью.

Жмурясь на солнце, он вышел из дверей отеля подышать свежим воздухом.

По дороге вели слона.

За слоном бежали дети.

Георгий Васильевич не удивился. Здесь всего можно было ожидать.

Он только машинально подумал:

«Откуда слон? Куда его ведут? И зачем его ведут?»

Неизвестно.

Аккуратно записав в книжечку слона, Георгий Васильевич возвратился в номер, решительно сел к столу, подвинул к себе блокнот и быстро написал первую строку первой своей корреспонденции:

«Полтора года тому назад здесь была голая степь».

Он написал эту строчку и задумался.

От проклятой стены несло нестерпимым жаром.

Он стал на цыпочки и через стол высунул голову в открытое окно.

Бессвязные мысли неслись в его голове.

«Летел аэроплан...»

«Жили орлы-стервятники...»

«На подножку автомобиля вскочил взлохмаченный юноша с блокнотом...»

«Шел босой человек...»

«Беременные бабы несли доски...»

«Вели слона...»

«Товарищ Жуков бросил в какую-то гражданку Молявину потрохами...»

— Но зачем мне все это? И какая между этим всем связь? Нет, все это не то. Не то.

Он с отвращением вырвал из блокнота начатую страницу и разорвал ее на мелкие кусочки.

— Ползучий эмпиризм! — пробормотал он.

XXII

Катя торопливо одевается.

— Ах, эти вечные Додькины фокусы!..

Она шумно проносится по коридору. В коридор заглядывают встревоженные жильцы.

У нее сердитое сонное лицо, большие припухшие губы.

Она срывает с вешалки шапочку. Хлопает дверь. Эхо грохочет в четырехэтажном пролете лестницы. Эхо валится вниз и разбивается вдребезги, как шкаф.

Сбегая вниз, Катя надевает гарусный вязаный берет. У нее такие же волосы, как у брата, — жесткие, пышные, гофрированные. Она с трудом натягивает на них малиновую шапочку. Шапочка тотчас принимает их пышную, высокую форму.

Окна парадного хода открыты настежь. За ними — яркие косяки летнего утра. Там — движущиеся, длинные полосы стройки.

Во дворе возводят новый корпус.

В окне она мельком увидела крыши города.

Внизу лежала бронированная туша котла. Прошел рабочий и стукнул по клепке инструментом. Водянистый звук возник во всю высоту корпуса, но тотчас был прерван легким грохотом полетевшей балки.

Из окрестных чердаков прорастали кривые парниковые побеги антенн.

Десять лет тому назад Катя приехала из провинции к брату. Тогда ей было шестнадцать лет, а ему — двадцать пять.

Она приехала в Москву с маленькой ивовой корзинкой, запертой вместо замка карандашом. На ней было большое рваное мужское пальто и ватная буденовка с голубой звездой.

Очень маленькая и очень худая девочка смотрела по сторонам длинными испуганными глазами.

Кончилась зима.

Катя смотрела с четвертого этажа незнакомого дома на незнакомый город.

Внизу лежал дровяной склад. Скучный снег, испещренный сажей, сливался с берестой дров.

Над чердаками не было антенн. Церквей казалось гораздо больше. И действительно, тогда их было гораздо больше.

Семнадцатый век церквей подавлял восемнадцатый век особняков и мезонинов.

История выкрасила свою пасеку чудесной киноварью, охрой и синькой.

Она прочно позолотила репообразные купола и выбелила колонны.

Она еще, как феодал, безраздельно самоуправствовала на Красной площади, во всю громадную длину и ширину ее кропотливого булыжника между Кремлевской стеной и памятником Минину и Пожарскому, от круглого каменного блюда Лобного места и Василия Блаженного, чьи главы и стены представляли чудовищную смесь ананасов и дынь Шахерезады с кафтаном и лямками сказочного барабанщика, — до низкой арки Иверских ворот.

Она каждые четверть часа — днем и ночью — говорила хроматическим языком курантов.

Она ходила, как боярин в высокой собольей шапке, вдоль Кремлевской стены среди патриотических декораций.

Ее сафьяновый сапог, может быть, касался того места, где несколько лет спустя (и Катя на всю жизнь запомнила это) в лютый мороз, когда птицы падали мертвые на лету и дымное розовое солнце еле обозначалось на седом небе, подрывники рвали пироксилином окременевшую почву...

Как с тех пор изменилась Москва!

Катя быстро добежала из Зарядья к трамвайной остановке у Москворецкого моста.

Она бормотала:

— Прямо какой-то сумасшедший. Разбудил всю квартиру. Его лечить надо. Определенно. Теперь беги сломя голову на Молчановку, ищи профессора Смоленского. Здравствуйте.

Конечно, она сердилась. Это было естественно.

Но вместе с тем она и восхищалась братом. Она торопилась точно и аккуратно исполнить его странное, спешное и, очевидно, очень важное поручение.

Она все время повторяла про себя:

«Самый последний аналитический расчет. Самый последний аналитический расчет. Нет, ей-богу, у меня ненормальный брат. Дом номер десять, квартира четырнадцать, десять. Самый последний аналитический расчет. Профессор Смоленский. Профессор Смоленский. Харьков, Харьков, Харьков...»

Пылали котлы со смолой. Обдавали жаром. Ели глаза.

Ремонт превратил Москву в ад. Трамвайные маршруты менялись ежедневно.

Катя ждала букву «А». Ее не было. Вместо «А» вдоль зеркально испаряющейся реки шли какие-то совершенно неподходящие, фантастические номера.

Это было похоже на неудачную партию в лото.

Кате не везло.

Судьба вынимала из дерюжного мешка исковерканной ремонтом набережной бочоночки диких трамвайных номеров. Они совершенно не совпадали с номерами, выставленными на клетчатой карте остановки.

Трамвайные часы показывали двадцать минут девятого. Такси не было. Извозчика не было.

Катя побежала назад через Красную площадь.

(«В десять минут добегу по Моховой и Волхонке до Пречистенских ворот, а там пять минут переулками до Молчановки, только и всего... Самый последний аналитический расчет. Самый последний аналитический расчет...»)

Непомерная площадь блистала новой брусчаткой, ровной, как пол.

Минин и Пожарский были опутаны пудовыми цепями. Минина и Пожарского подымал, расшатывал кран. Монумент слегка покосился.

Перед Мавзолеем росли розы.

В черных лабрадоровых и розовых гранитных зеркалах его облицовки двигался, целиком отражаясь, Василий Блаженный; двигались пешеходы, автомобили, облака.

Над Иверской стояли столбы сухой известковой пыли. Сносили знаменитые ворота.

На углу Тверской — громили Охотный ряд.

У Пречистенских ворот толпились зеваки. Разбирали купол храма Христа Спасителя.

Его разбирали на узкие золотые доли. Под ними обнажался сложный ажурный каркас. Сквозь него, как сквозь переплет беседки, светилось, синело сероватое летнее небо, вдруг ставшее дико пустынным.

Маленькие купола звонниц тоже были обнажены. Они напоминали проволочные клетки. В клетках, как птицы, хлопотали люди.

Катя у Пречистенских ворот была совсем недавно. Но вид внезапно разбираемого храма ничуть не поразил ее. Она лишь мельком взглянула.

Она очень торопилась.

Как раз сбрасывали одну из звонниц.

Ее сбросили просто и легко: захватили стальным тросом и трос стали накручивать.

Катя увидала: клетка звонницы поднялась над башеной, крякнула и вдруг, медленно поворачиваясь в воздухе, полетела вниз.

Тихая Молчановка сияла зеленью, дышала тенью, гремела раскатами роялей.

Май в красной рубахе катил по Молчановке зеленый сундук мороженщика.

Катя быстро нашла дом и квартиру.

Профессор Смоленский сам отворил ей дверь. Он держал в руке стакан в серебряном подстаканнике. Он прихлебывал чай с молоком. Ложка лезла ему не в бровь, а в глаз.

Жарко переводя дыханье и облизывая губы, Катя тут же в дверях, не входя в прихожую, передала ему поручение брата.

— А, — сказал профессор. — А! Маргулиес. Как же, Давид Львович. Как же, как же. Очень хорошо знаю. Мой ученик. Сердечно рад. Понимаю. Прошу вас, так сказать, в мой кабинет. Как видите — тут и кабинет, тут и столовая, тут и консерватория даже. Так что прошу прощения.

В недрах квартиры бежали этюды Ганона.

Катя стащила с волос берет и, обмахивая им воспламененные щеки, пошла за профессором.

— Как это сказано у Чехова, — бормотал он низким басом, — тут и полиция, тут и юстиция, тут и милиция — совсем институт благородных девиц.

Они вышли в старую, тесно заставленную сборной мебелью комнату, полную зеленого света: перед окнами росли густые клены.

— А вас, бель Та-ти-а-на, мы попросили бы на некоторое время прервать ваши божественные звуки.

Некрасивая девочка с очень длинными и очень черными ресницами тотчас закрыла рояль и бесшумно вышла из комнаты, аккуратно оправляя тонкими ручками ситцевый сарафан.

— Ах, право, мне так неудобно, — сказала Катя.

— Не беспокойтесь. Это у нас такая семейная конституция: взаимное невмешательство в чужие дела. Нуте-с. Прошу вас, садитесь.

Катя села подле резного безвкусного дубового письменного стола.

— Нуте-с. Значит, насколько я понимаю, Давида Львовича интересует, так сказать, весь комплекс вопросов, связанных с последними харьковскими опытами увеличения числа замесов на бетономешалках различных конструкций. Не так ли?

Катя густо покраснела.

— Да... Различных конструкций... Кажется.

— Так вот-с. Вопрос чрезвычайно интересный. Его разрешение открывает широчайшие производственные перспективы. У нас, в Институте сооружений, как раз позавчера состоялось необычайно интересное совещание. Да. Мы сформулировали целый ряд положений. Сегодня это напечатано в газете «За индустриализацию».

Профессор Смоленский широко облокотился на стол. Он собрался с мыслями.

— Как бы вам объяснить в общих чертах? Изволите ли видеть, тут наметилось два резко противоположных течения. И это очень любопытно. Простите, вы, надеюсь, несколько знакомы с предметом?

Она умоляюще посмотрела на него снизу вверх.

— Додя, — сказал она робко, — просил аналитический расчет. Самый, знаете, последний аналитический расчет. И по поводу Харькова... Кроме того, я должна быть к десяти дома. Он будет в десять звонить. В десять по-московски и в двенадцать по-ихнему.

Смоленский добродушно усмехнулся в усы.

— Так-с, — сказал он, низко опустив красивую лобастую голову. — Так-с. Понимаю.

Он был несколько тучен и обширен. На нем была просторная кремовая легкая рубашка, подвязанная по животу синим шнурком с кисточками.

Мокрые черно-серебряные волосы в скобку держали еще следы жесткой щетки. Крупная красная шея была чисто вымыта и, очевидно, хорошенько растерта махровым полотенцем.

XXIII

Семечкин был окончательно раздражен.

Во-первых — туфля.

Подметка — к черту. Телефонная проволока режет подъем. Больно ходить. В туфлю набиваются мелкие камешки. Трут, мучают.

Приходится ступать на пятку.

Очень надо было прыгать. Главное, перед кем показывать класс? Перед Сметаной? Перед Маргулиесом?

Тоже — люди. Работнички.

Во-вторых — харьковский рекорд. Факт, конечно, очень интересный. Но какие из этого факта сделаны выводы? Ровным счетом никаких.

Семечкин нарочно встал пораньше: положил в портфель газету с харьковской телеграммой и тотчас — на участок.

Он рассчитывал быть первым и взять инициативу в свои руки, как и подобает спецкору крупной областной газеты.

И вот, пожалуйста. Будьте любезны.

Уже все носятся по участку, вывесили плакат, собираются бить Харьков, шепчутся по углам. Ни от кого ничего не добьешься.

А где организация? Где общественность? Где печать? Нет, так ни к черту не годится.

Семечкин — к Маргулиесу.

Маргулиес бормочет нечто неопределенное, сюсюкает, сует какие-то конфеты: «Попробуйте, очень вкусно».

Туда, сюда — бац! Где Маргулиес? Нет Маргулиеса. И след его простыл.

Он — к Корнееву.

Корнеев ничего не слышит, говорит «да, да, да», а у самого глаза с сумасшедшинкой, и нос дергается, и бегает Корнеев по фронту работы с бумажкой и карандашиком в руках, шаги считает, отмеривает...

Капитан сухопутного корабля!..

Со Сметаной и говорить нечего. Сметана только улыбается до ушей и по спине ладонью мажет: «Ты, Семечкин, не волнуйся».

Просто дурак и балда — и больше ничего.

Мося — определенный тип карьериста. Ему бы только попасть в газету, а на остальное плевать. Носится чертом, сверкает глазами, матерится вполголоса, сквозь зубы.

(Между прочим, показательный факт: некоторые десятники на строительстве матерно ругаются. Каленой метлой со строительства таких десятников. Об этом надо написать специальную корреспонденцию; можно даже поднять кампанию, привлечь самые широкие слои общественности, приковать внимание союза.)

А только отвернешься, все они — и Маргулиес, и Корнеев, и Мося — уже шепчутся за спиной, совещаются. Какая-то тайная дипломатия.

Безобразное отношение к специальному корреспонденту областной газеты.

Ясно, что при таких условиях ни о каких рекордах не может быть и речи.

Да и своевременно ли вообще заниматься рекордами, когда вокруг сплошная буза, матерщина, хвостизм, оппортунизм, наплевательство, слабое руководство?

Надо сходить к Филонову. Пусть обратит внимание.

Филонов, конечно, парень довольно крепкий, но не справляется. Надо прямо сказать — не справляется. С ним необходимо поговорить вплотную, серьезно. Поставить вопрос «на попа»: широко и принципиально.

Семечкин отправился к Филонову.

Участок горел, охваченный почти полуденным зноем. Замок портфеля вспыхивал никелевой звездой. Вокруг Семечкина крутился и прыгал зеркальный зайчик. Он то залетал вдаль, то возвращался обратно, как на резинке.

Поворачивая во все стороны непроницаемо-черные очки, Семечкин, хромая, шел по участку.

В черных стеклах мелко и тщательно отражался мир.

Но отражался он как-то зловеще, неодобрительно. Коварно менялись тона.

Солнце виднелось слишком белым; небо — слишком дымчатым; земля — неправдоподобно оливковой; тесовые стены контор и будок — фотографически лиловыми; лица и руки людей — палевыми.

Семечкин вдруг возникал то тут, то там — в разных местах, как из-под земли. По дороге он подходил к людям, останавливался возле механизмов, заглядывал в котлованы, щупал длинными пальцами сложенные в штабеля материалы. При этом он издавал неопределенное басовое мычание.

Он закладывал руки за спину, опускал голову и таким образом глубокомысленно стоял, подбивая себя сзади «под жилки» портфелем.

Коленки рефлективно попрыгивали.

Семечкин был в тяжелом и мучительном раздумье.

Вокруг него стоял громадный, сложный, сияющий, трудный мир стройки. И Семечкин никак не мог освоить этот мир, войти в него, полюбить. Мир и Семечкин были несоединимы. Между ними стояла невидимая, но непреодолимая преграда.

Семечкин рассчитывал энергично взять в свои руки мир, все в мире наладить, все устроить, организовать, связаться через областную газету с самыми широкими слоями общественности — словом, сделать все, что полагается умному, образцовому спецкору-боевику.

А мир не давался.

Мир поворачивался углами. Мир уходил из рук. Миром управляли и владели другие: Маргулиес, Корнеев, Сметана. Даже Мося владел миром...

Умный, ядовитый, неодобрительный Семечкин был враждебен миру.

И так всегда, везде.

В областном центре Семечкин не сработался. Ездил в колхоз — не сработался.

Тогда он отправился сюда. Он искал громких дел и широких масштабов. Ему сначала показалось, что он нашел их здесь.

Но дела показались мелкими, и масштабы не давались в руки.

Семечкин уже ненавидел мир.

Семечкин вошел к Филонову.

Филонов охрип совершенно. Он уже не кричал, не говорил — он только широко разевал красный рот, сверху обросший черными глянцевыми ресничками молодых усиков, рубил наискось кулаками седой от махорки воздух.

Он хватал со стола ведомости и графики и хлопал по ним здоровенной своей ладонью, изрезанной резко-черными линиями. Он в сердцах швырял бумаги обратно на стол. Он вынимал из-за уха огрызок химического карандашика.

Разные люди беспрерывно входили и выходили.

Стучала дверь.

Мелко хлопала и звонила, как велосипед, старая пишущая машинка.

Пыльные штабеля света, сияющего сахаром, и резкие клетки тени, черной, как уголь, крутились, ломались и рушились в маленькой комнатке ячейки.

Всякую минуту звонил телефон. Бренчал телефонный рычажок. В тяжелую трубку кричали надсаженные голоса.

Телефон был большой, старомодный, дубовый. Он висел на стене, занимая громадное место. Для того чтобы сделать вызов, надо было очень долго и канительно крутить

225

металлическую ручку, из которой в ладонь стрелял трескучий ток.

Семечкин поискал глазами, на что бы присесть. Табуреток в комнате было три, но все они — заняты.

Он пошел к Филонову и стал сзади, прислонясь к стене.

Он некоторое время смотрел через филоновское плечо в бумаги. Он смотрел сверху вниз, склонив голову, как гусь. Он недоброжелательно усмехнулся: бумаги были все какие-то пустяковые, как нарочно, мелочные, несерьезные бумаги:

«О выдаче двух пар башмаков и одного брезентового ведра для землекопов бригады Васютина».

«Заявление. Категорическое и последнее. Санитарного инспектора Раисы Рубинчик. О безобразном положении с душами и мусорными ящиками на шестом жилищном участке».

«Расследование о головотяпском перерасходе восьми с половиной килограммов остродефицитных гвоздей...»

«Рабочее предложение: заменять дорогостоящую кожаную спецобувь гудронированными веревочными чунями, что даст некоторую экономию участку».

Мелочи, мелочи, мелочи...

И люди вокруг Филонова толкались и галдели тоже больше по пустякам.

Черноносые возчики бубнили насчет какого-то сена.

Старый башкир с яшмовым лицом идола бормотал нечто совершенно никому не понятное и всем показывал засаленную расчетную книжку, тыкая в нее шафранным ногтем.

Бабенка в брезентовых рукавицах, вся обляпанная кляксами бетона, бойко-крикливым голосом требовала справку для сельсовета.

Мальчик с облупленным носом отчаянными словами крыл какого-то товарища Недобеду, срывающего общественно полезную и нужную работу и не отпускающего для художественной мастерской синьки.

Семечкину все это было глубоко противно и скучно. Он басовито покашлял. Филонов не обратил внимания. Тогда Семечкин размашисто хлопнул его по плечу:

— Здорово, хозяин!

Филонов поднял воспаленные глаза.

Семечкин вложил в широкую ладонь Филонова длинные серые пальцы.

— Ну, как дело, хозяин? Подвигается?

— А, — равнодушно просипел Филонов. — Будь здоров. Тебе что?

Семечкин многозначительно покашлял: «гм, гм».

— Есть разговор.

— Давай, давай. Только коротенько.

Семечкин подкинул коленом портфель, не спеша в нем порылся и выложил на стол газету.

— Читай, Филоныч.

— Что там читать. Нет у меня времени читать. Ты прямо говори, в чем суть.

— Харьков.

— Ну, знаю, знаю. Так что?

Семечкин оглянулся по сторонам. Он приставил свои зловещие очки к самому филоновскому носу и сильно понизил голос:

— Имей в виду, Филоныч. Я тут обошел только что весь участок. Гм, гм. Наблюдаются в связи с харьковским рекордом нездоровые настроения. Кое-кто зарывается. Маргули-ес... Корнеев... Загибщики работают. Факт. Организация отсутствует — раз. Общественность спит — два. Печать зажимают — три. Десятники матерятся — четыре.

Филонов мучительно морщил лоб. Он старался понять и ухватить главную мысль Семечкина.

А Семечкин глухим басом продолжал наворачивать фразу на фразу. Он напустил такого тумана, что скоро и сам перестал понимать себя. А перестав себя понимать, рассердился и, начав со здравия, кончил за упокой.

Сначала он как будто требовал, чтобы немедленно бить Харьков. Потом жаловался на непорядки и разгильдяйство. Под конец выпустил неизвестно откуда взявшуюся фразу о французской борьбе и еще присовокупил другую — тоже летучую: «Задумано, как у Наполеона, а вышло, как у Ваньки-маляра». Он повторил эту последнюю фразу о Наполеоне и Ваньке-маляре с особенным наслаждением два раза, остановился, помолчал и повторил ее в третий раз.

Его душила злоба.

— Погоди, милок, — сказал Филонов, густо краснея. — Погоди. Я не пойму немножко...

На его лбу ижицей вздулась жила.

Он вдруг из всех сил нажал кулаком на стол и приподнялся с табуретки:

— Ты что же это, специально сюда приехал сплетничать? Тень наводить на ясный день? Ты говори прямо: чего хочешь? А если сам этого не понимаешь... Если сам не понимаешь...

Филонов обеими ладонями потер лицо; зажмурился; остыл; сел. У него окончательно иссяк голос. Он широко разинул рот и развел руками.

— Вот, — еле слышно прошептал он. — Вот, если хочешь... Трубы... Не дают для душей труб...

Он протянул Семечкину бумажку.

— Фактический материал... Бери их за душу. Тряси. Крой в газете... А это дело оставь... Слышишь, Семечкин, брось...

Он махнул рукой.

Семечкин с достоинством, не торопясь, уложил газету в портфель. Он косо улыбнулся. Его губы дрожали. Он был совершенно бел.

— Хорошо, — сказал он вдруг очень густым и очень низким голосом.

Он вышел.

XXIV

— А, вот очень хорошо, что я вас встретил. Здравствуйте, Георгий Васильевич. Как раз кстати. Есть дело.

Георгий Васильевич широко и растерянно улыбнулся.

— А-а-а, — пропел он. — А-а-а! Мое почтение. Как же, как же... Вот, видите ли, прогуливаюсь вокруг отеля... Ужасно жарко... Да... Обратите внимание, сколько здесь вокруг отеля битого стекла... Прямо ужас... Ходишь как по насту. Это все — сквозняки...

Георгий Васильевич мучительно припоминал: где он его видел и кто он такой, этот молодой человек? Где-то совсем недавно. Эти неуклюжие, серые от пыли сапоги, эти горчичного цвета галифе, это страшно небритое худое молодое лицо с угольными глазами.

Георгий Васильевич мягко пожимал, долго обминал его узкую, нежную руку. Выгадывал время. Произносил различные приветливые междометья, а сам напряженно думал: «В заводоуправлении? Кажется, нет. В поезде? Нет. Студент на практике? Нет. Заведующий столовой? Нет. Вот наказанье! Как неудобно! А он меня по имени и отчеству. Рабкор? Нет. Тут столько людей. Никакой памяти не хватит».

— Вот-с... Так-то... Да... Жара... Нуте-с, а вы?.. Простите, у меня, знаете ли, ужасная память на имена и фамилии... Лицо великолепно помню, а вот имя и фамилию... и где встречались... Это мое слабое место.

Молодой человек заботливо улыбнулся.

— Корреспондент РОСТА. Я вас даже встречал на вокзале. Моя фамилия Винкич.

— Да, да. Совершенно верно. Ах да! Товарищ Винкич. Ради Бога, простите. Винкич, как же.

— Сербская фамилия. У меня отец из сербов. Так вот, Георгий Васильевич, очень хорошо, что я вас встретил. Впрочем, простите, может быть, вы заняты? Обдумываете? Наблюдаете?

— Обдумываю? Да. Отчасти я обдумываю и наблюдаю, но в общем я не занят. Наоборот. Мне очень приятно. Я, знаете ли, сказать по правде, совсем тут растерялся. От меня газета ждет очерка, а я буквально не знаю, с какого конца начать.

— Да. Сразу все охватить почти невозможно.

— А вы здесь сколько времени обретаетесь?

— Полтора года. Безвыездно.

— Ого! Фю-фю! — Георгий Васильевич посвистал. — Вот это ловко. И что же, скажите, полтора года тому назад здесь действительно была голая степь?

— Абсолютно голая степь. Пустое место. Жили в палатке.

— Признаться, я именно с этого и собирался начать. Просто так: «Полтора года тому назад здесь была голая степь. Жили в палатках».

Винкич скромно опустил синие ресницы.

— Видите ли, Георгий Васильевич, у нас тут побывало множество литераторов. (Конечно, не такого масштаба, как вы...) И все они обязательно начинали так: «Полтора года тому назад здесь была голая степь». Это... путь наименьшего сопротивления.

— Да, это очень досадно.

— Однако, Георгий Васильевич, у меня дело.

Корреспондент РОСТА вытащил из бокового кармана потертой кожаной куртки блокнот (подкладка куртки была байковая, серая).

— Какова ваша точка зрения на харьковский рекорд?

— А разве в Харькове был какой-нибудь рекорд? Это очень интересно.

— Как же. Вчера в газете. Разве вы не читали? Мировой рекорд.

— Мировой! Что вы говорите! То есть я, конечно, читал. Но вероятно, не обратил внимания. И, согласитесь сами, Харьков... А меня сейчас главным образом интересует, так сказать, местный материал...

Георгий Васильевич осторожно пощупал пальцами воздух.

Винкич стоял перед ним серьезно, опустив голову.

— Видите ли, Георгий Васильевич, — мягко сказал он, — в таком случае я вам в двух словах объясню.

Он точно, коротко и почтительно объяснил Георгию Васильевичу историю и значение харьковского рекорда.

— Так что, — прибавил он, — перед нашим строительством, Георгий Васильевич, возникает очень серьезный вопрос об использовании харьковского опыта и о возможности идти дальше по этому пути. И мне очень интересно узнать ваше личное мнение: должны ли мы вступать в соревнование с Харьковом и ставить новый мировой рекорд или не должны?

— Натурально, должны! — воскликнул Георгий Васильевич. — Как же еще! Ведь это, насколько я понимаю, выходит соревнование с Харьковом. А значение социалистического соревнования — огромно. Это общеизвестный факт. Они — триста шесть, а мы — триста семь... Они триста семь, а мы триста восемь... И так далее. Натурально.

Винкич кивнул головой:

— Стало быть, вы — за?

— Вот чудак. Какие же могут быть сомнения?

— Сомнения есть.

— То есть?

— Общественное мнение резко разделилось. Имеются горячие сторонники рекорда. Имеются не менее горячие противники. Я очень рад, что вы оказались в числе сторонников. Нам, вероятно, придется здорово драться.

— Позвольте... Я не совсем... То есть как драться? Мое мнение — чисто субъективное... Я, как вам известно, не специалист по бетону, я, так сказать, объективный наблюдатель, не больше... Так что, извините, я не могу нести никакой ответственности, а тем более, как вы выражаетесь, «драться». И потом, почему именно «драться»? С кем «драться»?

Винкич поднял на Георгия Васильевича бледное лицо. Его глаза были черны, блестящи и спокойны.

— Видите ли, Георгий Васильевич, — мягко сказал он, — у нас на строительстве такое положение, что каждый, даже самый маленький, вопрос приобретает громадное принципиальное значение. Нельзя быть нейтральным. Нужно обязательно иметь какую-нибудь определенную точку зрения и драться за нее до последней капли крови. Я, например, полтора года дерусь изо дня в день.

— Позвольте, дорогой товарищ, но какое же это может иметь отношение к харьковскому рекорду! Вопрос, кажется, совершенно ясен.

— Ясен, но не совсем. В том-то и дело. Зачем далеко ходить? Например, товарищ Налбандов. Я только что с ним говорил. Вы знаете товарища Налбандова?

— Налбандов?.. Да, да... Знакомая фамилия. Налбандов, Налбандов... Позвольте — это такой в черном кожаном пальто, с громадной оранжевой палкой, с этакой смоляной бородой?.. Как же, как же... Он меня возил по строительству. Инженер Налбандов. Замечательный инженер. Знаток своего дела. Крепкий парень.

Георгий Васильевич с особенным удовольствием произнес эти слова — «крепкий парень». Он их недавно услышал и отметил в книжечке как образец фольклора.

— Да... товарищ Налбандов, — сказал он с ударением, — *крепкий* парень. Очень *крепкий*.

Винкич тонко усмехнулся. Но усмехнулся как-то одними губами. Глаза его оставались черны, спокойны и даже немного печальны.

— Так вот, видите ли, Георгий Васильевич, должен вас предупредить, что инженер Налбандов категорически против всяких подобных экспериментов.

— Что вы говорите? Как странно! Но почему же?

— Инженер Налбандов считает все эти рекорды технической безграмотностью.

— Позвольте, а Харьков? Как же в таком случае Харьков? Н...не понимаю.

— Этого уж я вам не могу сказать.

— Но, позвольте, есть же какие-нибудь доводы?

— Довод Налбандова, по-видимому, один... Дело в том, что каждая бетономешалка снабжена особым паспортом фирмы, в котором точно указана предельная норма выработки жидкого бетона. Так вот, по данным паспорта, на каждый замес полагается не меньше двух минут. Следовательно, в час максимум можно сделать тридцать замесов, а в восьмичасовую смену — двести сорок, не больше.

— А Харьков сделал триста шесть? Как же он умудрился?

— Налбандов считает, что это насилие над механизмом, технический фокус, трюк, «французская борьба»... Что таким образом мы быстро износим все наши механизмы. Скажем, вместо десяти лет бетономешалка продержится шесть-семь — не больше.

— А что ж... Вы знаете... Налбандов прав. А?

— Вы меняете свою точку зрения?

— Да, но вы сами понимаете. Это новое обстоятельство... Оно в корне меняет дело... Нельзя же, в самом деле, так варварски обращаться с дорогим импортным оборудованием...

— А Харьков?.. — коротко спросил Винкич.— Ведь в Харькове, очевидно, перед тем как решили идти на рекорд, были те же самые сомнения. И однако, рекорд поставили? Там ведь тоже не дураки сидят.

— Н-да-с... Незадача... Там, конечно, тоже люди... Не дураки...

— Так как же, Георгий Васильевич? Ваше мнение?

— Вы как-то уж чересчур прямо. С одной стороны, конечно, соревнование, увеличение темпов. А с другой — нельзя же, батенька, и механизмы так изнашивать. Помилуйте, вы сами говорите, что вместо десяти лет — шесть лет.

— Ну так что же?

— То есть как что же?

— Георгий Васильевич, посудите сами, что нам важнее: в четыре года кончить пятилетку или сохранить на лишние четыре года механизм? Чем скорее разовьется наша промышленность, тем меньше для нас будет иметь значение амортизация: механизмов новых, своих наделаем... Ведь так?

— А что ж... Вы знаете... Это — резон... Пожалуй, вы и правы... А?..

— Вы опять меняете свою точку зрения.

— Ну да. Но это вполне естественно. Это новое соображение. Оно в корне меняет дело... В конце концов машины для социализма, а не социализм для машин...

— Значит, вы — за? Вы даете свою подпись?

Георгий Васильевич растерянно посмотрел на Винкича.

— Какой вы, честное слово... странный. Ну как же я могу... вдруг — подпись... А вдруг там что-нибудь не так... Какое-нибудь новое обстоятельство... Я ведь не специалист... И зачем вам моя подпись?

— Нужно, Георгий Васильевич. Очень нужно. Вы даже не представляете себе, какая здесь драка будет. Мы будем телеграфировать в центральную прессу. И ваше имя имеет большой вес...

Георгий Васильевич был польщен. Он скромно улыбнулся:

— Ну что вы! Что вы! Какой там вес! Может быть, в области литературы... Какой-нибудь протест... Письмо Ромену Роллану... Но в области бетона...

— Во всех областях, — быстро и умоляюще сказал Винкич. — Во всяком случае, мы будем рассчитывать на вашу поддержку. Сейчас я должен еще сходить на участок. Нужно кое-кого повидать. Кстати, не желаете ли со мной? Может быть, вам на месте станет несколько яснее?

— Пожалуй. Только ведь я не специалист... Вы, пожалуйста, введите меня в курс... Будьте моим чичероне. Тем более что в номере совершенно невозможно. Шестьдесят градусов. Честное слово. Прямо Сахара.

XXV

Маргулиес ясно представил себе, какие были котлеты. Котлеты были большие, черные. Пюре — облито коричневым соусом.

Он снова пошел на участок.

Весьма вероятно, что там столовая еще открыта.

Он шел, старательно избегая знакомых. К чему это? Лишняя встреча — лишние разговоры. Пока в руках нет последнего аналитического расчета, всякие обсуждения решительно бесполезны. Будет расчет — другое дело. В двенадцать все выяснится.

Но вот вопрос: найдет ли Катя Смоленского?

Маргулиес мучился. Он обходил группы людей, механизмы, переезды.

Он старался идти низом — траншеями, котлованами. Он перебегал от угла к углу, от поворота к повороту, нагибая голову, как от пуль.

Задами он вышел к столовой. Она была закрыта.

— Так. Ухнули котлетки, — сказал он. — Ну ладно. Подождем обеда. Все же надо на минуточку к Ермакову. Как там у него?

Он отправился к тепляку. Он обошел его справа, с западной, теневой стороны.

Здесь был душный, звонкий мир кирпича и соломы. Из товарных вагонов бережно выгружали дорогой экспортный огнеупор, переложенный пахучей соломой.

Вагонов было десять — пятнадцать. Целый состав. И все же они почти незаметны в гигантской резкой тени тепляка.

Вихляя, визжали колеса деревянных тачек.

— Поберегись!

Парни и девчата гуськом катили узкие, длиннорукие тачки по мосткам шириною в одну доску.

Справа налево тачки катились порожняком. Слева направо — аккуратно заставленные стопками динасного и шамотного огнеупора.

Маркировщики с желтыми складными метрами в боковых карманах ходили среди узких и высоких штабелей сложенного в строгом порядке материала.

Это было нововведение. Маргулиес заинтересовался. Он остановился, разглядывая, в чем дело.

Раньше кирпич сгружали как попало. Кирпич загромождал боковые проходы в тепляк и пожарный проезд. Ежедневно теряли массу времени.

Материалы приходилось обвозить, делая крюку чуть ли не километр.

Ненужные марки загораживали нужные. Надо было все время перекладывать. Не хватало рабочих рук.

Была безобразная неразбериха.

Теперь Маргулиес заметил, что кирпич сортируется и складывается снаружи тепляка по строгому плану: штабелями, точно соответствующими количеством и марками батарейным печам, но только сложенным в обратном порядке. Верхний ряд был внизу, а нижний — наверху. Так что при кладке печей не было ни малейшей задержки в подаче материала.

Тотчас Маргулиес сформулировал это нововведение так: «Обратный порядок. Идея обратного порядка в подготовке материалов».

Интересно!

Он задумался.

Почему бы не воспользоваться этой идеей для рационализации процесса приготовления и кладки жидкого бетона?

— Здорово, хозяин! День добрый! Бувайте здоровы.

Маргулиес с неудовольствием обернулся, но тотчас лицо его стало приветливым.

— А! Фома Егорович!

К нему вразвалку подходил американский инженер, мистер Томас Джордж Биксби, прозванный для сокращения, на русский лад, Фомой Егоровичем.

Фома Егорович работал в Союзе пятый год. Был он и на Днепрострое, и на Сталинградском тракторном, и на Ростовском сельмаше. Он научился отлично говорить по-русски, да не как-нибудь, а с пословицами и прибаутками. Он отпустил украинские усы. Когда же пил водку — крякал по-русски и утирал губы рукавом.

Он подошел к Маргулиесу и размашистым «русским» жестом протянул ему сухую мускулистую руку. На нем был синий шерстяной комбинезон с замком «молния». Его голова была не покрыта. Он носил шляпу только по воскресеньям. Волосы выгорели. Выгоревшие брови и усы казались значительно светлее лица. На темном, хорошо сработанном американском лице с полтавскими усами светились близко и глубоко посаженные, светлые, твердые американские глаза.

Они поздоровались.

— Как вам это понравилось? — сказал Фома Егорович, показывая на стройные, аккуратные штабеля. — Совсем другая музыка.

— Очень любопытно, — заметил Маргулиес.

Фома Егорович самодовольно погладил усы. Он отлично понимал, что Маргулиес сразу и по достоинству оценил его нововведение.

Он тихо и лучезарно улыбнулся. Вокруг его глаз пошли мелкие коричневые морщинки.

235

Если бы не эти морщинки — ему никак нельзя было бы дать больше тридцати четырех. Но морщинки выдавали его настоящий возраст: сорок семь.

— Вы понимаете, товарищ Маргулиес, в чем тут зарыта собака?

— Как же, как же. Очень хорошо понимаю.

— Это мне стоило почти битых сорок восемь часов не ложиться спать! И смех и грех. Стой! Куда? — вдруг не своим голосом закричал Фома Егорович, бросаясь в сторону.

Он схватил маркировщика за плечо.

— Стой! Куда ложите? Ах, чтоб вам пусто было! Вот люди! Надо так... Так!.. Так!..

Фома Егорович стал показывать. Когда он вернулся, Маргулиес задумчиво стоял на прежнем месте, вертя в руках газету.

— А ну-ка, Фома Егорович, что вы, между прочим, скажете по этому поводу?

Маргулиес протянул американцу газету и показал кончиком карандаша место:

— Харьков сделал триста шесть замесов.

Фома Егорович взял газету и приблизил ее к глазам. Он с удовольствием отчетливо вслух прочел телеграмму.

Для него было величайшим наслаждением читать вслух по-русски.

Он читал и после каждой фразы останавливался, поглядывая на Маргулиеса светлыми, твердо сияющими глазами: дескать, смотрите, как я хорошо читаю по-русски, а?

— Какое ваше мнение? — спросил Маргулиес.

— Хорошо! — воскликнул американец. — Браво, бис! Теперь надо — и так далее.

— Мы думаем тоже попробовать. А?

— Бить Харьков? Обязательно. Надо бить. Как это говорится: за битых двух побитых дают.

Маргулиес подавил улыбку:

— Вы, Фома Егорович, энтузиаст.

— Я энтузиаст? Нет, я американец. Бить!

— А технически это возможно?

— Технически все возможно. Все на свете и топор. Я вам скажу по секрету пример: в тысяча девятьсот девятнадцатом году в штате Монтана я бетонировал шоссе, и мы однажды за сутки уложили пятьсот кубов. Это нам стоило не ложиться в постель двадцать четыре часа.

— И машина выдержала?

— Машину мы имели, как это называется, от менажера — по-русски подрядчик — напрокат. Мы взяли от машины больше, чем она могла дать. Зато мы не имели понятия о бригаде. Никакой ударной бригады, но мы были заинтересованы в проценты.

— Позвольте. Но ведь у машины — паспорт. Официальный паспорт фирмы.

— Официальный паспорт пишут такие самые люди, как мы с вами, грешные.

Маргулиес быстро вытащил из кармана цукат и бросил в рот. Он с трудом сдерживал волнение.

— И действительно такой случай был?

— Как я сейчас живой стою перед вами. Пятьсот кубов. Вот Бог, а вот порог.

Маргулиес расстегнул и тотчас застегнул пиджак.

Это меняло дело. Открывались новые возможности.

Он проворно протянул Фоме Егоровичу руку:

— Ну, будьте. Большое спасибо. Я тороплюсь.

— Никогда не надо торопиться, — заметил американец. — Тише едешь — дальше будешь.

Маргулиес усмехнулся.

— От того места, куда едешь, — быстро прибавил он.

— Ну, товарищ хозяин, вы едете в такое место, что будет очень неважно, если вы скоро доедете. Лучше бы вы не очень скоро доехали.

Маргулиес погрозил ему газетой.

— Вы известный буржуй и контрреволюционер, Фома Егорович.

— Контрреволюционер — нет, избави меня Бог. Буржуй — нет, никаким образом. Я честный беспартийный спец. Я работаю по вольному соглашению с вашим правительством и даже делаю больше, чем должен, — иногда это мне стоит сорок восемь часов не ложиться в постель. Мой труд — ваши деньги. Мы квиты. А социализм — будем видеть, будем видеть.

Маргулиес легонько взял Фому Егоровича за бока и тиснул.

— А сколько у вас, дорогой Фома Егорович, уже долларчиков в банке? Сознайтесь!

Да, он копил деньги.

Десять лет тому назад он уехал из Штатов на заработки. Он оставил дома некрасивую жену и детей.

В Америке было трудно найти работу.

Он был страшно беден. Он оставил семье пятьсот долларов. Но он был неплохой инженер. Он дал себе слово вернуться обратно не раньше, чем у него на текущем счету соберется двадцать тысяч долларов. С этими деньгами уже можно начинать жизнь: открыть строительную контору, войти в дело, положить первый камень будущего богатства. Двадцать тысяч долларов плюс многолетний опыт и воля — этого достаточно. Через десять лет у него будет сто тысяч.

Он отправился странствовать. Он не отказывался ни от каких условий, ни от каких контрактов.

Он работал в Китае, в Индии, в Португалии, в Советском Союзе.

Ему было все равно, где и для кого работать, лишь бы аккуратно платили деньги. Он делил жалованье пополам. Одну половину переводил на текущий счет в банк, другую посылал семье, оставляя себе на жизнь лишь ничтожную часть.

Он отказывал себе в самом необходимом. Но это ничуть не отражалось на его настроении. Наоборот, он был всегда и везде весел, бодр, жизнерадостен, здоров.

Перед ним стояла сияющая перспектива богатства и благополучия. С каждым месяцем эта перспектива становилась все ближе и реальней.

Это была его заветная радость.

Американец просиял. Лукаво улыбаясь, он вытащил маленькую алюминиевую записную книжку, которая в то же время была и карманным арифмометром.

Маргулиес смотрел на нее с завистью.

Он давно мечтал иметь такую штучку. Она была удивительно удобна. Она позволяла на ходу делать самые сложные вычисления, в том числе и логарифмические.

Незаменимая вещь.

Вот что значит американская техника!

Между тем Фома Егорович, не торопясь, открыл книжечку, некоторое время любовался цифрой и потом, захлопнув ее, сказал:

— Ровно восемнадцать тысяч четыреста двадцать семь долларов и сорок центов. Терпенье. Еще немножечко долларов, и вы будете иметь нового американского буржуя, товарищ Маргулиес. Тогда милости просим к нам в Чикаго. Я вам официально предлагаю место старшего инженера строительной конторы мистера Биксби энд компани. Верри велл?

— У нас и здесь работы хватит.

Фома Егорович хитро прищурился:

— Хорошее жалованье, товарищ Маргулиес. А? Подумайте. Вы будете иметь симпатичного хозяина. А? Может быть, вы не хотите иметь дело с недорезанным буржуем? Но я не буду касаться ваших политических рассуждений.

Американец громко засмеялся.

— Славный вы парень, Фома Егорович, — сказал Маргулиес сердечно. — Оставайтесь у нас. Мы вас в городской Совет выберем, а?

— А мы вас на конгресс пошлем. А?

— Нет, уж я как-нибудь тут.

— А я как-нибудь там.

Они еще некоторое время постояли рядом, смеясь, тормоша и тиская друг друга.

— Ну, я пошел, — сказал вдруг Маргулиес.

— Пока, пока, — сказал Фома Егорович. — Только вы мне газету оставьте. Я почитаю новости. Вам не нужно?

— Пожалуйста. Просвещайтесь.

Фома Егорович взял газету и сунул ее в карман. Знал ли он, что это была его смерть?

Маргулиес пошел к бригаде Ермакова, но по дороге заинтересовался новым фронтом работы.

XXVI

То и дело подтягивая на ходу новые шаровары, Ищенко торонился на участок. Он шел очень быстро, сдвинув крепко брови.

Однако иногда ему казалось, что он идет слишком медленно. Тогда он начинал бежать. Он бежал некоторое время рысью, ни о чем не думая.

Потом опять являлись мысли, и он переходил на быстрый шаг.

Он вспотел — его новая рубаха стала на спине мокрой и черной от пыли.

Множество мыслей тревожило его.

Конечно, слов нет, бригада Ханумова и Ермакова опытнее и сильнее. Они образовались месяцев пять-шесть тому назад. Бригада Ищенко существовала всего два. И все же Ищенко боролся с Ханумовым и Ермаковым.

Он боролся с ними со всем упрямством и скрытым жаром украинца.

Первое время, когда Ханумов гордо мчался на мотоциклете, а Ермаков гарцевал на лошади, Ищенко сплошь да рядом ехал на черепахе или в лучшем случае в телеге.

Однако он не сдавался.

Он делал все, чтобы покрыть Ханумова и Ермакова.

Однажды это ему удалось: его посадили на велосипед, тогда как Ханумову досталась черепаха, а Ермакову — кляча.

В следующую декаду он снова был жестоко отброшен назад.

Это было третьего дня.

Показателей еще не вывесили, но Ищенко уже с тусклым отвращением ожидал новых картинок.

Хорошо еще, если Шура посадит его на клячу или на черепаху, а что, если — на рака, на длинного красного рака с мышиной головой и усами, длинными, как мышиные хвосты?

И это в то время, как Ханумов будет выглядывать из овального окошечка косо летящего паровоза, а Ермаков сидеть, задрав ноги, в автомобиле!

Впрочем, с этим еще можно мириться.

Но отдать Ханумову славу мирового рекорда — нет, этого, друзья, не будет. Он не уйдет с участка до тех пор, пока не получит приказания бить Харьков.

Он шел, считая в уме и на пальцах то, что в этот день считал не один десяток людей на строительстве. Он делил триста шесть харьковских замесов на восемь часов смены. Он делил приблизительно, и у него получалось для ровного счета сорок.

Ему надо было делать сорок замесов в час!

Он вдруг останавливался посередине дороги, подбирал щепку или гвоздь и сосредоточенно писал по толстому слою пыли цифры шестьдесят и сорок.

Он пытался разделить шестьдесят минут на сорок замесов.

Он совсем недавно научился делить и теперь от поспешности и волнения никак не мог этого сделать.

Ои чувствовал только, что получается как-то побольше одной минуты. Значит, за одну, для ровного счета, минуту надо делать один замес.

Шуточки!

Проходя мимо работающей бригады Ермакова, Ищенко задержался. В первый раз он смотрел со стороны на ту работу, которую делала ежедневно его бригада.

Работа ермаковцев показалась ему со стороны отвратительно медленной и корявой. Она шла какими-то рывками, толчками, поминутно останавливаясь и как будто топчась на месте.

Тяжелые тачки, в которых подвозили к бетономешалке песок, щебенку и цемент, все время съезжали с узких досок, проложенных по строительному мусору к ковшу машины.

Поднимать их и ставить опять на доску стоило больших хлопот и усилий.

Тачку вез один человек, а подымать ее надо было вдвоем. Постоянно кому-нибудь приходилось бросать свою и бежать выручать чужую.

Цемент находился в бочках. Из бочек надо было его согнать в тачки лопатами.

Щебенку выгрузили слишком далеко.

Тачки сталкивались, сцеплялись колесами, задевали друг друга бортами.

Ребята уставали.

Иногда, в ожидании ковша, возле машины собиралось пять-шесть тачек, а иногда не было ни одной, и, ожидая загрузки, барабан крутился вхолостую.

Во сколько же времени Ермаков делает один замес?

У Ищенко не было часов.

Он подождал, пока барабан вывалил порцию бетона. Тогда он стал шепотом, стараясь не торопиться, считать секунды:

— Один, два, три, четыре, пять, шесть, семь...

Чтобы не сбиться со счета, он загибал после каждого десятка палец. Когда он загнул все десять пальцев, а потом еще два, барабан опять перевернулся.

Сто двадцать секунд. Две минуты.

Это время показалось бригадиру со стороны очень долгим. Однако оно обозначало, что ермаковцы делают в час тридцать замесов. Стало быть, в смену — двести сорок.

До сих пор на строительстве еще никто никогда не сделал двухсот сорока. А бригада Ищенко не подымалась выше ста восьмидесяти.

«Ну, — подумал Ищенко, — когда при такой мотне двести сорок, то пусть мне не видать на свете добра, если мои хлопцы не всадят сегодня самое меньшее — четыреста».

— А! Ты уже тут? Считаешь? Здорово, хозяин!

Перед Ищенко стоял Корнеев. Ищенко вопросительно и настойчиво посмотрел на прораба.

— Как там наше дело?

Корнеев слегка сощурил глаза и подергал щекой.

— Дело как?

Он стал боком, невнимательно приложил ладонь к козырьку и, как моряк, посмотрел вдаль.

Даль была просторна, черна и волниста. Косо подымали сорокапятиметровую трубку скруббера. Стрекотали лебедки.

— Дела идут, контора пишет.

Ищенко понял, что все в порядке, и расспрашивать больше нечего.

У него отлегло от сердца.

— А хлопцы твои как? — заметил вскользь Корнеев.

— За моих хлопцев не беспокойтесь, — сказал Ищенко зловеще. — За каких-нибудь других хлопцев можешь беспокоиться, а за моих не беспокойтесь.

Они молча пошли к пятой батарее. Сюда скоро должны были перенести бетономешалку.

Здесь уже орудовал Маргулиес.

Он орудовал легко, незаметно, как бы между прочим. Он старался не привлекать к себе постороннего внимания.

Делая вид, что прогуливается, он обмеривал шагами площадку. В то же время он отдавал незначительные распоряжения плотникам, сколачивающим помост, и водопроводчикам, свинчивающим трубы. Он то появлялся снаружи, то, поднимаясь по трапу, скрывался в громадном сумраке тепляка.

— К тебе что, жинка приехала? — спросил он, проходя мимо Ищенко.

Ищенко вытер ладони о штаны. Они обменялись рукопожатием.

— Приехала. Скаженная баба.

Суровая нежность тронула припухшие губы бригадира.

— Говорят, ожидаешь прибавления семейства?

Ищенко охватил себя сзади под колени и присел на бревно.

— Да, прибавление семейства. — Он задумался. Молчал, отдыхая. Карие глаза его смотрели, как сквозь туман.

— У Ермакова как? — спросил Маргулиес Корнеева.

— Ермаков кончает. Кубов двадцать осталось.

— Хорошо.

— Давид, — сказал Корнеев. — Мне надо домой. Как ты думаешь? Хоть на двадцать минут.

— Сейчас сколько?

Корнеев потянул за ремешок часов.

— Без десяти двенадцать.

— Елки зеленые! — воскликнул Маргулиес. — У меня в двенадцать прямой провод.

— Опять прямой провод?

— Да, понимаешь, все никак не могу добиться одной штуки. А без этой штуки, понимаешь... Одним словом, я через полчаса буду обратно. Пожалуйста, Корнеев. Я понимаю, нельзя бросить участок. Если за ними не смотреть, они наделают нам хороших делов.

Маргулиес взялся за столбик и перескочил через колючую проволоку.

XXVII

Прораб сел рядом с бригадиром на бревно и посмотрел на туфли. Они были безобразно пятнисты. Нечего и думать привести их в приличный вид.

Опять красить. Только.

Однако как же будет с Клавой? Неужели уедет? Хоть на четверть часа домой, хоть на десять минут. И как оно все нескладно и некстати.

— Такие-то наши дела, Ищенко, — сказал он, обнимая бригадира за плечи.

Но в ту же минуту он вскочил с места и бросился к плотникам.

— Эй! Постой! Не забивай! — закричал он не своим голосом. — Куда приколачиваешь? Отдирай обратно! Разве это полтора метра?

Ищенко сидел один, неподвижно глядя в одну точку. Эта точка была забинтованной головой Ермакова, далеко белевшей над помостом, где плавно вращался, гремел и опрокидывался барабан бетономешалки.

Там мелькали колеса и рубахи. Оттуда долетали крики, шершавый шорох вываливаемого и сползающего по деревянному желобу бетона.

Ермаковцы лили последние кубы. Сейчас будут переставлять машину сюда, на пятую батарею. В шестнадцать часов заступает бригада Ищенко — бить Харьков.

Тогда — держись!

Но не об этом думал бригадир Ищенко.

В первый раз думал он о самом себе и о жизни своей, о Фене и о будущем их ребенке.

Жизнь его была до сих пор быстрой, и плавной, и бездумной. Время, как река, несло жизнь его, то вправо, то влево поворачивая и плавно кружа. Время текло, как река, и, как река, когда плывешь посредине нее, оно представлялось замкнутым и не имеющим выхода.

Время было, как Днепр: от Киева до Екатеринослава и от Екатеринослава до Киева.

Шел пароход. И пароход был со всех сторон обставлен и замкнут берегами.

Казалось, что пароход идет по озеру и нет ему выхода.

Но вот озеро поворачивало, раздавалось вширь и вдоль.

Там, где, казалось, нет выхода, — возникала излучина.

Излучина переходила в излучину. Озеро вливалось в озеро.

Пароход огибал луку. Лука приводила в новое озеро.

Озеро вливалось в озеро. И это была река, это был Днепр, и это был пароход.

На пароходе служил брат. Матрос. Стоял с полосатым шестом на баке. Мерил глубину. Звался Терентий.

А Ищенко был мальчик. Совсем маленький мальчик: лет семи. И приходил маленький Костя к большому своему брату Терентию на пароход.

Пароход бил красными лапами воду.

Они ехали. Пили чай вприкуску. Закусывали бубликами.

Потом брата угнали. Говорили — на германский фронт.

И опять пошла жизнь в деревне, в хате, где кашлял на печке дед, и ругалась мамка, и солома пылала в жарком устье.

Сначала огонь был золотой, нестерпимый. Потом утихал. Становился раскаленно-красный. Рогатая тень ухвата летала по хате, как черт. Потом красная солома становилась резко-черной золой.

Пас коров. Стрелял длинным кнутом.

Коровы трещали в кустарнике. Кустарник был сух и горяч. Жарко и сильно пахли поджаренные солнцем коричневые вычурные листья дубняка.

Потом грянул семнадцатый. Брат пришел. Нашел на папаху косую алую ленту.

Алые ленты вплели ребята в гривы коней.

Потом, немного погодя, тот же брат Терентий — матрос речной флотилии.

Неслась зима которого-то года. В железном небе горела красная звезда — Марс. Ветер раздувал ее. Она полыхала над степью, охваченной и скованной лютым морозом, как чугун.

Была весна. Гремели и тюкали трехдюймовки. Валились сбитые снарядами карнизы печерских колоколен. Потрошили богов. Там в середине — вата, всякая дрянь, куриные косточки.

Шел пароход. Слева — белые, справа — желто-блакитные. Слева — генерал Деникин, справа — атаман Чайковский.

Свистали гранаты. Терентий лежал на палубе, прижавшись к пулемету. Пулемет дергался, как лягушка, схваченная за лапы.

Бахнуло в самую середину. Черный столб встал на месте трубы. Красный столб отразился в Днепре.

Пули сыпались в воду. Насилу среди пуль доплыл до берега и спрятался в камышах.

А жизнь все текла и текла, как Днепр, бросая то влево, то вправо. Вот и выхода, кажется, нет. А выход — вон он, тут, прямо. Река была цепью озер. Каждое озеро казалось незыблемым, безвыходным зеркалом.

Пропал старший брат Терентий, пропал...

Ищенко-младший, Константин, наколол на руке тушью рулевое колесо. А потом — опять подался в деревню, до дому. Дома — никого. Был сыпняк. Мать померла. Дед помер. Остался один. Батрачил. Рос. Вырос.

Был землекопом, сезонником. В колхоз записался. Тут — Феня.

Ночь тепла и прелестна. Стряпуха шурует мочалой казаны... Догорает печь, сложенная прямо посредине двора. Ветер задувает звезды и не может задуть. Тонкий месяц опустился совсем низко. Он не светит, а только светится. Желтой скибкой валяется месяц в степи, и на арбузных корках — тонкое, мутное, холодное серебро росы.

А там — и на Урал. Завербовался. А почему бы и нет? Надо жить, надо деньги копить, надо гнездо готовить.

Поехал. Приехал. Время неслось. Жизнь менялась во времени.

Приехал сезонником, землекопом, деньгу сколотить. Первые дни тосковал. Степь — но чужая. Звезды — но чужие. Песни и те чужие. А работа — громадная. Понемногу привык. Стал разбираться. Стал бригадиром. А как стал бригадиром — и сам не вспомнит. Будто всю свою жизнь был бригадиром и родился бригадиром.

Все на свете забыл Ищенко. Приехал за одним — нашел другое. Даже Феню забыл. А Феня — вот тут она, Феня. Вдруг — на тебе. И будет ребенок. Сын будет. А может, и дочь. Ребенок.

И вся эта жизнь — и то, что было, и то, что есть, и то, что еще будет, — не зря. Все это для него, для того маленького, кого еще и на свете нет, но который будет. Обязательно будет. Сегодня ли, завтра ли, а будет. И он будет его кровью, его жалостью, его плотью, его жизнью.

Вот плотники сбивают помост. Это для него.

Вот прошел состав (вагонные тени долго и часто мелькали по тепляку решеткой). И это тоже для него. Вот встают со всех сторон облака и пышут жаром. И это тоже, как и все, для него.

Будет плита под пятую батарею. На плите уложат шестьдесят девять коксовых печей. Домнам нужен кокс. Склепают домны. Вскроют гору. Добудут руду. Руда пойдет в домны. Зажгут кокс. Польется чугун. Чугун переварят в сталь. Наделают рельсов, вагонов, пил, топоров, плугов, машин.

И это все на потребу, на счастье «ему».

Мало хороших слов, чтобы сделать жизнь счастливой, мало.

Надо стали, стали, стали.

Будет сталь — будет новая, счастливая, небывалая, невиданная жизнь.

И все это для «него». И «он» — это я. И он и я — это мы. И мы — это жизнь.

Время до сих пор несло, как река, из затона в затон, из озера в озеро. Время было жизнь. Жизнь текла, как хотела. Хотела — текла медленно, хотела — быстро.

Теперь Ищенко открыл глаза и в первый раз в жизни посмотрел во всю длину времени. Оно текло слишком медленно. Но оно текло для него. Прошлое текло для будущего.

И оно прочно лежало в его руках.

Ах, хороша все-таки жизнь!

XXVIII

Она опоздала всего на несколько мпнут.

Но, уже подымаясь по лестнице, она услышала сверху частые, настойчивые, требовательные телефонные звонки.

Задыхаясь, она прыгала через две ступеньки. На ее лице горели рыжевато-красные пятна.

В открытых дверях квартиры стояла соседка.

— Екатерина Львовна! — кричала она, наклоняясь над перилами. — Бегите скорее, это, наверно, опять ваш сумасшедший брат. Уже второй раз. У меня голова болит от этого трезвона.

Катя ворвалась в переднюю.

Одной рукой она прижимала к груди сверток бумаг и газет, другой ловила телефонную трубку. Трубка валилась из руки. Катя поддерживала ее коленом. Она подбрасывала ее к уху, прижимала щекой к плечу, одновременно с этим сдирая с головы берет и обмахиваясь им.

Это был Давид.

— Ну что, нашла Смоленского?

— Нашла, нашла. Все сделала. Подожди, я тебе сейчас все расскажу. Подожди. У тебя есть бумага и карандаш? Подожди, у меня падают газеты. Я тебе буду диктовать.

— Есть, есть. Говори. Я записываю. Диктуй.

— Сейчас, сейчас...

Она поспешно разворачивала сверток бумаг, придерживая его подбородком, отчего лицо ее имело такое выражение, будто ее взнуздали.

Наконец она развернула бумаги.

При тусклом свете слабой, засиженной мухами электрической лампочки, казавшейся после ослепительного блеска летнего утра еще сумрачнее и желтее, Катя еле разбирала слепую газетную печать. Она подносила вырезки к самому носу. Она, захлебываясь и жарко переводя дыхание, читала малопонятные абзацы.

Он иногда переспрашивал. Она повторяла. Он кричал:

— Подожди, подожди!

Очевидно, он записывал, и, очевидно, записывать ему было так же неловко, как ей диктовать.

— Хорошо. Очень хорошо. Спасибо. Дальше, дальше, — говорил он иногда. — Молодец, Катька!

И она, обрадованная и ободренная, даже гордая, продолжала торопливо читать в телефон статью.

Пять раз их разъединял бесстрастный и грубый голос, напоминая, что время истекло, и пять раз раздраженный голос Давида требовал, чтобы их не прерывали. Они говорили по двойному тарифу. Потом — по тройному.

Иногда он просил немножко подождать. Наверно, чинил карандаш или переворачивал бумагу. Тогда она кричала ему разные московские новости.

Разбирают храм Христа Спасителя. Сносят Охотный. Только что перенесли монумент Минина и Пожарского.

— Понимаешь! — скороговоркой кричала она. — Ты меня слышишь? Понимаешь — иду туда — Минин и Пожарский на месте. Возвращаюсь обратно — уже голая мостовая. Как тебе нравится?

— Хорошо!

— А купол Христа Спасителя... Ты меня слышишь? Я говорю, купол Христа Спасителя наполовину разобрали. Я никогда не думала, что он такой громадный...

— Хорошо! — бормотал Маргулиес.

— Каждая долька купола шириной несколько сажен. А между прочим, издали — совсем как дынная корка... Ты меня слушаешь?

— Хор-р-рошо! — ревел Маргулиес. — Дальше! Дальше!..

Так в это прекрасное летнее утро, в десять по-московски и в двенадцать по-тамошнему, на расстоянии нескольких тысяч километров друг от друга разговаривали брат и сестра, и голоса их летели из Европы в Азию и из Азии в Европу, покрывая упрямый гул слишком отстающего времени и слишком неподвижного пространства.

XXIX

Вот главное из того, что Катя продиктовала Маргулиесу:

— Статья группы инженеров Государственного института сооружений, только что напечатанная в газете «За индустриализацию».

УСКОРИТЬ ИЗГОТОВЛЕНИЕ
И ДАТЬ ВЫСОКОЕ КАЧЕСТВО БЕТОНА

«Успехи, достигнутые на ряде строек ударными рабочими бригадами в области наилучшего использования строительных машин, — явление большой общественной и экономической важности. Эти успехи опрокидывают все прежние консервативные представления по этому вопросу.

Подавляющее большинство строительных организаций, базируясь на так называемых бытовых нормах, исходило в своей работе из чрезвычайно низкой производительности строительных машин.

Эти организации отстаивали норму производительности бетономешалок в пятнадцать или двадцать замесов в час, тогда как данные Института сооружений говорили о возможности довести производительность бетономешалок в среднем не менее чем до тридцати — тридцати пяти замесов в час, а при правильной организации работ, ликвидации явных и скрытых простоев и при механизированной загрузке (из силосов через мерники) — до тридцати семи — сорока замесов в час, принимая время перемешивания не менее одной минуты.

Что же считать реально достижимой и допустимой максимальной производительностью для бетономешалок?

Время, идущее на цикл работы бетономешалки, в основном складывается из *нагрузки в ковш, подъема ковша, загрузки барабана, времени перемешивания и выгрузки.* Некоторые из этих элементов цикла *совместимы:* например, нагрузка в ковш и подъем ковша совершаются в период перемешивания. Разосланные стройорганизациям нормативные данные Института сооружений об элементах цикла работы бетономешалок указывали, что на *загрузку барабана и выгрузку* его (для «егера» и «кайзера») должно затрачиваться при одном мотористе от 31 до 40 сек.

Основная переменная величина, влияющая на число замесов, — *время перемешивания.*

Нетрудно подсчитать, что при полной рационализации за шесть часов непрерывной работы можно произвести следующее *максимальное число замесов:*

Время перемешивания (в секундах)	Число замесов при продолжительности перемешивания	
	в 30 секунд	в 20 секунд
51	640	820
20	576	720
30	480	516
45	384	448
1 мин.	320	360

Какую же продолжительность перемешивания принять на практике?

Существовавшими у нас до сих пор нормами минимальное время на перемешивание определялось в одну минуту; заграничные нормы, а также данные германских испытаний профессоров Графа и Гарботца, требуют такой же или большей продолжительности.

Это вызвано тем, что до известного предела *прочность бетона с увеличением времени перемешивания повышается.*

Необходимо еще учесть, что при непродолжительном перемешивании пластичность бетона получается меньшая, *и потому бетон менее удобен для работы.*

Правда, нужную пластичность можно получить *добавлением воды,* но, как известно, это *сильно понижает прочность бетона* (добавление 10% воды в среднем понижает прочность бетона на 10%).

При перемешивании в течение 15 сек. вместо одной минуты прочность бетона понижается на 20% и больше, при 30 сек. — на 10% и больше.

Эти данные для двадцативосьмидневного бетона; *в дальнейшем эта разница несколько сглаживается.*

Нашими нормами установлена минимальная прочность бетона, дающая *запас прочности* сооружения всего в 1,5— 2,5 раза вместо запаса в 3 — 4 раза, принятого за границей и у нас раньше. Для того чтобы при уменьшении времени перемешивания не снизить и этой минимальной прочности бетона, необходимо применять *более жирный состав бетона,* то есть *затратить больше цемента* на 1 кубометр бетона.

Можно считать, что на кубометр железобетона расходуется в среднем от 200 до 300 кг цемента.

Аналитический расчет показывает, что для восстановления прочности бетона, уменьшающейся из-за ускоренного перемешивания, необходимо дополнительно затратить следующее количество цемента на 1 кубометр бетона:

При перемешивании в течение:

15 сек. вместо одной мин.	35 кг
30 » » » »	15—20 кг
45 » » » »	—

Потребуется незначительная добавка цемента.

Таким образом, *повышение числа замесов требует перерасхода цемента в пределах от 15 до 35 кг на кубометр бетона.*

При дефиците цемента это вряд ли допустимо.

Мы полагаем, что можно в крайнем случае принять такие нормы: перемешивание бетона с добавлением цемента — не менее 30 сек, а без добавления — 45 сек. Это дает 480 — 576 *замесов в смену с* добавлением цемента и 384 — 443 *замеса* без добавления цемента.

Необходимо особо подчеркнуть, что это количество замесов может быть получено *только при полной рационализации и правильной организации работ и рабочего места, при правильной расстановке людей.*

В случае несоблюдения этих условий мы получим бетон *пониженного качества,* что может отрицательно отразиться на сооружении.

Учитывая это, следует обратить особое внимание на имеющиеся случаи доведения числа замесов в час до 135 и даже 150.

Такие цифры доказывают, что в *этих случаях перемешивания почти не было.*

Если на весь цикл работы бетономешалки приходилось 27 — 28 сек., то, допуская, что на загрузку барабана тратилось 5 сек. и на его опорожнение 10 сек. (минимальное время, необходимое для выполнения этих операций при большом числе добавочных рабочих), получим, что *на перемешивание остается всего 11 — 12 сек.* Если же эта загрузка и опорожнение займут хотя бы на 5 сек. больше, то на перемешивание останется *менее 10 сек.*

Это составит лишь *около трех оборотов на замес,* что, безусловно, недостаточно.

Здесь *количество явно идет за счет качества.*

Такое повышенное число замесов еще может быть в случае крайней необходимости допущено при бетонировании *мало ответственных частей сооружения,* вроде полов, массивных фундаментов и т. п., в особенности при многократной перегрузке бетона. Но для железобетонных конструкций, а также для бетона, идущего для ответственных сооружений, подобное количество замесов не может быть допущено. Оно не дает уверенности в однородности всей массы бетона и, следовательно, в необходимой прочности всего сооружения.

Социалистическое соревнование и ударничество в области использования механизмов должны ставить себе целью *не только получить максимальное число замесов, но и дать продукцию требуемого качества.* Поэтому мы рекомендуем *сделать показателями соцсоревнования и ударничества не количество замесов в смену,* которое может привести к обратным результатам, а *следующие показатели:*

1) *Доведение простоев за рабочую смену до минимума* (по возможности — до нуля).

Судя по имеющимся у нас данным, это до сего времени еще не достигнуто ни одной бригадой.

При весьма высоком количестве замесов за час и за смену все же не удалось добиться устранения простоев, и в рабочую смену приходится на чистую работу не 8 час., а значительно меньше.

2) *Общее и равномерное увеличение числа замесов в течение длительного отрезка времени — декады, месяца* и т. д., — обусловленное правильной организацией работы.

Рекордное количество замесов в одну смену без общего и равномерного увеличения замесов в течение продолжительного периода бетонирования свидетельствует о том, что *получаемые успехи не закрепляются на длительный срок.*

3) *Доведение до минимума* (не ниже норм ГИСа) *времени отдельных элементов цикла.* Время же, расходуемое на перемешивание, должно в каждом отдельном случае зависеть от состава бетона и от его назначения. *Для железобетона оно не должно быть менее 45 сек.,* а для неответственных работ должно определяться полевой лабораторией *при минимуме 20 — 30 сек.*

4) Следующим показателем должно служить количество *кубометров бетона, вырабатываемых машиной за одну смену на одного рабочего бригады,* обслуживающего данную машину или агрегат со смежными процессами.

Здесь имеются *громадные возможности.*

Данные, опубликованные в статье т. М. Цагурия, показывают, что на наших стройках *механизмы используются очень слабо.* Достаточно сказать, что по шести строительным трестам *использование мощности* бетономешалок колеблется в пределах 3,3 — 27,3%, растворомешалок — 23,3 — 52%, камнедробилок — 5 — 25%, подъемников — 2,7 — 32%. Показатели *использования тех же машин по времени* колеблются от 6,7 до 64%.

Малый коэффициент использования машин наглядно свидетельствует о том, что в данном случае налицо *обезличка механизмов.* Отсюда — необходимость в качестве *пятого показателя* выдвинуть *ликвидацию обезлички механизмов* и закрепление их за определенными ответственными лицами.

Опубликованные в печати некоторые данные с построек о *прочности бетона,* полученного при различных количествах замесов, не дают настоящего ответа на поставленный вопрос. Опыты, сделанные в условиях постройки, неизбежно производятся весьма примитивно (нет точной дозировки, разное количество материала) и имеют дело с отдельными случайными фактами. В текущем году Институт сооружений производит большие научно поставленные исследовательские работы по вопросу об использовании бетономешалок, времени перемешивания различных видов бетона, о качестве получаемого бетона и др. Ударничество, подкрепляемое научно-исследовательской работой, даст полную возможность не во вред качеству догнать и перегнать мировые рекорды изготовления бетона.

Вместе с тем необходимо иметь в виду, что дальнейшему увеличению темпов работы наших бетономешалок препятствуют *конструктивные недостатки обычных типов порционных бетономешалок.*

Путем внесения изменений в устройство *существующих* бетономешалок (ускорение подъема ковша и выгрузки, автоматизация управления) можно добиться только *относительно небольшого увеличения темпов.*

Нам, при наших огромных темпах и масштабах строительства, неизбежно придется в дальнейшем взять курс на применение *нового типа машины* — мешалки *непрерывного действия*.

А для устранения задержек в темпах бетонирования, вызываемых внутристроечным транспортом и опалубкой, должны получить широкое применение *бетононасосы,* подающие бетон на места укладки по трубам, и *высокосортные цементы,* позволяющие увеличить оборот опалубки».

XXX

Винкич с восьми часов ловил Маргулиеса — никак не мог поймать. В это утро Маргулиес был неуловим. Винкич понимал, что это неспроста.

Тем необходимее было перехватить Маргулиеса.

Теперь у Винкича появился союзник — Георгий Васильевич. После десяти минут разговора они почувствовали друг к другу симпатию.

Они поняли, что необходимы друг другу. Они друг друга дополняли.

Винкич для Георгия Васильевича был ключом к ребусу. Георгий Васильевич для Винкича — именем, маркой. Там, где могли пренебречь корреспондентом РОСТА, должны были оказать всяческое уважение и содействие известному писателю-беллетристу.

За полчаса Георгий Васильевич узнал больше, чем за три дня своей жизни здесь.

Уже строительство не было для него вообще строительством с большой буквы. Уже люди не были для него вообще людьми, степь — вообще степью, горы — вообще горами, машины — вообще машинами.

Вещи и люди приобретали ощутимую взаимную связь. Они перестали быть безыменными и немыми. Винкич щедро наделял их именами и характеристиками.

И, получив имя, вещь или человек вдруг начинали говорить, осмысленно действовать, сознательно существовать в мире, потерявшем в глазах Георгия Васильевича раздражающую прелесть ребуса.

Теперь встречные люди были бригадирами, прорабами, десятниками, ударниками, лодырями, энтузиастами, старшими и младшими инженерами, завхозами, бухгалтерами, секретарями ячеек, машинистками, шоферами, грабарями, бетонщиками, монтажниками, геодезистами...

Машины, разбросанные по всей площади строительства, стали отличаться друг от друга функциями, шумом, сигналами, дымом, именами.

Были паровые лопаты — так называемые экскаваторы. Они стояли на дне вырытых ими самими котлованов. Маленькая будка со стрекочущим шумом поворачивалась на своей зубчатой оси. Гремела цепь. Падала железная стрела. Зубастый ящик ковша скреб почву снизу вверх, оставляя на ярко-красной глине белые вощаные следы своих зубов. Ковш наполнялся землей. Стрела возносила его вверх. Будка поворачивалась. Ковш повисал над платформой. Со стуком отваливалась заслонка. Она отваливалась, как сломанная железная челюсть, беспомощно раскачиваясь на пудовых петлях. В это время освобожденная земля вываливалась, сыпалась черным дымом на платформу. Тогда мертвая челюсть вдруг чудовищно оживала и с могущественной силой захлопывалась. Будка поворачивалась опять, и опять со стуком падала стрела.

Десять раз открывался ковш над каждой платформой. Тогда экскаватор давал гудок. Тотчас ему откликался тонким посвистыванием паровичок состава. Механизмы переговаривались. Экскаватор требовал, чтобы подвигали следующую платформу. Паровик отвечал: «Хорошо. Подожди. Сейчас». Состав дергался. Звучали, перестукиваясь, буфера. Состав передвигался на одну платформу. «Стой!» — кричал экскаватор. «Есть!» — отвечал паровичок.

— Смотрите, — с восхищением говорил Георгий Васильевич. — Уже начинаю понимать птичий язык механизмов.

— Я разговариваю на нем полтора года, — отвечал Винкич.

Он подавал Георгию Васильевичу руку и втаскивал его на насыпи. Он поддерживал его и ловил внизу, когда беллетрист, неловко шаркая туфлями и подымая облака пыли, сбегал в котлован.

Были экскаваторы паровые. Над ними клубился дым, такой густой и черный, как бы нарисованный по голубому мокрому полю китайской тушью.

Были экскаваторы электрические. Они не дымили. Были на колесах и на гусеничном ходу. Были «марион» и «бюсайрес».

Были переведенные на хозрасчет и на хозрасчет не переведенные.

И составы, вывозившие вырытую экскаваторами землю, сверху напоминали гигантский позвонок допотопного животного, обнаруженный научной экспедицией на дне давным-давно иссякшей реки, среди палеонтологических наслоений.

Были механизмы, напоминавшие экскаваторы. Они назывались грейфера. Они подымали на головокружительную высоту свои створчатые ковши, забравшие в когти вырытую землю. Они останавливали их над грузовиком. Когти разжимались. Земля падала в грузовик, как черная овца. Хищная тень двуглавого орла перелетала по пересеченной местности.

Были бетонолитные башни, переносные горны, электровозы, тракторы, бетономешалки, грохота, сита для просейки гравия и щебенки...

Винкич обшарил весь участок. Он не оставил необследованным ни одного уголка. Маргулиеса нигде не было.

Наконец они на него наткнулись.

Он широко шагал по высокой насыпи, уткнув нос в бумажку. Он спотыкался. Он каждую минуту мог свалиться вниз. Он был поглощен чтением.

Одним духом взлетел Винкич на насыпь и встал перед Маргулиесом.

— Здорово, хозяин! — закричал он веселым страшным голосом.

Маргулиес остановился. Увидел Винкича. «Ну что ж, — сказала его улыбка, — ничего не поделаешь. Поймал».

Они поздоровались. А уже на насыпь карабкался Георгий Васильевич.

Тут Винкич и козырнул Георгием Васильевичем.

Он сделал непроницаемо-официальное лицо и холодно сказал:

— Познакомься, Давид. Познакомьтесь, Георгий Васильевич. Это инженер Маргулиес, начальник участка. Это тебе, Давид, не надо объяснять кто. Само собой понятно. И в данном случае Георгий Васильевич интересуется одной вещью. Не можешь ли ты нам объяснить?

— Да уж, пожалуйста, — сказал Георгий Васильевич, стряхивая с колен землю.

— Георгий Васильевич хочет знать, — с ангельской нежностью сказал Винкич, — твое мнение по поводу харьковского рекорда. И еще Георгий Васильевич хочет знать, собираешься ли ты что-нибудь предпринять со своей стороны. То есть собирается ли твой участок. В общем — какие вы делаете из этого харьковского рекорда выводы?

— Да, да. Возможно ли это? То есть то, что Харьков... Возможно ли? — робко вставил Георгий Васильевич.

Маргулиес сосредоточенно зажмурился и опустил голову.

— Видите ли, — сказал он довольно твердо. — Я считаю, что в харьковских показателях нет ничего сверхъестественного. Этого следовало ожидать. При строго научной постановке подобного опыта всегда можно добиться более или менее высоких, гм, темпов. А что касается нас, в частности моего участка, то как вам сказать? Тут много самых разнообразных обстоятельств... Лично я считаю, что, конечно, можно попробовать... отчего же не попробовать. Может быть, нам удастся — но подчеркиваю: при строго научной постановке опыта — может быть, нам удастся довести количество перемесов, скажем, до...

Он задумался, как бы взвешивая еще раз про себя все доводы и данные.

— Ну? — сказал Винкич, вынимая книжку.

Маргулиес слегка поморщился:

— Ну, скажем, можно попробовать довести количество перемесов до трехсот десяти, трехсот двадцати... Даже, быть может, трехсот тридцати. Но конечно, повторяю, нужно тщательно подготовиться.

— Скажите! — воскликнул Георгий Васильевич. — А вот, представьте себе, инженер Налбандов тоже, знаете, крепкий парень...

Винкич осторожно дернул его за макинтош. Георгий Васильевич остановился. Но уже было поздно. У Маргулиеса переменилось лицо. Оно вдруг стало непроницаемым и неприятным.

Винкич про себя выругался: дернул Георгия Васильевича черт за язык произнести при Маргулиесе это имя.

— Ну так что же, Давид, — сказал Винкич, — когда же ты будешь бить Харьков? Сегодня, что ли? Кто у тебя на третьей смене? Кажется, Ищенко? А что же, Ищенко парень крепкий. А?

— Не знаю, — сказал Маргулиес вяло. — Не думаю, чтобы сегодня.

«Ой, думаешь, собака», — подумал Винкич.

257

— Не думаю, чтобы сегодня. Надо посмотреть, подготовить... Вероятно, завтра, а быть может, и послезавтра...

Он помолчал.

— Знаете что, товарищи, — сказал он, — приходите-ка на участок завтра в шестнадцать часов. Может быть, завтра... попробуем... Вам это, пожалуй, будет интересно... Особенно вам, Георгий Васильевич... А пока вы меня простите...

Маргулиес притронулся к кепке и протянул беллетристу руку.

Он ушел.

— Ну? — спросил Георгий Васильевич.

— Знаю я, какие у него дела, — пробормотал Винкич. — Так вот, значит, Георгий Васильевич, такое положение. Что мы имеем?

— Мы имеем два мнения: Налбандов говорит, что нельзя, Маргулиес — что можно.

— И даже нужно, — прибавил Винкич. — Я его, собаку, хорошо знаю. Он думает, что нужно, и я вам клянусь чем угодно, что именно сегодня, а не завтра или послезавтра он будет бить Харьков. Именно сегодня. Ну, мы еще успеем. Какой осторожный, черт...

— Значит, так, — сказал Георгий Васильевич. — Налбандов считает, что абсолютно нельзя. Маргулиес считает, что можно триста тридцать. Очень интересно.

Они напрямик пошли к тепляку.

Винкич подошел к Корнееву:

— Ну, Корнеич, а ты что скажешь?

— Четыреста замесов — это уже как факт, — быстро сказал Корнеев, сразу поняв, в чем дело.

И слово *замес* он опять произнес так, как будто это было не русское слово, а испанская фамилия — Zamess.

— Интересно, — сказал Георгий Васильевич.

— Уж будьте уверены, — пробормотал Винкич и тут же, увидев Ищенко, подошел к нему: — Ну, а ты как думаешь, хозяин?

Ищенко тоже понял его сразу.

— Что я думаю? — сказал он сердито. — Думаю, что не меньше как четыреста пятьдесят.

— Пятьсот! — закричал, подбегая, Мося.

Высоко в небо уходила решетчатая стрела семидесятиметровой бетонолитной башни. Для того чтобы увидеть ее верхушку, надо было задрать голову. Тогда казалось, что она косо летит в синем небе, полном быстрых и горячих облаков.

Ковш с человеком поднимался по ней, как температура.

XXXI

Просьба мистера Рай Рупа вполне отвечала тайному желанию Налбандова.

Все же он счел необходимым сухо и бесстрастно пожать плечами.

— Итак, вы хотите видеть окрестности? Прекрасно.

Действительно, здесь было слишком пыльно и знойно.

Сегодня здесь все особенно раздражало Налбандова. И он мог бы найти сколько угодно причин своего раздражения.

Излишняя мягкость Серошевского.

Недостаточная квалификация монтажников. Нехватка людей. Безобразная работа транспорта...

Да мало ли!

Наконец — эти американцы. Только от дела отрывают. Впрочем, тут Налбандов немного лукавил, обманывал самого себя.

Втайне ему было чрезвычайно приятно ездить и разговаривать по-английски с этими вежливыми и культурными людьми, которые могли вполне оценить его хорошее произношение, его резкий и острый ум, его первоклассное техническое образование, всю его своеобразную, внушительную, грубоватую внешность большевика, за которой скрывались блестящее европейское воспитание и тонкая культура.

Он произвел на мистера Рай Рупа сильное и приятное впечатление. Он это знал, чувствовал.

Втайне ему это льстило. И он не без удовольствия продолжал играть двойственную роль внешней грубости и внутренней тонкости.

Эта игра несколько смягчала его раздражение. Все же она не могла его уничтожить.

Конечно, тут дело было не в дурной работе транспорта или в недостаточной квалификации монтажников.

Тайной причиной раздражения Налбандова были Маргулиес и вчерашний харьковский рекорд.

Сегодня Маргулиес будет бить Харьков. В этом нет никаких сомнений.

Это носилось в воздухе.

Налбандов предвидел это по множеству мельчайших признаков. Он почувствовал это еще вчера вечером. Сегодня это подтверждалось.

Были плакаты, разговоры, намеки, улыбки...

Он ненавидел Маргулиеса.

Он не мог простить ему славы лучшего начальника участка, любви рабочих, популярности на строительстве.

Ибо кто такой был Маргулиес в сравнении с Налбандовым? Грубый практик, скороспелый инженер, демагог и карьерист, не считавшийся с теорией ради достижения дутых производственных эффектов.

Да, Маргулиесу до сих пор везло.

Каждая его победа приводила Налбандова в ярость. Он едва владел собой.

Но вечно так продолжаться не может. Конечно, когда-нибудь Маргулиес себе сломает шею.

И этого ждать недолго. Бить Харьков — это безумие. Бить Харьков — значит идти против всех традиций, нарушить элементарные требования техники, совершить грубое насилие над механизмом.

Механизм не прощает насилия.

«Строительство не французская борьба». Еще вчера вечером Налбандов пустил эту мысль по строительству. Ее подхватили. На некоторое время она овладела умами.

Налбандов сдержанно торжествовал.

Но сегодня явилась и полетела по строительству другая мысль: «Темпы в эпоху реконструкции решают все».

Две идеи: «строительство не французская борьба» и «темпы в эпоху реконструкции решают все» — вступили между собою в борьбу, и признаки этой начавшейся борьбы преследовали Налбандова всюду.

Они мучили его и подымали в нем желчь.

Переднее стекло машины было разбито. Пучок белых извилистых трещин скользил по развертывающемуся пейзажу образцовым рисунком ветвистой молнии.

Площадка строительства была громадна.

Прежде чем машина вынеслась из ее пределов в степь, мистер Рай Руп и Налбандов вполне поняли друг друга.

Между ними установились некие определенные отношения.

Эти отношения были полным взаимным пониманием и внутренним согласием людей одной культуры, формально исповедующих разные, исключающие друг друга, религии.

Но ни один из них при этом не забывал своей роли.

Мистер Рай Руп с мягкой вежливостью задавал вопросы. Налбандов предупредительно и преувеличенно точно на них отвечал.

Мистер Рай Руп делал интересные замечания, Налбандов, отдавая должное их тонкости, принимал их или отвергал.

Разумеется, мистера Рай Рупа прежде всего заинтересовали и удивили масштабы строительства.

Налбандов мотнул головой.

Белый рисунок молнии скользил по крышам и облакам.

Здесь было собрано приблизительно сто двадцать или сто тридцать тысяч рабочих, служащих, инженеров, их семейств и приезжих. Более точных сведений не имелось.

Статистика не поспевала за жизнью. Время оставляло за собой ряды выдохшихся цифр.

Но что это было?

Село? Конечно, нет. Местечко? Нет. Лагерь, рабочий поселок, станция? Нет.

Официально этот громадный населенный пункт назывался город. Но был ли он городом?

Вряд ли!

Во всяком случае, в нем отсутствовало то неуловимое, без чего почти невозможно ощущение города.

В нем не было *традиции*.

Он возникал слишком быстро. Он возникал со скоростью, опрокидывающей представление о времени, потребном для создания такого большого города.

История еще не успела положить на него своего клейма.

В нем не было монументов, обычаев, стилей, векового национального запаха.

Кроме того — и это самое главное из того, что бросалось в глаза, — в нем не было ни одной черты, говорящей о религии.

Мистер Рай Руп посетил на своем веку великое множество городов.

Среди них были города, возникшие тысячелетия тому назад и продолжающие жить до сих пор.

Были города-государства, города-трупы с остекленевшими глазами, великолепные свидетели древнейшей культуры, блистательных эр, жестокие памятники неповторимых архитектурных стилей, созданные руками рабов.

Были города, идущие к славе, и были города, давно достигшие своего расцвета и теперь медленно оскудевающие.

Были, наконец, города, выросшие в какие-нибудь десять — пятнадцать лет; новые американские города, индустриальные центры, заимствующие для своих дворцов, церквей, отелей и библиотек стили всех эпох и народов с бесцеремонностью нувориша, убежденного, что за свои деньги он может получить всю культуру прошлого, но получающего в действительности лишь более или менее удачные подделки, лишенные души и смысла.

Но во всех этих городах, даже в самых новых и быстро возникших, торжествовала старая традиция религии, ремесел, производства, потребления, нации, социального строя.

XXXII

Они проезжали по широким улицам. Эти улицы с таким же успехом могли быть названы шоссейными или грунтовыми дорогами.

Им попадались жилые дома, магазины, кинематографы, банки, школы, редакции газет, типографии, техникумы, был — морг...

Был полотняный цирк.

Но дома не имели стиля. Дома были стандартными деревянными сооружениями, палатками, бараками, землянками.

Магазины напоминали пожарные сараи, банки и школы помещались в балаганах, кинематографы представляли отгороженные пустыри с рядами вбитых в землю скамеек.

Повсюду были железнодорожные переезды, семафоры, шлагбаумы, шипенье и пар.

Это был черновой набросок города.

Но и сейчас в этом грубом черновом наброске уже ощущалось некое деление на районы, уже угадывался характер этих районов, уже появлялся бытовой рельеф.

Все то, что находилось по правую руку главной железнодорожной магистрали, было центром производственным. Там угольной панорамой рисовались чудовищные решетчатые фигуры объектов и агрегатов.

Все то, что находилось по левую руку, было центром потребительским. Но даже и в этом потребительском центре преобладал производственный колорит.

Геодезисты всюду выставляли свои полосатые шесты.

Вдоль дороги тянули перекрученную ленту рулетки; она блестела на солнце зеркальным винтом коловорота.

Были целые улицы бондарных мастерских.

Здесь сколачивали громадные деревянные чаны — «шари», — потребные для водонапорных башен, прачечных и бань.

В воздухе стоял дубовый гул молотков.

Здесь были огромные дворы, сплошь заваленные целыми штабелями скобяного товара, железными кроватями, рукомойниками, мисками, плевательницами, ведрами.

Но были также и дворы, где на чахлых грядках тесно и бледно выращивали саженцы черного и красного леса, жалкие прутики, редко обросшие вялыми листочками. Они никли под нестерпимыми лучами солнца, отяжеленные толстым слоем душной и едкой пыли.

В витринах книжных магазинов выгорали пестрые переплеты.

У единственной парикмахерской стояла длинная очередь.

Автомобили, плетенки, автобусы, велосипеды, тракторы, мотоциклы и пешеходы двигались навстречу друг другу в косых колоннадах и порталах пыли.

Ветер относил ее в сторону.

Колоннады рушились, клубились. Пыль тянулась по вытоптанной степи, оседая седой кисеей.

Мистер Рай Руп вытирал крылья носа чистым батистовым платком. На платке оставались следы черные, как вакса.

— Здесь много всякого шума, — сказал мистер Рай Руп, слабо улыбаясь, — много всякого шума, но нет «шума времени». Вы меня понимаете, товарищ Налбандов?

Налбандов прикрыл глаза и кивнул головой.

Да, конечно, здесь не было «шума времени».

Так называемый «шум времени» предшествовал и сопутствовал росту жизни, и в особенности смерти — «тех», чудесных, зарубежных городов.

Он восхищал историков, путешественников и поэтов.

«Там» история говорила каменным языком порталов, набережных, лестниц, капелл, базилик.

Медное эхо тысячекратно гудело, наполняя «те» города легендами и догадками.

«Те» города. Так сладко звучало здесь это «те».

Но здесь история еще только начиналась.

Здесь не было ни легенд, ни догадок. Город без «шума времени», без медного языка истории.

Это казалось невероятным.

Это разочаровывало и оскорбляло.

«Он прав», — подумал Налбандов и сказал:

— Вы не правы, мистер Рай Руп. Я с вами не согласен. — Он резко прищурился.

— Что такое шум времени? Вот над городом летит аэроплан. Сначала мы слышим шум. Заметьте себе — шум.

— Да, да. Сначала мы слышим шум. Дорогой Леонард. Послушайте. Это очень интересно, то, что он говорит. Я угадываю вашу мысль. Но дальше, дальше. Итак — сначала шум.

— Сначала шум. Вслед за шумом мы видим появившийся над ребром крыши самолет.

— Ну да. Шум предшествует и сопутствует его полету. Не так ли? И что же вы в этом видите?

— Скорость звука соперничает со скоростью полета. Техника борется со временем.

— Ах, техника... — Мистер Рай Руп поморщился. — Да, техника...

Налбандов положил обе руки на голову палки. Руки были покрыты таким густым слоем пыли, что казались в замшевых перчатках.

Он смотрел прямо перед собой тусклыми суженными глазами.

Он продолжал:

— Но звук делает тысячу километров в час, в то время как аэроплан — шестьсот. Звук побеждает. Звук предшествует полету.

— А, Леонард? Правильно! Природа побеждает технику, это моя мысль.

— Но всегда ли так будет? — продолжал Налбандов. — Что невероятного в том, что самолет будет делать вместо шестисот километров в час — тысячу и больше? Это будет через год, через полгода, может быть, и сейчас... И тогда машина достигнет скорости звука.

— Это очень интересно. Слушайте, слушайте, машина достигнет скорости звука.

— И тогда, — резко и громко сказал Налбандов, — мы увидим чудо. Совершенно безмолвно появится самолет и с чудовищной быстротой, но и в чудовищном безмолвии, пронесется над нами. И лишь через некоторое время пронесется по его следу громадный шум, яростный шум времени, побежденного техникой...

— Ах, техника... Но законы природы...

— Законы природы неизменны, — отрезал Налбандов, — они косны и консервативны. Они заперты сами в себе и не могут выйти из своего заключения. Человеческий же гений безграничен.

— Вы поэт, — сказал мистер Рай Руп, улыбаясь.

— Нет, я инженер, большевик, — грубо ответил Налбандов. — Мы достигнем скорости света и станем бессмертными.

— Если выдержит ваше бедное земное человеческое сердце, — с религиозным вздохом сказал мистер Рай Руп, складывая руки на животе и хитро поглядывая на Налбандова.

«Он прав», — подумал Налбандов и сказал:

— Оно выдержит. Будьте уверены.

XXXIII

Зеленый пульмановский вагон с розеткой ордена Ленина стоял в тупике, в самой середине площадки доменного цеха.

Месяца два тому назад его подали сюда, отцепили от состава и путь закидали шпалами.

В него тотчас провели электричество и телефон.

Вагон стал домом, конторой, постоянной принадлежностью участка.

Такой вид имела выездная редакция газеты «Комсомольская правда».

Это был полевой штаб, выдвинутый на линию огня.

Здесь он остановился.

Но, остановившись в пространстве, вагон продолжал двигаться во времени.

Время неслось, ежеминутно видоизменяя вокруг него пространство.

Ощущения неподвижности не было.

Против окон вагона то подымались красные горы глины, то открывались провалы котлованов, блестела далекая вода; мелькали провозимые на платформах мосты, портальные краны; появлялись и вдруг исчезали и появлялись опять, как станции, — будки, сараи, столбы, бочки...

Стекла дрожали от непрекращающегося ни днем, ни ночью грохота проезжающих тракторов, электровозов, грузовиков, от дробного стука пневматических молотков и перфораторов.

Неслось время, с каждым днем увеличивая свою быстроту, и несся во времени зеленый пульмановский вагон с ленинским профилем, как бы еще дыша железным дымом Златоуста, папоротниками Миасса, антрацитом Караганды, сверканьем Челябы, всей свежестью и силой Большого Урала, всем своим сделанным в пространстве и времени маршрутом.

В дверях вагона стоял парень в голубой ситцевой косоворотке, с мокрой темно-рыжей головой, зеркально причесанной назад.

Он выколачивал из медного солдатского чайника старую заварку.

Это был метранпаж.

Вагонная ступенька находилась слишком высоко над полотном.

Маргулиес сильно задрал ногу.

Метранпаж протянул ему крепкую руку. Пожимая ее, Маргулиес легко и упруго взлетел на площадку.

— Давно к нам не заходил чай пить, товарищ Маргулиес.

— Вот — зашел.

— Милости вашей просим.

— Хозяева дома?

— Как же. Сидят.

Легко отпирая толстые, ладно пригнанные, массивные и бесшумные двери, Маргулиес вошел в вагон.

Желтая, рубчатая, лаковая его внутренность была приспособлена для надобностей газеты.

Первые два купе и прилегающая к ним часть коридора были превращены в довольно обширное помещение походной типографии.

Здесь стояли две наборные кассы, цинковый стол метранпажа и ручной печатный станок «американка» с толстым жирно-черным диском.

Сюда врывалось из сухих грязных окон давно перевалившее за полдень солнце.

Оно жгло стены, усиливало типографский запах керосина и цинка, доводя его до чада.

Следы поливки блестели на полу темно-лиловыми глянцевыми восьмерками.

Капли сверкающей воды катались и сворачивались в пыли, как пилюли.

В соседнем купе послышался голос, кричащий в телефон. Там находилась собственно редакция. Оттуда валил сиреневый табачный дым.

Маргулиес вошел.

Ответственный редактор — Вл. Кутайсов — лежал ничком на лавке, застланной серым байковым одеялом. Уткнувшись головой в тощую подушку, он разговаривал по телефону.

Он держал трубку обеими руками, пытаясь в то же время закрыть как-нибудь плечом свободное ухо. В купе было слишком шумно. Ему мешали.

Колотя носками расстегнутых сандалий в пол, косо двигая спиной, оправляя задравшийся пиджак, мотая развалившимися на стороны желтыми семинарскими волосами, он грубо и напористо кричал в трубку:

— А я тебе еще раз заявляю, дорогой товарищ, что это дело не выйдет. Не выйдет это дело, дорогой товарищ. Заявляю категорически: не выйдет. Не выйдет. Нет, нет, ты мне лучше ничего не говори. Не выйдет. Понял? Точка. Не выйдет...

Не глядя, Кутайсов протянул руку назад, поймал Маргулиеса за рукав и потянул вниз.

— Будь здоров, Давид. Седай. Сейчас я кончу. Мы уже кое-что наметили. Да нет, ну тебя, это я не тебе, — продолжал он, смеясь, в телефон. — С тобой, друг, кончено. Что? Только ты нас, главное дело, не пугай. Пожалуйста. Хоть в Политбюро жалуйся. Не выйдет. Ну, точка. До свиданья. Точка, точка. Не выйдет. Иди знаешь куда!..

Под окном на скрипучей корзине, заткнутой щепкой, сидел очень маленький аккуратный секретарь редакции Тригер. Это был совсем почти мальчик.

На нем был серый пуловер в черных ромбиках и тоже сандалии, но аккуратно застегнутые.

Он держал на коленях тетрадку. Опустив выпуклые, несколько воспаленные еврейские глаза, он старательно писал, но вместе с тем слушал и то, что говорил в телефон Кутайсов, и то, что говорил третий и последний член редакции, поэт Слободкин.

Ищенко сидел на другой лавке, тоже застланной одеялом, но не байковым, а стеганым, малиновым.

Он сидел, подобрав под лавку босые ноги, накручивал на палец и раскручивал чуб и изредка сумрачно перебивал Слободкина.

Слободкин — высокий и юный, с молочно-голубой свежевыбритой головой, коричневым лицом, в очках, но не пылевых, а обыкновенных маленьких стальных увеличительных очках — сутуло стоял перед Ищенко, положив ему на плечи свои большие пористые руки.

Он говорил густо и неторопливо, окающим волжским говором:

— Вот что тебе скажу, друг мой Ищенко. Только ты не волнуйся, не волнуйся. На Челябе натолкнулись мы на такой факт. Приходит к нам в вагон тоже такой вот, как ты, бригадир. Бетонщик тоже. И заявляет...

Ищенко, не слушая, упрямо смотрел в пол.

— А я тебе, Слободкин, говорю одно. Не будет того, чтоб ваш Ханумов всю жизнь над нами смеялся. Не будет того.

— Вот чудило... Да при чем Ханумов!..

— Все равно не будет этого.

Маргулиес присел рядом с бригадиром на малиновое одеяло.

— Ты уже тут, Ищенко. Поспел. Забежал вперед.

— Все равно не будет этого, — пробормотал Ищенко еще раз.

Кутайсов повесил трубку:

— Что скажешь, Давид?

— А ты что скажешь?

— Какие у тебя новости?

— А у вас какие?

Они хитро и пытливо посмотрели друг на друга.

Маргулиес был неузнаваем. Куда делась его вялость, нерешительность, шепелявость! Он был сдержанно весел, легок и точен в движениях, общителен.

Совсем другой человек.

Он хлопнул себя по карману, вытащил исписанные карандашом листки и разложил их на лавке.

— Ну-с, дорогие товарищи. Десять минут внимания. Мотайте на ус. Небольшая статейка, называется «Ускорить изготовление и дать высокое качество бетона». Из номера от сегодняшнего числа газеты «За индустриализацию».

Он голосом подчеркнул слово «сегодняшнего» и победоносно блеснул очками.

— Каким образом от *сегодняшнего*?

— Святым духом. У меня в Москве специальный корреспондент. Сестренка. По телефону.

— Вот собака! — с восхищением воскликнул Слободкин. — Ну и соба-ака!

— Так читать, что ли?

Маргулиес прикрыл ладонью листки:

— Или не стоит?

— Читай, и так теряем время, — серьезно сказал Тригер, закрывая тетрадь.

— Так вот-с, — сказал Маргулиес и стал быстро читать, изредка запинаясь и приближая листки к очкам на неразборчиво или сокращенно написанных фразах.

Пока он читал, в купе вошло еще несколько человек.

Сначала заглянуло возбужденное, неистово сверкающее глазами лицо Моси.

Мося всюду разыскивал Маргулиеса. У него, видно, было неотложное дело. Он увидел Маргулиеса и уже открыл рот, но Кутайсов показал ему кулак. Мося скрючился, зажмурился и хлопнул себя по толстым губам.

Он насунул на нос кепку, поджал ноги и бесшумно сел в дверях прямо на пол.

За Мосей появилась неодобрительная фигура Семечкина, голубая футболка Шуры Солдатовой, синие халаты наборщиков.

Маргулиес кончил читать.

— Какие же из этого выводы? — сказал он, не делая передышки. — Выводы те, что можно попробовать бить Харьков.

— Верно! — закричал Мося.

— Подожди, не ори, — сказал Кутайсов.

— Только не Ханумов, — сумрачно и сосредоточенно заметил Ищенко.

— Вот заладил...

— Этого не будет, — еще сумрачнее и сосредоточеннее сказал бригадир.

Желваки двигались возле его скул.

Мося жалобно посмотрел на Маргулиеса.

— Давид Львович, честное слово. Дайте распоряжение Ищенко. Пускай товарищи редакция будут свидетели. Как раз самая подходящая смена. Поскольку уже переставляют машину и через час кончают установку.

— По-моему, тоже, надо молодым дать ход, — посмеиваясь, сказал Кутайсов. Он раскинул ноги в расстегнутых сандалиях и, заложив руки под голову, мотал длинными волосами.

Маргулиес серьезно посмотрел через плечо на Мосю. Улыбнулся томно. Но все же сухо сказал, как бы в пространство:

— Я уже сказал прорабу.

Ищенко быстро повернулся.

— Кто: я или Ханумов?

— Твоя смена сейчас?

— Моя.

— Ну, ты и будешь, в чем дело.

Ищенко и Мося обменялись молниеносными взглядами.

— Только без трепотни, — строго заметил Маргулиес.

— Есть, капитан! — восторженно крикнул Мося.

Он вскочил на ноги, вытянулся и отдал по-военному честь.

XXXIV

— А вы что скажете, товарищ редакция?

— Мы одобряем.

— Мало, мало...

Слободкин притворно захохотал басом:

— Хо-хо-хо. Ему мало одобрения такого авторитетного органа печати на колесах. Чего ж тебе еще от нас надо? — Слободкин мигнул маленькому Тригеру.

— Со всякими претензиями обращайся к нему.

Маргулиес быстро и крепко потер руки.

— Во-первых, дорогие товарищи, — сказал он, — карьеры, во-вторых — транспорт, в-третьих — водопровод, в-четвертых — ток. Довольно с вас?

— Хватит.

— Остальное мы с Корнеевым берем на себя.

Маленький Тригер открыл тетрадку, сверился с написанным и поднял серьезные выпуклые глаза на Маргулиеса.

— Значит, карьеры, транспорт, водопровод, ток, и больше ничего? А слесарный ремонт вам не надо?

— Совершенно верно, — сказал Маргулиес. — Слесарный ремонт. Обязательно надо.

Все засмеялись.

Засмеялся громко и Маргулиес. Еще бы. Он упустил такую важную вещь, как слесарный ремонт. Он — инженер, начальник участка. А маленький, тихий Тригер, секретарь редакции, — не упустил.

— Ты с малюткой Тригером не шути, — сказал Кутайсов. — Он у нас на этом деле собаку съел и щенком закусил...

— И керосином запил, — добавил Слободкин.

Тригер полуулыбнулся, но покраснел, как девочка.

Он действительно довольно хорошо изучил бетонное дело. Он пристально и настойчиво наблюдал работу бетонщиков на всех новостройках, где побывал вагон. Он прочитал все, что только можно было достать по бетону на русском языке.

К знаниям, почерпнутым из книг, он прибавил еще свою собственную теорию темпов.

Она заключалась в том, что повышение производительности одного хотя бы механизма автоматически влечет за собою необходимость повышения производительности других, косвенно связанных с ним механизмов.

А так как все механизмы Советского Союза в той или иной степени связаны друг с другом и представляют собой сложную взаимодействующую систему, то повышение темпа в какой-нибудь одной точке этой системы неизбежно влечет за собой хоть и маленькое, но безусловное повышение темпа всей системы в целом, то есть в известной мере приближает время социализма.

Он выбрал эту точку. Он специализировался на бетоне.

Он был убежден, что убыстрение работы хотя бы одной бетономешалки повлечет за собою убыстрение темпа работы всех машин, косвенно связанных с производством бетона.

А косвенно были связаны водопровод, подающий воду, железная дорога, подвозящая цемент, песок и щебенку, и электрическая станция, вырабатывающая ток.

Затем увеличивалась суточная потребность в песке, цементе и щебенке, то есть должна была усилиться работа песчаного и каменного карьеров, камнедробильных машин и грохотов, производительность цементного завода.

Если же принять в расчет, что, для того чтобы усилилась работа водопровода, электрической станции, камнедробилок и так далее, необходимо должна была со своей стороны усилиться работа и связанных с ними механизмов и, кроме того, механизмов, связанных с этими механизмами, — то становилось совершенно ясно, что к маленькому на первый взгляд делу увеличения производительности одной бетономешалки причастна вся огромная, сложная, важная взаимодействующая система пятилетнего плана.

В капле дождя Тригер видел сад.

Он тщательно изучал эту каплю.

Ои построил схему. Он ее нарисовал. Это был чертеж сада.

Это была пятилучевая звезда, в центре которой находилась бетономешалка. От бетономешалки шли радиальные линии.

Две из них соединяли центр с песчаным и каменным карьерами. Одна — со складом цемента. Две остальные — с электрической станцией и водопроводной.

Линии эти были: три первые — транспортом, железнодорожными путями, две остальные — электрической проводкой и водопроводными трубами.

Это было грубое изображение той нервной и питающей системы, от которой зависела точная и бесперебойная работа механизма бетономешалки.

Кроме того, вблизи центра была нанесена точка — слесарный ремонт.

Этого пункта могло и не быть, но Тригер хорошо знал состояние ручных тележек, стерлингов, имевшихся на участке. Их было мало, и они были крайне изношены. Каждую минуту мог потребоваться летучий ремонт.

Это была схема механического взаимодействия силовых точек и линий.

Но без горячей человеческой воли, без живой, быстрой мысли, без творческого воображения, без острого человеческого глаза, без тонкого нюха, без центра, где бы все эти человеческие качества могли соединиться, какую пользу могла принести эта расчерченная с точностью до десяти метров схема?

Без всего этого она была бы пустой и мертвой.

Маленький Тригер хлопотливо и обдуманно населил ее людьми.

Он выбрал их, взвесил их достоинства и недостатки, оценил их так и этак и расставил по точкам и линиям. Он исписал свою схему именами людей. Имена людей стояли рядом с цифрами, давая им душу и смысл.

Во всех пунктах: на обоих карьерах, на водопроводной и электрической станциях, на складе цемента, в диспетчерском управлении, на летучем слесарном ремонте, — всюду сидели свои, надежные ребята. Но этого было мало.

Нужно было создать и точно распределить по обязанностям центральный аварийный штаб, готовый по первому требованию послать на место своего члена, чтобы на месте добиться устранения возможной задержки.

В этот штаб входила вся редакция.

Слободкин предназначался для электрической станции, Кутайсов — для цемента. Тригер взял на себя оба карьера.

Не хватало подходящего человека для водопровода.

Это был один из самых надежных участков, о нем, в общем, можно было не беспокоиться. Но все же оставить его без наблюдения было нельзя.

Тригер зажмурился, как будто у него заболели глаза.

— Семечкин, берешь на себя водопровод?

Тригер не доверял Семечкину. Но на худой конец мог пригодиться и Семечкин.

Семечкин солидно и басовито покашлял.

Ему польстило неожиданное предложение Тригера. Значит, все-таки кое-кто ценит его, Семечкина. Значит, все-таки кое-кому может он, Семечкин, понадобиться.

Семечкин выступил из-за двери в купе. Он даже слегка порозовел. Конечно, это было совсем не то, на что он рассчитывал утром, но тоже недурно. Во всяком случае, поближе к рекорду.

— Что же, — сказал он, — это можно. Отчего же.

Тригер вписал в схему под точкой водопровода: «Семечкин».

Маргулиес обнял за плечи Ищенко. Близко заглянул ему в глаза.

— Ну, успокоился, командарм?

Ищенко хотел нахмуриться, но против воли щеки его разлезлись в улыбку. Но он тотчас же овладел собой и сурово сказал:

— За меня не беспокойся. Я за своих хлопцев отвечаю.

Брызнул телефонный звонок.

Кутайсов поднял руку и лениво поймал трубку:

— Да. Вагон «Комсомолки». Слушаю. В чем дело?

Он уткнулся вместе с трубкой в подушку (ша, ребята!).

— Ну? В чем дело? Я слушаю!

Он некоторое время лежал молча, носом в подушку, с трубкой возле уха. Потом сказал:

— Бригадир Ищенко? Тут. Сейчас передаю.

И к Ищенко:

— Бери трубку. Тебя.

— Меня?

Ищенко тревожно оглянулся. Его еще никогда не вызывали по телефону.

— Тебя, тебя. Из конторы. Бери трубку.

Бригадир неумело, с грубой осторожностью взял трубку, повернул ее и аккуратно приставил к уху.

— Альо, альо! — закричал он преувеличенным голосом. — У телефона бригадир Ищенко. Что надо?

Как бы предчувствуя нечто необыкновенное, все замолчали.

В окно ударила короткая пулеметная очередь пневматического молотка на домне.

Ищенко стоял, напряженный, с трубкой у виска, и слушал. Он побледнел и, не говоря ни слова, положил трубку на койку.

— В чем дело?

Ищенко растерянно оглянулся.

— Нашла самое подходящее время, — произнес он глуховато.

— Что такое?

— Баба моя... — сказал Ищенко. — Скаженная женщина...

Он беспомощно, мило, застенчиво и общительно усмехнулся.

— Представьте себе — родить начала, что вы скажете!

Он некоторое время постоял среди купе, не зная, что делать. На его темном лбу сиял пот.

— Надо отвозить.

Все расступились.

Он вышел.

XXXV

Никто в этот особенный день не заходил далеко от барака.

Скоро собралась вся бригада.

— Значит, так, — сказал Сметана, садясь на землю.

Он обхватил колени руками, положил на колени голову и закачался.

Из окон барака слышались негромкие, правильно чередующиеся крики: «А-а-а... А-а-а-а... У-у-у...»

Это стонала Феня.

Она с утра была на ногах, ни разу не присела. До десяти часов она переделала все дела.

Больше делать было нечего. А день только начинался.

Феня томилась, не зная, куда себя девать. Ей все казалось, что еще что-то не доделано, не устроено, не окончено. И надо было торопиться, и некуда было торопиться.

Тогда она увязалась с бабами на собрание женского актива.

Оттуда женщины пошли на субботник — строить ясли.

Феня включилась в актив и пошла с ними.

Ее отговаривали. Она не слушалась.

«Когда *это* еще будет!» — говорила она.

И шла.

Среди женщин было много беременных. Она не хотела от них отставать. В этом было столько же упрямства, сколько и хитрости, хозяйственного расчета.

Феня еще с утра решила остаться здесь при муже навсегда. Ей здесь нравилось. Продукты хорошие, и ударная карточка, и мануфактура бывает. Но, оставаясь здесь, она не предполагала оставаться без работы. Нет. Она будет работать.

Работы сколько угодно, только давай-давай. Пойдет на рудник откатчицей, пойдет в столовую подавальщицей, пойдет к грабарям землекопкой. А так, без дела сидеть дома — мужней женой — это от людей совестно и скучно.

И опять же одна ударная карточка хорошо, а две — лучше.

Но будет ребенок...

Куда его девать? В яслях всюду полно. Если же актив участка построит свои ясли, то, поскольку она сама строила ясли и была в этом активе, — ее ребенка туда в первую очередь. Это уж верно.

И она шла, и таскала доски, и утирала пот, и хозяйственно суетилась, распоряжалась, тяжело ступая на пятки и оступаясь и обливаясь по́том, и подписывала какое-то заявление, и пела песни...

Но Феня не рассчитала сил. Силы вдруг пропали. Ей стало худо.

Ее кое-как довели до барака.

А идти было километра два. Пыль, зной, духота, ветер упал.

Побежали за Ищенко. Ищенко нигде нет. Позвонили в контору участка. Оттуда в «Комсомолку». Там нашли. Сказали.

А Феня лежала меж тем на койке, стонала:

— А-а-ай, Костичка... У-у-уй, Костичка...

Соседи мочили ей полотенцем голову, давали пить.

Под окнами шумела бригада.

— Значит, так, — сказал Сметана. — Ходил я на участок. Маргулиес молчит, пока ничего не говорит. Выжидает. Корнеев не против. Мося, конечно, роет носом землю. Ну, ясно. Сейчас Ищенко придет — будет докладывать. Стало быть, все в полном порядке. Да...

— Теперь слово за нами, товарищи! — закричала вдруг Оля Трегубова пронзительным, митинговым голосом, выкатывая свои небольшие голубые глаза, и без того сильно навыкате.

— Ша! — крикнул Сметана. — Закройся. Я тебе слова не давал.

Он изловчился, молниеносно схватил Трегубову за ноги и дернул. Она ахнула и со всего маху, с треском, села на ступеньку.

Прикусила язычок.

— Ух, ты!

— Значит, такая картинка, — спокойно продолжал Сметана. — Теперь, как совершенно правильно заметила товарищ Трегубова, вопрос за нами...

Он остановился.

По улице вскачь неслась бричка. Ищенко на ходу вылезал из ее маленькой плетеной люльки. Он запутался в соломе. Он вырывал из соломы ноги. Наконец он выпростался и выскочил.

Бричка остановилась.

С задранными штанами, осыпанными соломенным сором, Ищенко взошел на крыльцо. Ребята посторонились.

Кидая коленями двери, он прошел сени.

Ну была жара!

Из вагона «Комсомольской правды» бригадир сразу побежал домой. Но с полдороги повернул на разнарядку. Он сообразил, что понадобится подвода.

Незнакомый нарядчик долго не хотел давать лошадь. Требовал больничный листок. Ищенко просил. Ругался. Наконец уломал нарядчика.

Теперь новое дело: кучера обедали!

С запиской в руках бегал Ищенко в столовую палатку к кучерам.

Тоже просил и тоже ругался.

Ему казалось, что если он сейчас же, сию минуту не поедет, то там с Феней случится что-то ужасное: умрет, задохнется. Он почему-то представлял, что именно — задохнется. Он так ясно воображал это, что сам задыхался.

Но кучера отказались ехать, пока не пообедают.

И он ждал.

Он ходил вокруг стола. Подавальщицы толкали его голыми локтями. Он, бессмысленно улыбаясь, присаживался на кончик скамьи, но тотчас вскакивал и опять ходил вокруг стола, опустив крепкую голову и злобно сжав губы.

Он ненавидел этот душный, желтый, ровный балаганный свет, проникавший в палатку сквозь жаркие, желтоватые против солнца, холщовые стены и потолок, поднятый на высоких шестах.

Ему была противна серая кристаллическая соль в белых фаянсовых баночках на столе, был противен хлеб, мухи и графины.

Но больше всего возбуждали ненависть кучера, одетые, несмотря на жару, в темное, ватное, грязное, тяжелое.

«Прямо как свиньи, — бормотал он сквозь зубы. — Там женщина задыхается, а они, прямо как свиньи, медленно жрут».

Ему досталась неважная лошадь и кучер с придурью. Думая выгадать расстояние, он повез, чмокая губами, прямиком, через строительный участок, и завез в такое место, откуда насилу выбрались: распрягли лошадь и на руках выкатывали из котлована бричку.

Поехали назад и опять запутались. Словом, сделали крюку добрых километров пять и подъехали к бараку с другой стороны.

У Ищенко шумело и стучало в ушах, как будто бы в уши налилась гремучая вода.

Он ожидал увидеть дома нечто необычайное, из ряда вон выходящее, страшное, неизвестное. Он приготовился к этому. Но едва он вошел за перегородку, как его поразила мирная простота и домашняя обыкновенность того, что он увидел.

Не было ничего особенного.

На койке на спине лежала Феня. Она негромко стонала. Но лицо было блестящее и оживленное. Соседка увязывала ее вещи. Феня увидела Ищенко и перестала стонать.

Она быстро, напряженно улыбнулась и сама легко встала на ноги, начала надевать на голову шаль, подсовывая под ее края волосы твердым указательным пальцем.

— Ну, — сказал Ищенко немного разочарованно. — В чем дело?

Феня виновато, снизу вверх, посмотрела на него синими живыми глазами и ничего не ответила.

— Бери вещи, что ли, — сказала соседка, вкладывая в руки бригадира узелок. — Подводу достал?

Ищенко автоматически прижал вещи к груди и сурово посмотрел на Феню.

— Доедешь?

Она сделала усилие, чтобы не застонать, прикусила нижнюю губу чистыми перловыми зубками и кивнула головой.

— Доеду,— с усилием выговорила она, и ее опять дернуло судорогой.

Ищенко подставил ей плечо. Она обняла его за шею рукой, и они пошли.

Пока соседка усаживала тяжелую Феню в маленькую, слишком тесную для двоих корзинку брички, пока она подкладывала ей под спину солому, Ищенко подошел к ребятам.

Они с любопытством и почтением смотрели на своего бригадира, на его озабоченное, темное лицо, на узелок в его руках.

Они ожидали, что он скажет.

Вид собранной бригады тотчас вернул Ищенко в круг интересов того мира, из которого его так резко выбили.

— Ну, как идет дело? — спросил он, осматривая и подсчитывая в уме количество ребят.

— Ребята не возражают.

— Все налицо?

— Все.

Ищенко нахмурился:

— Как это все? А где Загиров? Где Саенко?

Загирова и Саенко не было. Они исчезли. Они прогуляли прошлую смену.

Загирова видели рано утром. Он бегал по ребятам — искал в долг десятку.

Саенко же со вчерашнего дня не показывался.

— Что ж они, собачьи дети! — закричал Ищенко. — Зарезать нас хочут? Не нашли другого дня! У нас теперь такое дело, что... что...

Он не находил слов. Он ударил крепкой глиняной ножкой в землю.

В бричке застонала Феня.

Ищенко бросился к плетенке.

И, уже сидя боком рядом с Феней, свесив правую ногу наружу и поддерживая жену левой рукой за спину, он закричал:

— Чтоб все были на месте! До одного человека. А то нам хоть в глаза людям не смотри.

Бричка тронулась.

Сметана бежал за бричкой:

— Стой! Ищенко! Стой! Как там решили?

— Решили крыть! Веди бригаду на участок... Чтоб все... До одного человека... Я сейчас туда завернусь...

Он показал глазами на Феню, усмехнулся:

— А то видишь, какая музыка... Здравствуйте...

Феня припала к плечу мужа.

— Ой, Костичка... Такая неприятность... Ой, Костичка, не доеду.

— Да погоняй ты, ну тебя к чертовой матери! — заорал Ищенко страшным голосом.

Ветра уже не было. Но не было и солнца. Солнце скрылось в яркой, белой, душной, низкой туче.

Воздух был толст и неподвижен, как в бане...

XXXVI

Это был конец мая — начало сильного и полезного уральского лета, — косой кусок первобытной природы, еще не тронутый людьми и не осложненный планировкой.

Узкий край обесцвеченного неба казался здесь единственным посредником между солнцем, ветром, облаками и травой.

Здесь — по круглому боку холма — росла трава. Ее еще не совсем вытоптали. Это была сухая, мелкая, жаркая, полная пыли, но все еще крепко пахучая трава.

Базар стоял наверху.

Он стоял, дугами и дышлами упираясь в небо и поддерживая его шатрами, ларьками, всем своим серым табором торга.

Товарищи присели у канавы и снова сыграли.

На этот раз Саенко быстро отнял у Загирова промтоварную карточку, а также продуктовые и обеденные талоны.

Они встали с земли и пошли на базар. Загиров больше не плакал.

У него блестели глаза сухо, как у больного. Лицо стало вогнутым и землистым.

Он уже больше ничего не просил, ничего не говорил. Ему было трудно расклеить спекшиеся губы.

Убитый и опустошенный, он плелся за Саенко, бессмысленно стараясь попадать ногами в его следы.

Он натянуто улыбался. Улыбка была неподвижна и угодлива.

Вершина холма, дочерна вытоптанная толпой, курилась со всех сторон, как подожженная.

Олю Трегубову послали за Саенко и Загировым. Она всюду их искала. Без них она не смела вернуться в бригаду.

Она нашла их на базаре.

Базар теснился стреноженными лошадьми, плотно составленными плетеными возами, бочками с квасом, сургучными бараньими тушками, остро нарезанными, ядовито-зелеными снопиками тростника, сальными, испятнанными пальцами, большими бутылями кумыса, завернутыми в сено, комками грязного башкирского масла.

Здесь на войлоке сидели, в лисьих шапках, седобородые башкиры, чьи крупные лица блестели, как глиняные миски, расписанные сонными чертами азиатской улыбки.

Здесь ходили цыганки с глазами, сыплющимися, как мелкие деньги.

Здесь оборванцы водили виляющие велосипеды.

Из рук в руки переходили старые дробовики, патронташи, пачки махорки, часы, башмаки, сапоги, бязевые рубахи, осыпанные подозрительными узелками дурно вычесанного хлопка...

Уральские казаки целыми семьями приезжали сюда из далеких и ближних станиц и колхозов посмотреть на волшебно возникающий город.

С немым изумлением озирались они по сторонам. Отовсюду — с запада, востока, юга, севера — теснили холм невиданные машины, трубы, краны, дома, башни...

Непобедимым лагерем обложили они осажденный редут базара.

Они штурмовали его ротами бараков, линейными батальонами тепляков, артиллерийскими полками участков, мортирами строительных механизмов, пулеметами перфораторов.

Но базар держался.

По ночам скрипели возы. На рассвете они, таинственно пройдя сквозь вражеский лагерь, вступали в осажденный редут.

Казаки привозили сюда снедь и увозили промтовары.

Так появился базар. Так начался торг.

В нем было все присуще Азии, кроме пестроты. Здесь отсутствовали ковры и фрукты, анилиновые ткани, медная утварь.

Тут преобладали цвета черный и серый — скучные цвета среднерусского рынка, более напоминающие газету, чем персидский ковер.

Саенко чувствовал себя как дома.

Он лихо и ловко развернул выигранные вещи. Белье защелкало на ветру тесемками.

— А ну, хватай-налетай-покупай!..

Он подкинул калоши.

Они тяжело перевернулись в воздухе, мелькнув свекольно-красной подкладкой. Солнце липко блеснуло в паюсной икре клейменых подошв.

— Кому калоши? Очень хороши. Их дурак проиграл за трояк. Налетайте, ребятки, не жалейте десятки!

Он носился в толпе, толкаясь локтями.

Базар его опьянял.

Его глаза лиловели туманно и нетрезво. По прыщавому подбородку текли слюни. Голос был хриплый, надорванный, бесноватый:

— А вот хорошая кепка, сшитая крепко. Кому кепочку новую с больной головы на здоровую? Продается за пятерку, а куплена за сто. Поддержите, товарищи, ударника-энтузиаста!

И в сторону жалобной скороговоркой:

— Ей-богу, граждане, жрать нечего, помираем с голоду — я и братишка, — три дня не емши, истинный крест.

Он бил новыми башмаками — подошва в подошву, — хватал их за шнурки и стремительно крутил перед собой колесом.

— Ботиночки что надо, из города Ленинграда. Новые, прямо дубовые. Налетайте, ребятки, не жалейте двадцатки! А вот бельишко, вышивала Аришка, ни единой латочки, тоже по десяточке.

Его окружили бабы и мужики.

С шуточками и прибауточками, с дурацким, хитрым лицом, он быстро распродал вещи.

Он хватал покупателей за пиджаки. Плевал в ладони. Бил по рукам. Уходил. Возвращался. Притопывал лаптями. Подмигивал. Пел.

Загиров едва поспевал за ним.

С ужасом смотрел он, как в чужие руки навсегда переходят его кровные вещи.

Саенко дал за них десятку, а взял — пятьдесят.

Загиров хотел сказать, но не мог открыть рта, разжать тесно стиснутых зубов.

Ему хотелось есть и пить.

Хорошо бы квасу, кумысу...

Он видел, как Саенко, отворачиваясь от людей, воровато и быстро укладывал новые деньги в пачку старых — совал через ширинку в какой-то глубокий, потайной, внутренний карман.

Оля Трегубова шумно налетела на них.

Она остановилась, вывернув руки и упершись ими в бока.

— Товарищи! — начала она предельно высоким, почти визгливым бабьим голосом. — Все ребята на месте, одни вы не на месте. Это, товарищи, никуда не годится. Достаточно стыдно для сознательных ударников, особенно перед такой ответственной, рекордной сменой...

Саенко скучно посмотрел на ее праздничное платье, на оборочки и пуговички.

Он мигнул Загирову, свистнул, медленно поворотился и молча побрел прочь с базара.

Она обежала его и опять остановилась перед ним.

— Вчера смену прогуляли и сегодня метите прогулять?

Она развевалась перед ними на ветру, как флаг. Ее глаза сверкали обворожительно и упрямо.

— Ну! Я с кем разговариваю? Опять метите прогулять? Что вы — обалдели? Все ребята на производственном совещании, а они на базаре! Чего вы тут не видели? Барахла не видели? А еще ударники! Очень красиво!

Саенко бесстыдно осмотрел ее с головы до ног и нежно улыбнулся.

— Знаешь, что я тебе посоветую, — сказал он ласково, — поцелуй меня знаешь куда?

Он, не торопясь, повернулся, не торопясь, поднял ногу, не торопясь, нагнулся и, не торопясь, похлопал себя по заднице, обширной, как ящик.

— Поцелуй меня в это самое место, дорогая Олечка.

Она страшно покраснела, но сдержалась.

— Очень глупо, — заметила она, небрежно пожимая плечами, — обыкновенное хулиганство.

И вдруг напустилась на Загирова:

— А ты что? Своей головы не имеешь? Он тебя водит, а ты за ним ходишь, как на веревочке!

— Ну что ты обижаешь моего товарища! — сказал Саенко жалобно. — Корешка моего дорогого. А то знаешь: кто моего дружка обидит, из того душа вон. Он еще, понимаешь ты, не отыгрался. Верно, Загиров?

Оля наморщила маленький выпуклый лобик.

— Гляди,Саенко!

— Ну и гляжу, и что же дальше?

— Мы вопрос поставим. Имей в виду. Мы тебя хорошо знаем.

— Положил я на вас с прибором! Вам это понятно?

— Товарищи, будьте сознательные...

Оля Трегубова перевела дыхание.

Ух, как она ненавидела Саенко!

Она собрала все свои силы, чтоб не сказать лишнего. Она понимала, что надо хитрить. Неосторожное слово может испортить дело. А сегодня каждый человек особенно нужен. От одного человека, может быть, зависит все дело.

Саенко смотрел на нее сощуренными неглупыми глазами. Он видел ее насквозь. Он понимал свою силу.

— Товарищи, — сказала она рассудительно, — будьте сознательные. Раз дисциплинка, так дисциплипочка. Сказано — так сказано. По-большевистски. Ясно? Загиров, а? Ребят не посадите.

Загиров стоял молча, обалдело.

Саенко обнял его за спину.

— Ну так как же, корешок мой дорогой? Я, между прочим, тебя не задерживаю. Валяй, валяй! А то еще мне за тебя дело какое-нибудь пришьют.

Он близко заглянул ему в глаза.

— А то, может, пойдем, братишка, что ли, вместе?

Он показал головой на Олю.

— Давай им покажем, какие мы с тобой знаменитые энтузиасты.

Его голос становился все вкрадчивее и медовее, а рот — ядовитее.

Саенко истекал ненавистью.

Оля это чувствовала. Она знала, что сегодня обязательно будет что-то неладное. Но она делала вид, что не замечает этого.

— Правильно! — звонко крикнула она.— Правильно, хлопцы! Смойте с себя вчерашний позор.

— Позор? — подозрительно спросил Саенко. — Какой может быть вчерашний позор? Что за позор? Ты, Олька, нам лишние слова не говори. Как ты можешь нас перед народом срамить? Какое твое право? Катись отсюда к ядренейшей матери.

Оля пропустила оскорбление мимо ушей.

— Так как же, хлопцы? Не подведете? Не посадите?

— Катись! — крикнул Саенко не своим голосом. — Катись за-ради Бога и не заслоняй мне солнца. Сказали, придем — значит, придем. Ставьте самовар.

Она сделала вид, что верит. Она отстала от них. Но она не ушла. Она следила за ними издали.

Они спустились с дымящегося холма. Саенко впереди, Загиров сзади.

Она думала, что Саенко обманет. Но она ошиблась. Саенко и Загиров шли на участок.

Саенко таинственно говорил:

— Ша! Слушай меня. Ты, первое дело, слушай меня и соображай. Отыграешься. Раз я говорю — значит, отыграешься. Будешь иметь шанс. Полтысячи можешь у меня отнять. Как факт. Подожди. Главное дело, слушай меня.

XXXVII

Наконец машина вырвалась из ада.

Они остановились у края озера.

Озеро занимало четырнадцать квадратных километров. Оно было совершенно новое, сделанное всего пять месяцев тому назад.

До того здесь протекала скудная степная речка.

Для будущего завода требовалось громадное количество промышленной воды. Речка не могла удовлетворить этой потребности. Тогда ее перегородили высокой плотиной в километр длиной. Весной речка вскрылась, потекла, разлилась и стала наполнять искусственно созданный бассейн.

Река стала озером.

Затопив четырнадцать квадратных километров степи, вода тотчас приняла топографические очертания местности. Все же она стала не вполне естественным озером.

Один берег, одна сторона, образованная плотиной, ограничивала его слишком фестончато, резко.

Было как будто длинное овальное озеро, и его разрезали посредине пополам и одну половину положили в степи.

Мистер Рай Руп одобрительно и задумчиво кивал головой. Да, конечно, это подтверждало его мысли, давало блестящий пример для будущей книги.

— Не правда ли, — сказал он, — какое грубое вторжение человека в природу?

Искусственное озеро лежало в траве, как трюмо, вынесенное из дома во двор. Привыкшее отражать стены и лица, оно принуждено было теперь отражать небо и облака.

И в этом была неестественность его полуобморочного состояния.

Игра продолжалась.

Налбандов несколько иронически взглянул на американца.

— Вторжение человека в природу, — сказал он. — Это слишком метафизическое определение. Мы говорим: вторжение геометрии в географию.

Рай Руп тонко усмехнулся.

— Но геометрия провалилась. Геометрия не выдержала экзамена на бога. Вы хотели создать целое озеро, а сделали только половину озера.

— Нет. Мы не хотели создавать озера. Нам был необходим бассейн промышленной воды. И мы его построили, взяв от географии все, что она могла нам дать. Вы знаете, чего нам это стоило?

Мистер Леонард Дарлей вытащил записную книжку.

Он отметил множество интереснейших фактов.

Плотину начали строить во второй половине зимы. Ее надо было кончить к весне.

Если бы ее не успели кончить до ледохода, вся работа могла бы погибнуть.

Бетонные работы производились при сорока градусах ниже нуля, при невыносимых ветрах. Воду для бетона подогревали. Люди отмораживали руки и ноги. Работа была выше человеческих сил. И все же она не останавливалась.

Это был бой человека с природой. И человек победил.

На семьдесят пятый день в плотину был уложен последний кубический метр бетона.

Налбандов говорил.

Рай Руп одобрительно кивал шляпой.

Все это, конечно, еще и еще раз подтверждало его мысли.

Отмороженные пальцы, падающие от усталости и холода люди, сумасшедший поединок человека с Богом.

И вот — километровая плотина. И вот — половина озера. Человеку кажется, что он победил природу. Человек торжествует.

Но для чего все это человеку? Вода для промышленности. Прекрасно. Но для чего промышленность? Для производства вещей. Прекрасно. Но для чего вещи? Разве они нужны для счастья?

Молодость и здоровье — единственное, что нужно для счастья.

И разве древнее, патриархальное человечество было менее счастливо, чем сейчас? О, тогда на земле было гораздо больше счастья! Было мудрое, созерцательное существование под этим вечным небом — то грозным, то милостивым, — была близость к Богу, была покорность ему — то грозному, то милостивому. Было полное и блаженное слияние с миром. Был теплый первобытный рай!

И люди оставили этот рай. Люди вступили в борьбу с природой, с Богом.

Дьявол гордости и техники овладел человечеством.

«Нет, право, должна получиться замечательная книга!»

— Посмотрите, товарищ Налбандов, — сказал он, — мы отъехали от этого ада всего на каких-нибудь восемь километров, а как чудесно изменилось все вокруг! Какой радостной теплотой дышит природа! Какой чистый, душистый ветер! Какая успокоительная первобытная тишина! Едва мы отошли от техники, как сейчас же приблизились к Богу...

— Да... приблизились... на «паккарде» выпуска тысяча девятьсот тридцатого года.

Налбандов желчно смотрел поверх плотины вдоль озера. Здесь все напоминало ему о Маргулиесе. Плотину строил Маргулиес. Это он рискнул в сорокаградусные морозы применить кладку подогретого бетона.

Тогда Налбандов считал, что это технически недопустимо. Это шло вразрез с академическими традициями бетонной кладки. Маргулиес осмелился опрокинуть эти традиции.

Налбандов ссылался на науку.

Маргулиес утверждал, что науку надо рассматривать диалектически.

То, что вчера было научной гипотезой, сегодня становилось академическим фактом; то, что сегодня было академическим фактом, завтра становилось анахронизмом, пройденной ступенью.

В заводоуправлении был страшный бой. Инженеры раскололись. Но за Маргулиеса вся молодежь. Маргулиес настоял на своем. Ему разрешили эксперимент.

Налбандов был убежден, что Маргулиес сломает себе голову. Он этого страстно желал. Но Маргулиес победил. Плотина была выстроена.

Налбандов не сдался. Он оставался при особом мнении. Он считал, что бетон окажется недостаточно крепким. Он предсказывал, что плотина не выдержит давления воды.

Он приходил весной на плотину и смотрел, как речка выходит из берегов. Озеро медленно наполнялось водой.

Льдины, не находя выхода, бестолково кружились и сталкивались стадом парафиновых гусей.

Выпуклые пролеты плотины стояли в воде километровым строем тесно составленных гигантских копыт.

С каждым днем вода все больше и больше покрывала их. Но плотина держалась.

Теперь вода покрывала ее вровень с краями. Вода тончайшим слоем переливалась через фестончатые края во всю километровую перспективу плотины.

Ветер рвал ее, на лету распылял, уносил свежим и влажным облаком.

Деревья, растущие в долине прегражденной и иссякшей реки, были покрыты тонким мельхиоровым налетом влаги. Они стояли серебристо-голубыми купами и яркими гнездами белоногих берез, синей мерлушкой кустарника.

— Чего еще нужно человечеству, спрашиваю я вас? — сказал мистер Рай Руп, снимая шляпу приличным жестом цивилизованного христианина, входящего в церковь.

Налбандов не отвечал.

Он зорко и страстно всматривался в наружные поверхности косо и глубоко вогнутых, очень высоких пролетов плотины. Они напоминали наружную стенку доверху наполненной ванны.

Казалось, если бы Налбандов постучал по ним своей громадной палкой — все озеро наполнилось бы колокольным звоном.

Он искал в них признака трещин. Иногда ему казалось, что вода просачивается через плотину. Но это был обман зрения. Вода переливалась через плотину, но была не в состоянии просочиться сквозь бетон, положенный Маргулиесом.

Да. Маргулиес победил. Но это была случайная победа. Надо надеяться, что на сегодняшнем рекорде Маргулиес сорвется и сломает голову.

Они вышли из машины и по железной лесенке поднялись на плотину.

Здесь, в ее начале, на простом бетонном цоколе стояла небольшая черная фигура Ленина.

Ленин стоял, окруженный легкими железными перильцами, на которых висел спасательный круг, в скромной позе капитана некоего бетонного броненосца.

Здесь озеро, расширяясь, образовало глубокий и круглый залив.

За ним полого возвышалась двугорбая гора. Она закрывала строительство.

Две палатки геологической разведки с красными флажками были разбиты на ее склоне.

По той стороне горы шла дорога. Она черно и густо дымилась. По возникающим и бегущим клубам пыли можно было догадываться о сильном движении на дороге.

— Посмотрите, — заметил Рай Руп, — вы обратили внимание на этот феномен? Неаполитанский залив. Человек вступил в соперничество с природой и повторил в миниатюре Неаполитанский залив с дымящимся Везувием. Вы были, товарищ Налбандов, в Сорренто?

— Да.

— Не правда ли, удивительное сходство?

— Действительно. Никогда не обращал внимания. Похоже.

— И эти белые палатки на склоне... Они раскинулись, как два античных города. Налево — Геркуланум, направо — Помпея.

Налбандов усмехнулся:

— Это палатки геологической разведки. Геркуланум и Помпея столь ненавистной вам техники.

У мистера Рай Рупа вспыхнули глазки.

— О! Отлично! Отлично! — воскликнул он весело. — Браво! Продолжим сравнение. Но вы знаете их судьбу, Геркуланума и Помпеи? Превосходно! Иногда природа теряет терпение. Тогда она заливает своих непокорных детей раскаленной лавой...

Рай Руп остановился. Выработанный такт подсказал ему, что еще немного, и он перейдет меру вольности, допустимую в шутке с малознакомым человеком.

Он старчески крепко взял Налбандова за руку повыше локтя и потряс ее.

— Впрочем, — сказал он поспешно, — оставим философию. Мы все равно не поймем друг друга. Вы — молодой диалектик, я — старый, быть может, выживший из ума, схоластик. Но, право, мне очень нравится этот скромный памятник Ленину. Какое прекрасное положение! Ленин на фоне Неаполя. Тем более что это вполне соответствует исторической правде.

Мистер Рай Руп прямо и добродушно посмотрел на Налбандова.

— Я прекрасно знаю биографию этого замечательного человека. Потому что Ленин действительно выдающийся ум. Я отдаю ему только должное, хотя могу во многом с ним и не соглашаться. Но я знаю, что на Капри у Максима Горького была марксистская академия. И у него иногда гостил ваш великий вождь Ленин. И, очень может быть, и даже наверное, он часто любовался оттуда Неаполитанским заливом и Везувием. И быть может, тогда, любуясь Неаполем, этим великим памятником прошлой культуры, он думал о своей стране и о будущем России. И быть может, он видел перед собой тогда Неаполь этого будущего и Неаполитанский залив, созданный руками свободных русских рабочих...

И, сказавши эти приятные слова Налбандову, мистер Рай Руп, скромно сияя голубыми глазами, пошел и сел в автомобиль.

XXXVIII

Время — пятнадцать часов двадцать минут.

Корнеев читает записку:

«Не могу дозвониться, ты сошел с ума, есть билет, — пришлось взять международный, ради Бога, немедленно приходи: абсолютно ни одной свободной минуты, поезд в 17.10, не проклинай, все объясню, люблю, схожу с ума.

Клава».

— Товарищ прораб!

Это — Мося.

Корнеев сует записку в наружный карман.

— Да. В чем дело?

Мося подтянут и официально строг.

Он страшно спокоен. Это спокойствие стоит ему громадных усилий. Он едва скрывает дикую, мальчишескую радость.

Он с трудом удерживает руки, чтобы они не болтались, и ноги, чтоб они не бегали, а ходили.

Но с глазами он ничего не может поделать. Глаза ему не повинуются. Они ликуют. Они воровато сверкают. Они неистовствуют.

— Товарищ прораб, кончили электропроводку. Можно попробовать механизм.

— Хорошо.

Они подходят к машине.

Бетономешалка стоит на новом высоком помосте у самой стены тепляка — как раз против пятой батареи.

Стена тепляка в этом месте разобрана. Видна громадная, гулкая, тенистая внутренность.

Туда, в эту прорву, будут подавать бетон.

Корнеев поднимается по гнущемуся трапу на помост. Моторист вытирает паклей шестеренку.

Механизм бетономешалки внешне напоминает осадное орудие. Гаубицу. Мортиру. Он стоит на маленьких литых колесах.

Поворачивающийся барабан — орудийный короткий ствол.

Ковш — лоток с бомбами.

Направляющие рельсы, по которым подымается ковш, — правило!

Вся машина выкрашена в защитный зеленый, военный цвет.

Работа механизма очень проста.

В ковш засыпают необходимое количество цемента, щебенки и песка.

Ковш поднимается по рельсам к механизму и автоматически опрокидывается в крутящийся барабан.

В барабан наливается, также автоматически, порция воды.

Через некоторое время перемешивания масса бетона готова.

Тогда, продолжая крутиться по вертикальной своей оси, барабан опрокидывается в другую сторону и вываливает массу бетона в наклонный деревянный желоб, откуда его пускают в железные тачки — так называемые «стерлинги» — и везут укладывать, куда надо.

А в это время с другой стороны опустившийся ковш опять загружают из тачек песком, щебенкой и цементом.

Пока опустошенный, но продолжающий вращаться барабан принимает прежнее положение — ковш ползет вверх. Барабан наклоняется. Ковш опять автоматически опрокидывает в него сухую смесь. Опять пускают воду.

И все без остановки начинается сначала.

— А ну-ка, включи, — сказал Корнеев.

Моторист повернул рычаг.

Барабан пошел с мягким, маслянистым шумом.

— Хорошо. Поверни.

Продолжая крутиться по вертикальной оси, барабан наклонился к желобу. Корнеев заглянул в его горло, как доктор.

— Хорошо. Поверни обратно. Так. Дай ковш.

С лязгом и грохотом полез вверх по рельсам ковш, опрокинулся над плавно вращающимся барабаном и спустился вниз.

— Хорошо.

Мося не удержался:

— Будьте уверены, товарищ командир!

Корнеев подергал носом.

— Воду, — коротко сказал он.

Воды не было.

— Воду!

Мося одним духом взбежал по трапу на помост. Он был страшен.

— Воду... вашу мать! — закричал он неправдоподобным голосом, срывая с себя кепку. Он с такой силой ударил ею по перилам, что из кепки вылетело облако пыли.

И тут же, заметив внизу Винкича и Георгия Васильевича, сделал совершенно любезную улыбку и заметил:

— Я, конечно, очень извиняюсь за такое некультурное выражение, товарищи журналисты.

Он очень уважал журналистов. Он был с ними льстив и любезен. Он страстно мечтал попасть в газету. Но вместе с тем он щеголял перед ними грубым пафосом крепких выражений, вполне извинительных в такой боевой обстановке.

Тем не менее воды не было.

— Вода? — спросил Корнеев, розовея.

— Водопроводчики задерживают, товарищ прораб.

Корнеев вырвал из кармана часы. Вместе с часами вылетела записка. Она упала. Он ее не поднял.

— Половина четвертого, и нет воды!

Он бросился к водопроводчикам.

Они свинчивали последнее колено трубы. Он наступил на ванночку с суриком.

Одна туфля сделалась красной.

292

Между тем внизу перед помостом плотники настилали дощатую площадку.

Это было нововведение, придуманное и разработанное Маргулиесом и Тригером. Идея нововведения, собственно говоря, была чрезвычайно проста.

До сих пор материалы подвозили к ковшу бетономешалки на тачках по специально проложенным узким доскам. Тачки постоянно соскакивали и сталкивались. Это замедляло загрузку, создавало путаницу, нарушало ритм.

Не проще ли было сделать сплошной настил?

Конечно, эта простая мысль носилась в воздухе. Но простые мысли тем и трудны, что их благодаря простоте и очевидности редко находят.

Маргулиес и Тригер пришли к идее сплошного настила разными путями.

Маргулиес — по странной ассоциации, наблюдая за подвозкой огнеупора и думая о нововведении Фомы Егоровича, располагавшего материал в порядке, обратном порядку кладки.

Тригер — чисто умозрительно, вписывая в тетрадку все воображаемые и возможные причины задержки темпов бетонной кладки и устраняя каждую такую задержку воображаемым, но возможным способом.

Их проекты совпали.

Тотчас Маргулиес вызвал дежурную бригаду плотников. Пока они работали, Тригер не отходил от них ни на шаг.

Он обмеривал карманной рулеткой и проверял площадь настила. Он подавал гвозди, пилил доски, торопил, подгонял, просил, требовал, ругался.

От него было трудно отделаться. Маленький Тригер был цепок и настойчив. Особенно в тех случаях, когда требовалось на практике подтвердить то, к чему он пришел теоретически.

Настил был готов.

Тригер с наслаждением пробежал через него, оставляя на свежей лимонно-золотой тесине пыльные следы сандалий.

В конторе прораба переодевалась бригада.

Первым оттуда выскочил Сметана.

Он был весь в грубом, твердо стоящем брезенте спецовки. Большие, твердо стоящие брезентовые рукавицы делали его руки похожими на ласты.

Сметана с восторгом осмотрел настил.

— Вот это здорово!

Он схватил тачку, поддал ее коленом, вскинул на настил и с грохотом покатил по диагонали, по твердой, негнущейся деревянной площадке.

— Это я понимаю! Красота!

Он круто повернул тачку и погнал ее в другую сторону.

Он наслаждался легкостью ее движения и прочностью пола.

Играючи и пробуя силу, он бегал с визжащей тачкой по всем направлениям настила, оставляя за собой следы колеса и ног.

Он испятнал всю площадку.

Маленький Тригер стоял в стороне, любуясь легкостью и поворотливостью тачки.

— А ну-ка, Сметана, погоди, попробуем на пару.

Тригер взял другую тачку и погнал ее навстречу Сметане.

— Держись правой!

Они ловко вильнули тачками каждый направо и лихо разъехались, как автомобили на узкой дороге.

— Шикарно работать!

Из конторки прораба гуськом выбегали переодевшиеся ребята.

Все в твердом, стоячем, брезентовом — неуклюже размахивая ластами рукавиц, — они забегали по настилу, притопывая чунями и башмаками, пятная тесину толстыми следами, резвясь, и разминаясь, и пробуя силы, как перед матчем.

XXXIX

Они объехали вокруг озера.

По пути остановились на той стороне, как раз против середины строительства.

Отсюда, за озером, оно лежало еще шире и грандиознее.

Все в дымах и смерчах, в бегущих пятнах света и тени, все в деревянных башнях и стенах, как Троя, — оно плыло, и курилось, и меркло, и снова плыло движущейся и вместе с тем стоящей на месте, немой панорамой.

Они вышли из машины и погуляли вдоль берега по зеленой степи, подходящей вплотную к самой воде.

По озеру плыла неуклюжая лодка. В лодке пели.

Степной бальзамический воздух кружил голову.

Мальчики купались с берега.

У пловцов в воде вырастали зеленые лягушечьи ноги.

Налбандов стоял, облокотясь на горячий радиатор автомобиля. Он всматривался в панораму строительства. Он искал тепляк Коксохима, где сейчас готовились к рекорду.

Он нашел его.

Тепляк казался отсюда небольшой желтой полоской.

— Вавилон, Вавилон, — со вздохом заметил мистер Рай Руп, вслух отвечая на свои мысли. — Неужели мир не прекрасен? Чего не хватает людям?

— Здесь, на этом месте, где мы сейчас стоим, через год будет социалистический город,— сказал Налбандов четко.

Мистер Рай Руп машинально посмотрел на то место, где они стояли, и увидел в траве странный предмет.

Он ковырнул его тростью, зацепил и поднял.

Это был старый, растоптанный, ссохшийся лапоть.

Мистер Рай Руп с пристальным любопытством смотрел на него и наконец сказал:

— Ах да, я понимаю. Это род русской национальной обуви. Очень интересно. Но я забыл, как это называется, Леонард.

— Это называется по-русски лапоть, — сказал Леонард Дарлей.

— Да, да. Я теперь вспоминаю. Ляпоть, — по-русски повторил Рай Руп. — Ляпоть. Крестьянский ляпоть. С одной стороны — Вавилон, а с другой — ляпоть. Это парадоксально.

Налбандов сказал еще раз упрямо:

— Здесь будет социалистический город на сто пятьдесят тысяч рабочих и служащих.

— Да, но разве от этого человечество сделается счастливее? И стоит ли это предполагаемое счастье таких усилий?

«Он прав», — подумал Налбандов.

— Вы не правы, — сказал он, холодно глядя на американца. — У вас недостаток воображения. Мы победим природу и возвратим человечеству потерянный рай. Мы окружим материки теплыми течениями, мы заставим Ледовитые океаны вырабатывать миллиарды киловатт электричества, мы вырастим сосны вышиной в километр...

XL

— Ой, Костичка, не доеду.

— Доедешь.

Она покусывала губы от боли и страха.

Он — от нетерпенья.

Они ехали слишком долго. Родильный дом находился на другом конце строительства.

Феня клала голову на плечо мужа, щекотала волосами ухо.

Обнимая ее за спину, он полностью чувствовал на себе живой и теплый вес ее тела.

Иногда боли отпускали ее. Тогда она становилась оживленно-болтлива. Жарким и торопливым шепотом она рассказывала Ищенко все свои сегодняшние впечатления.

— Знаешь, Костичка, там на третьем участке, против самой пожарной команды, цирк строят, целый зверинец, ей-богу... крышу натягивают уже. Слона привезли... Ей-богу... Он там стоит на цепи; его за ногу к столбику приковали, как того каторжника. Сено жрет. Ей-богу. Прямо-таки берет сено хоботом, как рукой, и вверх подымает целую охапку... помахает-помахает и потом в рот засовывает. А ротик у него — ну совсем маленький, прямо крошечный, как кувшинчик, деваться некуда. И народу вокруг! И обезьяны, и волк в клетке, и попугай. Ой, Костичка, какие попугайчики! Красные, синие, зеленые, розовенькие-розовенькие. Кричат, крыльями хлопают. Ну клювы у них — деваться некуда — прямо как щипцы какие-то. Одного хлопца он как хватил за палец, ей-богу, до самой кости прокусил.

— А пусть не лезет.

Она доверчиво и нежно заглядывала ему в глаза.

— И зачем это, Костичка, на таком ответственном строительстве зверинец делают?

Ищенко солидно сопел.

— Как это зачем? Очень даже просто зачем. Для культурного препровождения. Некоторые, чем под бараками в очко играть, пусть лучше зверями интересуются.

Она вздыхала.

— Это верно.

— Очень ясно.

— И для деток интересно посмотреть, правда, Костичка?

— Очень ясно. Наша партия и рабочий класс занимаются детьми тоже в первую очередь.

— Деточки... — сказала Феня и вдруг вся пошла темным румянцем и застенчиво положила ему лицо на грудь.

И тут ее опять схватило.

— Ох! Ох! Не доеду.

— Доедешь.

Но, едва боль отпускала ее, она снова начинала болтать:

— Ах, Костичка, ты знаешь, какая тут у женщин на строительстве последняя мода? Представь себе: ну, чисто у всех женщин на платьях в ряд по двадцать, по тридцать пуговичек на впереди и сзади нашито, деваться некуда. И между прочим, представь себе, очень-таки красиво выходит, очень нарядно получается. Знаешь, Костичка, такие разноцветные пуговички, зелененькие, синенькие, красненькие... Ох!

Ее опять схватывало.

— Ох, не доеду.

— Доедешь. Должна доехать.

И она опять начинала болтать.

Он слушал ее жаркий шепот и кусал губы от нетерпенья. Скорее бы уже доехать, сбыть с рук и — на участок.

Когда Феню схватывало, все его чувства были с ней. Но когда ее отпускало, тотчас его мысли переносились на участок.

Ему никак нельзя было опоздать. Мало того. Ему обязательно нужно было прийти хотя бы за полчаса до начала.

Сегодня, наблюдая за работой ермаковской бригады, он заметил мазню, которая происходит от того, что тачки часто съезжают с досок.

Теперь ему вдруг пришла в голову простая мысль, что было бы очень удобно сплошь зашить досками все пространство, по которому подвозят к машине материалы.

Если нажать на плотников да навалиться самим, всей бригадой, это можно сделать в полчаса.

Он ясно себе представил, как это облегчит и ускорит работу.

Мысль, что он опоздает и без него не успеют сколотить сплошной настил, приводила его в состояние крайнего беспокойства и даже озлобления против Фени.

«Нашла сам-мое подходящее времечко...»

Как долго они ехали!

Как медленно поднимались перед ними полосатые шлаг-баумы на переездах!

Как глупо вез кучер!

Обжегшись на молоке, он теперь дул на воду — вместо того чтобы ехать напрямик, он старательно объезжал стороной, делая страшный крюк.

И все равно заезжал в тупики и ямы, которых час тому назад здесь не было вовсе.

Феня — напротив. Когда ее схватывало, все ее чувства собирались на нем: она особенно любила его, стыдилась, что отрывает от работы, даже жалела. Но едва боль проходила, ее мысли тотчас рассеивались, глаза разбегались по сторонам.

Она отрывисто и подробно, но безучастно замечала все окружающее.

...Шел, шаркая голыми ногами, головастый, толстый мальчик. В одной ручке кусок хлеба, в другой волочил по земле, подымая пыль, проволочный дрот.

Где-то визжала какая-то машина — будто поросенка режут.

Землекопы рыли глубокий котлован. На насыпь вышел бородатый мужик в лаптях и розовой рубахе. Он плеснул вниз воду из кружки. Вода долго летела, сверкая на солнце, как серебряная веревка.

Феня видела все это удивительно отчетливо, но тотчас забывала.

Наконец приехали.

Улица отличалась от других улиц длиной и шириной. Здесь бараки были штукатуренные и беленые.

Тут соединились все медицинские учреждения строительства.

«Аптека». «Родильный дом». «Амбулатория». «Больница». «Хирургическое». «Инфекционное».

Все эти страшные слова, написанные на вывесках, соединялись с запахом йодоформа и с видом людей в халатах, сидящих на скамейках и ступеньках.

Через дорогу торопливо перебегали женщины в белых балахонах, завязанных сзади тесемочками.

В бричках везли больных.

Шел человек, поддерживая одной рукой другую, страшно забинтованную и похожую на колотушку.

У Фени закружилась голова. Она побледнела, осунулась. По обескровленному лицу пошли резкие желтые пятна.

Ищенко с трудом втиснул ее в сени.

В большой миске на полу горел в пыльном луче солнца громадный кусок льда.

Сердитая немолодая женщина в балахоне вышла в сени.

— Еще одна! Здравствуйте! Десятая! Когда это вы успеваете? Ну, скажите мне, куда я ее положу?

Она посмотрела на Феню.

— Ну, матушка, хороша, нечего сказать! Досидела до последнего!

Она взяла Феню под руку и повела в дверь. Ищенко пошел за ними.

— Туда нельзя. Ты пока здесь посиди.

В открытой двери мелькнуло что-то полубелое, полуголубое, масляное, и дверь закрылась.

Не зная, что делать, бригадир сел на скамейку. У него в руках лежал узелок с вещами. Все было вокруг тихо. Тишина ужасала.

Минут через пять снова вышла женщина и молча протянула бригадиру Фенины вещи: козловые башмаки, юбку, платок с розовой бахромой.

Ищенко побледнел.

— А где же Феня? — робко спросил он, ожидая услышать страшное.

Он машинально взял вещи. Они пахли ею, были еще теплые ее теплотой. И вместе с тем они уже были как-то страшно и непонятно отчуждены от нее.

— Где же Фепя?

— А как ты думаешь — где? — иронически спросила женщина. — Не беспокойся, не пропадет твоя Феня.

— Я ж не попрощался... может, что надо...

— Ничего.

Женщина взяла кусок мела и на большой черной доске над длинным рядом фамилий написала «Ищенко».

Потом она ушла.

Ищенко сидел.

Часы на стене показывали без десяти три. Потом они стали показывать три минуты четвертого. Лед горел в миске. Тиканье жило самостоятельной от самих часов жизнью. Оно бегало на стальных ножках секунд, прихрамывая, по сеням.

Опять вышла женщина.

— Ну, чего ты здесь ждешь?

Ищенко встал, помялся.

— А больше ничего? — спросил он робко.

— Больше ничего.

Бригадир неумело свернул вещи.

— А когда приходить?

Женщина усмехнулась.

— Да уж как-нибудь приходи.

Ищенко помялся и нерешительно, почему-то на цыпочках, вышел на улицу.

Плетенки уже не было. Придурковатый кучер уехал.

— Куда ж теперь?

И вдруг, со всей трезвостью, очевидностью и ясностью ему представились часы, на которых три минуты четвертого.

А до участка километров пять.

Он побежал по улице, прижимая к груди разлезающиеся вещи.

Показался автомобиль.

Ищенко выбежал на середину дороги.

— Стой! Эй, хозяин, подвези!

Автомобиль вильнул и, обдав черным облаком пыли, пропал из глаз.

Ищенко только успел рассмотреть гелиотроповый костюм.

Он плюнул и побежал.

XLI

— Товарищи!

Мося не справился с голосом.

Нужно было начать сдержанно и веско. Но он вдруг восторженно закричал и сорвался.

Он захлебнулся.

Не находя больше слов, он коротко рубанул перед собой кулаком.

Двадцать две бочки с отбитыми крышками дымились на ветру. Ветер тянул в упор. Он извлекал из бочек серо-зеленое облако цемента. Смешиваясь с горячим запахом искусственной сирени, оно плыло и крутилось цветочной пылью.

Седой порошок оседал на бровях и ресницах бригады.

Не хватало Ищенко.

Но это не вызывало опасений. Он придет.

Мося стоял лицом к лицу с бригадой. Между ними не было посредников. Он выговорил себе это почетное боевое право у Корнеева и Маргулиеса.

Десятнику дано задание, и он его выполнит. Он ручается. Этого достаточно. Никаких посредников. Никакого вмешательства. И точка. За все отвечает десятник.

Напряженно и страстно ждал он этой минуты. Он приготовил речь. Теперь эта минута наступила.

И слов не было.

Мося прошелся туда и назад перед бригадой. Он прошелся по новому настилу, как по эстраде, глубокомысленно склонив лоб и выгадывая время.

В голове беспорядочно неслись обрывки неподходящих газетных лозунгов:

«Страна ждет дешевых овощей...» Нет, нет! «Система Госбанка — могучий рычаг хозрасчета...» Не то! «Главное сейчас — это... крольчатник...» Нет, нет!..

Мося исподтишка бросал по сторонам неистовые взгляды.

Вокруг теснились люди и материалы.

Он видел обращенные к нему внимательные глаза. Он узнавал их.

Синие глаза Сметаны и карие — Нефедова. Анилиновые, туманные — Саенко. (Ах, Саенко пришел!) Были черные серьезные и нежные глаза Винкича и круглые острые глазки Георгия Васильевича.

Они смущали его больше всего и лишали последней капли спокойствия.

Он видел задранные ручки тачек, дымящиеся бочки и дымящуюся сопку песка. Он видел, как монтеры тянут в контору прораба телефонный кабель и как за ними неотступно, по пятам, ходит маленький Тригер.

Свистел паровик. Сталкивались буфера. Падали крюки. С грохотом отваливались борты платформ. Сыпалась щебенка. Бежал Корнеев с бархатными бачками. Появлялась и пропадала в сумраке тепляка высокая круглая кепка Маргулиеса.

Шли и остановились двое девчат. Они держали в каждой руке по брезентовой рукавице, наполненной водой. Как видно, несли кому-то напиться. Сверкающая вода капала на землю длинными серьгами. Девушки смотрели на Мосю глянцевыми глазами, полуоткрыв рты.

Низко и тяжело бежали тучи.

А он не мог сказать ни слова. Прямо скандал. Это было ужасно. Как во сне...

Время неслось с такой быстротой, что казалось неподвижным. Оно закрутилось спиралью, стальной пружиной. Оно закрутилось и оцепенело, каждый миг готовое сорваться, зазвенеть и со свистом развернуться, увлекая за собой по кругу длинно и тускло дымящуюся панораму участков.

Мося постыдно проваливался.

Он собрал все свои силы. Он метнул глазами в сторону журналистов.

— Товарищи! — почти жалобно крикнул Мося. — Дорогие товарищи! Мы все — как рядовые бойцы, ударники-энтузиасты второй хозрасчетной нашего авторитетного шестого участка... И пускай будут свидетелями товарищи из центральных газет... Даем твердое, нерушимое слово...

Он запнулся.

Сметана на цыпочках подобрался к Мосе сзади.

— Кончай митинг, — сказал он, подмигивая ребятам. — Будет.

Он дружелюбно взял Мосю за плечи и легонько поддал коленом.

Мося страшно и матерно выругался, сделал зверское лицо, но тотчас бросил плутовскую и предупредительную улыбку в сторону журналистов.

— Я, конечно, очень извиняюсь за выражение.

Ищенко шагал через бревна и трубы.

Его новые штаны до колен покрывали бархатно-рыжие голенища пыли. Босые ноги были побиты и окровавлены. Рубаха чернела от пота. Мокрые волосы блестели на лбу слипшимися перьями.

Грудь широко и сильно раздавалась.

Он пробежал, не останавливаясь, пять километров по исковерканной, кремнистой земле четырех участков.

Его подстегивала жгучая, неотступная мысль: деревянный настил!

Однако произошло чудо!

Его идея осуществилась без его ведома и участия: фронт работы покрывал новый аккуратный пол.

Бригадир заметил это сразу.

Впрочем, он не думал о чуде. Его идею додумали и «дожали» другие. Это было в порядке вещей. Он принял это если не как должное, то, во всяком случае, как вполне законное.

Он остановился и перевел дух.

Но тут же его пронзила новая мысль, новая жгучая тревога: щебенка! В какую сторону железнодорожного пути ее сгружают?

Надо, чтоб складывали направо, непосредственно к самому настилу. Но могли не сообразить. Могли начать сбрасывать налево.

Тогда между щебенкой и бетономешалкой ляжет железнодорожное полотно. Тогда щебенку придется возить на тачках через рельсы.

Он бросился вперед.

Дробно грохотнула сбрасываемая щебенка.

Он увидел, что сбрасывают налево. Он побагровел.

Он хотел закричать во все горло, но в тот же миг понял причину.

Правая сторона была завалена материалом: лесом и арматурой. Их убрать было немыслимо. Просто — некуда.

XLII

Хозяйственным и наметанным глазом схватил бригадир картину фронта сразу во всех подробностях.

Бригада на месте. Все шестнадцать хлопцев налицо. Загиров и Саенко нашлись. Это хорошо.

Мося роет землю носом. Хорошо.

Цемент в открытых бочках. Плохо. Лучше бы в специальном ларе.

Песок расположен удобно. Хорошо.

Щебенка слева от полотна. Плохо.

Ветер не сильный. Хорошо.

Забыл в бараке спецовку. Плохо.

Поспел вовремя. Хорошо.

Корнеев мерил большими шагами стороны фронта, машинально обходя настил, как бы не желая переступить демаркационной линии поля, где, по уговору, вся власть уже перешла десятнику.

Ищенко быстро прошел мимо него, обдавая жарким запахом здорового, потного, возбужденного тела.

— Сколько время?

— Без четырнадцати минут, — сказал Корнеев, не останавливаясь и не глядя на часы.

— А ну, хлопцы...

Ищенко остановился и бросил быстрый, пытливый взгляд на Сметану.

— Расстановочку сделали? — спросил он скороговоркой.

Сметана кивнул.

— А ну, хлопцы, — сказал Ищенко, медленно, но неумолимо подымая голос до вибрирующей высоты кавалерийской команды. — Слушай меня! По тач-ка-а-ам! По мес-та-а-ам!

И это «по тачкам» получилось у него совсем как «по коням». Вышло точь-в-точь так, как не раз выходило в таких случаях у старшего бригадира Ханумова.

Ищенко первый бросился к своей тачке.

Хлопцы последовали за ним. Они мигом рассыпались по фронту работы, и каждый — с лопатой или с тачкой — занял заранее назначенное место.

Ищенко внимательно осмотрел расстановку, подсчитывая шепотом про себя число хлопцев в каждом пункте.

«Моторист — раз. Два — на песке и два — на тачках. Два — на цементе, два — на тачках. Два — на щебенке и два — на тачках...»

— Стой! — закричал он. — Стой!

Положение со щебенкой меняло дело. Два человека на щебенке — слишком мало. Эту точку необходимо укрепить.

Бригадир быстро, в уме, сделал перерасчет. Ему надо было выкроить двух лишних ребят на щебенку. Лишних не было, но можно было ослабить другой, более благополучный пункт.

Эта же самая мысль тотчас пришла и другим.

— На щебенке — маловато! — закричал Сметана.

Маленький Тригер «нажимал» на монтеров. Вместе с тем он, не переставая, следил за расстановкой бригады.

— Двух на щебенку! — сказал он поспешно.

Ищенко наморщил лоб.

Его решение было точным и четким:

— Одного — с песка, одного — с желоба. Саенко, Загиров — на щебенку добавочными.

Корнеев напряженно прошагал мимо, бормоча в сторону:

— Шевелитесь — шевелитесь — шевелитесь...

Оля Трегубова вызывающе и обворожительно блеснула глазами.

— А ну, Саенко, Загиров, — крикнула она площадным бабьим голосом, — а ну, докажите, какие вы ударники! Снимите с себя пятно!

Саенко и Загиров не двинулись с места.

Корнеев еще напряженнее прошагал обратно. Он нервно подергивал носом. Теребил ремешок часов.

— Ребятки — ребятки — ребятки...

Саенко — широкоштанный, сонный — стоял вольно, опустив плечи и слегка расставив ноги. Он нагло посматривал на бригадира. Он усмехнулся презрительно, но напряженно.

Затравленно озирался по сторонам Загиров. У него в кармане лежала десятка, только что, по дороге, полученная от Саенко в долг.

Ищенко сумрачно посмотрел на товарищей.

— Саенко, Загиров — на щебенку добавочными, — не торопясь, повторил он.

Они молчали.

Ищенко оглянулся вокруг.

Собирались любопытные. Он заметил невдалеке золотую тюбетейку Ханумова. Он почернел. Резкая косая черта изуродовала его лицо, как шрам.

— Ну! — сказал он негромко.

Саенко с отвращением посмотрел мимо него вдаль.

— Чего ты на нас нукаешь? Мы тебе что — лошади? Может, ты нас купил или нанял?

— Работать отказываетесь?

— А ты нам башмаки специальные выдал, чтобы мы по щебенке последние лапти рвали?

— Чего?

— То самое, что слышишь.

— Об спецбашмаках надо говорить после смены.

Ищенко был потрясающе спокоен. Он едва сдерживался. Но кулаки его были опутаны веревками вздутых жил.

Саенко вольно играл плечами.

— Ты нам спецбашмаки выдай.

— Говори за одного себя.

— Как это я могу говорить за одного себя? — закричал Саенко «жлобским» голосом и схватил себя за грудь. — Как это я могу говорить за одного себя, когда мой товарищок, может быть, ходит раздетый-разутый и стесняется просить? Верно, Загиров?

Загиров стоял серый. У него мелко дрожали шафранные пальцы.

— Видите — ему совесть не позволяет, он стесняется. Покажь им, Загиров, свои дырки.

— Где же я вам сейчас достану башмаки? — чуть не плача от ярости и от необходимости сдерживать эту ярость, проговорил Ищенко. — Становитесь оба на щебенку, а за башмаки после смены поговорим. Не хочете?

— Не станем.

— Ты, Саенко, за одного себя лучше ручайся.

— Я за нас обоих ручаюсь. Как я — так и он. Верно, Загиров?

Загиров молчал в оцепенении.

— Так вы перед всей бригадой отказываетесь становиться?

— Даешь башмаки!

Мося рванулся к Саенко.

— Стой!

Ищенко на лету перехватил Мосину руку и сжал ее так, что Мося весь вывернулся и присел на корточки. Он скрипел зубами:

— Пусти... Пусти... Пускай мне больше не видеть белого света... Пусти меня к этой курве...

— Они на барахолке свои башмаки позагоняли! — отчаянным голосом закричала Оля Трегубова и вся, до корней волос, стала пунцовой.

Корнеев еще быстрее прошел, глядя в сторону.

— Времечко — времечко — времечко...

— Не станете? — спросил Ищенко с нечеловеческим спокойствием.

Налитыми кровью глазами он смотрел на Саенко и в то же время видел, как Ханумов, усмехнувшись и махнув рукой, повернулся и пошел небрежно прочь, блестя своей золотой тюбетейкой.

Саенко напряженно улыбался.

— Как я — так и он. Без ботиночек не станет. Факт.

Ищенко задыхался.

— Что ж вы нас — зарезать перед всеми строителями хочете? Насмешку с нас сделать?.. Чтоб в глаза людям не смотреть?.. Как раз в такую авторитетную смену?.. Есть у вас какая-нибудь совесть, товарищи?

Он готов был плакать.

А Саенко продолжал стоять, мешковато опустив плеч и нахально облизывая выпачканные анилином губы.

— Можешь нам посыпать на хвост соли!..

— Подавись! — крикнул Нефедов.

Он быстро сел на пол и стал рвать шнурки свои башмаков.

— Брось, Саша, — спокойно сказал Тригер.

Он быстро подошел вплотную к Саенко.

Не глядя на него и до крови закусив губы, он вырвал из его рук лопату, твердо хлопая по настилу сандалиями, пошел к щебенке и со звоном ударил лопатой в кучу.

— Правильно, — сказал Сметана.

Ищенко посмотрел на хлопцев.

— Ну?

Мося сорвал с себя кепку и с силой швырнул ее об пол.

— Пусть они идут к... матери!

— Кто против? — спросил Ищенко.

Ни одна рука не поднялась.

— Катитесь, — сказал Ищенко страшным голосом. — Завтра поговорим за башмаки.

Саенко сделал дурацкое лицо. Развинченно пожимая плечами и шаркая лаптями, он сошел с настила. Загиров испуганно озирался вокруг. Все глаза смотрели мимо него. Дрожа, он пошел вслед за Саенко.

Несколько секунд все молчали.

Только Ищенко трудно и шумно дышал. Он крутил головой и растирал кулаками щеки, не в состоянии сразу успокоиться. Его грудь раздувалась широко и сильно. Толстая шея была черна и напружена.

Тогда Мося поднял кепку, выколотил ее об колено и аккуратно надел, насунув как раз до кончиков острых, глиняных ушей.

Он воровато улыбнулся, сверкнул желтоватыми белками неистовых своих глаз в сторону журналистов, и вдруг в его губах появился трехствольный спортивный судейский свисток.

— Приготовились! Начали! — крикнул он бесшабашным мальчишеским голосом, бросаясь к ковшу машины. — Пошли!!!

Он дал три коротких, отрывистых, расстроенных свистка. И все бросились с места, все пошло.

Лопаты звонко ударили в щебенку. Высокое облако цветочной пыли встало над бочками цемента. Шаркнул песок. Извилисто завизжали колеса тачек. Грянул мотор. Плавно пошел барабан. Громыхнул и полез вверх ковш. Ударила шумно вода.

— Сколько? — спросил Маргулиес, счищая с локтей пыль.

Корнеев потянул ремешок часов.

— Шестнадцать часов восемь минут.

— Хорошо.

XLIII

— Клава... В чем дело?

— Боже, на кого ты похож!

— Что произошло?

— Посмотри на свои ноги! Выкрасить серые туфли в белый цвет! Кошмар!..

— Почему такая спешка?..

— Я еле стою... У меня дрожат колени... Подожди... Я с семи часов на ногах. Я ни разу не присела.

— Зачем ты едешь?..

— Ах, ради Бога, не спрашивай... Я сама не понимаю. Я, кажется, сойду с ума. Как жарко!

— Клавдия, оставайся!

— Я скоро вернусь. Очень скоро.

— Зачем ты уезжаешь?

— В августе. Или в сентябре. В средних числах сентября. Который час?

— Без пяти пять. По моим.

— Еще четверть часа. Пятнадцать минут.

— Оставайся! Клава!

— Помоги мне, солнышко, поставить чемодан наверх. Не говори глупостей. Господи, какая здесь духота! Вот так. Спасибо. Больше не надо. Нечем дышать.

— Еще бы. Целый день вагон жарился на солнце. Крыша раскалилась. Может быть, поднять окно?

— Нет. Нет. Посмотри — какая там пыль. Я лучше потом попрошу проводника. Когда будем в степи. Хотя бы дождик пошел.

— Останься.

— Я тебе буду писать с каждой станции. Я буду звонить из Москвы. Хочешь ты, чтобы я тебе каждый день звонила? Сядь. Я тоже сяду. Ну, дай же мне на тебя хорошенько посмотреть.

Она крепко схватила его голову с боков обеими руками. У нее были короткие, сильные руки.

В купе, кроме них, пока не было никого.

Она держала его лицо перед собой и смотрелась в него, как в зеркало.

Его фуражка свалилась на потертый диван голубого рытого бархата.

Он видел ее плачущее и смеющееся, грязное, с черным носом, уже не слишком молодое, но все еще детски пухлое и покрытое золотистым пушком, милое, расстроенное лицо.

От слез ее голубые глаза покривели.

Он стал гладить ее по голове, по стриженым волосам, гладким, глянцевитым, как желудь...

— Ну, прошу тебя... Объясни мне... Умоляю тебя, Клавочка!

Он был в отчаянии. Он ничего не понимал.

Собственно, в глубине души он всегда предчувствовал, что кончится именно так. Но он этому не верил, потому что не мог этого объяснить. Ведь она его все-таки любит.

Что же наконец случилось?

Вряд ли сама она разбиралась в этом.

Решение уехать сложилось постепенно, как-то само собой. Во всяком случае, ей так казалось. В этом было столько же сознательного, сколько бессознательного.

Она так же, как и он, была в отчаянии.

Шло время.

Снаружи, за окнами купе, порывисто неслись тучи пыли. Они надвигались подряд и вставали друг перед другом непроницаемыми шторами.

Иногда порывы ветра ослабевали.

Пылевые шторы падали.

Тогда совсем близко из дыма возникала временная станция: два разбитых и заржавленных по швам зеленых вагона с медным колоколом и лоскутом красного, добела выгоревшего флага на палке, скошенной бураном.

Вокруг — те же плетенки и дуги, лошадиные хвосты, косо стоящие грузовики, ящики с мясными консервами, лапти, чуни, черные очки, сундуки сезонников, бабы, темная, грязная, теплая одежда, серые силуэты бегущих к поезду людей, хлопающие полотнища палаток, черный волнистый горизонт и расстроенные роты бредущих против ветра и пыли, косых и плечистых телефонных столбов.

А тут, внутри международного спального вагона, все было чисто, комфортабельно, элегантно.

Мягко пружинил под ногами грифельно-серый линолеум коридра, только что вымытый щетками, кипятком и мылом.

Всюду пахло сосновым экстрактом.

В конце коридора, узкого и глянцевитого, как пенал, в перспективе молочных тюльпанов лампочек и открытых дверей купе, за углом, в жарко начищенном медном закутке, на специальном столике уже кипел жарко начищенный самовар.

Проводник мыл стаканы в большой медной, жарко начищенной полоскательнице.

В вагон входили пыльные, грязные люди — русские и иностранные инженеры, — втаскивали хорошие, но грязные чемоданы.

Они грубо пятнали линолеум.

Они тотчас начинали бриться и мыться, надевать прохладные пижамы и туфли, засовывать под диваны невозможные свои сапоги.

Корнеев с отчаянием допытывался:

— Но что же? Что?

Ах, она и сама не знала.

Слезы катились по ее грязному носу, но все же она пыталась улыбаться. Слезы сыпались одна за другой, как пуговички, на ее потрескавшееся и вытертое на локтях желтое кожаное пальто.

У него нервно дергалась щека.

— Муж?

Она крепко закусила губы и часто затрясла, замотала головой.

— Тебе здесь скучно? Плохо?

— Нет, нет.

— Ну, хочешь, я устрою тебя в американском поселке? В коттедже? Там — березки, коровы... хочешь? Чудный, дивный воздух...

— Нет, нет...

— Дочка?

Она вдруг отвернулась и упала головой на валик дивана.

— Клавочка, Клавдюшка, ну, честное слово, ведь это же дико! Ну, хочешь, мы выпишем сюда Верочку. Это же пара пустяков. В чем дело, я не понимаю?

Она истерически мотала головой, кусала валик.

Вошел новый пассажир.

— Простите. Виноват. У вас которое место? Тринадцатое? У меня четырнадцатое, верхнее.

Военный. Три ромба.

Пыльный аккуратный сапог осторожно стал на диван. Мелькнул угол легко подкинутого фибрового чемодана.

— Больше ничего. Извините.

На голубом бархате четко оттиснулся серый след подошвы. Военный тщательно счистил его газетой.

Она быстро вытерла кожаным рукавом лицо. Глаза сухо и оживленно горели. Ей было совестно плакать и объясняться при постороннем.

Военный раскладывал на столике перед окном брошюры и папиросы.

— Ну... а как у тебя на участке? — быстро, деловито спросила она. — Двигается?

— Деремся. Прямо бой. За первые полчаса двадцать пять замесов (он опять произнес русское слово *замес,* как испанскую фамилию Zamess).

— Это, милый, что же, собственно, значит?

У нее было заботливое, «производственное» лицо.

— Если так дальше пойдет — плакал ваш Харьков! Четыреста замесов в смену. Только со щебенкой вышло погано...

— А что такое? — испуганно спросила она.

— Придется через железнодорожный путь возить, а там маршруты ходят. Неудобно и опасно. Но я думаю — обойдемся без несчастья.

— А!

Она успокоилась.

— Ну, слава Богу, я очень рада. А у нас в заводоуправлении, представь себе, до сих пор не верят. Смеются. Говорят — технически невозможно. Я там чуть не передралась из-за вас.

Корнеев подергал носом, поднял брови:

— Кто, кто не верит?

— Есть такие. Маргулиеса, конечно, кроют. Уверены, что он себе на этом сломает шею. Между прочим, как поживает Давид Львович? Я его тысячу лет не видела. Он все время на участке.

— Давид цветет, Давид цветет, он тебе кланяется. Ну... так как же, Клавдюша?

Он понизил голос.

Она умоляюще посмотрела на него и показала глазами на постороннего.

Военный деликатно вышел в коридор и закурил папиросу.

— Ненавижу военных, — с ударением прошептала она, намекая на мужа.

Он взял ее за руку.

— Ну, так как же, Клавдюша?

Она опять упала головой на твердый квадратный валик в голубом полинявшем чехле.

— Ну, честное слово, это же дико!.. Клавдюша! Выпишем девочку! И дело с концом.

— Нет, нет. Ради Бога. Ты с ума сошел! Как можно сюда ребенка выписывать? Пыль, грязь, Бог знает какая вода... дизентерия...

— Да, но живут же здесь другие дети. И ничего с ними не делается. Наоборот. Здоровяки, бутузы. Ты посмотри только на здешних детей. У Мальского ребенок, у Серошевского ребенок...

Она быстро выпрямилась. Ее лицо стало злым, беспощадным, животным.

— Ты не понимаешь, что такое *свой* ребенок! — поспешно и отрывисто сказала она.

— А к нашему бригадиру Ищенко жена, например, приехала в положении. Специально сюда рожать приехала. И ничего. Никакой трагедии. В чем дело?

У нее сверкнули глаза, и щеки стали твердыми и негладкими.

— Крепкая, здоровая, деревенская женщина!.. Как ты можешь сравнивать! И ребенок у нее будет крепкий и здоровый. А Верочка хилая, слабенькая. Разве она выдержит этот сумасшедший климат?

— Ничего сумасшедшего. Обыкновенный континентальный климат.

— Не говори глупостей. Ей надо не сюда, а куда-нибудь к морю. Василий Николаевич телеграфирует, что есть путевка в Анапу. Я ее должна повезти в Анапу.

«Ах, вот что: Анапа!» — с горестью подумал Корнеев. Она перехватила мимолетное выражение его лица. Она его перехватила и поняла.

— Наконец, я... — забормотала она. — Наконец, я сама... Посмотри, на что я стала похожа. Если я не отдохну... Ты же отлично видишь... И потом, это же дико пропустить такой исключительный случай... Я буду лежать на песке... И я скоро вернусь. Клянусь тебе чем хочешь. В середине сентября. Самое позднее в октябре...

Она нежно обняла его и положила мокрую, замурзанную щеку на его грудь.

Он понял, что все кончено.

Он слишком хорошо ее знал. Да, она любила его. Но *только* его. Все остальное здесь было ей чуждо.

А там Анапа, море, иллюзии какого-то небывалого, нового счастья.

Феня ехала сюда в свое, в родное, в собственное. Ей было легко. Она даже не подозревала, что это может быть трудно...

Нет, тут ничего не поделаешь.

Он тяжело вздохнул.

Ударил колокол. Он стал искать свою фуражку. Его сердце разрывалось от любви и жалости к ней и к себе.

Она вытерла лицо.

Они вышли в коридор. Здесь стояли у окон посторонние люди.

— Ну...

Она судорожно обняла его за шею и, бросая вокруг сухие, лихорадочные взгляды, плача и смеясь, бормотала:

— Нет, нет. Не надо. Ей-богу, мы прощаемся, как в театре... Прямо как на сцене.

Колокол ударил дважды.

Они обнялись, уже не стесняясь посторонних. Он взасос целовал ее рот, полный слез, ее полные слез глаза, облитые слезами щеки, подбородок, горло, лоб, уши.

Поезд тронулся. Он, как сумасшедший, бросился из вагона.

Он стоял один на опустевшем пути и держал фуражку в откинутой назад руке.

Ветер выдувал из открытых ворот пакгауза тучи цементной пыли.

Он вспомнил, что при таком темпе цемента хватит не больше чем на три-четыре часа работы, и побежал к пакгаузу ускорить отправку.

Все же этим оправдывалась его отлучка.

А она в это время рвала медные защипки окна, прижималась к нажженным солнцем стеклам, обливалась слезами, торопила проводника.

Окно открыли. Рванул горячий сквозняк.

Но сзади ничего не было видно. Только темная, длинная, плывущая пыль.

А впереди, из грифельно-черной, почти лиловой степи, из-за цинковой коробки элеватора быстро возникали вихрастые очертания надвигающегося бурана.

XLIV

— Гляди, татарин: никогда не видал? Попугаи!.. Ишь стервы — каторжники, сидят на палках, как те генералы!

Попугаи действительно походили на генералов.

Они сидели на шестах в своих ярких, разноцветных мундирах.

Саенко был прав.

Опустив вниз длинные прямые хвосты, узкие и яркие, как генеральские брюки с лампасами, выставив толстые груди, украшенные орденами и лентами, попугаи зловеще щелкали аристократическими горбатыми клювами и сонно смотрели вокруг из-под выпуклых, аристократически-замшевых век.

Их чешуйчатые лапы были прикованы цепочкой к насесту и скрючены.

Иногда они испускали картавые, резкие, короткие крики, будто перекусывали стальную проволоку.

И впрямь — это был чванный генералитет, траурное заседание военного совета, последняя выставка военных сюртуков, лампасов, эполетов, хохолков, доломанов, шпор, черных бородок буланже.

Это был захваченный в плен штаб интервентов, зарвавшихся слишком далеко в чужую, враждебную, плохо изученную страну и обреченных на гибель.

Здесь желтые лампасы уральских вешателей тревожно сочетались с трехцветными республиканскими султанами и голубыми шинелями юнкеров Сен-Сира.

Здесь румынские кепи и псевдовоинственные конфедератки Речи Посполитой угрюмо сожительствовали с алыми ментиками гусаров его императорского величества.

Но они были обречены и прикованы.

Вокруг них — куда хватал глаз — возникали, охватывая кольцом, силуэты редутов, крепостей, фортификаций, осадных орудий...

Загиров смотрел на диковинных заморских птиц с покорным, бессмысленным любопытством и тупым отчаянием мальчика, проданного в рабство.

Как это могло случиться? С чего началось?

Он не мог этого понять и осмыслить, как человек, поскользнувшийся и упавший с горы, не может понять и осмыслить: что же такое случилось? Почему он лежит на земле лицом вверх и видит облака? И когда же случилось *это* и как *оно* случилось?

Они опять играли, и Загиров проиграл Саенко полученные от него в долг десять рублей.

Все было кончено.

Загиров уже не плакал, не просил, ничего не говорил. Он молча ходил перед своим господином, голодный, сжигаемый страшной жаждой, опустошенный...

Он смотрел ему в глаза сухо блестящими, собачьими глазами.

— Будешь теперь моим холуем, — сказал Саенко. — Знаешь, что такое холуй?

Загиров молчал. Он не знал, что такое холуй. Он только чувствовал, что это нечто крайне постыдное.

Но он покорился. Ему уже было все равно.

Саенко куражился.

Он таскал Загирова за собой по разным местам.

Между прочим, заходили в «Шанхайчик». Так назывался отдаленный жилищный участок, где в маленьких землянках темной и обособленной жизнью жили отбросы строительства: самогонщики, шулера, непойманные воры, перекупщики краденого, потаскухи настолько страшные, что никогда не выходили из своих ям и сидели там, в темноте, на тряпье, собирая опухшими, картофельными пальцами засаленные трешницы и пятерки.

Саенко зашел в одну из этих землянок, но вернулся очень быстро.

— Ни черта нету. Всю повыпивали. С-ссволочи! Одно только — в станицу ехать.

Потом они пошли дальше, избегая лишних встреч и строительного участка.

Они шлялись в районе рынка, возле киосков ТЭЖЭ, где за пыльными стеклами выгорали голубые коробки зубного порошка, плавилось разноцветное мыло и пылали флаконы одеколона. Они заходили в кооперативы и прохладные сараи магазинов Уралторга.

Но Саенко ничего не покупал. Он только жадно прицеливался. Толкался в очередях.

Он был скуп и расчетлив.

За большим бараком устроился единственный здесь бродячий фотограф.

На стене барака висела декорация — гладко, но грубо расписанное полотно — большая завлекательная картина. Они долго стояли перед ней, очарованные. Ветер надувал ее, как парус. Парус уплывал, манил.

Там было все: одновременно земля, вода и небо; дома, балюстрады, клумбы, деревья, скамьи, облака, цветы, птицы, лодки, пароходы, дирижабли, аэропланы, спасательные круги и фонари; горы, ущелья, водопады; планеты и звезды.

Плоскость полотна в два квадратных метра вмещала в себя полностью всю мечту человечества о мировой гармонии, комфорте и счастье.

Это была мечта, доведенная до идеальной наглядности и осязаемости.

Здесь не было ничего утопического, ничего нереального, сверхъестественного.

Полувоенный пароход стоял на якоре в канале ровном, как коридор. Пароход назывался «Коминтерн». На нем было шесть каменных труб. Из них валил по нефритному небу чугунный дым.

На палубе стояли идеальные матросы с черными усами, в матросских шапках с лентами.

В канал садилось красное солнце.

Мавританский замок с полосатыми маркизами, весь увитый плющом и розами, спускался ступенями к самой воде.

И над за́мком стояла круглая испанская луна.

Летел толстый рубчатый дирижабль с надписью «Энтузиаст».

Летел аэроплан невиданной конструкции, со множеством моторов, шестикрылый, как серафим, с надписью «Ударник».

Малахитовые кипарисы, сплошь покрытые большими бледными цветами, уходили вдаль безукоризненным частоколом вдоль идеального канала.

И над ними сияли звезды.

Вокруг толстых мраморных скамеек кондитерской белизны и пышности стояли высокие лилии, подобно гипсовым вазам, и росли гипсовые урны, подобные чудовищным лилиям Сарона.

Здесь было все для блаженства.

Они стояли перед этой картиной, тщательно выписанной трудолюбивой кистью мастера, не пожалевшего самых ярких и лучших своих красок, но все же несколько злоупотребившего белой и черной.

Она их манила, уводила в прохладный волшебный мир отдыха и удовлетворенных желаний.

Саенко захотел сняться.

Он долго торговался с фотографом. Наконец они сошлись в цене. Саенко сел на стул перед холстом.

Фотограф — человек в лаптях и черных пылевых очках — долго возился, придавая ему надлежащую позу. Вокруг собрались зеваки.

Но когда все было уже готово, Саенко раздумал. Нет, два рубля — это слишком дорого.

Он лениво встал со стула, свистнул Загирову, и они пошли дальше.

Возле остановки автобуса строился цирк.

Они вошли под его полотняные своды, где плотники еще обтесывали топорами свежие бревна.

Они любовались попугаями и стояли перед слоном, который, согнув в колене переднюю ногу, тяжело обмахивался толстыми, морщинистыми ушами.

Но волшебная картина продолжала тревожить воображение Саенко.

Он опирался на тощее плечо Загирова и шептал:

— Слышь, татарин, не дрейфь. Все будет. Погоди. Ну его к едреной бабушке, такое дело. Что мы им — нанятые, на самом деле? Эх, товарищок! Какие тут на Урале леса, какие трущобы! Медведи есть. Как зака-атимся... Иди тогда, посыпь соли на х...вост. Верно говорю... Слушай меня...

У Загирова обмирало от этих слов и холодело в ужасе сердце.

Приехал автобус. Одно только название — автобус, а на самом деле старый открытый грузовик-пятитонка, и в нем набиты скамейки.

Кондукторша — простая черноносая баба, босиком, но в пылевых очках и с сумкой.

Народ кинулся на подножку. Шум. Давка.

— Пропустите ударников-энтузиастов! — кричал Саенко.

Они втиснулись в автобус. Сидячих мест не было. Автобус поехал.

Они стояли, шатаясь в толпе, как кегли.

Через час они, проехав мимо километровой плотины, достигли станицы.

Станица была вся в зелени.

XLV

Инженер без карманных часов!

Он не был небрежен или рассеян. Наоборот. Маргулиес был точен, аккуратен, хорошо организован, имел прекрасную память.

И все же у него никогда не было карманных часов. Они у него как-то «не держались».

Неоднократно он их покупал, однако всегда терял или бил.

В конце концов он привык обходиться без собственных часов. Он не чувствовал их отсутствия.

Он узнавал время по множеству мельчайших признаков, рассеянных вокруг него в этом громадном движущемся мире новостройки.

Время не было для него понятием отвлеченным.

Время было числом оборотов барабана и шкива; подъемом ковша; концом или началом смены; прочностью бетона; свистком механизма, открывающейся дверью столовой; сосредоточенным лбом хронометражистки; тенью тепляка, перешедшей с запада на восток и уже достигшей железнодорожного полотна...

Между ним и временем не было существенной разницы.

Они шли, не отставая и не опережая друг друга, колено в колено, как два бегуна, как бегун и его тень, узнавая секунды по мелькающим мимо глазам и ладоням.

Девушка поднялась по трапу и села на перильца против плавно тронувшегося барабана.

С аккуратностью школьницы она поправила на коленях короткую юбку. Ее ноги в опустившихся носочках не доставали до пола. Она потуже затянула на затылке узел белого платочка, чтоб не слишком трепались волосы.

Мелькнули желтые от загара руки. На запястье — черная ленточка часиков.

Хронометражистка из постройкома.

Грохнула и с шумом поползла по желобу первая порция бетона.

Девушка положила на колено бумажку и сделала карандашом первую отметку.

«Десять минут пятого», — подумал тотчас Маргулиес машинально.

Он обошел фронт работы стороной, не желая мешать ребятам и смущать Мосю.

Однако он издали, как бы вскользь, но очень тщательно осмотрел еще раз расстановку людей и расположение материалов, действие машины — все свое хорошо устроенное и налаженное хозяйство, приведенное в движение расстроенным свистком Моси.

Все было на месте, все было в порядке, все действовало в сильном и свежем ритме, но продолжала смущать щебенка.

Маргулиес подошел к куче.

Маленький Тригер, с каменным, настойчивым лицом, слишком быстро грузил тачку Оли Трегубовой.

Оля Трегубова не успела надеть спецовки. Она была в своей нарядной, раздувающейся юбке. Работая без рукавиц, она уже успела докрасна натереть ладони. Ей еще не было больно, но ладони уже немного жгло. Растопырив пальцы, она махала руками, охлаждая их.

Ветер трепал вокруг разноцветных гребешков ее нестриженые, по-старомодному убранные волосы.

Она то и дело проворно взглядывала вдоль рельсов, откуда мог каждую минуту появиться состав.

Ее тачка еще не была полна, а уже Сметана напирал сзади, через рельсы, со своей пустой.

— Давай, давай! Нажимай!

Его лицо было ярко-розовым, жарким, опушенным зеленоватой пылью, как персик.

— Справляетесь? — спросил Маргулиес.

— Справляемся, — сказал, кряхтя, Тригер и бросил последнюю лопатку щебенки в Олину тачку.

— Катись. Следующий!

Он со звоном всадил лопату в кучу.

Оля подхватила тачку под рукоятки, натужилась, нажала, густо покраснела и с грохотом, с лязгом покатила тяжело прыгающую тачку через рельсы.

«Плохо, — подумал Маргулиес. — Такая незадача. Сюда бы еще, по крайней мере, двух надо поставить».

Но помочь было нечем.

— Запарились? — спросил он Сметану.

— Еще запаримся; подожди, хозяин, не все сразу. Наваливай!

Маргулиес взял из кучи несколько камешков и близко поднес их к очкам. Он осмотрел их внимательно со всех сторон, как в лупу.

— Хорошая щебенка, черт их возьми, — сказал он шепеляво и с удовлетворением бросил камешки в кучу. — Научились наконец.

Он постоял, молча глядя, как Тригер с неумолимо упрямым лицом грузит тачку Сметаны, подумал.

— Только я вам вот что посоветую, ребятишки, — сказал он, — вы особенно не нажимайте. Полегонечку. Экономьте силы. Ровнее, ровнее. Самое главное, не выдохнуться к концу. Вся сила — в конце.

Тригер четко сбросил последнюю лопатку в тачку Сметаны.

— Катись. Следующий!

Сметана лихо хлопнул громадными брезентовыми рукавицами, похожими на ласты.

Подхватил тачку.

— Эх! Если б не эти сволочи... — злобно натужась, проговорил он. — Если б не эти две стервы...

Тут налетел Мося.

— Давид Львович!

Он налетел коршуном, чертом, вихрем.

— Товарищ начальник участка!..

Он орал во всю глотку, до хрипа.

— Честное слово! Товарищ Маргулиес! А то я буду просто-напросто всех подряд крыть матом! Вы же сами обещали не мешаться. И товарищи от центральных газет свидетели! Не срывайте мне, ради Бога, ударную работу! Отойдите с фронта, не отрывайте мне ребят! А то я, честное благородное слово, не ручаюсь!

Маргулиес добродушно улыбнулся.

— Ну! Ладно, ладно. Уйду. Только ты потише.

Но Мося не унимался.

— Одно из двух! — кричал он, ничего не слыша, кроме собственного голоса. — Или я десятник! Или я не десятник! Кто отвечает за смену? Я отвечаю за смену! Кому будет позор? Мне будет позор! На самом деле!.. — И вдруг, обернувшись к Тригеру, рубя кулаком воздух: — Нажимай! Шевелись! Не срывай! Разговорчики! Темпочки, темпочки!..

Грохнула и поползла вторая порция бетона.

Маргулиес поправил за ушами оглобли очков и мелкой рысью обежал фронт работы.

Девушка делала на бумажке вторую отметку.

«Двадцать минут пятого!» — машинально отметил в уме Маргулиес.

Он направился к помосту.

Но Мося уже летел сломя голову наискось через настил, болтая перед собой развинченными руками, как голкипер.

— Давид Львович! — гневно кричал он. — Одно из двух!.. Идите обедать! Ну вас!..

Маргулиес махнул рукой и повернул назад.

Сзади грохнула третья порция.

Сдерживая улыбку и внимательно смотря под ноги, чтоб не напороться сапогом на гвоздь, он пробрался в тепляк.

XLVI

Дело налажено и пущено в ход.

Пока — он тут лишний. Действительно, можно свободно пройтись в столовую и пообедать.

Но сделать это сейчас было выше его сил. Обед не уйдет. Полчаса он постоит здесь. Через полчаса кое-что выяснится. Тогда уже можно будет спокойно поесть.

Между прочим, поесть бы не мешало.

Он присел на край опалубки. Он устроился так, чтобы не мешать кладке, но вместе с тем и видеть сквозь разобранную стенку тепляка работу бригады.

Здесь был громадный сумрак, прохваченный сложной системой ветров и сквозняков.

Он снял кепку и провел ладонью по высокой, пышной, гофрированной шевелюре.

Мимо него справа налево ребята катили гуськом тяжелые, до краев полные стерлинги.

Мокро грохотал бетон, сваливаемый в открытый трап опалубки.

Слева направо стерлинги возвращались пустые и легкие, как детские коляски, на легких высоких колесах со множеством тонких спиц.

Под колесами хрустела грязь.

Встречное движение колес и людей то и дело закрывало узкий квадрат разобранной стены.

Оно закрывало его мелким, моросящим мельканьем, сквозь которое так же мелко мелькала и моросила облитая тусклым солнцем площадка настила, испещренная быстро движущимися тенями работающей бригады.

Время мелькало и моросило секундами, и Маргулиесу не нужно было видеть работу во всех ее подробностях для того, чтобы знать, в каком положении она находится.

Он определял все ее фазы по множеству мельчайших звуков, четко долетавших снаружи.

Звонкий стук лопаты. Топот лаптей по настилу. Извилистый визг колеса. Лязг ковша. Шум воды. Прыгающий грохот тачки через рельсы. Звук опрокидывающегося барабана и вываливаемого, сползающего бетона. Голос. Крик. Слово.

Это все говорило ему о времени и ритме.

Он прислушался к звукам, он считал их, как пульс. Пульс был ровный, несколько убыстряющийся, свежий, хорошего наполнения.

Полузакрыв глаза и склонив голову, он прислушивался к звукам.

Он упивался ими.

Они баюкали его, усыпляли. Но это не был сон. Это была острая, напряженная полудремота, готовая каждый миг прерваться и перейти в деятельное бодрствование.

Время шло, и он шел вместе со временем, колено в колено. Они шли, он и время, как два бегуна, как бегун и его тень, распознавая секунды по мелькающим и моросящим снаружи звукам.

Главный звук — был звук опрокидывающегося барабана. Этот звук обозначал — замес.

Он повторялся все чаще и чаще.

Маргулиес отметил его бессознательно двадцать пять раз.

Появился Корнеев.

— Давид, а? Как тебе нравится? Ищенко двадцать пять замесов в тридцать одну минуту! Ну-ну!

Значит, в час — приблизительно пятьдесят. В смену — четыреста. Если же учесть возможные остановки и потерю ритма — никак не меньше трехсот пятидесяти.

Это превышало самые смелые расчеты.

Обедать?

Нет, только не сейчас. Еще полчаса. Если за полчаса темп не упадет — тогда можно спокойно поесть.

— Хорошо.

Корнеев постоял и исчез.

«Тридцать восемь минут пятого», — отметил в уме Маргулиес.

Он продолжал сидеть, не меняя позы, и прислушивался к звукам работы. Они все учащались и учащались.

Время приближалось к шести.

Маргулиес выкарабкался из тепляка и стороной, осторожно, обошел площадку.

По пастилу, неистово сверкая глазами, носился Мося. Площадка была окружена любопытными.

Маргулиес присел в отдалении на столбик. Он сидел, опустив руки между колен, и потирал ладони. Он не мог отвести глаз от движущихся тачек.

— А! Хозяин! Еще раз бувайте здоровы. Добрый вечер.

Маргулиес не слышал.

Фома Егорович, добродушно улыбаясь в свои полтавские, кукурузные усы, приветливо сияя твердыми четырехгранными американскими глазами, подошел сзади и положил ему на плечо крепкую руку.

— Сидит и смотрит! Ничего вокруг не видит и не слышит! Знаете, товарищ Маргулиес, что я вам расскажу, — так точно сидел наш американский волшебник Томас Альва Эдисон, когда они, с учениками, сконструировали электрическую лампочку сильного накаливанья с металлическим волоском в середине. Лампочка горела, а они сидели вокруг и смотрели, как она горит. Она горела, а они не могли пойти заснуть. Они должны были видеть продолжительность. Они сидели шестьдесят два часа перед столом в лаборатории.

Маргулиес еле заметно усмехнулся.

— Вы поэт, Фома Егорович.

— Нет. Я американский инженер — ни больше ни меньше. Лампочка горела, а они сидели в лаборатории, как привязанные к столу. Я вам это говорю. Это — история. Вы, товарищ Маргулиес, как тот наш маленький Эдисон. Томас Альва Эдисон! Как это будет выходить по-вашему, по-русскому? Фома Алексеевич Эдисон. Вы — Фома Алексеевич Эдисон.

Он весело расхохотался.

— Как вам нравится? — сказал Маргулиес, показывая глазами на новый настил перед машиной. — Совсем другая музыка, правда?

— Очень интересно, — сказал Фома Егорович. — Прямо замечательно.

Маргулиес самодовольно погладил колени.

Он отлично понимал, что американец сразу и по достоинству оценил их нововведение.

— Однако, Фома Алексеевич Эдисон-Маргулиес, пора и честь знать. Довольно смотреть на свою лампочку. Пойдем обедать, а то столовую закроют. Хорошо покушать никогда не мешает. А ваша лампочка не потухнет без вас. Она хорошо горит, ваша лампочка. Лампочка Ильича. Можете мне поверить. Вы ее хорошо зажгли. Очень хорошо. Я уже вижу.

— Пожалуй... Минут на двадцать...

— Пойдем, пойдем, там видно будет, на двадцать или на сколько. Кушать надо хорошо. Торопиться вредно, когда кушаешь.

Маргулиес медлил. Не на кого оставить участок. Корнеев исчез.

Он нерешительно озирался по сторонам.

— Идите шамать, Давид Львович! Обойдется без вас! — закричал ликующим голосом Мося, пробегая мимо, и вдруг хрипло заорал, бросая на американца молниеносные взгляды: — Нажми, нажми, нажми! Темпочки, темпочки! Разговорчики!

Фома Егорович и Маргулиес быстро пошли в столовую. Американец вытащил из кармана свернутые в трубку иллюстрированные американские журналы.

— Получил сегодня по почте из Штатов. Будем за обедом читать. Замечательный журнал. Его основал еще сам Вениамин Франклин. Сто пятьдесят лет выходит аккуратно каждую неделю, не так, как советские журналы. Посмотрите, какая реклама. Все, что вам угодно. Все американские фирмы. Мы будем рассматривать.

Они дошли до переезда.

Через переезд, широко и грубо шагая, шел Налбандов. Он стучал по рельсам палкой. Они поздоровались.

Налбандов вскинул голову и, твердо прищурясь, посмотрел в сторону, как бы прицеливаясь.

— Ваш участок?

— Мой.

— Одну минуточку, мистер Биксби...

Налбандов и Маргулиес отошли в сторону.

Ветер дул короткими горячими порывами. Солнца не было. Небо двигалось низко и тяжело, полное густых грифельных туч.

Маргулиес слышал горячий запах черного пальто Налбандова. Запах кожи и ваксы. Но казалось, что это пахнут его борода и лоб.

— Что у вас тут происходит, Давид Львович? — спросил Налбандов небрежно.

— Видите ли... — начал Маргулиес.

Налбандов его перебил:

— Виноват. Быть может, мы пройдем к вам в контору?

— Пожалуйста. Фома Егорович! — крикнул Маргулиес. — Вы пока идите в столовую. Идите, идите. Захватите мне там что-нибудь. Я через десять минут.

Маргулиес пропустил вперед Налбандова как старшего и дежурного по строительству.

Они пошли к конторе.

XLVII

В пять часов Налбандов вступил в дежурство по строительству.

До пяти — он возил американцев.

Он наслаждался их культурным обществом. Он отдыхал.

Мистер Рай Руп обнаружил выдающуюся эрудицию в области русской истории. С ним было чрезвычайно приятно беседовать — обмениваться короткими, острыми замечаниями.

Они сделали километров сто.

Мистер Рай Руп безошибочно отнес маленькую деревянную почерневшую от времени церковку в одной из отдаленных казачьих станиц к началу восемнадцатого века.

Тонко и добродушно улыбаясь, он высказал предположение, что в этой маленькой древней еловой церкви, которая так и просится на сцену Художественного театра Станиславского, в этой самой изящной часовне с зелеными подушками мха на черной тесовой крыше, быть может, некогда венчался легендарный русский революционный герой, яицкий казак Емельян Пугачев.

Он заметил, что этот дикий степной пейзаж как будто бы перенесен сюда прямо со страниц «Капитанской дочки», очаровательной повести Александра Пушкина; только не хватает снега, зимы, бурана и тройки.

Он заметил, что некоторые поэмы Пушкина имеют нечто родственное новеллам Эдгара По. Это, конечно, несколько парадоксально, но вполне объяснимо.

Он делал тонкий комплимент Налбандову.

В свое время Эдгар По, будучи еще юношей, посетил на корабле Петербург. Говорят, что в одном из кабачков он встретился с Пушкиным. Они беседовали всю ночь за бутылкой вина. И великий американский поэт подарил великому русскому поэту сюжет для его прелестной поэмы «Медный всадник».

Налбандов пообедал вместе с ними в американской столовой.

В пять часов он не без сожаления простился с американцами.

Серошевский еще не возвращался. Его кабинет был закрыт.

Досадно.

Нужно же наконец с ним поговорить вплотную. Высказаться до конца.

По серым от пыли лестницам заводоуправления бежали вниз сотрудники.

Рабочий день кончился. Запирали комнаты. Уборщицы в халатах мели красные ксилолитовые полы.

В пустом чертежном бюро, под зелеными висячими лампами, сиротливо и пусто стояли хромоногие чертежные столы с досками, аккуратно закрытыми выгоревшими газетами.

После автомобиля, после вольного, целебного воздуха, открытой степи, после общества тонких и культурных людей весь этот скучный мир советского учреждения показался Налбандову отвратительным.

Стены, захватанные грязными пальцами, обитые углы коридоров. Выбитые стекла. Вывороченные из рам крючки. Бумажки. Аляповатые стенные газеты — саженные рулоны обойной бумаги — с полуграмотными заметками и крикливыми, настойчивыми, требовательными лозунгами, с этой постоянной претензией на техническое превосходство над Европой и Америкой...

Он мешковато и брезгливо шел по коридорам и лестницам, стуча палкой по ступенькам, перилам и стенам.

Между прочим, перила железные, а деревянные поручни так и не удосужились привинтить. Ободранный, жалкий вид. Американцы!

Типичное русское, исконное, неистребимое разгильдяйство!

Выстроили в степи пятиэтажное кирпично-стеклянное здание по последнему слову европейской техники, убухали миллион, а следить за ним не умеют.

За три месяца привели в черт знает какой вид!

Разве можно здесь строить такие здания? Пыль, бураны, смерчи, сквозняки.

Стоило огород городить для того, чтобы в результате посредине какой-то, черт ее знает какой, дичайшей уральской степи, на пересечении четырех воюющих между собою ветров, в невозможнейших, совершенно экзотических условиях — организовать это серое, скучное, бездарное советское учреждение!

— Азия, черт бы ее совсем побрал! — бормотал Налбандов. — Мировые рекорды! Демагогия!

Встречались люди. Здоровались.

Пробежал мимо толстяк в расстегнутой украинской рубашке с газетами под мышкой.

— Георгию Николаевичу! Где пропадать изволили? Американцев катали? А у нас тут что делается! Прямо черт-те что! Маргулиес на шестом участке такие номера показывает на бетономешалке Егера...

Налбандов молча прошел мимо.

— Не строительство, а какая-то французская борьба! — крикнул ему вслед толстяк и захохотал.

Налбандов жестко усмехнулся в бороду.

На площадке третьего этажа стояла группа инженеров. Один из них, молодой, рыжий, сильно веснушчатый, с длинной красной шеей, в расстегнутом френче поверх сетчатого тельника, крикнул радостно:

— Налбандов, на шестом-то участке, слыхал? Маргулиес, а? Харькову втыкает! Считай, что кавалер Красного Знамени!

— Слыхал, слыхал...

Налбандов, не оборачиваясь, быстро поднялся на четвертый этаж.

Швыряя палкой двери, он прошел в кабинет дежурного по строительству.

Это была большая, скучная, пустынная комната.

Он, не снимая пальто и фуражки, сел к столу и положил палку на бумагу.

— Пусть ломает голову. Плевать. Посмотрим.

В огромном квадратном клетчатом окне шли темные, зловещие тучи грифельного оттенка. Двигалась стена желтоватой, как бы пригоревшей пыли. Открытая форточка дрожала и дергалась на крючке. Из нее сыпало черной крупчатой пылью.

Налбандов подошел к окну.

Плечистые столбы косо брели против ветра, в облаках пыли. Дымились крыши, дороги, тропинки, окопы, горы. Тускло блестело под красными стенами отеля битое оконное стекло и черепки тарелок.

В углах и закутах кружились хороводы бумажек.

Вдалеке, за длинным тепляком Коксохима, двигались против пыли четыре громадных трубы новых скрубберов.

Утром их было всего три.

Налбандов пожал плечами.

— В день по скрубберу. Воображаю.

Он заложил руки за спину и отвернулся от окна.

На дубовом шведском бюро стояла рыночная, зеленоватого стекла, шестигранная чернильница с рубчатой крышкой с шишечкой.

В масштабе комнаты она занимала столько же места, сколько в масштабе площадки строительства — домна № 1, выведенная уже до восьмого яруса.

Брызнул телефон.

— Алло! Дежурный по строительству.

С бесцеремонной грубостью и уверенностью старого хирурга Налбандов принимал донесения и отдавал приказы.

Его решения и мероприятия были в такой же мере быстры, как и традиционны. Они обнаруживали в нем блестящего инженера-администратора академической закваски. Его быстрота и решительность были основаны на точном и безукоризненном знании законов, в святости и неизменности которых он не сомневался сам и не позволял сомневаться другим.

Сегодня он был резче и беспощаднее обыкновенного.

Он был раздражен и не мог успокоиться.

Слишком смело и неуважительно ревизовали на шестом участке законы. Слишком грубо вторгались в область механики. Слишком нагло подвергали сомнению утверждения иностранных авторитетов и колебали традиции.

Чернильница есть чернильница, и домна есть домна.

Ничего больше.

Но сегодня вещи в глазах Налбандова начинали терять свои места и масштабы.

Продолжая заниматься делами, он поймал себя на том, что чернильница перед ним вдруг выросла до размеров домны, а домну он готов был снять с участка, поставить на письменный стол и обмакнуть в нее перо.

Было около шести часов.

Что делается на участке Маргулиеса?

Он решил не вмешиваться и дать Маргулиесу сломать себе голову. Но он не мог преодолеть искушения.

Кроме того, он все же был дежурный по строительству и замещал Серошевского.

Он сошел вниз и тронул палкой шофера, заснувшего на земле возле машины.

XLVIII

— Что у вас тут происходит?

Налбандов крепко положил руки на голову своей громадной оранжевой палки. Он боком сидел на низеньком табурете перед столом Маргулиеса. Полы его черного кожаного пальто лежали на дощатом некрашеном полу барака.

Маргулиес видел в профиль его узкую смоляную бороду и твердый нос с насечкой.

Налбандов, прищурясь, смотрел не то в окно, не то в угол. Во всяком случае — несколько мимо Маргулиеса.

Он коротко и небрежно мотнул головой, заметил вскользь:

— Я дежурю по строительству.

Он как бы заключил это беглое замечание в скобки, с тем чтобы уже больше к нему не возвращаться и точно установить отношения.

Маргулиес положил локти на шаткий фанерный стол, покрытый выгоревшими голубыми листами старых чертежей.

— К вашим услугам, Георгий Николаевич.

— Что у вас происходит?

В углу этой маленькой комнаты, более похожей на кабину купальни, чем на кабинет начальника участка, на табурете стояла жестяная тарелка с объедками.

Нечто среднее между кривой бараньей косточкой и коркой черного хлеба.

Маргулиес снял очки и близоруко всматривался, стараясь определить, что же это такое в конце концов: косточка или корка?

Налбандов брезгливо покосился на него.

— Нуте-с?

Маргулиес надел очки и механически вынул из бокового кармана желтый виртуозно очиненный карандаш. Он положил его на ладонь и легонько подкидывал, любуясь зеркальными гранями.

— Что вас, собственно, интересует? — шепеляво и несколько робко спросил он, не глядя на Налбандова.

— Положение на участке. Вообще.

Налбандов нажал на слово «вообще» и опять небрежно устремил взгляд в пространство между Маргулиесом и окном, в котором страницами перелистываемой книги мелькали свет и тень идущего состава.

Свет и тень мелькали справа налево. Состав шел слева направо.

На дощатой стене за Маргулиесом мигали графики, диаграммы, печатные плакаты в красках: санитарная инструкция первой помощи при ранении; спасение утопающего; как надо обращаться с газами; разноцветные баллоны: кислород — синий, ацетилен — белый, водород — красный; литографированный портрет Карла Маркса.

Борода у Маркса была желтовато-белая, усы — с чернотой; элегантный сюртук, в длинном вырезе которого узко белела крахмальная сорочка; и еще висело на ленте что-то круглое.

«Монокль, что ли?» — подумал, слегка пожимая плечами, Налбандов.

— Вообще... — сказал Маргулиес и сосредоточенно подоил себя за нос. — Вообще картина на сегодняшний день по Коксохимкомбинату такая...

— Нуте-с... Нуте-с...

Маргулиес сосредоточенно свел глаза.

— По кладке мы имеем по восьмой батарее восемьдесят и семь десятых процента задания, по седьмой батарее шестьдесят и девять десятых. Земляные работы по фундаменту силосов — приблизительно сто двадцать процентов задания, по эстакаде...

— Это я знаю, — отрезал Налбандов. — Дальше. Бетонная кладка?

— По бетонной кладке мы имеем такую картину: башмак закончен, плита под шестую батарею закончена; в шестнадцать восемь начали лить пятую.

«Кажется, монокль, — подумал Налбандов. — Не может быть».

Он резко повернулся на табуретке.

— Виноват. Начали лить в шестнадцать восемнадцать. Сейчас у нас...

Налбандов, не торопясь, расстегнул пальто, открыл его, как литую дверь несгораемого шкафа, и вынул золотые часы.

— Сейчас у нас восемнадцать пятьдесят две.

«Закроют столовую», — подумал Маргулиес.

Налбандов щелкнул крышкой и спрятал часы.

— Сколько перемесов? — спросил он преувеличенно небрежно.

Маргулиес склонился над столом и осторожно. коснулся бумаги кончиком карандаша, острым и длинным, как иголка.

— Точно не могу вам сказать, но приблизительно сто тридцать — сто пятьдесят.

— Так-с. Пятьдесят перемесов в час. Гм!

Он саркастически крякнул и, не в силах больше владеть собой, вскочил с табуретки и подошел к портрету Маркса.

Он стал его вплотную рассматривать.

«Действительно, монокль. Курьезно».

Он заложил руки за спину и повернулся к Маргулиесу.

— Интересно.

— Да, это очень интересно, — сказал Маргулиес просто.

— Вы находите?

Налбандов снова сел к столу.

Маргулиес встал и прошелся по комнате. Проходя мимо тарелки, он низко нагнулся. Нет, это не косточка, а корка. И кроме того — немного сухой каши.

Он опять сел на свое место.

Налбандов нашел на столе искусанный химический карандаш и брезгливо положил его на ладонь.

Теперь они сидели друг против друга, взвешивая над столом на ладонях карандаши, словно желая точнейшим образом определить их вес.

— Надеюсь, мне вам не надо напоминать, — негромко и слишком спокойно сказал Налбандов, — что меньше двух минут на каждый перемес не полагается. Это азбучная истина. Вы можете ее найти в любом учебнике.

Он нажал на слово «учебник».

— Между тем вы позволяете у себя на участке делать один перемес в одну и две десятых минуты.

— Для нас сведения, заимствованные из любого учебника, не обязательны. Учебники выходят каждый год в исправленном и дополненном виде.

Маргулиес сказал это тихо, шепеляво, почти шепотом. Он, видимо, сосредоточил все свое внимание на карандаше.

— Это все прекрасно, в *данном году* рекомендуется руководствоваться учебными пособиями *данного года*. Не так ли?

— Почему же нам не воспользоваться поправками будущего года, если мы открываем их в настоящем?

— Ах, вы хотите опередить время?

— Мы хотим выполнить промфинплан.

— Не вовремя!

— Идти вперед всегда вовремя.

— Впрочем, мы, кажется, перешли в область философии. Вернемся назад. Вы, кажется, ведете работы на бетономешалке Егера?

— Да.

— Надеюсь, вам известно, что в паспорте этой машины черным по белому напечатано, что время одного перемеса не может быть меньше одной и пяти десятых минуты.

— Известно.

— И все же вы берете на себя смелость, так сказать, взять под сомнение компетенцию составителей этого паспорта? Официального паспорта мировой фирмы?

— Официальный паспорт пишут такие же самые люди, как мы с вами, грешные.

Маргулиес сказал это и чуть заметно улыбнулся, сообразив, что он повторяет давешнюю фразу Фомы Егоровича.

Налбандов нахмурился и покраснел.

— Мне кажется, что ваши шутки несколько неуместны, — сказал он громко. — Впрочем, каждый забавляется как может и... и как его учили... Но, пожалуйста, избавьте меня от них. Я достаточно технически грамотен. Я нахожу ваше обращение с дорогим импортным оборудованием по меньшей мере... рискованным. Мне бы, извиняюсь, не хотелось употреблять другого прилагательного, хотя оно сейчас чрезвычайно в моде.

У Маргулиеса слегка дрогнули губы. Он побледнел:

— Вы имеете в виду...

— Я говорю, что при такой эксплуатации машина амортизируется слишком быстро.

— Лет в пять, в шесть.

— В то время как по официальному паспорту при нормальных условиях она должна работать от десяти до двенадцати лет. Вы совершаете насилие над механизмом.

— Это не существенно — пять или десять лет. При нормальных, как вы выражаетесь, условиях такой комбинат, который ставим мы здесь, должен строиться восемь лет, и тем не менее вам отлично известно, что мы построим его в три года.

— Демагогию вы можете оставить при себе. Я констатирую, что вы способствуете слишком быстрой амортизации

333

импортного оборудования, которое стоит валюты, а доллары у нас на земле не валяются.

— К тому времени, когда машина амортизируется, нам доллары уже не будут нужны.

— Вы в этом уверены?

— Мы будем строить собственные бетономешалки. Но должен вам сказать, что особенного насилия над механизмом мы все-таки не совершаем.

— Но ваша варварская быстрота работы!

— Она складывается из нескольких элементов, не имеющих прямого отношения непосредственно к эксплуатации машины.

— Вот как! — насмешливо воскликнул Налбандов. — Это любопытно. Поделитесь, если это не секрет.

Маргулиес сдержанно провел по бумаге острием карандаша тонкую прямую черту.

— Она складывается из рационализации процесса подвоза инертных материалов — раз, из правильной расстановки людей — два, и, наконец, из...

Ему очень трудно было произнести это слово, но все же он его произнес без паузы:

— ...и, наконец, из энтузиазма бригады.

Он произнес это слишком патетическое и газетное слово «энтузиазм» с такой серьезной и деловой простотой, как если бы он говорил об улучшении питания или о переводе на сдельщину.

Произнеся это слово, он покраснел до корней волос. Ему было очень трудно произносить его перед человеком, который наверное истолкует его, Маргулиеса, в дурную сторону.

И все же он это слово произнес потому, что, отчитываясь перед дежурным по строительству (оставив в стороне, что этот дежурный был Налбандов), он счел себя обязанным точно высказать все свои соображения по техническому вопросу.

Понятие энтузиазма входило одним из элементов в понятие техники.

Налбандов взял бородку в кулак и ядовито прищурился мимо Маргулиеса.

— Энтузиазм — быть может, это и очень красиво, но малонаучно, — сказал он небрежно. — Между прочим, говоря о рационализации, как вы выражаетесь, процесса подвоза инертных материалов, вы, вероятно, имеете в виду этот самый ваш сплошной деревянный настил перед механизмом. Между прочим, я его видел. Должен вам сказать, что я считаю совершенно недопустимым тратить такое сумасшедшее количество дефицитного леса на подобные эксперименты сомнительного свойства. Вы еще паркетный пол сделайте: может быть, вашим энтузиастам будет работать легче. И пианино поставьте. Как в танцклассе.

— Если музыка, — сказал спокойно Маргулиес, — облегчит нам работу и поможет выполнять в срок промфинплан, мы поставим пианино.

Налбандов злобно фыркнул:

— Вот-вот. Это самое я и говорю. Не строительство, а французская борьба.

Он откинулся назад и оскорбительно громко захохотал.

«Ах, вот оно откуда», — подумал Маргулиес.

— Мы использовали лес, оставшийся от опалубки, — сказал он.

— Еще бы! Еще бы!

XLIX

Налбандов продолжал злобно и демонстративно смеяться:

— Хорош хозрасчет! Хороша экономия! Так нам ваши рекорды в копеечку вскочат, товарищ Маргулиес.

Маргулиес пожал плечами. Они говорили на разных языках.

— Позвольте, — сказал он.

Но в этот миг дверь распахнулась и вбежал Мося.

— Давид Львович!

Его лицо было сверкающим и возбужденным.

— Сто пятьдесят четыре замеса за три часа, пусть мне не видеть отца и мать! — закричал он с порога.

Но заметил Налбандова и осекся:

— Я извиняюсь.

Он подошел к Маргулиесу и близко наклонился к нему. По его темному, воспаленному лицу тек пот, собирался на подбородке и капал грязными каплями на пол.

— Давид Львович, — тяжело дыша, сказал Мося, обдавая Маргулиеса жаром. — Давид Львович, цемента больше как на полчаса при таких темпочках не хватит.

Он сделал круглые глаза и воровато глянул на Налбандова.

— Вот, пожалуйста! — сказал Налбандов злорадно. — Прошу убедиться.

Маргулиес нахмурился, махнул рукой.

— Иди, Мося, иди. Я — сейчас. Ты видишь — мы заняты.

— Я, конечно, очень извиняюсь.

Мося на цыпочках выбрался из комнаты, но в дверях остановился, глядя на Маргулиеса расширенными, взволнованными глазами.

Он показал ладонью на горло: зарез! — и нахлобучил кепку на уши.

— Иди, иди!

Мося согнулся и исчез.

— Прошу убедиться, — сказал Налбандов. — У вас уже не хватает материалов. То, что вам должно хватить на смену, вы разбазариваете в три часа.

Он нажал на слово «разбазариваете».

— Мы не разбазариваем, — с ударением заметил Маргулиес, — а льем плиту.

Он был взбешен, но отлично владел собой. Выдержка и дисциплина не позволяли ему повысить голос.

Он решительно встал и обдернул на себе слишком просторный синий пиджак в желтоватых пятнах.

— Извините, мне надо идти.

— Добывать цемент?

— Да.

— Вы нарушаете план суточного снабжения и дезорганизуете транспорт.

— На всякий план есть другой план, встречный.

Налбандов встал.

— Потом вам понадобится сверх плана щебенка, потом сверх плана песок, потом сверх плана еще черт его знает что. Вы потребуете сумасшедшей работы песчаного и каменного карьера, камнедробилок и так далее и так далее.

— Мы потребуем известного повышения производительности карьеров и камнедробилок.

— Ах, у вас претензия влиять на поднятие темпов на всем строительстве! Простите, не знал, не знал.

— У нас претензия выполнить и перевыполнить промфинплан.

— Вам не дает покоя харьковский метод. Вы все тут сошли сегодня с ума. Это обыкновеннейшее честолюбие, жажда славы.

— А что ж? Если честолюбие и жажда славы способствуют успеху строительства — я не против... я не против фактов честолюбия на своем участке...

Маргулиес тревожно посмотрел в окно. Пейзаж тускнел и как бы удалялся из глаз.

В комнате быстро меркло.

— Что вас еще интересует, Георгий Николаевич?

Раздражение Налбандова достигло высшей степени. Однако оно не перешло предела. Налбандов испытывал сильнейшее искушение ударить Маргулиеса самым сильным, самым неотразимым доводом.

Но он овладел собой. Он держал этот довод в запасе.

Настанет время — и он произнесет слово, которое уничтожит Маргулиеса.

Это слово было — «качество».

Занятый количеством, Маргулиес явно упустил из виду качество.

Так пусть же он разобьет себе голову.

Нет, он не произнесет этого слова, хотя бы потом понадобилось ломать всю плиту и лить сначала. Пусть!

Но зато Маргулиес будет уничтожен.

Он не обязан быть нянькой Маргулиеса. Маргулиес сам ответит за свою техническую неграмотность и честолюбие. И ответит жестоко.

— Вас больше ничего не интересует, Георгий Николаевич?

Маргулиес уже стоял у двери, вежливо ожидая конца разговора. Он ждал последнего возражения Налбандова: качество.

Но на этот счет у него в кармане лежала статья, переданная ему из Москвы по телефону Катей.

Со стороны качества все было в порядке.

Нажимая на количество, он пока еще держался на уровне необходимого качества. Тут он твердо опирался на свой опыт, на опыт американских подрядчиков и на нормы, только что выработанные в Москве группой инженеров государственного Института сооружений.

Но Налбандов не коснулся этого вопроса.

— Во всяком случае, — сухо и небрежно сказал Налбандов, как бы подводя итог всему разговору, — я считаю, что подобного рода работа ничего не принесет строительству, кроме вреда.

— Вы это говорите в качестве дежурного по строительству?

— Я это говорю в качестве заместителя начальника строительства, — раздраженно сказал Налбандов.

Маргулиес угрюмо посмотрел на палку Налбандова.

— Следовательно, вы запрещаете?

— Я не запрещаю.

— Значит, вы разрешаете?

Налбандов раздраженно пожал плечами.

— Я ни запрещаю, ни разрешаю...

— В таком случае, как прикажете вас понимать?

Маргулиес чуть-чуть улыбнулся своими черными губами.

— Понимайте это, как... как совет старшего товарища.

Маргулиес нетактично промолчал.

Налбандов открыл палкой фанерную дверь.

— Будьте здоровы!

Маргулиес пропустил его вперед.

Он наклонился, чтобы не стукнуться о притолоку, и вышел в коридор.

Коридор, как и утром, был полон теней и дыма. Черные люди толпились с расчетными книжками у окошечка бухгалтерии.

Из дверей художественной мастерской выглянула Шура Солдатова. Осторожно откидывая волосы рукой, в которой она держала кисть, полную краски, она подошла к Маргулиесу.

У нее было тревожное, озабоченное лицо.

— Что, что, Давид? — спросила она шепотом.

Она была чуть повыше Маргулиеса. Она положила нежную руку на его плечо и прошла с ним несколько шагов, нога в ногу.

— Ничего, Шура, все в порядке, после.

Она отстала:

Из темного коридора дверь выходила наружу. Она была открыта.

В светлом прямоугольнике со скоростью велосипедных спиц мелькал дождь.

Под теплым, мелким дождем Маргулиес проводил Налбандова к тепляку.

Работа продолжалась.

Еще издали Маргулиес услышал ее несколько замедлившийся, затрудненный ритм.

«Дождь. Плохо», — подумал он и, услышав грохот вываливаемого бетона, приблизительно отметил в уме: сто шестьдесят семь.

Деревянный настил блестел под дождем тускло, оловянно. Нанесенный сюда цементный порошок превратился в скользкую, жидкую грязцу. Она сплошь покрывала настил.

Работать было очень трудно — скользили и разъезжались ноги.

— Черт бы побрал эти лапти, — пробормотал Маргулиес.

Красные, грязные, облитые потом и дождем лица, потемневшие от пота и дождя штаны и рубахи свидетельствовали, что дело подвигается туго.

Слишком скользко!

Иные ребята надели на голову мешки.

Иные — наоборот — скинули рубахи и лапти. Голые по пояс, блестящие, как тюлени, босые, с непокрытыми мокрыми головами, они напирали на тачки, ежеминутно скользя и падая на колени.

Налбандов, проходя, бросил на них косой, небрежный взгляд. Маргулиесу показалось, что он презрительно пожал плечами.

Маргулиес безошибочно читал выражение спины и затылка Налбандова.

Он ждал нового нападения. Но Налбандов молчал. Это было тягостно.

Лишь подойдя к машине и взявшись за борт торпедо, Налбандов, показав профиль, бросил через плечо:

— Ваш рационализованный процесс подвоза инертных материалов...

Он нажал на слово «процесс».

— ...дансинг.

И — шоферу:

— Обратно. В заводоуправление.

В лицо, в лоб, в бороду бил мелкий, острый дождь, и белый рисунок ветвистой молнии скользил и прыгал перед шофером по аспидной полосе горизонта.

L

Дождь не прекращался, но и не усиливался.

К несчастью, он был недостаточен, чтобы смыть с настила скользкую слякоть.

«Смыть слякоть, — механически подумал Маргулиес. — Да».

Он бегом пустился к конторе прораба.

— Брандспойт! — закричал он. — Пожарный кран! Шланг!

Но его уже опередили.

Здесь идеи никогда не рождались в одиночку.

Винкич и Георгий Васильевич тащили из конторы прораба пожарную кишку.

Винкич вопросительно посмотрел на Маргулиеса. Вместе с тем он как бы просил извинения за самоуправство.

— Правильно, — сказал Маргулиес.

— Это вот Георгия Васильевича мысль, — нежно заметил Винкич.

— Э, нет. Вместе, вместе! — закричал преувеличенно бодро Георгий Васильевич. — Вместе придумали! Мыть! Мыть! Поливать ее! Поливать!

Он, кряхтя, волочил плоскую брезентовую тяжелую кишку. Его круглые глаза изумленно и молодцевато озирались по сторонам. Мокрый макинтош распахнулся. Белели подштанники. Бинокль тяжело болтался и бил по коленям. Шлепали по грязи туфли.

— Ничего! Ничего! — кряхтел Георгий Васильевич. — Так его, так! Поливать, поливать! Полива-а-ать — и никаких! Оба, оба! Оба придумали. Эмпирическим путем. Чисто, знаете ли, эмпирическим.

Маргулиес вошел в контору.

На столе, среди отчетов и ведомостей, лежал лицом вниз Кутайсов. Он разговаривал по телефону. Колотя расстегнутыми сандалиями в дощатую стену, он кричал в трубку:

— А я тебе еще раз заявляю, дорогой товарищ, что это дело не выйдет. Ничего, ничего. Найдется. Поищешь, так найдется. От имени выездной редакции «Комсомольской правды». Да. Начальник аварийного штаба Кутайсов. Пожалуйста, записывай. Что? Ты меня не пугай, а то я тебя напугаю. Я тебя так напугаю в газете... что? Седай, Давид. Что? А ну тебя, это я не тебе, — засмеялся он в телефон. — До тебя еще дойдет очередь.

— Цемент, — сказал Маргулиес.

Кутайсов извернулся и посмотрел на Маргулиеса красным опрокинутым вверх лицом.

— Что? Цемент? Сейчас будет.

И — в трубку:

— Ну так как же? Ты меня слышишь? Сорок бочек — и сейчас же. Понятно? Понятно! Ну, слава Богу. У вас там Корнеев? Очень хорошо, еще лучше. Он на месте напишет требование. Добре. Добре. Ну, спасибо, друже. Что? Диспетчерское управление? Не даст состав? Хо-хо! Сейчас состав будет. Бувай, пока!

Он повесил трубку и вытер рукавом мокрое, горячее лицо.

Его желтые волосы потемнели, спутались, лезли на глаза.

— Ф! Жара!

Он азартно сорвал трубку.

— Алло! Центральная! Дай диспетчерское управление! Подожди, Давид, сейчас все будет. Алло! Диспетчерское управление? Это кто говорит? Здорово, браток... Выездная редакция «Комсомольской правды». Такого рода дело, друже...

Маргулиес вышел из конторы.

Писатель стоял в подвернутых подштанниках и подоткнутом макинтоше, как дворник, и поливал настил.

Трещала вода. Струя била в настил, ломалась и разлеталась веером пальмовой ветки. Пальмовая ветка мела и гнала грязь. Желтая тесина выступала во всей своей чистоте и опрятности.

Ребята переставали скользить и падать.

Иные норовили попасть под струю. Струя с треском била в молодое горячее тело и ломалась, разлетаясь пальмовой веткой. Очищенное от грязи и пота тело начинало блестеть мускулами, выпуклыми и глянцевыми, как бобы.

Маргулиес подошел к машине.

Хронометражистка продолжала сидеть под дождем на своем месте, против вращающегося барабана, — она аккуратно делала отметки в промокшей бумажке.

Ее аккуратный белый платочек потемнел и сполз на затылок. Мокрые волосы налипли на круглый упрямый лоб.

Она вся была покрыта кляксами бетона.

Темно-зеленые струйки текли по ее щекам, по носу, по ушам, по голым детским ногам со сползшими носочками.

— Сколько? — спросил Маргулиес.

Она тщательно посмотрела на свою руку, опоясанную черной ленточкой часиков.

— Двадцать три минуты восьмого, сто семьдесят два замеса.

Грохнул, переворачиваясь, барабан.

Она быстро поправила тыльной стороной ладони волосы и аккуратно сделала отметку.

А уже со всех сторон свои и с других участков бежали ребята.

Подходили все новые и новые. Толпились.

В лаптях, босиком; в спецовках, без спецовок; в башмаках; русые, чистые; в зеленоватой жиже цемента; в потеках черной земли, как водовозы; горластые, тихие; в майках, в футболках, в рубахах; ханумовские, ермаковские; инженеры, прорабы, десятники, бригадиры — но все молодые, все с быстрыми, блестящими глазами...

— Сто семьдесят три... сто семьдесят четыре... — от одного к другому передавалось по толпе, — сто семьдесят пять...

— Осади! Не напирай! — кричал Мося, сверкая глазами. — Две копейки за вход, дамочки половину!

Между тем Налбандов ходил по дежурной комнате в мокром пальто и стучал палкой по стенам.

Звонил телефон. Он не подымал трубки.

Изредка он подходил к окну.

— Славы... ему хочется славы.

Все вокруг было затянуто плывущим дымом дождя, смешанного с пылью.

Парило.

Отсюда, с четвертого этажа, окрестности открывались далеко, на тридцать километров.

И со всех сторон низко над волокнистым горизонтом висели резко-черные, вихрастые языки туч.

Навстречу им, как из-под земли, вставали и строились азиатские башни и крепости бурана.

Они каждую минуту готовы были обрушиться на строительную площадку.

В комнате стемнело.

Налбандов закрыл форточку и повернул выключатель.

Под потолком скупо загорелась маленькая лампочка очень слабого красного накала.

Она почти не давала света, еще сильнее подчеркивая черноту неподвижно летящего бурана.

LI

Саенко гулял.

Станица качалась и шумела всеми своими кленами, осокорями, бузиной, сиренью.

Станица качалась в долине Яика, как в люльке.

Ветер рвал с плотины и нес водяную пыль.

Дождь ляпал в клеенчатые листья лип.

Листья лепетали на ветру, шумели, шатались большущими блестящими купами, мелким бисером осыпали пыльную траву.

Петух неподвижно стоял под дождем, словно вышитый на суровом полотенце дороги.

Всего десять километров от строительства, а какая здесь глушь, тишина!

Зеленые ограды, палисадник, колеса колодцев.

Аккуратные казачьи домики под железом, под камышом, под чешуйчатой, черной от времени дранкой, выложенной бархатными подушками мха.

И — сени на четырех тонких столбиках.

Здесь еще на всем лежали следы старой традиции религии, кустарных ремесел, потребления, социального строя.

Плыла и качалась среди низких, опасных туч высокая, скучная станичная церковь, прямая и аккуратная, как слепой солдат.

Узкие стежки бежали по всем направлениям зеленого церковного двора.

Но из деревянных ступеней, из паперти рос паслен.

Кое-где у маленьких калиток стояли хорошо сохранившиеся большие железные вывески.

Прикрученные ржавой проволокой, они повертывались и скрежетали, как флюгера.

Добросовестно и грубо выписанные эмблемы кустарей и ремесленников были печальны и бесполезны, как ордена и регалии, несомые на бархатной зеленой подушке перед гробом именитого дворянина.

Ножницы и утюги портных. Чайники и калачи трактирщиков. Гробы гробовщиков. Сапоги сапожников. Часы часовщиков.

Множество часов, больших и затейливых, как буфеты, со стрелками, навсегда остановившимися по воле безыменного живописца на двух часах — ночи или дня, неизвестно.

Саенко гулял.

Под темным окном сарая бежала высокая, густая конопля. Синие кисти качались и били в стекла.

Двор вокруг сарая зарос дичью, бурьяном, крапивой.

Внутри сарая, у двери, стояли прислоненные к стенке, вставленные один в один, новые сосновые гробы.

По другую сторону двери стояли прислоненные к стенке красные знамена, обшитые кистями и позументами.

Был хозяин, как видно, человек на все руки мастер.

Библейские вороха стружек лежали под верстаком.

На стружках, со стружками в волосах, сидел, обхватив колени руками, Саенко.

Он сонно покачивался, устремив темно-лиловые глаза в окошко. Возле него валялась в стружках вынутая из тряпья тетрадь.

Он, плача и завывая, читал наизусть:

> Закопали мать мою, старушку,
> Мой папаша без вины пропал...
> Дайте мне, товарищи, большую кружку,
> Дайте мне скорей запить печаль!..

Его лицо истерически передергивалось; на губах, темных от анилина, дрожала пена.

Он обнял Загирова за шею, судорожно сжал и потащил к себе. Лицо татарина натужилось, глаза лезли на лоб, на лбу вздулись жилы. Он задыхался.

— Пусти, Коля! Пусти!..

Загиров рванулся и стукнулся спиной о ножку верстака. Верстак зашатался. С верстака полетела литровка.

Хозяин подхватил ее.

Без сапог, в старых казачьих шароварах с желтыми уральскими лампасами, в голубой ситцевой рубахе и жилетке, он подхватил литровку на лету, ловким и крепким старческим движением темной, пористой, как бы пробковой руки.

Ласково усмехнулся в серебряную бородку.

— Полегче, ребятки; гуляйте полегче.

Темный свет окошка выпукло отражался в его коричневой апостольской лысине, окруженной старческими серо-желтыми волосами.

Единственный целый глаз смотрел кругло и пронзительно, как у петуха, в сторону.

Другой — был слепой, с белым, тусклым бельмом.

— Один глаз на нас, а другой на Арзамас, — хохотал, подергиваясь, Саенко.

Он тащил к себе голову Загирова. Он мял ее, обнимал, гладил, щипал волосы.

Трижды уже, отворачиваясь, лазил Саенко в свой потайной карман, и трижды хозяин ходил куда-то через двор по колено в бурьяне и возвращался с желтыми кислыми огурцами в руках и с раздутым карманом.

— Слушай меня, корешок, слушай меня, татарская морда! — кричал Саенко, суясь мокрым ртом в ухо Загирова. — Понимай меня!..

И он продолжал завывать:

> Эх, был я мальчик с синими кудрями,
> На строительство попал.
> Сиротой остался бездомным,
> Без вины, товарищи, пропал!

— Пусти, Коля, пусти...

— Полегче, ребятишки, полегче!

Стаканы валились с мокрого верстака.

Саенко кричал:

> Стаканчики да гра-не-ные
> Упали да со сто-ла-ла!

Пил Саенко. Пил набожно хозяин. Загиров сначала не пил, отказывался, жадно смотрел на огурцы.

— Пей, татарин, пей, корешок. Гуляй, не стесняйся. Не обижай меня. Меня каждый обидеть может. Я угощаю. Может, я свою судьбу прогуливаю!..

Он совал Загирову в зубы стакан.

За окном бежала синяя до черноты конопля.

Загиров, стиснув зубы, взял стакан. Он опустил в него пальцы и сбросил в сторону несколько капель. Зажмурился. Выпил. Потянулся к огурцу.

— Обедай, обедай, такую твою мать! — хохотал Саенко.

Водка ударила Загирову в голову.

Он опять опустил пальцы в стакан, стряхнул на стружки и выпил.

Он подражал старым татарам. Аллах запрещает пить водку. В Коране написано, говорят старики, что в капле водки сидит дьявол. Но они были хитрые, эти старики. Они опускали в стакан шафранные пальцы и сбрасывали на пол каплю, ту самую каплю, в которой сидит дьявол. А остальные уже можно было пить безопасно.

Загиров пил натощак и быстро хмелел.

Ему захотелось рассказать дружку про хитрых стариков, про каплю, про дьявола и про Коран.

— Слушай, Коля, — говорил он, доверчиво разводя рот до ушей, до острых, глиняных, движущихся ушей, — слушай, Коля, что я тебе скажу. Как наши старики пьют, так непременно каплю сбрасывают. Ну, сбрасывают прямо пальцами каплю, потому что в той капле обязательно нечистая сила, то есть в той капле обязательно черт; такие хитрые у нас старики, и книга есть. Коран называется, понимаешь, Коля... Коран называется, старики говорят...

Саенко злобно смеялся.

— А, татарская твоя морда, понимаю, Бога своего хочете обманывать.

— Бога не обманешь, Бога не обманешь, — бормотал хозяин, крестясь в черный угол. — Его не обманешь.

— Твой Бог дурак, идеот, пить людям не позволяет, а наш Бог — во, что надо, на большой палец, жри сколько хочешь! Не правда, хозяин?

Загиров миролюбиво ухмылялся:

— Зачем так говоришь, Коля? Наш Бог, ваш Бог, татарский Бог, православный Бог. Один Бог у всех людей, один хороший Бог у всех людей.

Он с радостным бессмыслием бормотал эти слова, много раз слышанные в детстве от разных людей.

Он широко, нежно и робко улыбался.

LII

Хозяин надел очки. Он тянул с полки маленькую толстую книжечку в черном шагреневом переплете с золотыми словами «Духовные песни».

Он открыл ее и перекрестился.

— Блажен народ, у которого Господь есть Бог, — прошептал он, благолепно закрывая глаза.

И вдруг он вразумительно запел высоким, негнущимся, заунывным голосом:

> Велика страна родная;
> Как могучий богатырь,
> Полушарье край от края
> Охватила ее ширь.
>
> Но к величию пространства
> Возвеличь ее, благой;
> Правдой первохристианства,
> Жизнью истинно святой,
>
> Силой духа, силой слова
> Осчастливь судьбу Руси.
> К высям царствия Христова
> Мысль народа вознеси.

Хозяин поднял целый глаз к темному потолку и повторил с наставительным, углубленным выражением:

> К высям царствия Христова
> Мысль народа вознеси!

— А ты говоришь — ваш Бог, наш Бог! — закричал Саенко. — Наш Бог вот какой, эх ты, татарская твоя морда.

— Зачем, Коля, ругаешься? — жалобно сказал Загиров. — Ай, как нехорошо, ай, как плохо. Что я тебе сделал такое?

Хозяин продолжал, строго взглянув на товарищков:

> Да умрет кумир телесный,
> Материальный идеал;
> Дай, чтоб идеал небесный
> Над страною воссиял!

Изо всей силы захлопнулась дверь и вновь распахнулась. Ветер, пыль и дождь ворвались в сарай.

Сухим облаком встали и закружились стружки. С полки полетела жестянка с гвоздями. Книжка замелькала листами и закрутилась, как подстреленный голубь.

Через двор пролетела вырванная с дерева ветка.

Черные башни бурана рушились на станицу.

Свет померк.

Хозяин бросился к двери. С грохотом посыпались гробы. Метались и хлопали вишневые полотнища знамен.

Хозяин тащил распахнувшуюся дверь за веревку, как упрямую лошадь. Наконец он ее захлопнул.

Бежала совершенно уже черная конопля.

— Ай, плохо ребятам на участке, ай, плохо, — бормотал Загиров.

— Пей, татарская морда! — кричал в беспамятстве Саенко. — Слыхал: да умрет кумир телесный, матерьяльный идеал!.. Крой!.. Крой дальше! Пусть его вывернет из земли, к чертовой бабушке! Пускай чисто все поваляет!

Башни бурана летели через станицу, через плотину, через озеро — к площадке строительства.

— Эй, хозяин, хороший человек, седай ко мне, слушай, что я тебе скажу. Смотри сюда.

Саенко отвернулся и, валясь, стал поспешно рыться в потайном кармане. Он вытащил протертый до дыр листок бумаги, исписанный полинявшим химическим карандашом.

— Смотри здесь, смотри здесь, хозяин. Папаши моего, отца моего родного письмо. Три месяца назад получил. Его как угнали, папашу моего, отца моего родного. Как записали в кулаки, как угнали... Письмо оттудова пришло. Стой! Не хватай! Не хватай руками папаши моего родного слова. Не заслоняй мне света, не заслоняй, а то убью!

Саенко припал головой к плечу хозяина.

— Слышишь, что папаша оттудова пишет: «Ничего не препятствуй», — пишет. Видишь? «Ничего, пишет, не препятствуй. А где у кого какая наша скотина — возьми на заметку. На память возьми скотину. А бжёл поморозь, пускай бжёлы лучше подохнут, чем им достанутся». Можешь ты меня понять, хозяин?

По лицу Саенко текли слезы.

— Так, так, так, — кивал головой хозяин, шептал: — Правильно. Пусть лучше помёрзнут... Верно пишет, верно.

— Стой! Дальше. Смотри дальше: «В колхоз погоди, а впротчем, как хотишь». Можешь ты это понимать, хозяин? «Впротчем, как хотишь, как хотишь...»

Саенко упал головой в стружки и вдруг вскочил.

— Пей, татарин. Пей, паразит. Моего отца родного угнали, а ты пить не хотишь!

Он в ярости схватил татарина за голову и стал наливать в рот из бутылки.

Водка текла по подбородку, заливалась за ворот.

— Ты чего меня мучишь? — шептал, вырываясь, Загиров. — Какой я тебе паразит?

Его зубы были тесно сжаты, он дрожал. Водка била ему в голову. Голова кружилась. В глазах текло окно.

— Молчи, морда! Молчи! Ребят на участке жалеешь? А отца моего родного не жалеешь? Пей, татарская харя.

— Не ругайся!

Загиров страшно побледнел.

— Я тебе не говорю — русская морда. Все люди одинаковые.

— Брешешь, сукин сын, брешешь. Я с тобой не одинаковый. Я тебя купил и продал. Я тебя купил за десятку со всеми твоими татарскими потрохами. Ты теперь мой холуй. Эй, холуй, снимай с меня чуни! М...морда! Х...холуй!..

Загиров густо покраснел. Его карие глаза налились кровью и стали как спелые вишни.

— Собака! Ты собака! Ты хуже, чем собака!

Трясясь мелкой дрожью, Загиров сунул Саенко в рот указательные пальцы и стал разрывать, выворачивать губы, крашенные анилином.

— Я тебе убью! Я тебе убью! Я тебе понимаю, какой ты... — хрипел он. — Я тебе в Гепеу тащить буду. Пусть тебя убьют. Ты хуже, чем бешеная собака. Ты кулацкий сын, ты кулацкий пес.

Он с наслаждением, рыча, как собака, повторял:

— Ты кулацкий пес, ты кулацкий пес! Те — люди, а ты кулацкий пес, тебя стрелить надо!.. Ты — жулик!

Саенко растопыренными пальцами уперся в горячее лицо татарина. Из углов его рта, как вожжи, потекли кровавые слюни.

— Гости, гости, полегче, — бормотал хозяин. — Го-сти-и! Они покатились по полу.

Хозяин изловчился и ударил Загирова пяткой в спину.

Загиров вскочил на ноги и, натыкаясь на опрокинутые вещи, на гробы и табуретки, путаясь в знаменах, кинулся к двери.

Он рванул ее и выскочил во двор.

Ему не пришлось бежать. Вихрь подхватил его, опрокинул и кубарем прокатил через прижатый к земле бурьян.

Калитка слетела с петель. Загремела вывеска.

Вдоль заборов летел, кувыркаясь в воздухе, петух, точно вышивка, сорванная с полотенца.

Бешено крутились нарисованные стрелки часов.

Впереди стояла черная стена уходящего по ветлам бурана.

LIII

Налбандов резко снимает трубку.

Звякает вилка.

— Алло! Центральная! Алло!

Он торопится.

Каждую минуту буран может обрушиться и повредить телефонную линию.

Налбандов стоит в пальто и фуражке, с палкой под мышкой, с трубкой у щеки, набок склонив голову.

— Дайте соцгород.

Трубка растет вдоль щеки, как бакенбарда.

— Центральную лабораторию! Благодарю вас. Говорит дежурный по строительству. Налбандов, да. Здравствуй, Ильющенко. Дело такого рода...

Налбандов, прищурясь, целится в окно. Там — невообразимый хаос. В сумерках лицо Налбандова приобретает землистый, картофельный оттенок.

— Вот что, Ильющенко. Сейчас же пошли там кого-нибудь на шестой участок. Там Маргулиес показывает очередные фокусы. Да, да, Харьков, конечно. С ума сошли. Совершенно верно. Пусть возьмут пробы бетона для испытания на сопротивляемость. Но конечно, по всей форме: официальный акт, комиссия, представители общественности, прессы — все, что полагается. Через каждые пятнадцать — двадцать перемесов — проба. И пусть доставят кубики в лабораторию. Посмотрим, посмотрим. Ты сам пойдешь? Еще лучше. Я тоже заеду. Что буран? У нас еще нет. А у вас? Уже сносит палатки? Хорошо. Будь здоров. Посылаю аварийную.

Налбандов, не отнимая трубки от щеки, прижимает указательным пальцем вилку.

Короткий звяк разъединения.

350

Лампочка медленно гаснет, но от этого в комнате не становится темнее. Все тот же ровный, серый, зловещий свет. Ни день, ни ночь. Предметы видны, но детали — неразборчивы.

Гнутся стекла.

Чернильница, потерявшая масштаб, стоит в пустыне комнаты, как мечеть.

Налбандов снимает палец с вилки и спокойно говорит в трубку:

— Аварийная!

Башни бурана рушатся на площадку.

Люди бегут по всем направлениям — по ветру и против ветра.

По ветру их несет, крутит, переворачивает; они почти летят, облепленные одеждой.

Против ветра они пробиваются грудью, головой, плечами, всем туловищем. Ветер сбивает их с ног, но они не падают. Ветер их держит на весу. Они как бы ложатся на косую стену воздуха и косо лежат, делая руками и ногами плавательные движения.

Ветер рвет с них и развевает одежду.

Их лица до крови иссечены, ободраны пылью, острой и жесткой, как наждак.

Буран рушится на отель.

Во всех пяти этажах отеля хлопают рамы, звенят разбитые вдребезги стекла, летят вниз осколки, бритвенные приборы, стаканы, куски дерева вместе с крючками, лампы.

Вихрь вырывает из окон и балконных дверей занавески. Они надуваются, щелкают, хлопают, беснуются серыми языками вымпелов, отрываются, улетают.

Весь отель снизу доверху прохвачен пронзительной системой сквозняков, воющих в пустых и звонких дулах коридоров.

Шатаются и валятся вывернутые из земли столбы цирка. Кричат, придавленные бревнами, попугаи. Надувается и летит, цепляясь за провода, полотняная крыша.

Летят разноцветные перья — красные, желтые, синие.

Слон стоит, повернув против бури лобастую голову. Он распустил уши веерами и поднял хобот.

Ветер надувает уши, как паруса.

Слон отбивается от пыли хоботом. У него зверские, сумасшедшие глазки.

Ветер заставляет его отступать. Он пятится. Он весь охвачен черным пылевым смерчем. Он дымится.

Он хочет бежать, но дальше не пускает цепь. Он испускает страшный, потрясающий утробный звук.

Трубный звук Страшного суда.

Цепь натягивается. Он рвет гремучую цепь. Кольцо впивается в ногу. Он во все стороны мотает столбик, но столбик не поддается.

Буран приходит на помощь слону. Он упирается в него, он валится на него всей своей страшной стеной. Он выворачивает столб из земли.

Бежит слон, волоча за собой прыгающую на цепи балку.

Он размашисто, плавной слоновьей иноходью бежит, ломая заборы, срывая теннисные сетки, сворачивая будки, валя телефонные столбы и футбольные ворота, обезумевший и ослепленный, как каторжник, гремуче прикованный к ядру.

Буран шагает по объектам, как великан в семимильных своих сапогах.

Буран рушится на шестой участок.

Шатаются, трясутся опалубки и стальные конструкции. Шатаются, трясутся решетчатые мачты бетонолитных башен, краны, мосты, перекрытия.

Шатается и трясется тепляк, как картонная коробка.

Пустые бочки из-под цемента катятся, дымясь, одна за другой по настилу, налетая на тачки и сбивая с ног людей.

Моторист одной рукой вцепился в перила, другой — управляет рычагами.

Буря отрывает его руку от перил. Но пальцы опять цепко обхватывают дерево. Буря опять отрывает. Он опять хватается.

Хронометражистка сидит на полу, уткнув голову в колени, зажмурив глаза, и судорожно держит обеими руками разлетающиеся бумажки.

Буря срывает с нее платок и уносит, как птицу. Бушуют волосы. Но она сидит неподвижно, сжимая в коленях бумажки.

Грохочет бетон.

Она смотрит на часики, облепленные грязью, и, изловчившись, делает карандашиком на бумажке отметку.

«Восемь часов тридцать две минуты, — механически отмечает в уме Маргулиес, — двести двадцать четыре перемеса».

За четыре часа двадцать четыре минуты — двести двадцать четыре перемеса.

Ветер вгоняет Маргулиеса в тепляк. Здесь немного тише. Он торопливо считает в уме:

«Четырежды шестьдесят — двести сорок плюс двадцать четыре — двести шестьдесят четыре. Двести шестьдесят четыре разделить на двести двадцать четыре — одна и приблизительно две десятых минуты. То есть в среднем один замес делается приблизительно в одну минуту десять секунд. Рекорд строительства побит, но до Харькова еще далеко».

Но не слишком ли быстро?

По воздуху летят пиджаки, шапки, доски, жестянки.

Стонут стальные снасти участка.

Качество!

Маргулиес пробирается к желобу. С грохотом опрокидывается барабан. По желобу сползает, шурша, серо-зеленая каменистая масса.

Маргулиес опускает в нее руку. Он подносит близко к очкам горсть свежего бетона. Он рассматривает в потемках тепляка пластическую массу, как в лупу.

Он рассматривает в отдельности каждый камешек, каждую песчинку.

Он растирает липкую массу между ладонями. Он склеивает и расклеивает пальцы.

Он готов ее нюхать и пробовать на вкус.

Бетон кажется ему отличным. Но он хорошо знает, что ни на цвет, ни на ощупь, ни на вес нельзя определить его качества.

Его качество можно определить лишь потом, в лаборатории, не раньше чем через семь дней после взятия пробы.

И все же он мнет бетон, растирает, рассматривает, не может с ним расстаться.

Его руки в бетоне, на большом носу, на стеклах очков, на пиджаке, на кепке, на сапогах кляксы бетона.

— Черт бы ее побрал, технику, — бормочет он. — Как отстает, как отстает! До сих пор не изобрели способ определять качество свежего бетона! Чем они там у себя занимаются, в научно-исследовательских институтах? Позор!

Он отходит от желоба и прислушивается. Теперь ему надо внимательно и напряженно прислушиваться, чтобы уловить ритм работы: свист и грохот бурана поглощает мелкие звуки, по которым можно определить ее напряжение.

353

И все же он их находит. Он их находит, как находят мелкие домашние вещи в обломках города, разрушенного землетрясением.

Ритм падает. Барабан переворачивается все реже.

Маргулиес ломится сквозь стену бурана к фронту работы.

Катятся бочки.

Праздничное платье Оли Трегубовой разорвано в клочья. Оно беснуется вокруг нее грязными лохмотьями.

Ветер вырывает из тачек столбы цемента и песка. Щебенка летит из тачек осколками разорвавшейся бомбы.

Это фронт, это взрывы. Это грохот штурма и дым газовой атаки.

Буря бросает Маргулиеса обратно в тепляк.

— Давид Львович!

Мося, гремя по доскам, вскакивает в тепляк, как фейерверкер, опаленный взрывом, — в блиндаж.

Он орет во все горло, но за ураганным огнем бурана его чуть слышно.

— Давид Львович! — кричит Мося. — Цемента нет! Последняя бочка! Товарищ начальник! Это не работа! Цемента нету! Ну вас всех к чертовой матери, на самом деле!

Он истерически размахивает руками.

Кровь, смешанная с грязным потом, течет по его рассеченной щеке.

— Что с вами?

— Бочка! Бочка, ну вас всех к чертовой бабушке, разве это работа? Последняя бочка цемента!

— Сейчас! — кричит Маргулиес.

Они в двух шагах друг от друга.

— Что? Что-о-о?

— Сейчас! — не своим голосом орет Маргулиес.

Он бросается к трапу и снова ломится сквозь стену бурана.

Ветер пытается сорвать с него кепку, но она тесно и туго насунута на высокие жесткие волосы.

Маргулиес добирается к конторе прораба. Он рвет дверь. Дверь заперта воздухом. Ее невозможно открыть. Вдруг ветер меняется. Она распахивается.

Маргулиес врывается в контору.

— Цемент!

Кутайсов лежит на столе, лицом вниз, и кричит в телефонную трубку:

— Алло! Алло! Склад! Алло! Станция? Алло! Станция!

Он швыряет трубку в стенку.

— Не работает. Порвало ко всем свиньям! Порвало связь! Там — Корнеев и Слободкин.

Он некоторое время смотрит на Маргулиеса ничего не видящими, мутными, широко открытыми глазами и вдруг опять хватает трубку:

— Алло! Станция! Алло! Алло!

Он колотит кулаком по аппарату:

— Аварийная! Аварийная! Алло! Аварийная!

LIV

Слободкин — электрическая станция и транспорт. Кутайсов — цемент. Тригер — оба карьера: песчаный и каменный. Семечкин — водопровод.

Таково было распределение сил центрального аварийного штаба «Комсомольской правды».

Однако с первых же минут работы это распределение нарушилось.

Случилось непредвиденное обстоятельство. Двое из бригады отказались работать — Саенко и Загиров.

Самая слабая и опасная точка фронта — щебенка — оказалась обнаженной.

Тогда произошла перестройка на ходу.

Она произошла стихийно.

Маленький Тригер вырвал лопату из рук Саенко и стал на рельсы к щебенке. Ему одному предстояло заменять двоих в течение восьми часов.

Это казалось почти невозможным, но другого выхода не было.

Время не ждало. Время неслось. Его надо было опередить.

Таким образом, два карьера — песчаный и каменный — остались без наблюдения.

Но был — Винкич.

— Давай карьеры, — сказал он Кутайсову, — Георгий Васильевич, а? Мы с Георгием Васильевичем берем карьеры.

Другого выхода не было, и каждый человек ценился на вес золота.

Время неслось.

Буран шел с запада на восток. Он шел, неумолимо обрушиваясь подряд на участки, шатая опалубки и стальные конструкции.

Он шел с запада на восток и менял направление.

Буран перестраивался на ходу.

Он поворачивал с запада на юг. Он шел с юга на север и опять поворачивал. Он шел назад с востока на запад, подряд обрушиваясь на участки, только что подвергшиеся его разгрому.

Четыре вихря — западный, северный, южный и восточный — столкнулись, сшиблись, закрутились черной розой ветров.

Четыре вихря — как четыре армии.

Вихрь выносил из открытых ворот пакгауза густые тучи душной фисташковой цементной пыли.

Цементная пыль проникала наружу сквозь щели дощатых стен. Стены курились.

Можно было подумать, что в пакгаузе пожар.

Два часа бился Корнеев с начальником склада, требуя сорок бочек вольского цемента марки три нуля.

Два часа не сдавался начальник склада.

Сорок бочек вольского три нуля!

Корнеев требовал невозможного. Начальник склада не имеет права самовольно увеличивать суточную норму. План есть план. На то он и план, чтобы его выполнять в точности.

Корнеев кричал о встречном плане.

Начальник ссылался на инструкцию.

Корнеев говорил о повышении производительности, о темпах.

Начальник говорил о французской борьбе.

Они говорили на разных языках. Они повышали голос до крика и понижали его до хриплого шепота.

Они стояли друг против друга, с ног до головы покрытые цементной мукой, как мельники, с бледными, возбужденными, грязными лицами и сверкающими глазами.

Только у начальника глаза были холодные, стеклянные, а у Корнеева — живые, карие, слишком покрасневшие и немного опухшие.

Два часа отбивался начальник склада от Корнеева.

Но — грохнул по телефону Кутайсов, и начальник сдался.

— Сорок бочек. Подписывайте накладную. Состав у вас есть?

Состава не было.

Кутайсов обещал по телефону — сейчас состав будет. Но его не было.

Каждую минуту Корнеев выбегал из пакгауза и смотрел вдоль рельсов.

Его валил ветер. Ветер бил в лицо песком и землей.

Корнеев нервно подергивал носом, кашлял. На глазах стояли горькие, розовые слезы. Он не мог их сдержать. Они текли по щекам, развозя грязь. Он облизывал потрескавшиеся губы и чувствовал на языке их соленый вкус.

Глухие железные шторы бурана с грохотом поднимались и опускались.

Мелькала знакомая жалкая станция: два разбитых, заржавленных по швам зеленых вагона с шаткой деревянной лестничкой.

Буран рвал в клочья красный, добела выгоревший лоскут, качал палку.

Буран качал колокол. Колокол часто и беспорядочно звонил, бил как в набат.

Но путь перед станцией был свободен, рельсы страшно и непоправимо пусты.

Состав подошел медленно, с громадным трудом преодолевая напор воздуха.

С паровоза на ходу соскочил Слободкин.

— Что же вы! Что же вы! — закричал Корнеев. — Что же вы там волыните! Давай, давай, давай!..

— Ну и люди, будь они трижды прокляты, — сказал Слободкин, окая.

Наружно он был совершенно спокоен.

— Прямо-таки из горла пришлось вырывать состав... Собаки!..

Он с трудом переводил дух. Дышал тяжело. По его молочно-голубой выбритой голове и по коричневому лицу струился пот. Очки были мокрые, грязные. Одно стекло треснуло.

— Разбило какой-то щепкой, будь оно неладно!..

— Давай-давай-давай!

Бригада грузчиков выкатывала из пакгауза растрескавшиеся, дымящиеся бочки.

Буран резко изменил направление и шагал назад — с востока на запад — по чудовищным следам своих семимильных сапог.

Теперь он бешено дул в хвост состава.

Он гнал состав, нажимал на паровоз. Паровоз катился как под гору.

Но дым, вырванный вихрем из голенища трубы, все же опережал паровоз. Паровоз не поспевал за дымом. Вывернутый дым тащил за собой состав, застилая путь.

Корнеев и Слободкин сидели, шатаясь, на бочках.

Мимо мелькали шлагбаумы, будки, бараки, опалубки. Лошади на переездах вставали на дыбы. Из неплотно завинченных термосов лезла лапша — куда-то на участок везли горячий ужин.

Бежали люди в черных очках.

Участки поворачивались углами, строились ротами тепляков, вздваивали ряды, рассыпались в цепь, ложились, вставали, падали, бежали по всем направлениям под ураганным огнем, в дыму газовой атаки бурана.

Легкой, упругой, длинной иноходью пронесся в черном облаке слон с прикованным к ноге бревном. Бревно прыгало по кочкам, по насыпям, по штабелям материалов.

Слон остановился как вкопанный на переезде. Паровоз обдал его дымом, паром, свистом, жаром железной копоти.

Слон шарахнулся в сторону, сбежал в котлован и напоролся на экскаватор.

«Марион 6», весь окутанный бурым дымом, стоял с опущенной стрелой и ковшом, вгрызшимся в почву.

Слон оцепенел, по колено в рыхлой глине.

Он растопырил уши и поднял хобот.

Экскаватор загремел цепью и поднял вверх стрелу. Слон затрубил.

Экскаватор свистнул.

Так они стояли друг против друга, с поднятыми хоботами — два слона, один живой, другой механический, — и не хотели уступить друг другу дорогу.

И у живого слона дрожали раздутые ветром уши и дико блестели налитые кровью маленькие, подвижные, как мыши, сумасшедшие глазки.

Состав шибко пробежал мимо.

— По улице слона водили, как видно, напоказ! — сказал Слободкин солидным басом сквозь ветер.

И захохотал.

Корнеев обнял его за плечи:

— Чего хорошенького написал, Слободкин? Чем порадуешь? Поэму какую-нибудь новую? Когда читать будем?

Слободкин махнул рукой.

— Какие там, брат, поэмы, когда я с этим гадом в диспетчерском управлении два часа битых исключительно матерно объяснялся. Другого языка не понимает, кроме матерного. И так каждый день. А ты говоришь — поэма.

Помолчали.

— А твои как дела, Корнеич?

— Мои дела, брат...

Корнеев потянул ремешок часов.

— Без двадцати девять, — сказал он и подергал носом. — Опаздываем, опаздываем.

Он отвернулся. На глазах стояли едкие слезы.

Буран продолжал кружить с неистощимой силой и упорством.

На переезде у тепляка копились транспорт и люди.

К составу бежал Маргулиес, держась за очки, косолапо роя землю носками сапог.

— Что же вы, черти! Из-за вас десятую минуту стоим! Режете!

Налетел Мося:

— Давай! Давай! Дава-а-ай, в бога душу мать!

Он был невменяем. На его опрокинутом, зверском, огненном, грязном лице сверкали добела раскаленные глаза.

Ищенко на ходу вскочил на площадку и рванул бочку.

— Сто-о-ой!

Состав остановился. Но не сразу.

Он под напором ветра прошел слишком далеко и остановился как раз против настила, отрезав от бетономешалки щебенку.

— Наза-а-ад! На-за-ад!

— Стой! Стой! Куда, к черту, назад!

Назад тоже нельзя. Сзади все завалено арматурой — невозможно выгружать.

— Расцепляй состав! — закричал Ищенко. — Расцепляй!

Это был единственный выход: расцепить состав, развести и — пока будут выгружать цемент — таскать щебенку через проход между платформами.

Корнеев соскочил на землю.

— Сколько, Давид?

— Двести девяноста два. Что значит — простой настил!

— Я ж тебе говорил. Плакал Харьков, плакал...

— Куда же ты, черт, пропал? Из-за тебя обед прозевал. Ну, ничего.

Корнеев сердито дернул носом.

— Битых два часа... Понимаешь, Давид, битых два часа ругался с этим идиотом на складе. Не хотел отпускать. Уперся головой в стенку и хоть бы что. Сволочи люди!

— Да...

Маргулиес тщательно осмотрел свои сапоги.

— Уехала? — спросил он, осторожно беря Корнеева под руку.

Корнеев рассеянно посмотрел вдаль.

— Ничего, скоро вернется, — сказал Маргулиес.

Корнеев снова посмотрел на часы.

— Как на щебенке? — спросил он, сдвигая брови.

— Туговато.

— Парятся?

— Парятся.

— Ну ладно. Иди ужинать, Давид. Ты с утра ничего не лопал.

— Да... Не мешало бы перекусить чего-нибудь. Говорят, сегодня на ужин замечательная бабка из макарон с мясом.

Он сладко зажмурился и, широко разевая пасть, сочно повторил:

— С мясом!

Он вдруг повернулся, прислушался.

В шуме ветра, в грохоте бурана его ухо уловило слабый звук пошедшей машины и опрокинувшегося барабана.

— Пошли, начали, — сказал он возбужденно и тотчас отметил в уме: «Двести девяносто три».

Он двинулся к настилу.

LV

Двести девяносто три. Двести девяносто четыре. Двести девяносто пять.

...шесть...

...семь...

...восемь...

Сорок бочек с отбитыми крышками густо клубились на ветру.

Одна за другой подъезжали дымящиеся тачки и опрокидывались в ковш.

Тачка щебенки.

Тачка цемента.

Тачка песку.

— Ковш!

Моторист передвигал один рычаг — начинал подниматься ковш; передвигал другой — начинала литься вода.

Вода задерживала барабан.

Пока поднимался ковш — лилась вода. Ковш опрокидывался в барабан — лилась вода. Барабан крутился — вода лилась.

Ханумов не отходил от машины.

Буран разогнал любопытных. Они попрятались в тепляке, в сарае, в конторе.

А Ханумов не уходил.

С плотно сжатыми губами, с булыжными скулами, с узкими голубыми глазками на сильно рябом, курносом лице он валко бегал вокруг помоста, всюду совал нос, трогал руками, записывал в книжечку.

— Что, Ханумов, шпионишь? — весело кричал Ищенко, пробегая в работе мимо Ханумова. — Шпионишь за мной? Записывай, записывай! Снимай мои планы, может, пригодится!

— За меня не беспокойся, — бормотал сквозь зубы Ханумов. — Я свое не пропущу.

Он был раздражен. Главным образом его злил настил. Как он мог не сообразить такой простой вещи!

Настил сразу перевернул все дело. Ищенко показывал класс. Ищенко бил мировой рекорд. Ханумов не мог об этом равнодушно подумать.

— За меня не беспокойся, я свое возьму, — бормотал он. — Я свое возьму. Будьте уверены.

То, что Харьков уже побит, — в этом не было никаких сомнений. Еще каких-нибудь десять замесов — пятнадцать минут — и крышка. Харькова нет.

Кроме того, у Ищенко впереди остается три часа смены. Правда, ребята устали. Все же за три часа он еще кое-что сделает.

Ищенко обеспечен паровоз. Это верно.

Но потом — смена Ханумова. И тогда Ищенко получит от него хорошее перо.

Ханумов уже заметил кое-что.

Во-первых — щебенка. Прежде всего Ханумов с ребятами расчистит хорошую площадку справа от полотна, чтобы тачки не пришлось возить через рельсы. Это значительно облегчит работу.

Во-вторых — маленький недостаток в конструкции бетономешалки. Одним движением руки моторист подымает ковш, другим — пускает воду. Между одним и другим движением проходит секунд пять. Таким образом, время каждого перемеса задерживается из-за воды на пять секунд.

А пять лишних секунд в работе — это немало!

Ханумов внимательно осмотрел рычаги управления.

Он понял, что можно очень просто соединить оба рычага хотя бы обыкновенной проволокой. Тогда вода пойдет одновременно с ковшом.

Будет выиграно время.

Ханумов будет держать это открытие при себе до последней минуты, а потом — как шарахнет, как козырнет!

Ханумов с тайным наслаждением предвкушал эту минуту.

Буран валил его с ног, бил, крутил, засыпал глаза землей. Он видел себя на аэроплане.

Но он не уходил.

Одна за другой опрокидывались ищенковские тачки и ковш.

Тачка щебенки.

Тачка цемента.

Тачка песку.

— Ковш!

Лязг ковша, шум шестеренки, вода и мокрый грохот вываливаемого бетона.

Двести девяносто девять. Триста. Триста один. Триста два.

...три...

...четыре...

...пять...

...шесть...

— Ура-а-а!

Мося в неистовстве подкидывает кепку. Вихрь подхватывает ее и уносит по траектории ракеты, высоко в черное небо. Маленькая, как воробей, она летит на уровне бетоно-литной башни. Она скрывается в туче пыли.

Грохает барабан.

Корнеев смотрит на часы. Маргулиес заглядывает через плечо.

Девять часов семь минут. Триста семь замесов. Уровень Харькова достигнут. Мировой рекорд побит. И еще остается два часа пятьдесят три минуты работы.

Маленький Тригер опускается на кучу щебенки. Лопата валится из рук. Ладони в волдырях, в кровоподтеках.

Сметана садится на рельс. Он садится в проходе, между двумя расцепленными платформами. Тачка стоит рядом с ним, уткнувшись колесом в шпалы.

Оля Трегубова садится против Сметаны.

Пот льется по их лицам. Глаза блаженно сияют. Они молчат. Одну минуту можно передохнуть.

На одну минуту работа замирает.

Маргулиес бежит через настил, среди остановившихся ребят. Они замерли в тех положениях, в которых их застал триста седьмой замес.

Они стоят неподвижно, повернувшись к машине.

— Ребята, ребятишки, — бормочет Маргулиес, — шевелись, шевелись. Не сдавай темпов. Отдыхать потом будем.

Налетает Мося:

— Давид Львович! Не доводите меня до мата! Кто отвечает за рекорд? Идите ужинать, ну вас, в самом деле, к черту.

Ищенко стоит, упершись в лопату, и смотрит на Ханумова.

Ханумов быстро проходит мимо, не глядя на Ищенко.

— Слезай с паровоза! — кричит ему вслед бригадир.

Ковш медленно ползет вверх.

Шура Солдатова бежит через тепляк. Сквозняки рвут у нее из рук рулон бумаги. Она прижимает его к груди.

Она бежит, плотно сдвинув русые колосистые брови.

Грубо подрубленные волосы больно бьют ее по глазам. Она мотает головой, отбрасывает их. Они опять бьют. Она опять отбрасывает. Они опять бьют.

Шура кусает бледно-розовые полные губы, сердится.

За ней бегут оба мальчика.

У одного в руках гвозди, у другого — молоток.

Она взбирается на помост, осматривает стену тепляка. Рядом с машиной — подходящее место.

Шура Солдатова вскакивает на перила. Она прикладывает рулон к доскам.

Ветер шатает ее, валит с ног.

— Васька, гвозди! Котя — молоток!

Она балансирует молотком. Молоток служит ей противовесом.

Она старательно, крепко приколачивает четырьмя гвоздями верхнюю полосу рулона к стене.

Она медленно разворачивает рулон, катит его вниз.

Появляются крупные синие буквы первой строки:

БРИГАДА БЕТОНЩИКОВ

Шура Солдатова аккуратно приколачивает развернутое место с боков.

Ветер надувает бумагу, но не может ее сорвать.

Появляются буквы второй строки. Крупные зеленые буквы:

КУЗНЕЦКСТРОЯ

Стучит молоток, и возникает следующая строка, желтая:

ДАЛА СЕГОДНЯ НЕВИДАННЫЕ ТЕМПЫ

И дальше — громадная красная:

ЗА ОДНУ СМЕНУ 402 ЗАМЕСА, ПОБИВ МИРОВОЙ РЕКОРД ХАРЬКОВА.

И внизу мелкие коричневые буковки:

Довольно стыдно, това. това. сидеть в калоши до сих пор.

Грохнул барабан.

— Опоздали! — сквозь зубы сказал Ищенко.

Он плюнул и швырнул лопату.

Но тотчас ее поднял.

— Давид Львович...

Мося жалобно болтал развинченными руками.

— Давид Львович... Что же это делается? Вы ж видите — опоздали! Я говорил.

И вдруг не своим голосом:

— Сойдите с площадки! Все посторонние, сойдите с фронта! Давид Львович! Товарищ начальник! Кто отвечает за смену? Идите, ради Бога, ужинать, Давид Львович!

Маргулиес подавил тонкую, веселую улыбку:

— Ладно, ладно.

Он озабоченно пошарил в кармане и бросил в рот последний кусочек цуката.

— Ребята, ребятишки, — сказал он шепеляво, — пошевеливайтесь, пошевеливайтесь. Еще у нас три часа времени. Не дрейфь.

— Давид Львович!!!

— Иду, иду.

— Нажимай! Шевелись! Не срывай! Разговорчики... Темпочки, темпочки.

Все тронулось с места, все пошло.

Маленький Тригер вскочил на ноги. Он изо всех сил всадил лопату под щебенку.

— Катись!

Оля подхватила тачку. Ладони ожгло. Она натужилась, нажала, густо покраснела до корней волос и с грохотом, с лязгом покатила тяжело прыгающую тачку через рельсы, между двумя расцепленными платформами.

— Следующий!

Сметана тотчас занял ее место.

— Давай грузи! Давай грузи! Нажимай!

Его лицо было мокрым и пламенным, как взрезанный арбуз. Лазурно сияли глаза, опушенные серо-зелеными ресницами.

Буран резко переменил направление.

Буран опять шел с востока на запад по своим следам, в обратном порядке обрушиваясь на участки ураганным огнем.

Он ударил, нажал в хвост расцепленного состава. Один за другим загремели сталкиваемые буфера. Сметана рывком вкатил тачку на полотно.

Покатились платформы.

— Берегись!

Расцепленные платформы столкнулись буферами. Сметана крикнул:

— Рука... рука...

Его лицо сразу переменило цвет. Из пламенно-алого оно стало рисово-белым.

Тачку разнесло вдребезги.

Сметана стоял на полотне, между стукнувшимися буферами.

Брезентовая варежка на его левой руке болталась, как тряпка. Она быстро промокала, темнела.

Сметана согнулся, сполз с полотна и сел на землю.

К нему бежали.

Он сдернул правой рукой варежку с левой. Он увидел свою раздробленную, окровавленную желто-красную кисть и, дрожа, заплакал.

Боль началась немного позже.

LVI

Загиров бежал в беспамятстве.

Он не понимал, по какой дороге бежит. Он не узнавал местности, изуродованной бураном.

Он бежал по следам бурана.

Он натыкался на поваленные заборы. Он продирался сквозь колючую проволоку, оставляя на ней лоскутья рубахи.

Пил, захлебываясь, воду из кипучего озера. Пил, пил, пил до тяжести в животе, до тошноты — и никак не мог напиться, утолить непомерную жажду.

Загиров лез в гору, скользя по кварцам, падал, обдирал лицо и опять лез, помогая себе руками, как обезьяна.

Он бросил разодранные в клочья чуни.

Шел босиком.

Его широко мотало.

Между небом и землей, впереди, обгоняя друг друга и сшибаясь, ходили черные косяки огромной пыли. Он шел у них на поводу.

Он не соображал, что с ним происходит и что происходит вокруг.

Отчаяние и страх гнали его вперед и вперед, подальше от станицы, от Саенко, от темного сарая и синей бегущей конопли.

Ему казалось, что Саенко идет по его следам, так же как сам он идет по следам бурана.

В беспамятстве бежал Загиров в бригаду.

Он очнулся, опомнился, осмотрелся — он шел через какое-то поле.

Было что-то знакомое. Но — какая тишина, какой жар, какой невыносимо сильный янтарный свет!

Он узнал окрестность.

Это был косяк первобытной степи, еще не тронутой планировкой. Он примыкал к западной стороне тепляка.

Здесь еще сохранились цветы и травы.

Воздух был огненный, мертвый. Буран кончился.

Над головой неподвижно висела низкая, громадная, сухая туча, черная, как деревянный уголь.

Она тянулась от горизонта к горизонту — с запада на восток.

На востоке она сливалась с аспидной землей. Но на западе не доходила до земли, до волнистой черты Уральского хребта.

Над западным горизонтом она круто обрывалась. Ее волнистые края, траурно опоясанные магнием, резко соприкасались с чистейшим небом.

Солнце уже коснулось горизонта, но не потеряло своей степной ярости и силы. Оно было ослепительно и лучисто, как в полдень. Только немного желтее.

Оно било ослепительными горизонтальными лучами вдоль янтарно-желтой, точно отлакированной, земли.

Панорама строительства в мельчайших подробностях рисовалась на черном горизонте, освещенная бенгальским огнем заката.

Тень от самой тонкой былинки тянулась через степь на десятки метров.

Загиров шел к тепляку, и перед ним, по яркой земле шатаясь, шагала его костлявая тень, такая громадная и длинная, точно он шел на ходулях.

Он подходил к фронту работы с запада.

Тени людей и колес двигались во всю высоту восьмиэтажной стены тепляка.

Шура Солдатова вела Сметану к плетенке. Нежная и долговязая, она осторожно поддерживала его за плечи.

Он шел в мокрой рубахе, опустив круглую белую голову, жмурясь против солнца, плача и кусая губы. Он хромал и поддерживал правой рукой левую, забинтованную, большую, как баклуша. Он нес ее бережно, прижимая к груди, как ребенка.

У Шуры Солдатовой через плечо висела санитарная сумка с красным крестом.

Они поравнялись.

Сметана поднял голову и посмотрел на Загирова. Ни удивления, ни злобы не отразилось на его широком бледном лице.

— Видал? Вот...

Он показал глазами на руку. Жалкая улыбка искривила его пепельные губы.

— Вот... Видал... Была рука...

— Болит? — спросил Загиров.

Сметана стиснул зубы и замотал головой.

Тени гигантов метались по стене тепляка.

Шура Солдатова терпеливо отбросила со лба волосы.

— Иди.

Загиров подошел к настилу.

Мося бежал с тачкой.

Загиров удивился.

Это было нарушение порядка. Обычно десятник сам никогда не работает. Он только наблюдает за работой. Но теперь он работал.

Маленький Тригер ожесточенно грузил тачку Оли Трегубовой.

— Шевелись! Шевелись! Темпочки, темпочки! — кричал Ищенко.

До черноты мокрый чуб лез ему в глаза.

У бригадира не было времени его убрать.

Со всех сторон к фронту работы бежал народ.

С грохотом опрокидывался барабан.

— Триста двадцать девять, триста тридцать, триста тридцать один... — шептали в толпе.

Цифры переходили от человека к человеку.

Ханумов стоял возле машины, не спуская с моториста маленьких напряженных глаз.

— Давай, давай, — бормотал он, крутя в руке и ломая щепку.

Минутами он забывал, что это была не его бригада, а чужая.

Пробежал в пятнистых туфлях Корнеев.

Он на ходу теребил ремешок часов.

— Тридцать две минуты десятого. Ребятишки-ребятишки-ребятишки...

Его лицо сводили короткие судороги. Он подергивал носом, кашлял, хватался за пустой портсигар.

Загиров подошел еще ближе.

Он нерешительно озирался по сторонам. Вокруг было множество глаз, и все они смотрели мимо него.

Он стороной пробрался к переезду.

Тригер с остановившимся стеклянным взглядом садил под щебенку лопату за лопатой.

— Катись! Следующий!

Загиров постоял некоторое время молча, потом подтянул привычным движением штаны, сплюнул и сказал:

— Давай.

Тригер посмотрел на него через плечо и кивнул назад головой.

— Вон... там... — сказал он, задыхаясь. — Лопата... другая...

Загиров поднял с земли лопату, поплевал в ладони и стал рядом с Тригером.

Он нерешительно посмотрел на Мосю. Мося отвернулся. Посмотрел на Ищенко. Ищенко смотрел мимо, вдаль.

Загиров крякнул и всадил лопату под щебенку.

— Следующий.

LVII

Фома Егорович вытер свои русые полтавские усы большим, легким носовым платком с разноцветной каемкой.

Он спрятал платок в нагрудный карман синего комбинезона.

Он только что плотно поужинал, вымылся с мылом, причесался.

На ужин давали вкусную бабку из макарон с мясом.

Теперь можно отдохнуть.

Он медленно шел домой, в отель. Там будет курить и читать. Он оттягивал эту вожделенную минуту.

— Ну, как наши дела, товарищ Эдисон? — спросил Фома Егорович, проходя мимо Маргулиеса. — Воткнули Харькову?

Маргулиес молча кивнул на плакат.

— «Бригада бетонщиков, — с удовольствием, не торопясь, прочитал Фома Егорович вслух, — Кузнецкстроя дала сегодня невиданные темпы. За одну смену четыреста два замеса, побив мировой рекорд. Довольно стыдно, това. това. сидеть в калоши до сих пор».

Он весело захохотал.

— Хорошо! — воскликнул он, сияя твердыми, светлыми глазами. — Браво, бис! Они пришли раньше. Теперь их надо хорошенько бить, чтобы они не задавались на макароны. Бить!

Он взял Маргулиеса под руку.

— Я вас ждал в столовой обедать — вы не пришли. Ждал ужинать — то же самое. Вы можете целую неделю не кушать, как верблюд, товарищ Эдисон. Пойдем, я вам покажу интересный американский журнал, последний номер.

Грохнула новая порция бетона.

— Триста сорок два, — сказал автоматически Маргулиес.

Он остановился и стал прислушиваться. Он хотел на слух определить продолжительность замеса.

Он медленно считал про себя:

«Раз, два, три, четыре, пять, шесть...»

— Пойдем, товарищ Маргулиес. Нельзя не отдыхать подряд двадцать четыре часа. Они сами без вас воткнут Кузнецку. Будьте в этом уверены. Я уже вижу, как они работают, эти чертенята. Пойдем. Делу время, потехе, как это говорится, один час. У меня есть для вас одна бутылочка коньяку.

Маргулиес не слышал.

«Семь, восемь, девять, десять, одиннадцать...»

Теперь, для того чтобы побить Кузнецк, надо было делать каждый замес не больше чем одну минуту и десять секунд.

Фома Егорович приложил руку к глазам и следил за бригадой.

Он невольно залюбовался ритмом и четкостью работы.

Через ровные промежутки, один за другим, катились большеколосные стерлинги, проносились друг мимо друга тачки, взлетали лопаты, дымился цемент.

И все это свежее, сильное, молодое движение, в невероятно увеличенном размере, проектировалось, как на золотом экране, на гигантской стене тепляка.

Это был великолепный китайский театр теней.

Тени гигантов двигались по экрану тепляка, изломанные и рассеченные неровностями его досок и впадинами окон.

Гиганты рикши гуськом катили коляски. Крутились колеса, высокие, как пятиэтажный дом. Тень колеса мелькала частыми спицами китайского зонтика. Колесо накатывало на колесо. Колеса сходились и расходились. Спицы скрещивались среди них в свежем и сильном ритме.

Маргулиес медленно просчитал до семидесяти. Барабан не опрокидывался.

Он просчитал до восьмидесяти. Шума вываливаемого бетона не было.

Он просчитал до восьмидесяти пяти.

— Стоп!

Машина остановилась.

— Вода! — закричал кто-то сорванным голосом.

— Виноват, Фома Егорович, одну минуточку.

Маргулиес бросился к машине.

— В чем дело?

— Вода! — хрипло кричал моторист. — Вода-с!

Фома Егорович отошел в сторонку, сел на доски и вытащил из кармана журнал. Он медленно развернул толстую, тяжелую, свернутую в трубку тетрадь глянцевой меловой бумаги и разложил ее на коленях.

Три четверти журнала занимали рекламы. Читать и рассматривать рекламы было любимым занятием Фомы Егоровича.

Со сладостной медлительностью, страница за страницей, он погружался в роскошный мир идеальных вещей, материй и продуктов.

Здесь было все необходимое для полного и совершенного удовлетворения человеческих потребностей, желаний и страстей.

Муза дальних странствий предлагала кругосветные путешествия. Она показывала трансатлантические пароходы, пересекающие океаны.

Нежный дым валил из четырех блистательных труб. Неподвижная волна круто стояла вдоль непомерно высокого носа с вывернутым глазом якорного люка.

Каюты люкс обольщали чистотой нарядных кроватей. комфортом каминов и кожаных кресел.

И все это было, в сущности, не так дорого.

Все было доступно, наглядно, осязаемо, возможно, желанно.

Сигареты «Верблюд» сыпались из желтой пачки. Их толстые овальные срезы обнаруживали волокна идеально золотистого табака, говорившего о сладости финика и аромате меда.

Элегантные ручные часы и зажигалки последних конструкций.

Стильная мебель. Бронза. Картины. Ковры. Гобелены. Тончайшая копенгагенская посуда. Игрушки. Газовые экономические плиты. Книги. Башмаки. Костюмы. Галстуки. Ткани. Цветы. Собаки. Коттеджи. Духи. Экстракты. Фрукты. Лекарства. Автомобили.

Фома Егорович с наслаждением всматривался в предметы, любовался ими, снисходительно критиковал.

Они все в отдельности были доступны для него. Но он хотел, чтобы они принадлежали ему все вместе.

Восемнадцать тысяч долларов!

Он почти держал в руках этот мир вещей.

Через год — двадцать тысяч и через десять —двести тысяч.

Тогда все вещи вместе будут принадлежать ему.

За исключением, конечно, самых дорогих.

Но зачем ему моторная яхта?

Он любил выбирать автомобили. Он сравнивал марки и модели. Он знал все их достоинства и недостатки.

Но самое сладкое, самое сокровенное было для него приготовлено на последней странице.

Усовершенствованный, патентованный комнатный холодильник.

Это был цветной рисунок — целая картина — во всю страницу.

Стоял небольшой изящный шкаф на фаянсовых ножках. Шкаф был открыт. И в нем, в строгом порядке, на полках была разложена еда.

Розовая ветчина, крепкие и кудрявые овощи, булка, консервы, сало, крем, пикули, яйца, цыпленок, варенье; и все это — идеальной свежести и нежнейших натуральных красок.

И, склонясь к шкафу, стояла разноцветная женщина. Молодая, розовая, синеглазая, медноволосая, милая веселая Мэгги. Она радостно улыбалась. Ее вишневый ротик был раскрыт, как футляр с маленьким жемчужным ожерельем. Она смотрела на Фому Егоровича, как бы говоря: «Ну, поцелуй свою маленькую женку. Ну же».

А услужливые Лара и Пенаты рассыпали вокруг нее, как букеты, рубчатые формочки для желе, медные кастрюли, утюги, каминные щипцы, мясорубки.

Фома Егорович смотрел на нее и забывал о своей немолодой жене, о своих некрасивых детях, о своей, полной лишений и трудов, бродячей, суровой жизни в чужих краях.

Солнце село.

Туча, черная, как деревянный уголь, отодвигалась на восток. Расчистилось небо. Горел бенгальский закат. Его горячим стеклянно-малиновым пламенем были освещены глянцевитые листы журнала.

У ног американца ало блестела черная, уж почти высохшая грязь лужи, вся полопавшаяся на квадратики, как лаковый ремень.

LVIII

Маргулиес подбежал к машине.

— Почему остановка?

— Вода.

— В чем дело?

— Нет воды.

Каждая секунда была на счету. От каждой секунды зависел мировой рекорд. Мировой рекорд висел на волоске.

— Ох, не вытянем!

Работа остановилась. Люди замерли в тех позах, в каких застал их перерыв. Они отдыхали.

Кутайсов кричал в телефон:

— Алло! Водопровод! У телефона начальник аварийного штаба «Комсомольской правды». Почему на шестом участке нет воды? Что? Вода есть? Не закрывали? Как же, дорогой товарищ, вода есть, когда воды нет? Что? А я тебе говорю, что нет! А кто же знает? Виноват, кто это говорит? Как фамилия? Ну, имей в виду, Николаев, ты будешь персонально отвечать за свои слова. Значит, ты утверждаешь, что вода есть? Добре.

Корнеев, обдирая туфли, карабкался по доскам в тепляк.

Там, на противоположной стороне, работала другая бетономешалка шестого участка, большая стационарная машина «Рансома».

Громадный воздух, пробитый и рассеченный по всем направлениям красными, клубящимися балками заката, мелькал движущимися тенями людей и колес.

С глухим шершавым шумом точильного камня медленно вращался большой барабан.

Корнеев поставил к губам ладони рупором:

— Эй! Кто там! На «Рансоме»! У вас идет вода?

Он повернулся и поднес ладонь к уху.

— Идет! Иде-ет!

Слова гулко и медленно перелетали от человека к человеку сквозь громадный воздух тепляка.

— Ийот... ийот... ийот... — защелкало эхо на высоте восьмиэтажного дома. Эхо считало стальные балки перекрытий.

— Идет!

Корнеев бросился назад.

— На «Рансоме» вода идет. Водопровод в порядке.

Маргулиес обошел вокруг машины.

— Идет?

— Не идет.

— Что т...такое?

Моторист рвал рычаг вперед и назад. Воды не было. Бежали Ищенко, Мося, Нефедов, Тригер.

— В чем дело? Что случилось?

— Авария на водопроводной?

— Нет.

— Поломка?

— Нет.

Маргулиес сбросил пиджак и засучил рукава. Он взбежал на помост, стал на станину и залез головой в водяной бак.

Он долго и внимательно осматривал его. Он стучал кулаком по водомеру. Он вынул из голенища французский ключ.

Цедя сквозь зубы страшную ругань, он развинчивал и завинчивал гайки, трогал винты, выстукивал клепку, прикидывал ухо к стенкам.

Все было в полном порядке.

Он спустился вниз с помоста и надел пиджак, не счистив с него пыли.

Задрал голову.

— Как это случилось?

Моторист дернул плечами и со свистом плюнул.

— Да никак не случилось. Просто вода шла и вдруг перестала. Прямо как отрубила. Бац — и нет воды!

Он взялся за рычаг и стал его рвать с тупым упрямством: вперед — назад, вперед — назад.

— Давид Львович! — жалобно проговорил Мося. — Ну что вы скажете на такое дело? Прямо как назло, прямо как нарочно!

Он хватил кулаком по столбу помоста.

Ханумов ломал железными пальцами, крошил щепку на мелкие кусочки и с силой швырял их под ноги.

Маргулиес твердо сдвинул густые брови и, расталкивая локтями людей, побежал, спотыкаясь, в тепляк.

— Что ж они там, — бормотал он, — что же они там делают... этот самый знаменитый аварийный штаб? Взяли на себя водопровод, а воды нет. И никого нет. Кто у них там... Семечкин, кажется?.. Где же Семечкин?

Он остановился и закричал громовым голосом:

— Семечкин! Где Семечкин? Кто видел Семечкина? Семечкин!

Он побежал в другую сторону.

— Ну? В чем дело? Что за паника? — сказал густой неодобрительный басок Семечкина.

Маргулиес остановился. Голос Семечкина исходил откуда-то из-под стола. Маргуляес посмотрел вниз.

Здесь пол тепляка был разобран. Зияла квадратная дыра. Из нее, как из театрального трапа, в черных очках медленно, с отдышкой, поднималась фигура Семечкина с парусиновым портфелем под мышкой.

Его нос был испачкан суриком.

— В чем деяо?

— Ты — на водопроводе?

— Я.

— Вода!

Семечкин вылез из трапа, аккуратно обчистил галифе на коленях и, солидно покашляв, сказал:

— Все в порядке. Уже.

— Что?

— Уже ставят. Я распорядился.

— Ставят? Что ставят?

— Счетчик.

— Какой счетчик?

Семечкин размашисто и несколько покровительственно похлопал Маргулиеса по плечу.

— Эх вы, производственнички! Мировые рекорды бьете, а хозрасчет забываете. Ну, ничего, хозяин, не дрейфь. Я распорядился.

Маргулиес смотрел на него в упор неподвижно суженными глазами. Его лицо было твердо и угловато, как камень.

— Что ты распорядился? — с расстановкой и с ударением на каждом слове произнес он. — Что ты распорядился?

Семечкин небрежно пожал плечами.

— Распорядился поставить счетчик. Через полтора часа будет уже работать. Какой же иначе хозрасчет?

— Это ты приказал развинтить трубы и закрыть воду? Маргулиес был страшен.

— Ну, допустим. Проверка рублем, — авторитетным баском заметил Семечкин.

— Немедленно... слышишь? Немедленно...
Маргулиес задыхался.

— Немедленно свинтить трубы и дать воду! — закричал он пронзительно и визгливо.

Семечкин побледнел. Губы его дрогнули.

— Ни под каким видом. Я отвечаю за водопровод.

— Дурак! — загремел Маргулиес. — Болван! Идиот! Немедленно! Я приказываю — немедленно!..

— Я бы вас попросил, товарищ Маргулиес, не выражаться.

Коленки Семечкина попрыгивали.

Маргулиес схватился за крайнюю доску и спрыгнул в трап.

Горела пятисотсвечовая рефлекторная лампа.

Два водопроводчика сидели на земле и, подстелив газету, ужинали рыбными консервами. «Белуга в томате», — прочел Маргулиес на коробке. На этикетке была нарисована курносая севрюга на велосипеде. Его охватило бешенство.

Водопроводная труба была развинчена. Один ее конец был забит деревянным кляпом. Нарезка другого густо намазана суриком. Большой счетчик лежал на пакле.

Вокруг валялись обрезки водопроводных труб и инструмент.

— Немедленно свинтить! — сказал Маргулиес сквозь зубы.

Сверху блеснули серые очки Семечкина.

— Ставьте счетчик. Сначала ставьте счетчик.

— Немедленно!

— Не свинчивайте.

— Я — приказываю свинтить.

— Приказываю не свинчивать. Я уполномоченный аварийного штаба. Я — отвечаю.

— Немедленно свинтить и дать воду!

Маргулиес схватился за крайнюю доску, подтянулся на мускулах, раскачался и выскочил из трапа. Он вплотную надвинулся на Семечкина.

— Молчать! — заорал Маргулиес. — Мальчишка!

— Я бы вас попросил...

— Что? Что-о-о?

Маргулиес вырвал из кармана свисток. Он судорожно, дрожащими руками совал его в рот.

Длинная канареечная трель пронзительно прохватила тепляк.

— Эй! Кто там! Охрана!

Гремя прикладом по доскам, бежал стрелок.

— Вы меня знаете, товарищ? — спокойно спросил Маргулиес.

— Так точно, вы — начальник шестого участка.

— Правильно.

Маргулиес кивнул головой на Семечкина.

— Взять!

— Этого?

— Этого самого.

Стрелок взял Семечкина за рукав.

— Посади в пожарный сарай.

Стрелок с любопытством и некоторым сожалением осмотрел Семечкина, многочисленные значки на лацкане его пиджака, носки, проколотые поверх галифе большими английскими булавками, бантики на туфлях, страшные черные очки, красный кадык.

— Пойдем, товарищ.

— Вы не имеете права! — закричал Семечкин, багровея. — Я никуда не пойду. Я уполномоченный аварийного штаба. Вы за это ответите. Я буду писать в областную прессу.

Он рванулся из рук стрелка. Но стрелок держал его крепко. Черные очки свалились с его носа. Под страшными очками обнаружились небольшие голубенькие золотушные глазки. Они испуганно бегали по сторонам.

— Я подчиняюсь грубому насилию...

— Пойдем, пойдем, браток.

— Через два часа выпустишь, — заметил через плечо Маргулиес.

Он подошел к трапу, нагнулся и сказал спокойно:

— Свинтить.

Маргулиес побежал к машине.

Каленый рельс заката медленно гас, покрывался сизо-лиловым налетом во всю длину далекого Уральского хребта.

— Вода!

С лязгом пошел ковш. Опрокинулся барабан.

«Триста сорок три», — отметил в уме Маргулиес.

— Который час?

Корнеев посмотрел на часы.

Три минуты одиннадцатого.

— Сколько стояли?

— Двенадцать минут. Еще времени — один час пятьдесят семь минут.

— Не вытянем.

Маргулиес бросился на середину настила.

— Ребята! — закричал он. — Хлопцы! Нажми, навались! Не подкачай!

Все бросилось с места, все пошло.

Вокруг на участке один за другим, низко на земле и высоко на светлом воздухе зажигались бледные жидкие звезды тысячесвечовых ламп.

— Эх, не вытянут! Не вытянут!

Ханумов не находил себе места. Он ходил взад-вперед вдоль настила и бросал короткие взгляды на моториста.

Вдруг он круто свернул и побежал к Ищенко.

— Эх!

Он поймал Ищенко за рубаху.

— Слушай, Костя! Черт с тобой... Два рычага. Один подымает ковш, другой пускает воду. Разница пять — семь секунд. Соедини проволокой. Будет давать ковш и воду сразу, десять секунд выиграешь на замес. Эх, для себя держал. Ну, ничего, пользуйся. Пей мою кровь. Я тебе все равно — и так и так — воткну. Мои хлопцы лучше твоих.

Он резко повернулся и быстро пошел прочь, снимая и надевая на ходу тюбетейку.

Ищенко остановился и наморщил лоб. В один миг он ухватил суть дела. Правильно. Два рычага — в один рычаг.

Он бросился к настилу:

— Слесарный ремонт! Кто там на слесарном ремонте? Морозов, соедини рычаги дротом!

— Щебенка! Щебенка! — исступленно кричал Мося. — Щебенка кончается!

Шарахая короткими отсечками пара, медленно подходил паровоз.

Винкич и Георгий Васильевич соскочили с первой площадки. Загремели крюки. Упали борты.

— Принимай щебенку!

Георгий Васильевич был весь, с ног до головы, в белом каменном порошке.

Его ночные туфли, разодранные в клочья, имели смешной и жалкий вид.

Грязный пот струился по его лицу.

В голове еще стоял адский шум камнедробилки, лязг грохотов. Перед глазами мелькал передаточный ремень, плавно бегущий от громадного медленного махового колеса к маленьким, страшно быстрым шкивам.

Расстояние между маховым колесом и шкивами было так велико, что ремень трансмиссии в метр шириной, залетая на головокружительную высоту камнедробилки, казался не шире тесемки.

И сама камнедробильная машина стояла, как гигантская кофейная мельница, и сыпались бледные, редкие искры из перегрызаемых и перемалываемых каменных глыб.

— Ну и денек! — тяжело отдуваясь, сказал Георгий Васильевич и сел на землю. — Ну ладно!

Мимо бежал Корнеев.

— Понимаете, — сказал он Корнееву, сияя круглыми возбужденными глазами. — Мы им доказываем, как дважды два четыре, что щебенка необходима, а они заявляют, что не имеют права выходить из нормы. Так повысьте же норму, черт возьми, говорим мы, а они ссылаются на заводоуправление. Мы им весьма резонно указываем на необходимость всемирного повышения, а они, изволите ли видеть...

Корнеев посмотрел вокруг ничего не соображающими глазами, подергал носом, заглянул в пустой портсигар и, сказав: «Извините», — побежал дальше.

Кутайсов, надрываясь, кричал в телефонную трубку:

— Что? Не слышу. У вас тоже нету? Но пойми же ты, друг мой дорогой, что нам необходимо двадцать анкет. Ну да. Простых, обыкновенных печатных анкет для вступления в комсомол. Да! Вся ищенковская бригада. Что? В горкоме я звонил. В горкоме нету. В бюро? В бюро звонил — в бюро нету. Ну хоть пятнадцать штук! Нету? А, шут с вами совсем, я не знаю, что у вас есть в таком случае! Что? Мало того, что все вышли! Надо новые печатать! Вот мы вас протянем... Что? Нет, друг, ты меня только, пожалуйста, не пугай. Я не маленький!.. Пожалуйста. Хоть в Политбюро... До свиданья... Хоть в Политбюро. Куда хочешь! До свиданья.

Он повесил трубку.

— Слободкин!

LIX

Время — одиннадцать часов сорок пять минут.

Маргулиес про себя считает замесы: «Триста восемьдесят восемь, триста восемьдесят девять, триста девяносто...»

Толпа теснится к настилу. Толпа шумит. Толпа вслух считает замесы:

— Триста девяносто, триста девяносто один, триста девяноста два...

— Три...

— ...четыре...

— ...пять...

С крыши тепляка вниз бьют снопы прожекторов. Прожектора установлены группами. В каждой группе — шесть штук. Шесть ослепительных стеклянных пуговиц, пришитых в два ряда к каждому щиту.

По всем направлениям ярко освещенного настила бегут фигуры с тачками. Каждая фигура отбрасывает от себя множество коротких радиальных теней.

Разноугольные звезды теней пересекаются, скрещиваются, сходятся и расходятся в четком, горячем, молодом ритме.

Ритм выверен с точностью до одной секунды, и люди работают как часы.

Тачка щебенки.

Тачка цемента.

Тачка песку.

— Ковш и вода!

Один поворот рычага. Теперь ковш и вода даются одновременно, одним движением руки.

— Не вытянут!

— Вытянут!

Грохот вываливаемого бетона.

— Триста девяносто шесть...

— Триста девяносто семь...

— ...восемь...

— ...девять...

— Время?

Корнеев держит перед глазами часы. Прожектора бьют в глаза. Корнеев закрывается от света ладонью. Он нервно подергивает носом, кашляет. На глазах — острые слезы.

— Без двух ноль.

— Вытянут!

— Не вытянут!

Налбандов во тьме шагает к фронту работы. Со всех сторон низкие и яркие звезды огней. Они мешают видеть. Он натыкается на штабеля леса, на проволоку. Он оступается, шарит перед собой палкой.

Впереди — свет и темная масса толпы.

Слава!

Это называется славой?

Да, это слава.

Налбандов раздвигает палкой толпу. Он вдвигается в толпу размашистым плечом.

Грохает барабан.

— Четыреста.

В толпе мертвая тишина. С виляющим визгом катятся тачки. Шумит мотор. Из мотора летят синие искры. С лязгом и скрежетом ползет ковш.

Грохает барабан.

— Четыреста один...

— Ноль часов, — негромко произносит Корнеев.

Но его голос слышат все.

— Не вытянули.

— На один не дотянули.

— Эх!

Тишина и слабый шум плавно останавливающегося барабана.

И в этой тишине вдруг раздается далекий, но отчетливый голос трубы.

Валторна отрывисто произносит вступительную фразу марша, блестящую и закрученную, как улитка. Счастливую фразу на медном языке молодости и славы. Вслед за ней ударяет весь оркестр.

Оркестр гремит парадной одышкой басов, круглыми и тупыми тампонами литавр, жужжаньем тарелок, криками фаготов.

Это Ханумов ведет свою бригаду.

Она приближается.

Она переходит от фонаря к фонарю, от прожектора к прожектору. Она то возникает на свету, то скрывается в темноте.

Она пропадает в черном хаосе вывороченной земли, нагроможденных материалов. Она переходит из плана в план. Она вдруг появляется во весь рост на с гребне новой насыпи, насквозь пронизанная снизу снопами невидимых прожекторов, установленных на дне котлованов.

Блестят трубы оркестра, и блестит золотая тюбетейка Ханумова, несущего на плече развернутое знамя.

Он ведет свою бригаду из тыла на фронт.

— Не вытянули!

Ищенко медленно вскидывает лопату на плечо. Со всех сторон в глаза бьют прожектора. Он закрывается от них ладонью. Он поворачивается во все стороны. Но всюду — лица, лица...

Он закрывается от лиц, от глаз.

Он медленно, опустив голову, идет через настил, согнув толстые плечи и часто перебирая маленькими, босыми, цепкими ножками.

За ним медленно через настил идут хлопцы.

Машина останавливается.

Мося сидит посредине настила, поджав по-турецки ноги и положив голову в колени. Его руки раскинуты по сторонам.

В тепляке, за машиной, в деревянную форму льют последний пробный кубик бетона для испытания прочности.

Здесь — представители лаборатории, заводоуправления, корреспонденты, инженеры, техники.

При свете прожекторов, валяющихся на полу, как военные шлемы, химическим карандашом подписывают официальный акт.

Десять проб бетона, десять деревянных ящиков, тщательно перенумерованных и опечатанных, передаются в центральную лабораторию на экспертизу.

Ровно через семь суток затвердевшие кубики бетона будут испытывать. Только тогда определится качество. Не раньше.

Бетон должен выдержать давление ста килограммов на один квадратный сантиметр. Если он не выдержит и треснет — значит, вся работа насмарку. Значит — ломать плиту и лить сначала.

Судьба Маргулиеса зависит от качества бетона. Маргулиес уверен в нем. Данные у него в кармане.

Но все же он взволнован. Он напряжен. В его голове механически мелькают таблицы и формулы. Он как бы лихорадочно перелистывает все свои знания, весь свой опыт. Мелькают, мелькают страницы.

Как будто бы все в порядке.

Но — вдруг... Кто знает?.. Может быть — плохого качества цемент или неверно дозировали воду.

Маргулиес берет огрызок химического карандаша и размашисто подписывает акт.

Налбандов распоряжается отправкой кубиков. Он бесцеремонно пересчитывает палкой ящики, отдает приказания.

Звуки оркестра достигают его уха. Он щурится, недобро усмехается. Он пожимает плечами.

Оркестр гремит совсем близко.

— Да у вас тут, я замечаю, не работа, а Масленица! Карнавал в Ницце! Очень интересно.

Маргулиес внимательно всматривается в его лицо, желтоватое, скульптурно освещенное снизу, чернобородое, полное резкого света и теней. Маргулиес хочет что-то сказать, но в ту же минуту замечает страшную тишину.

Мотор молчит.

— Что случилось? Извините...

Он бежит к машине.

Корнеев стоит, облокотясь на столб, и, задрав голову, разговаривает с мотористом. Моторист вытирает паклей руки. Хронометражистка складывает и пересчитывает бумажки.

— В чем дело? Почему не работают?

— Смена. Конец. Не дотянули одного замеса. Четыреста один.

— Постой... Я не понимаю... Который час?

Маргулиес снимает очки и трет ладонью лоб. Он растирает по лицу кляксы бетона.

— Одна минута первого.

Маргулиес быстро надевает очки.

— А мы когда начали?

— В шестнадцать восемь.

— Так что же вы делаете!!! Стой!!! Что же вы делаете!!!

Маргулиес сломя голову бежит к настилу.

— Стой! Кто приказал кончать? По местам!

Бригада останавливается.

— Мотор! — исступленно кричит Маргулиес. — Мотор-р-р!!! Начали в шестнадцать восемь, простой по вине цементного склада — десять, по вине Семечкина — восемь, несчастный случай со Сметаной — семь. Итого — тридцать три минуты. Мы имеем еще тридцать три минуты.

Ищенко останавливается как вкопанный.

Мося вскакивает на ноги:

— Стой! Стой! Мотор! Назад!

— Вертай назад! — кричит Ищенко. — А ну, хлопцы, вертай назад. Слушай меня! По тачкам! По ло-па-там! По стер-лин-гам!

Его голос подымается, подымается, подымается и достигает вибрирующей высоты кавалерийской команды.

— По мес-та-а-ам!

— Приготовились! Начали! — кричит Мося, складывая остатки голоса. — Пошли-и-и!

Все двинулось с места, побежало, смешалось, пошло, ударило, замелькало...

Тачка щебенки.

Тачка цемента.

Тачка песку.

— Ковш и вода!

Опрокидывается барабан.

— Четыреста два. Четыреста три. Четыреста четыре.

— Плакал Кузнецк! Куда там!

Мося бросает на полдороге тачку. Он мчится к машине. Он, как черт, взлетает на перила настила.

Он рвет плакат. Он рвет его в клочки, и клочья подкидывает в воздух. Освещенные прожекторами, они летят и кружатся.

Он стремительно бросается назад к тачке.

— Ур-рр-а!

— Ребятки, ребятки, ребятки...

Толпа хором считает:

— Четыреста пять, четыреста шесть...

Вспыхивает магний. Щелкают затворы зеркалок.

— ...семь...

— ...восемь...

— ...девять...

Маргулиес осматривает себя при свете прожекторов со всех сторон. Он осматривает колени, локти. Он счищает с себя пыль. Он изворачивается и пытается посмотреть на спину — не запачкана ли. Он слюнит платок и украдкой вытирает лицо, шлифует стекла очков.

Он чистит сапоги — нога об ногу, — притопывает, поправляет кепку.

Тонко про себя улыбаясь и не глядя больше на бригаду, он, не торопясь, идет к конторе прораба.

Там сидит Налбандов.

Он сидит, раскинувшись на низкой тесовой лавке, упираясь толстой спиной и затылком в дощатую стенку. Полы его черного пальто лежат на полу. Он равнодушно играет перед собой палкой.

В конторе тесно, дымно, шумно.

Столы застланы пожелтевшими, выгоревшими на солнце газетами. Газетные листы испятнаны рыже-лиловыми кляксами чернил, исчерчены и изрисованы карандашами.

Столы завалены бухгалтерскими книгами, ведомостями, актами, требованиями, приказами, графиками.

Шура Солдатова, сидя на полу, клеит стенную газету «За темпы». Волосы бьют ее по глазам. Она их отбрасывает. Она стыдливо натягивает худую черную юбку на грязные, глянцевитые, розовые колени.

Конторщики щелкают на счетах, курят, пьют из кружек холодный чай с сильным аптекарским привкусом хлорированной воды.

Кутайсов ругается по телефону.

Георгий Васильевич сидит на слишком низком и шатком табурете, широко расставив локти. На углышке стола он пишет карандашом статью.

Винкич, навалившись на него сзади, заглядывает в бумагу, ерошит волосы, торопит:

— Дальше, дальше, Георгий Васильевич. Очень хорошо. Вот что значит — настоящий писатель. А вы еще притворялись, что не умеете писать статей и технически не подготовлены. А разбираетесь не хуже любого прораба.

Винкич безбожно льстит. Но ему необходима подпись Георгия Васильевича, необходимо сильное имя.

Будет бой. И он будет драться в кровь. Он заранее выбирает себе оружие.

— Пишите, Георгий Васильевич, пишите.

Георгий Васильевич знает, что Винкич преувеличивает его достоинства, но все же ему приятно.

— Ну-ка, вспомним старину, когда и мы в газетах пописывали, — бормочет он, кряхтя. — А ну-ка, а ну-ка, авось старая кобыла борозды не испортит.

Его глаза добродушно окружены и глянцевиты. Он в ударе. Карандаш бежит по листу. Винкин вполголоса читает:

— «В последнее время наметились два противоположных течения в области темпов изготовления бетона...» Очень хорошо, очень верно... «...и использования бетономешалок. С одной стороны, на ряде строек идет непрерывное увеличение числа замесов. Точка. С другой стороны, ответственные инженеры некоторых крупнейших строительств категорически возражают против увеличения числа замесов, запятая, исходя из соображений о том, что подобное увеличение числа замесов может отрицательно повлиять на амортизацию дорогого импортного обрудования». Очень хорошо.

Винкич бегло взглядывает на Налбандова и, нарочно повышая голос, говорит:

— Поставьте, Георгий Васильевич, перед словом «отрицательно» слово «якобы».

Он нажимает на «якобы».

— Якобы отрицательно. Пишите — якобы отрицательно. Так крепче.

— Можно — якобы. Можно вам и — якобы. Якобы отрицательно... Нуте-с...

Налбандов глух. Он не слышит.

«Амортизация и качество», — думает он.

Он небрежно скользит взглядом по комнате.

Всюду — газеты, газеты, газеты...

Газеты испятнаны портретами героев. Ленты голов. Колонны голов. Ступени голов.

Головы, головы, головы.

Грузчики, бетонщики, арматурщики, землекопы, опалубщики, плотники, такелажники, химики, чертежники...

Старые, молодые, средние.

Кепки, кубанки, шляпы, фуражки, тюбетейки...

Имена, имена, имена.

Слава!

Это называется славой?

Да, это слава.

Это самая настоящая слава. Слава делается именно так. Слава делается «здесь». А «там» — ее можно реализовать.

Он искоса посмотрел на Шуру Солдатову.

Стоя на четвереньках и по-детски двигая языком, она наклеивала на лист стенной газеты фотографию Маргулиеса.

«Да, это слава, — подумал он. — И я глупо пропускаю ее».

Надо делать — имя, имя, имя.

Имя должно печататься в газетах, упоминаться в отчетах, оспариваться, повторяться на митингах и диспутах.

Это так просто!

Для этого только нужно быть на техническом уровне времени. Пускай этот уровень низок, элементарен. Пусть он в тысячу раз ниже уровня Европы и Америки, хотя и кажется выше.

Эпоха требует авантюризма, и надо быть авантюристом.

Эпоха не щадит отстающих и несогласных.

Да, это слава.

И он сегодня упустил счастливый случай.

Чего проще?

Надо было идти на уровне времени. Взять дело рекорда в свои руки, организовать, двинуть, раструбить, быть первым...

Он совершил тактическую ошибку. Но еще не поздно. Еще будет впереди тысяча таких случаев.

LX

— ...Четыреста двадцать девять...

Корнеев не сводил глаз со стрелки часов.

— Ноль часов тридцать три минуты. Хватит! Конец!

Ищенко осторожно опустил тачку и подолом рубахи вытер лицо.

— Шабаш! Выключай мотор!

Он лениво махнул утомленной рукой мотористу.

Барабан плавно остановился.

Толпа крикнула «ура».

Не глядя по сторонам, Ищенко, не торопясь, сошел с настила. Толпа расступилась.

Перед ним стоял Ханумов.

В золотой, ярко блистающей тюбетейке, в красных призовых штиблетах, рыжий, курносый, с лицом, побитым оспой, как градом, он стоял, твердо отставив ногу и небрежно облокотясь поднятой рукой на древко развернутого знамени.

Ищенко опустил глаза и усмехнулся.

Усмехнулся и Ханумов. Но тотчас нахмурился.

— Ну, Костя...

Его голос звучал дружественно, торжественно, но вместе с тем и грозно.

Он остановился. Он искал и не находил подходящих слов. Он постоял некоторое время молча и протянул Ищенко руку.

Они обнялись и трижды неловко поцеловались, покрытые полотнищем знамени.

Трижды на своих губах почувствовал Ищенко твердость ханумовской щеки, жесткой, как доска.

— Ну, Костя... Тебе сегодня большая слава, большая победа. Мировой рекорд, это не как-нибудь... Одним словом, будь здоров, принимай поздравления. Ты — первый на все строительство. На сегодня ты первый. Четыреста двадцать девять замесов — как одна копейка. Молодец. Хороший бригадир. Харькову воткнул. Кузнецку воткнул. За одну смену всем воткнул. Очень хорошие показатели. Очень хороший бригадир... На данный отрезок.

Ханумов проглотил слюну.

— Ты четыреста двадцать девять замесов, — вдруг закричал он, — а мы выставляем против тебя встречный — пятьсот! Пятьсот — и ни одного меньше. Меньше чем после пятисот, — не уйдем с места. Ляжем.

Он повернулся к своей бригаде.

— Верно, хлопцы?

— Верно! Пятьсот! Пятьсот пятьдесят! Не уйдем с места! — закричали ребята.

— Слыхал, Ищенко? Слыхал моих хлопцев? Запиши себе. Пятьсот. Торопись гулять.

— Нэ кажи гоп, — сказал Ищенко сумрачно.

Ханумов тщательно осмотрел его с ног до головы, но не удостоил больше ни одним словом.

Он с достоинством отошел в сторону, воткнул знамя в кучу щебенки, возвратился на прежнее место и повернулся к бригаде:

— Товарищи! Слушай мою команду. Все по местам. По тачкам. По лопатам! По стерлин-га-ам!

Его голос достиг вибрирующей высоты неподражаемой кавалерийской команды.

— Валя-а-ай!

Бригада Ханумова кинулась к настилу.

Мося вошел в контору прораба.

Корнеев боком сидел на столе. Свесив ноги, он быстро писал чернилами требование на добавочную норму песка.

— Товарищ прораб!

Корнеев не слышал.

— Корнеев! — оглушительно гаркнул Мося.

Корнеев обернулся.

— Да?

Мося молодцевато вытянулся. Он бросил быстрый, ликующий, неистовый взгляд вокруг: на Винкича, на Георгия Васильевича, на Маргулиеса и Налбандова, на Шуру Солдатову, на конторщиков.

Он сделал строгое лицо и сухо отрапортовал:

— Товарищ прораб. Третья смена кончила работу. Уложено двести девяносто четыре куба. Сделано четыреста двадцать девять замесов. Харьков побит. Кузнецк побит. Поставлен мировой рекорд. Средняя норма выработки увеличена на сто двадцать процентов. Бригадир — Ищенко. Десятник — я.

Это уже всем было хорошо известно. Можно было свободно не повторять. Но Мося давно приготовил этот рапорт. Он давно и страстно ждал этой минуты. Он предвкушал ее. Теперь она наступила, минута Мосиного торжества.

Коротким военным жестом он протянул Корнееву рапортичку.

— Хорошо, — равнодушно сказал Корнеев.

Он неловко взмахнул пером. Большая клякса сорвалась и упала на туфлю. Корнеев покосился на нее и болезненно поморщился.

Он приложил бумажку к стене и, не глядя, подписал ее.

Он только спросил:

— Ханумов начал?

И больше ничего. Мося за одну смену уложил двести девяносто четыре куба, дал невиданные темпы, побил два мировых рекорда, а он — ни слова! Как будто это в порядке вещей.

Мося обиженно сунул рапортичку в карман.

Он официально доложил:

— Ханумов на месте. Сдавать смену?

— Сдавай.

— Какая Ханумова норма?

— Норма?

Корнеев подергал носом. Он вопросительно посмотрел на Маргулиеса.

— Давид! Ханумову сколько?

— Сорок пять замесов в час, — сказал Маргулиес, зевая, — максимум пятьдесят.

Он зевнул так сильно и сладко, что «максимум пятьдесят» получилось у него, как «маиу пяиа-а-а».

Мося не верил своим ушам.

— Сколько, Давид Львович? Сколько?

— Я сказал — максимум пятьдесят замесов в час, — спокойно повторил Маргулиес.

— Вы что, Давид Львович, смеетесь? Сколько же это получается в смену?

Мося стал быстро множить в уме:

«Пятью восемь — сорок, нуль пишу, четыре замечаю...» Он посмотрел ва Маргулиеса как на сумасшедшего.

— Четыреста замесов в смену? Мы — четыреста двадцать девять, а Ханумову — четыреста?

Он засмеялся негромким, оскорбительным, блеющим смешком.

— Триста шестьдесят, максимум четыреста.

Маргулиес опять зевнул во весь рот. Он не мог сдержать зевоты. Вместо «максимум четыреста» у него вышло «маиу ыы-ы-ы-ы-а...».

Налбандов взял бороду в кулак и, остро щурясь, целился сбоку в Маргулиеса.

— Максимум четыреста? — переспросил Мося.

— Максимум четыреста, — подтвердил Маргулиес.

— Давид Львович!

— Иди, иди.

Маргулиес пошарил в кармане, но цукатов уже не было.

— Иди, не задерживай Ханумова.

Мося потоптался на месте.

— Ладно!

Он пошел к двери, взялся за скобку, но тотчас возвратился назад, стал в угол. Он облокотился о доски и стал ковырять пальцем каплю смолы.

Снаружи гремела музыка. Парадные такты марша тупо толкали стекла. Стекла дребезжали.

Маргулиес строго и вопросительно посмотрел на Мосю.

— Ну?

— Что хотите, Давид Львович, а я не пойду.

Маргулиес высоко поднял брови.

— Давид Львович, — жалобно сказал Мося, — только не я. Идите сами, Давид Львович, разговаривать сХанумовым. А я не пойду. Они меня убьют.

— Что?

— Они меня убьют! Честное слово! Вы что — не знаете Ханумова? Смотрите, что там делается. Целая буза. У них встречный — пятьсот, и ни одного замеса меньше. Я не пойду. Меньше чем на пятьсот Ханумов не согласен.

Мося сел на пол и подвернул под себя ноги.

— Хоть что хотите. Идите сами.

— Пусть они про пятьсот замесов пока забудут, — холодно сказал Маргулиес. — Максимум — четыреста. Ни одного замеса больше.

— Идите сами!

Маргулиес не успел встать.

Мося быстро вскочил на ноги. Он опередил Маргулиеса.

— Сидите! — сердито закричал он. — Сидите! Я сам.

Мося решительно вышел из конторы, но через минуту влетел, задыхаясь, обратно и захлопнул за собой дверь.

За окнами слышались возбужденные крики и свист.

— Уй! Что там делается! Я только открыл рот про четыреста...

Мося сел в угол. Он был бледен.

— Идите сами, Давид Львович! — закричал он с отчаянием. — Идите сами! Они меня не слушают. Идите сами!

Маргулиес встал и вышел из конторы, хлопнув щеколдой.

Он остановился на пороге.

LXI

Толпа расступилась.

Он, не торопясь, пошел по направлению к машине. Ханумов стоял посредине настила, расставив короткие кривые ноги, и смотрел не мигая ему в глаза. Маргулиес вплотную подошел к Ханумову.

— Что же вы не начинаете? — сказал он обыкновенным тоном, подавая бригадиру руку. — Ноль часов пятнадцать минут. Времечко, хозяин, времечко.

Ханумов не спускал с него суженных, остановившихся глаз. При зеркально-гелиотроповом свете прожекторов его лицо казалось совершенно белым.

— Что там Мося треплется насчет нашей нормы, хозяин, — сказал он неузнаваемо тихим и сиплым голосом, — объясни, пожалуйста, будь добр! Какая норма?

Бригада обступила их молча.

— Норма от сорока до сорока пяти в час. Не больше четырехсот замесов в смену.

Глаза Ханумова стали еще напряженнее и у́же.

— Костя — четыреста двадцать девять, мировой рекорд, а я после Кости — четыреста?

— Больше пока невозможно.

— Давид Львович, ты, наверное, смеешься?

— Вот чудак! Ты чудак человек, Ханумов. — Маргулиес близко заглянул ему в глаза нежными, близорукими глазами. — Больше четырехсот никак нельзя. Надо сначала проверить качество. Через семь дней раздавим кубики, посмотрим прочность, тогда — пожалуйста, хоть восемьсот... если качество позволит... Понятно?

— Косте можно, а мне нельзя? — с тупым упорством сказал Ханумов.

— Подожди.

— Давид Львович, пятьсот?

— Невозможно.

Ханумов хорошо знал Маргулиеса. Он понимал, что спорить бесполезно. И все же он упрямо повторил:

— Пятьсот.

— Нет.

Бригадир растерянно оглянулся по сторонам. Со всех сторон смотрели напряженные лица, неподвижные, ждущие глаза.

Подходили: Корнеев, Мося, Налбандов.

Ханумов искательно улыбнулся.

— Четыреста пятьдесят... хозяин?

Маргулиес замотал головой.

— Времечко, времечко...

— Четыреста пятьдесят?..

— Брось торговаться, Ханумов. Мы не на базаре. Задерживаешь работу. Времечко.

У Ханумова надулась шея.

— Пятьсот! — закричал он изо всех сил. — Тогда пятьсот — и ни одного замеса меньше. Пятьсот!

Он дрожал от бешенства и упорства.

— Не выйдет.

— Ты что... Ты что... — с трудом переводя дух, проговорил Ханумов. — Ты что, Давид Львович... Душу из меня хочешь вынуть? Хочешь меня осрамить перед людьми? Насмешку из меня сделать? Давид Львович! Ты ж меня знаешь... Ты меня знаешь, я тебя знаю. Мы ж с тобой вместе плотину клали. Вместе руки и ноги морозили...

Налбандов стоял, заложив руки за спину, упираясь задом в палку. Он насмешливо и внимательно щурился.

Маргулиес резко мотнул головой.

— Товарищи! Ребята! — закричал Ханумов с надрывом, весь подергиваясь. — Бетонщики первой непобедимой! Вы видите, что над нами делают?

Бригада угрюмо молчала.

— Давид Львович! Товарищ начальник участка! Маргулиес! Будь человеком. Будь настоящим человеком. Пятьсот!

— Не валяй дурака, Ханумов, — с досадой заметил Маргулиес. — Не выйдет дело. Начинай смену.

— Не выйдет? Не выйдет?.. Тогда...

Ханумову трудно было говорить. Он рвал на себе ворот рубахи.

— Тогда... я тебе скажу... Тогда... Давид Львович... Не мучь меня... Знаешь... Я тебе скажу... Ко всем чертям... К свиньям! К собакам! К собачьим свиньям!.. Вот!

Ханумов судорожно полез в карман, запутался в подкладке и вместе с подкладкой вырвал портсигар.

Бледный, трясущийся, он бросил его на доски настила.

— Вот... Гравированный и серебряный портсигар за плотину... Восемьдесят четвертой пробы... Бери... Не нужно...

Он вырвал из другого кармана серебряные часы и положил их рядом с портсигаром.

— Подарочные часы... За ЦЭС...

Он бросил на часы тюбетейку.

— Тюбетейка... За плиту кузнечного цеха...

Он быстро сел на землю и стал сдирать башмаки.

— Щиблеты за литейный двор... Бери... Подавись... Ничего не надо.

Прежде чем Маргулиес успел что-нибудь сказать, он ловко сорвал с себя башмаки и швырнул их в сторону.

— Ухожу к чертовой матери со строительства. Пиши мне расчет. Не желаю работать с оппортунистами. Пропадайте...

Маргулиес побледнел.

Ханумов посмотрел блуждающими глазами вокруг и вдруг увидел Налбандова.

— Товарищ Налбандов...

Он хватался за соломинку.

— Товарищ Налбандов, будьте свидетелем... Будьте свидетелем, что здесь правые оппортунисты делают над человеком! — закричал он со злобой.

Все глаза повернулись к Налбандову. Налбандов стоял, окруженный глазами.

Он видел эти глаза, обращенные к нему с надеждой и мольбой.

Вот. Случай. Слава лежит на земле. Надо только протянуть руку и взять ее. Эпоха не щадит отстающих и не прощает колебаний.

Или — или.

— Давид Львович, — сказал Налбандов среди всеобщей тишины.

Его голос был спокоен и громок.

— Я вас не совсем понимаю. Почему вы не разрешаете бригаде Ханумова повысить производительность до пятисот замесов в смену? По-моему, это вполне возможно.

— Конечно, возможно! Правильно! Верно! Возможно! — зашумела бригада.

— Видишь, Давид Львович, что человек, дежурный инженер, говорит! — быстро сказал Ханумов, вскакивая на ноги.

Налбандов повернулся к Маргулиесу.

— Я вам советую пересмотреть свое решение.

— Я не нуждаюсь в ваших советах! — грубо сказал Маргулиес.

— Я вам имею право не только советовать, Давид Львович. В качестве заместителя начальника строительства я могу приказывать.

Налбандов нажал на слово «приказывать».

— Я не желаю подчиняться вашим приказам! — фальцетом крикнул Маргулиес.— Я отвечаю за свои распоряжения перед партией!

Налбандов пожал плечами.

— Как вам будет угодно. Мое дело указать. Но я считаю, что ваши распоряжения имеют явно оппортунистический характер. Вместо того чтобы, воспользовавшись достигнутыми результатами и чтя опыт предыдущей смены, идти дальше, вы отступаете или в лучшем случае топчетесь на месте. Вы этим самым срываете темпы. Темпы в эпоху реконструкции решают все.

Его слова падали в толпу, как непотушенные спички в сухую солому.

— Я попросил бы... вас... без демагогии...

Маргулиес сжал кулаки и подошел к Налбандову вплотную. У него трясся подбородок. Он едва владел собой. Делая невероятные усилия быть спокойным, он произнес, штампуя каждое слово:

— Прежде чем я не удостоверюсь в качестве, я не позволю подымать количество. У нас строительство, а не французская борьба. Вам это понятно?

Он отошел, поправил без надобности очки и сказал через плечо:

— Потрудитесь не стоять посредине фронта работы. Вы мне нарушаете порядок.

Затем Маргулиес подошел к Ханумову и положил ему на плечо немного дрожащую руку:

— Ты, Ханумов, вот что... Ты ведь меня знаешь, Ханумов... Если я говорю — нельзя, значит, нельзя. Я тебя когданибудь подводил? Мы же вместе с тобой, Ханумов, клали плотину. Ну?.. Ты что — ребенок? Чтоб потом всю плиту пришлось ломать?

Ханумов подозрительно всматривался в лицо Маргулиеса. Он всматривался в него долго и упорно, как бы желая прочесть на нем всю правду, все его самые тайные чувства, самые тайные движения мысли.

И он ничего не видел на этом бледном, грязном, зеркально освещенном лице, кроме дружеских чувств, сдержанной любви, доброжелательности, утомления и твердости.

— Четыреста пятьдесят... А? Хозяин...

Маргулиес покачал головой.

— Времечко.

Ханумов нагнулся и стал подбирать с пола вещи.

Толпа расступилась.

Маргулиес прошел, не торопясь, в контору прораба. Мося шел за ним по пятам, развинченно болтая руками.

Маргулиес подвинул к себе блокнот и, ломая карандаш, стоя, быстро написал приказание, запрещающее делать один замес меньше чем в одну и две десятых минуты.

Он с треском вырвал листок и протянул его Мосе.

— Передашь Ханумову. Для точного исполнения.

Мося вышел.

Через минуту Маргулиес наметанным ухом уловил плавный шум тронувшегося барабана.

— Ноль часов тридцать пять минут, — сказал Корнеев.

LXII

Семечкин сидит в темном пожарном сарае на ведре. В длинные щели бьют саженные лучи электричества.

При их свете Семечкин пишет разоблачительную корреспонденцию, предназначенную для областной и центральной прессы.

Тема корреспонденции — безобразное отношение к представителям печати.

Он разложил на коленях бумаги и пишет, пишет, пишет. Он длинно пишет, пространно, с подковыркой. Пишет без помарок, со множеством скобок, кавычек и многоточий.

Его губы дрожат. Он бледен. Рядом с ним стоит на земле парусиновый портфель, отбрасывая в темный угол сарая зеркальный зайчик.

С грохотом проходят поезда. Сарай дрожит. Лучи мелькают, бегло перебиваемые палками теней.

Тени мелькают справа налево и слева направо.

Кажется, что сарай взад и вперед ездит по участку.

Гремит и шаркает засов. В сарай заглядывает стрелок:

— Пишешь?

— Пишу, — с достоинством говорит Семечкин басом.

Его темные очки неодобрительно блестят, отражая белый электрический свет.

— Собирай вещи, браток, и катись.

Семечкин складывает в портфель бумаги и высокомерно выходит из сарая.

Мелькают тени составов. Бегут, попадая из света в тень, ребята.

Они уже скинули брезентовые спецовки и окатились водой, но еще не опомнились от работы.

Грудные клетки преувеличенно раздуваются под рубахами. Висят и лезут на глаза мокрые чубы. Болтаются расстегнутые рукава.

— Ух! У-у-ух!—визжит Оля Трегубова.— Ух-х! Кто меня до барака донесет — тому две копейки дам.

Она трудно дышит, дует в обожженные ладони. Ее глаза сверкают отчаянным, обворожительным кокетством. Маленькие женские груди подымаются и опускаются под невозможными лохмотьями праздничного платья, превращенного в тряпку.

— На гривенник, только отстань!

Саенко шатается по участкам.

Он пробирается волчьим шагом из тени в тень, тщательно обходя фонари и прожектора.

Черная ночь вокруг него мерцает и светится, вся осыпанная трескучими искрами, как волчья шерсть.

Он крадется задами, как вор.

С шестого участка доносятся звуки духового оркестра. Он обходит шестой участок.

В тени тепляков и опалубок стоят незаметные стрелки охраны и сторожа.

Ночь. Он обходит тепляки и опалубки.

Доменный цех живет ночной жизнью, яркой и замедленной, как сон. Дивный свет сказочно освещает растущие домны. По ночам они растут нагляднее, чем днем. Они дивно озарены снизу, и сверху, и с боков. Зеркальный свет трепещет на их круглых ярусах.

Утром ярусов было восемь. Сейчас их девять. Идет клепка десятого.

Стрелка крана держит на обморочной высоте на цепочке гнутый лист ржавого железа.

Лист железа кажется с земли не больше обломка зуба. На самом деле в нем полторы тонны весу. Упадет на голову — мокрого места не останется.

Жидкая тень железного листа ходит широким косяком по выпуклому туловищу домны. На высоте медленно поворачивается обломок зуба.

С сильным гуденьем вспыхивают сверхлазурные звезды электросварки. Брызжут радиальные тени.

Горят зеленые руки сварщиков; на лицах — маски. Сверху сыплют и сыплют пулеметные очереди пневматических молотков. Бегут маленькие люди и огромные их песни. Песни гигантов.

Шумят переносные горны. Длинными щипцами люди вынимают из рубинового жара добела раскаленные светящиеся грибки клепки. Клепка курится, как фитиль канонира. Пока ее доносят бегом до места, она меняет цвета. Белый цвет на желтый, желтый — на розовый, розовый — на темный, густо-малиновый.

С хлещущим пистолетным выстрелом обрушивается кувалда на малиновую головку клепки. Летят искры. Под страшными ударами клепка еще раз меняет цвет. Она становится синей, сизой, вороненой и снова белой, но белой — холодной, железной, тусклой пуговицей.

Саенко обходит доменный цех. Он обходит вагон «Комсомольской правды».

Зеленый пульмановский вагон с розеткой Ленина стоит в тупике. Он кажется глубоко вкопанным в землю. Он освещен снаружи и изнутри.

Саенко обходит вагон и заглядывает в окна. Все окна ярко освещены, но в вагоне всего один человек.

Поэт Слободкин стоит с верстаткой в руке перед кассой и близоруко набирает анкету. Он обвязывает компактный квадрат набора шпагатом. Он переносит его на цинковый стол. Он бьет его щеткой. Он торопится.

Саенко стороной обходит вагон.

За его спиной зеленый вагон горячо дышит железным дымом Златоуста, папоротниками Миасса, смерчами, грозами и радугами, антрацитом Караганды, сверканьем Челябы, всей свежестью и силой Большого Урала, всем своим сделанным в пространстве и времени маршрутом.

В длинной тени пакгауза тускло блестит винтовка часового.

Саенко мягко обходит пакгауз. Он идет, глубоко засунув руки в карманы широких штанов. Он старается, чтоб в кармане не гремел спичечный коробок.

Он перебирается в поле.

Степная ночь заводит граненым ключиком сверчка звездные свои часы.

Заведенные звезды движутся по всем направлениям, скрещиваясь и пересекаясь, восходя и заходя, но их движение незаметно для глаза.

При потайном свете взошедшей луны блестят рельсы.

Идет поезд. Это маршрут дальнего следования. Здесь — подъем, платформы катятся медленно. Шатаются на платформах пудовые куски руды, сонно перестукиваются с колесами.

Саенко бежит за платформой, хватается за борт рукой.

В тени тормозной будки — темная фигура стрелка.

Саенко сбегает с насыпи, оглядывается, пропускает две платформы и снова бежит за платформой.

Шуба кондуктора, красный фонарь и винтовка. Подъем кончается. Поезд идет быстрей.

Поезд проходит мимо Саенко.

Саенко, громыхая карманами, бежит за красным фонарем. Саенко выдыхается. Наконец он отстает.

Ночь и огни бесконечно протекают в его глазах.

Над головой летит аэроплан. Он не виден. Видны только его яркие сигналы. Висит мнимая полоса напористого шума.

Аэроплан проносят над степью, как горящий примус.

LXIII

Серошевский с опозданием на восемь часов возвращается на строительство. Его задержала вынужденная посадка — буран.

Серошевский смотрит из косого окошка вниз. Три четверти горизонта закрывает белое громадное крыло.

Оно простирается, как рубчатая, рубероидная крыша пакгауза.

Четыре буквы написаны на крыле самолета.

Четыре буквы простираются в перспективу ночи: громадное Р, за ним немного поменьше, но тоже громадное — С, и еще — С поменьше, и — С совсем небольшое.

Самолет идет на посадку, делает круги над площадкой строительства.

Под крылом движется и поворачивается звездное поле земли. Статистическая таблица огней живет внизу, мерцает и дышит. Так дышат и переливаются уголья остывающего, разметанного костра.

Но там цвет темный, розовый, а здесь — белый, светлый, электрический.

Ползут светящиеся жучки автомашин. Клубится лунно-белый пар поездов. Во все стороны, сталкиваясь и скрещиваясь, тянутся пунктиры улиц и дорог.

Каплями разноцветных сиропов светятся сигналы. Красные — пожарных сараев, синие — дежурных складов, зеленые — железнодорожных стрелок и семафоров.

Плывут и поворачиваются выпуклыми боками осыпанные огнями горы.

Серошевский узнает звездную геометрию своего сложного хозяйства. Он на память решает теорему.

Налево — рудник. Направо — доменный цех. На запад — соцгород. На восток — карьеры. Посредине сверкающая коробка центрального отеля, тепляк Коксохимкомбината, косые трубы скрубберов — трубы собираемого органа.

Объекты и агрегаты, освещенные группами прожекторов, косо стоят внизу, как шахматные фигуры, выточенные изо льда.

Кропотливо блестит озеро.

Все — разорвано, разбросано.

Но Серошевский знает, что это лишь черновой набросок. Он смотрит сверху вниз на площадку строительства как на иллюминованный рабочий чертеж.

Он видит вперед на год.

Через год все эти отдельные, разорванные детали будут соединены между собой, притерты, спаяны, склепаны. Строительство превратится в завод, и завод будет лежать всеми своими клапанами, трубами и цилиндрами, как вынутый автомобильный мотор, компактный двигатель внутреннего сгорания.

И озеро будет другое, новое. Озеро будет в тридцать квадратных километров. Озеро изменит климат.

В кабине загорается розовая пастила светящейся надписи: «Внимание».

Серошевский хватается за ручки кресла.

Удивительная тишина встает в мире.

Незаметно происходит нечто необъяснимое. В правом окошке пропадает земля. Ее место занимает опрокинутое небо — огромное светло-синее пространство с горошиной ландыша посредине.

Оно могущественно притягивает к себе волшебной поверхностью синей планеты.

Между тем левое окно сплошь закрывает осыпанная звездами земля. Она нежно льнет к нему всеми своими возвращенными подробностями — крышами освещенных бараков, шлагбаумами, переездами, экскаваторами, врытыми в землю прожекторами, дорогами, железнодорожными путями...

Так, прежде чем перейти от общего к частности, самолет заносится доской качели, меняет местами звездное небо и звездную землю (луну и отель), делает последний круг, выпрямляется и идет на посадку.

Под крыльями бежит трава. На концах крыльев дымно зажигаются бенгальские огни. Цветной крашеный огонь падает в траву. Трава горит. Горит и бежит. Дымится и бежит.

Бегут люди.

Серошевский ставит ногу в вишневой краге на подножку длинного автомобиля. Подножка похожа на вафлю. Он упирается в нее ногой, как в стремя. Шофер дает газ.

— Куда?

— В заводоуправление.

Серошевский опускает на глаза створчатые пылевые очки. Прожектор резко вспыхивает в стеклах. Вспышка магния.

Он берется за борт торпедо и кидает на сиденье портфель.

Налбандов сидит за своим шведским бюро.

Он сидит, резко повернув бороду к окну, большому и квадратному, как стена, и постукивает палкой в ксилолитовый пол.

Против Маргулиеса есть возможность выставить два обвинения.

Первое: Маргулиес, вопреки точным требованиям сегодняшней науки, *разрешил* довести число замесов до четырехсот двадцати девяти в смену, чем поставил под удар качество бетона и проявил себя как левый загибщик.

Второе: Маргулиес, вопреки постановлению партии о всемерном повышении темпов, *не разрешил* делать свыше четырехсот замесов в смену, чем подорвал энтузиазм бригады и проявил себя как маловер и правый оппортунист.

401

Оба обвинения справедливы — они вполне соответствуют действительности.

В них только не хватает мотивировок: по каким мотивам Маргулиес один раз разрешил, а другой раз не разрешил.

Но — это детали.

Итак — два противоречивых обвинения сформулированы. Можно писать рапорт. Холодный и убийственный, как пистолетный выстрел.

Остается один вопрос: на каком обвинении остановиться?

Первое кажется Налбандову наиболее сильным, наиболее научным. Но его сила зависит от результата испытания качества.

Второе — менее научно, но зато более в духе времени. Налбандов оказывается сторонником высоких темпов, а Маргулиес — их противником. Позиция неотразима. Но его сила опять-таки зависит от результатов испытания.

Если результаты испытания окажутся отрицательными, то второе обвинение обращается острием против Налбандова: он требовал повышения количества за счет качества.

Если результаты испытания окажутся положительными, то первое обвинение обращается острием против Налбандова: он требовал снижения темпов, в то время как качество позволяло их повышение. Диалектика!

Налбандов сердито постукивает палкой.

Чернильница вырастает до невероятных масштабов. Она уже занимает полмира. В ее стеклянной шахте могут летать аэропланы, ходить поезда, расти леса, возвышаться горы.

Налбандов хватает ручку и пишет два рапорта. В одном — первое обвинение, в другом — второе.

Он кладет их рядом и рассматривает.

Звонит телефон. Телефон надрывается. Налбандов не подходит.

Он лихорадочно, напряженно думает.

Нет, первое обвинение все же кажется ему надежнее. Наука есть наука. На нее всегда можно положиться. Добрая, старая, академическая наука.

Наконец, официальный паспорт фирмы. Иностранцы не ошибаются. Не могут ошибиться.

Налбандов разрывает второе обвинение в клочья и бросает в корзину.

Он берет первый рапорт и решительно идет в кабинет Серошевского.

Он останавливается перед дверью.

Может быть, не стоит затевать дело? Может быть, уничтожить рапорт?

Но тогда Маргулиес опять торжествует.

Нет! Нет! Только не это.

Налбандов теряет самообладание.

Приходит мысль, что, подавая этот рапорт, он ставит на карту свою репутацию, свою судьбу.

А что, если лабораторное испытание...

Но он уже не владеет собой.

Он палкой распахивает дверь и входит в кабинет.

— Слушай, Серошевский, — говорит он громко. — Вот! Рапорт!

LXIV

Филонов мучительно морщил лоб. Он старался понять, уяснить главную мысль Семечкина.

Семечкин глухим, обиженным баском продолжал наворачивать фразу на фразу. Фразы были туманные, длинные, полные ядовитых намеков.

— Погоди, милок...— сказал Филонов, густо краснея. — Погоди... ты рассказывай по порядку...

Разные люди беспрерывно входили и выходили.

Стучала дверь.

Лампочка сильного накала то гасла до чуть видной каленой красноты, то разгоралась до яркости прожектора.

Временная электростанция дышала ровными, тяжелыми вздохами.

Углы комнаты то уходили вдаль, во мрак, то подступали к самым глазам всеми подробностями плакатов, графиков, табуреток.

Мелко хлопала и звонила, как велосипед, старая пишущая машинка.

Ищенко подошел к Филонову и положил на стол бумагу.

На графленом листе, вырванном из старой бухгалтерской книги с прописными печатными надписями «Деб» и «Кред», химическим карандашом было тщательно, буква за буквой, выведено заявление.

Филонов сразу схватил его во всех подробностях при свете разгоревшейся лампы.

— Погоди, Семечкин.

Он прочел:

> В ячейку ВКП(б) Коксохимкомбината
> От бригадира бетонщиков
> третьей смены
> Константина Яковлича Ищенки

ЗАЯВЛЕНИЕ

Прошу принять меня в партию у меня закончен кандидат-
ский стаж 6 месяцев. Я приехал на Социалистическую
стройку с деревни с колхозу не грамотным здесь я ликви-
дировал неграмотность повысил свою политическую гра-
мостность свою работу начал землекопом теперь я бригадир бетонщиков третьей непобедимой ударник выполнял
свою работу с Перевыполнением плана на 20 — 25% здесь
я с хлопцами побил Харьков и Кузнецк и мировой рекорд
по кладки здесь я понял что все рабочие которые работают
на соцстройке строят для себя и потому считаю что должен
быть в коммунистической партии и мои хлопцы в комсо-
моли помогать и проводить генеральную линию партии.

> *К. Я. Ищенко.*

Ищенко вынул из-за пазухи пачку комсомольских анкет
и положил рядом со своим заявлением.

— Ну, как твоя баба? — спросил Филонов сипло, разевая
красный рот, обросший сверху глянцевыми бровками черных молодых усиков. — Разродилась?

— А кто ее знает. У меня с этим мировым рекордом и так
голова болит. Пойду утречком, может, уже есть.

— Ну, ну.

Филонов утомленно повернул анкету Ищенко боком и
на углу написал: «Принять. *Филонов*».

— Скаженная женщина, — заметил Ищенко, смущенно
улыбаясь.

Маргулиес заглянул снаружи в окно художественной мастерской.

Мальчики спали в разных углах, подложив под голову
рулоны обойной бумаги.

Шура Солдатова, поджав ноги, боком сидела на полу и рисовала плакат — Ищенко на аэроплане.

Аэроплан был большой, шестикрылый, как серафим, небывалой конструкции. Голова Ищенко выглядывала из окошечка кабины, и босые ноги каким-то образом высовывались наружу.

Они висели над фантастическим, допотопным ландшафтом каменноугольной флоры.

Трава стояла в рост дерева. Деревья — в рост травы. Коленчатый бамбук казался пересаженным сюда из карликовых японских садов. И красное утопическое солнце, до половины скрытое рекой, не давало никаких положительных указаний на время суток — восход ли это или закат.

Маргулиес постучал в стекло.

Шура осторожно воткнула кисть в чашечку изолятора, вытерла об юбку руки, скинула с глаз волосы и вышла к нему наружу.

Они медленно пошли по участку.

Она закинула свою несколько длинную белую руку в закатанном выше локтя рукаве футболки за его шею. Он придерживал эту руку за кончики пальцев. Он нес ее на плече, как коромысло.

Они казались почти одного роста.

— Что в больнице сказали? — спросил Маргулиес.

Шура пожала плечами.

— Будут руку резать?

— Еще неизвестно.

— Такая получилась глупость...

— Ты что-нибудь ел, наконец?

Он замотал головой.

— Подохнешь. Факт.

— Не подохну. Сейчас сколько?

— Четверть третьего.

— В восемь столовая открывается.

— А спать?

— Верно. Не мешало бы выспаться. Немножко пройдемся.

— Ты — верблюд. Тебя ребята называют верблюдом.

Маргулиес тихонько засмеялся.

Они переходили из тени в свет и из света в тень. На свету был день, а в тени — ночь. Они искали ночи.

Вокруг было множество источников света. Фонарь над толевой крышей. Семафор. Голые звезды пятисотсвечовых электрических ламп. Прожектора. Сигналы стрелок и пожарных сараев. Автомобильные фары. Горны. Электросварка.

Но всюду присутствовал постоянный, почти незаметный волшебный ландышевый свет. Он, как зелье, примешивался ко всему.

Шура осторожно положила голову на плечо Маргулиеса.

— Слушай, Давид, что там у Корнеева?

— Клава уехала обратно. Там у нее ребенок, муж. Целая история.

Маленькая луна находилась посредине светло-зеленого неба, как тугая горошина еще не распустившегося ландыша.

Шура Солдатова помолчала, серьезно обдумывая создавшееся положение Корнеева.

— А у тебя есть дети, Давид? — вдруг спросила она серьезно.

— Нету. У меня, собственно, и жены нету.

— И никогда не была?

— Нет, зачем же, была.

— Где ж она теперь?

Маргулиес махнул рукой.

— Одним словом, была и нету.

Она засмеялась.

— А тебе не скучно?

— Бывает.

Он прижал головой ее прохладную, круглую руку и пощекотал ее сильно небритой щекой.

Они вошли в тень пакгауза и нежно поцеловались.

В тени пакгауза стоял сторож.

Они спускались на дно котлованов и подымались на гребни свежих насыпей. Они перелезали через колючую проволоку и перебрасывали через головы шнуры электрических проводок и полевых телефонов. Они попадали в тупики и обходили гигантские корпуса агрегатов, заключенные в решетчатые леса и опалубки.

— Между прочим, Давид, сколько тебе лет?

— Я — старый.

— Ну все-таки.

— Страшно сказать. Тридцать шесть.

— Пф... Подумаешь — старик!

Шура презрительно фыркнула.

— Мальчишка.

— А ты знаешь, это верно. Я, собственно, себя все время чувствую мальчишкой. Семилетним ребенком. Здесь ко мне возвращается детство. Вот я сейчас иду, и смотри, какие громадные вокруг нас вещи, шумы, дымы, огни... Чувства. Тебе это, наверное, неинтересно.

— Нет, даже очень интересно. Валяй, валяй.

— Я, понимаешь ты, помню себя совсем маленьким. Ну, что ли, лет семи-восьми. Ну, там жили мы в Екатеринославе... У меня отец имел интересную профессию, между прочим. Профессор каллиграфии. Конечно, это только так говорится для красоты — профессор. Одним словом, учил дураков красиво писать. На улице перед домом стояла стеклянная витрина, и в ней на черном бархате лежала розовая восковая рука с гусиным пером в пальцах. И на всем — рябая, виноградная тень акации. По всей улице — громадные деревья, как в парке. И все летом носят на голове сетки от комаров, пропитанные гвоздичным маслом. Так что от гвоздичного запаха некуда деваться. Ну, словом — в пятом году погром. Отца убили, а мы почему-то бежали в Николаев и в Николаеве садились на пароход, ночью. Первый раз — пароход. На самом деле паршивенький пароход. Но мне он показался громадным, таинственным. Ты заметила, что в детстве все вещи кажутся больше? Громадные комнаты, стулья, буфеты, картины, кошки, собаки, даже воробьи, куриные яйца и кусочки сахару казались гораздо, гораздо крупнее. И вдруг пароход! Можешь себе представить? Спать хочется, сижу на узлах, мать бегает, сестренка плачет, небо черное и белые клубы пара, как-то лунно, опалово освещенные дуговыми фонарями. И все огромно — фонари, дым, страх, небо, мать, стрекотанье лебедки, тюки, висящие в воздухе, пароходный трап, трубы, гудки. Особенно гудки — громадные, толстые, длинные, резко отрезанные, как чайная колбаса, сиплые басистые гудки. А потом привык — и ничего. Стал расти — и мир стал уменьшаться. Стали уменьшаться вещи, страхи, люди. Мать стала маленькой старушонкой. Стулья из тронов превратились в небольшую колченогую рухлядь, комнаты из палат в клетушки... Я перерастал мир. А теперь вдруг смотрю — мир опять меня перерастает. Я опять чувствую его огромность. И вещи вокруг огромные — тепляки, километры, тонны, домны, плотины, фонари... Мир перерастает меня. Я хожу по площадке, как по своему детству —

маленький дурак, — и всему удивляюсь. Просто иногда удивляюсь. Как тому волшебному пароходу. А между прочим, все это похоже на ночь в порту, на погрузку. Свистки, лебедки, пар лунного цвета и вообще...

— А ты, Давид, часом, не поэт?

— Нет, а что?

— Ничего. Ты бы мне, может, к плакату какой-нибудь стишок сделал.

— Балда ты, Шурочка.

— Сам балда. Ты что думаешь — я не понимаю? Я очень даже понимаю. Сама замечаю... Раньше все как-то крупнее казалось. А теперь из всего вырастаю... И не только из вещей — ну там из юбки, из кофточки... А из мира как-то вылезаешь... Как-то тесно... не вмещаешься. А была молодой — совсем наоборот.

— Тоже мне старушка!

— Не старушка, но и не слишком молодая, — с убеждением сказала Шура.

И, вдруг обхватив Маргулиеса обеими руками за шею, прижалась к нему и сказала, прямо в глаза:

— Возьмешь меня замуж, Давид?

Маргулиес засмеялся.

— Хорошенькое дело! Почему я тебя должен брать, а не ты меня? — зашепелявил он. — А ты меня возьмешь?

Два прямых тонких луча военных прожекторов, исходящих из одной точки, двигались по звездному циферблату неба. Как будто бы звездные часы отставали и приходилось переставлять стрелки.

Время шло к рассвету.

Мистер Рай Руп не спал. Он страдал старческой бессонницей. По ночам он работал. Стучала маленькая дорожная пишущая машинка. Но в комнате было слишком душно.

В войлочных клетчатых туфлях и пижаме мистер Рай Руп выходил на террасу коттеджа и смотрел на далекую низкую панораму строительства.

Ночью она была неузнаваема. Она вся сверкала, дышала огнями, светами, громами, дымами, фантастическими строениями.

Старческое воображение заселяло ее и застраивало по своему вкусу.

Это был воображаемый портовый город. Это были — бары, дансинги, кафе, трубы пароходов, скрежет погрузки, перестук буферов на высоких эстакадах, светящиеся башни ратуши.

Разноцветные огни горели в стаканах, воспламеняя жажду.

Светофоры висели над перекрестками. Они висели, как ящики фокусников, как маленькие трехъярусные китайские пагоды.

Разноцветные шарики прыгали из отделения в отделение, волшебно меняя цвета. Желтый превращался в зеленый, зеленый в красный.

Шумела роскошно озаренная толпа, неслась слабая музыка. Отдаленно звучал весь этот мощный симфонический оркестр огней, запахов, движения, страстей.

Теплый, жаркий ветер порывисто дул в ресницы Рай Рупа.

Плыла лунная, звездная ночь.

— Вавилон... Вавилон...

Терраса плыла, как палуба. Рай Руп медленно отплывал...

— Горе тебе, Вавилон!

Ему стало страшно. Он всегда теперь испытывал по ночам страх. Это было сознание неизбежной, а главное — близкой смерти. Ну — десять, пятнадцать лет... Ну — семнадцать!

А потом!..

LXV

На хрупком овальном столике лежал аккуратно развернутый иллюстрированный журнал. Стояла начатая бутылка коньяку, маленькая рюмочка. Хорошая темно-красная прямая трубка «Дунгиль» и жестянка табаку, оставленные на странице журнала, были так желто и рельефно освещены шелковой настольной лампой, что выглядели великолепно оттиснутой цветной рекламой табачной фирмы.

В воздухе стоял приятный запах кепстена.

Фома Егорович, не переставая ерошить и взбивать волосы, сел к столу и положил локти на журнал.

Он давил пальцами голову. Он давил локтями все эти вещи, так наглядно и глянцево, с синим отливом, оттиснутые на меловой скрипучей бумаге. Теперь они были недоступны. Они были враждебны и холодны.

Чем недоступнее были они, тем казались совершеннее, наглядней и натуральней.

К ним легко можно было бы протянуть руку, коснуться их, взять, но пальцы натыкались на скользкую поверхность бумаги.

Горела, и гасла, и снова разгоралась, как папироса лампа. Блестело вишневое выпуклое дерево трубки. Качались в такт два уровня коньяку: низкий уровень рюмки и высокий — бутылки.

И все это было лишено содержания.

Это была пустота, организованная в раскрашенные формы посуды, мебели, стен, материй, чемоданов.

Молодость, жизнь, Мэгги, холодильник, коттедж...

Все было кончено.

Фома Егорович выпил подряд шесть рюмочек коньяку, но это было каплей в море.

Он тогда стал наливать коньяк в алюминиевый стаканчик бритвенного прибора. Коньяк имел вкус мыла и шоколада.

Разбрасывая по комнате вещи и книги, Фома Егорович вытащил из чемодана стеклянную пробирку с таблетками морфия.

Отбитый край пробирки обрезал ему палец. Он сосал его по детской привычке.

Пробирка с двумя вывалившимися из нее таблетками лежала на листе журнала, так желто и рельефно освещенная лампой, что казалась великолепно оттиснутой рекламой аптекарской фирмы.

Стиснув зубы, Фома Егорович пил стаканчик за стаканчиком и совершенно не пьянел. Потом хмель ударил ему в голову сразу и оглушил его.

Гаснущая лампа длинно и безостановочно протекала в его глазах и все никак не могла протечь или остановиться.

Фома Егорович выбежал из номера в коридор. У него в руке дрожала газета.

Отель спал.

Иногда лампочки в коридорах начинали гаснуть.

Они медленно гасли, перспективно отражаясь в черных окнах квадратного сечения. Свет, теряя силу, переходил из тона в тон, от ярко-белого до темно-малинового, лишенного лучей.

Наконец он гас.

Тогда окна почерневших коридоров сразу озарялись снаружи.

В них проникали лучи прожекторов и строительных ламп. Свет ложился резкими, длинными клетчатыми косяками. Он ломался на углах и ступенях лестниц. Повисшие флаги портьер мертво и сонно висели в его зеркальном сиянии.

Из номеров явственнее слышались храп, сонное бормотание, трудные вздохи, звон и хруст пружинных матрасов под ударами гальванически переворачивающихся тел.

Через некоторое время лампочки начинали снова разгораться, переходя в обратном порядке из тона в тон, от темно-малинового, лишенного лучей, до ярко-белого, ослепительного накала.

Лампочки гасли, и разгорались, и опять гасли, как раскуриваемые во тьме папиросы.

Временная электростанция дышала затрудненными, неровными вздохами маховика, преодолевающего мертвую точку.

Лампочки разгорались и гасли.

Фома Егорович бегал по коридорам, подымался и спускался по лестницам, останавливался перед окнами, садился на ступени.

У каждого источника света он подносил газету к глазам и читал одну и ту же телеграмму:

Крах американского банка
Нью-Йорк, 28 мая. Эпидемия банкротств по всей Америке продолжается. Крупнейший банк «Коммершиэл компани» в Чикаго, сумма вкладов которого составляет 30 млн. долларов, вчера прекратил платежи. Председатель правления и главный директор покончили с собой. Заведующий отделом кредитов арестован. Ведется следствие.

— Мои деньги... — бормотал Фома Егорович. — Мои деньги...

По коридорам, по лестницам, то на свету, то во тьме, шли люди. Люди шли на работу и с работы.

Фома Егорович подбегал к знакомым и незнакомым.

— Я извиняюсь... Товарищ... Одну минуточку, — говорил Фома Егорович, протягивая дрожащую газету. — Я не очень хорошо читаю по-русски. Быть может, вы мне поможете... Это недоразумение... Я вас уверяю честным словом, что это невозможная вещь...

Некоторые торопились, извинялись.

Некоторые останавливались и с любопытством брали газету.

— Где? Что? Ах, этот харьковский рекорд? Триста шесть замесов? Прошлогодний снег. Сегодня у нас на шестом участке всадили четыреста двадцать девять. А что? Вы тоже считаете, что это невозможно?

Фома Егорович поворачивался направо и налево. Он дышал спиртом. Он подходил, и отходил, и возвращался назад. Он не мог устоять на месте. Он страшно шатался, почти падал.

— Нет, нет! Это не то. Это не там. Читайте телеграмму из Нью-Йорка.

Он растягивал на себе резиновые подтяжки. Он их крутил. Он ими щелкал.

— Читайте, товарищ, телеграмму из Америки. Вот эту, вот эту.

— Ах, опять крах! — разочарованно говорил спрошенный.

— Что написано? Что тут написано, прошу вас, прочтите громко.

— Да что ж написано? Ничего интересного. Ну — крах. Ну — в Чикаго. Ну — «Коммершиэл компани». Ну — пропали вклады. Ну — покончили с собой... Спокойной ночи. Надо спать. Извините. Скоро утро. Идите спать.

Фома Егорович стучал кулаками в номер Маргулиеса. В номере было темно. Никто не отзывался.

Фома Егорович вернулся к себе.

С механической тщательностью стал он уничтожать вокруг себя вещи.

Он начал с журнала.

Он рвал страницу за страницей и бросал на пол. Падали, крутясь, пароходы, пальмы, автомобили, коттеджи, костюмы, часы, ракеты, зонтики, трости, запонки, часы, папиросы, таблетки.

Крутясь, стлалась по полу и навсегда уходила под кровать золотистая шевелюра Мэгги, ее румяные овощи, ее булки, лимоны и ветчина, ее открытый для поцелуя рот, ее простенькое, недорогое, полосатое платье.

Когда ни одного листка, ни одной воображаемой вещи больше не осталось, Фома Егорович взялся за настоящие вещи.

Он ломал карандаши, плющил каблуками бритвенные принадлежности, бил рюмки и стаканы, рвал на тонкие полосы простыни, раздирал стулья и их обломками крушил зеркальный шкаф.

Вещи бежали от него, как филистимляне. Он их крушил ослиной челюстью стула.

Он разил своих врагов с такой лаконической меткостью и с такими длинными паузами, что шум, слышавшийся в его комнате, не производил впечатления эксцесса. Он не привлек ничьего внимания.

Пот лился по его горячему лицу. Голова кружилась. Он терял равновесие. Он падал. Ему было плохо, душно. Он выбил стекло и повалился на кровать.

Он положил голову на подушку и заплакал обильными, неудержимыми, ужасными слезами немолодого мужчины:

— Мои деньги... Мои деньги...

Он захлебывался слезами. Кукурузные украинские усы были совершенно мокры.

Его ноги лежали на полу.

Он хватался руками за никелевые прутья кровати. Кровать носилась по комнате, волокла его за собой, подымалась в воздух, летела, качалась, падала в пропасть.

LXVI

Мистеру Рай Рупу было страшно.

Мистер Рай Руп пошел в комнату Леонарда Дарлея.

— Леонард, вы не спите?

Дарлей спал, но он тотчас вскочил и сел на постели, большой, костлявый, в черной шелковой пижаме, до пояса закутанный в шотландский плед.

Рай Руп присел к нему на край кровати.

— Извините, Леонард. Я вас разбудил. Я забыл вас спросить...

Он поджал губы.

В конце концов он платит Леонарду Дарлею достаточно прилично, чтобы иметь право поговорить с ним немного ночью.

— Я забыл вас спросить, Леонард: что вы думаете по поводу этого краха в Чикаго?

Мистер Рай Руп тонко и лучезарно улыбнулся. Он сидел в светлой комнате и разговаривал с живым молодым человеком. Ему уже не было страшно.

Дарлей бесцеремонно зевнул и стал искать на стуле сигареты.

— Надеюсь, мистер Рай Руп, вас лично это несчастье не коснулось?

— О! Вы, кажется, обо мне не слишком хорошего мнения, Леонард! Не беспокойтесь, я держу свои деньги в надежных предприятиях.

Он кивнул головой в сторону окна:

— Я вкладываю свои деньги в постройку Вавилона. Это выгодно и совершенно безопасно.

Он намекал на то, что является одним из крупнейших акционеров строительного концерна, проектирующего этот завод.

— Таким образом, я помогаю строить Вавилон, с тем чтобы потом иметь удовольствие его взорвать... своими книгами. Не правда ли, Леонард, это парадоксально?

Рай Руп самодовольно пожал подбородок, мягкий и добродушный, как замшевый кошелек.

— В этом есть диалектика. Это совсем в духе нашего нового друга, товарища Налбандова. Не так ли, Леонард? О, я знаю, куда надо вкладывать деньги...

Старик был болтлив. Особенно по ночам, во время бессонницы.

Дарлей посмотрел в окно. Ясно светало. Он стал натягивать гелиотроповые брюки.

— Меня уже, правду сказать, начинает утомлять эта Азия, Леонард. На Лидо как раз начинается купальный сезон.

LXVII

Фома Егорович очнулся. Он очнулся вдруг, как бы от внутреннего удара.

В мире происходило нечто непоправимое.

Но что?

Номер был освещен беспощадно сильным светом очень раннего утра. Впрочем, солнца в номере не было. Может быть, оно еще не взошло.

Обломки уничтоженных вещей неподвижно покрывали пол. Окно было выбито. Но оно не давало прохлады. Воздух в номере был горяч и неподвижен.

В мире стояла мертвая предрассветная тишина. Тишина ужасала.

Смертельный, сердечный, угнетающий страх охватил Фому Егоровича.

В мире происходила непоправимая тишина.

Тишина простиралась вокруг на тысячи километров обезлюдевшей земли. Фоме Егоровичу стало ясно — на всей планете нет больше, кроме него, ни одного живого существа — ни зверя, ни птицы, ни рыбы, ни человека, ни бактерии.

Отель был совершенно мертв, опустошен, оставлен.

В нем забыли Фому Егоровича.

Тишина висела на страшной высоте невыносимой механической ноты.

Это был однообразный, воющий, звенящий звук пара, вырвавшегося из клапана котла, брошенного на произвол судьбы.

Кровь громко и отчетливо стучала в висках.

Она стучала так страшно замедленно, что между двумя ее толчками смело поместилась бы полная длина коридора, разграфленная частыми шагами человека.

Тишина безостановочно шла по коридору, как доктор.

«Я умираю», — подумал Фома Егорович.

Его лоб покрывала холодная, липкая, обильная испарина. Со всех сторон на него надвигалась лиловая темнота обморока. Страшным усилием воли он превозмог его.

Что, что происходит? Что случилось?

Он пытался вспомнить и не мог. Он напрягал память. Наконец он вспомнил.

— Морфий!

Были таблетки. Но принял ли он их? Он не помнил. На полу валялась пустая бутылка, алюминиевый стаканчик.

Он в смертельном ужасе бросился на пол и стал рыться в обломках вещей, в мертвом хламе, лишенном смысла. Он искал таблетки. Он их не находил.

Тишина висела на страшной высоте невыносимой ноты.

К ней присоединилась другая нота, еще более высокая, потом третья.

— Морфий. Я отравился. Таблеток нет.

Он бросился к окну. Теперь множество звуков невыносимой высоты стонали в унисон.

Площадка строительства простиралась до самого горизонта, во всех подробностях освещенная розово-серым, черепным светом ранней зари.

Она была угрожающе безлюдна и безжизненна.

Бесполезные огни фонарей и прожекторов, лишенные силы, яркости и смысла, жидко и слабо горели, рассеянные по всей земле, куда хватал глаз.

И вся земля, куда хватал глаз, была покрыта неподвижными белыми снежками пара.

Неподвижный строительный пейзаж безостановочно гремел и стонал всем лесом труб потрясенного органа.

Все механизмы, какие только были на строительстве, кричали своими металлическими голосами.

Паровозы, экскаваторы, грузовики, локомобили, тракторы.

Паровые свистки, гудки, сирены.

Это была потрясающая симфония нескольких тысяч механизмов, высокий безостановочный стон ужаса и отчаяния.

На подоконнике лежала пробирка с таблетками.

Жизнь!

Фома Егорович бросился из номера.

Окно в полное поперечное сечение коридора выходило на запад. По его клетчатому экрану безостановочно подымался огненный занавес яркого желто-клубничного цвета.

По коридорам и лестницам носились люди.

Фома Егорович подбежал к окну.

Его тень металась во всю длину коридора, насквозь озаренного заревом.

В неподвижном воздухе прозвучал резкий, расщепленный сигнал пожарной трубы.

Слышался ровный гул горенья и треск дерева, охваченного пламенем.

Фома Егорович сел на ксилолитовый пол и прислонился к нагретому стеклу, доходящему до самого низа.

Его охватила непреодолимая потребность сна. Он засыпал, как ребенок в поезде ночью, на руках у отца. Он не мог пошевелить пальцем.

Он видел людей, бегающих перед горящим бараком. Засыпая, он узнавал некоторых из них. Он улыбался. Но и улыбаться ему было уже трудно.

Бегали — Маргулиес, Тригер, Корнеев, Шура Солдатова, Мося.

У них в руках были лопаты. Они копали. Они окапывали горящий барак.

С красного пожарного автомобиля тянули шланг.

Трещала вода.

А огонь все разматывался и разматывался во всю ширину горящего здания, как штука легкого, красивого шелка клубничного цвета.

Полыхающей сплошной стеной уходил огонь вверх и вверху исчезал.

С напористым парусиновым треском переходила материя из одного состояния в другое, и этот переход сопровождался таким повышением температуры, что в отеле лопались стекла.

Фома Егорович спал и сквозь сон чувствовал на ресницах темный, палящий, горький, счастливый зной пожара.

LXVIII

Все тронулось с места, все пошло.

Тот же самый поезд, который привез Феню, увозил Клаву.

Поезд двигался с востока на запад. Поезд шел маршрутом солнца. Но солнце трижды обогнало его в пути до Москвы. Трижды тень поезда длинно отставала, растягивалась к востоку, цеплялась за убегающий ковыль, как бы не в силах расстаться с Уралом.

Кусая распухшие, полопавшиеся губы, она писала на упругом, дрожащем оконном столике письма. Она их писала одно за другим, запоем. Она ломала карандаш и бегала к проводнику за ножиком.

Письма были длинные, страстные, сумбурные, со множеством сокращений, тире, многоточий, помарок, неправильных переносов и восклицательных знаков.

Они были вдоль и поперек полны прелестных описаний пейзажа, пассажиров, погоды, вагонных событий. Они были полны клятв, планов, сожалений, слез и поцелуев.

На каждой станции военный с ромбами бегал, толкаясь в толпе сезонников, опускать эти письма в ящик.

Через два часа после отъезда он уже был посвящен во все подробности Клавиной жизни. Он знал о невозможном, грубом муже, о страстно любимом Корнееве, о дочке, об Анапе. Не стесняясь больше посторонних, она плакала, не закрывая лица и не вытирая слез.

Он был искренне тронут, он чинил карандаши, предлагал марки и конверты, которых не хватало.

К вечеру весь вагон принимал самое горячее участие в ее судьбе.

Она была потрясающе откровенна. Это была героическая откровенность, граничащая с самобичеванием.

Ее утешали, развлекали.

Немцы завели для нее патефон. Она слушала лающие речитативы негритянского хора, тупые металлические аккорды банджо, бесстыдный стон гавайской гитары — все эти звуки и голоса из другого, таинственного мира.

Она смеялась сквозь слезы. Она хохотала, закусив губы, и, хохоча, рыдала. Она сердилась на себя и за смех и за слезы. Сначала она сердилась больше за смех. Потом — больше за слезы.

Тянулись сначала желтые насыпи, закиданные лопатами и рукавицами.

Жарко и душно мерцала степь, по которой только что пролетел буран.

В степи паслись стреноженные облака.

Стороной проплыла кочевая кибитка, точно брошенная в ковыль тюбетейка.

Крутился, крутился черный глянцевито-матовый диск патефона. Крутилась в центре диска собака перед рупором. Подпрыгивала мембрана. Таинственно и утробно разговаривала блестящая коленчатая труба.

Шел вечер.

Каждый километр возвращал ограбленной природе утраченные подробности.

Показались первые деревья.

Деревья!

Ах, как давно не видела Клава деревьев и как упоительны показались они ей! Неужели она столько времени могла выдержать без деревьев?

Сначала показалось одно, два дерева.

Маленькая разбросанная группа, золотисто освещенная заходящим солнцем.

Деревья брели, как новобранцы, отставшие от армии.

Потом деревья стали идти рассыпанной цепью взводов, рот.

Потом с песнями и свистом соловьев показались полки и дивизии.

Кудлатые армии победителей переходили горы. Они возвращались домой, покрытые семицветной славой радуги.

Тучи синей вороненой стали лежали в горах, как огнестрельное оружие.

Поезд бежал в сверкающем огненном дожде, в ярких папоротниках, в радуге, в свежести, в озоне.

В поезде зажглось электричество.

Мы движемся, как тень, с запада на восток.

Мы возвращаемся с востока на запад, как солнце.

Мы пересекаем Урал.

«Задержать темпы — это значит отстать. А отсталых бьют. Но мы не хотим оказаться битыми. Нет, не хотим! История старой России состояла, между прочим, в том, что ее непрерывно били за отсталость. Били монгольские ханы. Били турецкие беки. Били шведские феодалы. Били польско-литовские паны. Били англо-французские капиталисты. Били японские бароны.

Били все — за отсталость. За отсталость военную, за отсталость культурную, за отсталость государственную, за отсталость промышленную, за отсталость сельскохозяйственную. Били потому, что это было доходно и сходило безнаказанно...»

«Вот почему нельзя нам больше отставать...»

Нельзя! Нельзя! Нельзя!

Железнодорожная будка или шкаф трансформатора. Черное с красным. Брусок магнита, прилипший к скале, и узкоперая стрела уральской ели.

Черное с красным — цвет штурма, тревожная этикетка на ящике тротила.

Маленький ночник горит в душном купе. Маленький синий ночник, оттенка медуницы — с легкой розоватостью.

Рассвет.

Поезд пересекает Урал.

Справа налево в окопах, крутясь, пролетает обелиск «Азия — Европа».

Бессмысленный столб...

Я требую его снять!

Никогда больше не будем мы Азией.

Никогда, никогда, никогда!

На лужайках, среди гор, желтые цветы, пушистые, как утята.

Маленькая луна тает в зеленом небе тугой горошиной ландыша.

Клава кладет мокрое лицо в мокрый пучок ландышей.

Сквозь ландыш она смотрит в окно.

Ветки ландышей, потерявших масштаб, мелькают те-графными столбами.

Дети продают на станциях ландыши. Всюду пахнет лан-дышами.

Рассвет до краев наполнен ледяной росой.

Терпкое, стеклянное щелканье булькает в глиняном гор-лышке ночи.

Соловьи звучат, звучат всю ночь до рассвета.

Они не боятся поезда.

Дорога ландышей и соловьев.

Уфа — Саратов.

Облака, элеваторы, заборы, мордовские сарафаны, водо-качки, катерпиллеры, эшелоны, церкви, минареты, колхо-зы, сельсоветы.

И всюду, куда ни посмотришь, справа налево и слева на-право, с запада на восток и с востока на запад, шагают по ди-агоналям развернутым строем передаточные столбы токов высокого напряжения.

Шестирукие и четырехногие, они чудовищно шагают, как марсиане, отбрасывая решетчатые тени на леса и горы, на рощи и реки, на соломенные крыши деревень...

Никогда больше не будем мы Азией.

Никогда, никогда, никогда!

(ГЛАВА ПЕРВАЯ)

Письмо автора этой хроники в г. Магнитогорск, Централь-ная гостиница, № 60, т. А. Смолят/, спецкору РОСТА.

Дорогой Саша!

Только что получил ваше письмо. Его переслали мне сюда из Москвы.

Спасибо за память. Вдвойне спасибо за внимание, с ко-торым вы следите за хроникой.

За «нашей хроникой», сказал бы я.

Она подходит к концу.

Вы спрашиваете: где же первая глава?

Как раз я только что собрался ее писать.

Первая глава, по праву, принадлежит вам, мой дорогой друг и руководитель.

В капле дождя вы научили меня видеть сад.

Первая глава является посвящением вам. Я восстанавливаю традицию длинных посвящений. Но делаю усовершенствование. Я ставлю посвящение не в начале, где его никогда не читают, а в конце, где его обязательно прочтут, так как в нем заключается развязка.

Развязка зависит от качества бетона.

Качество же бетона можно определить не раньше чем через семь суток.

Время действия моей хроники — двадцать четыре часа.

Таким образом, композиция может быть нарушена.

Получается прорыв на семь суток вперед.

Как же выйти из этого положения?

Но вот выход найден. Я включаю развязку в посвящение и посвящение помещаю не в начале, а перед последней главой.

Под флагом посвящения я ставлю развязку на свое место и вместе с тем снимаю с себя ответственность за нарушение архитектуры.

Под флагом развязки я заставлю прочесть посвящение и запомнить ваше имя, достойное памяти и благодарности.

Итак, помните ли вы, дорогой Саша Смолян, тот день, когда мы в семь часов утра бежали с вами через площадку строительства в соцгород, в центральную лабораторию?

Это было как раз через семь дней после событий, описанных в этой хронике.

Вы, надеюсь, не станете меня особенно упрекать за то, что я кое-что присочинил.

Например, слон. Слона действительно не было. Я его выдумал. Но разве он не мог быть? Конечно, он мог быть. Больше того. Он должен был быть, и в том, что его не было, вина исключительно управления зрелищных предприятий, не сумевшего организовать на строительстве хороший цирк.

Впрочем, может быть, уже слона привезли? Напишите в таком случае.

В остальном я по возможности держался истины.

Итак — парусиновые портьеры бросились вслед за нами из номера в коридор.

Мы даже не пытались втолкнуть их обратно. Это было невозможно.

Подхваченные сквозняком, они хлопали, летали, крутились, бесновались.

Мы с вами хорошо изучили их повадки. Мы просто и грубо прищемили их дверью. Они повисли снаружи, как серые флаги.

На горе рвали руду. Стучали частые беспорядочные взрывы.

Воздух ломался мягко, слоисто, как грифельная доска.

У подъезда отеля стояли плетеные уральские тарантасы. Они дожидались инженеров. Свистели хвосты, блистали разрисованные розочками дуги, чересчур сильно пахло лошадьми.

Солнце горело со скоростью ленточного магния.

Сквозь черный креп плывущей пыли слепила ртутная пуля термометра.

Мы бежали сломя голову, мы боялись опоздать.

Большой знойный воздух полыхал в лицо азиатским огнем, нашатырным спиртом степи и лошадей.

Толевые крыши бараков, дрожа, испарялись на солнце, словно облитые эфиром.

В прохладном подвале лаборатории пахло сырой известью, цементом, песком.

Возле гидравлического пресса стояли все главные герои хроники, кроме Налбандова.

(Вам, конечно, не нужно открывать псевдонимы. Вы их давно открыли. А читателям — все равно.)

Корнеев нетерпеливо посматривал на часы. Его туфли были безукоризненно белы. Он их только что выкрасил. Еще ни одно пятно не омрачило их утренней ослепительной белизны.

Маргулиес с некоторым беспокойством протирал платком стекла очков.

Мося, поджав ноги, сидел на земляном полу против пресса и не сводил с него неистовых глаз.

Пришел Ильющенко. Он сел за столик и раскрыл большую книгу записей.

Двое рабочих, приседая, принесли первый кубик. Они осторожно поставили его на стальную доску прибора. Они стали медленно качать рукоятку насоса.

Другая стальная доска осторожно прижала кубик сверху.

Маргулиес надел очки. Хрустя длинными худыми пальцами, он уткнул нос в циферблат манометра и не спускал с него близоруких глаз.

Рабочие качали. Стрелка манометра короткими стежками передвигалась по цифрам. Она двигалась слишком медленно, но неуклонно.

Кубик стойко сопротивлялся давлению.

Вдруг слабая трещина пробежала вдоль его угла.

— Стоп!

Ильющенко подошел к манометру:

— Сто двадцать.

Кубик выдержал давление ста двадцати килограммов на один квадратный сантиметр. Этого было больше чем достаточно.

Ильющенко с неудовольствием подошел к столу и записал цифру в книгу.

— Следующий.

Таким образом раздавили десять кубиков. Результаты были такие же, с небольшим колебанием.

Семечкин подошел к Маргулиесу, многозначительно похмыкал — гм... гм... и многозначительно протянул Маргулиесу большую сыроватую руку.

— Ну... хозяин... поздравляю, — сказал он густым баском. — Наш верх.

— Мы пахали! — сказал Слободкин круглым волжским говором.

Маргулиес сутуло согнулся и вышел из погреба во двор на ослепительный, знойный свет.

Мося бежал за ним, хлопая ладонями по сырым стенам, по коленям, по башмакам, по спинам и затылкам товарищей.

Он задыхался.

Когда все ушли, Ильющенко подошел к телефону:

— Коммутатор заводоуправления. Дайте Налбандова. Алло! Говорит Ильющенко. Да. Только что. В среднем сто двадцать.

— Хорошо.

Налбандов аккуратно положил трубку на вилку. Он взял ручку, обмакнул ее в чернильницу, принявшую свои нормальные размеры, и размашисто написал на листе блокнота: «Рапорт о болезни».

Его горло было плотно забинтовано платком.

Мы видели его в пять часов вечера, он ехал в автомобиле на вокзал. Он упирался в голову своей громадной оранжевой палки и не ответил на наш поклон. Он нас не заметил.

Он также не заметил, проезжая мимо шестого участка, небольшого свежего плаката: в тачке сидит чернобородый, страшный человек с оранжевой палкой под мышкой, а вокруг карликовые деревья, гигантские травы и красное утопическое солнце.

Это все случилось через семь дней.

Но в то утро, в которое кончается наша хроника, — все было еще неопределенно и тревожно...

Ну, дорогой Саша, позвольте мне на этом пожелать вам всего доброго.

Простите за то, что мое посвящение в своем начале звучит несколько торжественно, несколько по-французски.

Но, право, на меня начинает влиять затянувшееся пребывание в Париже.

Помните наши с вами разговоры о Париже?

Представьте себе Париж — это совсем не то. Я не нашел в нем того, что искал, того, что мне снилось, но зато нашел нечто гораздо большее.

Я нашел в Париже — чувство истории.

Мы слишком молоды. Мы пока еще лишены этого чувства. Но уже кое-кто из наших передовых умов пытается в нас разбудить его.

И недаром Горький настойчиво твердит: пишите *историю* фабрик и заводов, пишите *историю* Красной Армии, создавайте *историю* Великой Русской Пролетарской Революции, в тысячи и тысячи раз более великой и прекрасной, чем «великая» французская.

Пусть ни одна мелочь, ни одна даже самая крошечная подробность наших неповторимых, героических дней первой пятилетки не будет забыта.

И разве бетономешалка системы Егера, на которой ударные бригады пролетарской молодежи ставили мировые рекорды, менее достойна сохраниться в памяти потомков, чем ржавый плуг гильотины, который видел я в одном из сумрачных казематов Консьержери?

И разве футболка ударника, платочек и тапочки комсомолки, переходящее знамя ударной бригады, детский плакат с черепахой или с паровозом и рваные брезентовые штаны не дороже для нас в тысячи и тысячи раз коричневого фрака Дантона, опрокинутого стула Демулена, фригийского колпака, ордера на арест, подписанного голубой рукой Робеспьера, предсмертного письма королевы и полинявшей трехцветной кокарды, ветхой и легкой, как сухой цветок?

Крепко жму руку, до скорого свиданья, ваш *В. К.*

Париж

LXIX

Светает.

Они стоят у окошечка телеграфа.

Винкич занял очередь. Георгий Васильевич пишет «молнию».

Мося томится рядом. Он не отставал от них ни на шаг. Теперь он тут.

Он переминается с ноги на ногу, заглядывает через плечо, толкает под локоть.

У него все лицо в саже — тушил пожар, — он совсем похож теперь на черта.

Георгий Васильевич, посмеиваясь про себя, пишет:

«Бригада бетонщиков поставила мировой рекорд, побив Харьков, Кузнецк, сделав в смену 429 замесов...»

Мося быстро читает через плече и умоляюще говорит:

— Георгий Васильевич... Товарищ писатель... Бригадир Ищенко, десятник Вайнштейн.

— Ничего, и так сойдет.

— Бригадир Ищенко, десятник Вайнштейн.

Мося чуть не плачет.

— Ищенко и Вайнштейн. Фактически. Что, вам жалко? Это же фактически.

— Денег жалко, — говорит Георгий Васильевич назидательно. — Казенные деньги надо беречь.

Мося не знает, куда деваться. Он крутится на месте. Его руки отчаянно болтаются.

— Фактически, — хрипло шепчет он.

— Поставить, что ли, бригадира Ищенко и десятника Вайнштейна? — спрашивает Георгий Васильевич Винкича и подмигивает на Мосю. —Но стоит ли — вот вопрос.

Винкич серьезно смотрит на Георгия Васильевича.

— Поставьте, Георгий Васильевич, — шепчет Мося. — Что вам стоит? Редакция заплатит. Поставьте!

Георгий Васильевич решительно наклоняется к стойке.

— Хорошо. Будь по-твоему. Бригадира Ищенко, так и быть, поставлю.

— А меня?

Мося делается маленький и лопоухий, как школьник. Он говорит суетливо и искательно, как с учителем:

— А меня, Георгий Васильевич, поставите?

— А при чем здесь ты? — невозмутимо спрашивает Георгий Васильевич.

— Я здесь при чем? Я? А кто же здесь при чем!!!

Лицо Моси наливается кровью. Он кричит:

— Георгий Васильевич! Ну вас, в самом деле, к черту! Не доводите меня до мата!!! Я, конечно, извиняюсь...

— Ну ладно, ладно, — поспешно говорит Георгий Васильевич. — Я пошутил. Шуток не понимаете.

Он быстро пишет:

«Бригадир Ищенко, десятник Вайнштейн».

Мося читает через плечо свою фамилию, но до тех пор не отходит от Георгия Васильевича, пока собственными глазами не видит, как утомленная конторщица принимает телеграмму, как считает карандашом слова, как выдает квитанцию и пристукивает ее длинным молотком штемпеля.

Тогда он кричит:

— Ну, я пошел, товарищи! — и кубарем скатывается с лестницы.

— Нет, каков стиль! — восклицает Георгий Васильевич, беря Винкича под руку. — Учитесь, молодой человек: «Бригада бетонщиков поставила мировой рекорд, побив Харьков, Кузнецк, сделав в смену четыреста двадцать девять замесов, бригадир Ищенко, десятник Вайнштейн»! Гомер-с! «Илиада»-с!

Из-за горы, покрытой белым дымом взрывов, появляется солнце. Оно уже белое и неистовое, как в полдень.

Ищенко ломится в родильный приют.

Его не пускают.

На черной доске против фамилии Ищенко стоят непонятные буквы и цифры:

«Малч. $3^1/2$ клг.».

Пожилая женщина в халате выталкивает Ищенко из сеней:

— Иди, иди. Через два-три дня придешь. Сейчас нельзя.

У Ищенко опухшее, капризное, сумрачное лицо. Чуб закрывает лоб до глаз.

— Как это можно, такое дело! — кричит Ищенко. — Как это я не могу своего собственного ребенка видеть?

— Иди, иди.

— Я бригадир мирового рекорда! Член партии с тридцать первого года!

— Не бузи. Мировые рекорды ставишь, а вести себя не умеешь.

Женщина усмехается, тихонечко выводит бригадира за дверь.

— Постой, — говорит Ищенко. — Погоди. Ты мне одно скажи: кто там — мальчишка или девочка?

— Мальчик, мальчик. Три с половиной кило.

— Три с половиной кило? — подозрительно спрашивает Ищенко. — А это не маловато?

— Хватит для началу.

Ищенко выходит на улицу. Он обходит больничный барак вокруг. Заглядывает в окна. Стекла блестят ослепительным белым блеском. Ничего не видно.

Но вот в одном окне появляется фигура. Это Феня. Феня прижимается всем лицом к стеклу. Ее нос, лоб и подбородок плющатся пятачками. Блестят яркие перловые зубы. Она в руках держит сверток. Она подымает сверток и показывает мужу.

Ищенко видит в нестерпимом блеске стекол маленькое красное личико с бессмысленными, туманными глазками, круглыми и синими, как ягоды можжевельника.

Бригадир делает знаки руками, кричит что-то, но Феня не слышит. Феню оттаскивают от окна. Пожилая женщина ругается.

Ищенко отходит в сторону и садится в тени барака. К его горлу подступают слезы, смысла которых и причины он не понимает.

Солнце горит со скоростью ленточного магния.

В номере Маргулиеса начинает тарахтеть будильник. Половина седьмого. Будильник тарахтит, как жестянка с монпансье.

Жгучие мухи крутят вокруг будильника мертвые петли. Мухи стадами ползают по рыжей газете.

Будильник тарахтит, тарахтит, тарахтит до изнеможения. Его никто не останавливает.

Маргулиес сидит с Шурой Солдатовой на скамеечке возле отеля.

Они ждут, когда откроется столовая.

Маргулиес крепко держит в своей большой руке ее руку. Он держит ее, как держат рубанок. Он думает о кубиках, которые будут давить через семь дней.

Нестерпимое солнце жарко освещает их замурзанные, утомленные лица.

Маргулиес почти засыпает. Куняет носом. Он с трудом борется с приступами счастливого, обморочного сна.

Винкич выходит из дверей отеля. Он направляется к Маргулиесу.

Засыпая, Маргулиес замечает свежую газету, торчащую из кармана кожаной куртки спецкора.

Засыпая, Маргулиес спрашивает, едва заметно улыбаясь:

— Ну... где?

— На Челябинском тракторном! — кричит Винкич.

— Сколько?

— Пятьсот четыре!

1931—1932

СОДЕРЖАНИЕ

РАСТРАТЧИКИ

повесть

7

ВРЕМЯ, ВПЕРЕД!

роман-хроника

131

Литературно-художественное издание

Катаев Валентин

РАСТРАТЧИКИ
ПОВЕСТЬ

ВРЕМЯ, ВПЕРЕД!
РОМАН-ХРОНИКА

Редактор *В.В. Петров*
Художественный редактор *О.Н. Адаскина*

Общероссийский классификатор продукции
ОК-005-93, том 2; 953000 — книги, брошюры

Издательство «Текст»
125299, Москва, ул. Космонавта Волкова, д. 7/1
Тел./факс: (095) 150-04-82
E-mail: textpubl@mtu-net.ru
http://www.mtu-net.ru/textpubl

Книга издана при техническом содействии
ООО «Издательство АСТ»

Отпечатано с готовых диапозитивов в типографии
ФГУП "Издательство "Самарский Дом печати"
443080, г. Самара, пр. К. Маркса, 201.
Качество печати соответствует качеству предоставленных диапозитивов.

Катаев В.

К29   Растратчики: Повесть; Время, вперед!: Роман-хроника / В. Катаев. — М.: «Текст», 2004. — 427, [5] с.

ISBN 5-7516-0402-4

В книгу признанного мастера прозы вошли сатирическая повесть «Растратчики» — о двух незадачливых жуликах, растративших в пьяном угаре учрежденческие деньги, и роман-хроника «Время, вперед!» — об энтузиастах социалистической стройки. Вместе они создают объемный и точный образ советской жизни двадцатых-тридцатых годов прошлого века.

УДК 821.161.1
ББК 84 (2Рос=Рус)6-44